Schneller als der Wind

Astrid Frank

SCHNELLER ALS DER WIND

2 Romane in einem Band

THIENEMANN

Astrid Frank wurde 1966 in Düsseldorf als Tochter des Schriftstellers Karlhans Frank geboren, wodurch sie sich schon in frühester Kindheit mit dem Verlagswesen konfrontiert sah. Trotzdem führte sie ihr Weg bereits während ihres Studiums der Germanistik, Biologie und Pädagogik in die gleiche Richtung: Sie war als Lektorin und Rezensentin in mehreren und für mehrere deutsche Verlage tätig und machte außerdem eine Ausbildung zur »Zoobegleiterin des Kölner Zoos«. Nach dem Studium arbeitete sie für ein halbes Jahr in einer Buchhandlung und beleuchtete das Medium Buch damit von einer weiteren Seite. Seit 1996 ist sie freie Lektorin und Übersetzerin, seit 1998 schreibt sie Geschichten (für Kinder). Astrid Frank lebt mit Mann, zwei Söhnen und Hund Aimee in Köln.

Weitere Titel von Astrid Frank:
Gefährten des Windes – 2 Romane in einem Band
Archer – Legende des roten Landes (E-Book)
Der dunkle Geist des Palio (E-Book)

Mehr über unsere Bücher, Autoren und Illustratoren auf:
www.thienemann.de

Roter Blitz

ASTRID FRANK

THIENEMANN

Das Pferd Phar Lap und die meisten Personen, die hier beschrieben werden, haben tatsächlich gelebt. Dennoch hat nicht alles, was zwischen diesen Buchdeckeln erzählt wird, genau so stattgefunden. Manches wurde weggelassen, anderes verändert oder hinzugefügt. Und doch vermittelt uns diese weitgehend wahre Geschichte Einblicke in das Schicksal eines außergewöhnlichen und faszinierenden Pferdes.

ASTRID FRANK, FEBRUAR 2006

PROLOG

> **»… die Guten sterben jung. Er war nur auf der Erde, um von den Menschen verehrt zu werden. Dann wurde er in den Himmel abberufen wie alle guten Dinge.«**
>
> FAN AUS ADELAIDE, SÜDAUSTRALIEN

Das junge Pferd zitterte. Überall knackte und knarrte es. Und es war dunkel. Der Jährling konnte kaum etwas sehen. Er spürte lediglich ein ewiges Schaukeln, das ihn hochhob und wieder fallen ließ. Ab und zu rollte etwas geräuschvoll gegen seinen linken Vorderhuf. Aber das Pferd konnte nicht sehen, was es war. Es zog erschreckt den Vorderlauf hoch. Auf drei Beinen konnte es dieses Schaukeln jedoch nicht ausgleichen und so ließ es das Bein wieder sinken.

Manchmal hörte das Pferd auch noch andere Geräusche. Ein Rumpeln oder einen lauten Ruf. Dann zuckte es zusammen, versuchte zu fliehen, doch der Holzverschlag, in dem es stand, war so eng, dass es sofort gegen eine Wand stieß.

Das Pferd hielt sein Maul in den Futtertrog, den es zwar nicht sehen, aber riechen konnte. Der Trog war leer. Schon seit Tagen war er leer. Der Jährling wusste nichts von Tagen, er wusste nur, dass er Hunger hatte. Hunger und Durst. Doch der Wassereimer, der in einer Ecke seines Gefängnisses gestanden hatte, war verschwunden.

Vage erinnerte sich das verängstigte Tier an das metallene Geräusch, als der Eimer umgefallen war. Das Wasser hatte sich über seine Hufe ergossen und war allmählich versickert.

Das Pferd stand mit den Hinterhufen in seinem eigenen Mist, den niemand wegmachte. Es wusste nichts von Vergangenheit, Gegenwart oder Zukunft. Dennoch hatte es dieses Gefühl. Dieses Gefühl, dass sein Leben so nicht lebenswert war. Dass es von jemandem, der sich seiner annahm, erlöst werden musste. Erlöst werden wollte.

Und sei es durch den Tod.

1

»Wir sind nur einfache Leute,
aber wir glauben, er war ein
vom Himmel geschickter Engel.«
FAN AUS LAUNCESTON, TASMANIEN

Der Mann grunzte missmutig und zog seinen Hut mit der breiten Krempe tiefer ins Gesicht, um sich vor dem unablässigen Regen zu schützen. Er fror und allmählich schmerzten seine Beine von dem langen Stehen. Wieder und wieder rollte er die Zeitung, die er in den Händen hielt, enger zusammen. Darin hatte er mit Interesse einen Artikel über Bert Hinkler gelesen, einen gebürtigen Australier, der in nur 128 Stunden allein von England nach Australien geflogen war. März 1928 konnte man ganz weit oben am Rand des Papiers von minderer Qualität entziffern. Um das genaue Datum lesen zu können, hätte der Mann die Zeitung auseinanderfalten müssen. Doch das tat er nicht. Er wusste auch so, welcher Tag heute war: der Tag, der sein Leben nachhaltig und für immer verändern sollte.

Das Gedränge um den Anfang Fünfzigjährigen und seinen jungen Begleiter wurde stetig schlimmer, je näher das Auslaufen des nächsten Schiffes heranrückte. Pferdekutschen holperten über das Kopfsteinpflaster und eine korpulente Dame mit Koffer eilte so dicht an ihnen vorbei, dass sie den hageren Mann im Trenchcoat versehentlich anrempelte. Sie wandte sich um und starrte ihn grimmig an, als trüge er die Schuld an dem Zusammenstoß und nicht sie.

»Entschuldigen Sie, Ma'am«, sagte der hagere Mann höflich und tippte an seinen schon leicht ramponierten Hut.

Die Dame schnaubte empört und setzte ihren Weg fort.

Die Falten um seine Mundwinkel wurden tiefer, als der Mann jetzt seine Taschenuhr hervorzog und einen Blick darauf warf. Seit über einer Stunde standen sie nun hier am Kai, um die Lieferung in Empfang zu nehmen. Doch bis jetzt waren lediglich unzählige Container über ihren Köpfen herabgeschwebt. Aber keine Spur von dem, worauf der Mann wartete. Aufgeschreckt durch das Tuten eines der Schiffe, die soeben ausgeladen wurden, schaute er wieder auf. Gerade rechtzeitig, um einen Blick auf das Pferd zu erhaschen, das mit allen vier Beinen in der Luft baumelnd vom Deck des Schiffes auf den Boden herabgelassen wurde und dabei alles andere als glücklich aussah. Ein breiter Lederriemen um seinen Bauch war alles, was es vor einem Absturz aus etlichen Metern Höhe bewahrte.

Die Regentropfen prasselten erbarmungslos in das Gesicht des Mannes und seine Miene zeigte nicht die geringste Gefühlsregung, während er das Tier musterte, das sich wie ein dunkler Schatten gegen den grauen Himmel abhob und in diesem Augenblick angstvoll wieherte. Die Augen seines jungen Begleiters dagegen, der zwischen dem kränklich aussehenden Pferd und dem älteren Mann hin- und herblickte, spiegelten deutlich seine Unsicherheit und Verwirrung wider.

Das Pferd hatte nun festen Boden unter sich und wurde von einem der Arbeiter, die für das Ausladen der Schiffsfracht verantwortlich waren, von dem Lederriemen befreit und weggeführt.

Immer noch sah der junge Mann seinen Gefährten fragend an, aber der blickte stur weiter zu dem gigantischen Schiff empor, als erwartete er, dass von dort ein Wunder käme. Doch nichts geschah. Weder wurden weitere Container ausgeladen noch schwebte ein zweites Pferd aus luftiger Höhe herab. Der junge Mann räusperte sich und wechselte unruhig von einem Bein auf das andere. Er hatte klatschnasse Füße. Die Sohlen seiner Schuhe waren längst durchgelaufen. Selbst die offensichtliche Unruhe des Jüngeren entlockte dem Älteren nicht die geringste Erklärung.

Allmählich ließ das Gedränge am Kai nach. Die Passagiere, die vereinzelten Automobile und die Pferdekutschen, die über den holprigen Boden gerattert waren und hin und wieder Matsch aus einem der unzähligen Schlaglöcher hochgespritzt hatten, waren ebenso verschwunden wie die zu verladende Fracht.

»Sir?« Ein Mann mittleren Alters, der plötzlich wie aus dem Nichts vor den beiden Wartenden auftauchte, wedelte verlegen mit irgendwelchen Papieren, die vom Regen bereits aufgeweicht waren.

Es schien, als müsste der Mann mit dem breitkrempigen Hut erst von weiter Ferne hergeholt werden, so langsam löste er seinen Blick vom Schiff und wandte sich dem Bediensteten der Hafenanlage zu. »Ja?«

»Sind Sie Mr Harry Melforth?«

»Telford«, entgegnete der Angesprochene. »Mr Harry Telford.«

Der Hafenangestellte warf einen Blick auf seine Unterlagen. »O ja, sicher, Sir. Mr Harry Telford. Ihr Pferd wartet dort auf Sie.« Er deutete mit dem Kopf auf eine Lagerhalle in wenigen Metern Entfernung.

Harry Telford legte die Stirn in Falten. »Ach ja?« Er schien zu überlegen, doch schließlich nickte er. »Gut«, sagte er und ging mit ausladenden Schritten voran.

Seinem jungen Begleiter und dem Bediensteten der Hafenanlage blieb nichts anderes übrig, als ihm zu folgen.

Im Eingang zur Lagerhalle blieb der Ältere stehen. Zum ersten Mal seit fast zwei Stunden fiel ihm kein Regentropfen aufs Haupt. Er nahm daher seinen Hut ab, strich sich mit der rechten Hand eine nasse Strähne seines grau melierten Haars aus der Stirn und sah sich suchend um. In der Halle herrschte Dämmerlicht. An einem Tag wie diesem, an dem es seit dem frühen Morgen ohne Unterlass geregnet hatte, war die Dunkelheit mit Händen greifbar. Das fehlende Tageslicht schlug aufs Gemüt und machte Mensch und Tier gleichermaßen reizbar.

Im hintersten Winkel der Halle hatte man einen provisorischen Stall errichtet. Etwas Stroh auf dem nackten, kalten Steinfußboden, das kaum die Bezeichnung Einstreu verdiente, und ein rostiger Eimer mit stinkendem, schmutzigen Wasser waren alles, was die Pferde vorfanden, die nach einer langen Reise aus fernen Ländern im Hafen von Sydney ankamen. Auch dem mageren Fuchs, der jetzt mit gesenktem Kopf hinter dem Bretterverschlag ausharrte, erging es da nicht anders. Es sah aus, als würden die Muskeln an seinem dürren Hals nicht ausreichen, das Gewicht des Schädels zu tragen.

Harry Telford, dessen Augen sich allmählich an das Dämmerlicht gewöhnt hatten, musterte das rotbraune Tier. Dass ihn der Anblick nicht erfreute, war offensichtlich. Er ließ seinen Blick auf der Suche nach einem zweiten Stall und einem anderen Pferd durch die Halle schweifen.

Mittlerweile hatten die zwei jüngeren Männer zu ihm aufgeschlossen und blieben neben ihm stehen.

»Und?«, wandte sich Harry Telford an den Hafenbediensteten. »Wo ist mein Pferd?«

»Dort drüben, Sir«, antwortete der Mann etwas verwirrt über diese augenscheinlich überflüssige Frage und wies mit ausgestrecktem Arm auf den Fuchs, dem das Interesse der Menschen an ihm völlig egal zu sein schien.

Harry Telford sog scharf die Luft ein und seinem jungen Begleiter stand vor Schreck der Mund offen. »Das kann nicht sein«, entgegnete Mr Telford. »Sie müssen sich irren.«

»O nein, Sir.« Der Bedienstete wedelte erneut mit den völlig aufgeweichten Papieren in seiner Hand, von denen nun Wassertropfen in alle Himmelsrichtungen spritzten. »Das ist Ihr Pferd. Hier steht es schwarz auf weiß.«

Harry Telford verzichtete darauf, diese Aussage zu überprüfen. Stattdessen schloss er in einem stummen Gebet die Augen und legte den Kopf in den Nacken.

Sein junger Begleiter, der bislang wie ein Schatten hinter ihm gestanden hatte, machte als Erster ein paar Schritte auf das junge Pferd zu. Er blieb dicht vor ihm stehen und musterte es ausgiebig. Aber auch aus der Nähe betrachtet wurde der Anblick nicht besser. Selbst unter Berücksichtigung der Tatsachen, dass der junge Hengst noch lange nicht ausgewachsen war und dass er gerade eine kraftzehrende Schiffsreise hinter sich hatte, war und blieb er unansehnlich. Sein Gesicht war mit unzähligen Warzen übersät, sein Fell verdreckt und struppig, die Kruppe wetteiferte mit den Rippen darum, wer am eindrücklichsten hervorstand, und die Proportionen des Pferdes waren im besten Falle als merkwürdig zu bezeichnen. Immer noch hielt das Tier den Kopf gesenkt, der tatsächlich für den ausgemergelten Körper zu groß und zu schwer zu sein schien. Die Ohren wiederum waren zu lang und zu dünn und standen zur Seite ab wie bei einem tollwütigen Hund. Die Augen blieben hartnäckig geschlossen, als wollte der junge Fuchs gar nicht sehen, wohin es ihn in seinem jungen Leben verschlagen hatte. Zumindest dafür hatte der junge Mann, der vor dem Gitter stand, angesichts der trostlosen Umgebung, in der sie sich hier befanden, Verständnis. Er musterte gerade die Blesse des Tiers, die ihn an einen Halbmond denken ließ, als das Pferd die Augen aufschlug und ihn direkt anblickte.

Der junge Mann vergaß für einen Moment zu atmen. Die braunen Augen, die seinen begegneten, waren so voller Gefühl, wie er es nie zuvor bei einem Pferd erlebt hatte. Sie zeigten deutlich die Pein, die die geschundene Kreatur empfand, und sie schienen ihn um Hilfe zu bitten. Irgendetwas an diesem Blick berührte den jungen Mann tief in seinem Inneren und er konnte nicht anders, als ein stilles Versprechen zu leisten, dass er tun würde, was in seiner Macht stand, um dem Fuchs mit der außergewöhnlich geformten Blesse beizustehen.

So schnell er gekommen war, so schnell war dieser magische Moment wieder vorbei, als der junge Mann in diesem Augenblick bei seinem Namen gerufen wurde.

»Tommy!«, gellte der Ruf Harry Telfords durch die Halle. »Mach das Pferd fertig und bring es zum Anhänger.«

»Ja, Sir«, antwortete Tommy eilfertig und fingerte bereits an dem Schloss herum, um den Verschlag zu öffnen.

Der Fuchs blieb wie angewurzelt stehen, als der junge Mann zu ihm in den Stall kam. Er schreckte nicht zurück. Entweder weil er zu schwach dazu war oder weil er es nicht für nötig befand. Tommys Hand glitt in seine ausgebeulte Hosentasche und kam mit einem kleinen Stück Zucker wieder zum Vorschein. Er hielt es dem Tier unter die Nüstern und nach einer Sekunde des ungläubigen Zögerns senkte das Pferd die Lippen auf Tommys Hand. Der Stallbursche spürte den warmen Hauch des Pferdeatems und die Weichheit der Nüstern auf seiner Haut, als das Pferd den Zucker erst vorsichtig nahm und dann begierig mit seinen Zähnen zermalmte.

»Komm, Bobby«, sagte Tommy, ohne zu wissen, wie er auf den Namen kam, und der Fuchs folgte ihm ohne die geringste Scheu. Schlimmer konnte es wohl sowieso nicht mehr werden und der süße Geschmack des Zuckers war ein kleiner Lichtblick.

»Das ist nicht Ihr Ernst!« Dem Mann im feinen dunkelgrauen Anzug, der am Zaun der Koppel stand, war sein Entsetzen ins Gesicht geschrieben. Er begutachtete gerade das Pferd, das gelangweilt am Ende der langen Longe seine Runden drehte. »Ist Ihr Bruder blind? Wie konnte er nur auf dieses Pferd bieten, nachdem er es gesehen hatte?« Insbesondere aus seinem Mund klang der Vorwurf merkwürdig, denn auf dem Nasenrücken des kleinen Mannes saß eine Brille mit auffallend dicken Gläsern. Sie ließen seine Augen stark vergrößert erscheinen und waren ein untrügliches Indiz dafür, dass es um seine Sehkraft nicht gerade rosig bestellt war.

Tommy Woodcock saß, umgeben von einigen anderen Stalljungen und Jockeys, die für Harry Telford arbeiteten, neben seinem jungen Freund Cashy Martin auf dem entgegengesetzten Ende des Zauns. Die höhnischen Bemerkungen seiner Kollegen zu dem Pferd versuchte er zu ignorieren. Er hatte sich große Mühe gegeben, den Fuchs ansehnlicher zu gestalten. Stundenlang hatte er sein Fell, seine Mähne und seinen Schweif mit Kardätsche und Kamm bearbeitet und nun konnte man zumindest sehen, dass das Fell des Pferdes von einem hübschen und außergewöhnlich intensiven Rot war. Obwohl ihm immer noch jeglicher Glanz fehlte und sich selbstverständlich weder an den Proportionen noch an den hässlichen Warzen des Tieres über Nacht irgendetwas geändert hatte.

»Sie werden schon sehen, Mr Davis!«, rief Harry Telford dem feinen Herrn am Rand der Koppel zu, während er das fuchsfarbene Pferd mit seiner Peitsche vergeblich zu einer schnelleren Gangart zu bewegen versuchte. »Nach ein wenig Erholung von der Schiffsreise und anständigem Training werden Sie das Pferd nicht mehr wiedererkennen. Es ist der geborene Champion«, behauptete er, obwohl das Pferd bereits nach den ersten fünf Runden im langsamen Trab schnaufte und schwitzte wie ein altersschwacher Ackergaul.

Die Stalljungen quittierten diese Weissagung mit Gekicher und anzüglichen Bemerkungen, die jedoch aus guten Gründen so leise ausgesprochen wurden, dass Telford sie nicht hören konnte.

»Wissen Sie was?«, fuhr Mr Davis fort. »Sie werden das Pferd so schnell wie möglich verkaufen. Ich weiß ehrlich nicht, was mich dazu verleitet hat, Ihnen blind zu vertrauen und hundertsechzig Pfund für ein Pferd auszugeben, das ich nicht selbst gesehen habe.«

Harry Telford bedeutete Tommy mit einer Kopfbewegung, seine Position einzunehmen. Der Zweiundzwanzigjährige sprang mit einem Satz vom Zaun und ging ruhigen Schrittes zur Mitte der Koppel, wo sein Boss ihm das Ende der Longe in die Hand drückte und anschließend auf Mr Davis zutrat, der mit vor Zorn gerötetem Gesicht auf ihn wartete.

»Hören Sie«, sagte Mr Telford, »Sie müssen mir glauben. Ich habe den Stammbaum dieses Pferdes gründlich studiert. Es hat das beste Blut in sich. Es wird Erfolg haben – es kann gar nicht anders sein.«

»Ich habe gesagt, verkaufen«, beharrte Mr Davis. »Ich werde nicht auch nur einen Penny weiter in diesen Gaul investieren. Oder glauben Sie etwa, ich sehe zu, wie Sie diese Missgeburt trainieren, und bezahle auch noch dafür?«

Auf Telfords Stirn bildeten sich Schweißperlen. »Ich würde Ihnen die hundertsechzig Pfund geben, wenn ich sie hätte. Das können Sie mir glauben! Ein solches Pferd ist das Fünfzehnfache dieser Summe wert. Aber ich habe nun mal keine hundertsechzig Pfund. Sonst hätte ich Sie nicht darum gebeten, das Pferd zu kaufen.« Er seufzte und seine Stimme klang fast flehend. »Aber ich schlage Ihnen ein Geschäft vor: Sie überlassen mir das Pferd für … sagen wir, drei Jahre. Ich trainiere es und komme für alle Unkosten auf. Und danach können Sie entscheiden, es zu verkaufen.« Er machte eine Pause. »Was haben Sie dabei zu verlieren?«

Mr Davis schwieg, während er über das Angebot nachdachte. Er verfluchte im Stillen den Tag, an dem Harry

Telford zu ihm gekommen war und ihm von dem Jährling erzählt hatte, den er nach der Beschreibung eines Katalogs ausgewählt hatte. Hundertsechzig Pfund und die Kosten für die Überfahrt aus Neuseeland hatte er in dieses angebliche Wunderpferd investiert. Und jetzt musste er daran zweifeln, auch nur einen Bruchteil dieser Summe jemals wiederzubekommen. Kein vernünftiger Mensch, der dieses Pferd zu Gesicht bekäme, würde auch nur einen einzigen Schein zücken, um es zu erwerben. Selbst Hundefutterfabrikanten würden wohl davor zurückschrecken, dieses von Warzen verseuchte Monstrum in ihre Dosen abzufüllen. Aber Telford hatte recht: Was hatte er jetzt noch zu verlieren? Das Kind war bereits in den Brunnen gefallen und er sah keine Möglichkeit, es dort unversehrt wieder herauszuholen.

Harry Telford wurde es abwechselnd heiß und kalt, während er auf eine Antwort des Pferdebesitzers wartete. Seine einzige Hoffnung bestand darin, dass er sich in dem Leistungsvermögen dieses Pferdes nicht geirrt hatte. Und wenn doch, nun, dann konnte er sich getrost direkt einen Strick nehmen – vorausgesetzt, er brachte das Geld auf, um sich einen zu kaufen. »Wenn es gewinnt, und das wird es«, fuhr er fort in dem Bemühen, Davis – und vielleicht auch sich selbst – zu überzeugen, »dann bekommen Sie jedes Mal ein Zehntel vom Preisgeld, das es einstreicht.«

»Ein Drittel«, antwortete Davis wie aus der Pistole geschossen. Geschäft war Geschäft, auch wenn er nicht im Traum glaubte, dass dieses hässliche und klapprige Pferd jemals bei einem Rennen über die Ziellinie laufen würde. Ob nun als Erster oder als Letzter. Vermutlich fiel es eher nach der Hälfte der Strecke tot um. Aber er streckte Harry

Telford zur Besiegelung des Geschäfts die Hand entgegen und der Trainer ergriff sie und drückte fest zu.

Als hätte der Fuchs gehört, dass seine unmittelbare Zukunft soeben gesichert worden war, blieb er ruckartig stehen, stemmte heftig schnaufend alle vier Hufe fest in den Boden und weigerte sich, auch nur einen einzigen weiteren Schritt zu machen. Seine Ohren zuckten missmutig vor und zurück, als die jungen Männer am Zaun in brüllendes Gelächter ausbrachen.

David Davis hatte genug gesehen. Kopfschüttelnd wandte er sich ab und ging zu seinem Automobil zurück, das wenige Meter entfernt stand, während das Lachen hinter ihm immer weiter anschwoll. Er sah sich nicht mehr nach dem Pferd um, für das er hundertsechzig Pfund bezahlt hatte. Hundertsechzig Pfund zu viel.

»Hey, Woodcock!«, rief einer der Stallburschen Tommy zu, als der Motor des Wagens mit lautem Knattern ansprang. »Halt bloß die Longe gut fest, sonst geht dir das Pferd gleich durch!«

Die anderen bogen sich vor Lachen.

»Ja, genau!«, schrie ein Zweiter. »Bei so einem Energiebündel muss man auf alles gefasst sein!«

Die Jungs fielen vor Lachen fast vom Zaun, während Harry Telfords Gesicht erstarrte, als wäre es aus Stein gemeißelt. Doch selbst sein strenges Auftreten, das sonst augenblicklich alle Untergebenen stramm stehen ließ, beeindruckte die jungen Männer in diesem Moment nicht.

»Achtung, der ›Rote Blitz‹ kommt!«, schrie ein Dritter und die anderen schlugen ihm grölend auf die Schultern.

»Vorsicht, meine Damen und Herren, auf der Zielgeraden kommt jetzt der ›Rote Blitz‹, halten Sie Ihre Hüte gut fest!«, tönte der Nächste und tat so, als hätte er ein Megafon vor den Lippen.

Tommy stand in der Mitte der Koppel und hielt Bobby an der Longe. Er lächelte gequält, während er seine Hosenträger zurechtrückte, obwohl sie nicht verrutscht waren, und schwieg. Sein Blick traf sich mit dem seines Freundes Cashy Martin, eines vierzehnjährigen Jockeys, dem der eine oder andere bereits eine große Zukunft auf der Rennbahn vorausgesagt hatte. Auch Cashy schwieg und beteiligte sich nicht an den Scherzen.

Ebenso wenig wie Mr Telford, der stumm neben Tommy stand und zu überlegen schien, wie er diesem respektlosen Treiben Einhalt gebieten könnte. »Hey, Luang!«, rief er schließlich einem zierlichen dunkelhäutigen Jungen zu, der sich ebenfalls ab und zu als Jockey verdingte und jetzt wie alle anderen am Zaun herumlungerte. »Was heißt Blitz in deiner Sprache?«

Der Sohn thailändischer Eltern, die vor etlichen Jahren als Einwanderer nach Australien gekommen waren, weil sie sich hier fälschlicherweise eine bessere Zukunft erhofft hatten, wurde schlagartig ernst. »Phar Lap, Sir«, antwortete er.

»Phar Lap«, wiederholte Telford. »Nun gut, warum nicht? Irgendeinen Namen muss das Pferd schließlich haben. Und Phar Lap ist so gut wie jeder andere.« Er blickte mit starrer Miene in die Gesichter der jungen Männer, denen das Lachen augenblicklich vergangen war. »Tommy«, wandte er sich schließlich an den Stallburschen, der direkt neben ihm stand, »du kannst Phar Lap jetzt zurück in seinen Stall bringen.«

»Ja, Sir«, antwortete Tommy und ergriff das Halfter des Pferdes. Ohne dass Mr Telford es sehen konnte, holte er ein Stückchen Zucker aus seiner Hosentasche und hielt es Phar Lap hin. Sofort setzte sich der Fuchs in Bewegung und folgte dem jungen Mann wie ein gehorsames Hündchen.

2

»Es regnete eine ganze Woche
und ich bin mir sicher,
der Himmel weinte seinetwegen …«
FAN AUS ADELAIDE, SÜDAUSTRALIEN

Tommy beugte sich tief über seinen Suppenteller, der offensichtlich bereits mindestens einmal geklebt worden war, und versuchte die Gespräche seiner Kollegen beim gemeinsamen Abendessen zu ignorieren. Immer noch drehte sich alles um das neue Pferd.

»Ich finde, er sieht aus wie eine Kreuzung aus Känguru und räudigem Straßenköter«, sagte einer der jungen Jockeys gerade.

»Auf jeden Fall nicht wie ein Rennpferd.«

»Habt ihr seine Beine gesehen? Wie bei einem magersüchtigen Elefanten!«

»Ja, und genau so hat er sie auch in den Boden gestemmt, als er sein Training für beendet erklärte.«

Die anderen lachten wieder bei der Erinnerung an Phar Laps Verweigerung.

»Ich glaube«, sagte Cashy leise, der neben Tommy saß, »ich glaube, Mr Telford weiß, was er tut. Wenn er sagt, das Pferd kann was, dann kann es auch was.«

»He, hört euch unseren Pferdefachmann an«, scherzte ein anderer. »Kann kaum über den Tellerrand gucken, aber erkennt einen Champion, wenn er ihn nur einmal gesehen hat.«

»Über den Tellerrand kann von euch ohnehin keiner gucken!«, nahm Tommy seinen jungen Freund in Schutz. In der Tat gehörte Cashy selbst unter seinen Kollegen zu den kleinsten. Und natürlich war das für einen Jockey kein Handicap, sondern ein großer Vorteil. Ein Vorteil, auf den Tommy verzichten musste. Er haderte ständig mit seiner Größe und machte weite Bögen um alles, was seinem Gewicht schaden konnte. Doch seine Laufbahn als Jockey schien nun, da er ausgewachsen war, ohnehin am Ende zu sein. Er war zu groß und zu schwer geraten, um auf den Rennbahnen dieser Welt ernsthafte Erfolge feiern zu können.

Nach diesem Ausruf schwiegen die anderen für eine kurze Weile und als Tommy aufschaute, begegnete er Emmas Blick, die ihn über den langen Tisch hinweg ansah. Ihre Lippen verzogen sich zu einem Lächeln und stillschweigendes Einverständnis lag in ihren Augen.

Während sich Tommy und seine Kollegen an den Kochkünsten von Emmas Mutter Mrs Bone erfreuten, stand Harry Telford in der Box seiner neuesten Erwerbung. Voll dunkler Gedanken starrte er auf das Pferd, das nur wenige Meilen entfernt, in der Küche der Pension für junge Jockeys, das Hauptgesprächsthema war.

Der Fuchs fühlte sich sichtlich unwohl. Er trat unruhig von einem Lauf auf den anderen, während Mr Telford ihn musterte. Der prüfende Blick dieses Menschen gefiel ihm nicht. Er spürte, dass die Gedanken des Mannes um ihn kreisten, aber von der Wärme, die der Junge ausstrahlte und die ihm ein Gefühl der Sicherheit vermittelte, merkte er bei diesem Menschen nichts. Im Gegenteil. Dieser Mann brachte ihm kein Wohlwollen entgegen. Er wollte etwas von ihm. Aber was? Die Muskeln des jungen Hengstes zitterten, als er die tastende Hand des Menschen auf seinem Fell spürte, und er wandte den Kopf, so weit es ihm möglich war, ab.

Harry Telford seufzte. Er konnte seine Enttäuschung über das Pferd nicht länger verbergen. Er wusste nicht, was genau er erwartet hatte, aber sicherlich nicht diesen heruntergekommenen Klepper, der nicht einmal genug Kraft besaß, seinen eigenen Kopf zu tragen. Was hatte Mr Davis gesagt? Sein Bruder müsse blind sein, wenn er auf dieses Pferd geboten habe?

Nun, er hatte Hugh gebeten, das Pferd auf der Jährlingsauktion zu ersteigern. Und Hugh, sein in Neuseeland lebender Bruder, hatte sich lediglich an seine Anweisungen gehalten. Nicht mehr und nicht weniger. Ihm konnte man wohl kaum einen Vorwurf machen. Oder?

Andererseits hätte er wahrscheinlich selbst nicht auf dieses Pferd geboten, wenn er eine Chance gehabt hätte, es vorher zu sehen. Hugh und er waren schon immer in allem unterschiedlicher Meinung gewesen, was Pferde anging. Vielleicht hatte er tatsächlich einen Fehler begangen, als er sich in dieser Angelegenheit auf das Urteil seines Bruders verließ.

Noch einmal rief sich Harry Telford die Abstammung des Fuchses in Erinnerung, die er vor der Kaufentscheidung tage- und nächtelang geprüft hatte. Insbesondere in der weiblichen Linie hatte es einige Generationen zuvor mehrere Champions gegeben. Nein, er konnte sich einfach nicht derart verrechnet haben. Alles, was das Pferd brauchte, waren Erholung und anschließend ein hartes Training, um seine Disziplin, Ausdauer und Leistungsbereitschaft zu fördern.

Und wenn er sich doch geirrt hatte? Nun, dann war ohnehin alles zu spät. Mr Telford wandte sich ab und verließ den Stall, ohne sich noch einmal nach Phar Lap umzusehen.

Kaum war er gegangen, entspannte sich der Fuchs. Diesen Mann empfand er als Bedrohung und er war froh, dass er nun fort war. Andererseits war er jetzt wieder ganz allein und das Alleinsein gefiel dem jungen Pferd fast ebenso wenig. Seit den Tagen des Hungers, des Durstes und der Dunkelheit, die er hinter sich gebracht hatte, fürchtete er sich davor, allein zu sein, und sehnte sich nach jemandem, dem er vertrauen konnte und der für ihn sorgte. Einen Augenblick lang meinte der Fuchs den süßen Geschmack von Zucker auf der Zunge zu spüren, als ihm der andere Mann einfiel. Doch dann war dieser kurze Moment des Glücksgefühls wieder vorbei.

Cashy drehte unsicher seine Mütze in den Händen, während er darauf wartete, dass Tommy sich von Emma verabschiedete.

»Morgen ist Sonntag«, sagte Tommy. »Nachmittags habe ich frei.«

Emma nickte und lächelte. Ein wenig verlegen löste sie die Schleife ihrer geblümten und verschmutzten Küchenschürze, die sie zum Schutz vor Flecken trug, und faltete sie zusammen. Sie hatten erst letzte Woche gewaschen, also musste sie ihre Kleider bis zum nächsten Waschtag schonen.

Cashy betrachtete währenddessen eingehend die Flecken an der Holzdecke der Veranda.

»Hast du vielleicht Lust auf eine Spazierfahrt?«

Wieder nickte Emma und strich sich eine Strähne ihres

kinnlangen, glänzenden Haares aus der Stirn. Ihr Lächeln wurde intensiver.

»Dann hole ich dich um zwei Uhr ab?«

»Zwei Uhr ist gut«, antwortete Emma und reichte Tommy die Hand, der sie etwas länger festhielt, als notwendig gewesen wäre.

Cashy atmete erleichtert auf, als sein Freund endlich neben ihn trat. Doch Tommy wandte sich noch einmal um und winkte Emma zum Abschied zu, bevor er endlich auf sein Motorrad stieg, das vor dem Gasthaus stand.

Die bordeauxrote Indian war sein ganzer Stolz. Sie hatte sogar einen elektrischen Anlasser und der Motor sprang jetzt auf Anhieb an. Während Tommy darauf wartete, dass Cashy hinter ihm Platz nahm, schaute er zu Emma hinüber, die immer noch auf der obersten Stufe der Treppe stand und ihnen hinterherblickte.

Cashy klammerte sich fest, als Tommy Gas gab und die Straße entlangknatterte, als gäbe es kein Morgen. Geschwindigkeit, ob auf dem Rücken eines Pferdes oder auf dem Sattel eines Motorrads, war für beide das Größte. Doch manchmal – so glaubte Cashy in diesem Augenblick – übertrieb sein Freund ein wenig.

Auf jeden Fall war er dankbar, als die kurze Fahrt vorbei war. Tommy stützte das Motorrad mit den Füßen ab, während Cashy herunterkletterte. Dann hob der Jüngere zum Gruß die Hand, bevor er sich umwandte und auf das kleine Haus zuging, in dem er mit seiner Mutter, seinem Bruder und seinen beiden Schwestern lebte.

Nun konnte auch Tommy endlich nach Hause zu seiner Mutter und seinen Geschwistern fahren. Er freute sich immer noch täglich darüber, dass seine Familie, auf die er so lange hatte verzichten müssen, zu ihm nach Sydney gekommen war. Auch wenn das bedeutete, dass er nun nicht mehr wie die meisten seiner Freunde in der Pension von Emmas Mutter wohnte.

Dennoch würde er Emma morgen sehen und sie für ein paar Stunden ganz für sich allein haben. Mit einem zufriedenen Lächeln bockte Tommy das Motorrad nach einer kurzen Fahrt auf und betrat das Haus seiner Mutter.

Als Tommy Emma am nächsten Tag half in den Beiwagen zu klettern, ignorierte er geflissentlich die strengen Blicke von Mrs Bone in seinem Rücken, die ihm ihre Tochter offensichtlich nur äußerst unwillig anvertraute. Doch heute sollte ihm nichts und niemand die Laune verderben! Die Sonne schien vom Himmel und er freute sich auf eine Fahrt durch die Berge mit Emma an seiner Seite.

Nach einer guten Stunde hatten sie die Stadt hinter sich gelassen und Tommy wunderte sich über die vielen Motorradfahrer, die sich vor und hinter ihnen die Bergstraße entlangschlängelten und sie in eine Wolke aus Staub und Abgasen einhüllten.

»Bekommst du etwas von dem Schmutz ab?«, rief er Emma über den Motorlärm hinweg zu.

»Etwas mehr als etwas!«, schrie Emma zurück. »Vielleicht solltest du an den Straßenrand fahren und warten, bis alle vorbei sind?«

»O nein«, antwortete Tommy, »da habe ich eine viel bessere Idee!« Er lächelte Emma zu. »Pass gut auf!«

Emma umklammerte mit festem Griff ihr Wolltuch, das sie sich zum Schutz vor dem Fahrtwind über die Schultern gelegt hatte, als Tommy nun den Gashebel bis zum Anschlag aufdrehte.

Der Motor röhrte, während Tommy mit Emma im Beiwagen einen Motorradfahrer nach dem anderen überholte. Die Indian lag sicher in den Kurven und schien nicht die geringste Schwierigkeit mit dem steilen Anstieg zu haben. Innerhalb kürzester Zeit hatten sie alle anderen hinter sich gelassen. Tommy sah Emma Beifall heischend an und wollte sich soeben erkundigen, ob die Luft nun wieder besser sei, als er vor sich am Straßenrand einen Mann bemerkte, der eine Fahne schwenkte und ihn damit aufforderte anzuhalten. Tommy drosselte die Geschwindigkeit und überlegte, was der Mann wohl von ihm wollte, während er die Indian zum Stehen brachte.

»Welche Nummer habt ihr?«, wandte sich der Mann an Tommy.

»Welche Nummer?«, fragte Tommy verständnislos. »Ich weiß nichts von einer Nummer.«

»Ja, macht ihr denn nicht mit?«

»Wobei? Wovon reden wir hier eigentlich?« Tommy sah fragend zu Emma hinunter, doch die zuckte ebenfalls nur mit den Schultern.

»Beim Rennen!«, erklärte der Mann.

»Was für ein Rennen?«, wollte Tommy wissen.

Der Mann seufzte schicksalsergeben. »Na ja, jedenfalls habt ihr wohl gewonnen.«

»Gewonnen?« Tommy grinste. »Heißt das, wir haben bei einem Motorradrennen gewonnen, ohne überhaupt mitzumachen?«

»Sieht ganz so aus«, sagte der Mann und musterte Tommys Gespann. »Nette Maschine«, meinte er dann.

»Wie ich hörte, hast du am Wochenende mal wieder ein Rennen gewonnen?« Harry Telford schmunzelte, als er Tommy bei den Stallungen traf.

Tommy wunderte sich nur einen Augenblick lang, dass seine Geschichte in so kurzer Zeit sogar bis zum Boss vorgedrungen war. Dann schmunzelte er ebenfalls. »Ja, Sir«, antwortete er und setzte für einen Moment den schweren Hafersack ab.

»Vielleicht hilft uns dein glückliches Händchen ja auch im Fall unseres Neuen«, fuhr Mr Telford fort. »Wenn du hier fertig bist, kannst du Phar Lap für mich satteln.«

Tommy gelang es nicht, seine Verwunderung zu verbergen. »Sie wollen schon mit dem Training beginnen, Sir? Er ist doch erst vor wenigen Tagen vom Schiff gekommen!«

Mr Telford warf Tommy einen strafenden Blick zu. Er hatte es nicht gerne, wenn man seine Anweisungen infrage stellte. »Er wird sich umso schneller erholen, je eher wir seine Muskeln kräftigen, die von der Reise völlig erschlafft sind.«

Tommy hielt die Luft an. Er hatte heute Morgen bereits nach Bobby geguckt und der Fuchs war immer noch in einem völlig desolaten Zustand. Aber schließlich war er nicht der Trainer, sondern nur der Stallbursche, der sich mühsam seinen Lebensunterhalt verdiente, solange kein Rennen für ihn anstand. Und so wie die Sache im Augenblick aussah, konnte er lange darauf warten, dass ihn noch einmal jemand als Jockey für sein Pferd orderte. Also antwortete er: »Jawohl, Sir. Da haben Sie aber schnell ein Trainingsticket für ihn bekommen.« Insgeheim wunderte er sich, woher Telford das Geld für die Erlaubnis hatte, das Pferd auf der Rennstrecke zu trainieren. Nicht nur mahlten die Mühlen der Rennbahnbetreiber, die diese Tickets ausstellten, im Allgemeinen äußerst langsam, sondern sie verlangten zudem auch noch eine Menge Geld dafür, wenn sie Nichtmitgliedern ihre Bahnen zur Verfügung stellten. Und es war kein Geheimnis, dass Mr Telford nicht gerade im Geld schwamm!

Telford schüttelte den Kopf. »Ich habe kein Trainingsticket«, antwortete er. »Damit Phar Lap Muskelmasse aufbaut, ist ein Galopp durch Wasser und Sand genau das Richtige. Vorerst brauche ich keine Rennbahn.«

»Sie wollen mit ihm an den Strand?« Tommy merkte, dass er dabei war, sich um Kopf und Kragen zu reden, und er setzte schnell hinterher: »Er ist in ein paar Minuten für Sie fertig, Sir.« Und wenn ihm das Pferd noch so leidtat, die Zeiten waren einfach nicht so, dass man sich wegen einer solchen Sache um seinen Job brachte.

Phar Lap hob den Kopf, um den Schmerzen an seinem empfindlichen Maul zu entgehen. Doch es nützte nichts. Der Mann auf seinem Rücken hielt die Zügel so fest in der Hand, dass die Trense in seine Mundwinkel schnitt. Er stieß ihm die Sporen in die Flanken und Phar Lap zitterte. Er zitterte vor Anstrengung ebenso wie vor Angst. Die Sporen auf seiner Haut fühlten sich an wie die Zähne eines Raubtieres, die durch das Fleisch dringen. Der Mann trieb ihn immer weiter vorwärts, immer tiefer in die Brandung hinein, bis Phar Lap kaum noch Boden unter den Hufen hatte. Die Peitsche zischte wie eine gefährliche Schlange, als der Mann auf seinem Rücken sie durch die Luft schwang.

Harry Telford hörte das angestrengte Schnaufen des Pferdes, auf dessen Rücken er saß, doch er beachtete es nicht. Wer für ihn arbeitete, musste hundert Prozent seiner Leistung zeigen. Ob Mann oder Pferd, das war egal. Und Phar Lap war weit davon entfernt, die Leistung zu erbringen, die von ihm erwartet wurde. Aber das sollte sich ändern. Das musste sich ändern, wenn sie alle eine Zukunft haben wollten.

Unwillkürlich schüttelte Harry Telford den Kopf und knallte noch lauter mit der Peitsche, als er jetzt an sein Gespräch mit Woodcock zurückdachte. Dieser Grünschnabel glaubte doch tatsächlich, er könnte ihm Ratschläge erteilen, wie er seinen Job zu machen habe! Ihm, Harry Telford, der seit über dreißig Jahren Pferde trainierte! Dabei hatte er von nichts eine Ahnung! Wo hätte er in so kurzer Zeit ein Trainingsticket auftreiben sollen, das ihm erlaubte Phar Lap auf der Rennbahn zu trainieren? Er hatte ihn ja bislang noch nicht einmal als Rennpferd registrieren lassen! Und vor allem: Wovon hätte er die Gebühr bezahlen sollen? Ohne einen Sieg, ohne einen einzigen gottverdammten Sieg war er am Ende!

Wütend ließ Harry Telford die Peitsche auf Phar Laps Kruppe niedersausen. Er würde ihnen allen zeigen, was in ihm steckte. Und was in diesem verfluchten Pferd steckte!

3

**»Wenn es im Himmel
einen Platz für Pferde gibt,
dann ist er dort.«**
FAN AUS ANNANDALE, NEW SOUTH WALES

Phar Lap schlug mit dem Kopf und wieherte. Kaum hatte der Mann im weißen Kittel ihn losgelassen, machte er einen Satz zur Seite. Er schnaubte und prustete, dann stolzierte er breitbeinig zu einem schmalen Streifen saftigen Grüns, das den Weg säumte, und begann zu grasen.

Der Arzt lachte. »Sie können ihm einen Sattel auflegen und ihn nach Hause reiten, junger Mann. Dieses Pferd braucht jedenfalls keine Krankenpflege. Es hat eine erstaunliche Konstitution.«

Tommy Woodcock musste Dr. Doyle beipflichten. Soeben vom Hengst zum Wallach geworden, war der »Rote Blitz« zwar ein wenig beleidigt über die schlechte Behandlung, der man ihn ausgesetzt hatte, jedoch ernsthaft in Mitleidenschaft gezogen war er deswegen noch lange nicht. Tommy betrachtete den Fuchs nachdenklich, der nur wenige Meter entfernt stand. Viel erinnerte beim Anblick Phar Laps nicht mehr an den ausgemergelten und mit Warzen übersäten Fuchs, den er vor einigen Monaten zum ersten Mal weit über seinem Kopf schwebend gesehen hatte. Der »Rote Blitz« war inzwischen ein stattlicher Zweijähriger, dem der Winteraufenthalt auf einer

Farm bei Windsor, nordwestlich von Sydney, sichtlich gut getan hatte. Immer noch keine Schönheit, aber mit einem glänzenden Fell und kräftiger Muskulatur machte er einen gesunden und zufriedenen Eindruck.

»Komm, Bobby! Alter Junge!«, rief Tommy.

Phar Lap hob den Kopf und sah kauend zu dem jungen Mann hinüber. Er schien zu überlegen. Langsam setzte er sich in Bewegung, kam auf Tommy zu und ließ sich willig von ihm zu dem bereitstehenden Transporter führen, der ihn zurück zu seinem Stall nach Randwick bringen sollte.

»Verdammt! Wie kriege ich diesen blöden Gaul bloß dazu, sich zu bewegen?« Luang, der thailändische Stalljunge, stand in Phar Laps Box und zog mit aller Kraft am Führhalfter. Der »Rote Blitz« wirkte nicht einmal angestrengt, als er die Beine in den Boden stemmte und sich dem Zug am Halfter widersetzte. Viel hatte er dabei tatsächlich nicht zu tun, denn Luang war ausgesprochen dünn und von zierlicher Statur.

»Hey, Woodcock!«, rief Luang, als er in der Boxengasse seinen Kollegen entdeckte, der soeben eine Schubkarre voll Stroh und Mist entsorgen wollte. »Kommst du mal kurz?«

»Was gibt's?« Tommy setzte die Schubkarre ab und lehnte sich an die Stalltür.

»Dein verdammter Gaul weigert sich mit mir den Stall zu verlassen. Dabei hat Mr Telford mich beauftragt, Phar Lap für ihn zu satteln.«

»Und wo ist das Problem?«

Luang sah Tommy an, als wäre er begriffsstutzig. »Wo das Problem ist? Hier ist das verdammte Problem!« Er wies über seine Schulter mit dem Daumen auf Phar Lap. »Das Pferd hat keinen An-Knopf!«

Tommy konnte ein Lächeln nur schwer unterdrücken. »Komm, Bobby«, sagte er und öffnete gleichzeitig die Stalltür.

Luang wurde von dem Fuchs zur Seite gestoßen und konnte sich gerade noch an der Stallwand abfangen, denn Phar Lap kam sogleich gehorsam auf Tommy zu und begrüßte ihn freundlich, indem er seinen schweren Kopf auf dessen Schulter legte.

»Braver Junge«, lobte Tommy. Mit der linken Hand kraulte er Phar Lap, während die Rechte in seine Hosentasche glitt und mit einem Stück Zucker wieder hervorkam, das in null Komma nichts in Phar Laps Maul verschwand.

»Komm, Bobby«, äffte Luang Tommy wütend nach und wischte sich den Staub von der Hose. »Weißt du was? Wie wär's, wenn du Phar Lap sattelst und zu Mr Telford bringst und ich kümmere mich um deine Schubkarre da.«

»Wie du möchtest«, antwortete Tommy grinsend. Wenn Luang es vorzog, die Ställe auszumisten – ihm konnte das nur recht sein.

»Na endlich!« Telford klopfte nervös mit der Reitgerte gegen sein Bein, als Tommy wenige Minuten später mit Phar Lap am Zügel auf ihn zutrat. »Wo ist Luang?«, setzte der Trainer hinterher. »Er sollte das Pferd doch fertig machen.«

Tommy bemerkte den misstrauischen Blick seines Bosses. »Er hatte noch was zu erledigen«, antwortete er ausweichend.

Telford schwieg. Aber sein Blick zeigte deutlich, was

er von Phar Laps Anhänglichkeit an den Stallburschen hielt: nichts.

Es war ein offenes Geheimnis, dass sich der »Rote Blitz« nur bei Tommy umgänglich zeigte und er bei allen anderen störrisch wie ein Esel sein konnte. Auch Harry Telford kannte das Pferd inzwischen gut genug, um zu wissen, wie eigensinnig es war. Und genau diesen Eigensinn wollte er ihm austreiben. Sonst würde Phar Lap niemals die Zeiten laufen, die von ihm erwartet wurden.

Tommy sah Ross und Reiter eine Weile hinterher, als sich die beiden jetzt in Bewegung setzten. Phar Laps Ohren zeigten missmutig nach hinten. Er schlug unwillig mit dem Schweif, während Telford ihn zum Galopp zu bringen versuchte. Die beiden sahen so komisch aus, dass Tommy hätte lachen mögen, wenn das Ganze nicht so traurig gewesen wäre. Jedes Mal, wenn Bobby vom Training mit Mr Telford zurückkehrte, war der Fuchs so übellaunig, dass er außer Tommy niemanden auch nur in seine Nähe ließ.

Tommy wusste, dass sein Boss Phar Lap hart rannahm. Der Trainer war dafür bekannt, dass er von jedem, egal ob Mensch oder Tier und vor allem von sich selbst, stets Höchstleistungen verlangte. Dabei war er keineswegs boshaft – er hatte nur selbst zeit seines Lebens besonders hart arbeiten müssen und sah dies als Grundvoraussetzung für Erfolg an. Und hatte er damit so unrecht? Nur die Wege, mit denen er seine Ziele zu verfolgen suchte, waren nicht immer die, die auch Tommy gewählt hätte.

Zwei-, dreimal hatte Tommy versucht mit Mr Telford zu reden. Der Mann musste doch sehen, dass sich Phar Laps Zeiten mit seiner Methode nicht verbesserten! Vielleicht hatte er bei anderen Pferden damit Erfolg gehabt – bei Phar Lap funktionierte es so definitiv nicht! Aber jedes Mal hatte der Trainer ihn in seine Schranken verwiesen, beim letzten Mal dem Stallburschen sogar mit Rausschmiss gedroht. Seitdem traute sich Tommy nicht mehr, seine eigene Existenz aufs Spiel zu setzen.

Wenn er seinen Job verlor, konnte er Bobby erst recht nicht mehr helfen. Und außerdem – bei dem Gedanken schlich sich ein Lächeln in das Gesicht des jungen Mannes – außerdem musste er auch an seine eigene Zukunft denken: Wovon sollte er Emma einen Verlobungsring kaufen, wenn es erst einmal so weit war?

Phar Lap schnaufte. Seine Augen traten hervor und Schaum tropfte aus seinem Maul. Seine Flanken glänzten vor Schweiß. Der Fuchs wusste nicht, zum wievielten Mal ihn der Mann diese Anhöhe hinaufjagte. Sein Herz schien vor Anstrengung zu zerspringen, seine Lungen brannten und seine Beine versagten ihm jeden Augenblick den Dienst. Aber immer noch schlug der Mann mit der Gerte auf ihn ein, trieb ihn weiter und weiter.

Phar Lap versank bis zu den Knien in dem weichen Sand. Er brauchte all seine Kraft, die jedoch zusehends schwand, um diesen Sandhügel hinaufzukommen. Und das Gewicht des Mannes auf seinem Rücken machte die Aufgabe nicht gerade leichter.

Das Pferd spürte die Aggression des Mannes. Es wusste, dass seinem Reiter egal war, ob es litt oder nicht. Und genauso wusste es, dass es jedes Mal bis zur völligen Erschöpfung geritten wurde. Instinktiv versuchte Phar Lap deshalb seine Kräfte zu schonen, um den Anforderungen, die an ihn gestellt wurden, gerecht zu werden. Aber sosehr er sich auch bemühte, der Mann war nie zufrieden mit ihm. Und auch das fühlte das Pferd.

Doch so schlimm wie jetzt war es noch nie gewesen. Wieder spürte Phar Lap die Gerte auf seine Kruppe niedersausen und obwohl seine Beine zitterten, machte er gehorsam einen Schritt nach dem anderen und kämpfte sich zum x-ten Mal den Sandhügel hinauf.

Harry Telford auf Phar Laps Rücken wusste weitaus weniger von den Gefühlen des Pferdes, das er ritt, als das Pferd von seinen. Seine Gedanken wanderten unstet zwischen Phar Lap, David Davis, Tommy Woodcock und seiner eigenen finsteren Zukunft hin und her. Und keiner dieser Gedanken war geeignet, seine Stimmung zu heben.

Seit Monaten versuchte er nun aus diesem Pferd einen Champion zu machen. Doch immer häufiger in der letzten Zeit hatte er die Befürchtung, er könnte sich in Phar Laps Potenzial geirrt haben. Er hatte ihn kastrieren lassen, er hatte ihn mehrfach bis zur völligen Erschöpfung geritten, um seinen Willen zu brechen und ihm zu zeigen, wer von ihnen beiden der Stärkere war. Doch Phar Lap war und blieb eigensinnig und faul. Harry Telford hasste Faulheit. Er hatte sich selbst nie in seinem Leben Müßiggang gegönnt. Und er gönnte ihn auch keinem anderen. Wie sollte er nur David Davis, der ja schließlich immer noch Phar Laps Besitzer war, gegenübertreten? Davis wurde langsam ungeduldig. Er wollte Resultate sehen. Aber es gab keine vorzeigbaren Resultate. Zwar war Phar Laps körperliche Verfassung erheblich besser geworden, der Fuchs war ausnehmend groß und seine Muskulatur gestärkt, aber das war auch das Einzige, was sich seit dem Tag seiner Ankunft geändert hatte. Ansonsten war er immer noch so langsam, dass sich die

Stallburschen über ihn lustig machten, und außerdem schwerfällig und schwierig im Umgang.

Dieser Tommy Woodcock hatte das Pferd total versaut. Ständig steckte er ihm Zucker zu und verhätschelte es. Kein Wunder, dass Phar Lap sich nicht entwickelte!

Bei diesem Gedanken schlug Telford erneut mit der Reitgerte zu. Wenn Phar Lap ihn enttäuschte, dann war er mit seinem Latein am Ende. Die Gläubiger saßen ihm im Nacken. Er war mit der Miete im Verzug, und das war nur das kleinste seiner Probleme. Wütend stieß er Phar Lap die Sporen in die Flanken. »Schneller!«, zischte er, mehr zu sich selbst als zum Pferd. »Verdammt noch mal, schneller!«

Der Motor der Indian dröhnte. Tommy genoss die Geschwindigkeit. Und er hatte es eilig. Mr Seaton, ein weiterer Pferdetrainer, für den Tommy hin und wieder arbeitete, wartete auf ihn. Tommy legte sich so tief in die Kurve, dass er mit seinem linken Knie nur noch einen Zentimeter über dem Boden schwebte. Er richtete die Maschine wieder auf und drehte am Gashebel. Schneller, dachte er und sein Herz setzte für einen Schlag aus, als er spürte, wie das Motorrad noch einmal beschleunigte. Der Motor war immer noch nicht am Limit!

Das Heulen der Sirene holte Tommy ganz schnell auf den Boden der Tatsachen zurück.

Er warf einen Blick über die Schulter und einen kurzen Augenblick überlegte er, ob er diesem Motorradpolizisten einmal zeigen sollte, was seine Maschine tatsächlich brachte. Aber dann besann er sich. Erstens kannte ihn und seine Indian hier sowieso jeder und er bekam nur noch mehr Ärger, wenn er sich jetzt aus dem Staub machte.

Und außerdem war Tommy ein anständiger Junge, der keinen Wert auf Streit mit der Polizei legte. Auch wenn dies schon das zweite Mal diese Woche war, dass man ihn wegen Geschwindigkeitsüberschreitung anhielt.

Der Polizist fuhr an Tommy vorbei, der an den Straßenrand gefahren und stehen geblieben war. Er parkte seine Maschine wenige Meter vor ihm, stieg betont langsam ab und kam auf den jungen Mann zu.

»Officer«, grüßte Tommy freundlich.

»Sieh an, sieh an«, sagte der Polizist und musterte Tommy streng. »Wirklich eine verdammt schnelle Maschine, die Sie da haben. Langsam scheint sie gar nicht fahren zu können, was? Vermutlich fällt sie dann um.«

Tommy senkte schuldbewusst den Blick. Es gab nicht viele Indians in der Gegend und ihm war klar, dass der Polizist ihn auf Anhieb wiedererkannt haben musste, denn es war der gleiche Ordnungshüter, der ihn vor vier Tagen schon einmal angehalten hatte.

»Ihre Fahrerlaubnis, bitte«, fuhr der Officer in seiner Routine fort.

Tommy reichte ihm seine Papiere und wartete schweigend.

»Woodcock«, sagte der Polizist tonlos. »Fast könnte man sagen, wir seien alte Bekannte, nicht wahr?« Er blickte auf und Tommy geradewegs in die Augen.

Tommy erwiderte den Blick und wusste sofort, was jetzt auf ihn zukam. Einmal hatte der Motorradpolizist ein Auge zugedrückt, aber nun würde ihn die ganze Härte des Gesetzes treffen.

Tommy brauchte fast vier Stunden, bis er wieder in der Bowral Street eintraf, in der sich die Stallungen befanden.

Zu Fuß dauerte es weitaus länger, als er gedacht hatte. Drei Stunden Fußmarsch nach seinem Gespräch mit Mr Seaton über seine nächsten Arbeitseinsätze boten genug Zeit und Muße, um nachzudenken und einen Entschluss zu fassen: Er würde die Indian verkaufen. Ohne Fahrerlaubnis, die nun auf dem Polizeirevier verwahrt wurde, durfte er die Maschine sowieso nicht mehr fahren. Und sobald er seinen Führerschein wieder in Händen hielt, war es nur eine Frage der Zeit, wann er den Gashebel das nächste Mal zu weit aufdrehen würde. Tommy war ehrlich genug mit sich selbst, um das zuzugeben.

Was wird Emma wohl dazu sagen?, überlegte Tommy, während er die Stallgasse hinunterging. Wenn ich mir stattdessen ein hübsches kleines Auto zulege, wird sie sich sicher freuen.

Sein Blick glitt über die Boxen. Aus manchen sahen ihm neugierige Pferdeaugen entgegen, andere waren verwaist. Als er an Phar Laps Box vorbeikam, hörte er ein merkwürdiges Stöhnen. Aber war Phar Laps Box nicht leer?

Tommy stutzte.

Da war es wieder. Ein Stöhnen, das so qualvoll klang, dass Tommy die Haare zu Berge standen.

Aufs Schlimmste gefasst ging der junge Mann auf das leer wirkende Stallabteil zu und sah über die Boxenklappe. Der Anblick war noch schlimmer, als er erwartet hatte. Phar Lap lag schweißnass auf dem Stroh und atmete schwer. Sein Brustkorb hob und senkte sich unregelmäßig und in diesem Augenblick stöhnte das Pferd erneut.

Kalte Wut packte Tommy, während er möglichst leise, um das verstörte Pferd nicht zusätzlich zu erschrecken, den Riegel zur Seite schob und die Box betrat. »Ruhig,

Bobby«, redete er besänftigend auf den Fuchs ein, der mühsam den Kopf hob und dem jungen Mann mit vor Angst geweiteten Augen entgegensah. »Schön ruhig«, sprach Tommy weiter und kniete vor dem massigen Schädel des Tiers nieder. Fassungslos schüttelte er den Kopf, während er den Karabiner am Zaumzeug öffnete, das Phar Lap immer noch trug.

Mit einem erleichterten Seufzer ließ Phar Lap den Kopf auf den Boden sinken, den er bis jetzt in die Höhe gestreckt hatte, weil das kurze Seil, mit dem er angebunden gewesen war, ihn zu dieser unnatürlichen und schmerzhaften Position gezwungen hatte.

Tommy strich prüfend über Phar Laps Brust und Beine. Das Tier war glühend heiß. Telford hatte es augenscheinlich nicht einmal für nötig befunden, ihn abzukühlen, mit Stroh trockenzureiben und ihm eine Decke überzulegen, nachdem er ihn bis auf die Knochen geschunden hatte. Er hatte ihn wie ein Sportgerät benutzt und anschließend abgestellt, als sei er eine Maschine, die nicht länger benötigt wird.

Tommy biss die Zähne aufeinander, bis seine Kieferknochen schmerzten.

»Das ist doch unmenschlich!« Tommy regte sich immer noch auf, wenn er daran zurückdachte, in welcher Verfassung er Phar Lap heute im Stall vorgefunden hatte, nachdem das Pferd von Telford trainiert worden war. »Und das nennt der Mann Training? Ich nenne das Mord!«

»Tommy«, sagte Emma, legte für einen Augenblick die Stopfnadel zur Seite, mit der sie löchrige Socken flickte, und strich ihm beschwichtigend mit einer Hand über den Unterarm.

Cashy stand daneben und schwieg. Mit seinen vierzehn Jahren sah er gleichermaßen zu Mr Telford und zu Tommy auf und konnte sich in dieser Situation nicht entscheiden, zu wem er halten sollte. Einerseits gab er Tommy recht, andererseits war Mr Telford ein erfahrener Trainer und musste daher wissen, was er tat. Oder etwa nicht?

»Was glaubt er, was er mit seiner Methode bei dem Pferd erreicht?« Tommy schimpfte immer weiter. »Wenn ich Phar Lap wäre – ich hätte unter den Umständen auch keine Lust mehr zu rennen ... « Er schüttelte unwillig den Kopf. »Gerade zweimal in den vergangenen zwölf Monaten hat er genug Geld zusammengekratzt, um Phar Lap auf der Rennbahn zu trainieren. Sonst jagt er ihn jedes Mal über die Sandhügel! Als ob ein Pferd davon lernt, zu gewinnen!« Er schnaufte. »Und wisst ihr, was er gesagt hat, als ich ihn darauf ansprach, warum er Bobby unversorgt im Stall zurückgelassen hat? ›Phar Lap ist ein Pferd, Tommy, kein Mensch. Du darfst ihn nicht immer behandeln wie einen Menschen. Außerdem war ich in Eile.‹ In Eile! Und dann sagte er noch: ›Übrigens habe ich Phar Lap für das RRC Nursery Handicap gemeldet. Da muss er zeigen, was in ihm steckt.‹«

Cashy nickte. »Ich soll ihn reiten«, berichtete er, nicht ohne einen gewissen Stolz in der Stimme.

»Also hat er schon mit dir darüber gesprochen?«

Der junge Jockey wurde rot. »Heute früh«, sagte er. »Und morgen soll ich ihn auf der Rennbahn ausprobieren.«

Tommy schwieg. Man konnte förmlich sehen, wie es in seinem Kopf arbeitete.

»Apropos morgen«, sagte Emma und griff wieder nach

Stopfnadel und -kissen. »Wie kommst du denn ohne die Indian zu Mr Seaton? Wann sollst du noch mal da sein?«

Es war schwer zu erkennen, was Tommy bei diesem abrupten Themenwechsel empfand. Auf jeden Fall blickte er genauso grimmig drein wie zuvor. Aber lag das nun an Mr Telford? Oder an dem Gedanken daran, dass er morgen um drei Uhr früh aufstehen musste, wenn er wie vereinbart um sechs Uhr bei Mr Seaton anfangen wollte?

In diesen Zeiten machte man buchstäblich alles, wenn man Arbeit hatte, um sie nicht zu verlieren. Und angesichts der wirtschaftlichen Situation auf der Welt tat es nicht mehr ganz so weh, wenn der Wecker um drei Uhr in der Nacht klingelte.

Noch vor wenigen Jahren war das ganz anders gewesen. Die Wirtschaft boomte – Sydney wurde zur Millionenstadt – und voller Stolz verfolgten die Menschen in Sydney den Bau der gigantischen Brücke, die alles bisher Dagewesene in den Schatten stellen sollte. Tommy wusste nicht genau, wie viele zig Millionen Pfund die Errichtung bereits verschlungen hatte. Seit über fünf Jahren befand sich die Harbour Bridge mittlerweile im Bau und ein Ende war noch nicht abzusehen. Wenigstens hier gab es also noch Arbeitsplätze. Aber sie waren gefährlich! Tommy erinnerte sich noch gut an die Schlagzeile, als das erste Mal einer von den Hunderten von Arbeitern vom Gerüst gestürzt war und sich das Genick gebrochen hatte. Wie oft hatte er seither von einem Unfall auf der größten Baustelle der Welt gehört? Tommy wusste es nicht mehr. Auf jeden Fall war er froh, dass er Arbeit hatte. Und dazu noch eine, die nicht ganz so gefährlich war. Auch wenn es an diesem kaltfeuchten Herbsttag im Februar besonders schwer fiel, das warme, weiche Bett zu verlassen.

Als er leise die Haustür hinter sich ins Schloss zog und einen prüfenden Blick in den nachtschwarzen Himmel warf, fühlte er sich auf einmal an den Tag erinnert, an dem er gemeinsam mit Mr Telford am Pier gestanden und auf Phar Laps Ankunft gewartet hatte. Damals war es ebenfalls ungewöhnlich kalt gewesen und der stetige Nieselregen – ähnlich dem, der seine Kleidung jetzt durchnässte – hatte aufs Gemüt geschlagen. Nie würde er den Schock vergessen, den der erste Anblick des Pferdes bei ihm ausgelöst hatte. Und ebenso wenig konnte er die Erinnerung an den Moment auslöschen, als er Phar Lap zum ersten Mal in die Augen gesehen und diesen Ausdruck des Verstehens darin entdeckt hatte. Irgendetwas war an Phar Lap anders als an anderen Pferden. Tommy hätte nicht zu sagen vermocht, was es war, aber er wusste: Phar Lap war etwas ganz Besonderes.

4

»Als ich mich umdrehte,
sah ich, es war Phar Lap.
Er begann gerade erst zu galoppieren.
Das war der Moment, in dem ich wusste,
er würde ein Champion werden.«
JIM PIKE, 1929

Als sich Tommy nach zehn Stunden Arbeit bei Mr Seaton um vier Uhr nachmittags auf den Weg zur Polizeistation machte, spürte er, dass es ein langer Tag gewesen war. Und er konnte es kaum erwarten, seine einst heiß geliebte Indian gegen ein Auto einzutauschen, das ihn schnell, bequem und vor allem geschützt vor Regen und Kälte zu seinen wechselnden Arbeitsstellen bringen würde.

Zum Glück hatte heute Sergeant Broke Dienst, mit dessen Sohn Tommy zur Schule gegangen war. Tommy legte die Fünfpfundnote, die er zur Strafe zahlen musste, auf den Tisch und bat um seine Fahrerlaubnis.

»Tut mir leid, Tommy«, sagte Sergeant Broke und es klang so, als meinte er es ernst. »Die Fahrerlaubnis wird für eine Woche einbehalten.«

»Aber ich will in die Stadt und das Ding verkaufen«, protestierte Tommy. »Wie soll ich die Indian ohne Fahrerlaubnis in die Stadt bringen? Ich kann sie ja schlecht den ganzen Weg schieben!«

»Tja«, machte Sergeant Broke und rieb sich nachdenklich das Kinn.

»Und wenn ich ohne Fahrerlaubnis fahre?« Tommy sah forschend in Brokes Gesicht.

»Davon würde ich dir abraten, Junge.«

»Warum?«

»Wenn man dich erwischt ... «

»Man wird mich aber nicht erwischen!«

»Du musst es wissen«, sagte Sergeant Broke und gab Tommy damit zu verstehen, dass zumindest er ihn nicht daran hindern würde, den Parkplatz vor der Polizeistation auf der Indian zu verlassen.

Die gesamte Strecke fuhr Tommy nicht eine einzige Meile zu schnell. Noch nie in seinem Leben hatte er sich so strikt an alle geltenden Verkehrsregeln gehalten. Als er das Geschäft des Motorrad- und Automobilhändlers erreicht hatte, atmete er erleichtert auf. Er hatte doch gewusst, dass es gut gehen würde!

»Hier können Sie nicht parken, Sir«, sagte eine Stimme hinter ihm und Tommy drehte sich erschrocken um. Vor ihm stand ein Wachmann in Uniform.

»Oh«, sagte Tommy nur und spürte, wie ihm das Blut in die Wangen schoss.

»Kann ich bitte mal Ihre Fahrerlaubnis sehen?«, fuhr der Uniformierte freundlich fort.

Tommy begann zu stottern. »Ich ... nun ... ich habe keine«, sagte er kleinlaut.

Der Officer vor ihm zog erstaunt die Augenbrauen hoch.

»Sehen Sie«, begann Tommy und er erzählte dem Polizisten die ganze Geschichte. »Alles, was ich will«, beendete er seinen Bericht, »ist, dieses Teufelsding hier zu verkaufen und mir einen netten kleinen Wagen zuzulegen.«

Der Wachmann musterte Tommy schweigend. Offenbar fiel sein Urteil positiv aus, denn er sagte schließlich: »Ich gebe Ihnen einen gut gemeinten Rat: Kaufen Sie sich ein sehr kleines und vor allem ein sehr langsames Auto.« Damit drehte er sich um und ließ Tommy stehen.

Der kleine Cashy sah auf dem riesigen Fuchs noch schmächtiger aus, als er in Wahrheit war. Der Junge war kein schlechter Reiter. Im Gegenteil. Zwar war er unerfahren, aber er hatte einen guten Stil und konnte es sicherlich noch weit bringen. Auf Phar Lap machte er an diesem Tag jedoch keine gute Figur.

Telford stand am Rand der Rennstrecke und schüttelte missbilligend den Kopf. Wie schon in den vergangenen Tagen lief Phar Lap stets brav hinter seinem Trainingspartner her, den er doch eigentlich überholen und weit hinter sich zurücklassen sollte. Doch wie langsam das andere Pferd auch immer lief – Phar Lap lief noch langsamer. Telford standen die Schweißperlen auf der Stirn. Übermorgen fand das Rennen statt und der Trainer ahnte, dass er sich mit diesem Pferd restlos blamieren würde. Vielleicht, so überlegte Telford, hätte ein erfahrener Jockey Phar Lap begreiflich machen können, was von ihm erwartet wurde? Doch woher sollte er einen anderen Jockey für Phar Lap kriegen? Keiner der professionellen Reiter wie Pike, Elliott oder Munro würde das Risiko eingehen, sich mit diesem Pferd vor Kollegen und potenziellen Auftraggebern lächerlich zu machen. Keiner.

Am nächsten Morgen stand Cashy in aller Herrgottsfrühe auf und schlich sich aus dem Haus seiner Mutter. Die Morgendämmerung setzte gerade erst ein, als er die druckfrische Ausgabe des Daily Pictorial aufschlug und mit zittrigen Händen nach der richtigen Seite suchte. Er überflog einen Artikel über die Fortschritte beim Brückenbau und über den anhaltenden Streik der Männer in den Sägewerken, die dagegen protestierten, dass ihre Arbeitszeit von vierundvierzig auf achtundvierzig Wochenstunden erhöht werden sollte. Ja, dachte Cashy, Arbeit gibt es mehr als genug. Nur leider keinen Lohn dafür.

Hektisch blätterte er weiter. Wie freute er sich darauf, seiner Mutter und seinen drei Geschwistern beim Frühstück die Zeitung unter die Nase zu halten! Er konnte ihre überraschten und stolzen Gesichter bereits vor sich sehen, wenn sie seinen Namen lasen: Heaton Cashell Martin auf Phar Lap! Nachdem er die gesuchte Stelle im Sportteil endlich gefunden hatte, veränderte sich sein Gesichtsausdruck von Unglauben über Überraschung zu Empörung. Die Zeitung gab einen gewissen A. Perry als Jockey für Phar Lap an. Und sosehr Cashy auch suchte – er konnte seinen Namen nirgends finden!

»Aber das macht doch nichts«, sagte seine Mutter tröstend, als sie ihm etwas später einen kleinen Klecks Rührei auf seinen Teller lud. »In der Zeitung steht doch ständig was Falsches.«

Doch Cashy war traurig. Statt der erwarteten und erhofften Bewunderung erregte er nun Mitleid. So hatte er sich die Sache nicht vorgestellt. »Ihr werdet schon sehen!«, rief er trotzig. »Wenn ich morgen mit Phar Lap als Erster über die Ziellinie gehe, werden sie meinen Namen nie wieder vergessen!«

Aber auch im Stall erfuhr Cashy an diesem Tag nicht den Zuspruch, mit dem er gerechnet hatte. »Mach dir nichts draus«, sagte Tommy nur und legte seinem jungen Freund die Hand auf die Schulter. »Phar Lap wird sowieso nicht gewinnen. Besser, dein Name steht dann nicht in der Zeitung.« Er grinste schief.

»Wieso glaubt ihr eigentlich alle nicht daran, dass Phar Lap gewinnt?«, wollte Cashy wissen. »Und wieso lässt Mr Telford ihn überhaupt starten, wenn er nicht glaubt, dass er gewinnen kann?«

»Ach, Cashy«, antwortete Tommy. »Es ist doch nur eine Übung für Phar Lap. Mehr nicht.«

Doch Cashy ließ sich nicht davon abbringen, dass Phar Lap beim Nursery Handicap als Erster durchs Ziel gehen würde. Und bald darauf würde er, Cashy Martin, auf Phar Lap der jüngste Melbourne-Cup-Sieger aller Zeiten werden!

Am Morgen des 23. Februar 1929 war Cashy so aufgeregt wie nie zuvor in seinem Leben. Voller Stolz trug er die Farben des Rennstalls, für den er antrat: Rot, Weiß und Schwarz. Und als er sich auf Phar Lap zwischen den anderen Pferden einreihte und auf die Startlinie zuritt, glaubte er ganz genau zu spüren, dass dies der Beginn einer wunderbaren Zukunft war.

Niemand konnte zu diesem Zeitpunkt ahnen, wie sehr er sich damit täuschte.

Phar Lap hatte einen schlechten Start. Von Anfang an rannte er hinter dem Feld her und machte nicht die geringsten Anstalten, daran etwas zu ändern, sosehr Cashy ihn auch antrieb.

Telford und Woodcock schüttelten in seltener Übereinstimmung die Köpfe, während sie zusahen, wie Phar Lap mit mehreren Längen Abstand hinter den anderen Pferden die Ziellinie überquerte. Auch Mr Davis, der das Renndebüt seines Pferdes gespannt verfolgt hatte, schüttelte enttäuscht den Kopf. Vielleicht, so dachte er, sollte man es schon als Erfolg werten, dass diese Missgeburt von einem Pferd überhaupt ins Ziel gekommen war.

»Und, Mr Telford«, sagte David Davis, als er nach dem Rennen mit dem Trainer sprach, »glauben Sie immer noch, dass Phar Lap ein Champion wird?« Seine Mundwinkel verzogen sich zu einem spöttischen Grinsen.

Harry Telford knirschte mit den Zähnen. Er hatte nicht damit gerechnet, dass Phar Lap gewinnen würde. Aber er hatte ebenso wenig damit gerechnet, dass sein Pferd eine derart lächerliche Figur abgeben würde. »Er ist nicht angetreten, um zu gewinnen, Mr Davis«, verteidigte er sich und das Pferd dennoch. »Er ist angetreten, um zu lernen.«

Tommy wendete sein Pferd, eine zierliche Appaloosa-Stute, und wartete auf Cashy, der auf Phar Laps Rücken saß und todunglücklich aussah, als er neben seinem Freund eintraf.

»Ich habe das Gefühl«, sagte der junge Jockey und blickte von seinem hohen Ross auf Tommy herunter, »Phar Lap läuft auf Sparflamme. Er scheint überhaupt nicht zu begreifen, was ich von ihm will!«

Tommy nickte. »Lass es uns noch einmal probieren«, forderte er seinen Freund auf. Aber auch in seiner Stimme lag nicht gerade viel Optimismus.

Erst als die Dämmerung einsetzte, gaben die beiden Freunde ihren Versuch auf, aus Phar Lap einen Sprinter zu machen. Tommy konnte nicht mehr sagen, wie oft sie versucht hatten, Phar Laps Ehrgeiz zu wecken und ihn dazu zu animieren, die Stute zu überholen. Aber unabhängig davon, ob Cashy oder Tommy auf Phar Laps Rücken saßen – der Fuchs blieb strikt hinter dem Schneeflockenschecken, als hinge sein Leben davon ab. Und wider Erwarten war es sogar noch schlimmer, wenn Tommy ihn ritt!

»Ich weiß, dass er mehr kann«, sagte Cashy. »Er zeigt es nur irgendwie nicht.«

Tommy sah Phar Lap, den er am Zügel festhielt, an. Er musste den Kopf weit in den Nacken legen, um dem Pferd in die Augen zu schauen. »Warum läufst du nicht?«, fragte er.

Doch Bobby blieb ihm eine Antwort schuldig.

Tommy drückte auf die Hupe, lehnte sich voller Besitzerstolz zurück und streckte den Ellbogen durch die heruntergelassene Seitenscheibe seines neuen Fiat 509. Wie er es erwartet hatte, dauerte es keine Minute, bis Emma in der Tür der Pension erschien, um nachzusehen, wer da vor dem Haus einen solchen Lärm veranstaltete. In den Händen hielt sie noch ihr Küchentuch. Als sie ihn erkannte, schritt sie mit vor Freude glänzendem Gesicht die Stufen hinunter und kam auf ihn zu.

Tommy war sich bewusst, dass es etwas Besonderes war, ein Auto zu besitzen. Keiner seiner Freunde oder Kollegen hatte eins. Noch nicht einmal Mr Telford. Und wenn er ehrlich war, dann wusste er auch nicht, wie lange er es würde behalten können. Sobald einer seiner Arbeitgeber keine Jobs mehr für ihn hatte – und das konnte angesichts der wirtschaftlichen Lage jeden Tag passieren –, würde er den Wagen wieder abgeben müssen. Aber noch konnte er mit der dunkelblauen und frisch polierten Karosserie bei seinem Mädchen Eindruck schinden.

»Lust auf eine kleine Spritztour?«, fragte er, als Emma neben ihm stand.

Emma zögerte nicht lange. Sie hängte das Küchentuch

über das Geländer der Veranda und ging auf die andere Seite des Wagens, um einzusteigen.

Tommy lehnte sich über den Beifahrersitz und hielt ihr die Tür auf. »Vier Zylinder, zweiundzwanzig PS, ein Liter Hubraum. Schafft etwa neunzig Stundenkilometer«, referierte er stolz.

Doch Emma hatte nur Augen für das Interieur. »Neunzig Meilen?«, fragte sie dann unvermittelt und wandte sich ihm zu. »Sagtest du nicht, du wolltest ein langsames Auto?«

Einen Augenblick lang ärgerte sich Tommy über Emmas strengen Ton. Doch dann schluckte er den Groll hinunter. Emma meinte es ja nicht so. »Nicht Meilen«, erklärte er stattdessen, »sondern Kilometer! Dieses Auto kommt aus Europa. Da rechnet man in Kilometern. Neunzig Kilometer sind ungefähr fünfzig Meilen.«

Emmas sichtbare Erleichterung empfand Tommy als rührend. Schließlich zeigte sie damit, wie besorgt sie um ihn war. Und das wiederum war ein eindeutiger Beweis dafür, dass er ihr nicht gleichgültig war. Was wollte man mehr?

Harry Telford studierte die Liste der zum Start beim HRC Two Years Old Handicap in Hawkesbury gemeldeten Pferde. Pure Tea, Win Gold und Sheila waren ernst zu nehmende Konkurrenten. Und dennoch – er musste es einfach noch einmal probieren. Er hatte das Pferd im Training erneut hart rangenommen und der Fuchs war physisch in bester Verfassung. Eine Woche nach seinem verheerenden Debüt bei einem Pferderennen sollte Phar Lap nun endlich zeigen, was wirklich ihn ihm steckte.

Tommy blieb weiterhin skeptisch. Auch er hatte Phar

Lap zusammen mit Cashy trainiert. Ohne sichtbare Erfolge. Deshalb war er überrascht, als Cashy ihm erzählte, dass er auf Bobby gesetzt hatte.

»Und nicht nur ich«, berichtete Cashy stolz. »Die Jungs haben ebenfalls ihre Taschen leer geräumt.«

»Welche Jungs?«, fragte Tommy.

»Na, all meine Freunde!« Cashy strahlte bereits in Erwartung des dringend benötigten Geldsegens, den Phar Laps Sieg ihm bescheren sollte. »Ich habe allen gesagt, sie sollen auf ihn setzen. Er wird mit Sicherheit gewinnen!«

Tommy befürchtete das Schlimmste. Wie würden Cashys Freunde die Nachricht aufnehmen, dass der angeblich so heiße Tipp des Jockeys nichts als heiße Luft gewesen war?

Als sich die Pferde an diesem 2. März 1929 zum Start formierten, knetete Mr Telford nervös seine Hände. Er hatte Frank Douglas als Jockey für Phar Lap gewinnen können und setzte große Hoffnungen auf sein Können und seine Erfahrung.

Und diesmal hatte Phar Lap einen guten Start. Er rannte mitten im Feld der sechzehn gestarteten Pferde. Douglas spürte die Energie des Fuchses. Phar Lap lief in einem ruhigen und gleichmäßigen Galopp. Er schien noch etliche Reserven zu haben. Und Frank wollte diese Reserven aus dem Pferd herausholen. Das war schließlich sein Job. Dafür wurde er bezahlt. Doch kaum hatte er die Reitgerte zum ersten Mal auf Phar Laps Kruppe niederfahren lassen, schien es, als ginge dem Pferd die Luft aus. Statt schneller zu werden, verlangsamte Phar Lap seinen Schritt und ließ etliche Kontrahenten an sich vorbeiziehen.

Als er schließlich als Siebenter über die Ziellinie kam, war sich Frank Douglas sicher, versagt zu haben. Er hätte schwören können, dass Phar Lap die Fähigkeiten besaß, um zu gewinnen. Bis zum Schluss hatte der Jockey das Gefühl gehabt, das Pferd habe noch gar nicht angefangen zu rennen. Doch irgendetwas in ihrer Kommunikation war schief gelaufen. Frank wusste nur nicht, was.

In dieser Nacht wälzte sich Harry Telford ruhelos hin und her. Nicht nur das Drängen seiner unzähligen Gläubiger brachte ihn um seinen verdienten Schlaf. Er hatte geglaubt, seine Enttäuschung über Phar Laps katastrophal schlechten Leistungen hätte bereits ihren Tiefpunkt erreicht. Aber er hatte sich offenbar geirrt. Er verspürte mittlerweile eine so starke Abneigung gegen dieses Pferd, dass er es lieber heute als morgen verkauft hätte. Doch das hieße nicht nur, seinen Irrtum öffentlich einzugestehen, sondern auch, dass er sich um das letzte bisschen Hoffnung brachte, das er noch hatte. Zugegeben, es war weniger als ein Strohhalm, an den sich ein Ertrinkender klammert.

Um sich zu beruhigen, rief er sich die Worte Frank Douglas' in Erinnerung, die der Jockey ihm nach dem Rennen an diesem Tag zugeraunt hatte. »Dieses Pferd wird Rennen gewinnen«, hatte Douglas behauptet. Nun, dachte Harry Telford, damit bin ich wenigstens nicht mehr der einzige Verblendete in dieser Angelegenheit. Dann gewann die Müdigkeit doch die Oberhand und er glitt hinüber in einen traumlosen Schlaf.

Der einzige Verblendete war er ohnehin nicht. Auch Cashy setzte sich gegen die Anschuldigungen seiner

Freunde zur Wehr, die seinetwegen ihre ohnehin kläglichen Ersparnisse verloren hatten. »Ich garantiere euch«, sagte der Vierzehnjährige großspurig, »ihr werdet alle eines Tages eure Wetteinsätze zigfach zurückbekommen. So wahr ich hier stehe und Cashy Martin heiße.«

Tommy konnte nur hoffen, dass Cashy letzten Endes recht behalten würde. Auch er zweifelte nicht im Geringsten an Bobbys Fähigkeiten. Aber er war immer noch nicht dahintergekommen, wie man das Pferd dazu bringen konnte, ein bisschen mehr Leistungsbereitschaft zu zeigen.

»Er will einfach nicht schnell laufen«, beklagte er sich bei Emma, als sie das nächste Mal einen Ausflug in dem Fiat 509 machten. »Telford lässt ihn immer mehr und immer härter trainieren. Wenn du mich fragst ...«, er schüttelte traurig den Kopf, »... wenn du mich fragst, macht das alles nur noch schlimmer.«

Emma schwieg und wartete darauf, dass Tommy weitersprach. Als Tochter einer Pensionswirtin für junge Jockeys bekam sie tagtäglich einiges über Pferde und Pferderennen zu hören. Doch was nützten ihr all die Schilderungen von Rennverläufen in diesem Fall? Nichts.

»Es liegt nicht an seiner physischen Konstitution«, fuhr Tommy fort. »Bobby ist topfit. Aber es gehört nun einmal mehr dazu, ein Rennen zu gewinnen, als eine gestählte Muskulatur. Es ist so, als ob ... als ob ...« Er suchte nach den richtigen Worten. »... als wolle Phar Lap seine Kräfte für irgendetwas aufsparen. Ja«, setzte er hinterher, als er in diesem Augenblick erkannte, dass er den Nagel wohl auf den Kopf getroffen hatte. »Genau das ist es!«

»Telford meint, Phar Lap sei zu faul«, gab Emma wider, was sie den Trainer hatte sagen hören.

»Ach, das ist doch Unsinn!« Tommy wurde wütend. »Er jagt das Pferd jeden Tag schon vor Sonnenaufgang über die Sandhügel und schickt ihn anschließend stundenlang auf die Rennbahn. Kein anderes Pferd wird so hart trainiert!«

»Dann scheint er wohl einfach nicht zu verstehen, was ihr von ihm wollt«, sagte Emma zaghaft und hoffte, Tommy würde sich wieder beruhigen. Sie wusste, wie sehr ihr Freund an seinem Job und an den Pferden hing, die er betreute. Er liebte Pferde und die Pferde liebten ihn. Aber mit diesem Fuchs verband ihn ein besonders inniges Verhältnis. So innig, dass Emma beinahe ein wenig eifersüchtig wurde. Was war Tommy wichtiger? Die Freundschaft mit ihr? Oder seine Beziehung zu diesem Pferd? Emma ahnte, dass sie die Antwort lieber nicht hören wollte.

»Was hast du gerade gesagt?«, fragte Tommy gedankenverloren.

Emma ärgerte sich darüber, dass Tommy ihr offenbar noch nicht einmal richtig zugehört hatte. Hatte sie es wirklich nötig, sich so behandeln zu lassen? Dennoch wiederholte sie: »Ich habe gesagt, Bobby scheint nicht zu verstehen, was ihr eigentlich von ihm wollt.«

»Vielleicht hast du recht«, antwortete Tommy, aber er schien mit seinen Gedanken schon wieder woanders zu sein. »Ja, vielleicht hast du recht«, murmelte er noch einmal. Dann sprang er plötzlich auf und reichte Emma die Hand, um ihr beim Aufstehen zu helfen. »Komm. Ich bringe dich nach Hause.«

Emma ließ sich hochziehen und glättete im Aufstehen

die Falten ihres neuen, selbst genähten Kleides. »Aber warum? Ich dachte …«

Doch Tommy ließ sie nicht ausreden. »Ich muss noch einmal in den Stall«, sagte er. »Ich habe was Wichtiges vergessen!«

5

**»Phar Lap war ein wundervolles Pferd.
Er wusste, wann du versuchst,
ihm zu helfen. Und dann versuchte er,
dir ebenfalls zu helfen.«**
TOMMY WOODCOCK

Tommy fuhr wieder einmal zu schnell. Sein schlechtes Gewissen zwang ihn, fest auf das Gaspedal zu treten. Emma hatte keinen Hehl daraus gemacht, dass sein Verhalten sie zutiefst gekränkt hatte. Sie hatte auf der Rückfahrt nicht ein Wort mit ihm gesprochen, war ohne sich zu verabschieden aus dem Wagen gestiegen und hatte sich auf den Stufen zum Haus nicht wie sonst noch einmal zu ihm umgedreht. Er würde es wiedergutmachen, schwor sich Tommy, doch erst einmal musste er zu Bobby.

Mit quietschenden Reifen hielt er vor Cashys Elternhaus. Cashys Mutter ließ ihn ein und führte ihn ins Wohnzimmer, wo sein Freund schnarchend auf der Couch lag. Als der Junge Tommy sah, sprang er sofort auf.

»Beeil dich, Cashy«, sagte Tommy und warf seinem Freund die Jacke zu. »Wir müssen zu Bobby.«

»Was ist passiert?«, wollte Cashy wissen und die Sorge um das Pferd ließ sein ohnehin schmales Gesicht noch schmaler aussehen.

»Ich erklär es dir unterwegs«, antwortete Tommy und zog Cashy mit sich.

Von Cashys Elternhaus waren es nur wenige Minuten bis zum Stall und Tommy fuhr, als ginge es um Leben und Tod. Er würgte den Motor ab und sprintete zu den Pferdeboxen.

Cashy folgte ihm.

Als Phar Lap die beiden sah, hob er neugierig den Kopf und wieherte ihnen aus seiner Box entgegen. Er freute sich sichtbar über den Besuch. Und das lag nicht nur an dem Zuckerstückchen, das Tommy ihm zur Begrüßung reichte. Der Fuchs wirkte zwar etwas irritiert, als Tommy ihm den Sattel auflegte und ihn aufzäumte, aber er vertraute seinem Freund und freute sich über jede Minute, die Tommy mit ihm verbrachte. Und während Tommy sich um Phar Lap kümmerte, machte Cashy im angrenzenden Stallabteil die Appaloosa-Stute fertig.

»Pass auf«, erklärte Tommy sein Vorhaben. »Wir haben die ganze Zeit versucht, Bobby begreiflich zu machen, was wir von ihm wollen: Er soll rennen. Aber aus irgendwelchen Gründen versteht Bobby uns entweder nicht oder er will einfach nicht … «

»Und deswegen jagst du mich aus dem Haus, ohne mir zu sagen, was eigentlich los ist?«, unterbrach Cashy seinen Freund. »Ich habe gedacht, es wäre was weiß ich was mit Phar Lap passiert!«

»Hör mir doch erst mal zu«, drängte Tommy. »Wenn wir jetzt mit den beiden Pferden auf die Rennbahn gehen … «

»Dann erwischt uns hoffentlich Mr Telford nicht, denn sonst gibt es großen Ärger«, fiel Cashy Tommy erneut ins Wort.

»Wir gehen also auf die Rennbahn«, fuhr Tommy unbeirrt fort, »du reitest Bobby wie bei jedem Training und ich reite Spotty.«

Der Schecke spitzte die Ohren, als er seinen Namen hörte.

»Und dann?«

»Das erkläre ich dir, sobald wir da sind.«

Cashy verdrehte die Augen. Aber auch er vertraute Tommy. Er kannte keinen, der mehr von Pferden verstand. Keinen. Vermutlich noch nicht einmal Mr Telford.

Bobby und Spotty schienen sich zu wundern, als sie nun auf die Trainingsbahn geführt wurden. Auch wenn sie keine Ahnung von den Wochentagen hatten, sagte ihnen ihre innere Uhr, dass es jetzt eigentlich keine Zeit fürs Training war.

Cashy und Tommy saßen auf und ritten die Pferde warm. Als sie sich schließlich der Startlinie näherten, wusste Cashy endlich, was er tun sollte. Und auch wenn er immer noch nicht ganz begriff, was Tommy sich davon versprach, konnte er seinem Freund den Gefallen nicht abschlagen.

»Jetzt!«, gab Tommy das Startsignal und stieß Spotty die Fersen in die Flanken. Gehorsam setzte sich die Stute in Bewegung und verfiel in einen sauberen Galopp.

Auch Cashy ließ sein Pferd anlaufen. Doch anstatt ihn wie sonst dazu zu animieren, schneller zu werden, hielt er Bobby zurück.

Phar Lap wunderte sich. Wieso stieß ihm der Junge auf seinem Rücken nicht die Fersen in die Flanken? Und wo blieb das Zischen der Reitgerte auf seiner Kruppe? Diese zwei unangenehmen Dinge verband er fest damit, geritten zu werden. Der »Rote Blitz« sah, wie sich sein zweibeiniger Freund auf dem anderen Pferd entfernte, und plötzlich bekam er Angst. Wieso rannten die beiden da vorne so schnell weg und er sollte nicht mit? Er versuchte, schneller zu werden, doch der Junge auf seinem Rücken sagte eindeutig: Nein!

Tommy warf einen Blick zurück. Etliche Pferdelängen trennten ihn bereits von Bobby und Cashy. Hatte sein Plan versagt?

Bobby wartete immer noch auf das Zeichen seines Reiters, dass er endlich schneller werden sollte. Doch da kam nichts. Langsam wurde der Fuchs misstrauisch. Wieso durfte er nicht zu dem anderen Pferd? Er wollte nicht allein hier zurückbleiben. Er wollte dort sein, wo sein zweibeiniger Freund war! Und wo das andere Pferd war! Dort war er in Sicherheit! Das jahrhundertealte Wissen der Pferde, dass die Herde den besten Schutz bietet und ein einzelnes Pferd leichte Beute für Raubtiere bedeutet, war auch in Phar Lap lebendig.

In diesem Moment lockerte Cashy die Zügel und verstärkte den Druck seiner Wadenmuskeln an Bobbys empfindlichen Seiten. »Okay, Bobby, jetzt!«

Als hätte man eine Rakete gezündet, lief Phar Lap los. Cashy riss vor Schreck die Augen auf. Wie oft hatte er schon auf diesem Pferd gesessen. Und immer hatte er gewusst, dass Phar Lap nicht einmal die Hälfte dessen zeigte, was in ihm steckte. Doch als er jetzt zum ersten Mal tatsächlich die geballte Kraft des Fuchses zu spüren bekam, war er dennoch von ihr überrascht. Phar Laps Hufe donnerten über das Geläuf und wirbelten Sand auf.

Tommy hörte den näher kommenden Hufschlag und drehte sich um. Phar Lap preschte auf ihn zu. Noch nie hatte der Stallbursche dieses Pferd so laufen sehen! Er hatte überhaupt noch nie ein Pferd so laufen sehen!

»Das war der absolute Wahnsinn!« Cashy war außer sich. »Ich habe ja gewusst, dass er es kann!«

Tommy freute sich über die offen gezeigte Begeisterung

seines jungen Freundes. Und auch er war unsagbar erleichtert. Endlich hatten sie es geschafft! Endlich war der Knoten geplatzt! Er steckte Bobby noch ein letztes Stückchen Zucker zu, dann schloss er die Boxenklappe hinter sich. »Jetzt müssen wir nur noch Mr Telford überzeugen«, sagte er zu Cashy und beobachtete, wie die Kinnlade des Jockeys hinunterfiel. »Aber keine Sorge«, beruhigte er ihn. »Das schaffen wir auch noch.«

Tommy konnte es kaum erwarten, seinem Boss von den Erfolgen des heimlichen Trainings zu berichten. Er brachte Cashy nach Hause, nahm all seinen Mut zusammen und klopfte kurz darauf an Mr Telfords Tür.

Der Trainer war offensichtlich überrascht, den Stallburschen an dessen freiem Tag zu sehen. »Ist was mit Phar Lap?«, fragte er, als er Tommy erblickte.

»Kann man so sagen, Sir«, antwortete Tommy. »Kann ich Sie kurz sprechen?«

Mr Telford zögerte einen Augenblick, dann bat er Tommy herein.

Tommy sah sich um. Er hatte gewusst, dass es um Mr Telfords Finanzen nicht gut bestellt war. Aber er war dennoch schockiert zu sehen, wie viel im Haus des Trainers auf dessen schlechte wirtschaftliche Situation hinwies. Er meinte sich ganz genau zu erinnern, dass er bei seinem letzten Besuch, der zugegebenermaßen schon einige Zeit her war, ein Klavier im Wohnzimmer gesehen hatte. Doch dort, wo es gestanden hatte, zeugten nur noch vier tiefe Abdrücke im Teppich davon, dass hier einst jemand musiziert hatte.

Mr Telford hörte Tommy zu, ohne ihn ein einziges Mal zu unterbrechen. Nicht das geringste Muskelzucken verriet, was der Trainier über all das dachte, was sein Angestellter ihm berichtete. Erst als Tommy geendet hatte und schwieg, ergriff er das Wort. Und was er sagte, trieb Tommy das Blut in die Wangen.

»Ich habe dir schon mal gesagt, Woodcock, dass du deine Kompetenzen übersteigst«, sagte der Trainer mit gefährlich ruhiger Stimme. »Glaubst du, ich muss mir von einem Stalljungen sagen lassen, wie ich meine Arbeit zu verrichten habe?«

»Aber, Sir!«, protestierte Tommy. »Sie müssen sich das ansehen! Sie haben recht gehabt! Ich habe noch nie ein Pferd so rennen sehen! Phar Lap ist ein Wunder!«

»Ich will von diesem Schabernack, den sich ein Stallbursche und eine halbe Portion von einem Jockey ausgedacht haben, nichts wissen«, entgegnete Mr Telford. »Phar Lap ist dann so weit, wenn ich es sage. Und er wird trainiert, wie ich es für richtig halte.« Er wies mit dem Kopf zur Tür. »Und jetzt gebe ich dir einen guten Rat, mein Junge: Du solltest dich nicht so auf dieses Pferd versteifen. Könnte sein, dass du eines Tages nicht mehr sein Stallbursche bist.« Er machte eine kurze Pause. »Hast du das verstanden?«

Tommys Gefühle schwankten zwischen Wut und Fassungslosigkeit. Er nickte stumm. »Sir«, sagte er schließlich knapp und sah zu, dass er aus diesem Haus verschwand.

Da Tommy und Cashy wussten, dass Phar Lap mit Leichtigkeit hätte gewinnen können, tat es besonders weh, zuzusehen, wie er sein nächstes Rennen erneut verlor.

Jack Baker hieb mit der Gerte auf Phar Laps Rücken ein, nachdem Mr Telford ihm gesagt hatte, er müsse das Pferd ordentlich antreiben. Doch vergebens. Der große Fuchs ließ alle anderen Pferde an sich vorbeiziehen.

David Davis zog lediglich missbilligend die Augenbrauen hoch, als er nach dem Rennen an Mr Telford vorbeiging. Es war schon alles gesagt worden, was es zu sagen gab.

Tommy kümmerte sich nach dem Rennen um Bobby. Er hatte nicht mehr viel Gelegenheit dazu, denn Mr Telford erteilte ihm, sooft es ging, andere Aufgaben und hielt ihn von dem Pferd fern. Tommy wusste, dass sein Boss die feste Auffassung vertrat, Tommy sei nicht gut für Phar Lap. Solange das Pferd mit seiner Mitleidsmasche immer wieder Erfolg hatte, glaubte der Trainer, würde es sich nie anstrengen.

Auch ansonsten standen die Zeichen auf Sturm: Zwei seiner Arbeitgeber hatten Tommy mit tiefem Bedauern mitgeteilt, dass sie es sich nicht mehr leisten konnten, ihn zu beschäftigen. Und so musste sich Tommy von seinem Fiat 509 trennen, weil er die Kosten für den Unterhalt nicht mehr aufbringen konnte.

Als ihm eines Morgens einer der anderen Stallburschen in Mr Telfords Stall auch noch zuraunte, er habe Emma mit einem anderen gesehen, wusste Tommy nicht, was sonst noch hätte passieren können. Er hatte das Gefühl, sein Glück zerbräche unter seinen Händen. Nun hatte er mehr Freizeit, als ihm lieb sein konnte. Ohne sein Mädchen und mit nur noch zwei Trainern, für die er arbeitete.

Harry Telford hielt die Scherben seines Glücks bereits seit Längerem in Händen. Phar Lap hatte nicht nur die Hoffnungen, die er auf ihn gesetzt hatte, nicht erfüllt – er hatte ihn darüber hinaus noch tiefer ins Unglück gestürzt, indem er seinen guten Ruf als Trainer ruiniert hatte. Kein Abend verging, an dem Telford nicht darüber nachdachte, wie er seinem Leben die gewünschte Wendung geben konnte. Phar Lap weitere Rennen verlieren zu lassen, erschien dem Trainer unsinnig. Und so reduzierte er die Trainingsstunden des Fuchses und konzentrierte sich wieder verstärkt auf die anderen Pferde im Stall.

Es war purer Zufall, dass Mr Davis ihn wenige Wochen später ausgerechnet vor Phar Laps Box antraf, als er sich nach seinem Pferd erkundigen wollte.

»Wie geht es unserem Wunderpferd?«, fragte Mr Davis und gab sich nicht die geringste Mühe, seinen Sarkasmus zu verbergen. »Man hört und sieht ja gar nichts mehr von ihm.«

Einen kurzen Augenblick wollte Harry Telford sagen: »Sie haben recht gehabt: Er ist eine Niete. Wir sollten ihn verkaufen.« Doch er brachte das Eingeständnis seines Irrtums nicht über die Lippen. Stattdessen sagte er: »Phar Lap hat etwas Ruhe gebraucht. Jetzt ist er wieder in Form und bald wird er sein erstes Rennen gewinnen.«

Mr Davis zog skeptisch die Augenbrauen hoch. »Ach ja? Wo wollen Sie ihn denn melden?«

Telford überlegte nicht lange. Das nächste Rennen war das RRC Maiden Juvenile Handicap in Rosehill. »In Rosehill«, sagte er knapp.

»Okay«, sagte Mr Davis. »Aber erzählen Sie niemandem, dass das Pferd mir gehört.« Er grinste hämisch. »Es wäre mir peinlich.«

Phar Lap war missmutig. Er hatte in den vergangenen drei Wochen nichts vermisst. Weder das harte Training an den Sandhügeln, von dem er jedes Mal zu Tode erschöpft zurückkehrte, noch die Rennen. Sein Freund hatte regelmäßig nach ihm gesehen und ihm ein Stückchen Zucker vorbeigebracht. Hin und wieder hatten sie ihn auch geholt, damit er gegen die Stute aus der Nachbarbox laufen konnte. Diese Wettläufe machten Bobby inzwischen richtig Spaß. Der »Rote Blitz« spürte, wie glücklich es Tommy machte, wenn er ihn überholte. Und das wiederum machte den »Roten Blitz« glücklich. Er mochte Tommy und er wollte, dass Tommy ihn mochte. Also tat er, was offenbar von ihm erwartet wurde.

Doch nun war wieder alles anders. Dieser Mann war erneut aufgetaucht und hatte ihn ein weiteres Mal über die Sandhügel gehetzt. Jeden Tag kam nun ein anderer Stalljunge, der ihn aufzäumte und ihm den Sattel auflegte, um ihn anschließend zu diesem Mann zu bringen. Der schlug dann auf ihn ein, bis er nichts anderes mehr wollte, als sich hinzulegen und zu schlafen.

Der Stallbursche, der nun vor ihm stand, war besonders grob. Er rammte ihm das Gebiss zwischen die Zähne, sodass es in den Mundwinkeln schmerzte. Phar Lap schlug mit dem Kopf und wieherte laut. Er wollte nicht. Er wollte nicht zu diesem Mann gebracht werden. Er wollte nicht, dass man ihm wehtat. Und er wollte kein Zaumzeug!

Die Schulter des Stalljungen befand sich genau vor Phar Laps Maul. Phar Lap riss die Zähne auseinander und schlug sie in den Stoff. Mit einem reißenden Geräusch platzte die Naht und der Fuchs schwenkte das Stück Stoff wie eine Trophäe durch die Luft.

»Verflixter Bastard!«, schimpfte der Stalljunge und rieb sich seine schmerzende Schulter.

»Was ist los?« Tommy lehnte die Mistgabel gegen die Wand und blickte über die Boxenklappe ins Stallabteil.

»Dieses Monster hat mein Hemd zerrissen!«

Tommy öffnete die Tür und trat neben Phar Lap. »Du

hast das falsche Gebiss genommen«, sagte er mit einem Blick auf das Zaumzeug. »Es ist zu klein und schneidet ihm in die Mundwinkel.«

»Mr Telford hat gesagt, ich soll dieses Gebiss nehmen«, verteidigte sich der Junge.

Tommy unterdrückte seine aufkeimende Wut. »Dann hat er sich vielleicht vertan. – Hier«, er reichte dem anderen das richtige Gebiss. »Nimm dieses.«

Der Junge sah abwechselnd von dem Zaumzeug in Tommys Hand zu Tommy und Phar Lap. »Kannst du es ihm nicht anlegen?«

Tommy zögerte nicht. Er befreite Phar Lap von dem zu kleinen Gebiss und nichts erinnerte daran, dass sich dasselbe Pferd wenige Minuten zuvor aufgeführt hatte wie der Teufel persönlich. Willig ließ sich Phar Lap das Zaumzeug überstreifen.

In den nächsten Tagen wartete Tommy darauf, von Mr Telford wegen des eigenmächtigen Austauschens des Gebisses zur Rede gestellt zu werden. Sein Boss hatte ihm schließlich unmissverständlich zu verstehen gegeben, dass er bei der nächsten Einmischung Gefahr lief, seinen Job zu verlieren. Doch nichts geschah. Vielleicht hatte sich der Trainer wirklich vertan? Oder vielleicht hatte der Stallbursche nur eine Ausrede gebraucht?

»Tommy?«

»Mr Telford?« Tommy blieb stehen, als der Trainer auf ihn zutrat, und wappnete sich im Stillen bereits für den bevorstehenden Angriff. Doch Mr Telford räusperte sich und Tommy entspannte sich wieder. Was auch immer sein Boss von ihm wollte – es hatte nichts mit dem falschen Gebiss zu tun.

»Wie du weißt«, begann der Trainer, »habe ich Phar Lap für das Rennen in Rosehill auf die Starterliste setzen lassen.«

»Ja, Sir.«

»Ich möchte, dass du mitkommst und Phar Lap betreust.«

»Ja, Sir.« Tommys Herz machte einen Sprung. Er hatte nicht damit gerechnet, dass der Trainer ihn für das Rennen einteilen würde. Seit seinem Besuch bei Telford zu Hause hielt der ihn von Phar Lap fern, wo er nur konnte. Aber er wusste auch, dass sich die anderen Stallburschen nicht gerade darum prügelten, Phar Lap zu versorgen. Und seit der Geschichte mit dem zerrissenen Hemd, die sich wie ein Lauffeuer im Stall verbreitet hatte, gab es außer Tommy niemanden mehr, der gern in Phar Laps Box trat. Mr Telford wollte bereits wieder gehen, als Tommy ihn zurückhielt. »Sir?«

Der Trainer wandte sich um.

»Wer wird Bobby reiten?«

»Phar Lap«, entgegnete der Ältere. »Sein Name ist Phar Lap. Und geritten wird er von Jack Baker.«

»Danke, Sir«, antwortete Tommy und hoffte, Telford würde nicht sehen, wie sehr er sich über diese Nachricht freute. Jack Baker war ein alter Bekannter von ihm. Mit dem Siebzehnjährigen hatte er früher, als er selbst noch Jockey gewesen war, so manche Stunde im Dampfbad verbracht, um die letzten Pfunde vor einem Rennen herunterzuschwitzen. Er wusste, dass er mit ihm würde reden können. Und vielleicht konnte er ihn davon überzeugen, bei seinem Plan mitzumachen. Tommy unterdrückte ein zufriedenes Lächeln.

6

»Er war ein Engel.«
HARRY TELFORD

»Ich weiß nicht«, sagte Jack Baker und rieb seine Hände. Fröstelnd zog er die Schultern hoch.

»Glaub mir, du kannst dieses Rennen gewinnen, wenn du auf mich hörst«, sagte Tommy und merkte selbst, wie beschwörend seine Stimme klang.

»Aber Telford sagt genau das Gegenteil. Er sagt, ich soll ihn noch härter anfassen als das letzte Mal.«

»Und wie ist es das letzte Mal gelaufen?«

Der Jockey verzog stumm das Gesicht zu einer Grimasse.

»Na also.« Tommy breitete die Arme aus. »Was hast du dann zu verlieren?«

»Was ich zu verlieren habe? Meinen Job habe ich zu verlieren! Oder was glaubst du, was mögliche Auftraggeber davon halten, wenn sich herumspricht, dass Baker grundsätzlich genau das Gegenteil von dem tut, was man ihm sagt. Hä?«

»Und was halten mögliche Auftraggeber von einem Jockey, der einen Außenseiter zum Sieg führt?«

Jack Baker antwortete nicht. Er sah Tommy geradewegs in die Augen und wog im Stillen beide Möglichkeiten gegeneinander ab. Telford war derjenige, der ihn dafür bezahlte, dass er Phar Lap ritt. Und Telford hatte gesagt, er solle das Pferd hart rannehmen. Außerdem hatte Telford dreißig Jahre Erfahrung als Trainer. Er wusste also, was er tat. Wenn er sich seinen Anweisungen widersetzte und Tommy sich geirrt hatte, dann wollte Jack Mr Telford lieber nicht unter die Augen treten müssen.

Andererseits hielt Jack große Stücke auf Tommy Woodcock. Er hatte bereits selbst miterlebt, wie Tommy, als er noch Jockey war, junge Pferde, auf die keiner auch nur einen Blumentopf gesetzt hätte, durch seine besondere Art zum Erfolg geführt hatte. Tommy hatte einfach irgendetwas an sich, auf das Pferde reagierten. Und er war ein Freund. Einer, auf den man sich verlassen konnte. Wenn Tommy sich seiner Sache nicht hundertprozentig sicher wäre, dann würde er Jack niemals zu etwas überreden, das ihn in Schwierigkeiten bringen konnte.

»Was steht ihr hier rum und quatscht?« Harry Telford tauchte plötzlich wie aus dem Nichts auf. »Los, Jack, oder willst du schon zum Start zu spät kommen?«

»Nein, Sir.« Der Jockey setzte seine Rennkappe auf, und ohne sich von Tommy zu verabschieden, drehte er sich um und verschwand.

Telford warf Tommy einen misstrauischen Blick zu, dem Tommy jedoch standhielt. Zum Glück konnte der Trainer seine Gedanken nicht lesen!

Tommy war bei jedem Rennen, an dem einer seiner Schützlinge teilnahm, aufgeregt. Doch an diesem 27. April 1929 kannte seine Nervosität keine Grenzen mehr.

»Ich hab den Jungs gesagt, heute holen sie all ihre Verluste wieder rein, wenn sie noch einmal auf Phar Lap setzen.« Cashy stand neben Tommy am Zaun, der den

Zuschauerbereich von der Rennstrecke trennte, und trat von einem Bein auf das andere. In den Händen hielt er einen Wettschein, als handelte es sich dabei um ein rohes Ei, das er ausbrüten wollte.

Tommy sah seinen jungen Freund von der Seite an. Einerseits teilte er Cashys Optimismus. Bobby hatte gezeigt, wozu er fähig war. Andererseits wusste er nicht, ob er Jack Baker überzeugt hatte oder nicht. Wenn der Jockey nicht auf ihn hörte und sich stattdessen an Telfords Anweisungen hielt, dann sah es mit Cashys Beliebtheit bei seinen Freunden in Zukunft schlecht aus.

Tommy versuchte abzuschätzen, wie sich Jack wohl verhalten würde. Doch er kam zu keinem Ergebnis. Der Jockey hatte äußerst unentschlossen gewirkt und Tommy befürchtete, dass die Zeit nicht ausgereicht hatte, um ihn für seinen Plan zu gewinnen.

»Meine Damen und Herren, die Pferde stellen sich nun auf und gehen auf die Startlinie zu.« Die Stimme des Rennbahnsprechers drang knarzend aus den Lautsprechern.

Tommy konnte die Pferde von seiner Position aus nicht sehen und konzentrierte sich auf die Durchsage, um alles so genau wie möglich mitzubekommen. Doch plötzlich drehte er sich einem Reflex gehorchend um und sah geradewegs in Harry Telfords Augen, der einige Meter hinter ihm auf der Tribüne stand. Wie viel hatte der Trainer von seinem Gespräch mit Jack mitbekommen? Hatte er vielleicht schon länger unbemerkt in der Nähe der beiden gestanden?

»Die Pferde sind gestartet«, ertönte die Stimme des Rennbahnsprechers in diesem Augenblick erneut und Tommy lenkte seine Aufmerksamkeit wieder dem Wettkampf zu. »Pure Tea und Peacemaker, die beide zu den

Favoriten dieses Rennens gezählt werden können, hatten einen guten Start. Dicht gefolgt von Voleuse und Sir Ribble biegen sie auf die erste Gerade ein.«

Tommy konnte immer noch nichts sehen, aber jetzt hörte er bereits das Donnern der Hufe. Einundzwanzig Pferde waren am Start und die Erde bebte, als sie jetzt näher kamen.

»An erster Stelle Pure Tea, dicht gefolgt von Voleuse und … « Der Lautsprecher knackte und verschluckte den Rest der Durchsage.

Tommy sah eine Staubwolke auf sich zukommen. Aber wo war Phar Lap? Bislang hatte der Sprecher ihn noch nicht erwähnt!

»Das Feld ist dicht geschlossen«, fuhr der Kommentator fort. »Doch allmählich setzt sich Pure Tea ab. Pure Tea scheint das Rennen zu machen. Nein, jetzt holt Voleuse auf … «

Wo ist Phar Lap?, hallte es in Tommys Kopf und dann sah er die Pferde. Wie der Sprecher es gesagt hatte, raste als Erster Pure Tea an ihm vorbei.

»Phar Lap bildet das Schlusslicht dieser Formation«, beantwortete der Sprecher in diesem Augenblick Tommys unausgesprochene Frage. »Er liegt bereits zwei Längen zurück und kann dem Tempo offenbar nicht folgen. Der Abstand wird größer … «

Tommy schüttelte den Kopf. Er hatte es befürchtet! Ein kurzer Seitenblick auf Cashy zeigte, dass es dem jungen Jockey nicht besser erging. Er hatte die Augen weit aufgerissen und war ziemlich blass um die Nase. Verstohlen drehte sich Tommy zu Mr Telford um. Der Trainer blickte starr geradeaus und die Falten um seinen Mund und auf seiner Stirn wirkten tief wie Ackerfurchen.

Während Jack Baker auf die Startlinie zuritt, war er sich immer noch unsicher. War es besser, sich an Mr Telfords Anweisungen zu halten und Phar Lap anzutreiben? Oder sollte er auf Tommys Gespür vertrauen und den kräftigen Fuchs zurückhalten?

Mit einem Surren wurden die Barrieren hochgezogen und die Pferde links und rechts von Phar Lap preschten davon. Jack Baker sah ihnen hinterher.

Trotz seines vergleichsweise jugendlichen Alters hatte er schon viele Rennen bestritten und etliche Pferde geritten. Und stets spürte er die Unruhe der Pferde vor dem Start. Ihre Nervosität, ihren Wunsch, zu laufen, das Adrenalin, das ebenso durch ihre Adern floss wie durch die Körper der Jockeys. Doch bei Phar Lap spürte er nichts von alldem. Oder zumindest nur sehr wenig. Phar Lap machte den Eindruck, als hätte das alles hier nichts mit ihm zu tun, als wären ihm die anderen Pferde völlig gleichgültig. Und mit einem Mal wusste Jack Baker, was er tun würde.

Phar Lap spürte die Unsicherheit des jungen Mannes auf seinem Rücken. Ebenso wie sein Reiter auf irgendein Zeichen von ihm wartete, wartete das Pferd auf ein Kommando von Jack. Doch es kam keins.

Die Pferde links und rechts von Phar Lap tänzelten nervös und als die Barriereseile mit einem Surren hochgezogen wurden, preschten sie voller Übermut los.

Phar Lap wartete auf das Zischen der Reitgerte auf seiner Kruppe und den Druck der Sporen in seinen Flanken. Doch nichts davon geschah. Der »Rote Blitz« lief gemächlich hinter den anderen Pferden her und seinem Reiter schien das nur recht zu sein. Phar Lap versuchte etwas schneller zu werden, doch der junge Mann auf seinem Rücken hielt ihn zurück.

Mittlerweile hatte sich das Feld abgesetzt und Phar Lap empfand eine gewisse Unzufriedenheit, als er mehr und mehr den Anschluss verlor. Wieder einmal wunderte er sich, dass man ihn daran hindern wollte, in der Herde der anderen Pferde zu bleiben. Schlagartig verlor er die Angst, von diesem Reiter bis an den Rand der völligen Erschöpfung getrieben zu werden. Dieser Mensch wollte ja noch nicht einmal, dass er rannte! Er war nicht wie der andere Mann, der ihn bis zur Besinnungslosigkeit Sandhügel hinaufjagte – nein, er verhielt sich vielmehr wie dieser Junge, der ihn ritt, wenn er gegen seinen zweibeinigen Freund auf der gescheckten Stute antrat! Die Erinnerung daran ließ Phar Lap unweigerlich schneller werden. Das war der Moment, in dem Jack die Zügel locker ließ.

»Pure Tea kann das Tempo nicht durchhalten und fällt zurück. Da kommt Voleuse … Wird Voleuse das Rennen für sich entscheiden?«

Tommy schüttelte den Kopf und starrte finster auf den Boden, während er der Stimme aus dem Lautsprecher lauschte. Er traute sich nicht, sich zu Mr Telford umzudrehen. Er meinte, den bohrenden Blick seines Bosses im Rücken zu spüren. Hoffentlich hatte er nicht eigenhändig Jack Bakers Zukunft als Jockey an diesem Tage zu Grabe getragen!

»Was geschieht da?« Die Stimme des Sprechers klang ungläubig und Tommy sah wieder auf die Rennbahn. »Phar Lap holt auf … ja, tatsächlich … Er verringert den Abstand zum Feld. Jetzt geht er auf die Außenbahn … Schauen Sie sich das an, meine Damen und Herren …«

Cashy, der bereits angefangen hatte, seinen Wettschein

zu zerknüllen, folgte in diesem Augenblick ebenfalls der Aufforderung des Rennbahnsprechers und sah auf.

»Er geht den langen Weg«, fuhr die Stimme aus dem Lautsprecher fort. »Das ist nicht mehr zu schaffen ...«

Cashy strich gedankenverloren seinen Wettschein glatt.

»Jetzt ist Phar Lap gleichauf mit My Talisman und Ticino. Er überholt sie und schließt zu Sir Ribble auf. Das ist sensationell, meine Damen und Herren! Phar Lap scheint immer noch schneller zu werden ... Jetzt hat er Pure Tea erreicht ... Er ist an zweiter Position, doch Voleuse hat immer noch zwei Längen Vorsprung ... Ein fantastischer Erfolg für den Außenseiter, sollte er hier tatsächlich als Zweiter über die Ziellinie gehen ...«

Jack Baker lehnte sich so weit nach vorn, wie es ihm möglich war. Er konnte immer noch nicht glauben, was soeben geschah. Noch nie in seiner Laufbahn als Jockey hatte er auf einem Pferd wie diesem gesessen. Phar Lap preschte an allen anderen vorbei, ließ sie stehen und schien immer noch Kraftreserven zu haben, um noch einmal zu beschleunigen. Jack ließ die Zügel locker und bemühte sich um einen leichten Sitz, der das Pferd möglichst wenig belastete. Jetzt war nur noch Voleuse vor ihnen. Voleuse – und die Ziellinie.

»... Phar Lap schließt zu Voleuse auf.« Die Stimme des Sprechers überschlug sich. Man konnte förmlich hören, wie er vor Unglauben den Kopf schüttelte. »Phar Lap hat das gesamte Feld überholt und setzt sich in diesem Moment ab. Er überholt Voleuse. Phar Lap übernimmt die Führung. Phar Lap geht mit einer halben Länge Vorsprung über die Ziellinie. Phar Lap hat gewonnen!«

Cashy hüpfte auf und ab wie ein Pingpongball und

wedelte dabei mit seinem Wettschein. Tommy strahlte über das ganze Gesicht und jetzt wagte er es auch wieder, sich zu seinem Boss umzudrehen. Harry Telford rieb sich so fest mit Zeigefinger und Daumen über die Stirn, dass rote Striemen darauf zurückblieben. Tommy konnte sehen, wie erleichtert der Trainer war. Als spürte er, dass Tommy ihn ansah, blickte Telford zu dem Stalljungen hinüber. Ohne eine Miene zu verziehen, nickte er ihm zu und Tommy wusste, dass er keine Vorhaltungen zu befürchten hatte.

Es dauerte keine Minute, bis Phar Laps Trainer von den ersten Gratulanten umringt wurde. Und während Tommy sich noch einen Weg zu seinem Boss bahnte, nahm der bereits die ersten Glückwünsche entgegen.

»Herzlichen Glückwunsch!«

»Gutes Pferd!«

»Nun, Harry ... « David Davis streckte Mr Telford die Hand entgegen. »Ich darf doch Harry sagen, oder?« Er wartete nicht auf eine Antwort. »Meinen Glückwunsch zu diesem Erfolg!«

»Danke, Mr Davis. David.«

»Natürlich dürfen wir jetzt nicht übermütig werden, nicht wahr? Das Rosehill Handicap ist ein nettes, kleines Rennen, aber von einem Derbysieg sind wir dennoch weit entfernt.«

»Phar Lap wird auch in Derbys siegen.« Harry Telford sah seinem Gesprächspartner direkt in die Augen. »Er wird nächste Saison sogar beim Melbourne Cup starten und ... «, Telford machte eine kleine Pause, »... und gewinnen.«

Mr Davis' Lachen klang laut und unehrlich. »Sie sind ein unverbesserlicher Optimist, Harry.« Er klopfte dem

Trainer mit der flachen Hand auf die Schulter. »Unverbesserlich.« Kopfschüttelnd wandte er sich ab und ließ Harry Telford und Tommy, der die ganze Zeit neben seinem Boss gewartet hatte, stehen.

Harry Telford sah seinem Partner schweigend hinterher, dann wandte er sich an Tommy. »Mach Phar Lap fertig, Junge. Wir fahren nach Hause.«

»Ja, Sir«, antwortete Tommy.

7

»Das Leben eines Menschen
könnte nicht mehr Sinn gehabt haben.«
HARRY TELFORD

»Hi, Emma.«

»Hallo, Tommy.«

Tommy drehte und knetete seine Mütze zwischen den Händen und blickte abwechselnd Emma an und auf den Boden.

»Wer ist da, Emma?« Mrs Bones Stimme drang aus dem Inneren des Hauses auf die Veranda.

»Es ist Tommy.«

»Oh, Tommy!« Mrs Bone streckte ihren Kopf durch den Türspalt. »Lange nicht gesehen.«

»Ja, Mrs Bone, ich … «, Tommy stockte, »… ich hatte viel Arbeit, wissen Sie.«

Mrs Bone nickte, als wüsste sie. »Ich hab gehört, Phar Lap hat in Rosehill gewonnen?«

»Ja, Mrs Bone.«

Emmas Mutter lächelte, dann wandte sie sich an ihre Tochter. »Emma, vergiss bitte nicht die Knochen auf dem Ofen.«

»Natürlich nicht, Mutter«, antwortete Emma gehorsam und als sie Tommys verständnisloses Gesicht sah, erklärte sie: »Wir hatten gestern Hühnerbraten. Nun kochen wir die Knochen aus für eine Fleischbrühe.«

Bei dem Gedanken an eine kräftige Hühnerbouillon lief Tommy das Wasser im Munde zusammen.

»Also dann ...«, sagte Mrs Bone, die merkte, dass sie das Gespräch der beiden zum Stocken gebracht hatte, und nickte Tommy noch einmal zu, ehe sie wieder im Inneren des Hauses verschwand.

»Also dann, Mrs Bone ...«, antwortete Tommy, aber von Mrs Bone war bereits nichts mehr zu sehen.

Emma verschränkte die Arme vor der Brust und sah Tommy abwartend an.

Tommy drehte und wendete immer noch seine Mütze, als suchte er in ihrem Futter nach den richtigen Worten. Seit die Rennsaison vorbei war und die Arbeit nachgelassen hatte, war es Tommy von Tag zu Tag bewusster geworden, wie sehr er Emma vermisste. Phar Lap war in seinem Winterquartier untergebracht und weder Mr Telford noch Mr Seaton hatten genug Arbeit für den Stallburschen, um ihn von seinem Kummer abzulenken. Jetzt stand Tommy also vor Emma und zermarterte sich das Hirn, wie er sie um Verzeihung bitten konnte, ohne sich lächerlich zu machen.

»Hab gehört, du triffst dich mit 'nem anderen?«

»So? Das hast du also gehört?«

Tommy war es trotz der Kälte warm. Irgendwie hatte er wohl gehofft, Emma mit Vorwürfen aus der Reserve locken zu können. Wenn sie sich entschuldigen würde, dann könnte er es vielleicht auch. Aber seine Rechnung schien nicht aufzugehen. Emma stand da und schwieg. Wieder einmal fiel Tommy auf, wie schön sie war. Ihr glänzendes, lockiges haselnussbraunes Haar, das sie stets zu einem Knoten zusammenband, ihre zarte Haut, die ebenmäßigen Zähne, die vollen Lippen und diese katzenhaften Augen. Sie hatte nichts Niedliches an sich, vielmehr konnte jeder sehen, dass sie wusste, was sie wollte – und was sie eben nicht wollte.

»Es tut mir leid, Emma«, sagte Tommy kleinlaut.

Emmas Blick wurde weicher und Tommy schöpfte Hoffnung.

»Ich … ich wollte dich nicht kränken oder verletzen. Es ist nur so … « Tommy stöhnte und blickte wieder auf den Boden. Erst als er Emmas Hand auf seinem Arm spürte, sah er auf.

»Ich werde mich wohl damit abfinden müssen, dass ich erst nach den Pferden komme, oder?«

Tommy spürte den Impuls, zu leugnen, Emma zu beteuern, dass sie das Wichtigste für ihn sei. Er wusste jedoch, dass sie recht hatte: An erster Stelle würden für ihn immer die Pferde stehen.

»Ich weiß nicht, ob ich das kann«, fuhr Emma fort. »Ich meine, ob ich damit zurechtkomme, die ewig Zweite in deinem Leben zu sein. Aber … «

Tommy griff nach Emmas Hand. »Aber … «, forderte er sie auf weiterzusprechen.

»Aber ich werde es versuchen.«

Irgendwo in seinem Inneren brannte noch ein kleiner Stachel, der Tommy piesackte und ihn aufforderte, Emma zur Rede zu stellen, mit wem sie sich getroffen hatte und warum. Allerdings war sich Tommy darüber im Klaren, dass er viel aufs Spiel setzte, wenn er jetzt das Falsche tat. Also lächelte er nur und zog Emma an sich.

Phar Lap preschte über die Weide. Auf der Nachbarkoppel graste friedlich eine zierliche Stute. Hin und wieder wieherte der Fuchs heiser und warf einen Blick über den

Zaun, um die Wirkung seines Auftritts zu überprüfen. Wenn er sich der vollen Aufmerksamkeit seines Publikums sicher war, legte der »Rote Blitz« los: Er galoppierte mit wehendem Schweif und angelegten Ohren von einem Ende der Koppel zum anderen und verjagte imaginäre Feinde. Im nächsten Augenblick tat er so, als wäre er selbst der Gejagte. Oder er wälzte sich voller Wonne im Matsch und eine harte braune Kruste verdeckte sein seidiges rot glänzendes Fell. Es gab nichts, was der Fuchs hier vermisste. Fast nichts.

Nur hin und wieder, wenn er abends und nachts allein in seinem Stallabteil stand, stieg eine schemenhafte Erinnerung in Phar Lap hoch. Eine Erinnerung an einen jungen Mann, der ihn früher häufig besucht und ihm schmackhafte Zuckerstückchen zugesteckt hatte. Dieser junge Mann war der einzige Mensch, in dessen Nähe sich der kräftige Wallach rundherum sicher und zufrieden fühlte, dem er überallhin gefolgt wäre, ohne an der Richtigkeit des Weges zu zweifeln. So wie bei ihrer ersten Begegnung.

Als Bobby damals gedacht hatte, er wäre am Ende seines Lebens angelangt, war der junge Mann aufgetaucht und hatte ihm mit seiner ruhigen, sicheren Art und einem Stück Zucker gezeigt, dass es weiterging. Und so, wie ein frisch geschlüpftes Küken dem Lebewesen folgt, das es als Erstes sieht, so folgte Bobby seitdem diesem jungen Mann.

Manchmal sehnte er sich nach ihm, aber ansonsten entbehrte er hier nichts. Weder das harte Training noch die anstrengenden Rennen. Auf die konnte er gerne verzichten. Phar Lap wäre es nie in den Sinn gekommen, sich bald von der zierlichen Stute auf der Nachbarkoppel verabschieden zu müssen. Und er ahnte auch nicht, dass neue, harte Trainingsstunden und weitere anstrengende Rennen auf ihn warteten. Ebenso wenig wusste er, dass ein junger Mann sich bereits darauf freute, ihn bald wiederzusehen und ihm Zucker zuzustecken.

Harry Telford nickte zufrieden, während er zusah, wie Phar Lap aus dem Transporter geführt wurde. Dem Fuchs waren die fast drei Monate Winterpause sichtlich gut bekommen. Vielleicht ein bisschen zu gut, dachte Mr Telford mit einem Blick auf das stattliche Tier.

Doch er war sich sicher, das anstehende Training, das den »Roten Blitz« für die kommende Saison fit machen sollte, würde schon dafür sorgen, dass die überzähligen Pfunde verschwänden – vorausgesetzt, dieser Woodcock behielt seinen Zuckervorrat für sich!

Aber dieser Woodcock behielt seinen Zuckervorrat nicht für sich. Kaum hatte er Phar Lap in seine Box gebracht, hielt er ihm auch schon ein Stück der begehrten Süßigkeit unter die Nüstern und strich anschließend liebevoll über die Stirn des Pferdes. »Na, Bobby«, begrüßte er ihn und lachte, als der Fuchs sich mit einem kräftigen Nasenstüber bei ihm bedankte. »Groß bist du geworden«, sagte Tommy wie ein liebender Onkel. »Groß und kräftig. In diesem Jahr werden wir es allen zeigen, nicht wahr, mein Junge?«

Bobby legte seinen massigen Schädel auf die Schulter des jungen Mannes und schnaubte zufrieden. Es war nicht zu übersehen, dass er sich freute, Tommy wiederzusehen. Ebenso wie sich Tommy freute, den Fuchs wiederzusehen.

Als Tommy das Räuspern hinter sich hörte, drehte er sich um. Es war Harry Telford, der mit dem üblichen grimmigen Gesichtsausdruck an der Boxenklappe lehnte. »Behalt deinen Zucker bei dir, Junge«, mahnte er streng. »Das Vieh ist ohnehin zu fett. Ich weiß nicht, wie wir ihn bis zum ersten Rennen der Saison in Form kriegen sollen.«

»Phar Lap schafft das schon, Sir«, antwortete Tommy zuversichtlich und streichelte Bobbys Hals.

Telford grunzte missmutig und wandte sich ab.

Tommy zog ein weiteres Zuckerstück aus der Hosentasche und hielt es Bobby hin. Es verschwand in null Komma nichts in Phar Laps Maul.

»Ich habe dir doch gesagt, er ist zu fett!«, zeterte Telford. »Dieser ewige Zucker, hier ein Leckerchen und da noch eins!«

Tommy legte Phar Lap stumm die Reisedecke über.

»Der steht ja noch in der Startbox, wenn die anderen Pferde schon wieder daheim im Stall sind!« Das Gesicht des Trainers war rot vor Zorn.

»So schlecht war er doch gar nicht«, widersprach Tommy leise. »Immerhin ist er Vierter geworden.«

»Oh, toll, Vierter!« Telford schüttelte den Kopf. »Und in Rosehill Achter, in Warwick irgendwo im Mittelfeld! Läuft so ein Champion? Er ist faul und fett! Sonst nichts!«

»Vielleicht ist er einfach noch nicht so weit. Er ist schließlich in Wahrheit noch keine drei Jahre alt und …«

»Ach«, unterbrach Telford seinen Stallburschen und sparte sich den Hinweis darauf, dass Phar Lap wie alle anderen Pferde auch am 1. August offiziell Geburtstag gehabt hatte und damit als Dreijähriger galt. Denn er wusste, dass er Tommy damit nichts Neues erzählen würde und der Stallbursche auf den echten Geburtstag des Fuchses anspielte. »Und du meinst, in …«, er überschlug die Zahlen im Kopf, »... in vierunddreißig Tagen fängt er plötzlich an zu gewinnen? Dass ich nicht lache!« Er wartete nicht auf eine Erwiderung, sondern stapfte davon.

»Glaubst du, dass Phar Lap dieses Mal gewinnt?« Cashy stand neben Tommy am Zaun der Rennbahn und trommelte nervös mit den Fingern auf dem splittrigen Holz herum.

Tommy zuckte mit den Schultern. »Ich weiß es nicht.«

»Der Boss gibt ihn langsam auf.«

Tommy warf seinem Freund einen Blick zu. »Was meinst du damit?«

»Ich habe gehört, wie er gestern zu Davis gesagt hat, er gebe ihm nur noch eine Chance.«

»Ihm?«

»Ja, Phar Lap. Wenn er nicht bald gewinnt, hat er gesagt, dann wird er verkauft.«

Tommy blickte schweigend geradeaus. Bobby verkaufen? Überrascht stellte der junge Mann fest, wie sehr ihn diese Aussicht traurig stimmte. Obwohl er grundsätzlich alle Pferde mochte, war der »Rote Blitz« für ihn etwas Besonderes. Er hätte nicht sagen können, warum ausgerechnet der Fuchs ihm so ans Herz gewachsen war. Vielleicht war es die Erinnerung an ihre erste Begegnung am Hafen von Sydney, vielleicht hatte es aber auch damit zu tun, dass Bobby ihn so offensichtlich zu seinem Freund auserkoren hatte. Bobby brachte ihm so viel Zuneigung und Vertrauen entgegen, dass er gar nicht anders konnte, als diese Gefühle zu erwidern! Und war das nicht eine mehr als natürliche Reaktion? Wer hätte es schon fertig gebracht, ein Lebewesen, das so offenherzig um Freundschaft bat, zurückzuweisen?

»Also, was denkst du … « Cashys Stimme riss Tommy aus seinen Gedanken. »Glaubst du, er kann das Chelmsford Stakes heute gewinnen?«

»Mit einem anderen Jockey könnte er das bestimmt.«

»Und warum nicht mit Jack Brown?«

»Weil Bobby ihn nicht mag.«

»Wie kommst du darauf?«

»Jack ist ein erfahrener Reiter, aber für Phar Lap ist er zu grob. Er hat kein Gespür für das Pferd, treibt ihn zu sehr an und merkt nicht, dass Bobbys Stärke nicht im schnellen Sprint, sondern in seiner Ausdauer liegt. Mit einem Jockey wie Pike zum Beispiel wäre Bobby nicht mehr zu stoppen. Ich habe noch nie gesehen, dass der ein Pferd mit der Gerte geschlagen hat. Du?«

Cashy schüttelte den Kopf. »Nein. Aber einer wie Jim Pike wird Phar Lap nicht reiten, solange er nicht als Favorit in ein Rennen geht.«

»Und genau da liegt das Problem … «

»Die Pferde sind gestartet!«, dröhnte die Stimme des Rennbahnsprechers in diesem Augenblick über die Lautsprecher.

Tommy und Cashy unterbrachen ihr Gespräch und wandten sich dem Renngeschehen zu.

Harry Telford, der dicht hinter den beiden stand, drehte sich hastig um. Nachdenklich strich er über seine Bartstoppeln, während er – unbemerkt von Tommy und Cashy – seinen Platz auf der Tribüne einnahm. Er würde Tommy nach dem Rennen sagen, was er ihm hatte mitteilen wollen. Nach dem Rennen – oder überhaupt nicht. Denn auf einmal erinnerte er sich an Tommys letzten Besuch in seinem Haus und an das, was Tommy ihm damals erzählt hatte. Er hatte ihm nicht geglaubt.

Nicht glauben wollen. Und er hatte sich in seiner Autorität missachtet gefühlt. Natürlich durfte und sollte der Stallbursche das Pferd reiten, aber das hieß schließlich noch lange nicht, dass er es auch auf eigene Faust und nach eigenem Gusto trainieren durfte! Aber jetzt, nachdem er das Gespräch zwischen Woodcock und Martin zufällig mit angehört hatte, fragte er sich im Stillen doch, ob in Woodcocks Worten nicht ein wahrer Kern steckte. Auch wenn er es ungern zugab.

»Mollison, geritten von Bill Cook, hat einen guten Start erwischt. Er führt bereits mit mehreren Längen Vorsprung. Das Feld der Verfolger ist dicht beisammen, nur Phar Lap bleibt seiner Linie treu und bildet mit Jack Brown das Schlusslicht. Brown treibt den Fuchs an, doch der Abstand zu den anderen Pferden verringert sich nicht.«

Der Mann neben Tommy lachte und scherzte mit seinem Begleiter. Tommy konnte nicht verstehen, was der Mann sagte, aber er schnappte die Worte »Roter Blitz« auf und konnte sich zusammenreimen, auf wessen Kosten der Witz ging.

»Der Favorit Mollison scheint heute unschlagbar. Er deklassiert seine Gegner regelrecht. Jetzt löst sich Winalot vom Feld. Er geht an zweite Position. Mollison führt weiterhin, gefolgt von Winalot ... «

Ein Raunen ging plötzlich durch die Menge und das Lachen neben Tommy verstummte schlagartig.

»Da kommt Phar Lap über die lange Außenbahn. Er holt auf. Jetzt ist er bereits an fünfter Position ... «

Das Raunen schwoll an. Voller Unglauben starrte die Zuschauermenge auf das fuchsfarbene Pferd, das einen Mitstreiter nach dem anderen überholte und sich binnen weniger Sekunden von der letzten Position vorarbeitete, bis nur noch Winalot und Mollison vor ihm waren.

»Phar Lap an dritter Position. Phar Lap überholt Winalot. Er schließt zu Mollison auf ... «

Die Menge schrie und tobte. Tommy sah, wie Bill Cook auf Mollison sich umdrehte und überrascht feststellte, dass er nicht mehr allein war. Phar Lap lief mit einer halben Länge Abstand neben ihm und Jack Brown hieb wie besessen mit der Reitgerte auf den Fuchs ein, um ihn weiter voranzutreiben. Jetzt griff auch Cook zur Gerte und stieß seinem Pferd die Fersen in die Flanken. Der Lärm der Zuschauer war mittlerweile ohrenbetäubend.

»Mollison vor Phar Lap ... Kann er seinen geringen Vorsprung noch bis ins Ziel retten? Ja! Mollison gewinnt mit einer Kopflänge vor Phar Lap!«

Ein kollektives Stöhnen ging durch die Zuschauermenge. Tommy sackte in sich zusammen wie ein Luftballon, aus dem man die Luft entweichen lässt. Er hatte die Zaunlatte vor sich so fest umklammert, dass er nun den Abdruck des Holzes in seiner Handfläche sehen konnte. Er schloss die Augen und seufzte.

»Mist!«, fluchte Cashy neben ihm. »Mist! Verdammter Mist!«

»Aber, Harry, Sie waren damit einverstanden, dass wir das Experiment als gescheitert ansehen, wenn Phar Lap das Chelmsford Stakes nicht gewinnt. Und er hat es nicht gewonnen. Also verkaufen Sie ihn!« Mr Davis' Augen funkelten wütend.

»Wenn das Rennen nur eine Achtelmeile länger gewesen wäre, hätte Phar Lap gewonnen.«

Mr Davis verdrehte angestrengt die Augen und schwieg.

Dieser Telford war wirklich so ein sturer Bock, wie man es ihm nachsagte.

»Hören Sie, David. Wir haben uns geirrt. Phar Lap ist kein guter Sprinter. Einverstanden. Aber auf langen Strecken ist er unschlagbar! Er hat eine hervorragende Kondition und wenn alle anderen Pferde bereits müde sind, hat er sich gerade erst warm gelaufen! Bedenken Sie doch nur, was das heißt!« Harry Telford streckte den Daumen seiner rechten Hand aus. »Das AJC Derby geht über anderthalb Meilen ebenso wie das Victoria Derby.« Er streckte den Zeigefinger aus. »Und der Melbourne Cup wird sogar über zwei Meilen ausgetragen …«

»Sind Sie jetzt völlig übergeschnappt?« Mr Davis war ein auffallend kleiner Mann, doch in seiner Empörung wirkte er nun um einiges größer. »Sie wollen Phar Lap beim Derby anmelden? Und beim Melbourne Cup …« Er streckte seine kurzen Arme in den Himmel, als erwartete er Hilfe von oberster Stelle. »Das Derby ist kein Wald- und Wiesenrennen! Da geht es um was und vor allem um viel Geld!«

»Das weiß ich.«

»Jeder, der im Rennsport etwas auf sich hält, wird da sein. Wollen Sie denn, dass man noch mehr über Sie lacht als bisher? Und über mich? Wollen Sie uns beide der Lächerlichkeit preisgeben?«

»Vielleicht kann ich Pike als Jockey für das Derby kriegen.« Jetzt blickte Telford flehentlich wie ein Hund, der Angst vor Prügeln hat.

»Jim Pike?« Davis schüttelte ungläubig den Kopf. »Das glaube ich kaum.«

»Nun, Pike hat mir versprochen, ihn auszuprobieren. Und wenn er ihm im Training gefällt, dann …«

Mr Davis schnaubte. »Sie sind völlig verrückt, Harry, wissen Sie das? Aber nun gut, melden Sie ihn, wenn Sie wollen. Doch eins sage ich Ihnen …« Er wedelte mit dem Zeigefinger vor Telfords Nase. »Wenn er beim Derby versagt, ist endgültig Schluss. Haben Sie mich verstanden?« Ohne ein weiteres Wort drehte sich Mr Davis um und ging über den breiten Stallflur zum Ausgang.

Tommy atmete erleichtert aus und lehnte sich auf die Heugabel, mit der er Bobbys Box ausmistete. Vor Anspannung hatte er nicht gewagt Luft zu holen, während er der Unterhaltung der beiden Männer vor dem Stallabteil gelauscht hatte.

Jetzt traf sich sein Blick mit dem seines Arbeitgebers und er konnte deutlich erkennen, dass Harry Telford über den Ausgang des Gesprächs nicht weniger glücklich war als er selbst.

»Was ist?«, blaffte Mr Telford ihn an. »Fertig?«

»Nein, Sir.«

»Was stehst du dann da blöd rum und hältst Maulaffen feil?«

Tommy wandte sich ab, während er fortfuhr, den Mist auf die Schubkarre zu verladen, damit Mr Telford sein zufriedenes Grinsen nicht sehen konnte.

8

**»Er war fast ein Mensch.
Er konnte alles außer sprechen.«**
HARRY TELFORD

Als Jim Pike mit Harry Telford den Stall betrat, gab es unter den Stallburschen und jungen Jockeys keinen, der nicht Spalier stand. Jeder Einzelne von ihnen träumte von einer Karriere, wie Jim sie gemacht hatte. Jim Pike konnte sich die Pferde aussuchen, die er ritt! Er musste nicht darauf hoffen, dass ihn irgendjemand für ein Rennen engagierte – nein, bei ihm standen die Rennpferdbesitzer Schlange! Und das, obwohl er nicht einmal zu den Leichtesten gehörte! Dementsprechend groß war das Getuschel unter den Jungs: Warum sollte Jim Pike ausgerechnet Phar Lap reiten, wenn er doch jedes Pferd für das Derby haben konnte, das er wollte?

»Ich bin dir wirklich sehr dankbar, Jim«, sagte Harry Telford, »dass du dir Phar Lap anschaust. Und ich versichere dir, er hat das Zeug zum Champion – wenn du ihn auf dem Derby reitest … «

»Nur nichts überstürzen, Harry«, unterbrach Pike den Trainer. »Ich habe nur gesagt, ich schaue ihn mir mal an. Sonst nichts.«

»Ja, sicher, Jim. Hier ist er … « Telford blieb vor Phar Laps Box stehen. »Und das ist Phar Laps Stallbursche Tommy Woodcock.«

»Hallo, Tommy«, sagte Jim Pike freundlich.

»Hallo, Mr Pike.«

Pike musterte Phar Lap und strich ihm sacht über die Stirn. Der Fuchs schnaubte und ließ sich die Berührung sichtlich gern gefallen.

»Eine Schönheit ist er ja nicht gerade«, stellte Jim Pike fest. »Aber Charakter scheint er zu haben.« Er wandte sich an Tommy. »Glaubst du auch, dass dein Pferd ein Champion ist?«

»O ja, Sir«, antwortete Tommy. »Bobby ist der Beste. Er braucht nur jemanden, der ihn richtig zu nehmen weiß.« Er ignorierte geflissentlich Telfords strafende Blicke, die er sich mit dieser Bemerkung eingehandelt hatte.

»Bobby?« Pike sah den Stallburschen verständnislos an.

»Ich meine Phar Lap, Sir. Ich nenne ihn Bobby.«

Jim Pike lächelte. »Und was meinst du damit, dass er jemanden braucht, der ihn zu nehmen weiß?«

Telford machte den Mund auf, um einer unerwünschten Antwort seines Stallburschen zuvorzukommen, doch der Jockey ignorierte ihn und heftete seinen Blick stattdessen auf den Pferdepfleger.

»Nun ...« Tommy druckste ein wenig herum. »Bobby, ich meine Phar Lap, ist sehr eigenwillig. Wenn er seinen Reiter mag, will er ihm gefallen und dann zeigt er auch, was er kann, und schlägt jedes Pferd. Aber wenn nicht ...« Er ließ den Satz unbeendet.

Pike nickte zustimmend. »Die besten Pferde sind oft auch die eigenwilligsten«, sagte er und drehte sich zu Telford um. »Also gut, ich werde ihn mal ausprobieren.« Er wandte sich erneut an Tommy. »Machst du ihn mir fertig?«

»Natürlich, Sir, sehr gern«, sagte Tommy diensteifrig

und griff bereits nach dem Zaumzeug, um es Phar Lap anzulegen.

Man hätte glauben können, es gäbe keine Arbeit in den Stallungen, als sich Pike kurze Zeit später auf den Rücken des Pferdes schwang. Telfords gesamte Mannschaft hatte am Rand der Rennbahn Aufstellung genommen und verfolgte jede noch so kleine Bewegung des Jockeys mit Argusaugen.

»Okay, Bobby«, sagte Pike leise und der »Rote Blitz« spitzte die Ohren. Es gab nicht viele, die ihn so nannten. Vor allem der Mann, der ihn die Sandhügel hinaufjagte, nannte ihn niemals so. »Dann zeig mal, was du kannst.« Er drückte dem Pferd die Fersen in die Flanken und der Fuchs setzte sich gehorsam in Bewegung.

Doch wer auch immer einen sensationellen Sprint erwartet hatte, der wurde bitter enttäuscht. Pike ritt Phar Lap Runde um Runde in gleichmäßigem Tempo um die Bahn und die Stallburschen warfen sich bereits verstohlen gelangweilte Blicke zu. Die ersten von ihnen verabschiedeten sich bald darauf, um freiwillig wieder an ihre Arbeit zurückzugehen, bevor Telford es ihnen befahl. Hier würde wohl doch nichts Spektakuläres passieren.

Pike spürte, dass das Pferd, auf dem er saß, alles andere als entspannt war. Seine Muskeln vibrierten. Und tatsächlich war Phar Lap nervös. Der Fuchs versuchte herauszufinden, was das für ein Mensch war, der dort auf seinem Rücken saß. Zu welcher Art gehörte er? Würde er ihm gleich die Gerte auf die Kruppe knallen und an den Zügeln zerren, bis es in den Mundwinkeln schmerzte? Oder konnte er Vertrauen haben, dass ihm von diesem Reiter kein Leid drohte?

Unbemerkt von fast allen Zuschauern führten Jim und Phar Lap einen intensiven Dialog miteinander. Immer wieder fragte Phar Lap: Wer bist du? Tust du mir weh? Kann ich dir vertrauen? Und Jim antwortete ihm jedes Mal: Sieh doch selbst! Ich tue dir nichts. Du kannst mir vertrauen.

Lediglich Tommy konnte nachfühlen, was in seinem Freund vor sich ging, und ihm gefiel, mit wie viel Geduld Pike sich des Tieres annahm. Der Jockey drängte den Fuchs nicht, er wartete einfach, bis Phar Lap bereit war, sich ihm anzuvertrauen.

Als Jim und Phar Lap endlich so weit waren, dass sie ihr Verhältnis geklärt hatten, standen außer Tommy nur noch sein Freund Cashy Martin und der Trainer Harry Telford am Zaun und beobachteten das Geschehen auf der Bahn. Und sie wurden für ihre Ausdauer belohnt. Nachdem Phar Lap sich endlich entspannt und Vertrauen zu Pike gefasst hatte, zeigte der kräftige Fuchs auch, was wirklich in ihm steckte.

Telfords Augen begannen zu glänzen, als er schließlich einen Blick auf die Stoppuhr warf und die Rundenzeit feststellte. Und auch Jim Pike wirkte mehr als zufrieden, als er den »Roten Blitz« endlich zum Stehen brachte und sich von seinem Rücken gleiten ließ.

»Du hattest recht, Harry«, sagte er, als er mit Phar Lap an den Zaun trat und Tommy mit einer freundlichen Geste die Zügel übergab. »Dieses Pferd«, er tätschelte lobend Phar Laps Hals, »kann verdammt schnell laufen.«

Telford nickte zufrieden, doch als Jim Pike fortfuhr, veränderte sich sein Gesichtsausdruck wieder.

»Aber ob das auch bedeutet, dass er auf dem Derby oder bei irgendeinem anderen Rennen jemals gewinnen wird«, der Jockey machte eine Pause, »da bin ich mir nicht so sicher.«

Harry Telford blickte verständnislos auf den kleinen und schmächtigen Mann vor sich, dessen Urteil so viel Bedeutung für ihn hatte.

Tommy dagegen wusste genau, was Jim Pike meinte. Und seine Achtung vor dem berühmten Rennreiter stieg noch einmal. Er hatte gesehen, wie sich Pike auf das Pferd eingestellt hatte. Und er hatte auch gesehen, dass Pike begriffen hatte, dass Bobby nicht irgendein Pferd war. Der »Rote Blitz« hatte eine sagenhafte körperliche Konstitution und eine außergewöhnliche Intelligenz. Aber gerade diese Intelligenz und die damit verbundene Empfindsamkeit machten ihn zu einem schwierig zu reitenden und schwer zu berechnenden Pferd.

»Und was heißt das jetzt?«, fragte Harry Telford. »Wirst du ihn reiten oder nicht?«

Pike zuckte mit den Schultern. »Ich werd's mir überlegen, Harry. Ich werd's mir überlegen.«

Tommy lächelte zufrieden, als er Jim Pike nur wenige Tage später erneut im Stall entdeckte. Ebenso wie er selbst schien der Jockey vom »Roten Blitz« fasziniert zu sein. Das, was Tommy über den berühmten Rennreiter gehört hatte, fand er bestätigt: dass er ein besonderes Gespür für Pferde habe und dass sein Erfolg nicht allein auf der perfekten Beherrschung des leichten Sitzes oder anderer Handwerksmittel der Rennreiter beruhe, sondern auch auf etwas, das man nicht erlernen konnte. Man hatte es entweder – oder man hatte es eben nicht. Jim Pike hatte es.

»Hallo, Mr Pike«, begrüßte Tommy den Besucher, noch bevor der ihn überhaupt bemerkt hatte.

Der Mann mit dem hageren Gesicht drehte sich zu Tommy um und lächelte erfreut, als er ihn erkannte. Wie alle professionellen Jockeys war Pike dünn – allerdings nicht so dünn wie einige seiner Kollegen. Auch das war ein Grund, warum Piky, wie ihn seine Freunde nannten, nur Favoriten ritt, deren Handicap hoch war. Ein Pferd, das mit einem Gewicht von achtundvierzig Kilo auf dem Rücken ins Rennen starten sollte, kam für Pike nicht infrage, denn er brachte mehr auf die Waage. Trotzdem standen seine Wangenknochen hervor und seine Augenhöhlen waren so tief eingesunken, dass er stets ein wenig kränklich wirkte, obwohl man ihn eigentlich durchaus als gut aussehend bezeichnen konnte.

»Tommy«, sagte Jim Pike und streckte dem jungen Mann zur Begrüßung die Hand entgegen. »Wie geht es Bobby?«

Tommy Woodcock freute sich darüber, dass Jim Pike den Namen für das Pferd benutzte, den er ihm gegeben hatte. »Gut, Sir. Wollen Sie ihn sehen?«

»Ja, gerne«, antwortete Pike. »Ich habe gehört, Harry hat ihn schon für das Derby gemeldet?«

»Ja, Sir, das stimmt«, antwortete Tommy.

»Die ganze Stadt lacht darüber«, fuhr der Jockey fort. »Obwohl es auch einige gibt, die nach dem, was bei den Chelmsford Stakes geschehen ist, anders über Phar Laps Chancen denken.«

»Und wie denken Sie darüber, Sir?«

Pike verzog das Gesicht. »Ich glaube, ich habe noch nie ein Pferd geritten, das schneller ist als er, Tommy. Aber das heißt noch lange nicht, dass er auch das Zeug zum Siegen hat. Rennen werden eben nicht nur mit den Beinen entschieden.«

»Ich weiß, Sir«, sagte Tommy. »Rennen werden nicht nur mit den Beinen entschieden, sondern mindestens ebenso mit dem Herzen. Und Bobby hat ein verdammt großes Herz!«

Jim Pike sah Tommy nachdenklich an. Dann nickte er langsam. »Ja, du hast recht«, sagte er. »Du hast verflucht noch mal recht.«

Auch an diesem Morgen nahm sich der Jockey noch einmal viel Zeit für Phar Lap. Er hätte nicht sagen können, woran es lag, aber dieser Fuchs mit dem intensiv roten Fell hatte es ihm angetan. Es war ein herrliches Gefühl, ihn zu reiten, obwohl es auch dieses Mal lange dauerte, bis Phar Lap bereit war, sich auf den Jockey einzulassen. Und genau das war es, was Jim Sorgen machte: Es stand für ihn außer Frage, dass Phar Lap ein Pferd mit hervorragenden Eigenschaften war, dessen physischen Voraussetzungen alles beinhalteten, was ein gutes Rennpferd braucht. Aber Bobby war gleichfalls sehr sensibel, und das machte die Sache zwar reizvoll, aber auch schwierig.

Etliche Runden hatten Jim und Phar Lap bereits auf der verwaisten Rennbahn von Randwick gedreht und der Jockey spürte mit einer gewissen Genugtuung, dass sich der »Rote Blitz« jetzt voll und ganz auf ihn eingestellt hatte. Er reagierte zuverlässig und ohne Verzögerung auf die kleinsten Hilfen seines Reiters. Umso erstaunter war Pike, als er merkte, dass Phar Lap mit einem Mal unkonzentriert wurde. Irgendetwas stimmte nicht mit ihm. Er weigerte sich, in die von ihm vorgegebene Richtung zu laufen, und strebte stattdessen auf eine Hecke am Rand der Rennbahn zu.

Jim Pike sah sich um. Doch sosehr er auch suchte, er

bemerkte nichts, was für Phar Laps Unwillen, mit dem Training fortzufahren, verantwortlich sein konnte. Immer noch waren sie die Einzigen weit und breit. Schließlich überließ der Jockey sich seinem Schicksal und Phar Lap die Führung. Er wollte nun selbst gerne wissen, was Phar Laps Aufmerksamkeit erregt hatte.

Sie hatten die ominöse Hecke noch nicht ganz erreicht, als Jim kopfschüttelnd lächelte: Hinter der Hecke kam in diesem Augenblick Tommy Woodcock mit einer Schubkarre voll Mist zum Vorschein. Er blieb überrascht stehen, als er so unvorbereitet dem »Roten Blitz« und seinem Reiter begegnete.

»Bobby, alter Junge«, sagte Tommy und stellte die Schubkarre ab.

Phar Lap stupste seinen Freund mit der Nase an und bettelte um Streicheleinheiten.

»Es war nichts zu machen«, sagte Jim Pike vom Rücken des Pferdes aus. »Auf einmal hat er beschlossen, sich nicht mehr um mich zu kümmern und ist zielstrebig hierhin gelaufen.«

Tommy fiel in Jim Pikes Lachen ein, während er Bobby streichelte. »So, mein Freund, nun müssen wir aber beide wieder an die Arbeit«, sagte er schließlich und wollte zu seiner Schubkarre zurückkehren, doch der »Rote Blitz« hatte andere Pläne. Das Pferd ignorierte Jims Bemühungen, ihn zurück auf die Rennstrecke zu lotsen, und blieb wie festgewachsen stehen.

Tommy und Jim Pike warfen sich einen vielsagenden Blick zu. Zwar waren beide von Phar Laps Freundschaftsbeweis zu seinem Stallburschen gerührt, doch ihnen war ebenfalls klar, dass Bobby mit diesem Eigensinn niemals zu einem Derbysieger werden würde. Man brauchte sich nur vorzustellen, Phar Lap würde während eines Rennens Tommy unter den Zuschauern entdecken und beschließen zu ihm zu gehen, um sich ein Stück Zucker abzuholen. Die Schlagzeilen in der Fachpresse wären damit gesichert. Allerdings nicht so, wie sich Besitzer und Trainer eines Rennpferdes das gemeinhin vorstellten!

Tommys Hand glitt in seine Hosentasche und kam mit der begehrten Süßigkeit wieder zum Vorschein. Als hätte Phar Lap auf nichts anderes gewartet, nahm er das Zuckerstück zwischen die Lippen und drehte sich – noch genüsslich kauend – sofort gehorsam um.

Jim Pikes Gefühle waren zwiespältig, als er Randwick an diesem Tag verließ. Phar Laps Menschenbezogenheit war sicher ein Vorteil für seine Entwicklung, denn nur ein menschenfreundliches Pferd, das gefallen wollte, war auch trainierbar. Aber die Zuneigung, die Bobby zu seinem Stalljungen empfand, war so ausgeprägt, wie Jim Pike es nie zuvor in seiner Laufbahn erlebt hatte. Und er musste lügen, wenn er behaupten wollte, dass ihm das keine Sorgen bereitete.

Phar Lap spürte die Aufregung um sich herum. Und inzwischen wusste er genau, was geschehen würde. Er roch die vielen fremden Pferde und Menschen, hörte die Stimmen, laute, leise, helle und tiefe, und genoss dennoch die kräftigen Berührungen Tommys, der das Fell des Pferdes mit einem weichen Tuch auf Hochglanz polierte. Dabei sorgte der Stalljunge durch den Druck zugleich dafür, dass Phar Laps Muskeln weich und geschmeidig wurden.

Immer noch wunderte sich Tommy, wie Telford es geschafft hatte, Pike als Jockey für dieses Rennen zu gewinnen. Irgendein Geheimnis schien die beiden miteinander zu verbinden – Tommy hatte etwas von einer alten Schuld gehört, die Pike zu begleichen suche. Die Tatsache, dass Phar Lap bei diesem AJC Derby in Randwick, einen Tag nach seinem wahren dritten Geburtstag, von dem berühmten Pike geritten wurde, weckte öffentliches Interesse.

Tommy hielt einen Moment inne und sah zu Harry Telford hinüber, der sichtlich aufgeregt vor der Box seines Pferdes auf und ab ging.

»Mr Telford!« Die Stimme des Reporters war unangenehm eindringlich und der Trainer zuckte zusammen. »Mr Telford, Ihr Pferd wird heute von Jim Pike geritten. Glauben Sie, Phar Lap wird ein gutes Rennen machen?«

»Natürlich wird er ein gutes Rennen machen«, antwortete Telford selbstbewusst und nur Tommy konnte ermessen, was für eine schauspielerische Glanzleistung sein Boss in diesem Augenblick vollbrachte.

»Phar Lap hat zuletzt tatsächlich beachtliche Leistungen gezeigt«, fuhr der Reporter fort, »aber in diesem Derby muss er gegen die besten Pferde des Landes antreten. Carradale, Comanche, Honour … Glauben Sie wirklich, er kann in dieser Klasse mithalten?«

»Wenn ich das nicht glauben würde, hätte ich ihn nicht gemeldet«, sagte Telford schroff und wandte dem Reporter den Rücken zu, der sich beleidigt zurückzog.

»Wie sieht es aus?« Jim Pike kämpfte sich durch eine Traube Menschen und blieb vor Phar Laps Box stehen.

»Gut«, antwortete Tommy. »Er ist in Bestform.«

»Das muss er auch sein, wenn wir uns heute nicht blamieren wollen«, sagte der Jockey. Er streichelte Bobbys Stirn.

Tommy spürte einen Kloß im Hals. Dies war Bobbys letzte Gelegenheit, um zu beweisen, dass er zu den ganz Großen gehörte. Und er hoffte, der Fuchs würde seine Chance nutzen.

Phar Lap war nervös, als Tommy ihn schließlich in den Führring brachte. Der Fuchs betrachtete die Menschen um sich herum genauso, wie sie ihn betrachteten.

Viele gut gekleidete Frauen und Männer suchten an diesem Renntag Ablenkung und Vergnügen. Wenn man sie sah, konnte man kaum glauben, dass Armut und Arbeitslosigkeit in Sydney wie überall auf der Welt von Tag zu Tag wuchsen. An diesem sonnigen Frühlingstag im Oktober, abgeschirmt von allen politischen Entwicklungen, war auf der Rennbahn von Randwick davon nicht viel zu spüren.

»Mit der Startnummer zwei Phar Lap, geritten von Jim Pike.«

Ein überraschtes Raunen ging durch die Menge, als der Rennbahnsprecher die Startnummern der Pferde und ihre Reiter durchgab. Die Namen der Pferde, die zu diesem Rennen gemeldet waren, ließen Tommys Herz schneller schlagen: Carradale, der absolute Favorit für den Sieg, ebenso wie Comanche und die anderen. Der Stalljunge übergab sein Pferd dem Jockey und machte sich anschließend auf den Weg zur Zuschauertribüne. Aber wohin er auch blickte, er konnte von Harry Telford nicht einmal die Krempe seines zerschlissenen Hutes entdecken.

»Die Pferde nehmen nun Aufstellung«, ertönte die Stimme des Kommentators, »und gehen in einer gerade Linie auf die Startposition zu. – Jetzt sind sie gestartet und Carradale setzt sich an die Spitze, gefolgt von Comanche. Carradale hat einen guten Start erwischt. Er führt das Feld an. Die Pferde erreichen die erste Kurve. Phar Lap ist bereits weit abgeschlagen an letzter Position … «

Tommy sah sich erneut auf der Suche nach seinem Arbeitgeber um. Vergebens.

»Carradale auf der Innenbahn führt bereits mit anderthalb Längen. Doch da kommt Phar Lap. Phar Lap geht auf die Außenbahn. Er zieht an Queen Nassau vorbei, jetzt an Toper und Cathmar. Unglaublich, was dieser große Fuchs hier für ein Tempo vorlegt. Jetzt lässt er Nedda und Pentheus hinter sich und die Pferde gehen auf die zweite Kurve zu.«

Die Zuschauer reckten die Hälse, um einen Blick auf das Geschehen zu erhaschen. Und was sie sahen, ließ ihnen den Atem stocken: Als zöge er an Standbildern vorbei, galoppierte Phar Lap an seinen Mitstreitern vorbei und wurde in diesem Augenblick sogar noch einmal schneller.

»Phar Lap überholt Sir Ribble und geht auf die fünfte Position. Er lässt Lorason hinter sich und zieht gleichauf mit Comanche. Jetzt liegt Comanche hinter ihm. Der Fuchs greift Honour an und überholt ihn. Phar Lap auf der zweiten Position, dicht hinter Carradale. Carradale und Phar Lap gehen Kopf an Kopf … «

Die Zuschauer sprangen von ihren Sitzen auf, manche hielten sich die Hand vor den Mund. Eine solche Aufholjagd hatten selbst die erfahrensten unter ihnen noch nicht gesehen.

»Phar Lap zieht an Carradale vorbei. Phar Lap führt. Das ist unglaublich, meine Damen und Herren, Phar Lap führt mit drei Längen! Phar Lap gewinnt mit drei Längen Vorsprung vor Carradale. Honour auf dem dritten Platz. Der große Fuchs hat hier eine souveräne Vorstellung gegeben und mehr als verdient gewonnen. Phar Lap ist der Sieger des diesjährigen AJC Derby!«

Tommy rannte, so schnell er konnte, zum Platz für die Siegerehrung. David Davis rückte soeben seine Brille gerade und ließ sich bereits begeistert von einer Schar Reporter fotografieren.

Tommy sah sich suchend um. Aber auch hier gab es weit und breit keine Spur von Harry Telford. Allmählich machte sich der junge Mann Sorgen um seinen Boss.

»Wo ist Harry?«, zischte Mr Davis ihm in einem unbeobachteten Augenblick zu.

Doch Tommy zuckte nur mit den Schultern.

»Verdammt noch mal, sieh zu, dass du ihn findest! Und zwar schnell!«

Tommy bahnte sich einen Weg durch die Menschenmassen. Hier und da klopfte ihm jemand anerkennend auf die Schultern. Endlich erreichte er atemlos die Offenställe, in der die Pferde vor den Rennen auf ihre Aufgabe vorbereitet wurden.

Zusammengesunken saß Harry Telford in Phar Laps verwaister Box und rang nach Luft.

»Mr Telford, hier sind Sie!«, rief Tommy ihm entgegen. »Kommen Sie schnell! Sie müssen doch die Siegerschärpe entgegennehmen!«

Telford sah zu dem Stalljungen auf. In seinen Augen funkelten Tränen. »Ich kann nicht«, brachte er mit erstickter Stimme hervor. »Ich kann einfach nicht.«

Tommys Blick fiel auf die zitternden Hände seines Arbeitgebers und er nickte verstehend. Ohne ein weiteres Wort wandte er sich ab und rannte zu Mr Davis, Bobby und Jim Pike zurück.

9

»Ich habe niemals jemanden vergöttert,
aber bei [Gott] … dieses Pferd habe ich geliebt.«
HARRY TELFORD

Tommy fiel es schwer, den »Roten Blitz« ausgerechnet jetzt allein zu lassen, aber er hatte Mr Seaton versprochen, ihm einige Tage zur Hand zu gehen, und der Stalljunge befand sich leider nicht in der privilegierten Position, ein Arbeitsangebot ausschlagen zu können. Er war auf jeden Penny angewiesen, den er verdienen konnte.

Ganz im Gegensatz zu Harry Telford, der vor seinem inneren Auge seine eigene Zukunft bereits in den schillerndsten Farben vor sich sah: Ein eigener Rennstall und internationaler Ruhm waren ihm so gut wie sicher.

»Nun gibt es niemanden mehr, der über uns lacht, nicht wahr, Harry?« David Davis musterte Phar Lap zum ersten Mal mit einem gewissen Besitzerstolz, während er mit dem Trainer und dem Stallburschen seines Pferdes vor dessen heimatlicher Box stand. »Vielleicht sollten Sie einen Teil Ihres verdienten Geldes in so etwas Sicherem wie Aktien anlegen? Raskob, der Direktor von General Motors, sagt, schon fünfzehn Dollar pro Woche in Aktien reichen aus, um nach zwanzig Jahren ein Vermögen von 80.000 Dollar zu haben. Das wäre doch was, oder?«

Falls Harry Telford den Wunsch verspürte, David Davis daran zu erinnern, dass er derjenige war, der am lautesten gelacht hatte, so hielt er sich zurück. 7.135 Australische Pfund, die Siegerprämie des Derbygewinners, waren ein gutes Schweigegeld. Und sie retteten mehr als den Hals des Trainers. »Babson hat vor einem Börsencrash gewarnt«, widersprach er Davis nur. »Er hält sogar einen Kurssturz von bis zu neunzig Prozent für möglich.«

Davis machte eine wegwerfende Handbewegung. »Ach, das ist doch alles Schwarzmalerei!«

Mr Telford beendete das Gespräch über die ungewöhnliche Situation an der Börse, indem er sich an Tommy wandte: »Wie lange bleibst du bei Mr Seaton?«

»Genau eine Woche, Sir«, antwortete Tommy ihm und versuchte Bobby daran zu hindern, seine Haare aufzufressen.

Letzten Endes war es Harry Telford egal, wann Woodcock wiederkam. Es gab genügend junge Burschen, die seine Arbeit verrichten konnten. Und obwohl der Trainer zugeben musste, dass Tommy seinen Job gut machte, war ihr Verhältnis zueinander alles andere als einfach. Telford konnte es nun einmal nicht leiden, wenn ein Stalljunge es wagte, seine Arbeit zu kommentieren oder gar zu kritisieren. Und insbesondere was Phar Lap anging, war er bereits mehr als einmal mit Woodcock aneinander geraten. »Gut«, sagte er jetzt. »Dann kannst du dich danach bei mir melden und nachhören, ob Arbeit für dich da ist.«

»Ja, Sir«, antwortete Tommy. Er steckte Bobby ein letztes Stück Zucker zu und schloss anschließend die untere Stalltür hinter sich.

Er spürte die Blicke der beiden Männer auf seinem Rücken, während er mit seinem geschnürten Bündel über der Schulter, in dem sich nicht mehr als seine Arbeitskleidung, Rasierzeug und eine Garnitur Unterwäsche zum Wechseln befanden, die Stallgasse hinunterging. Tommy hatte ein ungutes Gefühl und empfand eine nicht näher zu fassende Traurigkeit, die irgendetwas mit Phar Lap zu tun hatte. Er wusste nur nicht, was.

In Mr Seatons Stall gab es tatsächlich jede Menge Arbeit. Tommy stand wie jeden Tag um vier Uhr morgens auf und oft neigte sich die Sonne bereits wieder dem Horizont entgegen, wenn er endlich seine nach Pferd riechende Arbeitskleidung gegen etwas Sauberes eintauschen konnte.

Tommy dachte viel an Emma und an Phar Lap. Beide vermisste er, aber die Arbeit ließ ihm keine Zeit, sich um den einen oder die andere zu kümmern. Er arbeitete bis zur völligen Erschöpfung. Erstens weil er in diesen Zeiten keinesfalls seine Arbeit verlieren wollte und zweitens weil es ihm einfach Spaß machte. Pferde waren Tommys Leben. Und wenn er schon nicht Jockey werden konnte, weil er dafür zu groß und zu kräftig war, so wollte er doch zumindest täglich mit Pferden zusammen sein und für sie sorgen.

Der Vierundzwanzigjährige war kein Träumer. Er war mit dem zufrieden, was er hatte: ein einigermaßen sicheres Einkommen, das hübscheste Mädchen in ganz Sydney und eine Arbeit, die ihm Befriedigung verschaffte. Und dennoch. Wenn er einmal ein paar Minuten freihatte, dann dachte auch er über seine Zukunft nach. Als Stallbursche würde er Emma niemals ein angemessenes Zuhause bieten können. Wer konnte es ihr verübeln, wenn sie sich nach einer besseren Partie umsah? Er gewiss nicht.

Und während Harry Telford von einem eigenen Rennstall und eigenen Pferden träumte, war es Tommys sehnlichster Wunsch, vielleicht einmal der Trainer und nicht mehr nur der Stallbursche eines Pferdes wie Phar Lap zu sein. Und er war bereit, dafür hart zu arbeiten. Also bereitete er sich jeden Abend nach zehn oder zwölf Stunden körperlich erschöpfender Tätigkeit, während er auf seinem schmalen Bett im Schlafraum der Stalljungen saß, auch noch auf die Prüfungen für seine Trainerlizenz vor. Und oft löschte er erst dann das Licht, wenn seine Bettnachbarn links oder rechts ihn darum baten, um schlafen zu können.

Phar Lap scharrte mit dem Huf in der Einstreu. Seine Ohren zuckten nervös vor und zurück und er schlug leicht mit dem Kopf. Seinen Blick hielt er auf die beiden jungen Männer gerichtet, die sich von außen gegen seine Stalltür lehnten und wesentlich lässiger wirkten, als sie es in Wahrheit waren. Der Fuchs erinnerte eher an einen Stier, der jeden Augenblick auf seinen Matador losgeht, als an ein Rennpferd.

»Willst du nicht reingehen?«

Cashy schüttelte entschieden den Kopf. »Ich war gestern dran. Heute machst du's.«

Luang seufzte. Einen Augenblick spielte er mit dem Gedanken, sich zu bekreuzigen, so wie Cashy es gestern getan hatte, bevor er die Box betrat. Aber dann fiel ihm ein, dass er erstens nicht an Gott glaubte und es zweitens Cashy auch nicht davor gerettet hatte, mit einem unsanften Huftritt darauf aufmerksam gemacht zu werden, dass er das Stallabteil schleunigst verlassen sollte. Und das, obwohl sich Cashy dem mächtigen Tier normalerweise noch am ehesten gefahrlos nähern konnte! Aber von normal konnte seit Tommys Umzug zu Mr Seaton nun einmal keine Rede mehr sein.

»Also gut«, sagte Luang. »Sorgst du bitte dafür, dass meine Familie meine wenigen Habseligkeiten bekommt, falls ich hier nicht mehr lebend rauskomme?«

»Du kannst dich voll und ganz auf mich verlassen«, antwortete Cashy mit einem Grinsen.

Luang schob den Riegel an der Boxenklappe zurück und öffnete sie langsam. »Hey, Bobby, alter Sportsfreund«, sagte er mit betont fester Stimme und machte einen vorsichtigen Schritt in das Stallabteil hinein. »Dann lass mich mal sehen, ob du heute … Au!« Luang schnellte zurück und stieß sich dabei den Kopf an der Heukrippe. Dann hielt er sich mit einer Hand den Hintern und mit der anderen den schmerzenden Kopf.

Cashy hielt sich vor Lachen den Bauch.

Luang rettete sich aus dem Stall, indem er rückwärts ging, und knallte die Tür zu. »Ich bin doch nicht lebensmüde!«, schimpfte er, als er sich in Sicherheit befand. »Dieser Teufel hat mich in den Hintern gebissen, hast du das gesehen?«

Cashy liefen die Tränen über die Wangen und er nickte stumm von Lachkrämpfen geschüttelt.

»Ich weiß nicht, was daran witzig sein soll!« Luang stemmte wütend die Hände in die Hüften.

»Ach nein?« Cashy kam allmählich wieder zu Atem. »Und warum hast du dann gestern gelacht, als Phar Lap mir gegen das Schienbein getreten hat?«

»Was ist denn hier los?« Das Auftauchen ihres Arbeitgebers, Mr Harry Telfords, bewirkte, dass die beiden jungen Männer schlagartig strammstanden.

»Phar Lap will nicht fressen, Sir«, berichtete Cashy und wischte sich eine verräterische Träne von der Wange.

»Und er lässt niemanden an sich heran«, ergänzte Luang und rieb sich immer noch den Kopf.

»Seit wann frisst er nicht?« Telford sah seine zwei Angestellten streng an.

»Seit drei Tagen, Sir«, antwortete Luang.

»Seit Tommy weg ist«, sagte Cashy gleichzeitig.

»Seit Tommy weg ist?« Telfords Blick heftete sich streng auf Cashy.

»Ja, Sir.«

»Dieser verdammte ...« Telford schnaubte wie ein Ozeandampfer. »Also schön. Luang, du gehst zu Mr Seaton und holst Tommy zurück. Und zwar sofort. Verstanden?«

»Ja, Sir«, antwortete Luang und rannte bereits aus dem Stall.

Es war nicht zu übersehen, wie schwer es Mr Telford fiel, Tommy um etwas zu bitten. Aber wenn der Trainer wollte, dass sein Champion in bestmöglicher Verfassung war, dann hatte er keine andere Wahl. Es standen einige wichtige Rennen bevor und ein abgemagerter Phar Lap würde sie wohl kaum gewinnen.

»Nun«, begann Mr Telford, als Tommy endlich vor ihm stand und seinen Hut in den Händen drehte. »Ich weiß nicht, was du mit diesem verfluchten Pferd gemacht hast, auf jeden Fall will es nicht fressen und lässt keinen der anderen Stallburschen an sich heran.«

Tommy versuchte ein Lachen zu unterdrücken, das sicherlich – und nicht ganz zu Unrecht – den Zorn seines Bosses heraufbeschworen hätte.

»Ich …«, Mr Telford räusperte sich, »… ich biete dir an, ganz für mich zu arbeiten und als Phar Laps persönlicher Pfleger mit nach Melbourne zu kommen.«

Tommy blieb vor Überraschung der Mund offen stehen. »Nach Melbourne?«

»Ja, verdammt, nach Melbourne. Willst du Phar Lap für mich nach Melbourne bringen?«

»O ja, Sir«, Tommy strahlte, »und ob ich das will!«

Tommy hätte vor Freude die ganze Welt umarmen können. Nicht nur dass er eine feste Stelle hatte und für das Wohlergehen eines Derbysiegers sorgen durfte, sondern er kam sogar nach Melbourne auf den Cup! Der Melbourne Cup – das Rennsportereignis des Jahres, wofür ganz Australien für einige Minuten den Atem anhielt – und er, Aaron Treve Woodcock junior, würde dabei sein! Das musste er unbedingt sofort Emma erzählen.

»Aber verstehst du das denn nicht? Es ist eine große Ehre für einen Stallburschen wie mich, sich um ein Pferd wie Phar Lap kümmern zu dürfen.«

Emma sah Tommy nicht an. Sie blickte stur auf den Boden und schien daran in den nächsten Stunden auch nichts ändern zu wollen.

»Emma!« Tommys Stimme klang flehend. »Du weißt, wie die Zeiten sind. Man kann froh sein, wenn man überhaupt einen Job findet. Und ich habe jetzt sogar eine feste Anstellung! Stell dir vor, Phar Lap gewinnt den Melbourne Cup!«

»Aber du bist nicht hier bei mir.« Es war das erste Mal, dass Emma etwas sagte, seit Tommy ihr von seiner Unterredung mit Mr Telford berichtet hatte.

»Ich komme doch wieder.« Tommy hatte leise gesprochen.

Emma schwieg.

»Bist du noch da, wenn ich wiederkomme?«

Emma schwieg immer noch.

»Emma«, Tommy griff nach ihrer Hand und hielt sie fest, »wirst du auf mich warten?«

Emma blickte auf und sah Tommy an. In ihren Augen schimmerten Tränen.

Tommy hatte eine ganze Menge zu erledigen, bevor er mit Phar Lap in den Zug steigen konnte, und er schob das, was er sich vorgenommen hatte, vor sich her. Doch als es nur noch vierundzwanzig Stunden bis zur Abfahrt waren, fasste er sich endlich ein Herz und eiste sich für eine Stunde los. Seine Verzweiflung wuchs, während er in der Stadt von Geschäft zu Geschäft lief. Sydney war weiß Gott kein kleines Kaff und er hatte mehrere Läden zur Auswahl, aber nirgends konnte er das Passende finden. Oder der Preis überstieg bei Weitem seine bescheidenen Möglichkeiten. Er war kurz davor aufzugeben, als er an einem An- und Verkauf vorbeikam. Zuerst sah er ihn nur aus den Augenwinkeln und fast wäre er einfach weitergelaufen. Er stoppte so abrupt, dass ein älterer Herr nicht mehr rechtzeitig reagieren konnte und in ihn hineinrannte.

»Verzeihen Sie, Sir«, entschuldigte sich Tommy und blieb vor dem Schaufenster stehen. Es war ein schmaler Ring in Weißgold. Oben flach und mit drei kleinen Brillanten besetzt. Tommy konnte ihn sich sehr gut an Emmas schmaler Hand mit den schlanken Fingern vorstellen. Das Preisschild war leicht verdreht, aber Tommy konnte es gerade eben entziffern. Der Preis war hoch. Zu hoch. Aber nicht viel zu hoch. Vielleicht konnte er handeln?

Die Türglocke bimmelte, als Tommy den Laden betrat, und aus einem Hinterzimmer humpelte eine alte Frau in gebückter Haltung hervor. Tommy setzte sein charmantestes Lächeln auf.

Wieder schimmerten in Emmas Augen Tränen. Aber diesmal waren es Tränen der Rührung und des Glücks. Sie drehte den Ring an ihrem Finger hin und her und betrachtete ihn. »Oh, Tommy, der war bestimmt viel zu teuer.«

Tommy antwortete nicht. Was hätte er auch sagen sollen? Für dich ist mir nichts zu teuer? Oder: Nein, so viel war es nicht?

»Ich möchte, dass du noch da bist, wenn ich wiederkomme.« Er hatte den Satz noch nicht beendet, als er ihn auch schon bereute. Natürlich würde Emma noch da sein, wenn er zurückkam. Warum nur fielen ihm nie die richtigen Worte ein oder er brachte sie nicht über die Lippen!

Tatsächlich huschte über Emmas Wangen ein roter Schatten und sie presste die Lippen aufeinander. Tommy fürchtete plötzlich, er könnte einen Fehler gemacht haben.

»Glaubst du, du kannst mich kaufen?«, fragte Emma.

Tommy erschrak. »Nein, so habe ich das nicht gemeint!«, beteuerte er.

Emma lächelte. »Natürlich werde ich noch da sein, wenn du wiederkommst«, sagte sie endlich. »Aber dafür hätte es ein einfacherer Ring auch getan.« Sie beugte sich ihm entgegen und küsste ihn.

Tommy wich Phar Lap nicht von der Seite. Der Fuchs war sichtlich angespannt und unruhig. Die Geräusche der Lokomotiven, die fremden Gerüche – all das verunsicherte ihn. Als Tommy sich auch nur für eine Sekunde von Phar Lap entfernen wollte, um seine Tasche im Gepäckfach zu verstauen, wieherte der »Rote Blitz« ängstlich.

Das Stallabteil, das man ihnen zugewiesen hatte, war eng und dämmrig. Tommy lehnte sich mit dem Rücken an den Verschlag und Phar Lap stand stocksteif da. Er hatte nicht einmal genug Platz, um sich hinzulegen. Immer wieder ging ein Ruck durch den Zug, wenn in den Bahnhöfen Waggons an- oder abgekoppelt wurden, und Phar Lap musste einen Ausfallschritt nach vorn, hinten oder zur Seite machen. Tommy hatte sein Pferd selten so unglücklich gesehen und er versuchte alles, um den Fuchs mit Apfelstücken und Zucker einigermaßen bei Laune zu halten.

Allmählich wurde auch dem Stallburschen die Zeit lang. Sechs Stunden waren sie mittlerweile unterwegs und ein Ende dieser Zugfahrt war noch nicht in Sicht. Tommy machte sich seine Gedanken über den Begriff »Schnellzug«. Und er spürte, wie er trotz der ungemütlichen Fahrt schläfrig wurde.

Phar Laps unwilliges Stampfen ließ ihn die Augen wieder öffnen. »Was ist los, alter Junge?« Tommy stand mühsam auf und betrachtete den Fuchs aufmerksam. Irgendetwas schien mit ihm nicht in Ordnung zu sein. Er trat unentwegt von einem Bein aufs andere. »Hast du Hunger?« Tommy hielt ihm einen Apfel unter die Nüstern, aber Phar Lap wandte sich ab. Er drehte den Kopf so weit zur Seite, wie es ihm in der Enge der Box möglich war.

Tommy riss überrascht die Augen auf. Wenn Bobby nichts fressen wollte, dann musste tatsächlich irgendetwas ganz und gar nicht in Ordnung sein. Er versuchte, in dem Dämmerlicht zu erkennen, was Phar Lap derart störte. Der Fuchs stampfte erneut so heftig mit dem Vorderlauf auf, dass der Boden zu vibrieren schien. Tommy ging in die Knie und tastete das Bein ab. Es war heiß.

»Mist!«, fluchte Tommy und untersuchte nach und nach alle Läufe des Tieres.

Alle vier waren heiß.

Tommy schüttelte bei dem Gedanken an seinen Boss den Kopf, während er damit begann, die Bandagen von Phar Laps Beinen zu entfernen, die Harry Telford ihm vor der Fahrt angelegt hatte. Da hatte der Trainer es wohl etwas zu gut gemeint.

Mehrmals stieß Tommy bei seiner Arbeit irgendwo an und rieb sich Ellbogen oder Schulter, aber Phar Lap blieb geduldig stehen und schien bereits jetzt ein wenig Erleichterung zu verspüren.

Tommy legte sich auf den Boden unter den Bauch des Tiers – anders war an ein Herankommen nicht zu denken – und massierte Phar Laps Beine. Allmählich beruhigte sich der Fuchs wieder und als Tommy ihm schließlich eine Hand voll Hafer anbot, war auch Phar Laps Appetit zurückgekehrt.

In Albury mussten sie umsteigen. Tommy führte Phar Lap über die Laderampe aus dem Zug. Über der Schulter trug er mehrere Taschen voller Gepäck, die beinahe auf den Boden fielen, als Phar Lap überraschend einen schnellen Schritt nach vorn machte, weil auf dem Nachbargleis mit lautem Getöse und einer Unmenge entweichendem Dampf ein weiterer Zug einfuhr. Der Stallbursche hatte vor Anstrengung Schweißperlen auf der Stirn und Phar Laps Flanken vibrierten. Immer wieder durchlief ein Zittern den Körper des Fuchses, der ohne seinen Freund Tommy an seiner Seite sicher durchgegangen wäre.

Tommy atmete erleichtert auf, als sie endlich unversehrt umgestiegen waren und ihr Abteil in dem Zug bezogen hatten, der sie bis nach Melbourne bringen sollte. Die Box hier war etwas größer und komfortabler als die vorherige. Und Tommy fiel es nicht schwer, bei Phar Lap zu bleiben, auch wenn er hin und wieder das Lachen der anderen Stallburschen hörte. Sie vergnügten sich auf dem Flur miteinander beim Kartenspiel, während sie ihre Pferde allein ließen.

Tommy brauchte keinen Gedanken daran zu verschwenden, Phar Lap allein zu lassen. Es reichte schon, dass der junge Mann sich bewegte. Dann riss Phar Lap die Augen auf und fixierte ihn.

Gemeinsam verbrachten sie die Nacht in dem Stallabteil, beide mit wenig Schlaf, denn der so genannte Hauptverkehrszug hielt in jedem Kaff zwischen Albury und Melbourne. Und jedes Mal wenn der Zug hielt, wackelte es in dem Abteil derartig, dass Phar Lap umzufallen drohte, hätte Tommy ihn nicht festgehalten.

»Hast du keine Angst, dass das Pferd einmal auf dich drauffällt?«, hatte einer der anderen Stallburschen Tommy zu Beginn der Reise gefragt.

Tommy hatte den Kopf geschüttelt und gelächelt. »Nein«, hatte er im Brustton der Überzeugung geantwortet. »Nein, diese Angst habe ich nicht.«

Als sie endlich in Melbourne eintrafen, waren sechsunddreißig Stunden seit ihrer Abfahrt aus Sydney vergangen. Sechsunddreißig Stunden für nicht einmal fünfhundert Meilen, die weder Tommy noch Phar Lap so bald vergessen würden.

10

»Er war leicht zu reiten.
Jeder konnte ihn reiten.«
JIM PIKE

Der dreijährige Wallach Phar Lap gilt als einer der Favoriten beim diesjährigen Melbourne Cup. Nach seinen spektakulären Siegen im AJC Derby und dem AJC Craven Plate in Randwick dürfen wir auf seine Leistungen in Flemington beim bevorstehenden VRC Victoria Derby und natürlich beim Melbourne Cup äußerst gespannt sein.

Tommy überflog die Schlagzeile des nächsten Artikels und schlug anschließend mit einem lauten Schnaufen die Zeitung zu. Wie gerne hätte er dem Verfasser dieses Artikels vorbehaltlos zugestimmt, doch ein Blick in Bobbys trübe Augen lehrte ihn eines Besseren. An der Unterbringung hier in Caulfield konnte es nicht liegen. Mit dem hübschen, kleinen Stall, den Telford für die Dauer ihres Aufenthaltes ausgesucht hatte, konnten sie zufrieden sein. Doch seit der kräftezehrenden Zugfahrt war Phar Lap in einem miserablen Gesundheitszustand.

»Influenza«, diagnostizierte der Tierarzt und an Training war nicht zu denken. »Er braucht Ruhe!«

»Ruhe?« Harry Telford raufte sich die Haare. »Sie machen wohl Witze! In einer Woche findet das Victoria Derby statt und drei Tage später der Melbourne Cup. Wir haben ihn doch nicht den weiten Weg hierher gebracht, damit er sich jetzt hier ausruht!«

Tommy biss sich auf die Unterlippe, um seinen Boss nicht daran zu erinnern, dass nicht sie Phar Lap nach Melbourne gebracht hatten, sondern er. Immerhin war Telford früher nach Melbourne gekommen als ursprünglich vorgesehen, nachdem Tommy ihm von Phar Laps Erkrankung berichtet hatte.

Der Tierarzt zuckte mit den Schultern. »Ich kann es nicht ändern«, sagte er. »Wenn Sie ihn in dem Zustand trainieren, bringen Sie ihn um. Auf jeden Fall wird er dadurch nicht an Konstitution gewinnen.«

Harry Telford schnaufte wütend und hörte sich in diesem Augenblick erschreckend an wie Phar Lap. »Also gut«, brummte er. »Ich gebe ihm zwei Tage. Danach beginnen wir mit dem Training.«

Tommy zog die fachliche Kompetenz des Tierarztes nicht in Zweifel, doch er sah, dass sich Phar Lap langweilte und anfing Marotten zu entwickeln. Natürlich war nicht daran zu denken, den »Roten Blitz« in seinem Zustand zu reiten oder gar zu trainieren, aber ein bisschen Abwechslung konnte nicht schaden und so betrat Tommy am nächsten Morgen Phar Laps Stall, zog ihm das Führhalfter über und ging mit ihm spazieren.

Es dauerte nicht lange, bis Tommy merkte, dass er eine gute Idee gehabt hatte. Phar Lap, der in den vergangenen Tagen einen stierenden Blick entwickelt hatte, sah sich aufmerksam um und blieb hier und da stehen, um ein wenig Gras zu pflücken. Seine Hufe klapperten auf dem Asphalt und wenn das merkwürdige Paar auf den leeren Straßen jemandem begegnete, dann wurde es freundlich begrüßt oder zumindest angelächelt.

Phar Lap folgte Tommy wie ein gehorsames Hündchen. Der imposante Fuchs überragte den Menschen, der ihn führte, dabei um einiges. Mit seinem Stockmaß von einem Meter dreiundsiebzig war er exakt so groß wie Tommy – allerdings ragte sein massiver Kopf mit den ausgeprägten Ganaschen über den Stalljungen hinaus.

Eine Gruppe junger Männer in Arbeitskleidung, die ihre Köpfe gemeinschaftlich über eine aufgeschlagene Zeitung beugten, weckte Phar Laps Interesse. Er blieb stehen und sah zu ihnen hinüber. Als die Männer merkten, dass sie von einem Pferd beobachtet wurden, begannen sie zu lachen und winkten Tommy und Phar Lap zu sich heran. Der »Rote Blitz« ließ sich nicht lange bitten. Er hatte längst bemerkt, dass einer der Männer einen Apfel in seiner Hand hielt, und hegte wohl Hoffnungen.

»Das ist aber ein ziemlich großer Hund«, sagte einer der Burschen, als Tommy und Phar Lap neben ihm standen.

Phar Lap fixierte das Obst in der Hand des anderen.

»Und ein verfressener dazu«, bemerkte der Mann mit dem Apfel.

»Der bettelt wie der Hund meiner kleinen Schwester«, sagte der dritte und lachte.

»Nun gib ihm schon den Apfel«, sagte der vierte.

Der Mann mit dem Apfel blickte von seiner Zwischenmahlzeit zu dem Pferd und zurück. Dann seufzte er und reichte das Obst Phar Lap, der es mit zwei Bissen hinunterschlang.

Tommys Aufmerksamkeit war in der Zwischenzeit von einer Schlagzeile in der Tagespresse gefesselt worden.

Tornado fegt über die Börse, stand dort.

»An der Börse ist wohl der Teufel los?«, fragte er.

»Das kannst du laut sagen!«, antwortete einer der vier und die anderen nickten stumm. »Hier steht, dass sogar die Besuchergalerie geräumt werden musste. Wegen Tumulten.«

»Ich wusste gar nicht, dass es so etwas gibt – eine Besuchergalerie.«

»Ja, wir kleinen Leute können wohl von Glück sagen, dass wir kein Geld besitzen, das wir in Aktien anlegen konnten.«

»Hier steht«, fuhr der fort, der die Zeitung in den Händen hielt, *»Vor der Börse wartete gestern den ganzen Tag eine Menschenmenge auf Nachrichten und Erklärungen. Für Verkaufsaufträge war es sowieso schon zu spät. Damit trotz des Chaos möglichst viele Aufträge bearbeitet werden konnten, beschloss der Börsenvorstand, die Handelszeit ausnahmsweise bis 15.00 Uhr zu verlängern. Es gab sogar Überlegungen, die NYSE für drei Tage zu schließen, um weitere Panikverkäufe zu verhindern.«*

»Ein verdammter Mist ist das«, schimpfte der dritte der Männer. »Die Wirtschaft liegt brach und die Leidtragenden sind wieder wir, die einfachen Arbeiter. Wo du hinguckst, sind die Menschen arbeitslos.«

»Wie sieht's aus?«, wandte sich der mit der Zeitung an Tommy. »Mit Pferden lässt sich doch bestimmt noch Geld machen, was?«

Tommy war sich unsicher, was er darauf erwidern sollte. Er hielt ein Pferd an der Leine, das in den vergangenen zwei Monaten über 10.000 Australische Pfund an Preisgeldern gewonnen hatte. Nicht nur für einfache Leute war das ein Vermögen. Und manch einer konnte mit der Aussicht auf so einen Geldregen auf dumme Gedanken kommen.

»Wenn man aufs richtige Pferd setzt, wohl schon«, sagte er ausweichend.

»Aber der da ist nicht so ein Pferd, oder?«

Phar Lap schien zu spüren, dass sich das Gespräch um ihn drehte, und spitzte die Ohren.

Tommy sah in die Gesichter der vier. Wenn er sich nicht irrte, waren das anständige Jungs. »Wenn ihr ein wenig Kleingeld für 'ne Wette übrig habt, dann setzt beim Victoria Derby auf Phar Lap«, sagte er.

Als der »Rote Blitz« seinen Namen hörte, wandte er sich zu Tommy um und schnaubte.

»Der ›Rote Blitz‹?«

»Du machst Witze!«

»Das ist Phar Lap?«

In den Gesichtern der vier jungen Männer spiegelte sich Überraschung und Anerkennung wider. »Hey, wenn ich das gewusst hätte, dann hätte ich einen ganzen Sack voll Äpfel mitgebracht! Also ich setze auf jeden Fall auf ihn.«

Die anderen nickten zustimmend und Tommy verabschiedete sich mit dem Gefühl, für eine deutliche Stimmungssteigerung gesorgt zu haben.

PHAR LAP SIEGT BEIM VICTORIA DERBY!

Angeblich litt das Wunderpferd noch an den Folgen einer Erkältung. Doch davon war beim Victoria Derby nichts zu sehen. 60.000 Zuschauer wurden Zeugen, wie Phar Lap unter Jockey Jim Pike seine Konkurrenten erneut auf die Plätze verwies. Der große Fuchs beendete das Rennen in der sensationellen Zeit von zwei Minuten und einunddreißig Sekunden vor Carradale und Taisho und strafte damit die Gerüchte über seine Erkrankung Lügen. Wir dürfen auf den Auftritt dieses sagenhaften Pferdes beim Melbourne Cup gespannt sein.

»Bobby Lewis«, antwortete Harry Telford auf Tommys Frage. »Bobby Lewis wird Phar Lap beim Cup reiten.«

»Lewis? Hmm ... Schade, dass Jim Pike ihn nicht reiten kann.«

Der Trainer warf dem Stallburschen von der Seite einen warnenden Blick zu. Fang nicht schon wieder an, meine Entscheidungen zu hinterfragen, hieß das. »Pike ist nun einmal zu schwer«, sagte er. »Und außerdem: Was spricht gegen Bobby Lewis? Er ist einer der besten Leichtgewichtjockeys, die wir zurzeit haben!«

Tommy tat sich schwer mit einer Antwort. Er wusste selbst nicht genau, warum ihm der Gedanke, dass Bobby Lewis Phar Lap ritt, nicht gefiel. Lewis war ohne Zweifel ein erfahrener Jockey. Und trotzdem hatte er ein ungutes Gefühl.

»Ich weiß nicht, ob Phar Lap Bobby Lewis mag«, antwortete er schließlich.

Harry Telford lachte kurz auf. »Du machst immer noch den gleichen Fehler, Junge«, tadelte er Tommy. »Du denkst, Pferde seien wie Menschen.« Er lachte noch einmal. »Als ob es darauf ankommt, dass Phar Lap seinen Reiter mag!« Er schüttelte den Kopf, als hätte er einen guten Witz gehört, bevor er seine Taschenuhr hervorzog und mit einem Blick darauf fortfuhr: »Wir haben noch etwas Zeit, bis die Sonne untergeht. Mach Phar Lap bitte fürs Training fertig.«

Tommy öffnete bereits den Mund, um zu protestieren. Phar Lap war – entgegen den Behauptungen in der Zeitung – tatsächlich noch von der gerade überstandenen

Erkältung geschwächt. Gestern erst hatte er ein anstrengendes Rennen bestritten und mit seinem Sieg vier jungen Männern eine kleine Gehaltsaufbesserung beschert. Tommy hätte seinem Freund gerne eine dreitägige Trainingspause bis zum Melbourne Cup gegönnt. Wenn es nach ihm gegangen wäre, hätte Phar Lap abgesehen von einigen ausgedehnten Spaziergängen seine Ruhe gehabt. Aber ein Blick auf den Gesichtsausdruck seines Arbeitgebers ließ ihn den Mund wieder schließen.

Der erste Dienstag im November begann mit einem unangenehmen Nieselregen, vor dem sich die Zuschauer mit Regenschirmen schützten, und einem kalten Wind, gegen den es keinen Schutz zu geben schien. Dennoch trotzten rund 100.000 Zuschauer den widrigen Umständen an diesem Tag und fieberten gespannt dem Rennereignis des Jahres entgegen.

Als Tommy mit Phar Lap im Transporter auf das Rennbahngelände fuhr, konnte er außerhalb des abgesperrten Bereichs bereits zig Zuschauer sehen, die sich auf Scotsman's Hill und anderen umliegenden Erhöhungen versammelt hatten, um von dort das spektakuläre Rennen zu verfolgen. Kopfschüttelnd wunderte sich Tommy darüber, dass so viele Menschen an dem Ereignis Anteil nahmen. Aber dann erinnerte er sich an seine Begegnung mit den vier jungen Arbeitern und an ihr Interesse an Pferdewetten. Vielleicht war in dieser Zeit, in der viele nicht einmal mehr genug zum Leben besaßen, die Aussicht auf leicht verdientes Geld besonders reizvoll? Wie viele unter den Zuschauern konnten beim Anblick von Phar Lap, Nightmarch, Taisho und den anderen Pferden für einen kurzen Moment ihr eigenes Schicksal vergessen und von einer besseren Zukunft träumen? Und wer wollte ihnen das verübeln?

Tommy jedenfalls nicht. Obwohl er augenblicklich mit seiner Situation mehr als zufrieden war. Er befand sich mitten in seinem persönlichen Traum von einer besseren Zukunft, als er Phar Lap unter den begeisterten Zurufen des Publikums in den Führring brachte.

Phar Lap dagegen machte keinen Hehl daraus, dass er sich durchaus Besseres vorstellen konnte, als schon wieder ein Rennen zu bestreiten. Schon beim Aufzäumen hatte er unwillig mit dem Kopf geschlagen und als Bobby Lewis ihm nun den Sattel auflegte, bäumte sich der Fuchs auf und versuchte sich Sattel und Reiter auf jede erdenkliche Weise zu entziehen. Er war ganz offensichtlich nicht von seinem Reiter begeistert und Bobby Lewis hatte Mühe, das Pferd unter Kontrolle zu bringen.

Tommy erinnerte sich in diesem Augenblick wieder an seine Bedenken gegen Lewis, die er Telford gegenüber zum Ausdruck gebracht hatte. Er hatte geahnt, dass es zwischen Lewis und Bobby nicht gerade Liebe auf den ersten Blick sein würde.

Nun wurden seine Ahnungen bestätigt.

Endlich gelang es dem Jockey dank seiner jahrelangen Erfahrung, sich auf den Rücken des Fuchses zu schwingen und Phar Lap zur Startlinie zu dirigieren, wo die Pferde Aufstellung nahmen.

Phar Lap tänzelte nervös und hob immer wieder ruckartig den Kopf. Als die Startbarriere endlich mit einem zurrenden Geräusch hochgezogen wurde, preschte Phar Lap davon. Es schien, als versuchte er seinem Reiter zu entkommen, doch der saß fest im Sattel und trieb den großen Fuchs weiter an.

»Phar Lap hatte einen hervorragenden Start«, tönte es aus den Lautsprechern. »Er führt das Feld der diesjährigen Melbourne-Cup-Teilnehmer vom Start weg an.«

Tommy, der bereits seinen Platz unter den Zuschauern eingenommen hatte, runzelte die Stirn. Schnelle Starts gehörten bislang nicht zu Phar Laps Domäne. Was hatte das bloß zu bedeuten?

Währenddessen fühlte sich Bobby Lewis auf Phar Laps Rücken zunehmend unwohl. Der Fuchs hüpfte und sprang wie ein Känguru und kämpfte die ganze Zeit gegen seinen Reiter an. Lewis versuchte jetzt, Phar Lap zurückzuhalten. Ihm war bewusst, dass es unmöglich sein würde, dieses Rennen, das über zwei Meilen ging, vom ersten bis zum letzten Augenblick an zu dominieren. Phar Lap musste seine Kräfte für den Endspurt schonen. Doch der Wallach dachte gar nicht daran. Sosehr Lewis die Zügel auch anzog, Phar Lap galoppierte weiter und allmählich setzte sich in dem Jockey der Gedanke fest, dass ihn niemand würde einholen können. Der »Rote Blitz« schien mit ihm davonzufliegen. Ob er das nun wollte oder nicht.

Phar Laps Herz raste. Er konnte gar nicht anders, als zu rennen, um diesen Mann auf seinem Rücken so schnell wie möglich loszuwerden. Er mochte ihn nicht. Es war nicht der Mann, der ihn zuletzt geritten hatte, der, der ihn Bobby nannte wie sein Freund. Dieser Mann hier war anders. Er erinnerte ihn auf unbestimmte Art an den Mann, der ihn die Sandhügel hinaufgehetzt hatte, der ihm wehtat, wenn Phar Lap nicht schnell genug war. Phar Lap wollte nicht, dass man ihm wehtat. Dass man ihn schlug. Also rannte er. Er rannte so schnell, wie er nur konnte.

Und dennoch tat der Mann auf seinem Rücken ihm weh. Der »Rote Blitz« spürte bereits seine Mundwinkel brennen, so tief schnitt das Gebiss in das empfindliche Fleisch.

Etliche Meilen entfernt saß zur gleichen Zeit Cashy Martin vor dem Radioempfänger und kaute nervös auf seinen Fingernägeln. Zwischendurch krächzte der Empfänger und Cashy konnte nichts verstehen. Doch dann ertönte wieder die Stimme des Kommentators so laut und deutlich, als stünde der junge Jockey unmittelbar neben ihm.

»Phar Lap führt immer noch. Doch der Abstand zum Feld seiner Verfolger verringert sich zusehends. Irgendetwas scheint mit dem Fuchs nicht zu stimmen. Er schlägt mit dem Kopf und ist unruhig …«

Cashy vergaß vor Schreck zu atmen. Was war bloß mit Phar Lap los? Wieso bekam dieser verdammte Lewis das Pferd nicht in den Griff? Oder wollte er es vielleicht gar nicht? Warum nur hatte der Boss nicht einen von ihnen für das Rennen geordert? Warum diesen Jockey, der eigentlich zu einem anderen Stall gehörte? »Da geht doch was nicht mit rechten Dingen zu«, murmelte er kopfschüttelnd vor sich hin. »Das muss eine Verschwörung sein.«

»Phar Lap bricht ein«, ertönte die Stimme aus dem Lautsprecher. »Jetzt zieht Nightmarch an dem Fuchs vorbei. Phar Lap nur noch an zweiter Position. Doch da kommt schon Paquito …«

Tommy stützte den Kopf in seine Hände. Er hatte es gewusst. Bobby hatte gekämpft. Er hatte gegen seinen Reiter angekämpft und dabei so viel Kraft verloren, dass es nun nicht mehr zum Sieg reichte.

»… Paquito vor Phar Lap und so gehen sie auf die Schlussgerade. Nightmarch führt. Dicht gefolgt von Paquito. Wird Phar Lap seine dritte Position noch ins Ziel retten können?«

Tommy wandte sich bereits ab und bahnte sich einen Weg durch die enttäuscht wirkende Menschenmenge, als der Rennbahnsprecher das Ergebnis durchgab. Am Ausgang der Rennstrecke wollte er sein Pferd und dessen Reiter, die außer dem Namen nichts miteinander gemein hatten, in Empfang nehmen.

Doch als er dort ankam, sah er, wie sich Lewis bereits aus dem Sattel eines völlig erschöpften Phar Lap gleiten ließ. Neben ihm stand Eric Connolly, der Trainer des Siegers Nightmarch, und klopfte Bobby Lewis freundschaftlich auf die Schulter, kaum dass dieser Boden unter den Füßen hatte. Und Bobby Lewis lächelte.

Tommy hielt überrascht inne. Dass Lewis und Connolly Freunde waren, war alles andere als ein Geheimnis. Aber der Gedanke, der ihm in diesem Augenblick durch den Kopf schoss, ließ ihn Phar Laps vermasseltes Rennen unter einem ganz anderen Licht sehen. Und er sollte mit dieser Sichtweise nicht allein bleiben!

11

»Dieses Pferd hat ein wundervolles Herz. Ein großes Herz!«
DR. STUART McKAY, VETERINÄR

Tommy glaubte zu einem Mord fähig zu sein, wenn Telford Bobby auch nur noch zu einem einzigen weiteren Rennen meldete. Aber zum Glück war die Saison nach dem Melbourne Cup zu Ende. Sie hatte außer Totengräberstimmung einen völlig desolaten Phar Lap zurückgelassen.

Tommy pflegte Bobbys zerschundenes Maul mit heilenden Tinkturen und wünschte Lewis zum Teufel, wenn ihn keiner hören konnte. Der Jockey war so hart mit dem Pferd umgegangen, dass es seit drei Tagen nichts fressen wollte. Tiefe Schnitte in den Mundwinkeln zeugten davon, mit welchem Einsatz Lewis Phar Lap zu lenken versucht hatte. In welche Richtung auch immer.

Die Gerüchte, es sei bei dem Rennen nicht mit rechten Dingen zugegangen, hielten sich hartnäckig. Es gab einige, die es, gelinde gesagt, verwunderlich fanden, dass Phar Lap, der das Derby drei Tage zuvor so überragend gewonnen hatte, beim Melbourne Cup eine derart schlechte Vorstellung ablieferte.

Immer noch schnaubte Tommy vor Wut, wenn er an den Zeitungsartikel zurückdachte, der einen Tag nach dem Rennen erschienen war und in dem es hieß, Phar

Lap sei zwar ein guter Derbysieger, aber nichts könne darüber hinwegtäuschen, dass ihm nun einmal das nötige Quäntchen Temperament für die ganz großen Rennen fehle.

Der Reporter einer anderen Zeitung schrieb: *Phar Lap rannte, als wäre er vom Teufel besessen. Er kämpfte wie ein Dämon. Deshalb waren seine Batterien zu schnell leer und er wurde müde.*

Immer noch hatte Tommy das Bild vor Augen, wie sich Lewis aus dem Sattel gleiten ließ und die freundschaftlichen Huldigungen von Connolly in Empfang nahm, der doch eigentlich – zumindest bei diesem Rennen – sein Gegner sein sollte. Hatte es wirklich ausschließlich an Phar Lap gelegen, dass er bei seiner ersten Teilnahme am Melbourne Cup nur Dritter geworden war?

Doch Tommy hatte kurz vor der Frühjahrspause so viel zu tun, dass die Gedanken an das verpatzte Rennen nach und nach in den Hintergrund gerieten und von anderen, dringlicheren Sorgen beiseite geschoben wurden.

Nachdem er einen Brief an Emma zum Postamt gebracht hatte, war er auf dem Rückweg zum Stall an einer Menschentraube vorbeigekommen. Tommy konnte zunächst nichts sehen und es interessierte ihn auch nicht sonderlich, warum sich diese Menschen hier versammelt hatten. Er versuchte, sich einen Weg durch die Menge zu bahnen, als er plötzlich einige Worte aufschnappte, die ihn aufhorchen ließen.

»Der ›Rote Blitz‹ … «

Tommy stockte und wandte den Kopf in die Richtung, aus der die Stimme gekommen war. Für einen guten Jockey war er eindeutig zu groß, aber deswegen überragte er keineswegs die Mehrheit seiner Mitmenschen. Er musste sich nach vorn kämpfen, um einen Blick auf die gebeugte alte Frau zu werfen, die dort – umringt von Alt und Jung – stand und mit einer Bibel in der Hand die Aufmerksamkeit der Zushörer nur durch die Kraft ihrer Worte auf sich zog.

»Der ›Rote Blitz‹ ist ein Werkzeug des Teufels! Es ist der Böse selbst, der euch durch ihn in Versuchung führen will! Die Schattenseite, die über euch Macht erlangen will, indem sie euch zum Glücksspiel verleitet und euch dazu bringt, sich von Gott abzuwenden.«

Tommy blickte nach links und nach rechts. Die meisten der Umstehenden lachten, doch er konnte auch einige ernste Gesichter in der Menge ausmachen.

»Sagt uns Gott nicht: ›Du sollst nicht das Haus deines Nächsten begehren. Du sollst nicht begehren die Frau deines Nächsten, noch seinen Knecht, noch seine Magd, weder sein Rind, noch seinen Esel noch irgendetwas, was deinem Nächsten gehört.‹ Doch was ist die Habgier, die uns veranlasst, Wetten abzuschließen, anderes als der Neid auf die, die augenscheinlich mehr haben als wir?«

Neben Tommy stand ein älterer Herr, der zu diesen Worten heftig nickte.

»In Zeiten wie diesen hat der Teufel leichtes Spiel mit den Seelen der Menschen. Darum hört auf euer Herz. Gott warnt uns vor dem Laster der Spielsucht …«

Tommy hatte genug gehört. Er wandte sich um und bahnte sich seinen Weg durch die Menschenmenge. Mit gesenktem Kopf kehrte er in den Stall zurück und es dauerte Tage, bis er die dunklen Gedanken, die wie böse Geister in seinem Kopf herumspukten, wieder losgeworden war.

Phar Lap galoppierte übermütig über die Weide. Tagelang hatte er nichts gefressen. Der Schmerz war zu groß gewesen. Doch nun genoss er es wieder, wenn sein Freund ihm Äpfel, Möhren und Zucker zusteckte und mit ihm ausgedehnte Spaziergänge unternahm. Er fühlte sich kraftvoll. Unbesiegbar. Und genauso sah er auch aus. Aus dem schmächtigen, hässlichen Pferd, das vor etwa zwei Jahren nur an einem Ledergurt baumelnd zum ersten Mal über dem Kopf des Stalljungen schwebte, war ein ungewöhnlich großer und stattlicher Fuchs geworden. Sein seidig schimmerndes Fell ließ über so manche Disharmonie seines Körperbaus hinwegsehen. Das Spiel seiner Muskeln an der kräftigen Brust stand in einem merkwürdigen Gegensatz zur Sanftmut in den ausdrucksstarken braunen Augen des Riesen, die, insbesondere wenn sie Tommy ansahen, viel über seine Warmherzigkeit und sein Liebesbedürfnis verrieten.

Underbank, die Stallungen von Mr Sol Green in Bacchus Marsh, glich einem Fünfsternehotel für Pferde. Und Phar Lap wurde hier zudem behandelt wie der Ehrengast des Hauses.

Tommy wusste nicht, ob er sich das nur einbildete, aber als der sechswöchige Aufenthalt schließlich zu Ende ging, hatte er das Gefühl, Phar Lap brannte ebenso wie er selbst darauf, auf den Rennbahnen des fünften Kontinents allen zu zeigen, was wirklich in ihm steckte. Voller Stolz ruhte der Blick des Stalljungen auf dem Pferd, das zum letzten Mal in diesem Urlaub in kraftvollem Galopp über die Wiese preschte. Phar Lap – ein Werkzeug des Teufels? Tommy schüttelte bei der Erinnerung an die alte Frau, die es geschafft hatte, etwa zwei Dutzend Zuhörer um sich zu versammeln, den Kopf. Immer noch beschlich ihn ein ungutes Gefühl, wenn er an dieses Erlebnis zurückdachte, und er hatte Angst vor dem, was vielleicht noch kommen würde.

»Was hast du mit dem Pferd gemacht? Es ist fett wie eine Kuh!«

»Er ist in allerbester Verfassung, Boss!« Obwohl Tommy es inzwischen hätte wissen müssen, war er jedes Mal aufs Neue überrascht, wie unterschiedlich seine und Harry Telfords Vorstellungen von einem gesunden Pferd waren.

»Hast du ihm in den sechs Wochen noch etwas anderes gegeben als Zucker?« Telfords Augen sprühten vor Zorn. »So schafft er ja noch nicht mal hundert Fuß, ohne nach Luft zu schnappen!«

»Er besitzt die beste Kondition, die er je hatte«, widersprach Tommy. »Sie werden schon sehen! In dieser Saison wird er jeden Gegner schlagen.«

»Du hast wirklich keine Ahnung von Pferden, Junge. Wenn man sie zu sehr verwöhnt, werden sie nicht nur fett, sondern auch faul. Aber wir werden ihm die Faulheit schon wieder austreiben. Mach dir da mal keine Sorgen.«

Und damit wusste Tommy, dass die Verschnaufpause für ihn und Phar Lap vorbei war.

Harry Telford ließ keine Zeit verstreichen – das erste Rennen stand kurz bevor – und beraumte den Beginn des Trainings für den kommenden Morgen an.

Tommys einziger Trost bestand darin, dass sein Freund Cashy Martin den »Roten Blitz« im Training reiten sollte.

Cashy hatte während Tommys Aufenthalt in Bacchus Marsh seinen ersten Rennsieg errungen, und das hatte seinem Selbstbewusstsein einen enormen Schub gegeben.

Tommy musste bei dem Gedanken daran, wie er Cashy

und die anderen im Stall überrascht hatte, lächeln. Der junge Jockey hatte seinen Kollegen zum wiederholten Male den Rennverlauf geschildert, der bei jeder neuen Version ein wenig spektakulärer wurde.

»Oh, Mann, das hättet ihr sehen sollen! Ich also mit La Gloria auf der Innenbahn. Die Strecke ist mörderisch, sage ich euch. Eng und gewunden. Nichts für schwache Nerven.«

Die anderen Jockeys, die Cashy umringten, nickten zustimmend. Sie alle hatten bereits von Gosford gehört. Und niemand war wirklich scharf darauf, dort zu reiten. Aber sie alle waren jung und standen am Anfang ihrer Karriere. Da sagte man nicht: »O nein, Sir, lieber nicht. Das ist mir zu gefährlich«, wenn man gefragt wurde. Denn wenn man das sagte, dann konnte man ganz sicher sein, dass man so bald nicht mehr gebeten wurde, ein Rennen zu reiten. Nein, wer als Jockey seinen Lebensunterhalt verdienen wollte und vielleicht irgendwann mal beim Caulfield Cup oder gar beim Melbourne Cup mitmischen wollte, der sagte natürlich mit Begeisterung »Ja!«, wenn er gefragt wurde, ob er ein Pferd in Gosford reiten wollte. Und Cashy hatte »Ja!« gesagt. Und er hatte sogar gewonnen! Ein Ereignis, das ihn in den Augen der anderen vielleicht nicht gleich zu einem Superstar, aber zumindest zu einem ernst zu nehmenden Jockey machte. Etwas, das sich jeder von ihnen wünschte.

»Ich also mit La Gloria vorneweg«, erzählte Cashy weiter und seine Augen strahlten. »Hinter mir dieser Angeber von Pete, aber ich habe mir gesagt, jetzt oder nie, und habe Gloria angetrieben alles zu geben. Sie ist ein feines Mädchen.« Cashy lächelte versonnen bei der Erinnerung an die Stute, die ihm seinen ersten Sieg beschert hatte. »Pete und die anderen mussten zusehen, wie ich ihnen davonlief!« Cashy lachte. »Das war herrlich, kann ich euch sagen!«

Die Sonne stand noch tief, als sich Tommy, Mr Telford, Cashy, Phar Lap und sein Trainingsgegner am nächsten Morgen auf der Rennbahn trafen.

»Treib ihn richtig an, Junge, er muss wissen, dass du es bist, der ihm die Gangart vorgibt.« Telford klopfte Cashy aufmunternd auf die Schultern, während sich der mittlerweile Sechzehnjährige auf Phar Laps Rücken hievte.

Cashy erwiderte nichts, aber er kniepte Tommy zu. Er hatte nicht vergessen, was sein Freund ihm kurz zuvor in Phar Laps Box mit auf den Weg gegeben hatte. »Denk dran«, hatte Tommy gesagt, »dass du ihn sehen lässt, gegen wen er läuft. Er muss dem anderen Pferd in die Augen blicken können. Also halt ihn erst zurück.«

Mr Telford gab das Startzeichen. Phar Lap setzte sich schwerfällig in Bewegung und der Trainer musterte Tommy vorwurfsvoll. Doch Tommy sah stur geradeaus und tat so, als bemerkte er die Blicke nicht.

Cashy hielt Phar Lap zurück, wie Tommy es ihm geraten hatte. Er ließ das andere Pferd vorlaufen und erst als er spürte, dass Phar Lap bereit war, gab er die Zügel frei. Es war wie eine Explosion. Phar Lap galoppierte mit lang gestrecktem Hals und überholte seinen Gegner mit einer Leichtigkeit, die Cashy eine Gänsehaut über den Rücken laufen ließ. Es schien, als könnte Phar Lap seine Geschwindigkeit jederzeit und ohne Limit erhöhen.

»Na, wie läuft es?« Jim Pike stellte sich zwischen Tommy und Mr Telford und sah auf die Rennbahn hinaus, wo Phar Lap soeben seine zweite Runde drehte.

»Hallo, Jim«, grüßte Mr Telford und blickte auf die Stoppuhr in seiner Hand. »So weit ganz okay. Wir müssen allerdings noch ein wenig an seinem Start arbeiten. Die erste Runde war mäßig, aber die zweite war gut.«

Jim Pike sah Tommy prüfend an. Tommy hielt dem Blick eine Weile stand, dann sah er auf den Boden. Jim Pike hatte ihn durchschaut. Und der Jockey wusste, dass Tommy recht hatte.

»Nimm ihn hart ran.« Telford blickte zu Jim Pike hoch, der bereits in seinem Rennoutfit, weiße Hose, weißes Hemd mit schwarzen Streifen an den Ärmeln, rote Weste und rote Kappe, im Sattel saß.

»Was sagst du, Tommy?« Pike blickte dem Stalljungen in die Augen, der unmittelbar neben seinem Boss stand und Phar Lap am Halfter festhielt.

Tommy blickte kurz zu Mr Telford hinüber, bevor er antwortete: »Er muss seinen Gegnern in die Augen sehen, Mr Pike. Er muss wissen, gegen wen er läuft. Erst dann wird er kämpfen. Wenn Sie ihn gleich zu Beginn an die Spitze des Feldes bringen, wird er nach der Hälfte einbrechen.«

Telford schnappte nach Luft, während Jim Pike nickte. »Übrigens«, sagte der Jockey, bevor er Phar Lap antrieb. »Meine Freunde nennen mich Jim. Oder einfach Piky.«

Tommy konnte ein Lächeln nicht unterdrücken und er sah zu Boden, um Telfords strafenden Blicken zu entgehen, während Pike mit Phar Lap auf die Startlinie zuritt. Doch den Worten seines Arbeitgebers konnte er dadurch nicht entkommen. »Willst du meinen Job machen?«

»Nein, Sir«, antwortete Tommy entschuldigend, wohlwissend, dass dies eine Lüge war.

»Dann behalt deine Weisheiten in Zukunft für dich.«

Seit dem Frühjahr hat sich Phar Lap in einen wesentlich imposanteren Pferdetyp verwandelt. Obwohl er nicht gerade eine Schönheit ist, beeindruckt er das Auge des Betrachters mit seiner Größe, seiner unzweifelhaften physischen Fitness und seinem unübersehbaren Siegeswillen.

»Hast du den Artikel im Referee gelesen?«

Tommy nickte.

»Die Quoten liegen bei sieben zu vier.«

»Kein Wunder. Jeder, der nur ein Viertelpfund aufbringen kann, wettet auf Phar Lap. Das ist immer noch besser, als die eigenen Kinder zum Klauen zu schicken oder Schlimmeres.«

Cashy wackelte zustimmend mit dem Kopf. Allein in der letzten Woche hatten drei Bekannte seiner Familie ihre Arbeitsstelle verloren. Und einer von ihnen hatte sich daraufhin erhängt und seine Frau mit den drei Kindern allein zurückgelassen. Die Zeiten waren wirklich alles andere als rosig. Wer jetzt noch irgendeinen Job hatte, wie schlecht bezahlt auch immer, war zu beneiden. »Was macht der Boss eigentlich mit all dem Geld, das er jetzt verdient? Es müssen in den letzten Wochen locker 10.000 Pfund an Preisgeldern zusammengekommen sein, oder?«

Tommy zog den Sattelgurt unter Phar Laps Bauch fest

und ächzte dabei. »Er sucht nach einem Stück Land, auf dem er seinen eigenen Rennstall aufbauen kann.«

»Ein eigener Rennstall ... « Cashys Stimme klang verträumt.

»Wenn er Phar Lap allerdings weiter so überfordert, dann ist bald Schluss mit dem Gewinnen.«

»Wie meinst du das?«

»Es ist hart genug, ein Pferd jede Woche mindestens ein Rennen laufen zu lassen, aber es dazwischen auch noch bis zur völligen Erschöpfung zu trainieren ist Wahnsinn!« Er bückte sich, hob einen Vorderlauf an und betrachtete sorgenvoll Phar Laps Huf.

»Macht der Huf wieder Probleme?«, fragte Cashy und erinnerte sich, dass Phar Lap häufiger damit Schwierigkeiten hatte.

Tommy zuckte die Achseln. »Nicht mehr und nicht weniger als sonst«, antwortete er. »Was er bräuchte, wäre ein wenig Ruhe. Aber genau das ist es, was Telford ihm nicht zugesteht.« Er erhob sich wieder und seufzte. »Wir müssen sehen, was die Zukunft uns bringt.«

Harry Telford sah erwartungsvoll in die Zukunft. Endlich wurde ihm die Hochachtung der Kollegen und Rennstallbesitzer zuteil, auf die er jahrelang vergeblich gewartet hatte. Er war nun wer. Und während um ihn herum alles in Schutt und Asche versank, stieg er wie ein Phönix aus der Asche empor. Geldsorgen hatten nun die anderen, während er sich nach einem geeigneten Besitz umsah, auf dem er endlich seinen Lebenstraum vom eigenen Rennstall verwirklichen wollte. Phar Lap sollte erst der Anfang einer ganzen Reihe von Champions sein, die aus seiner Schule kamen.

Mit hoch erhobenem Haupt bahnte er sich beim AJC Plate in Randwick seinen Weg durch die Zuschauer und genoss die neugierigen und zum Teil neidischen Blicke der anderen. Sie gaben ihm eine ungeheure Befriedigung.

»Da ist er«, zischte jemand hinter ihm. Es hörte sich nicht freundlich an. »Er wird uns das Pferderennen noch kaputtmachen mit seinem angeblichen Wunderpferd.«

»Er ist doch schon dabei«, sagte eine andere Stimme. »Nachdem Kikaides wieder gestrichen wurde, sind gerade mal drei Pferde für den Start gemeldet. Genauso wie bei den Rennen zuvor. Keiner will sein Pferd gegen Phar Lap antreten lassen, um zuzusehen, wie es verliert. Und das ist ja wohl mehr als verständlich!«

Telford drehte sich um. Doch er konnte nicht erkennen, wer die Sprecher waren. Sobald er jemandem ins Gesicht sah, wandte sich derjenige schnell ab.

Emma drehte sich suchend nach Tommy um, als er auch schon lächelnd auf sie zukam. Jedes Mal, wenn er sie so sah, fühlte sich sein Herz leicht und beschwingt an. Er konnte sein Glück, diese schöne Frau für sich gewonnen zu haben, manchmal kaum fassen. Auch wenn die Trennung, sobald er mit Phar Lap zu Rennen nach Melbourne musste, beiden schwer fiel, so wussten sie doch, dass dieser Zustand immer nur vorübergehend war.

Emma stand dicht am Zaun, der die Rennstrecke von den Zuschauern abgrenzte. Das Gedränge auf den preiswerten Stehplätzen war überwältigend. Halb Sydney schien sich an der Rennbahn versammelt zu haben.

»Sieh mal«, flüsterte Emma, kaum dass Tommy neben ihr war. »Fast jeder hält einen Wettschein in Händen. Und auf den meisten steht Phar Lap.«

Tommy nickte. »Ja, allerdings haben einige auch auf Nightmarch gesetzt.«

»Und was glaubst du? Wird Phar Lap gewinnen?«

Tommy lächelte. »Natürlich wird er das. Er ist um Klassen besser als jedes andere Pferd zurzeit. Du solltest ihn dir nach dem Rennen einmal ansehen: Er schwitzt nicht einmal. Er läuft anderthalb oder zwei Meilen in einem Rennen und ist danach trocken unter dem Sattel.«

»Aber im Melbourne Cup hat er gegen Nightmarch verloren«, sagte Emma.

Tommy verzog das Gesicht bei der Erinnerung an dieses Rennen. Immer noch hatte er das Gefühl, dass damals irgendetwas nicht mit rechten Dingen zugegangen war. Aber er würde es niemals beweisen können. »Das ist richtig«, sagte er. »Aber diesmal wird es anders laufen.«

12

»Phar Lap first – daylight second.«

VOLKSMUND UM 1930

»Die drei Pferde sind gestartet.«

Tommy sah sich um. Die Zuschauer blickten gebannt auf die Rennstrecke, obwohl dort noch kein Pferd zu erkennen war. Nur das Donnern der Hufe drang bereits herüber und ließ die Erde erbeben.

»Phar Lap hatte einen schnellen Start. Sensationell, was dieser Dreijährige mit einem Gewicht von hundert Pfund auf seinem Rücken leistet. Er bricht alle Rekorde. Und sehen Sie sich das an, meine Damen und Herren, welch eine Geschwindigkeit bei einem derartigen Rennen! Phar Lap scheint bereits jetzt uneinholbar.«

Tommy lächelte zufrieden, als Bobby in diesem Augenblick an der Zuschauertribüne vorbeiraste.

»Und so gehen die Pferde jetzt auf die Zielgerade. Phar Lap mit mehr als zehn Längen Vorsprung vor seinen Verfolgern. Er braucht sich nicht mehr zu beeilen. Und sehen Sie, der große Fuchs spaziert in diesem Augenblick über die Ziellinie!«

Der Lärm war ohrenbetäubend, als Phar Lap die Ziellinie durchbrach, und es schien, als würde eine Ewigkeit vergehen, bis Nightmarch als Zweiter ins Ziel kam, gefolgt von Donald, dem dritten und letzten Pferd des Rennens.

»Phar Lap gewinnt mit zehn Längen Vorsprung vor seinem Verfolger Nightmarch«, ertönte die Stimme des Kommentators über die Lautsprecher. Er klang regelrecht erschöpft. »Und der große Fuchs hat den Streckenrekord dabei um mehr als sechs Sekunden unterboten! Das ist phänomenal!«

Die Zuschauer tobten und gratulierten sich gegenseitig.

Auch Tommy strahlte. Er umarmte Emma und küsste sie. »Na, was habe ich dir gesagt? Phar Lap ist unschlagbar.« Er beugte sich vor und flüsterte ihr ins Ohr: »Und du bist es auch.«

Alle hatten gesehen, dass Phar Lap ein sensationelles Rennen abgeliefert und seine Kontrahenten regelrecht deklassiert hatte. Aber einer wusste noch besser als die anderen, welch sagenhafte Leistung das Pferd dabei erbracht hatte.

Harry Telford saß über einem Stück Papier und betrachtete immer wieder staunend die Zahlen, die er sich mit einem kurzen Bleistiftstummel darauf notiert hatte. Phar Lap hatte nicht nur den Streckenrekord um sechseinhalb Sekunden unterboten. Er war auch die erste halbe Meile in nur neunundvierzig Sekunden gelaufen! Und das bei einem Rennen, das über zwei und eine viertel Meile ging!

Die ersten anderthalb Meilen hatte der Fuchs in zwei Minuten und achtundzwanzigeinhalb Sekunden bewältigt – und war damit fast drei Sekunden schneller als beim AJC Derby, das er vor sieben Monaten mit Leichtigkeit gewonnen und dabei einen neuen Rekord aufgestellt hatte.

Für die ersten zwei Meilen hatte er drei Minuten und zwanzigeinhalb Sekunden gebraucht. Mit dieser Zeit hätte er nicht nur jeden Sydney Cup gewonnen, der jemals ausgetragen worden war, sondern ebenso jeden einzelnen verdammten Melbourne Cup seit 1861, dem Jahr, in dem der Melbourne Cup zum ersten Mal stattfand!

Harry Telford brach angesichts dieser Rechnungen der Schweiß aus. Was Phar Lap bei diesem Rennen geleistet hatte, war unvorstellbar. Niemals zuvor in der Geschichte des Rennsports hatte es ein Pferd gegeben, das schneller gewesen war als Phar Lap.

Der Mann mit den grau melierten Haaren blickte nachdenklich aus dem Fenster, während er sich den Rennverlauf noch einmal in Erinnerung rief. Nach den ersten zwei Meilen war klar gewesen, dass Phar Lap uneinholbar war, und Billy Elliott, Phar Laps Jockey, hatte das Pferd langsamer laufen lassen, während Nightmarch und Donald, die Verfolger, von ihren Reitern unbarmherzig weiter angetrieben wurden. Harry Telford schüttelte unwillkürlich den Kopf, während er noch einmal an das Bild zurückdachte, wie Phar Lap entspannt über die Ziellinie getrabt war. »Phar Lap spaziert über die Ziellinie«, hatte der Kommentator gesagt und mit dieser Beschreibung den Nagel auf den Kopf getroffen.

Überhaupt hatte Phar Lap nach dem Rennen einen alles anderen als angestrengten Eindruck gemacht. Als wäre er trotz dieser bemerkenswerten Darbietung nicht einmal an den Rand seiner Leistungsfähigkeit gekommen!

Harry Telford wurde von einem Zittern erfasst, als ihm in diesem Augenblick erst so richtig klar wurde, was für ein Ausnahmepferd Phar Lap war. Und zum allerersten Mal regten sich in ihm leise Zweifel, ob wirklich seine Trainingsmethoden und sein Pferdeverstand allein dafür verantwortlich gemacht werden konnten, dass dieses Pferd allen anderen davonlief. Vielleicht war es doch schlicht und ergreifend Zufall, dass er dieses ungewöhnliche Pferd auf einer Jährlingsauktion in Neuseeland für sage und schreibe hundertsechzig Pfund hatte ersteigern können?

Aber nein, Telford schlug mit der flachen Hand auf den Tisch und erhob sich. Wer außer ihm hätte diesem hässlichen und nichts sagenden Pferd überhaupt eine Chance gegeben? Wer, wenn nicht er, hätte es trainiert und sich nicht von den anderen ins Bockshorn jagen lassen, als die schnellen Erfolge ausblieben? Phar Laps Aufstieg beruhte einzig und allein auf seinem, Harry Telfords, Pferdeverstand. Und auf sonst nichts! Er hatte das Pferd zu dem gemacht, was es jetzt war. Er und sonst niemand.

Während Harry Telford das Rennen seines Schützlings genau analysierte, saß Cashy Martin mit Schere, Kleber, Papier und Zeitungen ausgestattet in seinem Zimmer im Haus seiner Mutter und tat das Gleiche auf seine Weise: Er schnitt jede einzelne Schlagzeile aus den verschiedenen Tageszeitungen, die sich mit Phar Laps letztem Rennen befassten. *Das beste Pferd aller Zeiten,* schrieb die Truth. *Phar Lap – der sensationellste Galopper, den es jemals gab!,* titelte The Referee. *Ein außergewöhnlicher Sieg,* war in The Australasian zu lesen und *Phar Lap schreibt Renngeschichte,* stand in The Sydney Mail über dem Bericht über das Rennen.

Cashy meinte vor Stolz zu platzen. Er hatte Phar Laps Geschichte vom ersten Tag an mitverfolgt und er empfand es als Genugtuung, jetzt mit anzusehen, dass er recht daran getan hatte, an dieses Pferd zu glauben, als alle anderen noch über den »Roten Blitz« lachten. Dennoch ärgerte es den jungen Mann, wenn er daran zurückdachte, auf welche Weise Phar Lap den Melbourne Cup gegen Nightmarch verloren hatte.

Seit Tommy ihm erzählt hatte, wie sich Lewis von Connolly nach dem Rennen aus dem Sattel helfen ließ, war sich der Jockey sicher, dass Nightmarchs Sieg erkauft gewesen war. Aber alles, was er brauchte, war etwas Geduld. Noch ein gutes halbes Jahr und Phar Lap würde allen zeigen, dass er ebenfalls das bedeutendste Rennen des australischen Pferdesports dominieren konnte. Und er, Cashy, würde dabei sein und ihn anfeuern. »Und wenn es das Letzte sein wird, was ich in meinem Leben tue«, schwor er sich und ahnte nicht im Geringsten, wie orakelhaft dieser innige Wunsch war.

An diesem Morgen herrschte im Stall Hochbetrieb. Seit Phar Laps spektakulären neun Siegen in Folge kreuzten immer wieder Reporter auf, die Fragen stellten, ihre gigantischen Fotoapparate aufbauten, mit ihrem lauten und grellen Blitzlicht die Pferde erschreckten und die Stallburschen von der Arbeit abhielten.

Phar Lap schien das alles nicht zu stören. Solange Tommy an seiner Seite war, konnte ihn nichts aus der Ruhe bringen. Im Gegenteil. Manchmal konnte sich Tommy nicht des Eindrucks erwehren, dass Phar Lap den Rummel irgendwie genoss. Das Pferd schien zu wissen, dass die Aufmerksamkeit dieser Menschen einzig und allein ihm galt und er etwas Besonderes war.

An diesem Morgen hatte Tommy bereits zwei Journalisten Auskunft über Bobbys geplanten Tagesablauf erteilt, der von dem bevorstehenden Umzug nach Sol Greens Underbank in Bacchus Marsh geprägt war. Dort sollte sich das Wunderpferd – wie Phar Lap mittlerweile von allen genannt wurde – nach der Saison erholen. Als sich der zweite Reporter gerade verabschiedet hatte, lief Tommy Jim Pike über den Weg, der von der anderen Seite des Stallflurs auf Phar Laps Box zukam.

»Hi, Piky«, grüßte Tommy den älteren Jockey, den er mittlerweile als Freund betrachtete. »Kommst du, um Bobby zu reiten?«

Jim Pike schüttelte den Kopf. »Nein«, sagte er. »Ich wollte mich nur von ihm verabschieden.«

Tommy zog überrascht die Augenbrauen hoch. Er hatte Jim Pike mittlerweile als liebenswerten, offenen und ehrlichen Menschen kennengelernt, dessen Interesse an Pferden nicht nur beruflich bedingt war. Dennoch konnte ihn der Mann immer wieder überraschen. »Und ich dachte, du wolltest ihn noch einmal im Training reiten, bevor wir aufbrechen.«

Pike lächelte und kraulte dabei Phar Laps Hals, der sich diese Liebkosung von dem Jockey ausgesprochen gern gefallen ließ. Abgesehen von Tommy mochte der große Fuchs Jim Pike wohl von allen Menschen am liebsten, denn er strahlte ebenso wie sein Stallbursche absolute Ruhe aus und nur bei diesen zwei Männern fühlte sich das Pferd vollkommen sicher und geborgen. Diese beiden, das wusste Phar Lap, würden ihm unter keinen Umständen Schmerzen zufügen.

»Ich finde«, sagte Jim, ohne den Blick von Phar Laps braunen Augen abzuwenden, »er hat mich bereits weit genug getragen. Im Training kann er ruhig von einem leichteren Reiter geritten werden, als ich es bin. Das wird seinen Beinen nur gut tun.« Er klopfte Phar Lap zum Abschluss zweimal sanft auf den Hals und wandte sich anschließend zu Tommy um. »Hier«, murmelte er und steckte dem jungen Mann eine Zehnpfundnote in die schmutzige Hemdtasche. »Tu dir selbst auch mal was Gutes.«

»Jimmy«, sagte Tommy verlegen, nahm das Geld aus der Tasche und suchte nach den richtigen Worten des Dankes. »Das … das … kann ich nicht annehmen.«

»Stell dich nicht so an«, meinte Jim Pike nur und hob bereits die Hand zum Abschiedsgruß. »Pass gut auf unseren Freund hier auf. Wenn ich ihn in drei Monaten wiedersehe, haben wir einiges zusammen vor!«

Tommy hielt immer noch den Geldschein in den Händen, als bereits der nächste Besucher auf ihn zukam. »Sind Sie Tommy Woodcock?« Der Mann im feinen Zwirn hatte ein offenherziges Lächeln, das Tommy sofort für ihn einnahm.

Er steckte das Geld zurück in seine Hemdtasche und sah dem Fremden entgegen. »Ja, der bin ich«, sagte er und wunderte sich darüber, welch feine Kleidung sich dieser Journalist leisten konnte. Er musste von einer der großen Tageszeitungen kommen.

»Mein Name ist Stuart McKay.« Der Fremde streckte Tommy die Hand entgegen. »Ich bin Tierarzt und wollte mir einmal Ihr Pferd ansehen, von dem man so viel hört und liest.«

»Dr. Stuart McKay?« Tommy konnte seine Überraschung kaum verbergen. »Etwa der Herzspezialist?«

Der freundliche Mann nickte. »Ja, auf Herzensangelegenheiten habe ich mich spezialisiert, das stimmt.« Er lächelte und sah dabei plötzlich zehn Jahre jünger aus.

Tommy blieb vor Staunen der Mund offen stehen. Jetzt hatte Bobby es schon so weit gebracht, dass die berühmtesten Tierärzte Australiens ihn aufsuchten, um Untersuchungen an ihm durchzuführen! Wo sollte das alles noch enden?

Telford ließ seinen Blick schweifen. Er konnte die Anlage bereits vor seinem inneren Auge sehen. Hier würde das Wohnhaus in neuem Glanz erstrahlen, dort drüben sollten die Stallungen stehen, mit den Räumen für die Stallburschen im Dachgebälk, und dahinter die Rennbahn. Endlich war er am Ziel seiner Träume angelangt und die ersten Jährlinge, die er erworben hatte und aus denen er Champions machen würde, wurden bereits in wenigen Tagen erwartet. Es würde niemanden geben, der das Wort Braeside nicht mit Ehrfurcht ausspräche, wenn er mit seiner Arbeit erst einmal angefangen hatte.

Doch zuvor gab es noch eine Menge zu tun und sobald Phar Lap, der all dies durch seine Siege finanzierte, aus seinem Urlaub zurückkehrte, würde er hier ein neues Zuhause vorfinden.

»Ich könnte drei Phar Laps gebrauchen«, murmelte Harry Telford vor sich hin, während er sich auf dem Absatz drehte und begutachtete, was die Arbeiter noch alles zu tun hatten, bis sein eigener Rennstall so aussah, wie er sich das wünschte. Von der Investition in die Jährlinge einmal ganz zu schweigen. Mit Unbehagen dachte Telford daran, dass irgendwann auch der Tag kommen würde, an dem er Davis mehr als die vereinbarten dreißig Prozent von Phar Laps Siegesprämien abtreten musste. Ihre Vereinbarung war auf den Zeitraum von drei Jahren beschränkt. Danach gehörte Phar Lap wieder zu hundert Prozent Mr Davis. Doch nach all dem, was Telford für das Pferd und Davis getan hatte, war der Eigentümer moralisch verpflichtet, dem Trainer ein faires Angebot zur Beteiligung zu machen. Und überhaupt: Bis dahin würde er, Telford, bereits die ersten Früchte seiner jetzigen Arbeit ernten können und Phar Lap war dann nur noch einer unter vielen Champions, die sein Brandzeichen trugen.

Nein, von jetzt an konnte es eigentlich nur noch bergauf gehen. Da war sich Harry Telford ganz sicher.

13

»Es war sicherer, sein Geld auf Phar Lap zu setzen, als es der Bank zu überlassen.«
GEOFF ARMSTRONG/PETER THOMPSON, PHAR LAP

»Ist mit Bobby alles in Ordnung?« Tommy rannte auf Jim Pike zu, der sich soeben aus dem Sattel gleiten ließ. Sein Gesichtsausdruck spiegelte deutlich die Sorge um das Wohlbefinden des Pferdes wider. Er war regelrecht blass.

»Natürlich ist mit ihm alles in Ordnung. Warum sollte es nicht so sein?« Pike war nach diesem Rennen noch ein wenig außer Atem, während Phar Lap einen recht entspannten Eindruck machte.

»Aber er hat mit nur einer halben Länge Vorsprung vor Nightmarch gewonnen! Ich dachte, er hätte vielleicht gelahmt und du hättest ihn zurückhalten müssen. Stimmt etwas mit seinem Huf nicht? Hat er wieder Schmerzen?«

Jim Pike konnte nicht anders. Er musste lachen. »›Nur mit einer halben Länge Vorsprung!‹ Du solltest dich mal reden hören! Auf jeden Fall hat er gewonnen. Was spielt es da für eine Rolle mit wie vielen Längen?«

»Aber warum so knapp?«, drängte Tommy. »Bis jetzt hat er jedes Rennen dieser Saison mit mindestens drei Längen Vorsprung gewonnen! Was war heute los? Ist er erschöpft?«

Jim schüttelte den Kopf und öffnete gerade den Mund,

um zu antworten, als der erste Reporter mit gezücktem Stift und Schreibblock auf den Jockey zukam.

»Mr Pike! Was war heute mit Phar Lap los? Ist das Wunderpferd am Ende?«

Jim, der soeben noch fröhlich versucht hatte, Tommy von seinen Sorgen um Phar Lap zu befreien, machte plötzlich ein sehr ernstes Gesicht. »Tja«, seufzte er, während sich drei weitere Reporter um ihn scharten, um die ersten Worte des Rennreiters nach diesem AJC Spring Stakes auf Papier zu bannen und sie der Weltöffentlichkeit zukommen zu lassen. Pike schüttelte sorgenvoll den Kopf. »Ich kann es Ihnen auch nicht sagen, meine Herren.« Er zuckte die Schultern. »Zuerst lief alles wie immer, aber dann schien Phar Lap die Luft auszugehen ...« Er warf Tommy einen mahnenden Blick zu.

Der Stallbursche stand mit offenem Mund da. Hatte Piky ihn nicht gerade noch ausgelacht, als er sich Sorgen um Bobby gemacht hatte? Und jetzt erzählte er den Reportern, Phar Lap sei die Luft ausgegangen?

»Vielleicht ist er ja nur erschöpft und braucht ein wenig Ruhe ...«, fuhr der Jockey fort.

»Erschöpft, sagen Sie?« Einer der Journalisten schob sich seinen breitkrempigen Hut aus der Stirn. »Aber ist der ›Rote Blitz‹ nicht bereits für das AJC Craven Plate, das in vier Tagen stattfindet, gemeldet?«

»Wäre es da nicht besser, ihn aus dem Rennen zu nehmen und ihm ein paar Tage Ruhe zu gönnen?«, setzte sein Kollege hinterher.

»Aber die Saison läuft doch gerade erst einen guten Monat. Wie soll das Pferd denn da schon erschöpft sein? Das war doch heute erst das vierte Rennen!«

Die Reporter schienen fast vergessen zu haben, dass sie

gerade ein Interview führten, und diskutierten angeregt untereinander, während sich Jim und Tommy schweigend ansahen.

»Und was ist mit dem Caulfield Cup und vor allem dem Melbourne Cup, der in genau einem Monat stattfindet? Wird Phar Lap da laufen?« Die Aufmerksamkeit der vier Männer richtete sich wieder auf den Jockey.

Jim Pike zuckte erneut mit den Achseln. »Das dürfen Sie mich nicht fragen, meine Herren, ich bin schließlich nur der Jockey, nicht der Trainer dieses Pferdes.«

»Aber wie sehen Sie seine Chancen, wenn es um die Kondition des ›Roten Blitzes‹ so schlecht bestellt ist?«

Jim Pike zog die Mundwinkel nach unten und legte die Stirn in tiefe Falten. Und Tommy stellte fest, dass diese Mimik mehr Besorgnis zum Ausdruck brachte, als Worte es gekonnt hätten. »Und nun entschuldigen Sie mich bitte, meine Herren, wir müssen uns um das Pferd kümmern.« Pike drückte Tommy Phar Laps Zügel in die Hand und durchbrach den Kreis der Journalisten, die ihm ausnahmslos mit bekümmerten Gesichtern hinterherblickten.

Tommy legte den Stapel Zeitungen zur Seite und widerstand mühsam dem Drang, nach Bobby zu sehen. Er hatte sich gestern nach dem Rennen und heute früh ausgiebig davon überzeugt, dass mit dem Pferd alles in Ordnung war. Phar Lap war gesund und in bester Verfassung. Daran bestand kein Zweifel. Auch wenn in den Zeitungsartikeln etwas ganz und gar anderes behauptet wurde. Einstimmig war da von Erschöpfung, Krankheit und Überforderung des Wunderpferdes die Rede. Unterschiedlich beurteilten die Journalisten lediglich die

Gründe für Phar Laps schlechten Zustand. Während die einen Harry Telford die Schuld gaben, der das Pferd zu hart trainiere und ihm nicht genügend Pausen gönne, behaupteten die anderen, Phar Lap sei wohl doch niemals das Ausnahmepferd gewesen, für das ihn alle gehalten hätten. Er habe lediglich einige glückliche Momente erlebt, aber sei nicht in der Lage, kontinuierlich gute Leistungen zu erbringen.

Tommy schloss die Augen und massierte sich mit den Fingern seiner rechten Hand die Stirn. Er erschrak, als er plötzlich eine Stimme hörte.

»Na, wie stehen die Quoten?« Es war Jim Pike, der vor ihm stand.

Tommy grinste. »Auf jeden Fall deutlich besser als gestern«, sagte er.

»Dann lohnt es sich also wieder, auf Phar Lap zu setzen?«

»Es lohnt sich immer, auf das richtige Pferd zu setzen«, antwortete Tommy. »Nightmarch gilt als Favorit für das AJC Craven Plate.«

»O ja«, sagte der Jockey. »Nightmarch ist ein verdammt gutes Pferd. Wenn es Phar Lap nicht gäbe ...« Er ließ offen, was wäre, wenn es Phar Lap nicht gäbe.

Der Stallbursche wusste auch so, was sein Freund meinte.

»Er lässt ihn tatsächlich starten?«

»Ist das nicht unverantwortlich?«

Tommy versuchte den Ansturm der Fragen zu ignorieren, während er Bobby für das Rennen fertig machte und noch einmal ausgiebig den Vorderhuf des Pferdes überprüfte. Dieser Huf war eindeutig Phar Laps Schwachstelle. Seine Achillesferse. Doch er war in einem guten Zustand.

Tommy war froh, als in diesem Augenblick Harry Telford aufkreuzte und sich die Zeitungsreporter auf ihn stürzten wie Motten auf ein Licht. Sollte sein Boss sich doch die Antworten aus den Fingern saugen.

Er ließ seinen Blick schweifen und entdeckte den Trainer von Nightmarch, Phar Laps einzigem Konkurrenten. Er war ebenfalls von einer Horde Journalisten umringt. Zwar konnte Tommy kein Wort verstehen, doch er sah den zuversichtlichen Gesichtsausdruck des Mannes und wandte sich mit einem schlechten Gewissen ab. Wie bitter würde die Enttäuschung für ihn sein, wenn der Ausgang des Rennens feststand.

»Phar Lap siegt mit sieben Längen Vorsprung vor Nightmarch in zwei Minuten und drei Sekunden und stellt damit einen neuen australischen Rekord auf«, verkündete der Kommentator, als wäre dies das Selbstverständlichste der Welt. »Es gibt anscheinend nichts, was dieses Pferd aufhalten kann.«

Obwohl Tommy nichts anderes erwartet hatte, freute er sich über das eindeutige Ergebnis. Seine Freude wurde allerdings etwas getrübt, als er Nightmarchs Trainer auf sich zukommen sah.

»Glückwunsch, Tommy«, sagte der Mann, aber tiefe Bitterkeit lag in seiner Miene.

»Danke, Mr McAulay.« Tommy knetete verunsichert das Tuch in seinen Händen, mit dem er Bobby trockenrieb. Obwohl der Fuchs wie immer kaum geschwitzt hatte.

»Weißt du, ob Telford Phar Lap im Caulfield Cup laufen lässt?«

Tommy konnte einen Hoffnungsschimmer in den Augen des Neuseeländers sehen, aber er wusste auch, dass seine Antwort diese Hoffnung zerstören würde: »Soweit ich weiß, schon«, sagte er.

Der Mann schüttelte den Kopf. »Verdammt!«, fluchte er. »Ich habe die Nase voll davon, immer nur Zweiter zu werden. Dabei bin ich mit Nightmarch extra wegen des Cups aus Neuseeland angereist. Aber wenn die Sache so aussieht, dann versuche ich mein Glück lieber im Wellington Cup. Das ist vielleicht kein so bedeutendes Rennen, aber dafür haben wir wenigstens mal wieder Aussichten auf einen Sieg.« Er tippte sich zum Gruß an die Krempe seines Hutes und drehte sich auf dem Absatz um. Tommy konnte den Mann weiterhin leise vor sich hin fluchen hören, während er sich entfernte.

Tommy blieb mit zwiespältigen Gefühlen zurück. Natürlich freute er sich über Phar Laps absolute Überlegenheit. Andererseits tat ihm der Mann leid. Und die Wut, die er bei ihm gespürt hatte, machte ihm auch ein wenig Angst. Wie viele Rennpferdbesitzer und -trainer gab es noch, die Phar Lap so eindeutig zum Teufel wünschten? Oder wenigstens dahin, wo der Pfeffer wächst?

14

»Phar Lap ist nicht nur ein Rennpferd –
er ist ein Geschäft,
und zwar ein sehr profitables und wichtiges ...«
ANDREW BARTON PATERSON, IN: THE SYDNEY MAIL

»Wenn Nightmarch nicht im Caulfield Cup startet, dann bleibt als ernst zu nehmender Gegner für Phar Lap in diesem Rennen lediglich Amounis übrig.«

»Es gibt für Phar Lap überhaupt keinen ernst zu nehmenden Gegner. Er wird auch gegen Amounis im Caulfield Cup gewinnen«, widersprach Harry Telford dem Eigentümer des Wunderpferdes. »Ebenso wie er im Melbourne Cup gegen ihn gewinnen wird«, fügte der Trainer hinzu und in seiner Stimme schwang Stolz mit.

»Das ist richtig«, bestätigte Mr Davis. »Und was bedeutet das für die Wettquoten?«

Telford schnaubte. »Ganz Australien weiß, dass Phar Lap nicht zu besiegen ist. Was glauben Sie, wie da die Quoten ausfallen?«

Mr Davis lehnte sich in seinem Stuhl zurück. »Nun, wenn ich Buchmacher wäre, dann würden die Quoten für einen Doppelsieg Phar Laps außerordentlich gering ausfallen. Außerordentlich.«

»Eben«, sagte Telford und sah sein Gegenüber misstrauisch an. Worauf wollte David bloß hinaus? Er stellte hier Rechenaufgaben auf, die jeder Erstklässler in Australien bewältigen konnte.

»Wenn ich aber nun darauf wetten wollte, dass Amounis im Caulfield Cup gewinnt und Phar Lap im Melbourne Cup …«

»… dann sähen die Quoten zwar besser aus, aber Sie hätten nichts davon, denn so wird es nicht kommen«, unterbrach Telford.

Mr Davis legte die Fingerspitzen aneinander und schwieg. »Sagen Sie mal, Harry«, begann er nach einer Pause, »verschlingt Ihr Unternehmen in Braeside nicht Unsummen? Ich meine, der Umbau des Hauses und der Stallungen, die vielen Jährlinge … Wie viele haben Sie eigentlich jetzt?«

»Etwa dreißig«, knurrte Telford, der ungern darüber nachdachte, dass er die finanzielle Belastung deutlich unterschätzt hatte.

»Und reicht das, was Phar Lap an Siegesprämien nach Hause bringt, damit Sie all Ihren Verpflichtungen nachkommen können?«

Jetzt war es Telford, der schwieg.

»Oder käme Ihnen ein satter Wettgewinn zusätzlich nicht ganz gelegen?«

Telford schwieg immer noch, während er sich im Stillen fragte, ob er Davis' Andeutungen tatsächlich richtig verstanden hatte.

Als jemand in diesem Augenblick zaghaft gegen die Tür klopfte, zuckten Davis und Telford zusammen wie zwei Schuljungen, die erwischt worden waren, wie sie gerade einen Streich ausheckten.

»Ja?«, sagte Mr Davis und die Tür wurde geöffnet.

Tommy streckte den Kopf herein. Er fühlte sich unbehaglich, als er die Blicke der beiden Männer sah, die ihn musterten wie einen Einbrecher. »Ich habe

Bobby versorgt, Sir«, wandte er sich an Harry Telford. »Und ...

»Du sollst ihn Phar Lap nennen«, ermahnte der Trainer, ohne seinen Stallburschen anzusehen. »Der Name des Pferdes ist Phar Lap.«

»Ja, Sir«, antwortete Tommy. »Ich habe Bo..., ich meine, Phar Lap versorgt und wollte fragen, ob Sie mich heute Abend noch brauchen.«

Harry Telford antwortete nicht gleich. Und David Davis sprach in die Stille: »Gehst du mit deinem Mädchen aus, Tommy?«

Tommy wurde ein wenig rot. »Ja, Sir«, antwortete er. »Sie heißt Emma und da wir ja morgen Richtung Melbourne aufbrechen, dachte ich, ich könnte sie heute vielleicht noch einmal sehen.«

Telford nickte. »Ist gut, Tommy, wenn du alles für die Reise vorbereitet hast, kannst du gehen.«

»Danke, Sir«, sagte Tommy. »Einen schönen Abend noch«, grüßte er und schloss die Tür hinter sich. Kaum war sie ins Schloss gefallen, atmete er erleichtert aus. Er wusste nicht, was in diesem Raum gerade geschehen war, aber die Luft darin war zum Zerreißen gespannt gewesen. Er klopfte sich auf die Hemdtasche und ertastete dort den Geldschein, den Piky ihm zugesteckt hatte. Emma würde Augen machen, wenn er sie ins Lichtspieltheater einlud! Hatte er ihr eigentlich schon erzählt, dass die erste Kinematographie Sydneys genauso alt war wie er?

Tommy hoffte, dass sich dieser Abend mit Emma harmonischer gestalten würde als der letzte, an dem Emma sich wieder einmal darüber beschwert hatte, dass er kaum Zeit für sie erübrigen konnte und sie sich so gut wie nie sahen. Aber was sollte er daran schon groß ändern? Er war Phar Laps Stallbursche. Also musste er natürlich dort sein, wo das Pferd war: auf Braeside in der Nähe von Melbourne – etwa fünfhundert Meilen von Sydney und damit auch von Emma entfernt! Es wurde wohl Zeit, dass sie einen Termin für die Hochzeit fanden, damit Emma endlich zu ihm kommen konnte. Aber wovon sollte er das bezahlen? Er war ja schon schon froh, wenn Piky ihm hin und wieder mal ein paar Pfund zusteckte!

Phar Lap war unruhig. Er schlug mit dem Kopf und wieherte. Er rief nach Tommy. Doch nichts, keine Antwort. Er wieherte noch einmal. Lauter diesmal. Doch wieder wurde sein Ruf nicht erhört.

Der Fuchs schnaubte, seine Augen wanderten unruhig in der Box hin und her. Er hatte heute beobachtet, wie Tommy seine Reiseutensilien in den Händen gehalten hatte. Und Phar Lap wusste, wenn Tommy Decke und Bandagen hervorholte, dann stand eine Reise bevor. Das war nicht weiter schlimm. Phar Lap war es egal, in welchem Stall er stand oder auf welcher Rennbahn er lief. Solange Tommy dabei war.

Aber Tommy war nicht da!

Wieder rief Phar Lap nach seinem Stallburschen. Und wieder erhielt er keine Antwort. Langsam wurde Phar Lap panisch.

Tommy war erschöpft. Sie hatten einen Film mit Buster Keaton gesehen. Steamboat Bill Junior. Und natürlich hatte Emma das Gespräch anschließend wieder auf die eine Frage gelenkt: wann die räumliche Trennung denn endlich ein Ende habe. Danach hatte er sich nur noch nach seinem Bett gesehnt. Es war wirklich ein verdammt langer Tag für einen jungen Mann, der jeden Morgen um halb vier aufstand. Und er mochte gar nicht daran denken, welche Anstrengungen ihn bei der morgigen Zugfahrt mit Phar Lap erwarteten.

Doch kaum hatte er die Stallungen betreten, als auch schon Luang auf ihn zustürzte und ihn aufforderte, mit ihm gemeinsam nach Phar Lap zu sehen. Der Fuchs randalierte seit geraumer Zeit in seiner Box und war durch nichts und niemanden zu beruhigen.

Sobald Tommy das Stallabteil betrat, wurde der »Rote Blitz« friedlich. Das Pferd legte seinen massigen Kopf auf Tommys Schulter, rieb sich an seinem Hals und stieß einen nahezu menschlichen Seufzer der Erleichterung aus.

Luang, der sich das Schauspiel aus sicherem Abstand ansah – er hatte zuvor versucht Phar Lap zu beruhigen und war nur knapp mit dem Leben davongekommen, wie er zumindest behauptete –, konnte kaum an sich halten vor Lachen. Tommy schien unter dem riesigen Pferd fast zu verschwinden und dennoch war er derjenige, der bei diesem ungleichen Paar der »Stärkere« war.

Nicht nur Luang rätselte, was es eigentlich war, das Tommy zu Phar Laps bestem Freund machte. Fast jeder im Stall hätte nur zu gern Tommys Geheimnis gekannt. Aber er kannte es ja selbst nicht. Wie sollte er es den anderen dann verraten?

Als der Wecker am nächsten Morgen um halb vier schellte, glaubte Tommy zunächst an einen Irrtum. Er fühlte sich wie gerädert. Doch es nutzte nichts. Er musste aufstehen und Phar Lap für die bevorstehende Fahrt fertig machen.

Mr Telford hatte für Phar Lap und Tommy auf halber Strecke in Albury einen Zwischenaufenthalt arrangiert. Aber auch bis dahin würden sie eine lange Bahnreise zu bewältigen haben und Tommy hoffte inständig, dass man ihnen diesmal ein einigermaßen anständiges Stallabteil zuwies.

Selbst das bessere Stallabteil änderte allerdings nichts daran, dass beide bei der Ankunft in Albury erschöpft waren. Phar Lap jedoch hatte die Zugfahrt eindeutig besser verkraftet als Tommy, dem die lange Nacht und die Auseinandersetzung mit Emma noch in den Knochen steckte. Und so meldete er auch seinem Boss die Ankunft in Albury: Er versicherte dem Trainer, dass mit dem Pferd alles in Ordnung sei und einer Weiterreise am nächsten Tag nichts im Wege stehe, um rechtzeitig zu den Vorbereitungen für den Caulfield Cup in Melbourne einzutreffen.

»Wir haben Zeit, Junge«, erwiderte der Trainer durch das Fernsprechgerät. »Vielleicht solltet ihr euch eine kleine Pause gönnen und ein paar Tage in Albury bleiben.«

Tommy stutzte. Seit wann war Harry Telford so großzügig, ihm und Phar Lap eine Pause zu verschaffen?

»Es ist aber wirklich kein Problem, Sir«, versicherte er seinem Arbeitgeber. »Phar Lap ist fit. Nach einem kleinen Spaziergang morgen früh wird er die letzte Etappe nach Melbourne gut verkraften.«

»Ich sagte, macht eine Pause«, wiederholte Telford und klang auf einmal wieder streng. »Wir sprechen uns in drei Tagen und sehen dann, wie es weitergeht. Hast du verstanden?«

Tommy zog die Augenbrauen hoch, sodass die Dame von der Vermittlungsstelle ihn skeptisch ansah. »Ja, Sir«, antwortete er knapp und lauschte dem Klicken am anderen Ende der Leitung, als Telford die Verbindung nach einem kurzen Abschiedsgruß unterbrach.

Tommy sah stumm auf den Wandfernsprecher und grübelte darüber nach, ob er seinen Boss tatsächlich richtig verstanden hatte, so unwahrscheinlich erschien ihm dieser plötzliche Sinneswandel. Doch die Leitung war stabil gewesen, kein Knacken, kein Rauschen. Er konnte sich einfach nicht verhört haben.

»Alles in Ordnung?« Die junge Telefonistin betrachtete ihn besorgt.

Tommy zuckte zusammen. »Ja, ja, alles in Ordnung«, versicherte er und beeilte sich, zurück zu Phar Lap in den Mietstall zu kommen, damit das Pferd in seiner Abwesenheit nicht wieder alles kurz und klein schlug.

Je länger Tommy darüber nachdachte, desto besser gefiel ihm die Aussicht, drei Tage mit Phar Lap so verbringen zu können, wie er es für richtig hielt. Natürlich stand er weiterhin um halb vier Uhr morgens auf und natürlich war er dafür verantwortlich, dass Phar Laps Kondition erhalten blieb, aber niemand redete ihm hinein, wann und wie er seinen Tag gestalten sollte. Und anstatt mit Phar Lap stupide Runden auf der Rennbahn zu drehen, bei denen sich das intelligente Tier nur langweilte, zog er es vor, mit Phar Lap durch die Straßen Alburys zu flanieren.

Phar Lap genoss es sichtlich, mit Tommy spazieren zu gehen. Er war überaus neugierig und Tommy merkte, wie das Pferd alles um sich herum wahrnahm, die Welt mit all seinen Sinnen untersuchte.

Die Straßen in Albury waren leer und in den frühen Morgenstunden, als sie ihren ersten Spaziergang unternahmen, begegneten sie nicht einer Menschenseele.

Frisch belegte Sandwichs und heißer Kaffee, stand auf einem selbst gemalten Pappschild, das an der Außenwand eines kleinen Shops hing. Es war nichts weiter als ein Verkaufsstand mit Zeitschriften, Tabak, Süßwaren und eben Kaffee und Broten.

Tommy merkte plötzlich, dass sein Magen knurrte, und beschloss, auf der Stelle sein Frühstück einzunehmen. »Guten Morgen«, grüßte er den Mann hinter der Theke und ließ seinen Blick über die Auslage schweifen.

»Guten Morgen«, erwiderte der Verkäufer und musterte Phar Lap verwundert, der seinen riesigen Kopf mit vibrierenden Nüstern über Tommys Schulter streckte.

»Ich hätte gerne ein Käsesandwich«, bestellte Tommy, »und eine Zeitung.«

Der Mann reichte ihm das Bestellte, Tommy zahlte und lehnte sich an einen der Stehtische, die vor dem Geschäft aufgebaut waren. Phar Lap bettelte um seinen Anteil und Tommy brach ihm ein Stück vom Weißbrot ab. Während beide kauten, schlug Tommy die Zeitung auf.

PHAR LAP ERKRANKT?

Als Tommy die Schlagzeile las, verschluckte er sich fast.

Wie Harry Telford, der Trainer von Australiens Wunderpferd, auf einer Pressekonferenz mitteilte, geht es Phar Lap nach einer anstrengenden Zugfahrt schlecht. Das Pferd befindet sich gemeinsam mit seinem Stallburschen Treve Woodcock auf dem Weg von Sydney nach Melbourne, wo es am Caulfield Cup und am Melbourne

Cup teilnehmen soll. Aufgrund mehrerer Verzögerungen während der Reise, die der Bahnbetreiber zu verschulden habe, sei Phar Lap in schlechter Verfassung in Albury eingetroffen. Deshalb habe Mr Telford beschlossen, Phar Lap einige Tage in Albury pausieren zu lassen, um jegliches Risiko einer ernsten Erkrankung zu vermeiden. Der Bahnbetreiber, die Victoria Railway, dementierte jedoch die Meldung, es habe bei der besagten Zugfahrt Schwierigkeiten gegeben. »Es verlief alles planmäßig«, ließ der Pressesprecher des Unternehmens verlauten.

Tommy sah Phar Lap verwundert an. Das Pferd machte nicht im Geringsten einen kranken Eindruck. Ganz im Gegenteil. Mit gespitzten Ohren und schief gelegtem Kopf bettelte es wie ein junger Hund nach einem weiteren Bissen von dem frischen Brot. Als Tommy den »Roten Blitz« nun ansah, scharrte er sogar mit einem Vorderhuf über den Boden.

Wie ein Hund, der Pfötchen gibt, dachte Tommy. Er blickte noch einmal in die aufgeschlagene Zeitung, die vor ihm auf dem Tisch lag. Der Artikel war immer noch da. Er hatte sich nichts davon eingebildet.

Am nächsten Morgen führte Tommys Weg ihn schnurstracks zu dem kleinen Verkaufsshop. Und zwar nicht nur weil das Sandwich am Vortag tatsächlich frisch und lecker gewesen war, sondern vor allem weil er voll Neugier die Tageszeitung erwartete.

Diesmal sah der Verkäufer Phar Lap nicht einmal mehr verwundert an. Er behandelte Tommy wie jeden anderen Kunden, der mit seinem Hund an der Leine einen Morgenspaziergang unternimmt. Tommys Hund war halt nur ein Stückchen größer.

PHAR LAPS TEILNAHME AM CAULFIELD CUP ZWEIFELHAFT!

Auch heute wollte Trainer Harry Telford keine Entwarnung geben. Phar Laps Zustand sei weiterhin kritisch, sagte er. Wenn sich am Gesundheitszustand des Pferdes in den nächsten vierundzwanzig Stunden nichts ändere, müsse in Erwägung gezogen werden, das Pferd von dem Rennen zurückzuziehen.
David Davis, der Besitzer des Pferdes, ließ dagegen verlautbaren, er sehe keinen Grund, Phar Lap aus dem Caulfield Cup zu streichen.
Spekulationen darüber, dass Nightmarchs Absage am Caulfield Cup und seine vorzeitige Rückkehr nach Neuseeland mit Phar Laps Präsenz zu tun habe, wurden vom Trainer des Kiwi, Mr McAulay, verneint.
Währenddessen werden weiterhin die beliebten Doppelwetten auf den Ausgang der beiden wichtigsten Pferderennen Australiens platziert. Nachdem jedoch eine Teilnahme des Favoriten zumindest in Zweifel gezogen werden darf, verzeichnen die Buchmacher ein steigendes Interesse an Amounis, der das Rennen machen könnte, falls Phar Lap tatsächlich vorzeitig ausscheidet.

Tommy schüttelte ungläubig den Kopf. Er sah sich nach links und nach rechts um. Keine Menschenseele weit und breit. Bei dem Medieninteresse an Phar Lap war es erstaunlich, dass man ihn hier so unbehelligt durch die Straßen ziehen ließ. Warum kam keiner der Reporter auf die Idee, sich selbst ein Bild über Phar Laps Zustand zu machen? Es war schließlich kein Geheimnis, dass sich das Pferd in Albury aufhielt. Gestern waren Phar Lap und er ungefähr zehn Meilen quer durch das Städtchen spaziert und niemand hatte ihn auf das Pferd angesprochen!

Tommy kratzte sich am Kopf. War er leichtsinnig, wenn er sich mit Phar Lap in der Öffentlichkeit zeigte? Andererseits – er hatte nichts zu verbergen. Was für ein Spiel Telford auch immer spielte, ihn hatte jedenfalls niemand eingeweiht und er hatte auch keine speziellen Verhaltensmaßregeln von seinem Boss erhalten.

Nein. Tommy fasste einen Entschluss. Er würde weiterhin das tun, was ihm und Phar Lap gut bekam. Und das waren nun einmal Spaziergänge.

Am nächsten Tag joggte Tommy zum Verkaufsstand und Phar Laps Hufe klackerten auf dem Pflaster, als er Tommy hinterherlief. Der junge Mann konnte es kaum erwarten, die Zeitung in den Händen zu halten, nachdem sein Boss es anscheinend nicht für nötig befand, ihn auf anderem, persönlicherem Wege von seinen Entscheidungen in Kenntnis zu setzen.

»Wie immer?«, fragte der Mann hinter dem Tresen an diesem dritten Morgen und Tommy begann sich in Albury heimisch zu fühlen. Die Uhren schienen hier langsamer zu laufen als in Sydney oder Melbourne. In den beiden großen Städten – so viel zumindest war Tommy in den letzten Tagen klar geworden – hätte er nicht unerkannt mit Phar Lap durch die Gegend gehen können. Diese Form der Anonymität, die sie hier genossen, barg also durchaus ihre Vorteile.

PHAR LAP AUS DEM CAULFIELD CUP GESTRICHEN!

Nach den Spekulationen über die Teilnahme des Wunderpferdes am Caulfield Cup in den letzten Tagen herrscht nun endlich Klarheit: Phar Lap wird an diesem Rennen nicht teilnehmen. Harry

Telford trat noch gestern vor die Presse und begründete seine Entscheidung damit, dass er sich dazu verpflichtet fühle, das Pferd in möglichst guter Verfassung an seinen Eigentümer zurückzugeben, auch auf die Gefahr hin, dass das Publikum sein Verhalten missbillige. Er wies darauf hin, dass seine Vereinbarung mit Mr Davis in Kürze auslaufe und sie sich darauf verständigt hätten, dass ein Sieg des »Roten Blitzes« beim Melbourne Cup das wichtigere Ziel sei.

Tommy schlug die Zeitung zu. Sein Blick glitt ins Leere. Was hatte das alles bloß zu bedeuten? Nun, vielleicht brachte ihm das für heute vereinbarte Telefonat mit Telford Klarheit. Obwohl Tommy nicht wusste, ob er nicht bereits sehr klar sah!

15

»... der schwarze Wagen wendete auf der James Street und bog in die Etna Street ein.
Dann machte es ›peng‹!«
ROBERT PHILPOT, AUGENZEUGE

Harry Telford drehte und wendete das unscheinbare weiße Kuvert, das er aus seinem Briefkasten gezogen hatte, in seinen Händen. Nichts daran war außergewöhnlich und dennoch beschlich den Mann bei seinem Anblick ein ungutes Gefühl, ohne dass er hätte sagen können, woran das lag. Es standen weder Empfänger noch Absender auf dem Umschlag. Aber was bedeutete das schon?

Nichts, außer dass jemand sich offenbar die Mühe gemacht hatte, das Schreiben persönlich in seinen Briefkasten zu werfen.

Bei Nacht und Nebel.

Telford öffnete den Umschlag, zog das Papier heraus und entfaltete es.

ziEHeN sIE Phar Lap vOm Melbourne Cup ZurÜcK. ODer eS gESchIeHt ein UnGlüCk!

Der Trainer schüttelte unwillkürlich den Kopf, während seine Augen auf den aus einer Zeitung ausgeschnittenen Lettern verharrten, als wären sie dort festgeklebt. Seit Amounis den Caulfield Cup gewonnen hatte, spielten offenbar alle verrückt. Und nun gab es also einen weiteren armen Irren. Aber er wäre nicht Harry Telford, wenn er sich so einfach ins Bockshorn jagen lassen würde!

Einem ersten Impuls folgend wollte er das Blatt schon zerreißen, als er sich eines Besseren besann und es in die Schublade seines Kommodentischchens legte. Man konnte schließlich nie wissen!

Tommy war gespannt, was ihn erwarten würde, als der Zug die letzten Meter in den Bahnhof von Melbourne einrollte. Er strich Phar Lap beruhigend über die Stirn, als der Waggon ein letztes Mal ruckelte und die Eisenräder mit einem Quietschen zum Stillstand kamen. Wenn die Zeitungsmeldungen ein realistisches Bild wiedergaben, dann war sein Boss mit Phar Laps Rückzug aus dem Caulfield Cup ordentlich ins Kreuzfeuer der öffentlichen Kritik geraten.

Tommy trat auf den engen Flur vor Phar Laps Reiseabteil, zog das Milchglasfenster hinunter und streckte vorsichtig den Kopf durch den schmalen Spalt. Dann prallte er förmlich zurück. Der Bahnsteig quoll über vor Menschen. Hunderte Schaulustiger hatten sich versammelt, um Phar Lap zu begrüßen! Einige schwenkten sogar Fähnchen!

Tommy schüttelte entsetzt den Kopf. In Albury hatten sich nicht einmal die Straßenköter für sie interessiert und hier war die Ankunft des Melbourne-Cup-Favoriten das Topereignis des Tages!

Der Jubel schwoll noch einmal an, als Tommy Phar Lap über die Laderampe auf den Bahnsteig führte. Jeder versuchte so dicht wie möglich an den großen Fuchs heranzukommen, ihn im besten Falle einmal zu berühren! Tommy sah elegant gekleidete Damen, Herren in feinem Zwirn und mindestens ebenso viele ärmlich wirkende

Menschen, Opfer der Weltwirtschaftskrise. In seiner Heimatstadt Sydney war jeder Vierte mittlerweile ohne Arbeit. Rund 250.000 Menschen. Aber alle, egal ob reich oder arm, wünschten dem Pferd viel Glück.

Uniformierte bahnten für Tommy und Phar Lap einen Weg durch die Menschenmenge, doch trotz der Polizeipräsenz ging es nur langsam voran.

Phar Lap blieb angesichts des Gedränges erstaunlich ruhig. Er hielt sich zwar dicht an Tommys Seite, als benötigte er seinen Schutz, und sah sich aufmerksam um, aber von Nervosität oder gar Panik war er weit entfernt.

Tommy suchte nach Mr Telford, der ihn mit einem Transporter abholen wollte. Aber er konnte ihn nirgends entdecken. Stattdessen sah er etwas, das sein Herz für einen Moment aus dem Takt kommen ließ: ein Schild, das an einer langen Holzstange befestigt war und auf dem stand: *Phar Lap – Gehilfe des Teufels! Rettet eure Seelen, solange ihr es noch könnt!*

Tommy konnte nicht erkennen, wer das Schild in die Höhe hielt. War es die gleiche ältere Frau, die er schon einmal getroffen hatte? Oder gab es noch mehr Verrückte, die Angst um das Seelenheil der Wettlustigen hatten? Eine erschreckende Vorstellung.

Während er darüber nachsinnte, passte Tommy einen Augenblick nicht auf und stieß mit einem Mann zusammen. Der leichte Ruck an Phar Laps Führhalfter genügte, um das Pferd scheuen zu lassen. Doch schon hatte sich Tommy wieder gefangen und jetzt sah er auch Mr Telford, der vergeblich versuchte sich eine Horde Reporter vom Leib zu halten.

Nur noch wenige Schritte, dann hatten Tommy und sein Pferd das Ende des Bahnsteiges erreicht!

»So machen Sie doch Platz, meine Damen und Herren!«, riefen die Uniformierten ein ums andere Mal. »Bitte treten Sie ein Stück zurück!« Mit sanfter Gewalt schoben sie die Menschen zur Seite und schafften auf diese Weise eine schmale Gasse für Tommy und den »Roten Blitz«, die sich über die gesamte Länge des Bahnsteiges hinzog.

Selbst als sie das Gebäude verließen und auf den Transporter zugingen, den Mr Telford vor dem Bahnhof geparkt hatte, folgte ihnen noch eine Menschentraube.

Tommy stieß ein Dankesgebet aus, als er endlich die Laderampe hinter Phar Lap schließen konnte.

Harry Telford ärgerte sich immer noch über die Unverschämtheiten der Journalisten, als er den Schlüssel ins Schloss seiner Haustür steckte und umdrehte. Mit was für Fragen und Unterstellungen sie ihn heute am Bahnhof wieder bombardiert hatten! Jedenfalls war er froh, dass Phar Lap nun endlich wieder sicher und wohl behütet in seinem Stall stand. Gleich morgen Nachmittag wollte er mit dem Training beginnen, damit das Pferd für das bevorstehende Melbourne Stakes fit war.

Telford hängte sein Jackett an die Garderobe und legte den Schlüssel auf den Kommodentisch im Flur. Er wollte sich gerade abwenden, als er aus den Augenwinkeln etwas Weißes am Boden wahrnahm, das dort nicht hingehörte. Er runzelte die Stirn. Form und Farbe des Umschlags kamen ihm auf unangenehme Weise vertraut vor. Jemand musste ihn in seiner Abwesenheit durch den Türschlitz geschoben haben.

Er seufzte und hob ihn auf.

HAbEn sie Keine anGSt, Phar Lap kÖNnte von EineM LAsteR ÜbeRFaHren wErDen?

Telford grunzte missmutig. Allmählich wurde ihm diese Sache wirklich lästig. Er öffnete die Schublade im Kommodentisch unter dem Wandtelefon und legte den zweiten Brief zum ersten. Vielleicht sollte er sich doch damit an die Polizei wenden? Aber er fürchtete, die Staatsmacht könnte ihm unangenehme Fragen zu seinen Wettgewohnheiten stellen, die er im Augenblick äußerst ungern beantworten würde.

Am nächsten Morgen führte Tommy Phar Lap durch ruhige Seitenstraßen Melbournes. Erstens konnte er nicht davon ausgehen, dass sie in der Hauptstadt ebenso unbehelligt blieben wie in Albury – das hatte der gestrige Empfang am Bahnhof eindrucksvoll bewiesen – und zweitens lag Tommy ohnehin daran, so wenig wie möglich auf den Verkehr Rücksicht nehmen zu müssen. Auf die lieb gewonnenen Spaziergänge wollte er allerdings ebenso wenig verzichten wie Phar Lap. Acht bis zehn Meilen vor dem Frühstück durften es schon sein.

Phar Lap rieb seine Nüstern gerade genüsslich an Tommys Schulter und schnaubte, als der Stallbursche den Motor eines Wagens hinter sich hörte. Es war erst das dritte Fahrzeug, dem sie begegneten, und sie befanden sich bereits auf dem Rückweg zum Stall. Dennoch runzelte Tommy die Stirn. Der Motor wurde lauter, das Fahrzeug kam näher. Verdammt nah für Tommys Geschmack. Im Stillen stieß er wütende Schimpftiraden gegen den rücksichtslosen Fahrer aus. Die Straße war menschenleer, die Fahrbahn breit. Verstand es sich da nicht von selbst, dass man in einem ausreichenden Sicherheitsabstand und nicht ausgerechnet mit kreischendem Motor und Affenzahn an einem Pferd vorbeifuhr? Tommy war der Letzte, der kein Verständnis für die Freude an Geschwindigkeit aufbrachte, aber Rücksichtnahme gegenüber anderen Verkehrsteilnehmern war für ihn mindestens ebenso selbstverständlich!

Der Motor heulte jetzt bedrohlich auf, als der Fahrer noch einmal Gas gab. Instinktiv drängte Tommy Phar Lap zur Seite, ohne sich überhaupt nur nach dem Fahrzeug umzusehen, und streckte den Arm aus, damit der Wagen sie nicht schneiden konnte.

Zum Heulen des Motors kam jetzt noch das Quietschen der Reifen hinzu, als der Fahrer im letzten Moment am Lenkrad riss, um einen Bogen um Tommy zu machen, der sich schützend zwischen Phar Lap und das Fahrzeug stellte.

Tommy schrie vor Schmerz laut auf, als der Kleinlaster mit Wucht seinen Unterarm streifte. Phar Lap zuckte zusammen und schreckte zurück.

Der Fahrer des Transporters trat das Gaspedal bis zum Anschlag durch und verschwand mit quietschenden Reifen hinter der nächsten Ecke.

Zitternd und mit offenem Mund starrte Tommy dem Wagen hinterher, seinen verletzten Arm dicht an den Bauch gepresst und gleichzeitig Beschwörungsformeln für Phar Lap ausstoßend.

»Sind Sie verletzt? Ist alles in Ordnung?« Der Mann mittleren Alters kam quer über die Straße auf Tommy zu und umfasste seine Schulter.

»Ja, ja, es ist alles in Ordnung«, antwortete Tommy.

Er konnte sein Handgelenk und die Finger bewegen und war erleichtert, dass zumindest nichts gebrochen zu sein schien. »Konnten Sie das Kennzeichen sehen?«, fragte er den Zeugen. Er selbst hatte in der Aufregung nicht daran gedacht und wäre vor Schmerzen wohl auch kaum dazu in der Lage gewesen.

Der Fremde schüttelte den Kopf und atmete schwer. »Das ist merkwürdig«, sagte er. »Ich habe versucht, etwas zu erkennen, aber ich glaube ... «, er machte eine Pause, als getraute er sich nicht weiterzusprechen, »... ich glaube, es war unkenntlich gemacht.«

Tommy sah den anderen schweigend an. Bislang hatte er noch gehofft, dass es sich lediglich um eine Unachtsamkeit des geflüchteten Fahrers gehandelt hatte. Nun aber wurde ihm mit einem Mal klar, dass Phar Lap und er tatsächlich Opfer eines gemeinen Anschlags geworden waren. Aber warum? Wer konnte es auf Phar Laps oder sein Leben abgesehen haben? Wieder kam ihm die alte Frau in den Sinn, die mitten auf der Straße gegen Phar Lap gewettert hatte. Und wieder sah er das Schild auf dem Bahnsteig vor seinem inneren Auge: *Phar Lap – Gehilfe des Teufels. Rettet eure Seelen, solange ihr es noch könnt!*

Cashy sah schon von Weitem, dass mit Tommy etwas nicht stimmte, als der mit Phar Lap im Schlepptau durch den imposanten Torbogen von Braeside die Stallungen betrat.

Imposant war nicht nur der Torbogen. Tatsächlich hatte Telford keine Kosten und Mühen bei der Errichtung seines eigenen Stalls gescheut. Und er hatte nicht nur bei der Auswahl der Materialien Sorgfalt walten lassen – er hatte auch die besten Mitarbeiter verpflichtet. Mit vor Stolz geschwellter Brust war Cashy vor seinem Umzug nach Braeside tagelang durch die Straßen Sydneys gewandelt und hatte jedem erzählt, dass er den großen Phar Lap im Training reiten würde. Er, Cashy Martin, und kein anderer! Verschwiegen hatte er bei seinem Bericht, dass seine Mutter ihm zunächst verboten hatte, Telford zu begleiten. Mrs Martin wäre es lieber gewesen, ihren erst sechzehnjährigen Sohn noch eine Weile unter ihren eigenen Fittichen zu wissen. Aber schließlich hatte sie sich dem Bitten und Betteln ihres ehrgeizigen Nachwuchses gebeugt.

Jetzt aber, beim Anblick seines Freundes, war Cashy alles andere als feierlich zumute. Ihm war klar, dass etwas Schlimmes geschehen sein musste. »Was ist los, Tommy?«, rief er und eilte auf den Älteren zu. »Was ist passiert?«

Tommy ging gebeugt und sein linker Hosenträger hing herab. Sein Arm schmerzte, als wäre der Lastwagen nicht nur dagegen, sondern vielmehr darüber gefahren. Er war froh, Cashy zu sehen, und drückte dem Jungen sofort Phar Laps Führleine in die Hand. »Bringst du Phar Lap bitte in seine Box und kümmerst dich um ihn? Ich muss zum Boss.«

»Aber was ist denn passiert?«

»Jemand hat versucht Phar Lap zu töten«, erzählte Tommy und wurde sich erst jetzt, vielleicht wegen Cashys offensichtlicher Fassungslosigkeit, der Ungeheuerlichkeit dieser Tatsache bewusst.

Mr Telford lauschte Tommys Bericht mit versteinerter Miene. Er konnte kaum glauben, was er da von seinem Stallburschen hörte. Oder möglicherweise wollte er auch nicht. Einen Augenblick überkam ihn beinahe so etwas wie ein schlechtes Gewissen. Hätte er Tommy etwa von den Drohbriefen erzählen müssen?

»Ich glaube, wenn ich mich nicht dazwischengestellt hätte, dann ... «, Tommy kam es so unfassbar vor, dass er kaum wagte, es auszusprechen, »... dann hätten sie Phar Lap erwischt. Aber mich umzubringen haben sie sich dann doch nicht getraut.«

Mr Telford blickte aus dem Fenster, als er jetzt antwortete: »Ich habe Drohbriefe erhalten. Ich soll Phar Lap aus dem Melbourne Cup nehmen.«

»Oh« war alles, was Tommy dazu sagen konnte.

»Und in einem anderen Brief stand, dass man Phar Lap mit einem Lastwagen überfahren würde.«

»Oh!«

Mr Telford wandte sich zu dem Stallburschen um. Er schüttelte den Kopf und Tommy konnte sehen, dass es seinem Arbeitgeber leidtat. »Ich habe es nicht ernst genommen. Das war ein Fehler.«

Tommy nickte stumm. In der Tat. Das war ein Fehler gewesen, der ihn beinahe das Leben gekostet hätte. Ihn und Phar Lap.

PHAR LAP GEWINNT MELBOURNE STAKES!

Nur vier Tage vor dem Melbourne Cup, dem bedeutendsten Pferderennen Australiens, gewann Phar Lap die Melbourne Stakes in gewohnter Manier mit drei Längen Vorsprung vor Tregilla und strich damit tausend Australische Pfund an Preisgeld ein. Amounis, der Sieger des diesjährigen Caulfield Cups, an dem Phar Lap nicht teilnahm, kam nur auf Platz drei, gefolgt von Carradale auf Platz vier und Donald auf Platz fünf. Die Quoten für Phar Lap lagen bei fünf zu eins und für viele Freunde des Rennsports dürfte dieser Samstag damit ein erfolgreicher Wetttag gewesen sein.

Tommy stand in Phar Laps Box und kämmte seine Mähne und seinen Schweif aus, während er sich mit ihm unterhielt. Der »Große Rote«, wie er mittlerweile von vielen genannt wurde, schien ihm aufmerksam zuzuhören. Auf jeden Fall spitzte er die Ohren, drehte seinen Kopf immer wieder in Tommys Richtung und stupste ihn mit dem Maul an.

Tommy bückte sich gerade, um Phar Laps Hufe auszukratzen, als er hinter sich ein Räuspern hörte.

Es war Harry Telford, der vor der Boxenklappe stand und sich geheimnisvoll umsah, als wollte er ganz sicher sein, dass niemand zuhören konnte. Er winkte Tommy zu sich heran. »Ich habe noch einen Brief bekommen.« Telford flüsterte und strich sich nervös über die Stirn. »In dem steht, Phar Lap soll auf offener Straße erschossen werden.« Einen Augenblick lang zögerte er und überlegte, ob er Tommy auch von den Anrufen erzählen sollte. Doch dann entschied er sich dagegen. Es hatte keinen Sinn, den jungen Mann mit derartigen Dingen zu belasten. Es reichte, wenn er das Nötigste erfuhr.

»Erschossen?« Tommy spürte, wie sich die feinen Haare an seinen Unterarmen aufstellten.

Harry Telford schüttelte den Kopf. »Diese Verbrecher schrecken anscheinend vor nichts zurück. Aber so leicht lasse ich mich nicht einschüchtern. Phar Lap wird im Melbourne Cup laufen. Ob es denen nun passt oder nicht.«

Tommy hatte den Schreck vom letzten Mal noch nicht ganz überwunden. Seit dem Zusammenprall mit dem Lastwagen sah er überall Gespenster. Und die Ankündigung eines neuen Anschlags trieb ihm den Angstschweiß auf die Stirn. »Warum gehen Sie nicht zur Polizei?«

»Ach, die Polizei!«, sagte Telford. »Die stellt nur unangenehme Fragen und unternimmt sonst nichts.«

»Aber was sollen wir dann machen?«

»Du musst besonders gut auf Phar Lap aufpassen. Sobald dir etwas merkwürdig vorkommt, gibst du mir Bescheid.«

Tommy nickte. Falls ich dann noch Gelegenheit dazu habe, dachte er und beschloss, ab sofort nur noch dann mit Phar Lap in die Öffentlichkeit zu gehen, wenn er selbst auf einem Pferd saß. Dann konnten sie notfalls wenigstens schnell flüchten.

»Hören Sie, Sie sind doch krank!« Jim Pike knallte verärgert den Telefonhörer zurück auf die Gabel. Das war nun schon der zweite Anruf dieser Art in der vergangenen Woche und jedes Mal drohte ihm eine männliche Stimme Gewalt an, wenn er Phar Lap im Melbourne Cup reiten würde. Beim ersten Mal hatte Pike noch an einen schlechten Scherz geglaubt, aber jetzt wurde ihm allmählich doch mulmig zumute. Dabei ahnte er weder etwas von den Drohbriefen an Harry Telford noch wusste er, dass David Davis ebenso wie er von anonymen Anrufern bedrängt wurde. Vielleicht hätte er sich dann noch größere Sorgen gemacht.

Tommy seinerseits machte sich bereits sehr große Sorgen. Hinter jeder Ecke konnte eine dunkle Gestalt lauern oder in den morgendlichen Nebelfeldern auf eine Chance warten, ihn und Phar Lap zu töten.

Am Sonntag, zwei Tage vor dem großen Rennen,

machte sich Tommy frühmorgens um Viertel vor sechs mit Phar Lap auf den Weg zum Trainingsparcours. Viel lieber wäre er mit Bobby zum Strand geritten. Der Fuchs liebte es, durch die seichten Wellen zu laufen. Tommy ließ ihn dann sogar frei. Er konnte sich stets sicher sein, dass Phar Lap in seiner Nähe blieb. Doch ein solcher Ausflug war zurzeit zu gefährlich. Allein der kurze Weg vom Stall zur Rennbahn, der kaum mehr als eine halbe Meile betrug, bereitete Tommy schon genug Sorgen.

Die Straßen waren in der Morgendämmerung wie leer gefegt. Tommy schnalzte mit der Zunge und die zwei Pferde, der Grauschimmel, den er seit Kurzem ritt, und Phar Lap, setzten sich gehorsam in Bewegung.

Sie hatten ihr Ziel beinahe erreicht, als Tommy den schwarzen Wagen am Straßenrand bemerkte. Durch das Heckfenster sah er die Silhouetten zweier Männer, die im Fahrzeug saßen. Als sein Blick auf das Kennzeichen fiel, wusste er, dass es jetzt so weit war: Die Ziffern waren mit weißer Farbe überschmiert und unkenntlich gemacht.

Tommys Herz schlug bis zum Hals, während er an dem Fahrzeug vorbeiritt. Das Seitenfenster war heruntergelassen und er sah den dunklen Trenchcoat und den dazu passenden Hut des Mannes auf dem Beifahrersitz. Doch sein Gesicht, das der Mann hinter einer Zeitung versteckte, die er anscheinend konzentriert studierte, konnte Tommy ebenso wenig erkennen wie die Person auf dem Fahrersitz.

Tommy versuchte, sich seine Angst nicht anmerken zu lassen, um Phar Lap nicht zu beunruhigen. Doch der Fuchs kannte ihn gut genug, um zu spüren, dass irgendetwas nicht in Ordnung war. Er tänzelte bereits nervös und drängte zu einer schnelleren Gangart.

Als Tommy hörte, wie hinter ihnen der Motor des Wagens gestartet wurde, suchte er die Umgebung nach einer Möglichkeit ab, sich zu verstecken. Sein Blick fiel auf die elektrische Straßenbahn, die in diesem Augenblick die Straße vor ihnen kreuzte.

»Schnell, Bobby«, zischte Tommy und stieß gleichzeitig dem Grauschimmel die Fersen in die Flanken. Die beiden Pferde verfielen in einen schnellen Trab und sie überquerten die Schienen gerade noch rechtzeitig vor der Bahn. Der Fahrer klingelte empört, doch Tommy war erleichtert. Nun waren sie außerhalb des Blickfeldes der Verfolger, die warten mussten, bis die Straßenbahn passiert hatte. Dennoch ließ Tommy die Pferde weitertraben und verschwand hinter der nächsten Ecke.

Da hörte er bereits wieder den Automotor. Er drückte Phar Lap gegen die Häuserwand und schirmte ihn mit seinem Körper und dem Körper des Grauschimmels ab. Er atmete stoßweise, als der Wagen in diesem Augenblick mit quietschenden Reifen um die Ecke schoss. Beinahe wäre der Fahrer dabei mit einem Milchwagen kollidiert, konnte aber in letzter Sekunde ausweichen.

Tommy hielt die Luft an, als er genau in den Lauf des Gewehres blickte, das aus dem Seitenfenster auf ihn und Phar Lap gerichtet wurde.

Der Mann zielte.

Dann löste sich ein Schuss.

16

»Wenn einer auch nur
den leisesten Versuch unternommen hätte,
Phar Lap zu verletzen –
die Menge hätte ihn in Stücke gerissen.«
SAMUEL GRIFFITHS, SPORTREPORTER

Tommy meinte, sein Trommelfell würde bei dem lauten Knall platzen. Phar Lap wieherte und stieg auf die Hinterläufe. Tommy hatte Mühe, ihn am Führhalfter festzuhalten. Auch der Grauschimmel stieg und Tommy rutschte beinahe aus dem Sattel, während der Fahrer des schwarzen Wagens Gas gab und davonraste.

Für die Pferde gab es kein Halten mehr. Sie galoppierten über den harten Asphalt und Tommy ließ sie laufen. Auch er wollte nur weg von hier, weg und in Sicherheit, bevor der Wagen wendete und sie noch einmal zur Zielscheibe wurden.

Er sah nicht den entsetzten Blick des Milchwagenfahrers, der ihnen hinterherschaute, als hätte er den Leibhaftigen persönlich gesehen. In seinem Kopf hämmerte immer wieder der gleiche Gedanke: Er hat auf Phar Laps Beine gezielt. Er hat auf seine Beine gezielt und sie verfehlt, als Phar Lap gestiegen ist. Wenn Phar Lap nicht gestiegen wäre, dann …

Weiter wollte er lieber nicht denken.

In seiner Erinnerung kam es Tommy später so vor, als wäre die Polizei schon im Stall gewesen, als er völlig aufgelöst durch das große Tor in den Innenhof von Braeside preschte. Aber natürlich musste er sich da irren. Es ging nur alles so schnell und er war so verwirrt, dass er die Reihenfolge der Ereignisse durcheinander warf.

Tommy zitterte am ganzen Körper. Und nicht nur er. Auch Phar Lap war sichtlich mitgenommen, obwohl ihm Gott sei Dank nichts geschehen war. Von allen Seiten stürzten die anderen Stallburschen, Jockeys und Mr Telford auf ihn zu. Sie hatten den Schuss bis hierher hören können und der Boss hatte bereits die Polizei alarmiert, die kurz nach Tommy mit Sirenengeheul eintraf. Im Gefolge mindestens ein halbes Dutzend Reporter.

ANSCHLAG AUF PHAR LAP!

Augenscheinlich ist der Favorit für den diesjährigen Melbourne Cup heute früh nur knapp einem Anschlag auf sein Leben entkommen. Augenzeugen berichteten, auf das Pferd sei aus einem vorbeifahrenden Wagen mit unkenntlich gemachtem Nummernschild auf offener Straße geschossen worden. Nur der Geistesgegenwart und dem Wagemut seines Stallburschen Treve Woodcock ist es zu verdanken, dass der »Rote Blitz« dabei unverletzt blieb. Der junge Mann schützte das Pferd mit seinem eigenen Leben, als er sich zwischen seinen Schützling und den Gewehrlauf stellte.
Wie erst jetzt bekannt wurde, war dies vermutlich bereits der zweite Mordanschlag auf den »Großen Roten«. Entgegen der ersten Vermutung, dass es sich um einen Betrunkenen handelte oder dass einfach Fahrlässigkeit die Ursache für den Unfall war, bei dem der junge Woodcock vorige Woche am Arm verletzt wurde, weisen Zeugenaussagen jetzt darauf hin, dass auch dies bereits ein versuchter Anschlag auf das Leben des Melbourne-Cup-Favoriten gewesen sein könnte.

Tommy fand keine Ruhe. Er lag mit offenen Augen auf seiner dünnen Matratze unmittelbar vor Phar Laps Stallabteil und lauschte den schweren Schritten der Wachmänner, die in der Stallgasse auf und ab liefen.

Auch der »Rote Blitz« schlief nicht. Er schien sich zu wundern, dass er kurzerhand umquartiert worden war. In seiner Box stand nun Old Ming, ein kräftiger, zweijähriger Fuchs, der als Phar Laps Doppelgänger fungierte. Tommy hoffte, dass diese Aufgabe dem unschuldigen, jungen Pferd nicht zum Verhängnis wurde.

Bei jedem ungewöhnlichen Geräusch zuckte Tommy zusammen. Als er vor den Stallungen Männerstimmen hörte, sprang er sofort auf. Auch Phar Lap erhob sich, als er sah, dass sein Freund aufgestanden war.

»Es geht los, Tommy.« Mr Telford stand vor der Box. Er hatte dunkle Ringe unter den Augen und die ohnehin tiefen Falten um seinen Mund und die Nase schienen in den letzten Stunden noch tiefer geworden zu sein. »Hast du alles vorbereitet?«

»Ja, Sir.« Tommy deutete mit einer Kopfbewegung auf die Taschen und Koffer, die vor dem Stall aufgereiht waren.

Mr Telford nickte zufrieden. »Gut«, sagte er. »Du weißt Bescheid. Nenn dem Fahrer erst das Endziel, wenn ihr weit genug von Melbourne entfernt seid.«

»Ja, Sir.« Tommy kannte den Plan. Er wusste, was er zu tun hatte. »Was ist mit Jim?«

»Er weiß auch Bescheid.«

Tommy nickte erleichtert. Zunächst hatte niemand den Jockey erreichen können, um ihn zu warnen. Denn er konnte ebenfalls zur Zielscheibe eines Anschlages werden, wenn es darum ging, zu verhindern, dass der Favorit beim Rennen startete. Er musste sich also genauso verstecken wie Phar Lap.

Als der fremde Mann in diesem Augenblick den Stall betrat, richteten die beiden Wachleute sofort ihre Gewehre auf den Eindringling. Der Fremde riss die Arme in die Höhe und stotterte: »Ich … ich … ich wollte nur Bescheid sagen, dass wir loskönnen.«

Mr Telford gab Phar Laps Leibwächtern ein Zeichen und sie senkten die Gewehre wieder.

Tommy ergriff zunächst die Taschen und Koffer, um sie zu dem Fahrzeug zu bringen. Doch sobald er sich von Phar Lap entfernte, wieherte das Pferd laut auf. Es hatte sichtlich Angst, dass Tommy ohne ihn fortgehen könnte.

Mr Telford wollte Phar Lap das Halfter überstreifen, doch der Fuchs wich vor ihm zurück und legte drohend die Ohren an. Mr Telford seufzte. Er war mit diesem Pferd nie warm geworden und auch wenn er alles dafür getan hätte, den »Roten Blitz« zu schützen, so würden sie wohl in diesem Leben keine Freunde mehr werden.

»Also gut«, sagte Telford zu Tommy. »Gib mir die Taschen.«

Tommy reichte ihm die Taschen und ging zu Phar Lap zurück, der sich augenblicklich beruhigte und nicht schnell genug reisefertig gemacht werden konnte.

Es war stockfinstere Nacht, als Tommy Phar Lap in den Transporter führte, der im Innenhof von Braeside auf seine kostbare Fracht wartete. Der junge Mann hatte den Weg vom Stall bis zum Wagen sogar mit Matten ausgelegt, damit die Hufe des Pferdes nicht auf dem Pflaster klapperten. Niemand durfte merken, was hier vor sich ging!

Mr Telford stand neben dem Fahrzeug und wartete. Er hatte es nicht eilig, ins Wohnhaus zurückzukehren, wo im Minutentakt das Telefon schellte. Selbst jetzt, um halb zwei Uhr nachts, ließen die Anrufe der aufgebrachten Presse nicht nach. Doch es schien ohnehin egal zu sein, was er den Reportern erzählte und was nicht. Einer hatte sogar berichtet, Phar Lap sei vergiftet worden und den Stall habe man bombardiert. Wenn es ihnen um solch hanebüchenen Unsinn ging, konnten sich die Leute ihre Geschichten ruhig weiterhin selbst ausdenken. Dazu brauchten sie ihn sowieso nicht.

»Es sind etwa vierzig Meilen«, sagte Mr Telford zum Abschied.

Tommy nickte wissend.

»Ruf mich an, sobald ihr da seid«, fuhr der Trainer fort. »Egal wie spät es ist. Ich will wissen, dass ihr gut angekommen seid.«

Wieder nickte Tommy. Dann kletterte er zu Phar Lap in den Transporter und ließ Mr Telford die Tür hinter sich schließen, bevor er sich durch das Glasfenster, das die Fahrerkabine vom Laderaum trennte, an den Chauffeur wandte. »Fahren Sie erst mal Richtung Süden, Stan.«

Der Mann nickte stumm und fuhr an.

Tommy war froh, als er Phar Lap gut zwei Stunden später endlich aus dem Transporter in den für ihn vorbereiteten Stall führen konnte. Jedes Mal, wenn der Fahrer anhielt, hatte Tommy gedacht, jetzt ist es wieder so weit. Jetzt schießen sie wieder auf uns. Doch nicht nur die permanente Angst, dass etwas geschehen könnte, hatte ihm zu schaffen gemacht. Je näher sie Geelong kamen, desto schlechter wurde das Wetter. Auf den letzten Meilen stürmte es so stark, dass der hohe Wagen mächtig hin und her schlingerte und Tommy bei jeder Windböe fürchtete, sie würden umkippen. Doch nichts dergleichen geschah.

Mr Raymond hieß sie trotz der späten Stunde willkommen. Mr Telford allerdings würde sich gedulden müssen, bis er Nachricht von ihnen erhalten konnte, denn die Telefon- und Stromleitungen waren wegen des Unwetters ausgefallen.

Tommy war völlig erschöpft. Und Phar Lap schien es nicht besser zu gehen. Dennoch fand der junge Mann keinen Schlaf. Die ungewohnte Umgebung und die Geräusche des Sturms, der an den Außenwänden des Stalls zu zerren schien, hielten ihn wach. Tommy wusste, dass er Schlaf brauchte, aber er konnte sich einfach nicht so weit beruhigen, dass er die nötige Ruhe fand. Angestrengt lauschte er den Schritten der Wächter, die vor der Box des Pferdes auf und ab gingen. Erst als der Morgen graute, glitt Tommy in einen kurzen, unruhigen Schlaf, in dem er von vermummten Gestalten verfolgt und gejagt wurde.

Melbourne befand sich wie jedes Jahr am ersten Dienstag im November im Ausnahmezustand. Es goss schon seit Stunden wie aus Eimern. Doch trotz des schlechten Wetters feierten die Menschen bereits das Großereignis. Zu Hunderten entstiegen sie den Zügen und machten sich unter dem Schutz von Regenschirmen auf den Weg nach Flemington. Ein Heer von Regenschirmen schien sich durch die Straßen zu wälzen und so sah man kaum etwas von den schicken Anzügen der Herren, die Blumen in den Knopflöchern trugen, und den aufwändig gearbeiteten Hüten der Damen.

Zur gleichen Zeit in Geelong, etwa vierzig Meilen weiter südlich, war Tommy froh, dass die Aufregung der letzten Tage nun ihrem Höhepunkt zustrebte und danach – wenn alles gut gehen würde – endlich vorbei war. Die beiden Tage, die Phar Lap versteckt auf St. Albans zugebracht hatte, waren erstaunlich ruhig verlaufen. Dennoch fühlte sich Tommy wie ein nervöses Wrack. Jedes Geräusch ließ ihn zusammenzucken und überall sah er verdächtige Schatten.

Das Fahrzeug, das Phar Lap zurück nach Melbourne bringen sollte, wartete bereits vor den Stallungen. Doch auch die Gegenwart der Polizei, die den Wagen eskortieren würde, änderte nichts daran, dass Tommy sich ängstlich nach links und rechts umsah, während er Phar Lap zum Transporter führte.

Im Vergleich zu seinem Stallburschen war Phar Lap die Ruhe selbst. Er ahnte nichts von der Gefahr, in der er schwebte, von den Feinden, die er sich mit seiner Unbesiegbarkeit gemacht hatte. Folgsam wie ein Lamm ließ er sich von Tommy verladen und nahm die Anwesenheit der Uniformierten um ihn herum hin wie ein Weltstar, der an derlei Sicherheitsvorkehrungen zum Schutz seiner Person längst gewöhnt ist.

Tommy atmete erleichtert aus, nachdem er die Laderampe hinter Phar Lap geschlossen hatte, und gab den Umstehenden ein Zeichen, dass es losgehen konnte. Sie hatten die Zeit für die Rückfahrt nach Melbourne absichtlich knapp bemessen, damit sie in Flemington nicht allzu lang auf den Beginn des Rennens warten mussten und dadurch den Attentätern eine Gelegenheit zu einem weiteren Anschlag boten.

Stan Boyden, der Fahrer, stand vor der Kühlerhaube

des alten Transporters, nickte Tommy zu, bückte sich und ergriff die Kurbel, um den Motor zu starten. Er drehte einmal, zweimal, dreimal – doch nichts geschah. Er richtete sich kurz auf, wischte sich mit dem Handrücken die Regentropfen von der Stirn und versuchte es noch einmal. Der Motor gab nicht einmal ein Geräusch von sich.

»Lassen Sie mich mal«, sagte einer der Polizisten und griff nach der Kurbel. Mit einem selbstbewussten Lächeln drehte er an der Kurbel.

Nichts.

Er versuchte es noch einmal.

Der Motor wummerte und erstarb dann wieder.

Der nächste Polizist versuchte sein Glück.

Tommy wurde allmählich nervös. Die Zeit rannte ihnen davon. Er mochte sich kaum vorstellen, was Telford mit ihm machen würde, wenn er das Pferd zu spät nach Melbourne zurückbrachte.

»Die Zündkerzen sind von dem Regen nass geworden«, verkündete der Polizist fachmännisch, der soeben sein Bestes gab.

Tommy schloss die Augen und schickte ein Stoßgebet zum Himmel.

Peng!

Tommy riss erschrocken die Augen auf und schnappte nach Luft. Es dauerte nur einen Sekundenbruchteil, bis ihm klar wurde, dass kein Schuss gefallen war. Der Motor hatte lediglich eine Fehlzündung gehabt. Dennoch raste sein Herz. Und es raste weiter, als ihm bewusst wurde, dass sie nun seit einer Viertelstunde versuchten den Motor in Gang zu bringen. Wenn nicht bald ein Wunder geschähe, dann würden sie zu spät kommen!

»Wo steckt Phar Lap?« Mr Davis konnte seine Nervosität nicht verbergen.

Mr Telford zog seine Taschenuhr hervor. »Auf dem Weg hierher«, sagte er schließlich und steckte die Uhr wieder ein.

Schon jetzt, etwa zwei Stunden vor Beginn des Rennens, füllten sich allmählich die Zuschauerränge und die große Rasenfläche neben der Rennbahn. Durch den Regen war der Boden so aufgeweicht, dass die Damen in ihren hochhackigen Schuhen im Matsch versanken. Doch selbst die katastrophalen Wetterbedingungen konnten nicht verhindern, dass ganz Melbourne zum Rennereignis des Jahres strömte. Die Buchmacher verkündeten die augenblicklichen Quoten und stellten sich tapfer dem Ansturm der Wettfreudigen, die alle nur einen Namen nannten: »Phar Lap auf Sieg!« Währenddessen zogen sich die Jockeys in den Kabinen bereits ihre Rennkleidung an.

Mr Davis schien nicht der Einzige zu sein, der sich Sorgen um Phar Laps Aufenthaltsort machte. Missmutig sahen Trainer und Eigentümer dem Rennbahnleiter entgegen, der mit strammen Schritten auf sie zukam. »Wo ist Ihr Pferd?«, fragte er wie kurz zuvor Mr Davis und erhielt die zweistimmige Antwort: »Auf dem Weg hierher.«

»Sie kennen die Regeln, meine Herren«, sagte der grauhaarige Mann mit dem Oberlippenbart. »Wenn Ihr Pferd nicht eine Stunde vor Rennbeginn hier ist, wird es disqualifiziert.«

»Es wird da sein«, versicherte Harry Telford.

Ohne einen weiteren Gruß drehte sich der Rennbahnchef um und entfernte sich.

Mr Davis und Mr Telford sahen sich schweigend an.

Die vierzehn weiteren Pferde des Rennens waren mittlerweile alle eingetroffen. Nur einer fehlte noch. Phar Lap. Der Favorit.

»Na, endlich!« Der Polizist wischte sich mit einem Stofftaschentuch über die Stirn, die mittlerweile nicht nur vom Regen, sondern auch vom Schweiß völlig nass war.

Tommy sprang in den Wagen und betete, dass sie es noch rechtzeitig nach Melbourne schaffen würden. Die Sirenen der Polizeifahrzeuge, die vor, hinter und neben dem Transporter herfuhren, heulten ununterbrochen.

»Geht es nicht ein bisschen schneller?«, rief Tommy nach vorne, während er Phar Lap mit einem Stück Zucker zu besänftigen suchte. »Wir kommen noch zu spät!«

Der Fahrer schüttelte den Kopf, wie Tommy durch die Glasscheibe sehen konnte. »Die Straßen sind nass«, antwortete Stan Boyden, ohne den Blick von der Fahrbahn zu wenden. »Wir müssen aufpassen, dass wir nicht im Graben landen.«

Tommy seufzte und ergab sich in sein Schicksal.

Phar Lap wackelte nervös mit den Ohren. Der Lärm der Sirenen schien ihm nicht zu gefallen. Doch er hatte immer noch genügend Seelenstärke, um den Stalljungen beschwichtigend mit der Nase anzustupsen, als müsste er Tommy beruhigen und nicht andersherum.

Die Stimmung war angespannt. Trotz der mittlerweile Zigtausenden von Zuschauern war es ungewöhnlich still auf der Rennbahn von Flemington. Jeder schien nur auf das Erscheinen eines einzigen Pferdes zu warten. Hier und da wurde getuschelt, man verglich die gemachten

Wetteinsätze, berechnete die möglichen Gewinne und immer wieder suchten die Zuschauer den Führring nach ihrem Idol ab: Phar Lap.

Jeder zweite Australier hatte an diesem Tag auf den »Roten Blitz« gewettet und hoffte, dadurch ein paar Pfund extra zu verdienen. Geld, das im Augenblick jeder gut gebrauchen konnte.

Den Buchmachern hingegen stand der Angstschweiß auf der Stirn. Auch sie beschäftigten sich in Gedanken nur mit einer einzigen Frage: Nahm Phar Lap am Rennen teil – und ruinierte ihr Geschäft – oder wurden ihre Gebete erhört und das Pferd blieb ganz einfach verschwunden.

»Es sind noch fünfundsechzig Minuten bis zum Rennbeginn und Phar Lap ist immer noch nicht da.« Bedauern über diese Tatsache war in der Stimme des Rennbahnleiters nicht zu hören. Im Gegenteil. Er schien sich bereits darauf zu freuen, dass er Phar Lap nun vom Rennen ausschließen konnte.

Telford setzte soeben zu einer Erwiderung an, als er von einem ohrenbetäubenden Lärm daran gehindert wurde. Aus den Kehlen von hunderttausend Zuschauern gellte plötzlich ein einziger Ruf. »Phar Lap! Phar Lap! Phar Lap! Phar Lap!«, skandierte die Menge und unterstrich die Forderung nach ihrem Helden mit in die Luft gereckten Fäusten.

Harry Telford musste schreien, um sich über den Tumult hinweg verständlich zu machen. »Nun, dann müssen Sie wohl jetzt über Lautsprecher bekannt geben, dass Sie Phar Lap vom Rennen disqualifizieren!«, rief er und konnte ein Grinsen dabei nicht ganz unterdrücken. »Ich wünsche Ihnen viel Vergnügen.«

Der Mann mit dem Schnauzer lief rot an. »Sie haben noch genau fünf Minuten«, sagte er und wandte sich ab.

Telford atmete tief durch. Wo blieb nur dieser verdammte Woodcock mit dem Pferd?

Jim Pike wartete in der Schlange seiner Kollegen vor der Waage. Normalerweise hatte er vor einem Rennen die Sorge, ob er die überflüssigen Pfunde rechtzeitig loswurde. Doch dieses Mal musste er seinen Sattel sogar mit einigen zusätzlichen Gewichten beschweren, denn Phar Lap, der unangefochtene Favorit dieses Rennens, sollte mit einem Gewicht von 62,5 Kilo starten. 18,6 Kilo mehr als der Außenseiter Temptation, der mit dem geringsten Handicap belegt worden war.

»Bisschen viel Gewicht für ein Pferd, das nur aus Luft besteht, was, Piky?«, scherzte einer seiner Kollegen und die anderen lachten schallend.

Jim Pike lachte mit, doch im Stillen machte er sich durchaus Gedanken um Phar Laps Wohlbefinden. Hatte es am Ende doch noch jemand geschafft, das Pferd zu verletzen? Und kam Phar Lap deshalb nicht rechtzeitig zum Rennen? Es sollte heute sein vierzehnter Versuch werden, den Melbourne Cup zu gewinnen. Und er setzte dabei großes Vertrauen in Bobby. Aber wenn der Fuchs nicht da war, dann würde er wohl wieder auf diesen wichtigen Sieg in seiner Karriere verzichten müssen. Doch das war bei Weitem nicht der einzige Grund, warum der Jockey hoffte, dass mit dem Pferd alles in Ordnung war. Der »Rote Blitz« war ein feiner Kerl, das beste Pferd, das er jemals geritten hatte. Er mochte ihn einfach.

Tommy klammerte sich an die Hoffnung, dass die Uhr des Fahrers falsch ging – er selbst trug keine –, doch Stan beteuerte immer wieder, dass seine Uhr die Zeit auf die Minute genau anzeigen würde. Und das bedeutete, sie kamen zu spät. Die Buchmacher würden sich mindestens ebenso freuen, wenn Phar Lap vom Rennen ausgeschlossen wurde, wie die übrigen Rennpferdbesitzer. Nur die hunderttausend Zuschauer, die alle einen Wettschein mit Phar Laps Namen in der Hand hielten, würden enttäuscht sein.

»Wir haben es gleich geschafft!«, rief Mr Boyden nach hinten.

Tommy blickte durch die Scheibe und stieß erleichtert die Luft aus, als er sah, dass sie soeben durch das große schmiedeeiserne Tor der Rennbahn von Flemington fuhren. Es war keine Sekunde zu früh! Und als hätte im Himmel ebenfalls jemand auf Phar Lap gewettet, kam in diesem Augenblick die Sonne hervor und vertrieb die letzten Regenwolken.

Der Motor erstarb mit einem Ächzen und sobald die Laderampe ausgeklappt war, ergriff Tommy Phar Laps Halfter und führte ihn aus dem Transporter. Im Laufschritt machten sie sich in Begleitung der Polizisten auf den Weg zur Anmeldung.

Die Hufe des Pferdes klapperten über das Pflaster und die Decke in den Farben des Rennstalls wehte im Wind. Phar Lap trabte hinter Tommy her.

Sobald sie an den ersten Zuschauern vorbeirasten, erklangen Jubelschreie. Die gespannte Stimmung entlud sich in einem Feuerwerk der Euphorie. Die Männer warfen vor Begeisterung ihre Hüte in die Luft und die Damen klatschten in die Hände. Ein Raunen ging durch die Menge und sobald die hunderttausend Besucher merkten, dass ihr Favorit eingetroffen war, erhoben sie sich von ihren Plätzen, jubelten Phar Lap zu und applaudierten ihm. Der Lärm war ohrenbetäubend. Und selbst die Zuschauer auf den hintersten Rängen, die keine Chance hatten, zu sehen, was sich vorne abspielte, fielen in die Hurrarufe ein.

Tommy war überwältigt. Einen solchen Empfang hatte noch kein Pferd in Melbourne jemals erlebt. Es hielt niemanden auf seinem Sitz. Die Menge empfing Phar Lap, als hätte er das Rennen bereits gewonnen. Nicht einmal ein Auftritt von König George V. hätte eine solche Welle der Begeisterung auslösen können.

Harry Telfords Begrüßung fiel weitaus weniger enthusiastisch aus. »Das wird aber auch Zeit!«, knurrte er.

»Wir hatten eine Panne mit dem Wagen«, erklärte Tommy. »Der Motor ist nicht angesprungen.«

Die übrigen Rennpferde waren längst gesattelt und wurden von ihren Jockeys warm geritten, als Jim Pike seinen Sattel auf Phar Laps Rücken legte, ihn festzurrte und aufsaß.

»Viel Glück, Piky«, wünschte Tommy dem Jockey und gab Bobby zum Abschluss einen zärtlichen Klaps auf die Flanke. Er war stolz auf dieses Pferd, das trotz der Hektik ruhig und ausgeglichen wirkte.

»Ich komme mir zwar so vor, als stiege ich in ein vorbeifahrendes Taxi«, scherzte Jim Pike, »aber keine Sorge, wir schaffen das schon.«

Hoffentlich, dachte Tommy und sah Ross und Reiter hinterher, die sich unter dem tosenden Applaus der Zuschauer auf den Weg machten, um im Startbereich Aufstellung zu nehmen.

»Und hier ist er, meine Damen und Herren, Phar Lap … « Der ohnehin nicht gerade niedrige Geräuschpegel schwoll noch einmal an. »Der Vierjährige geht mit einem Gewicht von hundertfünfundzwanzig Pfund in den diesjährigen Melbourne Cup. Die Teilnehmer stellen sich nun in einer Reihe auf. Die besten Rennpferde Australiens sind hier versammelt und treten gegeneinander an. Aber nur einer von ihnen kann gewinnen.«

Tommy sah sich suchend um. Aber er konnte seinen Freund Cashy nirgends entdecken. Nun, hoffentlich hatte der junge Jockey wenigstens einen Radioempfänger in der Nähe, um das Rennen verfolgen zu können.

»Die Pferde sind gestartet. Temptation setzt sich an die Spitze. Gefolgt von Carradale und Shadow King. Phar Lap auf dem vorletzten Platz.«

Tommy rieb sich vor Nervosität die Hände. Es war nicht ungewöhnlich für Phar Lap, dass er dem Feld zunächst hinterherlief. Aber würde es auch dieses Mal reichen? Oder forderten die Anstrengungen und Aufregungen der letzten Tage nun doch ihren Tribut?

»Muratti auf dem letzten Platz. Und da kommt Phar Lap! Er läuft auf der Innenbahn und will an Star God vorbei. Doch Jim Pike mit der roten Rennkappe geht kein Risiko ein. Er führt Phar Lap auf die Außenbahn … Aber hat der ›Große Rote‹ trotz des hohen Gewichtes, das er tragen muss, genug Kraft für den langen Weg?«

Die Stille unter den hunderttausend Zuschauern war beängstigend. Während der eine nervös an den Nägeln kaute, trommelte der andere aufgeregt mit den Fingern und der Nächste konnte schon gar nicht mehr hinsehen.

»Da läuft Phar Lap! Vorbei an Nadean und Carradale.

Carradale scheint heute nicht gut in Form zu sein. Und Phar Lap holt weiter auf ... «

Der eine vergaß auf den Nägeln zu kauen, die Finger des anderen verharrten regungslos in der Luft und der Letzte schaute plötzlich gebannt auf die Rennstrecke, um ja nichts zu verpassen, was dort geschah.

»Es ist unglaublich, meine Damen und Herren, der ›Rote Blitz‹ lässt alle stehen. Die besten Rennpferde, die unser Land zu bieten hat, und Phar Lap spielt mit ihnen!«

Ein zunächst noch zurückhaltender Jubel brach los, als Phar Lap auf der Außenbahn ein Pferd nach dem anderen überholte. Während sich der Fuchs vom vorletzten Platz aus allmählich vorkämpfte, schwollen die Anfeuerungsrufe an: »Phar Lap! Phar Lap! Phar Lap! Phar Lap!« Im Rhythmus der trommelnden Hufe begleiteten die Rufe des Publikums ihren Favoriten.

»Phar Lap liegt nun auf Platz drei hinter Shadow King und Second Wind. Und so gehen sie auf die Zielgerade. Phar Lap vorbei an Shadow King. Und nun rückt er auf die erste Position vor. Er lässt Second Wind hinter sich.«

»Phar Lap! Phar Lap! Phar Lap!«

Als würde das Pferd die Anfeuerungen des Publikums hören, wurde es nun noch einmal schneller.

»Eine, nein, zwei, nein, drei Längen trennen ihn von seinen Verfolgern! Phar Lap ist nicht mehr einzuholen! Während hinter ihm der Kampf um den zweiten und dritten Platz ausgefochten wird, hat Phar Lap dieses Rennen schon für sich entschieden. Phar Lap läuft in diesem Moment über die Ziellinie. Phar Lap gewinnt den diesjährigen Melbourne Cup!«

Die Zuschauer sprangen auf, sie jubelten und triumphierten. Wildfremde Menschen fielen sich in die Arme und gratulierten einander, als wäre es ihr eigenes Pferd, das in diesem Augenblick Renngeschichte geschrieben hatte.

Nur vereinzelt sah man fassungslose Gesichter in der jauchzenden Menge: Buchmacher und Rennpferdbesitzer, die verzweifelt die Köpfe schüttelten und sich Sorgen um ihre Zukunft machten, wenn es nicht gelang, dieses außergewöhnliche Pferd irgendwie zu stoppen.

Phar Lap hielt den Kopf hoch erhoben. Er schien den anhaltenden Applaus während der Siegerehrung regelrecht in sich aufzusaugen. Vor allem aber genoss er Tommys Lob. Der Fuchs konnte spüren, wie stolz sein Freund auf ihn war. Und das machte ihn glücklich, denn er wollte Tommy um jeden Preis gefallen. Auch wenn er sich nicht bewusst daran erinnerte, so war das Erlebnis im Hafen von Sydney, wo er als junges Pferd am Ende seiner Kräfte gewesen war, auf irgendeine Weise doch immer noch in ihm präsent. Ein kleines Stückchen Zucker war in diesem Augenblick wie ein Versprechen für eine bessere Zukunft gewesen. Und aus Phar Laps Sicht hatte Tommy sein Versprechen gehalten. Es ging ihm gut. Er war mit sich und seinem Leben zufrieden – solange Tommy in seiner Nähe war.

Tommy legte den Kopf in den Nacken und sah zu Phar Lap auf. Dieser Blick aus den braunen Augen des Pferdes bedeutete ihm mehr, als er mit Worten hätte sagen können. Darin drückte sich so viel Gefühl aus. Und auf einmal sah er Bobby wieder vor sich, wie er ohne Hoffnung, ausgemergelt und mit Warzen übersät zum ersten Mal vor ihm gestanden hatte. Vor langer, langer Zeit. Auch damals war es dieser Hilfe suchende Blick aus den braunen Augen gewesen, der ihn berührt hatte. Tommy lächelte und reichte Bobby ein Stückchen Zucker, das in null Komma nichts zwischen dessen Lippen verschwand.

Tommy freute sich über den Empfang, den die anderen Stallburschen auf Braeside ihm und Bobby bereiteten. Er musste zig Hände schütteln und anschließend tat ihm die linke Schulter weh, auf die ihm zu oft anerkennend geklopft worden war.

Er kontrollierte gerade unter Bobbys aufmerksamen Blicken den Wassereimer und die Heukrippe in der Box, als Cashy sich von außen gegen die Stalltür lehnte und ihn beobachtete.

»Hi«, sagte Tommy und unterbrach für einen Augenblick seine Arbeit. »Ich habe dich in Flemington vermisst.«

Cashy seufzte. »Ich weiß«, sagte er, »aber ich konnte hier nicht weg. Zu viel Arbeit. Und außerdem ...« Er rieb Daumen und Zeigefinger aneinander.

Tommy nickte verstehend. Er wusste selbst nicht, ob er das Geld hätte aufbringen können, wenn er für den Eintritt hätte zahlen müssen.

»Aber ich habe mir alles über den Radioempfänger angehört. Der Empfang war viel besser als im letzten Jahr.« Cashy lächelte und strich über Bobbys Stirn. »Er war sensationell!«

Auch Tommy lächelte jetzt. »O ja! Er hatte mehr Gewicht auf dem Rücken als jeder andere Vierjährige vor ihm und er ist erst der zweite Vierjährige, der jemals den Melbourne Cup gewonnen hat. Vor ihm hat das nur Haricot 1874 geschafft.«

»Ach, übrigens«, Cashy streckte sich stolz, »ich werde vielleicht dieses Jahr wieder in Gosford reiten. Ich habe ein Angebot.«

»Ich wusste doch, dass aus dir noch einmal ein richtiger Jockey wird!« Tommy sah zufrieden, wie sich Cashy über seine Anerkennung freute.

»Ich habe fest vor, dieses Jahr wieder zu gewinnen«, fuhr Cashy fort.

»Ich bin davon überzeugt, dass du das schaffen kannst, Cashy«, sagte Tommy.

Der Sechzehnjährige lächelte und nickte stumm. Ja, auch er glaubte fest an sich und war voller Zuversicht, dass er es in seinem Leben noch weit bringen würde.

17

»Hungry Harry!«
VOLKSMUND

»Woodcock?«

»Ja, Boss?«

Mr Telford winkte Tommy zu sich heran. »Was hast du heute bisher mit Phar Lap gemacht?«

Tommy runzelte die Stirn. »Wir waren spazieren.«

»Sonst noch nichts?«

»Nein, Sir. Ich dachte, nach dem gestrigen Rennen über zwei Meilen hätte sich Bobby eine kleine Pause verdient.«

»Sein Name ist Phar Lap.«

»Ja, Sir.«

»Ich möchte, dass du ihn fertig machst. Und dann soll Cashy mit ihm trainieren.«

»Aber …«

»Kein Aber«, fuhr Mr Telford Tommy über den Mund. »Phar Lap hat morgen ein Rennen. Und ich möchte, dass er dann fit ist.«

Tommy blieb der Mund offen stehen. Phar Lap hatte vor fünf Tagen die Melbourne Stakes gewonnen, gestern den Melbourne Cup. Und nun sollte er morgen schon wieder ein Rennen bestreiten?

»Was ist?« Telford musterte Tommy streng. »Hast du noch irgendwelche Fragen?«

»Nein, Sir«, sagte Tommy und wandte sich ab, damit sein Arbeitgeber nicht sehen konnte, wie ihm die Zornesröte ins Gesicht stieg.

Tommy sonnte sich in Bobbys Ruhm. Noch nie zuvor hatte er von so vielen hübschen Frauen eindeutig zweideutige Angebote erhalten. Die Damenwelt drängte sich vor Phar Laps Box und es fielen genügend Aufmerksamkeiten auch für den Stallburschen des berühmten Pferdes ab, der daran sichtlich mehr Gefallen fand als der begehrte Fuchs.

Sosehr Tommy dagegen gewesen war, Phar Lap zwei Tage nach dem anstrengenden Sieg im Melbourne Cup bereits wieder auf die Rennbahn zu schicken, sosehr genoss er nun die Komplimente, die ihm und Bobby zuteil wurden. Mit einem etwas schlechten Gewissen dachte er an Emma, die in Sydney darauf wartete, dass er endlich einen Termin für die Hochzeit anberaumte, während er sich hier von der Damenwelt hofieren ließ. Aber immer noch hatte er nicht genügend Geld zusammen, um die Feierlichkeiten so zu gestalten, wie er sich das vorstellte. Also würde sich Emma noch ein wenig gedulden müssen. Dabei würde Phar Lap an diesem Tag mit an Sicherheit grenzender Wahrscheinlichkeit schon wieder tausend Australische Pfund gewinnen. Siebenhundert für Telford und dreihundert für Davis.

Tommys Lohn dafür, dass er Phar Lap versorgte, fiel weit geringer aus. Er musste sich mit einem Handschlag begnügen – und mit der Begeisterung der Damenwelt. Aber Phar Laps Freundschaft war ihm ohnehin Lohn genug.

»Und wie geht es unserem Champion heute?«

Tommy, der sich soeben Bobbys vorderen Huf ansah, richtete sich auf, als er die Stimme seines Bosses hörte. »So weit ganz gut«, antwortete er. »Aber er ist ein wenig erschöpft von den vielen Rennen und sein Huf macht wieder Probleme.«

»Du hast also nicht mit ihm gearbeitet?«

Tommy wurde misstrauisch. »Nein, Sir«, antwortete er. »Nachdem er gestern schon wieder ein Rennen hatte, dachte ich, dass heute ein Spaziergang reicht.«

Telford nickte. »Er startet morgen beim Fisher Plate«, sagte er.

»Wie bitte?« Tommy glaubte, er habe sich verhört.

»Du hast mich schon verstanden.« Telfords Stimme klang barsch. »Phar Lap hat morgen ein Rennen.«

»Er hatte diese Woche bereits drei Rennen. Und er hat sie alle drei gewonnen. Und das Fisher Plate geht über anderthalb Meilen!«

»Das ist mir bekannt.«

»Sie überfordern ihn, Sir! Er wird bald zusammenbrechen, wenn Sie ihm keine Pausen gönnen!«

»Habe ich dich um deine Meinung gebeten?« Harry Telford wurde laut.

Tommy hielt dem Blick des Trainers stand.

»Es bleibt dabei«, sagte Telford schließlich. »Phar Lap hat morgen ein Rennen. Bereite ihn darauf vor.« Und ohne Tommy Gelegenheit zu einer weiteren Erwiderung zu geben, drehte er sich um und ging mit energischen Schritten davon.

Tommy sah Bobby an. Die Augen des Pferdes sahen müde aus. »Armer Bobby«, flüsterte der junge Mann und seufzte.

Der Jubel, der unter den Zuschauern losbrach, als der »Rote Blitz« den Führring betrat, war wieder einmal atemberaubend. Und Tommy, der Phar Lap am Halfter hielt, spürte deutlich, wie sich das Pferd aufrichtete und den Kopf stolz in die Höhe reckte.

Auch er war stolz auf Bobby, aber er machte sich auch Sorgen um seinen Freund. Der Fuchs würde jedes Mal alles geben, auch wenn er längst nichts mehr zu geben hatte, und vielleicht war es eines Tages einfach zu viel.

Als Harry Telford am Rande des Führrings auftauchte, kippte die Stimmung mit einem Mal. Der Jubel wurde abgelöst von Buhrufen und als einer der Zuschauer plötzlich »Hungriger Harry!« rief, dauerte es nicht lange, bis andere einfielen. »Hungriger Harry! Hungriger Harry! Hungriger Harry!«, schallte es dem Trainer entgegen.

Telford verzog keine Miene. Er stand kerzengerade da und ließ den Unmut der Leute über sich ergehen. Sie hatten ja alle keine Ahnung, was es bedeutete, ein Unternehmen wie Braeside aufzuziehen. Wie viel Schweiß und wie viel Geld darin steckten. Und er verlangte nichts von seinen Angestellten und seinen Pferden, was er nicht von sich selbst ebenfalls verlangte: harte Arbeit und Fleiß. Sollten die Leute rufen, was sie wollten.

Tommy hörte das Lachen der Männer, bevor er sie sah. Und auch Phar Lap spitzte für einen Augenblick die Ohren und reckte den Kopf in die Höhe, bevor er erschöpft wieder in sich zusammensank. Im Augenblick erinnerte nichts an seinem Anblick an das selbstbewusste und zufriedene Pferd, das sich am vergangenen Tag stolz die Siegerschärpe hatte umhängen lassen.

»Tommy?« David Davis stand mit einem zufriedenen

Lächeln vor dem Stallabteil und winkte den Stallburschen zu sich.

»Ja, Sir?« Tommy hatte gerade angefangen Bobbys Sachen für die Sommerpause in Bacchus Marsh zusammenzupacken. Jetzt stellte er die Tasche ab und wandte sich den Besuchern zu.

»Wir haben eine sehr erfolgreiche Saison hinter uns.« Telford nickte zustimmend zu den Worten seines Kompagnons und Jim Pike kniepte Tommy zu. »Und deshalb möchten wir auch dir für deinen Einsatz danken.« Mr Davis hielt Tommy einen Scheck über die untere Boxenklappe entgegen.

»Oh, danke, Sir«, sagte Tommy und griff nach dem Scheck.

»Schon gut, Junge.« Mr Davis klopfte ihm kurz auf die Schulter, wofür er sich ein wenig recken musste, dann drehte er sich zu Telford um und ging mit ihm weiter.

Jim Pike blieb neben Tommy stehen. Während er Bobby streichelte, fragte er: »Und? Hat es sich gelohnt?«

Tommy hielt dem Jockey den Scheck unter die Nase. »Sieh selbst«, sagte er und versuchte, sich seine Enttäuschung nicht anmerken zu lassen.

Jim kniff die Augen zusammen. »Oh, fünfhundert Pfund! Nicht schlecht, was?«

Tommy begutachtete die Summe selbst noch einmal. Hatte er sich verguckt? »Ich glaube«, sagte er dann, »du solltest mal deine Brille aufsetzen.«

»Ich habe gar keine Brille.«

»Dann solltest du dir eine anschaffen. Schau noch einmal hin.«

Jim Pike befolgte Tommys Rat. »O nein«, brach es anschließend aus ihm hervor. Er ließ Bobby los und stampfte auf Mr Davis und Mr Telford zu, die einige Meter entfernt vor der Box eines Jährlings stehen geblieben waren. »Hören Sie!« Er tippte wütend mit dem Zeigefinger gegen Davis' Brust. »Geben Sie dem Jungen zweihundertfünfzig Pfund. Nehmen Sie es meinetwegen von meiner Gratifikation, wenn Sie wollen.« Er schüttelte fassungslos den Kopf. »Tss«, machte er, »fünfzig Pfund für den besten Stalljungen der Welt! Wissen Sie, was Phar Lap wäre, wenn Tommy sich nicht um ihn kümmern würde? Ein Nichts wäre er! Woodcock ist wie eine Mutter zu Phar Lap! Er schläft bei ihm, beschützt sein Leben und macht alles für ihn! Und Sie speisen ihn mit fünfzig Pfund ab? Sie sollten sich schämen!« Er drehte sich um und ging zu Tommy zurück, der den Wutausbruch seines Freundes mit offenem Mund und weit aufgerissenen Augen verfolgte.

»Hier.« Jim drückte Tommy eine Fünfzigpfundnote in die Hand. »Das ist erst der Anfang. Ich bringe dir später noch mehr!« Und immer noch vor sich hin schimpfend marschierte er durch die Stallgasse hinaus. Das Tor ließ er hinter sich ins Schloss knallen.

Mr Telford und Mr Davis sahen dem Mann sprachlos hinterher, der ihnen soeben gehörig die Leviten gelesen hatte. Erst als er verschwunden war, wandten beide den Kopf und betrachteten Tommy.

Tommy senkte den Blick, damit sie sein Schmunzeln nicht sehen konnten.

Mit heruntergelassenen Hosenträgern saß Tommy auf seiner Matratze und zählte die Scheine. Zusammen mit dem Scheck, den er auch noch einlösen konnte, und den hundert Pfund, die er bereits zurückgelegt hatte, besaß er 325 Pfund. Das musste für die Ausrichtung der Hochzeitsfeier und einen neuen Anzug reichen. Zur Not konnte er sich ja einen leihen.

Tommy lachte, als er sich an Mr Davis' verdutztes Gesicht erinnerte. Nachdem Piky wutentbrannt den Stall verlassen hatte, war Davis noch einmal zu ihm zurückgekommen. Er hatte nach seinem Portmonee gegriffen und sich geräuspert. »Nun ja, vielleicht hat Mr Pike recht«, hatte er gesagt und Tommy ein paar Geldscheine in die Hand gedrückt.

»Übertreiben Sie's nicht!«, hatte Mr Telford durch den Stall gerufen. »Die jungen Burschen werden nur faul, wenn man sie zu sehr verwöhnt. Woodcock hat sein Gehalt schon bekommen!«

»Ja, ja, schon gut!«, rief Mr Davis zurück. »Wir haben ja auch keinen schlechten Schnitt gemacht, nicht wahr?«

In der Tat, dachte Tommy und überschlug im Kopf die Preisgelder, die Phar Lap in dieser Saison erwirtschaftet hatte. Insgesamt knapp 20.000 Australische Pfund in gerade mal zehn Wochen!

Und mit dem beglückenden Gedanken, dass er nun endlich mit Emma einen Termin für die Hochzeit vereinbaren konnte, schlief er ein.

Als Cashy aufwachte, war es noch stockfinster. Er lauschte in die Dunkelheit. Nichts. Seine Mutter und seine Geschwister schliefen noch. »Herzlichen Glückwunsch, alter Junge«, gratulierte er sich selbst zu seinem siebzehnten Geburtstag und schlug die Bettdecke zurück.

Heute wollte er sich selbst das schönste Geburtstagsgeschenk bereiten: seinen zweiten Sieg in Gosford. Er stand auf, schlüpfte in seine Hosen vom Vortag, zog das Hemd an, das er bereits die ganze Woche trug, und ließ die Hosenträger auf seinen schmalen Schultern flitschen. Dann schlüpfte er in seine Schuhe und schlich, die Jacke über den Schultern und das Käppi auf dem Kopf, aus dem Haus.

Auf dem Weg zu den Stallungen in der Bowral Street dachte er an Tommy und Bobby, die nun in Bacchus Marsh ihren verdienten Winterurlaub verbrachten. Ein bisschen Urlaub hätte dem Siebzehnjährigen auch gut gefallen. Zumindest stellte er sich das schön vor, denn er hatte noch nie in seinem Leben irgendwo Urlaub gemacht. Er konnte es also letztendlich nicht wissen, ob es ein anderes Gefühl war, wenn man nichts zu tun brauchte, als wenn man nichts zu tun hatte.

Doch statt Urlaub zu machen, wohnte und arbeitete er außerhalb der Saison wieder in Sydney. Auf diese Weise konnte er wenigstens über Weihnachten bei seiner Familie sein. Und das war auch nicht das Schlechteste. Möglicherweise reichte das Geld sogar für einen Braten? Bei dem Gedanken an ein schönes Stück Fleisch lief Cashy das Wasser im Mund zusammen.

Cashy mistete die Ställe aus, versorgte die Pferde, für die er zuständig war, und als sein Magen so laut knurrte, dass selbst die Pferde die Ohren spitzten, kehrte er zum Frühstück nach Hause zurück.

Seine Mutter und seine Geschwister waren mittlerweile aufgestanden – obwohl es draußen immer noch nicht richtig hell war – und Cashy setzte sich zu ihnen an den gedeckten Frühstückstisch. Zur Feier des Tages hatte seine Mutter sogar Eier mit Speck gemacht, die Cashy in Rekordzeit in sich hineinschaufelte.

»Nun iss doch in Ruhe, Junge«, ermahnte ihn seine Mutter.

»Kann nicht«, antwortete Cashy mit vollem Mund. »Ich muss gleich wieder los, um rechtzeitig in Gosford zu sein.«

Seine Mutter seufzte. »Gerade dann solltest du anständig essen.« Sie musterte ihren Sohn sorgenvoll, der bereits wieder aufsprang und nach seiner Jacke griff, die er über die Stuhllehne gehängt hatte.

Er wischte sich mit dem Handrücken die Fettreste vom Mund und gab seiner Mutter einen Kuss auf die Wange. »Drückt mir die Daumen«, sagte er und eilte bereits zur Tür.

»Natürlich, mein Schatz«, rief ihm seine Mutter hinterher und löste erst den Blick vom Rücken ihres Sohnes, als die Tür hinter ihm ins Schloss fiel. Sie würde drei Kreuze machen, wenn sie ihn am Abend wohlbehalten zurückhatte.

Servile war nervös. Er tänzelte und schlug mit dem Kopf aus. Cashy dachte an La Gloria, die Stute, mit der er dieses Rennen vor etwa einem Jahr gewonnen hatte. Im Vergleich zu ihr war dieser junge Hengst ein Ausbund an Hektik. Und es wurde auch nicht besser, als sich die zwanzig Pferde im Startbereich aufstellen sollten. Cashy überlegte, ob es vor einem Jahr auch so ein Gedränge am Start gegeben hatte. Aber er konnte sich nicht daran erinnern.

Als der Startschuss fiel, ging Cashy in Führung. Nun zeigte sich die positive Seite von Serviles Temperament. Doch Cashys Hochgefühl hielt nicht lange an. Servile lief ungleichmäßig und Cashy hatte alle Hände voll zu tun, den Hengst auf der Bahn zu halten. Er vergeudete kostbare Sekunden und die anderen Pferde schlossen zu ihm auf. Die Strecke war stellenweise gefährlich schmal und Cashy versuchte Servile nach außen zu dirigieren, um aus der Schusslinie zu kommen.

Aber da war kein Platz mehr!

Cashy schrie auf, als er merkte, dass Servile stolperte. Das Pferd verlor so abrupt an Geschwindigkeit, dass Cashy sich nicht mehr im Sattel halten konnte. Er stürzte kopfüber vom Rücken des Pferdes und landete mitten auf der Bahn. Er riss die Arme hoch, um sich vor den Hufen der anderen Pferde zu schützen. Doch es war bereits zu spät.

Dann senkte sich Dunkelheit über ihn.

18

»Er war ein Teil von Phar Laps Familie.«

GEOFF ARMSTRONG/PETER THOMPSON, PHAR LAP

CASHY MARTINS GEIST WANDERT ÜBER MOOREFIELD

Nach dem tragischen Unfalltod des jungen Jockeys Cashy Martin in Gosford versammelten sich gestern zahlreiche Jockeys auf der Rennbahn von Moorefield, unter ihnen so bekannte Größen des Rennsports wie Ted Bartle, Maurice McCarten, Rae Johnstone und Sid Cracknell, um gegen die gefährlichen Bedingungen auf einigen Rennstrecken des Landes zu demonstrieren.
Cashy Martin war vergangenen Dienstag bei einem Rennen vom Pferd gestürzt und von den nachfolgenden Reitern überrannt worden. Er erlag seinen schweren inneren Verletzungen im Kreis seiner Familie in einem Krankenhaus in Gosford. An seiner Beerdigung nahmen fünfundsiebzig Jockeys teil, darunter auch Jim Pike, der Jockey des Wunderpferdes Phar Lap. Cashy Martin wurde nur siebzehn Jahre alt.

Tommy ließ die Zeitung sinken, verbarg sein Gesicht in beiden Händen und kämpfte gegen die Tränen an. Doch der Schmerz war übermächtig. Es kam ihm vor, als wäre es erst gestern gewesen, dass Cashy ihm aufgeregt berichtet hatte, er würde dieses Jahr wieder in Gosford ein Rennen bestreiten. Wie glücklich war der Junge dabei gewesen.

Und jetzt?

Bobby rieb seinen massigen Schädel an Tommys Schulter. Er spürte, dass sein Freund traurig war, und wollte ihm gerne helfen.

Tommy fühlte sich tatsächlich ein wenig getröstet, als er dem gleichmäßigen Atem des Pferdes lauschte. Auch Bobby hatte Cashy gemocht. Und Cashy vor allem Bobby.

Jim hatte ihm erzählt, dass man eine Kladde in Cashys Nachlass gefunden hatte, in der der Junge akribisch jeden Zeitungsausschnitt über Phar Lap gesammelt hatte. Tommy musste unwillkürlich lächeln, als er sich daran erinnerte, wie Cashy Phar Lap in der Küche von Mrs Bone vor den anderen Jockeys in Schutz genommen hatte. Ja, der Junge hatte von Anfang an gesagt, dass Phar Lap ein Champion werden würde!

»Gott sei Dank konnte er wenigstens noch miterleben, wie Phar Lap den Cup gewann«, hatte Mr Telford gesagt und Tommy konnte sich nicht erinnern, seinen Boss jemals so mitfühlend erlebt zu haben.

Ja, Gott sei Dank hatte Cashy Phar Laps größten Erfolg noch erleben dürfen. Aber ein Trost für den Verlust des Freundes, des Sohnes, des Bruders, des Enkels und des Neffen konnte das nicht sein. Niemals mehr würde es so sein wie früher, als Cashy noch bei ihnen gewesen war.

Als Tommy Wochen später mit Phar Lap von Bacchus Marsh nach Braeside zurückkehrte, wurde ihm noch einmal aufs Schmerzlichste bewusst, dass ihn nie wieder Cashys schelmisches Lächeln anstrahlen würde. Er freute sich zwar, die vielen bekannten Gesichter seiner Kollegen zu erblicken, aber er ertappte sich auch mehrmals dabei, wie er nach dem schmalen Gesicht Ausschau hielt, das ihm noch so deutlich vor Augen stand, als hätte er es erst gestern zum letzten Mal gesehen. Noch nie hatte er so lange gebraucht, um sich nach der Urlaubspause wieder im Alltag auf Braeside zurechtzufinden.

Als er Phar Lap jetzt untersuchte und dabei leise vor sich hin fluchte, zitterte das Pferd wie Espenlaub. Es war überdeutlich, dass der »Rote Blitz« Schmerzen hatte. Sein Gelenk war geschwollen und der Huf entzündet.

»Das gefällt mir nicht«, sagte Tommy. »Ganz und gar nicht. Wir stehen am Anfang der Saison und der Huf sieht nicht gut aus.«

»Aber gestern beim Training habe ich noch nichts gemerkt. Und das Rennen am vergangenen Samstag ist er doch auch einwandfrei gelaufen.«

Tommy blickte zu dem Jungen auf, der an der Stalltür lehnte. Martin war ein feiner Kerl. Und doch war es nicht das Gleiche wie mit Cashy. Auch Phar Lap hatte zunächst irritiert reagiert, als das Training nach der Sommerpause mit einem fremden Jockey begann.

Immer noch verkrampfte sich etwas in Tommy, wenn er an seinen verstorbenen jungen Freund dachte. Fast drei Monate war das Unglück mittlerweile her, doch es verging immer noch kein Tag, an dem nicht irgendeiner der Jungs eine Anekdote über Cashy zum Besten gab, bei der zuerst alle laut lachten und anschließend in deprimiertes Schweigen verfielen.

»Bobby würde auch mit einem gebrochenen Bein laufen«, erwiderte Tommy. »Aber ich sehe schwarz für das Rennen in drei Tagen.« Er erhob sich und wischte seine Hände an der Hose ab. »Ich werde Telford anrufen. Er soll sich das noch einmal ansehen. Die Tinktur, mit der er Phar Laps Huf gestern eingerieben hat, scheint nicht die richtige zu sein. Der Huf ist dadurch schlimmer geworden, nicht besser.«

Doch Mr Telford zeigte kein Verständnis für Tommys Sorgen. »Die Tinktur ist richtig, Junge, glaub mir«, ertönte seine Stimme durch den Hörer.

»Aber sein Huf ist dadurch schlimmer geworden und er hat Schmerzen! Er kann kaum auftreten und hält den Vorderlauf in Schonstellung. Ich glaube nicht, dass er in dem Zustand am Futurity teilnehmen kann.«

»O doch«, antwortete Mr Telford. »Das kann er.«

Tommy starrte den Fernsprecher an der Wand an, als sähe er in ihm Telfords Gesicht. Er konnte kaum glauben, was er da hören musste. Hatte dieser Mann denn gar keine Skrupel? Er würde das Pferd noch völlig ruinieren!

»Hör zu«, fuhr Mr Telford fort, als Tommy nicht antwortete. »Ich komme morgen vorbei und sehe ihn mir an.«

»Morgen?«

»Ja, morgen.«

»Okay, Boss.« Er schien das Beste erreicht zu haben, was im Augenblick möglich war.

Mr Telford legte auf, ohne Auf Wiedersehen zu sagen.

»Das sieht nicht gut aus.« Mr Telford stemmte die Hände in die Hüften und schüttelte unheilschwanger den Kopf.

Mr Davis, der sich gebückt hatte, um den Huf zu begutachten, blickte zu dem Trainer auf. »Was meinen Sie damit?«

Tommy hörte aufmerksam zu. Auch er wunderte sich über den plötzlichen Sinneswandel seines Arbeitgebers. Hatte der Mann nicht gestern noch gesagt, es sei alles in Ordnung und er solle sich keine Sorgen machen?

»Ich meine, es sieht nicht gut aus«, wiederholte Telford.

»Sie meinen, er kann am Samstag das Rennen nicht laufen?« Mr Davis ließ Phar Laps Vorderlauf los und richtete sich auf. Er hatte sowieso nicht genug Ahnung, um beurteilen zu können, in welchem Zustand sich der Huf befand.

»Ich meine, es ist fraglich, ob er überhaupt noch einmal ein Rennen laufen wird.«

Tommy runzelte die Stirn. Was war bloß mit seinem Boss los? So kannte er ihn gar nicht.

Mr Davis war sichtlich entsetzt. Er blickte Phar Lap an, als sähe er ihn zum letzten Mal.

Mr Telford nickte Tommy zu und zog Mr Davis am Ärmel mit sich fort. »Ich werde mir noch einmal überlegen müssen, ob ich unter diesen Umständen bereit bin, einen Anteil an Phar Lap zu erwerben«, hörte Tommy Harry Telford sagen.

Davis' Erwiderung konnte er bereits nicht mehr verstehen, denn die beiden Männer waren schon zu weit weg.

»Was ist mit Phar Lap los? Er scheint das Rennen zu verschlafen!«

Tommy lehnte am Zaun, während er der Stimme des Kommentators lauschte, die durch die Lautsprecher drang, und sah auf die Rennstrecke. Sein Gesichtsausdruck spiegelte deutlich seine Gefühle wider. Er konnte Harry Telford beim besten Willen nicht verstehen. Niemals hätte er das Pferd laufen lassen dürfen. Phar Laps Huf war zwar besser geworden, seitdem er die Tinktur weggelassen hatte, aber die Entzündung war noch nicht abgeklungen. Und das Ergebnis sah man jetzt: Phar Lap trottete hinter dem Feld der anderen Pferde her, als ginge ihn das alles nichts an. Und was hatte der Trainer erwidert, als Tommy ihm seine Bedenken mitteilte? »Wenn Phar Lap verliert, dann liegt es jedenfalls nicht an dem Huf, sondern daran, dass du ihn auf Bacchus Marsh wieder zu fett gefüttert hast!«

»Mystic Peak macht ein gutes Rennen. Kann er den Champion heute schlagen? Doch da kommt Phar Lap! Der ›Große Rote‹ scheint aufzuwachen! Ja, jetzt kommt der ›Rote Blitz‹!«

In die Zuschauermenge, die bislang ebenso wie ihr Favorit vor sich hin geträumt zu haben schien, kam Leben. Alle Augen richteten sich auf Phar Lap, der in diesem Augenblick seine Aufholjagd begann.

»Ja, das ist der Phar Lap, wie wir ihn kennen! Phar Lap jetzt bereits an dritter Position hinter Taurus und Mystic Peak. Kann Mystic Peak seinen Vorsprung bis zum Ziel halten? Phar Lap vorbei an Taurus. Was für ein spannendes Finale … Phar Lap auf gleicher Höhe mit Mystic Peak. Und jetzt zieht er vorbei! Phar Lap führt! Phar Lap gewinnt mit einer Länge vor Mystic Peak!«

Der Jubel brach los, als der »Rote Blitz« die Ziellinie überquerte.

»Phar Lap gewinnt beim diesjährigen Futurity Stakes vor Mystic Peak und Taurus mit dem sagenhaften Gewicht von hundertdreißig Pfund auf dem Rücken! Dieses Pferd ist wirklich nicht zu schlagen!«

Und wenn du wüsstest, dass er dazu noch einen entzündeten Huf hat!, dachte Tommy und bahnte sich durch die feiernde Menschenmenge seinen Weg, um Phar Lap und Jim Pike in Empfang zu nehmen. Irgendwie konnte er sich heute über den Sieg seines Freundes nicht recht freuen. Die Sorge um Bobbys Gesundheit hing wie eine dunkle Wolke über ihm.

Jim ließ sich soeben von Phar Laps Rücken gleiten, als Tommy ihn erreichte. Er hielt Phar Lap am Halfter fest. Das Pferd schnaufte und hielt seinen schmerzenden Vorderlauf hoch.

»Er bringt ihn noch um!«, zischte Jim Tommy ins Ohr, als der neben ihm stand. »Niemals hätte Phar Lap in dem Zustand geritten werden dürfen.«

»Das habe ich auch gesagt«, erwiderte Tommy. »Aber er hört nicht auf mich.«

»Er denkt nur ans Geld«, schimpfte Jim Pike. »Das Pferd ist ihm völlig egal. Aber wenn er so weitermacht, dann ist Phar Lap bald am Ende. Dann wird er gar nichts mehr mit ihm verdienen.«

»Solange Bobby jedes Rennen gewinnt, wird er das niemals einsehen«, sagte Tommy.

Jim Pike schüttelte den Kopf. »Dieses Rennen hat Phar Lap mit dem Herzen gewonnen, Tommy, nicht mit seinen Beinen.«

Für das Siegerfoto posierten Harry Telford und David Davis einträchtig Schulter an Schulter neben Phar Lap, der von seinem Stallburschen am Halfter festgehalten wurde und dicht hinter ihnen stand.

»Nun müssen Sie mir fünfzig Prozent von der Siegerprämie abgeben, Harry«, flüsterte Davis Telford ins Ohr. »Aber für 4.000 Pfund haben Sie dabei kein schlechtes Geschäft gemacht, Sie Schlitzohr.«

Tommy brauchte nicht mehr den zufriedenen Gesichtsausdruck seines Arbeitgebers zu sehen, um mit einem Mal zu verstehen, warum die Tinktur, die Telford dem Pferd verabreicht hatte, nichts genützt hatte. Bobby musste Schmerzen erdulden, damit Telford eine Hälfte des Wunderpferdes für möglichst wenig Geld erwerben konnte!

Tommy spürte Übelkeit in sich aufsteigen.

»Wenn Bobby nicht wäre, würde ich sofort alles hinschmeißen.« Tommy lag mit dem Kopf in Emmas Schoß und blickte in den Himmel. »Aber das kann ich dem Pferd nicht antun.«

Emmas Finger glitten durch Tommys Haar, während sie ihm zuhörte. Sie hätte sich gewünscht, dass ihr Bräutigam vielleicht auch einmal über die morgen anstehende Zeremonie mit ihr sprechen würde. Über seine und ihre Wünsche für die gemeinsame Zukunft, aber andererseits liebte sie ihn ja gerade so, wie er war. Und wenn sie ihm morgen das Jawort gab, dann gab sie es auch Phar Lap. Das war ihr bereits vor langer Zeit klar geworden. Tommy Woodcock gab es nur mit Pferd.

Tommy richtete sich auf und sah Emma in die Augen.

Sie lächelte ihn an.

»Du wirst bestimmt wunderschön aussehen«, sagte er, als hätte er ihre Gedanken erraten. »Verrätst du mir, wie dein Kleid aussieht?«

Emma lachte laut auf. »Du weißt doch, dass es Unglück bringt, wenn der Bräutigam die Braut vor der Hochzeit im Brautkleid sieht. Du musst dich noch einen Tag gedulden«, antwortete sie.

»Ich will es doch gar nicht sehen, ich will doch nur, dass du es mir beschreibst«, bettelte Tommy.

Aber Emma blieb hart. »Es ist knallrot und dazu trage ich eine alte Strickmütze«, behauptete sie.

»Du schwindelst!«, rief Tommy.

»Wenn du wissen willst, was ich trage, dann musst du morgen schon in die Kirche kommen«, fuhr Emma fort und beugte sich zu ihm vor. »Und wenn es geht, komm ohne Bobby«, flüsterte sie und senkte ihre Lippen auf seine.

Natürlich war Emma wunderschön. Sie trug ein langes weißes Kleid mit zarter Spitze und einer kurzen Schleppe. An ihrem Schleier waren kleine weiße Perlen und Blumen befestigt.

Tommy sah ihr entgegen, als sie durch das Kirchenschiff auf ihn zukam. Sein Herz raste. Nervös blickte er an sich herunter. Der dunkle Anzug war neu. Ebenso wie das weiße Hemd und die weiße Fliege, die er dazu trug. Ein wenig kam er sich vor wie verkleidet und er konnte den Moment kaum erwarten, wo er das feine Zeug wieder aus- und seine Arbeitskleidung anziehen konnte. Doch das durfte er Emma nicht verraten. Sie war schon enttäuscht genug gewesen, als er ihr gesagt hatte, dass er unmittelbar nach der Hochzeitsfeier zurück nach Melbourne musste. Hatte er auch die Blume nicht verloren, die in seinem Knopfloch steckte? Nein, da war sie.

Und die Ringe? Mit zitternden Händen tastete Tommy nach der kleinen Schachtel in seiner Hosentasche. Gott sei Dank, alles war an seinem Platz!

Er lächelte seine zukünftige Frau an, die nun neben ihm vor dem Altar stand, und gemeinsam wandten sie sich dem Geistlichen zu.

»Die Polizei hat die Ermittlungen endgültig eingestellt. Es besteht keine Hoffnung mehr, herauszufinden, wer den Anschlag auf Phar Lap verübt hat.«

ISBN 978-3-522-50488-1
Band 5 · ab 12 · 304 Seiten · 11,99 €

Nele Neuhaus

Elena – Ein Leben für Pferde
Ihr größter Sieg

Was ist bloß mit Tim los? Seit Elenas Rückkehr aus Amerika ist er völlig verändert. Als Elena mit ihrem Pferd Bittersweet stürzt und sich schwer verletzt, ist es nicht Tim, der sie im Krankenhaus besucht, sondern Farid. Der süße Neue aus der Zwölften lässt ihr Herz sofort höher schlagen. Seit dem Sturz mit Bittersweet hat Elena an Selbstvertrauen verloren. Wird sie jemals wieder so unbefangen reiten können wie zuvor?

Auch als E-Book erhältlich!

ISBN 978-3-522-20223-7
ab 12 · 592 Seiten · 12,00 €

Astrid Frank

Schneller als der Wind

Ein Schmöker, der die Herzen aller Pferdefans gleich doppelt höher schlagen lässt: In „Das Pferd des Teufels“ erzählt die Pferdespezialistin Astrid Frank die spannende Geschichte eines Mädchens und ihres Pferdes im Mittelalter, beide sollen plötzlich mit dem Teufel im Bunde stehen …

Die aufregende und berührende Lebensgeschichte des Rennpferds Phar Lap in den Jahren der Weltwirtschaftskrise wird die Leser von „Roter Blitz“ begeistern.

Auch als E-Book erhältlich!

Tommy horchte in sich hinein, ob er enttäuscht war. Er wusste es nicht. Er hatte kein Empfangskomitee erwartet, wenn er von seiner Hochzeit zurückkehrte, aber war es zu viel verlangt, dass der Boss ihm die Hand schüttelte und ihm gratulierte? Immerhin hatte er ihm und Bobby zuliebe sogar auf seine Flitterwochen verzichtet! Er hatte Emma sozusagen zwischen Tür und Angel geheiratet und war mit dem nächsten Zug zurückgekommen.

Auf seiner eigenen Hochzeitsfeier hatte er dann auch noch seine alte Tante trösten müssen, die sich über den soeben bekannt gewordenen Tod der Dame Nellie Melba zutiefst schockiert zeigte! Einem Zeitungsbericht zufolge war die berühmte Opernsängerin im Alter von neunundsechzig Jahren im St. Vincent's Hospital in Sydney an einer Blutvergiftung gestorben. Seine Tante hatte sie als junges Mädchen einmal in Melbourne auf der Bühne erlebt und erklärte ihrem Neffen voller Stolz, dass sie sogar eine Schallplatte von ihr besaß. O soave fanciulla, gesungen von Nellie Melba und dem italienischen Startenor Enrico Caruso. Und das obwohl sie gar kein Grammophon hatte, um sie abzuspielen!

Tommy interessierte das alles in diesem Augenblick nicht wirklich, da er eine Menge anderer Dinge im Kopf hatte. Aber seine Tante kannte kein Pardon. Mit Tränen in den Augen erzählte sie, dass der Starkoch des Londoner Savoy Dame Nellie Melba zu Ehren einen Nachtisch kreiert habe, der Pfirsich Melba genannt und in einem aus Eis gehauenen Schwan serviert wurde. Von derlei Kostbarkeiten war das, was Tommy seinen Gästen anbieten konnte, leider weit entfernt.

Und nun musste er auch noch die Rücksichtslosigkeit seines Arbeitgebers ertragen, der nicht ein bisschen Dankbarkeit für seine schnelle Rückkehr zeigte! Aber natürlich tat Tommy das alles nicht für Mr Telford, sondern ausschließlich für Bobby, der so gut wie nichts fraß und niemanden an sich heranließ, wenn er nicht bei ihm war. Die Jungs hatten Tommy gehörig hochleben lassen und ihn nach Einzelheiten über die Hochzeitsnacht ausgefragt, die er ihnen natürlich nicht erzählt hatte. Harry Telford dagegen benahm sich, als wäre Tommy soeben vom Toilettengang zurückgekommen.

»Also können wir nur raten, wer es auf Phar Lap abgesehen hatte: die Buchmacher, unsere lieben Kollegen, also die Trainer und Besitzer der anderen Pferde, oder diese Spinner, die glauben, das Pferd sei vom Teufel geschickt.«

Tommy stellte überrascht fest, dass Telford anscheinend auch von der dritten Gruppe der Feinde Bobbys wusste. Bislang hatte er geglaubt, nur ihm wären die merkwürdigen religiösen Eiferer aufgefallen.

»Ach, übrigens, herzlichen Glückwunsch.«

»Danke, Sir.«

»Und nun zurück an die Arbeit. Wir haben morgen ein Rennen zu gewinnen.«

»Ja, Boss.«

»Es geht ihm wirklich nicht gut, Boss. Sie müssen ihn aus der Starterliste streichen. Er kann heute kein Rennen gewinnen.«

»Ach, Tommy, du übertreibst schon wieder.«

»Sehen Sie ihn sich doch selbst an.«

Harry Telford trat näher an das Pferd heran. Phar Lap stand mit hängendem Kopf und hängenden Ohren in seiner Box und atmete schwer.

»Er ist erkältet, der Huf ist auch noch nicht wieder in Ordnung und er hat Koliken.«

»Wenn es so schlimm wäre, wie du behauptest, warum gewinnt er dann jedes Mal?«

Tommy seufzte. »Er würde immer gewinnen, Sir. Aber nach dem letzten Rennen war er völlig fertig. Jim Pike hat auch gesagt, er ist am Ende.«

»Solange er noch gewinnt, ist er auch gesund.« Der Trainer drehte sich um und ließ Tommy und Bobby allein im Stall zurück.

Tommy sah seinem Arbeitgeber hinterher. Er hätte nie geglaubt, dass er sich einmal wünschen würde, Phar Lap würde ein Rennen verlieren. Doch er hatte sich geirrt.

Sein Wunsch sollte schneller in Erfüllung gehen, als er es sich erträumt hätte. Die Zuschauer beim Lloyd Stakes wirkten regelrecht geschockt, als der »Rote Blitz« mit einer Kopflänge hinter Waterline ins Ziel kam. Niemals zuvor war es nach einem Pferderennen so still auf den Zuschauerrängen geblieben.

PHAR LAP VERLIERT!

Die Sensation beim VRC CM Lloyd Stakes war perfekt, als sich ein völlig desolat wirkender Phar Lap im Kampf gegen seinen Konkurrenten Waterline geschlagen geben musste. Niemals zuvor hat man Jockey Jim Pike so kämpfen sehen. Doch vergebens. Nach vierzehn Siegen in Folge kam der große Fuchs heute nur als Zweiter ins Ziel. Wie Trainer und Miteigentümer Harry Telford nach dem Rennen bekannt gab, ist Phar Lap gesundheitlich angeschlagen. »Er braucht eine Auszeit«, sagte Telford den Journalisten. »Und die wird er auch bekommen.«

19

**»Eins der großen Mysterien dieser Zeit war es,
dass die Menschen jeden Cent,
den sie hatten, auf Phar Lap setzten.
Als ob der ›Große Rote‹ allein gegen die
schlechten Zeiten ankämpfen konnte.«**
ARMSTRONG/THOMPSON, PHAR LAP

Tommy liebte es, mit Phar Lap in Bacchus Marsh zu sein. Denn dort konnte er zusehen, wie sich das Pferd erholte. Die langen Spaziergänge, die Aufenthalte auf der Weide ohne kräftezehrende Trainingseinheiten und belastende Rennen machten Bobby zu einem ganz normalen, glücklichen Pferd. Nichts erinnerte hier daran, dass die Zeitungen in Melbourne und Sydney nur noch von dem »Wunderpferd« oder dem »Ausnahmepferd« sprachen und Hunderttausende den »Roten Blitz« als Helden verehrten.

Allmählich kehrte der Glanz in Phar Laps Augen zurück. Und wenn Tommy mit ihm durch die Hügel spazierte, hatte er das Gefühl, dass ihm nichts auf der Welt fehlte. Nichts außer Emma, die ihn nach der Hochzeit mit dem Auftrag nach Melbourne zurückgeschickt hatte, eine Bleibe für das junge Paar zu suchen.

Und wieder hatte Tommy seine Frau enttäuschen müssen, als er ihr mitteilte, dass der Boss ihn für mehrere Wochen nach Bacchus Marsh schicke und er die Wohnungssuche daher aufschieben müsse. Emma hatte während ihres Telefonats nur geseufzt. Tommy konnte hören, wie traurig sie darüber war, dass sie nun noch länger getrennt sein würden. Aber sie beschwerte sich nicht. Sie zeigte immer Verständnis für seine Arbeit und sein besonderes Verhältnis zu dem Fuchs. Tommy wurde mit tiefer Dankbarkeit erfüllt, dass er das Glück gehabt hatte, diese wundervolle Frau zu finden und ihr Herz für sich zu gewinnen.

Bobby schien zu spüren, wenn seine Gedanken schwermütig wurden. Dann rieb er seinen massigen Schädel an der Schulter des jungen Mannes und schnaubte leise. Zum Glück ahnten beide nicht, was etliche Meilen entfernt über ihre Zukunft beredet wurde. Sonst wäre es ihnen beiden wohl ungleich schwerer gefallen, sich zu erholen.

»Die Preisgelder fallen immer geringer aus. Jetzt reduziert sogar schon der Albury Race Club das Siegergeld für seinen Gold Cup von tausend Pfund auf vierhundert Pfund.« Mr Davis schüttelte sorgenvoll den Kopf. »Wenn das so weitergeht, dann lohnt es sich bald nicht mehr, überhaupt das Startgeld für ein Pferd zu zahlen.«

»Das ist in der Tat Besorgnis erregend«, stimmte Harry Telford zu. »Der ARC gilt immerhin als einer der Größten in der Branche. Aber die wirtschaftliche Situation macht eben auch vor dem Rennsport nicht Halt.«

»In Amerika fallen die Preisgelder noch anders aus«, fuhr Mr Davis fort. »Im Agua Caliente in Mexiko werden dem Sieger 100.000 US-Dollar gezahlt. 100.000 Dollar! Können Sie sich das vorstellen?«

»Was nützt uns das?«, entgegnete Mr Telford. »Wir sind nicht in Amerika, sondern in Australien. Und Amerika ist verdammt weit weg.«

Mr Davis antwortete nicht. Er blickte in die Ferne, als sähe er dort Amerika vor seinem inneren Auge.

Auch Harry Telford schwieg. Doch seine Gedanken gingen in eine ganz andere Richtung. Seit er die Hälfte von Phar Laps Gewinnen abgeben musste, war der Fuchs weit weniger attraktiv für ihn. Umso größere Erwartungen hatte er in seine anderen Pferde, deren Preisgelder er mit niemandem teilen musste – sofern sie gewannen!

Ein zufriedenes Lächeln machte sich auf dem Gesicht des Trainers breit, als er an Rondalina dachte, die junge Stute, auf die er große Hoffnungen setzte. Sie hatte sich beim Chatswood Plate in Caulfield ganz beachtlich geschlagen, als sie den ersten Platz belegte, und Harry hoffte, dass dies erst der Auftakt zu einer erfolgreichen Karriere war.

»Wir könnten natürlich auch unter die Goldgräber gehen«, fuhr Mr Davis fort und sein Lächeln verriet, dass er diesen Vorschlag nicht ganz ernst meinte. »Allerdings lebt man dabei anscheinend recht gefährlich. Haben Sie das von diesem Abenteurer Lasseter gehört?«

Telford schüttelte den Kopf. Er war in Gedanken noch bei seiner Stute.

»Ich glaube, Harold Bell hieß er mit Vornamen«, erzählte Mr Davis. »Man hat seine Leiche in einer Höhle irgendwo in Zentralaustralien gefunden«, fuhr er fort.

Harry Telford lehnte sich auf seinem Stuhl vor. Seine Neugierde war geweckt.

»Dieser Lasseter hat wohl bereits vor Jahren mal ein enormes Goldvorkommen entdeckt. Letztes Jahr war er erneut erfolgreich und rief eine Expedition ins Leben, um das Gold zu bergen. Aber es dauerte nicht lange, bis es böses Blut zwischen den Goldgräbern gab. Es muss so schlimm gewesen sein, dass sich die Männer letztendlich trennten und jeder sein Glück auf eigene Faust versuchte.

Dabei verirrte sich Lasseter in der Wüste und fand dort den Tod. Offenbar bereits Ende Januar.« Er schüttelte den Kopf bei dieser Vorstellung. »Aber erst jetzt, dreieinhalb Monate später, hat ein Buschmann seine Leiche gefunden. Und neben der Leiche das Tagebuch und einige Briefe des Toten.«

»Und daher weiß man … « Harry Telford räusperte sich. Er hatte einen Kloß im Hals, so sehr hatte ihn die Geschichte gefangen genommen. »Und daher weiß man, was passiert ist?«

Mr Davis zuckte die Schultern. »Keine Ahnung. Ich kann Ihnen nur wiedergeben, was ich selbst darüber gehört habe.«

Harry Telford war es auf einmal kalt. Er schüttelte sich bei dem Gedanken, in einer der großen Wüsten im Landesinneren Australiens vom Weg abzukommen. Da konnten es im Sommer durchaus mal fünfzig Grad und mehr werden! Natürlich bedeutete das den sicheren Tod. »Vermutlich nur ein Ammenmärchen, um die Leute vom Goldschürfen abzuhalten«, beruhigte er sich selbst.

»Vielleicht«, stimmte Mr Davis zu. »Aber vielleicht auch nicht. Diesen Lasseter zumindest hat es tatsächlich gegeben. Und man fand seine Leiche.«

Harry Telford schwieg. Nein, dachte er, dann versuche ich doch lieber, mein Geld mit Pferden zu verdienen, und verbringe mein Leben an der schönen grünen Küste Australiens, möglichst nah am Wasser.

Tommy staunte selbst darüber, wie fit Phar Lap in der Zeit, die sie in Underbank verbracht hatten, wieder geworden war. Er war kraftvoller und ausdauernder denn je. Und das hatte er ausschließlich durch lange Spaziergänge und einige Kanter in Mr Sol Greens Paddock erreicht.

»Er war bis jetzt jedes Mal zu fett, wenn ihr aus Bacchus Marsh zurückgekommen seid«, urteilte Mr Telford, als er Phar Lap wiedersah. »Aber dieses Mal hast du dich selbst übertroffen. Er sieht aus wie ein Kutschpferd! Wie viel, sagst du, wiegt er? 568 Kilo?« Der Trainer schüttelte fassungslos den Kopf, aber sonst sagte er nichts mehr. Er schrie nicht einmal.

Tommy wunderte sich ein wenig. In der Tat war Phar Lap noch nie so kräftig gewesen wie jetzt und Mr Telford hatte sich bislang stets viel mehr aufgeregt, wenn Bobby mit ein paar Pfund zu viel aus Bacchus Marsh zurückkehrte. Warum nur reagierte er dieses Mal so verhältnismäßig entspannt?

Er brauchte nicht lange auf eine Erklärung zu warten.

»In diesem Zustand kann er niemals beim Underwood Stakes mitmachen«, fuhr Telford fort. »Ich glaube, da werde ich lieber Rondalina melden.«

Tommy verstand. In seiner fast fünf Monate dauernden Abwesenheit hatte die Arbeit auf Braeside angefangen Früchte zu tragen. Und die vielversprechendste Frucht hieß also Rondalina.

»Das ist doch der blanke Wahnsinn!« Tommy hatte vor Aufregung rote Flecken im Gesicht. »136 Pfund? Warum legen sie dem Pferd nicht direkt eine Eisenkette um die Fesseln und werfen es ins Meer? Das geht schneller!« Er schüttelte den Kopf. »Nachdem sie es nicht geschafft haben, ihn zu erschießen, versuchen sie jetzt, ihn mit Gewichten umzubringen.«

Jim Pike schwieg. Er war im Gegensatz zu Tommy

eher blass um die Nase geworden, nachdem die Handicaps für den Melbourne Cup 1931 offiziell verkündet worden waren.

»Hat jemals ein Pferd so viel Gewicht aufgebrummt bekommen?« Tommy ging im Stall auf und ab, verfolgt von Phar Laps interessierten Blicken.

»Ja, es gab eins«, antwortete Pike, »das noch mehr trug, und zwar Carbine 1869. Ihm hat man 138 Pfund auf den Rücken geschnallt.«

»Das bringt Bobby um.« Tommy schien Jims Antwort gar nicht gehört zu haben. Er war vor Phar Lap stehen geblieben und sah ihm in die braunen Augen. Nichts erinnerte mehr an das abgemagerte, hässliche Pferd, das er damals im Hafen von Sydney in Empfang genommen hatte. Nichts, außer dem Ausdruck in diesen Augen, der über die Jahre hinweg unverändert geblieben war.

»Ich weiß nicht, ob ihn das umbringt. Er hat im Augenblick eine gute Kondition«, wandte Jim ein. »Eine sehr gute Kondition!«

Tommy drehte sich zu dem Jockey um. »Da bist du aber ganz anderer Meinung als Telford«, sagte er. »Der glaubt, Rondalina hätte beim Underwood Stakes größere Chancen als Phar Lap.«

Pike nickte. Er kannte Telfords Pläne bereits.

»Er lässt mich sogar als Trainer mit Phar Lap teilnehmen. So sicher ist er sich seiner Sache.«

»Du hast deine Trainerlizenz also bekommen? – Herzlichen Glückwunsch!«

Tommy lächelte stolz. »Danke.«

»Und wer reitet Phar Lap?«

»Elliott«, antwortete Tommy.

Jim Pike nickte anerkennend. Sein Kollege Billy Elliott

war zweifellos ein guter Mann. »Na, vielleicht bringt dir das ja ein paar Pfund extra ein.«

Ein paar Extrapfund konnte Tommy gut gebrauchen, schließlich stand Emmas Umzug an. Es war nicht leicht, in diesen Zeiten eine Familie zu gründen. Überhaupt nichts schien leicht zu sein angesichts der herrschenden Armut ringsum. Immer häufiger begegnete Tommy auf seinen Spaziergängen mit Phar Lap arbeitenden oder gar bettelnden Kindern, oft kaum älter als acht oder neun Jahre, die Zeitungen oder Blumen verkauften, Schuhe wichsten oder einfach nur um ein kleines Almosen baten. Wie groß musste die Verzweiflung der Eltern sein, wenn sie ihre Kinder auf diese Weise ausnutzten?

AUSTRALIENS WUNDERPFERD REIST NACH AMERIKA!

Wie aus zuverlässiger Quelle bekannt wurde, steht Mr David Davis, der Besitzer des Wunderpferdes Phar Lap, in engem Kontakt zu James Crofton, dem verantwortlichen Leiter des Agua Caliente Rennens in Mexiko, des mit 100.000 US-Dollar höchst dotierten Rennens der Welt. Phar Lap soll Informationen zufolge Anfang kommenden Jahres nach Nordamerika verschifft werden, um sich dort gemeinsam mit seinem Jockey Jim Pike auf die Teilnahme an dem berühmten Rennen vorzubereiten.

»Das ist nichts weiter als ein Gerücht!« Harry Telford hob die Hand, als könnte er dadurch allen Spekulationen über Phar Laps Reisepläne Einhalt gebieten. Er lächelte süffisant, als er fortfuhr. »Das können Sie schon an der Behauptung sehen, Jim Pike würde das Pferd auf seiner angeblichen Reise begleiten …«

»Wie meinen Sie das?« Einer der Reporter, der mit

gezücktem Stift vor Telford stand, sah von seinem Block hoch, auf dem er sich Notizen machte.

»Ich verrate, glaube ich, kein Geheimnis, wenn ich sage, dass Mr Pike an der Seekrankheit leidet und ganz gewiss niemals freiwillig einen Fuß auf ein Schiff setzen würde.«

Der Journalist senkte den Kopf wieder und begann eifrig zu schreiben.

»Andererseits«, fuhr Mr Telford fort, »müssen wir uns angesichts der Gewichte, die Phar Lap hier von verantwortlicher Stelle auferlegt werden, durchaus Gedanken machen, wie die Zukunft für ihn aussehen soll.«

»Werden Sie Phar Lap denn trotz der 136 Pfund, die er tragen soll, im Melbourne Cup laufen lassen?«

»Das werden wir zu gegebener Zeit entscheiden«, antwortete Telford. »Wenn er fit ist, wüsste ich nicht, was dagegen spricht. Aber vorher haben wir noch einige andere Rennen zu bestreiten. Zum Beispiel das Underwood Stakes in Williamstown. Ich darf Ihre Aufmerksamkeit auf die junge Stute Rondalina lenken, mit der ich an dem Rennen teilnehmen werde.«

»Und was ist mit Phar Lap?«

Telford ärgerte sich sichtlich darüber, dass die Reporter sich mehr für den »Großen Roten« interessierten als für das neue vielversprechende Pferd aus seinem Stall.

»Was soll mit ihm sein? Er wird zurzeit verantwortlich von dem jungen Tommy Woodcock trainiert, der soeben seine Lizenz erworben hat. Ich habe mehr als dreißig Pferde zu betreuen. Da kann mich nicht um alle persönlich kümmern. Und jetzt entschuldigen Sie mich bitte, ich habe zu tun.« Er drehte sich um und ignorierte die Nachfragen der Reporter. Sie würden sich noch wundern, wenn Rondalina den völlig verfetteten Phar Lap beim ersten Rennen der Saison hinter sich ließ. Ihm konnte das nur recht sein. Und mit Davis hatte er außerdem auch noch ein Hühnchen zu rupfen …

Tommy war sehr aufgeregt. Es war das erste Rennen, an dem er als Trainer, nicht als Stalljunge teilnahm. Und er hatte Phar Lap so auf diesen Wettkampf vorbereitet, wie er es für richtig hielt: mit viel Konditionsarbeit und wenig Galopptraining.

Er war zuversichtlich, dass Phar Lap fit war – auch wenn einige Sportreporter sich Telfords Meinung angeschlossen hatten und behaupteten, der »Rote Blitz« sei zu fett. Tommy wusste es besser.

Nach tagelangem Regen war die Rennstrecke in Braeside so aufgeweicht gewesen, dass es unmöglich schien, Bobby dort das Galopptraining absolvieren zu lassen. Kurzerhand hatte Tommy Stan Boyden, den Fahrer, gebeten, das Pferd zur Rennbahn des Moonee Valley Racing Clubs zu bringen. Die Erlaubnis, das Pferd dort trainieren zu dürfen, hatte Tommy dem Sekretär des Clubs, Mr Hiskens, abringen können.

Phar Lap war die Meile in einer Minute fünfundvierzig gelaufen und hatte Tommy mit dieser Trainingszeit mehr als zufrieden gestellt.

Aber nicht nur seine neue Funktion als Phar Laps verantwortlicher Trainer machte Tommy nervös, als er jetzt am Rand der Rennbahn von Williamstown darauf wartete, dass das Rennen begann. Er konnte seinem Boss endlich beweisen, dass er recht hatte: Es war möglich, ein Pferd so zu trainieren, dass es Höchstleistungen erbrachte, ohne es zu schikanieren und zu quälen.

Bei diesem Gedanken überkam Tommy ein regelrechtes Glücksgefühl. So wie er sich überhaupt am vorläufigen Ziel eines langen Weges wähnte: Er war sechsundzwanzig Jahre alt und durfte das berühmteste Pferd des Landes trainieren.

Auch Phar Lap war zum ersten Mal in seinem Leben rundum zufrieden. Er genoss die Arbeit mit Tommy und allmählich rückten die Erinnerungen an die quälenden Stunden in seinem Leben, in denen er Hunger gelitten und Angst ausgestanden hatte oder bis zum völligen Zusammenbruch geschlagen und vorangetrieben worden war, in den Hintergrund. Er spürte die Zuneigung der Menschen, die ihm zujubelten, wo immer sie ihn sahen, und er spürte vor allem Tommys Zuneigung, und das machte den »Roten Blitz« glücklich, denn er wollte nichts weiter, als seinem Freund gefallen.

FÜNF SIEGE IN FÜNF RENNEN!

Australiens Wunderpferd hat es wieder einmal allen gezeigt: Entgegen den Vermutungen, Phar Lap sei in schlechter Verfassung in diese Saison gestartet, bewies der »Rote Blitz« in den vergangenen Wochen wieder einmal, dass er unbesiegbar ist. Er hat nicht nur an Masse deutlich zugelegt, nein, er ist wirklich in jeder Hinsicht ein großartiges Pferd geworden, das Rekorde nur aus einem einzigen Grund aufzustellen scheint: Um sie anschließend wieder zu brechen. So gelang es dem »Großen Roten« beim diesjährigen AJC Craven Plate in Randwick, seinen im letzten Jahr mit zwei Minuten und drei Sekunden aufgestellten australischen Rekord um knapp eine Sekunde erneut zu unterbieten! Dieses Pferd ist tatsächlich ein Wunder.

»Er schnauft wie ein Walross! In dem Zustand bricht er beim Melbourne Cup unter den 136 Pfund, die er tragen muss, zusammen!«

»Gerade weil er so viel tragen soll, braucht er genügend Substanz«, widersprach Tommy seinem Arbeitgeber.

Harry Telford schüttelte unwirsch den Kopf. »Ich habe es langsam satt, mir von einem Jungen, der gerade mal halb so alt ist wie ich, sagen zu lassen, wie ich meinen Job zu machen habe!«

»Darum geht es doch gar nicht. Aber Sie müssen doch zugeben, dass Phar Lap in den letzten Rennen eine gute Figur gemacht hat.«

»Also, eins hat er ganz bestimmt nicht gemacht, und zwar eine gute Figur! Ich hätte dir niemals so lange erlauben dürfen, das Pferd eigenverantwortlich zu trainieren. Ich bräuchte drei Monate, um Phar Lap für den Cup fit zu machen. Aber leider bleiben mir nur noch zehn Tage!«

»Wie meinen Sie das?«

»Ich meine, dass ich ab jetzt wieder Phar Laps Training übernehmen werde.«

Tommy sah Harry Telford fassungslos hinterher, als er sich ohne ein weiteres Wort abwandte und den jungen Mann einfach stehen ließ. Er ahnte Schlimmes, doch seine Ahnungen sollten noch bei Weitem übertroffen werden.

20

»Ich hätte weinen können bei der Art,
wie er ihn trainiert hat.
Er hat das Innerste aus ihm herausgaloppiert.
Die ganze Woche lang.«
TOMMY WOODCOCK

Phar Lap rang nach Luft. Immer wieder sauste die Gerte auf seine Kruppe nieder und trieb ihn weiter an. Der Sand unter seinen Hufen gab nach und das schwere Pferd versank bis zu den Knöcheln in dem weichen Boden. Seine Muskeln schmerzten und seine Knie zitterten, doch sein Reiter hatte noch nicht genug. Noch eine Runde und noch eine Runde musste der Fuchs auf der Rennbahn drehen, bis sich die Sonne allmählich dem Horizont näherte. Erst als die Dämmerung hereinbrach, ließ sich Harry Telford aus dem Sattel gleiten und beauftragte einen Stallburschen, das Pferd zurück in die Box zu bringen.

Er hasste nichts mehr, als Phar Lap selbst zu trainieren. Erstens brachte es ihn an den Rand dessen, was er mit Mitte fünfzig körperlich zu leisten im Stande war, aber vor allem führte es ihm deutlich vor Augen, dass keins seiner anderen Pferde augenblicklich gut genug war, um Phar Lap auf den zweiten Platz zu verweisen. Sicher, Rondalina hatte sich nicht schlecht geschlagen, aber Telford musste zugeben, dass ihr das Zeug für die ganz großen Rennen fehlte. Ebenso wie jedem anderen verdammten Jährling in seinem Stall. Hin und wieder fragte sich Harry sogar, ob es wirklich sein Pferdeverstand gewesen war, der ihn zu Phar Lap geführt hatte. Oder ob es nicht doch nur ein glücklicher Zufall gewesen war.

Aber wenn er die immensen Kosten, die Braeside verursachte, decken wollte, dann blieb ihm einfach nichts anderes übrig, als sich wieder persönlich um Phar Lap zu kümmern. Der Fuchs war immer noch seine sicherste Einnahmequelle. Auch wenn ihm das keineswegs passte.

Und während sich Harry Telford mit schmerzenden Gliedern in seinen Sessel fallen ließ, dachte er noch einmal an das Gespräch mit Davis zurück. Vielleicht hatte sein Kompagnon doch recht? Die Hälfte von 100.000 Dollar würde ihm für einige Zeit den Kopf aus der Schlinge ziehen. Und vielleicht war dies das Risiko wert, Phar Lap auf die weite Reise nach Amerika zu schicken, damit er dort am bedeutendsten Rennen der Welt teilnahm?

Als Tommy an diesem Abend nach Bobby sah, stand der Fuchs wie hypnotisiert in seinem Stallabteil. Er war zu müde, um seinen Freund zu begrüßen, und starrte nur geradeaus. Tommy untersuchte Phar Laps Läufe, doch das Pferd fiel beinahe um, als es auf drei Beinen stehen sollte. Tommy schloss die Augen und kämpfte gegen die Tränen des Zorns an. Phar Lap hatte durch Telfords Training nichts an Kraft hinzugewonnen. Im Gegenteil, in dieser Verfassung – da war sich Tommy sicher – würde er unter der Last von 136 Pfund nach spätestens einer halben Meile tot zusammenbrechen.

»Du wirst dich verdammt schwer tun, wenn du heute mit ihm gewinnen willst.«

Jim Pike sah seinem Freund Woodcock forschend ins Gesicht. Doch das Grinsen, das er dort zu sehen erwartet hatte, blieb aus. »Das soll ein Scherz sein, oder?«, fragte er verunsichert.

Tommy schüttelte den Kopf, während er dem Jockey in den Sattel half. »Er ist am Ende«, sagte er. »Du wirst es merken.«

Jim Pike antwortete nicht, während er Phar Lap wendete und den anderen Pferden zum Startbereich folgte. Er dachte darüber nach, was er von Tommys Kommentar halten sollte. War es doch ein Scherz gewesen? Oder wollte er Harry Telford eins auswischen? Es war kein Geheimnis, dass die beiden wegen Phar Laps Trainingsmethoden in ewigem Clinch lagen.

Doch sobald das Zeichen zum Start des diesjährigen Melbourne Stakes gegeben wurde, konzentrierte sich Jim auf das Rennen.

Und zunächst lief alles glatt. Phar Lap galoppierte wie gewohnt und ging schließlich mit zwei Längen Vorsprung in Führung.

Jim war gerade so weit zu denken, dass Tommy doch übertrieben hatte, als er kurz vor dem Ziel merkte, wie Phar Lap einbrach. Es war ein Gefühl, als hätte jemand den Gang herausgenommen. Niemals zuvor in den neunundzwanzig Rennen, die er mit Phar Lap zusammen gemeistert hatte, war ihm so etwas widerfahren. Er rettete seinen Vorsprung mit einer halben Länge Abstand zu seinem Verfolger Concentrate ins Ziel, doch er hatte die Ziellinie noch nicht ganz überquert, als er im Stillen bereits zu Tommy sagte: »Du hast recht gehabt. Er ist völlig am Ende. Ausgebrannt und kaputt.«

»Er ist wirklich am Ende, Kumpel. Er würde den Melbourne Cup nicht einmal gewinnen, wenn er nur hundert Pfund tragen müsste, geschweige denn mit 136!« Der Jockey hielt sein Pferd, das nach Luft schnappte wie ein Fisch auf dem Trockenen, am Halfter fest und strich ihm beruhigend über die Stirn. Er schüttelte verzweifelt den Kopf. »Was hat Harry Telford bloß mit ihm gemacht? Bis zum Cox Plate war er in Topkondition. In dem Zustand hätte er alles gewonnen. Aber jetzt?«

»Telford hat ihn richtig hart rangenommen«, antwortete Tommy und ballte die Hand zur Faust, wenn er daran dachte, in welcher Verfassung er Bobby jeden Abend der vergangenen Woche in seiner Box vorgefunden hatte. Kein Wunder, dass das Pferd fertig war.

»Du musst ihn davon überzeugen, dass er Phar Lap aus dem Cup streicht«, fuhr Jim Pike fort. »Er wird ihn niemals gewinnen. Aber die Wahrscheinlichkeit, dass er danach endgültig und für immer erledigt ist, ist verdammt groß.«

Tommy nickte zustimmend. »Ich glaube, das weiß er bereits«, murmelte er, denn er hatte Telford etwas Ähnliches zu Davis sagen hören. »Aber Davis will diesen Cup unter allen Umständen gewinnen.«

»Dann müssen wir mit Davis sprechen«, beharrte Pike. »Wenn Phar Lap den Cup läuft, dann wird das, fürchte ich, sein letztes Rennen.«

Mr Davis sah alles andere als glücklich aus. Der spektakuläre Sieg Phar Laps im vergangenen Melbourne Cup hatte Harry Telford in die Schlagzeilen gebracht, aber nicht ihn. Und nun sah er seine große Chance schwinden, endlich ebenfalls als Besitzer des berühmten Rennpferdes in der Öffentlichkeit zu stehen und die Huldigungen entgegenzunehmen.

Doch die Gesichter der drei Männer, die ihm gegenüberstanden, waren ernst und zeigten ihm mehr als deutlich, dass die Entscheidung sowieso schon gefallen war. Mit oder ohne ihn.

»Wenn er am Dienstag am Rennen teilnimmt«, hatte Telford gesagt, »wird ihn das endgültig erledigen. Und was wollen Sie dann nach Amerika mitnehmen?«

David Davis seufzte. »Also gut. Ich bin wohl überstimmt. Aber«, er hob mahnend den Zeigefinger in die Luft und deutete damit auf Harry Telford, »dann steht es auch fest, dass wir ihn zum Agua Caliente nach Mexiko bringen!«

Harry Telford zögerte nur kurz, bevor er zustimmend nickte. Denn seine privaten Rechnungen hatten ihn längst davon überzeugt, dass ein Sieg Phar Laps in Amerika die einzige Möglichkeit für ihn war, Braeside aufrechtzuerhalten.

»Ich werde noch heute mit Mr Mackinnon reden«, versprach Davis und während Tommy erleichtert zu Phar Lap zurückkehrte, machte sich der Geschäftsmann auf den Weg in das Büro des Victoria Racing Clubs.

Lachlan Mackinnon schüttelte bereits den Kopf, noch bevor Davis seine Argumentation zu Ende vorgebracht hatte. »Mr Davis«, begann der Vorsitzende des Clubs. »Wir haben Ihnen und Ihrem Pferd in der Vergangenheit viel Entgegenkommen gezeigt.«

Davis runzelte die Stirn, während er sich zu erinnern versuchte, worin dieses Entgegenkommen bestand.

»Aber im Interesse der Zuschauer kann ich Ihnen leider nicht gestatten Phar Lap aus dem Rennen zu nehmen.«

»Wie meinen Sie das?«

»Ich glaube, das zahlende Publikum hat ein Recht darauf, Phar Lap am Dienstag im Melbourne Cup zu sehen.«

»Wollen Sie damit sagen, dass Phar Lap am Rennen teilnehmen muss?«

»Ich fürchte, ja«, antwortete Mackinnon.

»Nur damit ich sicher bin, dass ich Sie richtig verstehe«, hakte Mr Davis nach, »Sie brummen Phar Lap ein Gewicht von 136 Pfund auf, unter dem er zusammenbricht, und dann verlangen Sie von mir, dass ich das Pferd laufen lasse?«

»Aber, aber, Mr Davis«, antwortete der Präsident des Clubs. »136 Pfund sind für ein Pferd wie Ihres doch kein gesundheitsgefährdendes Gewicht! Außerdem ...«, Mr Mackinnon lächelte, »... außerdem bestimmen schließlich nicht wir das Handicap des Pferdes, wie Sie eigentlich wissen sollten.«

Mr Davis zog es vor, zu schweigen. Natürlich gab es einen unabhängigen Handicapper, der das Gewicht jedes einzelnen Pferdes unter Berücksichtigung seiner persönlichen Leistungen und seines Alters festlegte, um weitestgehende Chancengleichheit bei einem Rennen zu gewährleisten. Dabei bekam das Pferd mit den meisten Siegen das höchste Handicap. Und das war selbstverständlich Phar Lap. Aber wollte Mr Mackinnon ihm wirklich weismachen, dass er und seine mächtigen Freunde, die das Komitee des bedeutenden Victoria Racing Clubs bildeten und ihre eigenen Rennpferde am Start hatten, keinen Einfluss auf diese Entscheidungen nehmen konnten?

David Davis konnte sich jedenfalls kaum vorstellen, wer sonst noch ein Interesse daran hätte, Phar Lap so viel Gewicht aufzubrummen, dass der Fuchs unter der Belastung womöglich gesundheitliche Schäden davontrug. Kein anständiger Handicapper, den Mr Davis kannte, würde so etwas tun!

»Meine Aufgabe ist es lediglich, die Interessen des Rennsports zu wahren, Mr Davis«, fuhr Mr Mackinnon fort. »Und das bedeutet ... «

»Und das bedeutet«, unterbrach Mr Davis sein Gegenüber aufgebracht, »dass Sie auf Phar Lap als Publikumsmagneten nicht verzichten wollen. Aber damit er nicht gegen Ihre Pferde gewinnt, brummen Sie ihm ein tonnenschweres Gewicht auf!«

»Willkommen im Rennsport, Mr Davis.«

Tommy durchforstete die Zeitung auf der Suche nach dem Artikel, der ihn interessierte. Er überflog die Meldung über den Stand der Bauarbeiten der Harbour Bridge, die angeblich kurz vor dem Abschluss standen. Erst gestern war er an der gigantischen Baustelle vorbeigekommen und hatte ehrfurchtsvoll auf das riesige Stahlgebilde geschaut. In Schwindel erregender Höhe turnten die Bauarbeiter dort oben herum und schweißten Tonnen von Stahl aneinander.

PHAR LAPS TEILNAHME AM MELBOURNE CUP GESICHERT!

Da war der gesuchte Bericht ja! Während Tommy las, biss er sich nervös auf die Unterlippe, ohne es zu merken.

Wie Mr David Davis gestern mitteilte, wird Phar Lap am Dienstag beim Melbourne Cup antreten. »Der VRC hat gesagt, ich muss«, sagte Mr Davis unserem Reporter. »Aber wir sind nicht länger gewillt«, fuhr der Eigentümer des schnellsten Pferdes Australiens

fort, »uns von den Rennclubs dieses Landes derartige Vorschriften gefallen zu lassen. Das Angebot aus Amerika, Phar Lap dort starten zu lassen, besteht weiterhin und wir werden den Champion in Kürze über den Pazifik bringen.«
In der Tat scheint es, als wäre ein Teil der Leute von dem ewigen Atem der Sensation um dieses außergewöhnliche Pferd gelangweilt, während andererseits mit einer Wettsumme von mehr als 14.000 Pfund beim diesjährigen Cup gerechnet wird. Immer noch gilt Phar Lap trotz des hohen Handicaps von achtundsechzig Kilo als Favorit für dieses Rennen und die wenigsten Leute schenken den Gerüchten Glauben, das Pferd habe eine schlechte Kondition. Eins jedoch steht fest: Der Cup wird wie jedes Jahr von den Australiern mit Spannung erwartet!

»Sind Sie von allen guten Geistern verlassen?« Tommy stampfte auf Mr Telford zu, der mit der Stoppuhr in der Hand am Rand der Rennbahn stand und die Zeiten nahm. »Das kann doch nicht Ihr Ernst sein!«

Mr Telford reagierte nicht einmal auf Tommys Vorwürfe. Stattdessen wandte er sich an Martin, der soeben auf Phar Lap an ihnen vorbeipreschte. »Noch eine Runde, Martin!«

Tommy starrte seinen Boss mit offenem Mund an. Am liebsten hätte er ihm mit der geballten Faust ins Gesicht geschlagen.

»Was willst du, Junge?«, sagte Telford in herablassendem Ton, ohne Tommy dabei anzusehen.

»Was ich will? Sie können Phar Lap doch jetzt nicht trainieren! In wenigen Stunden beginnt das Rennen, das ihn mehr Kraft kosten wird als jedes andere in seinem Leben, und Sie jagen ihn hier am frühen Morgen mehrere Runden über die Rennbahn?«

»Ich habe dir schon mal gesagt, dass ich keine Ratschläge von Grünschnäbeln wie dir brauche. Ich weiß, was ich tue.«

Tommy kniff die Augen zusammen, als er jetzt noch näher an Mr Telford herantrat. In ihm brodelte es. »Eins sage ich Ihnen«, zischte er dem älteren Mann ins Ohr, »wenn Bobby heute irgendetwas passiert, dann mache ich Sie dafür verantwortlich!«

»Du bist derjenige, der hier dafür verantwortlich ist, dass das Pferd in einem so schlechten Zustand ist! Denk daran, Junge!«

Doch Tommy hatte sich bereits umgedreht und eilte davon. Er hatte Angst, sich zu vergessen, wenn er noch länger in Harry Telfords Nähe blieb.

»Mach dir keine Sorgen, Tommy.« Jim Pike legte dem Stallburschen beschwichtigend die Hand auf die Schulter. »Wenn ich merke, dass er nicht mehr kann, werde ich ihn nicht zwingen.«

»Ich weiß, Piky«, antwortete Tommy, während er seinem Freund auf Phar Laps Rücken half. »Danke.«

Aber obwohl er wusste, dass Bobby bei Jim in guten Händen war, machte er sich dennoch Sorgen, als er seinen Platz auf der Tribüne neben Harry Telford einnahm.

Es war das erste Mal, dass er ein Rennen von Bobby von der Tribüne aus beobachtete. Bislang hatte er stets einen Stehplatz am Rand der Rennbahn gehabt. Auch diesmal wieder drängten die Menschenmassen eng aneinander und jubelten ihrem Favoriten zu. Unter ihnen schien es keinen zu geben, der an Phar Laps Sieg zweifelte. Aber Tommy wusste es besser. Obwohl Bobby als Wunderpferd galt, war diese Aufgabe zu groß für den Fuchs.

Tommy war immer noch empört darüber, dass Harry Telford Phar Lap an diesem Morgen über die Rennbahn gejagt hatte. Aber auch in dem Gesicht seines Bosses konnte er die Sorge um Phar Laps Wohlergehen ablesen. Er hatte lediglich eine andere Auffassung davon, was gut und was schlecht für ein Pferd war, als Tommy.

»Die Pferde sind gestartet«, ertönte die Stimme des Kommentators über die Lautsprecher. »White Nose geht in Führung. Aber auch Phar Lap hatte einen guten Start.«

Tommys Blick haftete an seinem Pferd. Zum ersten Mal konnte er es über die gesamte Rennstrecke verfolgen.

»White Nose liegt immer noch vorn. Phar Lap auf Platz sechs. Aber da kommt der mächtige Phar Lap! Er geht auf die Außenbahn!«

Durch die Zuschauer ging ein Raunen und auch Tommy glaubte, seine Augen spielten ihm einen Streich, als Phar Lap in diesem Augenblick Platz um Platz wettmachte.

»Phar Lap holt auf! Kein Gewicht der Welt scheint dieses Pferd aufhalten zu können!«

Tommy arbeitete gegen den Impuls an aufzustehen. Er konnte ein Rennen einfach nicht im Sitzen verfolgen. Nervös biss er sich auf die Lippe.

»Aber da kommt Concentrate. Concentrate überholt den Favoriten, der Schwierigkeiten zu haben scheint. Ja, Phar Lap bricht ein. Er hat nichts mehr zuzusetzen ... «

Tommy sank in seinen Sitz zurück und schloss für eine Sekunde die Augen.

»Phar Lap fällt zurück und Concentrate holt weiter auf. Jetzt ist er an zweiter Position, während Phar Lap ans Ende des Feldes gerät. Doch White Nose liegt immer noch unangefochten an erster Stelle, dicht gefolgt von Concentrate. Jetzt kommt auch Shadow King. Shadow

King holt auf! Doch was ist das? Auch Concentrate fällt zurück. Shadow King überholt Concentrate! Und White Nose, White Nose liegt immer noch vorn. Phar Lap weit abgedrängt. White Nose gewinnt und Shadow King verweist Concentrate auf den dritten Platz!«

Die letzten Pferde hatten das Ziel noch nicht erreicht, als Tommy bereits aufsprang und sich an seinem Boss vorbeischob. Er wollte zu Phar Lap. Er musste zu Phar Lap! Er musste wissen, was passiert war und in welcher Verfassung sich sein Pferd befand.

Tommy bahnte sich seinen Weg durch eine empörte Menschenmenge. Laute Buhrufe schallten über die gesamte Rennbahn. Die Zuschauer zerrissen zu Tausenden ihre wertlosen Wettscheine und warfen sie in einem Papierregen auf die Rennstrecke.

Das Komitee des VRC hatte vielleicht im Interesse des Rennsports gehandelt, als es Phar Lap zur Teilnahme am Melbourne Cup zwang – im Interesse des Publikums aber war diese Veranstaltung sicherlich nicht gewesen.

21

»Dieses Pferd konnte Land riechen!«
TOMMY WOODCOCK

»Du hättest ihn mehr fordern müssen!«

Mr Davis nickte zu den Worten des Trainers. »Ja, genau«, fügte er hinzu. »Da wäre mehr drin gewesen.«

Jim Pike starrte stoisch geradeaus und schwieg zu den Vorwürfen.

»Man konnte sehen, dass Phar Lap die Kraft hatte, nach vorn zu drängen. Warum hast du ihn nicht weiter angetrieben? Es waren doch nur noch ein paar Meter.«

»Und dann?« Der Jockey erwachte aus seiner Erstarrung. »Dann hätte er das Rennen gewonnen und wäre danach für immer untauglich gewesen! Phar Lap konnte nicht mehr. Er war am Ende! Wenn ich ihn gezwungen hätte, wäre er zusammengebrochen. Ist es das, was Sie wollen?«

»Nein, natürlich nicht«, musste Telford zugeben.

»Ich habe Phar Lap in dreißig Rennen geritten. Er hat gewonnen, obwohl er erkältet war. Er hat sogar mit einem entzündeten Huf noch gewonnen! Es gibt nichts, was dieses Pferd am Gewinnen hindert. Wenn Phar Lap einbricht, dann ist es ernst. Ihn dann noch weiter zu fordern würde seinen sicheren Tod bedeuten. Ist Ihnen das denn nicht klar?«

Mr Davis schien nicht ganz überzeugt zu sein. Aber Harry Telford nickte und klopfte Jim Pike beschwichtigend auf die Schulter. »Es ist gut, Jimmy. Du hast wohl recht. Und wir wollen ja, dass zu den dreißig Rennen noch weitere hinzukommen, nicht wahr?«

Jim Pike nickte. O ja, er mochte Phar Lap. Und er mochte es, ihn zu reiten. Wenn es nach ihm ging, dann würde dieser Melbourne Cup nicht ihr letztes gemeinsames Rennen gewesen sein.

Weder er noch die beiden anderen Männer konnten zu diesem Zeitpunkt ahnen, dass dieser Wunsch nicht in Erfüllung gehen sollte.

PHAR LAP AM ENDE?

Der mächtige Phar Lap konnte beim diesjährigen Melbourne Cup nicht überzeugen. Trotz eines gelungenen Starts kam der Favorit nur als Achter über die Ziellinie. Das Publikum reagierte schockiert, als es zusehen musste, wie der »Große Rote« nach seiner spektakulären Aufholjagd plötzlich einbrach. Das ungeheure Gewicht von 136 Pfund, das er tragen musste, schien zu viel für den Fuchs zu sein. Zum ersten Mal seit einundvierzig Starts kam Australiens Wunderpferd damit nicht auf einen der ersten drei Plätze.

Die 7.200 Pfund Siegerprämie, der zweitniedrigste Wert seit der ersten Austragung des Melbourne Cups 1861, gingen an White Nose.

Trotz der offensichtlich schlechten Verfassung des »Roten Blitzes« versicherten seine beiden Eigentümer Mr David Davis und Mr Harry Telford, dass sich an ihren Plänen, das Pferd nach Amerika zu schicken, wo es im Agua Caliente Handicap in Mexiko um die sagenhafte Summe von 100.000 US-Dollar kämpfen soll, nichts geändert hat.

»Dort belegt man uns nicht mit solch mörderischen Gewichten«, ließ Mr Davis velauten. »Phar Lap ist und bleibt das beste Rennpferd, das Australien im Augenblick zu bieten hat. Und wir scheuen den internationalen Vergleich nicht. Im Gegenteil. Wir sind davon überzeugt, dass Phar Lap auch auf amerikanischem Boden allen anderen davonlaufen wird.«

»Hey, Tommy, das sind ja grandiose Neuigkeiten! Meinen Glückwunsch!«

»Ja, danke, Piky.«

Der Jockey stutzte. Irgendwie hatte er sich mehr Begeisterung erwartet, nachdem Mr Telford offiziell mitgeteilt hatte, dass er Phar Lap nicht nach Amerika begleiten werde, weil ihn die Arbeit auf Braeside davon abhalte. An seiner Stelle sollte Tommy Woodcock als verantwortlicher Trainer Phar Lap zu dem Rennen bringen.

»Wo ist das Problem?«, wollte Jim wissen. »Ist das nicht das, wovon du immer geträumt hast?«

»Doch, schon«, gab Tommy zu. »Es ist nur so: Ich habe gerade erst eine Wohnung für Emma und mich gefunden. Und ausgerechnet jetzt, wo Emma zu mir nach Melbourne kommen sollte, bin ich für mindestens ein halbes Jahr in Amerika.«

»Ich verstehe«, sagte Jim Pike. Und nach einer Weile fragte er: »Und Emma? Ist sie sauer?«

»Auf jeden Fall ist sie ziemlich enttäuscht«, antwortete Tommy. »Sie versucht natürlich, mir kein schlechtes Gewissen zu machen, aber ich merke, dass sie traurig ist.«

Jim nickte. »Wart's nur ab«, meinte er schließlich. »Wenn du mit Bobby alle Preise in Amerika abräumst, wird sie gehörig stolz auf dich sein.«

Tommy lächelte. »Hoffentlich hast du recht.«

Abgesehen von dem unablässigen Regen, dem Gedränge und dem Lärm, den die Pferdekutschen auf dem gepflasterten Boden verursachten, gab es nicht viel, was an den Tag vor fast vier Jahren erinnerte, als Tommy Phar Lap am Hafen von Sydney in Empfang genommen hatte. Nicht Harry Telford stand diesmal neben ihm, sondern Emma. Außerdem würde Phar Lap nicht mithilfe eines dünnen Gürtels unter dem Bauch auf das Schiff gehievt, sondern gemeinsam mit Tommy in einer großen Holzkiste verladen werden, die mit einer Seilwinde aufs Schiffsdeck gehoben werden sollte.

Und dennoch musste Tommy daran denken, wie er Phar Lap zum ersten Mal hier begegnet war und ihm das Versprechen gegeben hatte, bei ihm zu bleiben und für ihn da zu sein. Er hatte sein Versprechen gehalten und dafür den treusten Freund gewonnen, den er jemals gehabt hatte.

»Schreibst du mir?« Emma drückte sich an ihn und Tommy konnte die Tränen in ihren Augenwinkeln glitzern sehen.

»Natürlich.«

»Ich werde dich vermissen.«

»Ich dich auch.«

»Die Amerikanerinnen sollen sehr hübsch sein.«

»Keine ist so schön wie du.«

»Pass auf dich auf, ja?«

Tommy nickte. Er hatte die Mahnungen von diesem Jack Farrell nicht vergessen. Der Geschäftsmann war soeben von einer Weltreise zurückgekehrt und hatte Tommy eigens aufgesucht, um ihn zu warnen: »In Mexiko wimmelt es nur so von Dieben und Gangstern. Dort wird alles geklaut, was nicht niet- und nagelfest ist. Wenn

Sie nicht aufpassen, dann wachen Sie eines Morgens auf und Ihr Pferd ist weg!«

»Sir, wir sind zum Auslaufen bereit.« Der junge Hafenarbeiter sah Tommy schüchtern an.

»Danke, ich komme gleich.« Tommy wandte sich wieder Emma zu und jetzt spürte er den Abschiedsschmerz übermächtig werden. Sosehr er sich auch auf sein Abenteuer freute, sosehr machte es ihn traurig, seine junge Frau allein zurücklassen zu müssen.

»Ich liebe dich«, flüsterte Emma ihm ins Ohr.

»Ich liebe dich auch.«

Ihre Lippen trafen sich zu einem langen Kuss und die Umgebung verschwand wie hinter einem Schleier. Umso lauter erschien ihnen beiden das plötzliche Tuten des Schiffes, das die bevorstehende Abfahrt ankündigte.

Tommy riss sich von Emma los und kletterte zu Phar Lap in die hölzerne Box. Unter sich sah er Emma kleiner und kleiner werden. Tommy wurde es schwindelig und er musste sich abstützen. Er wusste nicht, ob es die Nachwirkungen des Kusses waren oder ob es damit zu tun hatte, dass der Mann an der Winde so heftig kurbelte und sie so ruckartig nach oben zog.

Phar Lap war unruhig und Tommy fragte sich, ob das daran lag, dass sich das Pferd an seine erste Schiffsreise erinnerte. Was ging wohl in Phar Lap vor, als er jetzt erneut im Rumpf eines Schiffes in einer engen, dunklen Box stand? Nicht mehr als ein offener Bretterverschlag trennte das Abteil vom Rest des Laderaums. Die Luft war abgestanden und Tommy sah sich naserümpfend um. Außer Phar Lap gab es noch ein weiteres Pferd hier unten. Aber er konnte auch einen Esel, ein Maultier und sogar ein Kamel sehen. Jedes Tier stand abgeschirmt von den anderen hinter splittrigen Holzbalken.

Phar Lap ließ Tommy nicht aus den Augen. Sobald sich der junge Mann bewegte, schlug er nervös mit dem Kopf. Tommy hatte gehofft, er könnte sich ein wenig die Füße an Deck des Schiffes vertreten. Aber er brauchte die Tür des Verschlags nur anzusehen, schon schnaubte Phar Lap, als wollte er sagen: »Komm ja nicht auf die Idee, mich hier allein zu lassen.«

Also machte es sich Tommy bei Bobby so bequem wie irgend möglich, betrachtete wieder und wieder die Spezialhufeisen, die Telford extra in Auftrag gegeben hatte, damit Phar Lap auf dem harten Boden in Mexiko den bestmöglichen Tritt hatte. Stündlich wurde er glücklicher darüber, dass dieses Schiff, die alte Wanganui, sie nur nach Neuseeland bringen sollte. Dort würde Telfords Bruder Hugh sie abholen und bei sich aufnehmen, bis das eigentliche Schiff, die Monowai, sie nach San Francisco bringen würde. Tommy wusste nicht, ob er drei Wochen lang hier unten überlebt hätte.

Zunächst wartete Tommy noch darauf, dass irgendjemand herunterkäme, um die anderen Tiere zu versorgen. Ein kleiner Plausch hätte die Fahrtzeit sicherlich verkürzt.

Doch es kam niemand.

Allmählich wurde es immer stickiger. Die Ausdünstungen und Exkremente der Tiere ließen die Luft dick und warm werden. Tommy blickte sich um und konnte lediglich ein rostiges Rohr entdecken, das durch ein Loch in der Decke nach oben geführt wurde und auf diese Weise für Luftzirkulation sorgen sollte. Viel war es nicht, was dadurch an frischer Luft nach unten befördert wurde.

Der Geruch und das Schaukeln des Schiffs schlugen

Tommy auf den Magen, doch er zwang sich dazu, seinen mitgebrachten Proviant, Sandwichs und Plätzchen, zu verzehren. Sicherlich würde bald mal jemand nach ihm und den Tieren sehen und ihn mit weiterem Essen versorgen. Aber bis er endlich erschöpft einschlief, hatte er immer noch ausschließlich Gesellschaft von zwei Pferden, einem Esel, einem Maultier und einem Kamel.

Mitten in der Nacht erwachte Tommy. Das Schiff schaukelte hin und her und an allen Ecken und Enden knarrte es. Auch Phar Lap wackelte nervös mit den Ohren, wieherte hin und wieder unruhig und scharrte mit dem Huf über den Boden.

»Ist gut, Bobby, alter Junge«, versuchte Tommy sein Pferd zu beruhigen und lenkte den Fuchs mit etwas Zucker ab.

Am Abend des nächsten Tages hatte sich immer noch keine Menschenseele blicken lassen. Tommy erhob sich und tastete sich an der Wand entlang zu der Box des anderen Pferdes. Der Wassereimer des Tieres war leer. Tommy füllte neues Wasser nach. Durstig begann das Pferd sofort zu trinken.

Tommy runzelte die Stirn, als er sah, dass auch der Futtertrog leer war. Er nahm etwas von Phar Laps Futter und gab es der Stute.

Er wollte soeben zu Phar Lap zurückkehren, der bereits aufgeregt nach ihm wieherte, als eine besonders hohe Welle ihn fast das Gleichgewicht verlieren ließ. Er konnte sich gerade noch abfangen und starrte mit offenem Mund auf den Wasserschwall, der mit einem Mal aus dem Lüftungsschacht hervorschwappte und über den Boden lief.

Konnte es noch schlimmer werden?

Tommy stützte sich an der Wand ab, als er zu Bobby zurückkehrte, und legte dem Pferd tröstend den Arm um den Hals. »Na, Bobby, alter Junge? Warst du damals auf deiner Reise nach Australien das arme Pferd, für das niemand gesorgt hat?«

Bobby schnaubte und rieb seinen Kopf dankbar an Tommys Schulter. »Bist du deshalb so anhänglich?«, überlegte Tommy weiter. »Glaubst du, ich wäre derjenige gewesen, der dich damals erlöst hat, weil ich der Erste war, der sich um dich gekümmert hat?«

Statt einer Antwort fuhr Phar Lap mit seiner riesigen Zunge über Tommys Handfläche und schloss dabei vertrauensvoll die Augen.

Am dritten Tag gingen Tommys Essensvorräte zur Neige und immer noch hatte niemand von der Besatzung im Laderaum nach dem Rechten gesehen. Ohne Tommy wären die Stute, der Esel und das Maultier vermutlich bereits halb verdurstet. Nur dem Kamel machte der Wasserentzug vergleichsweise wenig aus.

Als Tommys Magenknurren unerträglich wurde, bediente er sich an den Orangen, die in einer riesigen Kiste transportiert wurden. Wenigstens löschten die Früchte seinen quälenden Durst.

Phar Lap starrte nur noch abgestumpft geradeaus und Tommy sehnte das Ende dieser Überfahrt mit jeder Faser seines Körpers herbei. Er konnte das Dämmerlicht, den Gestank und das Schaukeln bald nicht mehr ertragen. Mittlerweile war er froh, dass er durch das Versorgen der Tiere so viel zu tun hatte, dass er die meiste Zeit abgelenkt war.

Als sich nach fünf Tagen die Ladeluke endlich öffnete und frische Luft und Licht in den Bauch des Schiffes drangen, fühlte sich Tommy wie ein Gefängnisinsasse, der nach einer Woche Einzelhaft zum ersten Mal wieder einen Menschen sieht.

»Was ist denn ...« Tommy brach ab und räusperte sich erst einmal. Nach der langen Zeit des Schweigens war seine Stimme regelrecht eingerostet. »Was ist denn mit dem Mann passiert, der das andere Pferd hätte versorgen sollen?«

»Hä?« Der Arbeiter, der die lebende Fracht zu entladen hatte, kratzte sich am Kopf.

»Ich war die ganze Zeit allein hier unten«, fuhr Tommy fort. »Die Tiere hatten Durst und Hunger. Ich habe sie versorgt, aber was wäre mit ihnen geschehen, wenn ich nicht da gewesen wäre?«

»Ach so, es war zu stürmisch, um runterzugehen«, erklärte er.

»Nun, für mich war es auch nicht gerade bequem«, antwortete Tommy.

»Sie hätten ja auch nicht da unten sein sollen.«

»Und wer hätte dann nach meinem Pferd gesehen?«

»Wir haben einen, der regelmäßig nach den Tieren sieht.«

»Ach ja? Ich war die ganze Zeit hier unten, aber ich habe niemanden bemerkt!«

»Ja, wie gesagt, es war zu stürmisch.«

Tommy winkte genervt ab. Er konnte nur hoffen, dass die Überfahrt von Neuseeland nach Amerika, die mehr als dreimal so lange dauern würde, etwas angenehmer wurde.

Als sie ihre Schiffsreise über einen Monat später von Wellington aus fortsetzten, hatten sich Phar Lap und Tommy so weit von ihrem ersten Teil der Reise erholt, dass sie einigermaßen entspannt dem zweiten Teil entgegenblickten. Darüber hinaus hatten sie in Mr Hugh Telford, Harry Telfords Bruder, einen neuen Freund gefunden. Unglaublich, wie sehr sich die beiden Brüder voneinander unterschieden!

Die Monowai war weitaus komfortabler als das Schiff, mit dem sie nach Neuseeland gekommen waren. Trotzdem brach Tommy der Angstschweiß aus, als er an Bord gehievt und mit einem Ruck über vier Meter in die Höhe gezogen wurde. Doch als er den großen und gut belüfteten Stall besichtigte, hatte Tommy das abenteuerliche Erlebnis schon wieder fast vergessen und freute sich auf ein gepflegtes Abendessen in den Speisesälen des modernen Ozeandampfers.

Diesmal wusste er, dass er sich keine Sorgen um Phar Lap zu machen brauchte, denn ein Mitglied der Schiffsbesatzung wollte während seiner Abwesenheit nach dem Pferd sehen. Tommy reichte Bobby zum Abschied ein Stück Zucker, zog sein Jackett gerade und machte sich gut gelaunt auf den Weg zum Abendessen. Allmählich gewöhnte er sich an seine neue Rolle als Trainer des berühmtesten Rennpferds Australiens. Nicht nur viele Männer sprachen ihn auf Phar Lap an und suchten das Gespräch mit ihm, auch etliche Damen interessierten sich für seine Arbeit – und natürlich für Phar Lap.

Der »Rote Blitz« musterte den jungen Schiffssteward misstrauisch. Und dem wurde bei dem prüfenden Blick des großen Pferdes plötzlich ganz heiß. Das Pferd strahlte, obwohl es nicht gerade eine Schönheit war, eine gewisse Autorität aus, die durchaus einnehmend wirkte.

Phar Lap spitzte die Ohren, als der fremde Mann plötzlich zu reden begann. Er konnte hören, dass die Stimme des Fremden unsicher klang. Wer war dieser Mann? Was wollte er von ihm?

Jetzt streckte der Fremde eine Hand nach ihm aus!

Phar Lap schnaubte.

Der Mann erschrak und zog seine Hand ruckartig zurück.

Phar Lap begann sich unwohl zu fühlen. Er bekam selbst Angst, als er merkte, wie unsicher der andere war. Lauerte hier etwa irgendwo eine Gefahr?

Jetzt streckte der Mann schon wieder eine Hand nach ihm aus und sprach dabei auf ihn ein.

Phar Lap wieherte und wich zurück.

Der Mann machte einen Schritt auf ihn zu. Er blickte erschrocken nach unten, als er merkte, dass er gegen den metallenen Eimer getreten war. Doch es war zu spät.

Als Phar Lap das Poltern hörte und spürte, wie etwas gegen seinen Vorderlauf rollte, riss er die Augen angstvoll auf, bis das Weiße darin zum Vorschein kam. Kaltes Wasser schwappte über seine Hufgelenke und durchnässte die Bandagen. Die Ohren des Pferdes zuckten vor und zurück und der sanftmütige Ausdruck in seinen Augen verschwand. Als hätte man einen Schalter umgelegt, begann Phar Lap plötzlich zu toben. Er schlug mit dem Kopf, wieherte verzweifelt, als würde er nach jemandem rufen, stieg und versuchte sich loszureißen.

Die beachtliche Energie, die sich so schlagartig und unvermittelt entlud, ließ den Steward erstarren. Es dauerte einige Minuten, bis er begriff, dass sich das Pferd nicht mehr von allein beruhigen würde und die Gefahr bestand, dass es sich verletzte. Er musste jemanden rufen!

Tommy hatte sich soeben an den Tisch gesetzt und die ersten Bissen seines vorzüglichen Essens genossen. Er atmete tief ein. Wie anders war es hier an Bord der Monawai im Vergleich zu diesem alten Viehtransporter, mit dem sie nach Neuseeland gefahren waren! Er dachte an das ebenfalls vorzügliche Weihnachtsessen, das er bei Mr und Mrs Telford genossen hatte. Harrys Schwägerin war wirklich eine exzellente Köchin. Das Einzige, was ihm zur Vervollkommnung seines Glückes jetzt noch fehlte, war Emma. Weihnachten ohne seine Frau war eine Sache. Die andere war der bevorstehende Jahreswechsel, den er auf hoher See irgendwo zwischen Neuseeland und Amerika verbringen würde. Ohne einen einzigen Freund oder Bekannten. Und vor allem ohne seine Frau.

Bei seinem Rundgang über Deck hatte Tommy bereits den kleinen Sandplatz inspiziert, der für die Pferde zur Verfügung stand. Es war nicht viel, aber es würde reichen, um Bobby regelmäßig ein wenig Bewegung zu verschaffen, sodass seine Muskulatur bei ihrer Ankunft in Amerika nicht völlig unterentwickelt sein würde.

Daran dachte er jetzt, während er den Mann beobachtete, der mit auffallend schnellen Schritten den Speisesaal durchquerte, offenbar auf der Suche nach jemandem.

Tommy schob sich den nächsten Löffel Suppe in den Mund. Ach, was tat das gut, sich hier verwöhnen zu lassen, während jemand anders bei Phar Lap Wache hielt. Ja, so konnte er den nächsten drei Wochen entspannt entgegenblicken.

»Mr Woodcock?« Der Mann, der so hektisch den Speisesaal durchquert hatte, blieb genau vor Tommy stehen.

»Ja?« Der Suppenlöffel verharrte in der Luft. Auf halbem Wege zwischen Teller und Tommys Mund.

»Sie müssen schnell kommen, bitte, Sir«, sagte der Fremde in der weißen Uniform. »Sie müssen zu Ihrem Pferd, es ist etwas geschehen!«

Tommy konnte Phar Lap schon von Weitem hören. Das Pferd wieherte laut und schlug mit den Hufen gegen das Holz seines Stallabteils. Tommy war den ganzen Weg über die schmale Treppe vom Mitteldeck hinunter in den Bauch des Schiffes gerannt. Jetzt beschleunigte er seine Schritte noch einmal. Sein Herz raste vor Sorge um Bobby.

Was sollte er tun, wenn Bobby sich verletzte? Wie sollte er jemals wieder Mr Telford unter die Augen treten, geschweige denn sein Spiegelbild ruhigen Gewissens betrachten?

Sobald Tommy um die Ecke bog und Phar Lap ihn sehen konnte, beruhigte sich das Pferd. Phar Lap blieb stehen, schnaufte zwar noch ein wenig, war aber ansonsten vollkommen ruhig und entspannt.

Tommy war erleichtert, obwohl er mit Wehmut an die köstliche Suppe dachte, die jetzt einsam auf dem Tisch stand und allmählich kalt wurde.

Es fiel Tommy durchaus schwer, sich von der Vorstellung einer entspannten Überfahrt zu verabschieden. So schön hatte er es sich vorgestellt, jeden Abend an Deck des Schiffes gepflegt zu speisen, während ein Pianist und eine überaus attraktive Sängerin zur Unterhaltung der Gäste musizierten und Kellner die leer gegessenen Teller abräumten und gefüllte hinstellten.

Stattdessen leistete ihm nun Phar Lap Gesellschaft, während er aß. Und im Gegensatz zu ihm ging es Phar Lap in seinem geräumigen Stall hervorragend.

»Ein frohes neues Jahr, Bobby«, sagte Tommy am Jahreswechsel zu dem einzigen Lebewesen, das ihm Gesellschaft leistete, und Bobby rieb seinen Kopf freundschaftlich an Tommys Schulter.

Dann ging auf einmal alles so schnell, dass Tommy nur noch Zeit hatte, sich einen leeren Eimer vor das Gesicht zu halten. Seine Gedanken überschlugen sich, während er sich übergab. Dies war zweifellos der mieseste Anfang eines neuen Jahres, den er jemals gehabt hatte. Und er konnte nur hoffen, dass 1932 für ihn besser endete, als es anfing.

Die Wellen schlugen höher und höher, das Schiff schaukelte trotz seiner Größe hin und her, und Tommy konnte sich nicht vorstellen, dass noch mehr aus ihm herauskommen könnte. Aber das war ein Irrtum.

Bobby ließ Tommy nicht aus den Augen und der junge Mann hatte das Gefühl, in dem Blick des Pferdes läge Mitleid. Aber vielleicht wünschte er sich das auch nur. Phar Lap jedenfalls schien das Geschaukel nicht viel auszumachen. Tommy beneidete ihn fast um seinen guten Gleichgewichtssinn. Bei ihm schien alles durcheinander geraten zu sein. Oben und unten. Links und rechts. Vorn und hinten. Alles war eins. Ein sich drehendes, Übelkeit verursachendes Durcheinander.

Aber immerhin gab es hier jemanden, der ab und zu

nach ihnen sah! Als der Bootsmann an diesem Tag zu ihnen herunterkam und Tommy immer noch in dem gleichen Zustand vorfand wie bei seinem letzten Besuch, drehte er sich wortlos auf dem Absatz um, verschwand durch die Tür des Transportraumes und kehrte einige Minuten später mit einem Glas zurück.

»Hier, trink das, Junge.«

Tommy nahm das Glas mit zitternder Hand. Er fühlte sich so schlecht wie noch nie zuvor in seinem Leben und er hätte alles getan, damit es ihm besser ging. Denn was auch passieren mochte – schlimmer als im Augenblick konnte es nicht mehr werden.

»Schluck es, so schnell du kannst, hinunter«, sagte der Bootsmann und sah zu, wie Tommy das Glas an die Lippen setzte, die Augen schloss und den Inhalt gehorsam mit einer einzigen Handbewegung in seinen Mund schüttete.

Tommy hätte nicht gedacht, dass die Flüssigkeit seinen Magen überhaupt schon erreicht hatte, als er bereits wieder nach dem Eimer griff. Und wenn er geglaubt hatte, es könnte ihm nicht noch schlechter gehen, dann musste er nun feststellen, dass er sich geirrt hatte.

Während er sich übergab, grübelte er darüber nach, ob der Bootsmann ihn umbringen wollte. Hatte der Mann ihn mit der Flüssigkeit vergiftet? Aber warum? Was wollte er von ihm? Das Pferd? Wo sollte er es hinbringen? Sie waren immer noch mindestens neun Tage von der Küste entfernt!

Tommy fühlte sich wie Dörrobst. Er konnte sich kaum vorstellen, dass irgendwo in seinem Körper auch nur noch ein Tropfen Wasser stecken könnte. Und dennoch kam immer noch etwas aus ihm heraus. Langsam wünschte er sich zu sterben, damit er diese Qualen hinter sich lassen konnte.

Schließlich wurde die Erschöpfung übermächtig und Tommy versank in einen tiefen, traumlosen Schlaf.

Als er erwachte, war es finstere Nacht. Er vergewisserte sich, dass mit Phar Lap alles in Ordnung war, wunderte sich, dass er keinerlei Übelkeit verspürte, und schlief augenblicklich wieder ein.

Als er die Augen das nächste Mal aufschlug, blickte er geradewegs in das Gesicht des Bootsmannes, der ihn aufmerksam musterte. »Na, wie fühlst du dich?«

Tommy setzte sich auf. Er hatte einen unbändigen Durst, aber die Übelkeit war verschwunden. »Besser«, stellte er erstaunt fest. »Es geht mir besser. Aber was zum Teufel war das?«

Der Bootsmann grinste. »Oh, es war nichts weiter als ein Glas Salzwasser. Einfaches Salzwasser.«

Nachdem Tommy die Seekrankheit auf diese merkwürdige Weise überwunden hatte, wurde auch das Wetter besser. Die Wellen waren längst nicht mehr so hoch und die Monowai lag ruhig auf der See und machte Meile um Meile.

Tommy genoss es jetzt wieder, dass er mit Phar Lap auf Deck spazieren gehen konnte. Die Sonne brannte und es wurde sogar erstaunlich heiß. So heiß, dass Tommy Phar Laps geschwollene Beine mit Aftershave einrieb, um sie zu kühlen, und ihn nur noch morgens in aller Frühe und abends, wenn es bereits wieder abkühlte, auf den kleinen Sandplatz führte, wo sie ihre Runden drehten.

Zwanzig Tage waren sie bereits an Bord des Schiffes, als Tommy Phar Lap bei Sonnenaufgang an Deck brachte. Der »Rote Blitz« trottete wie jeden Morgen neben dem jungen Mann her. Doch plötzlich blieb er ruckartig stehen und hob den Kopf. Er drehte seine Nase in Richtung Reling und schnaubte. Seine Nüstern weiteten sich und seine Ohren wackelten aufgeregt vor und zurück.

»Was ist los, Bobby?« Auch Tommy war stehen geblieben und versuchte irgendetwas zu erkennen, was den Fuchs so in Aufregung versetzt haben könnte. Doch er sah nichts als Wasser. »Riechst du was?«

Zur Antwort sog Phar Lap die Luft tief in die Nüstern ein und stieß sie anschließend laut schnaubend wieder aus.

Tommy wunderte sich, aber er konnte beim besten Willen nicht feststellen, was das Pferd so Aufregendes gerochen haben könnte. Für ihn roch es wie jeden Morgen nach Meer, nach Fisch – und nach Rasierwasser.

»Guten Morgen, Sir.«

Tommy hatte den jungen Schiffssteward gar nicht bemerkt, der eiligen Schrittes an ihm und dem Pferd vorbeihastete, so intensiv hatte er den Horizont nach irgendetwas Außergewöhnlichem abgesucht. Jetzt drehte er sich zu dem Mann um. »Sagen Sie«, begann er, »wie weit ist es eigentlich noch?«

Der Steward verlangsamte seinen Schritt und sah Tommy und Phar Lap an. »Ungefähr noch einen Tag«, antwortete er, tippte sich zum Gruß an seine Mütze und eilte bereits weiter.

Erstaunt musterte Tommy sein Pferd, das seine Nase immer noch in den Wind hielt und von dem Geruch anscheinend nicht genug bekommen konnte. Und nun wusste Tommy auch, warum: Phar Lap roch Land!

22

»Er ist ein großes, schweres Pferd.«
JIMMY, HUFSCHMIED IN MEXIKO

Das Schneetreiben war so dicht, dass Tommy scherzhaft überlegte, ob das, was er vor sich sah, tatsächlich der Hafen von San Francisco war oder vielleicht doch nur ein Eisberg. Es war so kalt, dass der junge Mann glaubte, er habe nur geträumt, dass er Phar Laps Beine vor nicht einmal zwei Wochen mit Aftershave gegen die Hitze eingerieben hatte.

Doch wenn er die Augen zusammenkniff, konnte er einzelne Gestalten in dem Schneegestöber ausmachen. Dort standen Menschen. Viele Menschen, wie ihm auf einmal bewusst wurde.

Mit einem unguten Gefühl kletterte Tommy zu Phar Lap in den Holzverschlag, in dem sie mithilfe einer Winde auf den Kai hinuntergelassen werden sollten. Er erinnerte sich nur ungern daran, wie ruppig der Mann in Sydney sie auf das Schiff hinaufgezogen hatte, bis ihm schwindelig geworden war und Phar Lap hin und her geschwankt hatte. Doch zum Glück schien hier ein sensiblerer Mensch zugange zu sein.

»Mr Woodcock?« Der Mann undefinierbaren Alters kam auf Tommy zu und streckte ihm freundlich die Hand entgegen, kaum dass der festen Boden unter den Füßen hatte.

»Ja?«

»Ich bin Mr Perry. Mr Davis hat mich beauftragt, Sie und Phar Lap abzuholen und zu meiner Ranch zu bringen. Dort können Sie und das Pferd sich erst einmal von der langen Reise erholen.«

Tommy runzelte die Stirn. Er hatte kaum etwas von dem verstanden, was der Mann zu ihm gesagt hatte. Er sprach zwar eindeutig die gleiche Sprache, aber der Akzent unterschied sich so deutlich von seinem, dass es auch keinen großen Unterschied gemacht hätte, wenn der Mann Spanisch geredet hätte.

Der Mann schien zu merken, dass Tommy Verständnisschwierigkeiten hatte. Er lächelte und sagte betont langsam: »Kommen Sie, ich habe einen Transporter hier.«

Tommy folgte Mr Perry. Der Fremde hatte irgendetwas von Mr Davis und von einer Ranch gesagt. Also schien es wohl seine Richtigkeit zu haben.

Auf der Fahrt hatte Tommy Gelegenheit, sich an die Aussprache des Amerikaners zu gewöhnen. »Ich habe schlechte Neuigkeiten«, begann Mr Perry und drehte sich zu Tommy um. »Die Wirtschaftskrise macht auch vor Amerika nicht Halt. Die Siegerprämie im Rennen von Agua Caliente wurde gekürzt.«

»Ach ja?« Tommy wurde erst jetzt bewusst, wie isoliert von der Umwelt er die letzten drei Wochen auf dem Schiff verbracht hatte. Er blätterte gerade in einer alten Zeitung, die er auf dem Beifahrersitz von Mr Perrys Wagen gefunden hatte. Überrascht stellte er fest, dass von dem Gangsterboss Al Capone, über den auch die australischen Zeitungen schon einige Male berichtet hatten, hier in Amerika offenbar ein weitaus vielschichtigeres Bild gezeichnet wurde. Der Bericht, den er überflog, handelte von Suppenküchen, in denen tagtäglich 3.000 Arme mit Essen versorgt wurden. Die Kosten hierfür trug Mr Capone! »Ich bilde mir auf meine Großzügigkeit wirklich nichts ein«, wurde Mr Capone in dem Artikel zitiert, »aber es gibt viele Familien in Chicago, die mich für den Nikolaus halten.«

»Es gibt jetzt nicht mehr 100.000 US-Dollar, sondern nur noch 50.000.«

Tommy sah von der Zeitung hoch und blickte den Mann neben sich erschrocken an. »Nur noch die Hälfte?«

Mr Perry nickte. »Sie können sich vorstellen, wie Mr Davis getobt hat! Sie waren schon auf dem Schiff, als er davon erfuhr.«

»Und jetzt?«

»Und jetzt rennt Phar Lap für 50.000 Dollar.«

Tommy starrte mit offenem Mund geradeaus. Er war jetzt seit etwa sieben Wochen unterwegs, um diese sagenhafte Summe Geld zu gewinnen. Und auf einmal war die Summe gar nicht mehr so sagenhaft.

Mr Perry schien Tommys Gedanken zu erraten. »Na ja«, sagte er langsam. »Lieber einen halben als gar keinen Apfel, oder?«

Schweren Herzens stieg Tommy eine gute Woche später wieder in Mr Perrys Transporter, der ihn und Bobby von Kalifornien nach Mexiko bringen sollte. Er hatte sich auf Mr Perrys Ranch Menlo Park sehr wohlgefühlt und nach wie vor graute ihm vor dem, was sie in Mexiko erwarten würde.

Selbst die Landschaft verlor auf der langen Fahrt ihren Reiz. Ebenso wie der Komfort des Fahrzeugs die Strapazen der Reise nicht auf Dauer wettmachen konnte.

Tommy fühlte sich in seinen schlimmsten Befürchtungen bestätigt, als er Phar Lap unter dem Geleit von zwei Wachmännern, die ihre Gewehre im Anschlag hatten, in seine vorbereitete Box führte. Er erinnerte sich wieder an die warnenden Worte des fremden Geschäftsmannes, der ihm Mexiko als Mekka der Gangster und Banditen beschrieben hatte. So unwohl er sich auch angesichts der Waffen fühlte, so froh war er andererseits über den Schutz, den sie boten.

Dennoch traute er nichts und niemandem über den Weg und schlug sein Nachtlager wieder vor Bobbys Box auf. Viel Luxus war er ohnehin nicht gewohnt. Er brauchte ihn auch nicht und hätte ihn hier sowieso nirgends gefunden.

»Dr. Nielsen! Martin!« Tommy freute sich, nachdem er nun schon einige Tage allein in Mexiko verbracht hatte, vertraute Gesichter zu sehen. Weder der Tierarzt noch der junge Jockey, der Phar Lap im Training reiten sollte, waren enge Freunde von ihm, doch in der Fremde können auch entfernte Bekannte plötzlich sehr wichtig werden. Er spürte einen Stich in der Brust, als er in diesem Augenblick noch einmal an Cashy erinnert wurde und den schmerzlichen Verlust so deutlich empfand, als wäre das schreckliche Unglück erst gestern geschehen. Wie wunderbar wäre es gewesen, wenn Cashy ihn hierher hätte begleiten können.

Martin ergriff Tommys Hand und schüttelte sie kräftig. »Der Boden hier ist ja der reinste Albtraum«, sagte er zur Begrüßung.

Tommy nickte. »Ja, die Rennbahn ist extrem hart. Phar Lap muss sich komplett umstellen.«

»Und was kann man hier so machen?«

Tommy sah den Jockey an. Er hatte die Frage nicht verstanden.

»Bars, Mädchen ... Was hast du dir bisher hier angesehen? Kannst du was empfehlen?«

Dr. Nielsen, der sich bislang nicht an dem Gespräch der beiden jüngeren Männer beteiligt hatte, schaute Tommy nun ebenfalls interessiert an.

Tommy schüttelte den Kopf. »Ich habe mir noch gar nichts angesehen«, antwortete er. »Ich kümmere mich um Bobby und habe keine Zeit für Partys.«

»Ja, aber du wirst doch mal ausgegangen sein?«

Wieder schüttelte Tommy den Kopf. Er hatte noch nicht einmal daran gedacht, irgendwohin zu gehen. Was sollte er auch in einer Bar? Seine Frau Emma wartete zu Hause auf ihn und an Alkohol war er nicht interessiert. »Nein«, sagte er. »Ich war noch nicht aus. Aber soweit ich gehört habe, gibt es hier eine ganze Menge Bars, in denen viel los ist. Wir sind ja dicht hinter der Grenze und wegen der Prohibition kommen sogar die Amis hierher, um Alkohol zu trinken. Ihr werdet also was finden.« Er drehte sich um und ließ die beiden Neuankömmlinge stehen. Seine Wiedersehensfreude hatte schneller nachgelassen, als er es für möglich gehalten hatte.

In den nächsten Tagen merkte Tommy, dass es keinen großen Unterschied machte, ob er allein hier war oder in Begleitung des Tierarztes und des Jockeys. Er bekam ohnehin kaum einen der beiden zu Gesicht. Während er morgens um fünf aufstand und bis in den späten Abend hinein mit Bobby zu tun hatte, gingen Dr. Nielsen und Martin abends aus und schliefen morgens lange. Martin absolvierte pflichtgemäß das Training, kümmerte sich ansonsten aber um gar nichts, sodass Tommy als Trainer und gleichzeitig als Stallbursche alle Hände voll zu tun hatte.

Martin fragte ihn zwar zwei-, dreimal, ob er nicht mit ihnen kommen wolle, aber nachdem Tommy jedes Mal dankend ablehnte, ließ er es bleiben.

Der Satz von Jack Farrell, »Wenn Sie nicht aufpassen, dann wachen Sie eines Morgens auf und Ihr Pferd ist weg«, ging ihm die ganze Zeit nicht aus dem Kopf. Er traute sich einfach nicht, Bobby auch nur einen Moment aus den Augen zu lassen.

Selbst als der Hufschmied nach Phar Lap sah, schaute er dem kleinen Mann bei der Arbeit über die Schulter.

»Was sind das für Eisen, die er trägt?«

»Eine Spezialanfertigung«, erklärte Tommy. »Wir haben sie extra aus Australien mitgebracht. Sie sollen die Stöße durch das harte Geläuf besser abfedern.«

Der Hufschmied, der sich nur mit seinem Vornamen Jimmy vorgestellt hatte, richtete sich auf und schüttelte den Kopf. »Ich will dir ja nicht sagen, wie du deine Arbeit machen sollst, Junge«, sagte er in vertrautem Ton, als würde er Tommy von Kindesbeinen an kennen, »aber mit diesen Eisen solltest du dein Pferd hier nicht laufen lassen.«

»Warum?«

»Sie werden seine Hufe kaputtmachen.«

»Aber er trägt diese Eisen schon eine Weile und seine Hufe sind völlig in Ordnung!«

»Ich sehe, dass seine Hufe in Ordnung sind. Aber auf dieser Rennbahn liegen eine Menge Steine. Und nicht nur das.« Jimmy wischte sich den Schweiß von der Stirn.

»Läuft er die Runden schnell? Ist er ein gutes Rennpferd?«

Tommy lächelte. »O ja, sicher. Er ist ein gutes Rennpferd. Das beste!«

»Er ist sehr schwer.«

»Ja.«

»Und er hat bestimmt einen raumgreifenden Schritt.«

»Ja.«

»Nun, dann solltest du besser auf mich hören und ihm diese Eisen ausziehen und ihm welche von unseren verpassen.«

»Ich werde es mir überlegen«, sagte Tommy.

Der Hufschmied zuckte mit den Schultern, packte sein Arbeitsgerät ein und verabschiedete sich mit den Worten: »Ich hab's dir gesagt.«

Tommy grübelte den ganzen Tag darüber nach, was er tun sollte. Mr Telford und der Hufschmied in Australien hatten ihm ausdrücklich gesagt, dass er Bobby mit diesen speziellen Hufeisen laufen lassen solle. Und sie kannten das Pferd. Andererseits kannte der mexikanische Hufschmied den hiesigen Boden! Tommys Gedanken drehten sich im Kreis und er kam zu keinem Entschluss.

Martin war noch ein wenig müde, als er am nächsten Vormittag zum Training erschien. Gähnend schwang er sich auf Phar Laps Rücken.

Tommy hatte das Gefühl, dass der junge Jockey seine Instruktionen gar nicht richtig mitbekam. Aber schließlich gab er Phar Lap die Sporen und ließ ihn die ersten Runden zum Warmwerden erst einmal in gemächlichem Tempo laufen.

»Okay«, rief Tommy, der den beiden zusah, schließlich. »Du kannst in der nächsten Runde mal einen Zahn zulegen.«

Martin nickte und reckte zum Zeichen, dass er verstanden hatte, den Daumen in die Luft.

Phar Lap begann zu galoppieren. Doch er war noch nicht weiter als eine halbe Meile gelaufen, als er plötzlich abrupt stoppte.

Tommy sah aus der Entfernung zu, wie sich Martin aus dem Sattel gleiten ließ. Phar Lap hielt einen Vorderlauf hoch und Tommy stieß einen Fluch aus, während er quer über die Rennbahn zu seinem Pferd rannte.

»Der Huf ist gespalten.« Dr. Nielsen beugte sich über Phar Laps Vorderlauf.

Tommy nickte stumm. Er hatte den Riss bereits selbst gesehen.

»Er ist auf einen Stein getreten. Ich konnte nichts dagegen tun.«

»Niemand macht dir einen Vorwurf, Martin«, sagte Tommy und rieb sich mit den Fingerspitzen die Augen. Der Einzige, dem er einen Vorwurf machen konnte, war er selbst. Und diese Erkenntnis machte ihn alles andere als glücklich. Jetzt wusste er, dass er auf den mexikanischen Hufschmied hätte hören sollen. Jimmy hatte ihn deutlich genug gewarnt. Aber nun war es zu spät für diese Einsicht.

»Ich lege einen Druckverband an«, sagte Dr. Nielsen.

»Wird er denn damit laufen können?«

Der Tierarzt richtete sich auf. »Ich weiß es nicht«, sagte er. »Wir müssen es ausprobieren.«

Phar Lap war die Ruhe selbst, während der Tierarzt seinen Huf mit der Bandage umwickelte. Tommy hielt ihn am Halfter fest und sprach beruhigend auf ihn ein. Wieder einmal wunderte er sich, dass Bobby niemals hektisch oder ängstlich reagierte, solange er bei ihm war.

»So«, sagte Dr. Nielsen und ließ Phar Laps Bein los. »Dann wollen wir mal sehen.

Tommy nickte Martin zu. »Sei vorsichtig, ja?«

»Keine Sorge«, antwortete Martin. »Deinem Baby wird nichts passieren.«

Phar Laps Schritte wirkten zunächst ein wenig unsicher, doch Tommy war erstaunt, wie schnell sich das Pferd an den verbundenen Huf gewöhnte.

Martin saß auf und dirigierte Phar Lap zurück auf die Rennbahn.

»Übertreib's nicht, ja?«, ermahnte Tommy den Jockey noch einmal. Er hatte ein ungutes Gefühl bei der Sache. Doch was sollte er tun? Phar Lap aus dem Rennen zurückziehen? Er brauchte erst gar nicht zu fragen, was Mr Davis von diesem Vorschlag halten würde: nichts. Sie waren jetzt seit drei Monaten unterwegs, hatten mehr als 8.000 Meilen zurückgelegt, um an einem der bedeutendsten – und vor allem dem lukrativsten – Rennen der Welt teilzunehmen. Und dann sollten sie so kurz vor dem Ziel aufgeben?

Tommy sah zu, als Martin Phar Lap antraben ließ. Er achtete auf einen gleichmäßigen Schritt seines Schützlings und natürlich auf den bandagierten Huf. Dann wechselte Martin in einen leichten Galopp. Und auch dabei konnte Tommy keine Unregelmäßigkeit im Schritt feststellen. Er begann Hoffnung zu schöpfen, dass die Verletzung vielleicht doch nicht so schlimm war, wie er zunächst befürchtet hatte. Schließlich hatten sie noch ein paar Wochen Zeit bis zum Rennen und solange ein Ausdauertraining möglich war, konnte er Phar Lap noch rechtzeitig in Form bringen.

Martin hatte die Runde auf Phar Lap fast beendet und allmählich näherten sie sich wieder der Stelle, an der Tommy am Rand der Rennstrecke stand und sie beobachtete.

Zunächst hoffte Tommy noch, es sei Schmutz, der von der Rennbahn aufgewirbelt worden und an dem weißen Verband hängen geblieben war. Doch je näher Phar Lap kam, desto klarer wurde dem Trainer, dass es kein Schmutz war. Als Phar Lap schließlich vor ihm stehen blieb, gab es keinen Zweifel mehr: Aus der Bandage am Huf sickerte Blut!

23

»Wecken Sie das Pferd auf!
Ich will nicht, dass es hier einschläft!«
MARSHALL CASSIDY, STARTER

Tommy war dem kleinen Mann dankbar, dass er sich nicht lange mit Belehrungen aufhielt, er habe es ja vorher gewusst. Fachkundig inspizierte der Hufschmied den Huf und Tommy stand erwartungsvoll neben ihm.

»Tja«, sagte Jimmy schließlich und richtete sich auf. »Ich weiß nicht, ob es klappt, aber wir können das kaputte Stück vom Huf herausschneiden.«

»Und dann?«

»Dann müssen wir abwarten und zusehen, ob es rechtzeitig bis zum Rennen verheilt.«

Tommy fluchte leise vor sich hin. Das würde Mr Davis nicht gefallen.

Dr. Nielsen rieb sich nachdenklich das Kinn und Jimmy sah zwischen dem Tierarzt und dem Trainer hin und her und wartete auf eine Entscheidung.

»Haben wir denn eine Alternative?« Tommy sah Dr. Nielsen auffordernd an.

Der Tierarzt zuckte die Achseln. »Ich weiß nicht«, sagte er. »Mir scheint nur eins klar zu sein: So kann Phar Lap an dem Rennen jedenfalls nicht teilnehmen.«

»Dann ist es unsere einzige Chance?«, fragte Tommy noch einmal nach.

Der Tierarzt nickte stumm. »Wenn es schnell genug verheilt …« Er ließ den Satz unbeendet.

»Und was ist mit dem Training?«, wollte Tommy wissen.

Der Hufschmied schüttelte den Kopf. »Vorerst kein Training«, sagte er knapp.

»Aber Spaziergänge kann ich mit ihm machen?«

Jimmy nickte. »Langsam und auf weichem Boden dürfte nichts passieren. Aber kein Galopptraining und kein hartes Geläuf für mindestens zwei Wochen.«

Jetzt war es Tommy, der nickte. Er legte sowieso keinen Wert auf ein hartes, schnelles Training. Solange er Phar Lap nur in Bewegung halten konnte, würde der »Rote Blitz« rechtzeitig eine ausreichend gute Kondition erreichen. Zumindest hoffte er das, obwohl er ganz genau wusste, was David Davis oder Harry Telford in diesem Augenblick zu seinen Plänen sagen würden.

AUSTRALIENS WUNDERPFERD VERLETZT?

Dass in Australien einiges anders läuft als im Rest der Welt, ist nichts Neues. Während in Amerika der Frühling anbricht, bereitet man sich »down under« auf den Wintereinbruch vor. Aber reicht das als Erklärung für die merkwürdigen Trainingsmethoden des »Großen Roten«, wie die Australier ihr Pferd liebevoll nennen, aus? Phar Lap, der Favorit des Agua Caliente Handicaps, scheint ein Galopptraining jedenfalls nicht nötig zu haben. Oder wie ist es sonst zu erklären, dass er noch nicht ein einziges Mal auf der Rennbahn gesichtet wurde? Glaubt sein junger Trainer Mr Woodcock, er könne die amerikanischen Rennpferde in einem gemütlichen Spaziergang überholen? Spanish Play, Dr. Freeland, Reveille Boy – wohlklingende Namen, die für Dynamik und Schnelligkeit auf amerikanischem Turf stehen. Oder ist an dem Gerücht, der Fuchs habe sich verletzt, doch etwas dran? Ist darin der Grund für das fehlende Training zu finden? Dann stellt sich die Frage: Wird es überhaupt ein Rennen mit dem Australier geben? Wir dürfen gespannt sein.

Wütend knallte Mr Davis die Zeitung auf den Tisch. Der süffisante Ton dieses Artikels gefiel ihm nicht im Geringsten. Und der Inhalt noch weniger. Was trieb dieser Woodcock in Mexiko bloß? Machte er sich etwa auf seine Kosten ein schönes Leben?

»Ich glaube, es wird Zeit, dass dem Burschen mal einer auf die Finger schaut«, sprach er zu sich selbst. »Und wenn Harry das nicht tut, dann werde ich es wohl machen müssen.« Er stieß einen heftigen Fluch aus, während er aufstand. Telford kümmerte sich nur noch um seine anderen Pferde, von denen nicht eins das Zeug zum Champion hatte, und dieser Woodcock vertrieb sich die Zeit vermutlich mit hübschen mexikanischen Mädchen, statt seine Arbeit zu machen. Zum Rennen hatte er sowieso nach Mexiko reisen wollen, aber dass er nun früher als geplant aufbrechen musste, gefiel ihm überhaupt nicht.

Sorgfältig trug Tommy die Jodtinktur auf den verletzten Huf auf, nachdem er und Bobby von ihrem Morgenspaziergang zurückgekehrt waren. Fünf Meilen morgens und fünf Meilen abends. Tommy war erschöpft. Er stand unter Anspannung und schlief schlecht. Und obwohl ihm die Wanderungen normalerweise wenig ausmachten, empfand er sie jetzt als anstrengend. Vielleicht lag es auch daran, dass die Straßen sandig und schmutzig waren. Oder dass er nun zu seiner Arbeit als Stallbursche noch die Pflichten des Trainers zu erfüllen hatte. Eigentlich war Martin von Mr Telford beauftragt worden, einige Arbeiten als Stalljunge zu übernehmen. Doch Martin ließ sich kaum einmal blicken. Und die Arbeit musste schließlich gemacht werden.

Besonders beunruhigt war Tommy, seit ein großer schwarzhaariger Mann eines Morgens unvermittelt in der Stallgasse gestanden und sich nach Phar Lap erkundigt hatte. Die Wachen hatten augenblicklich ihre Waffen gezückt. Tommy war in diesem Augenblick bewusst geworden, wie gefährdet Bobby war. Schließlich hatte schon einmal ein Anschlag auf sein Leben stattgefunden. Und hier war es weitaus schwerer, auf die Einhaltung der Sicherheitsvorkehrungen zu achten, als zu Hause. Daran konnten auch die beiden Wachleute und die Anordnung, niemanden zu Phar Lap vorzulassen, nichts ändern.

Der Mann hatte zwar nichts Böses im Schilde geführt, er wollte nur das berühmte Rennpferd einmal aus nächster Nähe sehen und ihm und Tommy viel Glück wünschen, aber seitdem sah sich Tommy noch genauer um, wenn er mit Phar Lap unterwegs war.

Einer der beiden Wachleute erzählte ihm, er habe Gerüchte gehört, das amerikanische Syndikat wäre alles andere als erfreut darüber, dass ein Pferd aus dem Ausland angereist sei und gute Chancen habe, die Siegerprämie außer Landes zu bringen. Tommy schüttelte nur resigniert den Kopf. Natürlich trug diese Geschichte nicht gerade dazu bei, ihn zu beruhigen.

»Es soll Pläne geben, das Pferd zu beseitigen«, erzählte der Wachmann weiter und hob viel sagend eine Augenbraue.

»Zu beseitigen? Wie?« Tommy fühlte sich an die Szene

erinnert, als er zwischen Phar Lap und dem Gewehr gestanden und geglaubt hatte, sein letztes Stündlein habe geschlagen.

Der Wachmann zuckte mit den Schultern. »Zum Beispiel mit Gift.«

»Gift? Aber wir haben sogar unser eigenes Futter aus Australien mitgebracht. Wie sollte jemand Phar Lap vergiften?«

»Das Syndikat kann sehr erfinderisch sein, wenn es darum geht, die eigenen Interessen zu wahren.«

Tommys Blick fiel auf den offenen Futtersack vor Phar Laps Stallabteil, der für jeden, der es geschafft hatte, bis hierhin vorzudringen, leicht zugänglich war. Hatte der fremde Mann sich daran zu schaffen gemacht? Tommy nahm sich vor, in Zukunft noch wachsamer zu sein.

»Na, das sieht doch ganz gut aus.« Jimmy, der Hufschmied, ließ Phar Laps Vorderlauf los und klopfte sich die Hände an seiner Hose ab, bevor er Tommy das Eisen zeigte, das er eigens für Phar Lap angefertigt hatte. »Siehst du«, sagte er, »der Huf wird hier und hier«, er zeigte auf die Stellen, »gestützt.«

Tommy nickte zufrieden. »Und wann kann ich mit dem Galopptraining beginnen?«

»Ich an deiner Stelle würde noch eine Woche warten. Dann schaue ich noch mal nach ihm und vielleicht kannst du dann langsam anfangen.«

Tommy schluckte. Noch eine Woche? Obwohl er ein Verfechter des langsamen Trainings war, spürte er doch allmählich eine gewisse Ungeduld und Nervosität in sich. Würde die kurze Zeit bis zum Rennen wirklich reichen, um Phar Lap zu der Topkondition zu bringen, die er brauchte? Sosehr er einerseits auch an seine persönlichen Trainingsmethoden glaubte, sosehr fürchtete er sich andererseits vor den Anschuldigungen der beiden Eigentümer Phar Laps, falls er versagte. Und Angst zu versagen hatte er.

Mr Davis' Laune wurde immer schlechter, während er im Innenhof der Stallanlage darauf wartete, dass Tommy mit Phar Lap von seinem Spaziergang zurückkehrte. Spaziergang! Wenn er das schon hörte! Das beste Rennpferd der Welt bereitete sich mit Spaziergängen auf eins der wichtigsten Rennen der Welt vor. Kein Wunder, dass sich die amerikanischen Kollegen nicht ernst genommen fühlten.

Die beiden Wachleute, die wenig zu tun hatten, solange Phar Lap nicht in seinem Stall stand, beobachteten den kleinen Mann mit der dicken Brille misstrauisch, der heute Vormittag in Caliente aufgetaucht war und sich nach Woodcock erkundigt hatte. Er behauptete, der Besitzer des Superpferdes zu sein. Aber die Wachmänner wollten kein Risiko eingehen und ließen den Fremden nicht aus den Augen. Vielleicht war er ja doch ein Mitglied der Verbrecherorganisation? Besonders sein schicker Anzug und der teure Hut, den er trug, machten ihn verdächtig.

Als er das Klappern von Hufen hinter sich hörte, drehte sich David Davis ruckartig auf dem Absatz um und sah Tommy Woodcock und Phar Lap entgegen.

Tommys Hemd war an der rechten Schulter schmutzig und er war verschwitzt. Phar Lap folgte ihm wie ein gehorsames Hündchen.

Überrascht stellte Mr Davis fest, dass Tommy das wertvolle Pferd frei laufen ließ. Wenn Phar Lap nun auf die Idee kam, eigene Wege zu gehen?

»Was fällt dir ein, das Pferd frei laufen zu lassen?« Davis' Ton war härter, als er beabsichtigt hatte. Die anstrengende Reise und das ermüdende Warten unter den strengen Blicken der zwei bewaffneten Männer in dem staubigen Atrium hatten ihn zermürbt.

»Guten Tag, Mr Davis«, sagte Tommy, ohne auf den Vorwurf einzugehen.

Als die Wachleute merkten, dass Tommy den Fremden kannte, ließen sie endlich ihre Gewehre sinken.

»Ja, ja, guten Tag.«

Phar Lap war stehen geblieben, sobald Tommy stehen geblieben war. Nun sah er über die Schulter des jungen Mannes hinweg auf Mr Davis, seinen Besitzer, und der fühlte sich unter dem prüfenden Blick des imposanten Pferdes sichtlich unwohl. Alle schienen ihm hier mit Misstrauen zu begegnen.

»Mr Telford und ich machen uns große Sorgen«, fuhr Mr Davis in einem etwas freundlicheren Ton fort und wedelte mit einer Tageszeitung vor Tommys Gesicht herum. »Hier steht, du würdest das Pferd gar nicht trainieren, stimmt das?« Was auf jeden Fall nicht stimmte, war seine Behauptung, Mr Telford würde sich Sorgen machen. »Der Junge weiß schon, was er tut«, hatte sein Kompagnon vielmehr zu ihm gesagt, als er ihn mit dem Zeitungsartikel konfrontiert hatte.

»Bobby ist verletzt«, erklärte Tommy und das Pferd hinter ihm nickte mit dem Kopf, als es seinen Namen hörte, als wollte es diese Aussage bestätigen.

Mr Davis hatte das Gefühl, er stünde einer unüberwindbaren Einheit gegenüber.

»Er ist im Training auf einen Stein getreten und hat sich den Huf gespalten.«

»Ja und? Was bedeutet das?«

Tommy seufzte. »Das bedeutet, dass er im Augenblick kein Galopptraining machen kann, damit der Huf Zeit hat, zu verheilen. Wenn er überhaupt rechtzeitig verheilt.«

»Was soll das heißen – ›Wenn er überhaupt rechtzeitig verheilt‹? Willst du damit etwa sagen, es ist möglich, dass er an dem Rennen nicht teilnehmen kann, wenn sein Huf nicht verheilt ist?«

»Ja, Sir.«

»Aber wie konnte das passieren?« Mr Davis wurde immer hektischer. Er hatte die Absicht, viel Geld auf Phar Lap zu setzen und ein Vermögen damit zu machen. Jetzt sah er seine Chance auf das leicht verdiente Geld schwinden. »Wieso ist er auf einen Stein getreten und wieso kann das seinen Huf spalten? Ich verstehe das nicht ...«

Tommy musste fast schon lachen. »Er ist beim Training auf einen Stein getreten«, erklärte er, »weil es auf der Rennstrecke Steine gibt. Die Rennbahnen hier sind nicht so wie bei uns. – Hier ist fast gar nichts wie bei uns«, fügte er nach einer Pause hinzu. »Und der Huf wurde gespalten, weil Phar Lap die falschen Hufeisen trug.«

»Aha!« Mr Davis machte ein triumphierendes Gesicht. Endlich glaubte er, den Beweis für Tommys Schuld an dem Dilemma gefunden zu haben. »Und wieso trug er die falschen Hufeisen?«

»Er trug die Hufeisen, die Mr Telford mir für ihn mitgegeben hatte«, erklärte Tommy. »Der Hufschmied hier hat mich gewarnt, aber«, Tommy verzog das Gesicht bei der Erinnerung, »ich habe ihm nicht geglaubt.« Jetzt machte er tatsächlich ein schuldbewusstes Gesicht.

Mr Davis' Wut dagegen war verraucht. Woodcock hatte sich ausschließlich an Telfords Anweisungen gehalten, wie ihm jetzt klar wurde. Wenn er sich ihnen widersetzt hätte, wäre all dies wahrscheinlich nicht passiert. Er schüttelte traurig den Kopf. »Das heißt also, wir gehen mit einem untrainierten, lahmenden Pferd in das höchst dotierte Rennen Amerikas.«

Tommy senkte den Kopf. »Ja, Sir«, sagte er kleinlaut.

Phar Lap tat es Tommy gleich und senkte ebenfalls den Kopf. Er legte seinen massigen Schädel auf Tommys rechte Schulter und Mr Davis wurde mit einem Mal klar, woher der Schmutzfleck auf Woodcocks Hemd kam: Die Umrisse des Flecks passten exakt zur Kontur von Phar Laps Kinn und Maul.

Jetzt, wo er schon einmal da war, hatte es sich Mr Davis nicht nehmen lassen, mit Tommy zusammen Phar Laps erstem Galopptraining nach der Genesungsphase beizuwohnen. Er stand neben dem jungen Trainer und kommentierte jeden einzelnen Schritt seines Pferdes: »Was macht er denn da! Die anderen werden über uns lachen, wenn sie uns sehen!«

Tommy verdrehte die Augen.

»In dem Tempo hat er gegen die großen amerikanischen Pferde keine Chance.«

»Sir!« Tommy konnte es nicht länger ertragen. Er drehte sich zu Mr Davis um und sah auf ihn hinunter. »Um Ihnen die Wahrheit zu sagen, die wirklich großen amerikanischen Rennpferde, Twenty Grand oder Mate zum Beispiel, treten beim Agua Caliente Handicap gar nicht an! Und wissen Sie, wieso? Ihren Besitzern sind die Bedingungen bei diesem Rennen zu hart, das Risiko von

Verletzungen zu hoch. Es geht zwar um verdammt viel Geld und um Prestige, aber nicht jeder ist bereit, den Preis dafür zu zahlen.« Er deutete mit einer Armbewegung auf die Rennstrecke. »Schauen Sie sich das doch einfach mal richtig an! Die Bahn ist eine Katastrophe! Sie ist dreckig, hart und voller Steine. Die anderen Pferde werden mit Spikes unter den Hufen starten, damit sie nicht wegrutschen ...«

»Und warum startet Phar Lap dann nicht auch mit Spikes?«

»Er ist noch nie mit solchen Hufeisen gelaufen, wie die Pferde hier es gewohnt sind.«

»Nun, dann ist es halt das erste Mal!«

Tommy schüttelte den Kopf. »Können Sie sich vorstellen, Sie liefen bei einer Weltmeisterschaft gegen die schnellsten Läufer der Welt und hätten zum ersten Mal harte, schwere Schuhe mit Nägeln unter der Sohle an? Was glauben Sie, wie Sie dabei abschneiden würden? Mit einem neuen Weltrekord?«

Mr Davis schwieg und Tommy drehte sich befriedigt um. Endlich hatte der Mann verstanden.

Während Phar Lap unter den wachsamen Augen seines Besitzers und seines Trainers mit seinem Jockey Billy Elliott, der mittlerweile in Mexiko angekommen war, eine der letzten Trainingseinheiten vor dem Rennen absolvierte, stand Emma Woodcock etwa 8.000 Meilen entfernt inmitten einer jubelnden Menschenmenge. Obwohl sie von Menschen umringt war, fühlte sie sich schrecklich einsam. Weihnachten und Neujahr hatte sie bereits ohne Tommy verbracht und nun musste sie auch noch ohne ihn der Eröffnung der Harbour Bridge zusehen. Dabei gab es so viele gemeinsame Erinnerungen, in denen sie jetzt gern mit ihrem Mann geschwelgt hätte. Wie oft hatte sie während der neunjährigen Bauzeit mit Tommy vor der Baustelle gestanden und dem Wachsen des »Kleiderbügels«, wie die Einwohner Sydneys die Harbour Bridge getauft hatten, zugesehen. Und dabei hatten sie sich geschworen, dass sie – sollte diese Brücke jemals fertig werden – Arm in Arm das erste Mal die etwa fünfhundert Meter von Dawes Point zum Milsons Point entlanglaufen würden. Aber daraus wurde jetzt wohl nichts.

Knapp 40.000 Tonnen Stahl verbanden nun die beiden Seiten der Port-Jackson-Bucht miteinander. Das Bauwerk der Superlative sollte auch kommende Generationen beeindrucken und zum Wahrzeichen der Stadt werden. Die Menschen in Sydney waren begeistert und feierten ausgelassen.

Nach Feiern war Tommy nicht zumute. Er hatte bisher jedes Rennen seines Schützlings mit Spannung erwartet. Aber noch nie war er so aufgeregt gewesen wie dieses Mal. Sein Pferd würde einmal mehr als Favorit ins Rennen gehen. Die Wettquoten lagen bei bescheidenen sechs zu fünf. Und Phar Lap sollte das höchste Handicap tragen: 117,2 Pfund. Das jedoch machte Tommy die wenigsten Sorgen. Phar Lap hatte schließlich auch schon einmal fast zwanzig Pfund mehr auf dem Rücken gehabt. Andererseits bedeutete jedes Pfund mehr auch ein höheres Risiko für den verletzten Huf. Immer noch zierte eine Bandage Phar Laps Vorderfuß und die Gefahr, dass sich der Huf während des Rennens ablöste, war nicht zu unterschätzen. Vor allem wenn man das harte Geläuf und die schmale, kurvenreiche Strecke bedachte.

Auf einmal wünschte Tommy, er wäre gar nicht hier. Er sehnte sich jeden Tag mehr nach seiner Frau. Was sie wohl gerade machte? Ob sie ihn ebenfalls vermisste?

Am Tag des Rennens war auf den Straßen rund um Tijuana kein Durchkommen mehr. Selbst fünfjährige Kinder boten Getränke, Snacks und sogar Eintrittskarten feil. Tommy wunderte sich. Er wollte lieber nicht wissen, wo sie die herhatten. Er betrachtete einen schmutzigen kleinen Jungen, der einen schweren Bauchladen vor sich hertrug, und fragte sich, ob er selbst auch eines Tages Kinder haben würde.

Unwillkürlich musste er lächeln und an den schon etwas älteren Jungen denken, dem er auf einem seiner Spaziergänge mit Phar Lap begegnet war. Sie hatten sich mitten in der Einöde befunden – zumindest kam es Tommy so vor –, als auf einmal ein etwa zwölfjähriger Mexikaner vor ihnen auftauchte. Zunächst hatte sich Tommy erschreckt, doch dann merkte er, mit welcher Ehrfurcht der zierliche Junge ihn und das Pferd betrachtete, und er gestattete ihm sogar, Phar Lap zu streicheln.

Immer noch konnte Tommy diese außergewöhnlich braunen Augen mit dem leuchtenden Weiß um die Iris und das Glänzen buchstäblich vor sich sehen, als der Junge Phar Laps Fell berührt hatte. Als reichte allein dieses Erlebnis, um glücklich zu sein. Oder als würde die Berührung selbst Glück bringen.

Im Hipódromo del Agua Caliente war an diesem Tag der Teufel los. Tausende von Menschen wollten das Rennen sehen, etliche ohne eine reguläre Eintrittskarte. Vielleicht war irgendwo unter ihnen auch der Zwölfjährige?

Tommy dachte an den Melbourne Cup und den Ausnahmezustand, in dem sich sein Heimatland einmal im Jahr jeweils am ersten Dienstag im November befand. Auch dort quollen die Straßen dann vor Menschen über, aber Tommy meinte durchaus Unterschiede zu sehen. In Melbourne machte sich jeder für das Rennen zurecht: Die Frauen trugen auffallende Hüte, die Männer Jacketts und Blumen im Knopfloch. Auf den Straßen wurde zu Musik getanzt und gefeiert und die Stimmung war fröhlich und ausgelassen.

Hier aber – zumindest empfand es Tommy so – war alles irgendwie schmutzig und laut. Die kleinen Kinder, die an diesem Tag ihr Geschäft zu machen suchten, waren ein Indiz für die Armut der Menschen. Auch in Sydney waren die Menschen arm. Dennoch schienen sie darauf zu achten, dass man ihnen ihre Armut möglichst nicht ansah. War das eine Frage der unterschiedlichen Mentalität? Tommy wusste es nicht. Aber er wusste, dass er sich unwohl fühlte. Vielleicht lag es auch nur daran, dass ihm alles so fremd vorkam. Die ganze Welt blickte an diesem Tag auf ihn und sein Wunderpferd. Die einen erwartungsvoll, die anderen skeptisch. Und er wusste nicht, ob Bobby und er diesen Anforderungen gewachsen waren.

Während sich Tommy um die notwendigen organisatorischen Vorbereitungen kümmerte, stand Phar Lap von der Öffentlichkeit abgeschirmt in seiner Box. Vor dem Stallabteil patrouillierten Wachen. Die Gerüchteküche um geplante Sabotageakte vor oder während des Rennens brodelte.

Von all dem bekam Phar Lap nicht viel mit. Er stand in seiner Box und hielt nach Tommy Ausschau. Mittlerweile hatte er genügend Rennerfahrung, um zu wissen, was geschehen würde. Er konnte die Ereignisse um sich herum deuten. Die anderen Pferde, die hektischen Geräusche, die vielen Menschen …

Dr. Nielsen kniete vor Phar Laps Vorderlauf und bandagierte den verletzten Huf ein letztes Mal vor dem Rennen, während er inständig hoffte, dass alles gut gehen würde. Wenn Phar Lap sein Pferd gewesen wäre – er hätte es mit dieser Verletzung nicht laufen lassen. Aber es war nicht sein Pferd.

David Davis stolzierte aufgeregt vor dem Stall auf und ab. Für ihn stellte sich die Frage nicht, ob er Phar Laps Gesundheit aufs Spiel setzte. Die einzige Frage, die ihn beschäftigte, lautete, wie viel Geld er durch Phar Laps Sieg verdienen würde. Vorausgesetzt, dieses untrainierte und lahme Pferd gewann!

Dabei ging es nicht nur um die Siegerprämie von 50.000 US-Dollar, von der er auch noch die Hälfte an Telford abgeben musste, es ging vor allem um seinen Wetteinsatz. Und der Gedanke daran, er könnte sich verkalkuliert haben und Phar Lap verlor, gefiel ihm ganz und gar nicht, denn er hatte horrende Summen auf das Pferd gesetzt.

Davis zog unbewusst eine Grimasse, die seine Missbilligung und seinen Argwohn zum Ausdruck brachte, als er in diesem Augenblick den jungen Woodcock entdeckte, der sich durch die Menschenmenge einen Weg zu ihm und dem Pferd bahnte.

»Man erzählt sich hinter vorgehaltener Hand, einige der Jockeys hätten Schmiergelder erhalten, um Billy und Bobby das Leben schwer zu machen«, sagte Tommy, als er Mr Davis erreicht hatte.

Der winkte mit einer Hand ab. Er konnte all diese Geschichten von Giftanschlägen durch das Syndikat und bestochenen Jockeys allmählich nicht mehr hören, geschweige denn, dass er sie ernst nahm. Er bezahlte seit Wochen Unsummen für die beiden Wachmänner, die nichts anderes taten, als in der Stallgasse auf und ab zu spazieren und miteinander zu quatschen. Und wofür? Nichts war passiert. Und nichts würde passieren. »Wir sollten uns von denen nicht ins Bockshorn jagen lassen«, sagte er.

Tommy presste die Zähne aufeinander. Er dachte an all die Gefahren, die Bobby erwarteten, die gefährliche Rennstrecke mit dem ungewohnt harten Belag, die schwere Verletzung und nun auch noch die Aussicht darauf, von den Kontrahenten ins Abseits gedrängt zu werden. Er war lange genug dabei, um all die Tricks zu kennen, mit denen Jockeys gegnerische Pferde aus dem Tritt bringen konnten. Er wollte gerade zu einer Erwiderung ansetzen, als Bobby durch leises Wiehern seine Aufmerksamkeit einforderte.

»Hey, Bobby, alter Junge.« Tommy ging auf sein Pferd zu und legte den Arm um seinen Hals. »Das wird heute ein ganz schön harter Brocken.«

Der Fuchs ließ wie immer seinen Kopf auf Tommys Schulter sinken und rieb sich schnaubend an ihm.

Tommy streichelte das Pferd, während er sich wieder an Mr Davis wandte: »Er bekommt sein Winterfell«, sagte er. »Auch das ist nicht gerade hilfreich für dieses Rennen bei schwülen achtundzwanzig Grad.«

»Mich interessiert nur eins«, antwortete Mr Davis. »Wird er es schaffen – ja oder nein?«

Tommy seufzte. »Wenn der Huf mitmacht, dann schafft er es«, sagte er und setzte im Stillen hinzu: hoffentlich.

»Es wird Zeit, Tommy.« Billy Elliott kam in seiner

Rennkluft und mit dem Sattel über dem Arm auf den Trainer zu. »Wir sollen uns aufstellen.«

»Ist gut, Billy, wir kommen.«

»Treib ihn ordentlich an, Billy, hörst du?« Mr Davis klopfte dem Jockey aufmunternd auf den Arm.

Der Jockey nickte pflichtbewusst.

»Viel Glück!«, rief David Davis ihnen nach, als sie Bobby zum Aufsattelplatz führten.

»Du musst ihn zurückhalten«, sagte Tommy, während er Billy in den Sattel half. »Du weißt, wo Bobbys Stärken liegen. Außerdem wäre ein schneller Start zu gefährlich für ihn. Denk an seinen Huf.«

Wieder nickte Elliott. Der eine sagte hü, der andere hott, aber er wusste schon, wie er sich zu verhalten hatte.

»Und achte auf die anderen Jockeys«, fuhr Tommy fort. »Du weißt, warum. Bring ihn lieber nach außen, als ein Risiko einzugehen.«

»Auch wenn ich dann längere Wege gehen muss?«

»Ja, auch dann.«

Billy Elliott zuckte mit den Schultern. »Du bist der Boss.«

»Also gut.« Tommy atmete tief durch. Er klopfte Billy, der bereits im Sattel saß, auf den Oberschenkel. »Viel Glück.« Dann hielt er Bobbys Kopf fest und sah dem Pferd in die Augen. »Zeig es allen«, beschwor er den Fuchs, »aber übertreibe es nicht, hörst du?«

Der »Rote Blitz« schnaubte, als hätte er jedes einzelne Wort verstanden. Dann wendete Billy das Pferd und Tommy sah ihnen nervös hinterher.

Phar Lap stand so ruhig in der Startbox, als hätte er sein Lebtag nichts anderes getan. Dabei war es das erste Mal, dass er vor einem Rennen links, rechts und vor sich einen Widerstand spürte. In Australien hatte er bislang nur Startbarrieren kennen gelernt. Ob er aber ebenso reibungslos aus der Startbox herauskommen würde, wie er hineingegangen war, sobald er den Befehl dazu erhielt, stand in den Sternen.

Bei Reveille Boy, einem jungen Wallach, brauchte es dagegen eine Menge Überredungskunst, damit er auch nur einen Huf in die schmale Box hineinzusetzte. Während alle anderen Pferde bereits auf den Rennbeginn warteten, gebärdete sich Reveille Boy, als würde er zur Schlachtbank geführt werden. Zwei Männer zogen von vorn, zwei Männer schoben von hinten, doch Reveille Boy schaffte es wieder und wieder, zur Seite auszubrechen.

Als Phar Lap merkte, dass es vorerst nicht weiterging, schloss er die Augen. Sein Kopf wurde schwerer und schwerer und er begann zu dösen.

»Hey, Sie da!«

Billy Elliott wandte sich um. Hinter ihm stand der Mann, der das Rennen starten sollte, mit der Hupe in der Hand. »Ja?«

»Wecken Sie Ihr Pferd auf, ich will nicht, dass es hier einschläft!«

Elliott lächelte. »Oh«, antwortete er, »es wird noch früh genug aufwachen. Keine Angst. Vielleicht sorgen Sie erst mal dafür, dass alle Pferde startklar sind?«

Der Mann stieß wütend die Luft aus und ging weiter.

Tommy sah sich von seinem Tribünenplatz aus aufmerksam um. Warum dauerte das bloß so lange? Er hatte Billy und Bobby bereits vor einer Viertelstunde verlassen. Er ließ seinen Blick über die Zuschauer schweifen. Der Kontrast zwischen den ärmlich gekleideten Menschen auf den preiswerten Stehplätzen und den Mitgliedern der High Society auf den überdachten Sitzplätzen war auffallend. Natürlich gab es auch in Melbourne Unterschiede, aber Tommy hatte sie nicht als so extrem in Erinnerung.

Der junge Mann meinte sogar einige bekannte Gesichter unter den Zuschauern zu sehen. Stars und solche, die sich dafür hielten. Zumindest daran merkte man, dass man in Amerika war! Da stand Al Jolson, der berühmte Sänger und Schauspieler. Martin hatte Tommy erzählt, Jolson hätte am vergangenen Abend im Kasino ein Lied über Phar Lap gesungen. Aber Tommy war sich nicht ganz sicher, ob der Jockey ihm nicht einen Bären aufbinden wollte. Und das da hinten, war das nicht sogar Buster Keaton?

Der Gedanke an Emma schnürte ihm für einen Moment die Luft ab. Wie lange war es jetzt her, dass sie gemeinsam in Sydney im Kino gesessen und einen Film mit Buster Keaton gesehen hatten? Es kam ihm vor wie ein ganzes Leben. Er erinnerte sich plötzlich an die Szene, in der ein gesamtes Haus um Keaton herum einstürzte und er schließlich aus einer Wolke von Schutt und Asche wieder auftauchte.

Endlich hörte die mexikanische Musik auf und die Stimme des Rennbahnsprechers ertönte scheppernd durch die alten Lautsprecher. »Meine Damen und Herren, die Pferde stehen jetzt in ihren Startboxen und Marshall Cassidy kann jeden Augenblick das Startzeichen geben.«

Tommy zuckte bei dem ungewohnten Lärm der Hupe zusammen und hoffte noch im gleichen Augenblick, dass es Bobby nicht ähnlich erging.

»Die Pferde sind gestartet. Mit der Startnummer neun der Favorit des Rennens, Phar Lap, geritten von Billy Elliott, ist nicht gut aus der Box gekommen. Er hat schon auf den ersten Metern den Anschluss an das Feld verloren. Nein, dies scheint nicht der Tag des australischen Helden zu werden … «

Tommy reckte den Kopf in die Höhe, aber er konnte kaum etwas sehen. Eine dichte Staubwolke hüllte die Rennbahn in Nebelschwaden. Die Hufe der galoppierenden Pferde wirbelten den ausgedörrten Boden auf.

Die Worte des Rennbahnsprechers beunruhigten ihn im Gegensatz zu Mr Davis, der bereits das Gesicht in den Händen verbarg, nicht im Geringsten. Im Gegenteil. Er hatte Billy die Anweisung gegeben, Phar Lap zurückzuhalten, und nichts anderes hatte der Jockey getan.

Als jedoch jetzt das Feld an ihm vorbeiraste und er durch den Nebel Phar Lap an vorletzter Position zu erkennen glaubte, verlor er doch ein wenig an Zuversicht. In der Tat war der Vorsprung der Mitfavoriten Dr. Freeland, Reveille Boy – der froh zu sein schien, dass er der engen Startbox entkommen war, und weit vorne lief – und Spanish Play enorm. Würde Phar Lap das noch aufholen können?

Tommy hoffte inständig, er habe sich verguckt, als er nur noch ein einziges Pferd in der Staubwolke hinter Phar Lap entdeckte. Denn das würde bedeuten, dass neun Pferde schneller waren als seins! Und konnte Phar Lap auf wenigen hundert Metern neun Pferde überholen?

In der Tat war Phar Lap bei dem schrillen Geräusch der Hupe erschrocken und hatte den rechten Moment zum Absprung verpasst. Kaum war er aus der Starbox, wurde er nacheinander von drei Pferden geschnitten, die den Weg zur kürzesten Strecke auf der Innenbahn suchten, und fand dadurch nicht in ein gleichmäßiges Schritttempo. Billy Elliott hatte alle Hände voll zu tun, um nicht aus dem Sattel zu gleiten, als Phar Lap einen Ausweichschritt nach dem anderen machen musste.

Die Hufe der vorauslaufenden Pferde schleuderten dem Fuchs Unmengen an Dreck ins Gesicht und Phar Lap hob widerwillig den Kopf. Sand spritzte in seine Augen und in seine Nüstern.

Billy dachte an Tommys Worte und dirigierte Phar Lap nach außen. Das verbrauchte weitere kostbare Sekunden, doch sobald Phar Lap niemanden mehr vor sich hatte, fand er sein Schritttempo und drängte vorwärts. Aber Billy hielt ihn zurück.

»Weit abgeschlagen Phar Lap. Es sieht nicht so aus, als ob der große Fuchs hier und heute sein Rennen machen könnte, meine Damen und Herren. Das australische Wunderpferd bildet beim Agua Caliente das Schlusslicht.«

»Verdammt!«, zischte Mr Davis und schleuderte seinen Hut auf den Boden. Er hatte es sich bereits so schön ausgemalt: Jedes Rennen in Amerika wollte er mit Phar Lap gewinnen und dann, wenn hier nichts mehr zu holen war, kam England dran. Und anschließend die ganze Welt. Aber jetzt war er von dieser Zukunftsvision so weit entfernt wie vom Mond, auf den ebenfalls niemals ein Mensch seinen Fuß setzen würde.

»Reveille Boy sieht sehr gut aus. Er führt das Feld an. Aber auch Bahamas macht ein gutes Rennen. Ebenso Dr. Freeland und Joe Flores. Die Pferde gehen jetzt auf die zweite Runde zu.«

Der Besitzer von Reveille Boy, der schräg hinter Mr Davis saß, lächelte zufrieden.

»Phar Lap läuft sehr langsam. Er scheint in keiner guten Verfassung zu sein. Reveille Boy nach wie vor auf Platz eins. Spanish Play auf Platz drei. Nur noch eine Dreiviertelmeile, meine Damen und Herren, dann ist das Rennen entschieden. Der Australier jedoch konnte sich heute nicht profilieren. Er wurde den Erwartungen, die man hier in ihn gesetzt hatte, nicht im Mindesten gerecht. Doch was ist das? Phar Lap schließt auf! Er greift außen an! Geht an Cabezo vorbei … Nur noch eine halbe Meile bis zum Ziel – das ist nicht mehr zu schaffen. Oder doch? Phar Lap überholt Dr. Freeland, der eingebrochen zu sein scheint. Wie ein Expresszug arbeitet sich der mächtige Fuchs vor, macht Platz um Platz gut. Jetzt überholt er Bahamas. Oh … Spanish Play fällt zurück … Phar Lap jetzt auch noch vorbei an Seth's Hope … Wer hätte das gedacht, meine Damen und Herren …?«

Die Zuschauer hatten sich von ihren Plätzen erhoben und verfolgten ungläubig, wie Phar Lap sich vom letzten Platz vorarbeitete. Keiner von ihnen hatte jemals ein Pferd so rennen gesehen. Der »Rote Blitz« schien regelrecht zu fliegen.

»Da kommt Phar Lap. Inzwischen an dritter Position hinter Reveille Boy und Scimitar. Dr. Freeland und Spanish Play weit abgeschlagen. Reveille Boy und Phar Lap. Wird sich zwischen diesen beiden das Rennen entscheiden?«

Während Mr Davis seinen Hut wieder aufgehoben hatte und ihn abklopfte, wurden die Gesichtszüge von Reveille Boys Eigentümer zusehends angespannter.

Billy schnalzte mit der Zunge und ließ Phar Lap noch mehr Zügelfreiheit. Der »Rote Blitz« schnaufte, seine Nüstern öffneten und schlossen sich wie kleine Blasebälge, seine Muskeln verlangten nach Sauerstoff. Der Fuchs spürte den Schmerz in seinem Huf, aber da war noch ein anderes Pferd vor ihm. Und er wusste, was Billy von ihm verlangte. Er wusste, was Tommy von ihm erwartete. Und er wollte alles tun, um seinen Freund zufrieden zu stellen. Er wollte, dass Tommy seine Arme um seinen Hals legte und ihm liebevolle Worte ins Ohr flüsterte. Er wollte Zuckerstücke und Streicheleinheiten. Und dazu musste er dieses eine Pferd noch überholen. Auch wenn sein Huf schmerzte. Das spielte keine Rolle. Nichts spielte eine Rolle, wenn es darum ging, zu gewinnen, der Schnellste zu sein. Er musste der Schnellste sein, damit Tommy mit ihm zufrieden war.

Billy schnalzte ein zweites Mal und Phar Lap schoss davon. Jetzt erst lief er tatsächlich so schnell er konnte.

Wholey, der junge Jockey auf Reveille Boys Rücken, hörte das leise Schnalzen. Doch kaum hatte er begriffen, was geschah, war Phar Lap schon an ihm vorbei.

»Da kommt Phar Lap! Phar Lap führt das Feld an! Doch was ist das? Der Favorit scheint Schwierigkeiten zu haben ... Eben noch schien ihn nichts aufhalten zu können und nun verliert er wieder an Geschwindigkeit. Reveille Boy kann Boden gutmachen ... «

Tommy horchte auf. Bobby verlor an Geschwindigkeit? Das konnte nur eins bedeuten: Der Huf machte ihm Schwierigkeiten. Angstvoll hielt er seinen Blick auf Phar Lap gerichtet. Doch das Pferd war zu weit weg, um etwas erkennen zu können.

»Reveille Boy und Phar Lap Kopf an Kopf! Wer von den beiden wird sich hier durchsetzen? Reveille Boy lässt nach. Phar Lap zieht an ihm vorbei. Der große Phar Lap führt mit zwei Längen! Und da ist er! Phar Lap ist im Ziel!«

Das Publikum tobte und applaudierte. Es war das gleiche Szenario wie in Melbourne. Auch hier hatte der Fuchs mit seiner außergewöhnlichen Aufholjagd die Herzen der Zuschauer für sich gewonnen.

Doch während Mr Davis die Gratulationen entgegennahm und der Besitzer von Reveille Boy seinen Ärger hinunterzuschlucken versuchte, hatte Tommy nur ein Ziel: Er wollte zu Bobby. Er wollte wissen, was geschehen war. Warum hatte Bobby an Geschwindigkeit verloren? Was war mit seinem Huf? War er ernsthaft verletzt? Der junge Mann wusste besser als jeder andere, dass es schlimm um Bobby stehen musste, wenn er bei einem Rennen beinahe aufgab!

Tommy sah auf Anhieb, dass es Bobby nicht gut ging. Er hatte Schmerzen und hielt seinen Vorderlauf in Schonstellung. Am liebsten hätte Tommy sein Pferd genommen und wäre so schnell wie möglich mit ihm verschwunden. Doch daran war leider nicht zu denken, wie Mr Davis ihm unmissverständlich klar machte. Zunächst einmal mussten sie die Siegerehrung über sich ergehen lassen.

Tommy hielt Phar Lap am Halfter fest. Er hatte nur Augen für sein Pferd, während Mr Davis in aller Ausführlichkeit seine Dankesrede hielt. »Ich bin froh, dass nun alles vorbei ist«, begann der kleine Mann und sonnte sich in der Aufmerksamkeit der Journalisten, die ihn umringten. »Ich war niemals in meinem Leben aufgeregter.

Nicht einmal beim Melbourne Cup. Mr Woodcock gehört ein großes Maß an Anerkennung, denn er hat das Pferd genauso trainiert, wie Mr Telford, Phar Laps erfahrener Trainer in Australien, es ihm aufgetragen hatte. Und Sie konnten mit eigenen Augen sehen, dass dies der richtige Weg war.«

Tommy warf Mr Davis einen bitterbösen Seitenblick zu, aber der ignorierte ihn.

»Phar Lap ist das beste Pferd, das Australien jemals hervorgebracht hat«, fuhr er ungerührt fort. »Und ich habe niemals daran gezweifelt, dass er eines Tages großartige Leistungen vollbringen wird! Phar Lap hat heute der Welt bewiesen, was für ein außergewöhnliches Pferd er ist. Wenn er nach Australien zurückkehrt, wird er jedes bedeutende Rennen in Amerika gewonnen haben.«

Die Umstehenden klatschten und einer der Mexikaner trat jetzt mit einer riesigen Blumenkette an Bobby heran, um sie ihm über den Kopf zu ziehen. Doch Bobby schreckte davor zurück. Er riss die Augen weit auf und fixierte die bunte Kette, als wäre sie ein gefährliches Raubtier oder womöglich eine Schlange, die ihn angreifen wollte.

Tommy konnte gar nicht schnell genug reagieren, als Bobby einige hastige Schritte rückwärts machte. Das schwere Pferd knickte um und wieherte vor Schmerzen auf.

»Er will nicht!«, rief Tommy empört. »Verdammt noch mal, sehen Sie nicht, dass er Angst hat?« Er hob die Hand und wehrte den Mexikaner ab, der immer noch versuchte seine Girlande an ihren Bestimmungsort zu bringen.

Doch es war bereits zu spät: Aus der Bandage um Phar Laps verletzten Huf sickerte helles rotes Blut!

24

»Es ist immer noch unerträglich,
an den ›Roten Blitz‹ zu denken als an jemanden,
der tot und von uns gegangen ist.«

FAN AUS NEUSEELAND

AUSTRALISCHES WUNDERPFERD GEWINNT IN MEXIKO!

Beim Agua Caliente Handicap bewies der »Rote Blitz« eindrücklich, dass die Titulierung »Wunderpferd« nicht übertrieben ist. In der ersten Hälfte des Rennens schien Phar Lap nicht im Mindesten mit den anderen Pferden mithalten zu können. Er lief auf der ersten Meile mit einem deutlichen Abstand hinter den anderen Pferden her. Doch dann preschte er mit der Geschwindigkeit eines Expresszuges vor und machte Platz um Platz wett, bis er mit dem führenden Reveille Boy gleichauf war. Tausende Zuschauer dachten, Reveille Boy würde Phar Lap schlagen. Und genau das dachte wohl auch Reveille Boys Jockey Wholey, bis er feststellen musste, dass der große Fuchs lediglich mit ihm spielte! »Der Reiter auf Phar Laps Rücken machte nur ein leises Geräusch und schon war Phar Lap verschwunden, außer Reichweite für Reveille Boy«, berichtete Wholey unmittelbar nach dem Rennen fassungslos.
Damit verhielt sich der Favorit genau so, wie es sein Trainer vor dem Rennen vorausgesagt hatte.
Offiziell sahen dieses Jahr 18.000 Menschen das Rennen in Agua Caliente. Jedoch kann niemand sagen, wie viele tausend Menschen es diesmal wieder ohne Eintrittskarten schafften, den Rennverlauf zu beobachten.

Bobby steckte neugierig seinen Kopf über Tommys Schulter hinweg in die Zeitung und Tommy faltete das nach Druckerschwärze riechende Papier zusammen. Er war so unendlich erleichtert, diesen Ort jetzt zu verlassen. Und die Aussicht darauf, einige Tage in Menlo Park auszuspannen, steigerte seine Freude noch.

Phar Laps Huf erstrahlte dank einer frischen Bandage wieder in leuchtendem Weiß. Immer noch belastete der Fuchs den Lauf so wenig wie möglich – jedoch fiel ihm das angesichts der holprigen Fahrbahn hin und wieder schwer. Daran konnte auch der Komfort von Mr Perrys Transporter, mit dem sie abgeholt worden waren, nicht viel ändern.

Lange hatte Tommy überlegt, ob er Bobby bereits einen Tag nach dem anstrengenden Rennen die Strapazen einer Reise über sechshundertfünfzig Meilen zumuten konnte. Doch er hatte kaum eine andere Wahl, wenn er das Pferd in Sicherheit wissen wollte, denn die Gerüchte über einen geplanten Mordanschlag auf das australische Wunderpferd rissen nicht ab. Im Gegenteil! Nach dem spektakulären Sieg schienen nicht wenige Amerikaner den ausländischen Gewinner am liebsten zu Hundefutter verarbeitet zu sehen.

Den Ausschlag dafür, die Fahrt anzutreten, hatten schließlich auch die besseren Bedingungen gegeben, die sie in Menlo Park erwarteten: eine geräumigere und hellere Box, größere und saftigere Weiden, staubfreie Straßen und ein weiches Geläuf würden Phar Lap schneller gesund werden lassen.

Tommy schloss für einen Moment die Augen und lehnte sich mit dem Rücken gegen die dünne Außenwand, während der Wagen über die Straßen holperte.

Aber sobald er das tat, fiel ihm Emma ein und er machte die Augen wieder auf. Wenn er noch länger in Amerika blieb – und danach sah es im Augenblick aus –, musste er sich unbedingt überlegen, wie es mit seiner Ehe weitergehen sollte. Und die Fahrt nach Kalifornien bot ihm dafür genügend Zeit. Vielleicht konnte Emma nachkommen? Bei dem Gedanken daran, was Emma dazu sagen würde, musste Tommy lächeln. Er war sich sicher, dass es seiner jungen Frau in Kalifornien gefallen würde.

Mr Perrys Chauffeur hatte zwar verwundert geguckt, als sein Fahrgast ihm erklärte, dass er es vorzog, hinten beim Pferd einzusteigen, statt den komfortableren Platz neben ihm zu wählen. Aber der bullige Mann hatte den Wunsch kommentarlos akzeptiert. Offenbar hatte es sich bereits bis zum ihm herumgesprochen, dass dieser junge Australier ein wenig merkwürdig war, wenn es um die Beziehung zu seinem Pferd ging. Nun, Tommy konnte das nur recht sein. Hauptsache, er hatte seine Ruhe.

Nach Davis' Plänen war ihr Aufenthalt in Amerika noch lange nicht beendet. Der gestrige Sieg sollte erst der Beginn einer langen Reihe von Siegen sein. Und sogar Hollywood hatte sein Interesse an dem Wunderpferd bekundet: Irgendein bedeutender Produzent hatte Davis das Angebot unterbreitet, Phar Laps Leben zu verfilmen!

Phar Lap schnaubte und lenkte Tommy damit von seinen Zukunftsgedanken ab.

»Das ist der absolute Wahnsinn!«

Tommy sah genervt von dem Brief auf, den er an Emma

schrieb und in dem er sie fragen wollte, ob sie bereit sei, zu ihm und Bobby nach Amerika zu kommen. Er saß im Schneidersitz auf seinem Feldbett, das er sich vor Phar Laps Stallabteil aufgebaut hatte, und suchte verzweifelt nach den richtigen Worten. »Was ist der absolute Wahnsinn?«, fragte er jetzt und bemühte sich darum, freundlich zu bleiben. Er hatte sich so gefreut, dass ausnahmsweise niemand etwas von ihm oder Bobby wollte. Normalerweise wimmelte es im Stall nur so von Besuchern, die kamen, um das Wunderpferd einmal aus nächster Nähe zu sehen. Tommy hatte sich bereits fest vorgenommen, mit Mr Davis darüber zu reden, dass an Erholung für das Pferd oder an ein zeitlich geregeltes Training unter diesen Umständen nicht zu denken war und die Besuchermassen irgendwie in geregelte Bahnen gelenkt werden mussten. Gestern hatte er achtundneunzig Personen gezählt. Das war eindeutig zu viel!

Martin war vor Tommy stehen geblieben. »Du wirst es nicht glauben!«

»Was werde ich nicht glauben?« Tommy versuchte den Gedanken, den er soeben im Kopf an seine Frau formuliert hatte, nicht zu verlieren.

»König George V.!«

»Was ist mit König George?«

»Er hat ein Telegramm geschickt!«

»Ein Telegramm?« Jetzt war der Gedanke weg.

Martin nickte eifrig. »Ein Telegramm, in dem er Phar Lap zu seinem großen Sieg gratuliert!«

»Der König gratuliert zu Phar Laps Sieg?« Tommy konnte kaum glauben, was er da hörte.

Aber Martin nickte so stolz, als wäre das Telegramm an ihn persönlich gerichtet gewesen.

Tommy drehte sich zu Bobby um, der in seiner Box stand und gemächlich auf einer Hand voll Heu herumkaute. »Hast du das gehört, Bobby? Der König persönlich hat dir gratuliert!«

Bobby spitzte zwar die Ohren, zeigte sich ansonsten aber recht unbeeindruckt von seiner eigenen Prominenz.

»Wir sind berühmt!«, stellte Martin stolz fest.

Tommy schüttelte den Kopf. »Nicht wir sind berühmt«, berichtigte er den Jockey, »sondern Bobby!«

Martins Interesse an einem Gespräch mit Tommy schien langsam zu verebben. Er hatte wohl mehr Begeisterung erwartet. »Was machst du da?«, wollte er wissen.

»Ich schreibe einen Brief an meine Frau.«

»Dann will ich dich nicht länger stören.«

Tommy sah dem Jungen hinterher, der bereits mit den Worten »Du wirst es nicht glauben ...« auf sein nächstes Opfer zustürzte.

»Mr Davis, kann ich kurz mit Ihnen reden?«

Der kleine Mann mit der dicken Brille verabschiedete sich gerade von einem Reporter, dem er soeben die neueste Schlagzeile für die Zeitung diktiert hatte. »Und vergessen Sie nicht!«, rief er ihm hinterher. »Das beste Pferd, das jemals auf amerikanischem Boden lief!« Dann wandte er sich zu Tommy um. »Was gibt's?«

»Das geht so nicht mehr weiter«, begann Tommy. »Morgens um sieben stehen die ersten Besucher vor Phar Laps Stall und abends um neun kehren die Wachleute die letzten raus. Phar Lap kommt nicht zur Ruhe – genauso wenig wie ich. Und ich weiß nicht, wann ich ihn überhaupt trainieren soll, weil immer irgendjemand da ist. Ganz zu schweigen davon, dass niemand für die Sicherheit des Pferdes garantieren kann, wenn dauernd lauter Fremde vor der Box stehen.«

»Nun, wir sind unserem Publikum gegenüber natürlich zu einem gewissen Entgegenkommen verpflichtet«, sagte Mr Davis. »Und ich glaube auch nicht, dass Phar Lap in irgendeiner Weise in Gefahr ist. Sonst würde ich ihn kaum allein lassen.«

Mit dem letzten Satz spielte Mr Davis darauf an, dass er bereits einen längeren Aufenthalt in Hollywood für sich geplant hatte, um mit dem Filmproduzenten zu verhandeln, der Phar Laps Leben verfilmen wollte.

»Ich weiß«, sagte Tommy. »Aber wir sollten vielleicht so etwas wie Besuchszeiten einführen, damit Phar Lap wenigstens ein paar Stunden am Tag Ruhe hat. Schauen Sie sich das Pferd doch mal an! Es ist gestresster als nach einem Rennen!«

»Also gut. Ich werde eine Pressemitteilung veranlassen, dass Phar Lap nur noch nachmittags von ... « Er überlegte. »... von eins bis vier zu besichtigen ist.«

»Sir?« Tommy versuchte ruhig zu bleiben. »Drei Stunden?«

Mr Davis schnaufte. »Was schlägst du vor?«

»Von halb drei bis vier«, feilschte Tommy.

»Schön, dann eben von halb drei bis vier.«

Obwohl er schon froh war, dass er jetzt nicht mehr von morgens bis abends den Entertainer spielen musste, fühlte sich Tommy jeden Nachmittag von halb drei bis vier wie ein Zirkusdirektor. Er führte Bobby vor, setzte Kinder auf den Rücken des Pferdes oder ließ sie Phar Lap mit Apfelstücken und Zucker füttern. Seit Tommy ein kleines Mädchen dabei überrascht hatte, wie es Bobby etwas zusteckte, achtete er mit Argusaugen darauf, dass Bobby nur zu fressen bekam, was aus seiner eigenen Tasche stammte.

Zunächst schien Bobby Spaß an den Besuchern zu haben, doch mit der Zeit ließ seine Begeisterung spürbar nach. Tommy merkte, dass der »Rote Blitz« am liebsten seine Ruhe gehabt hätte. Nach wie vor waren die schönsten Stunden die, die sie gemeinsam mit Spaziergängen verbrachten.

Tommy arbeitete so viel wie nie zuvor in seinem Leben, aber außer Emma vermisste er dabei nichts. Während sich die anderen amüsierten und auf Partys mit ihrer Freundschaft zu Phar Lap prahlten, ging Tommy früh zu Bett und stand jeden Morgen vor Anbruch der Dämmerung auf.

Er liebte die friedliche Stille im Stall, bevor die anderen erwachten und der Tag mit all seinen Verpflichtungen und Terminen begann. Seine erste Handlung bestand jeden Morgen darin, seine Hand mit einem Zuckerstückchen darin über die untere Stalltür zu strecken und Phar Laps samtweiche Nüstern zu spüren, bevor das Pferd den Zucker mit einer fast schon zärtlichen Berührung seiner Lippen entgegennahm. Erst dann stand er langsam auf und rieb sich den Schlaf aus den Augen. Und anschließend machte er sich einen Spaß daraus, den Wachmann zu erschrecken, der jede Nacht einschlief und laut schnarchte.

Auch an diesem Morgen hielt Tommy seine Hand mit dem Zucker über die untere Boxenklappe in Phar Laps Stall.

Im Halbschlaf wunderte er sich, als das Tasten der Nüstern ausblieb. Schlief Bobby etwa noch? Ohne sich umzudrehen, schnalzte Tommy leise mit der Zunge.

Nichts.

Mit einem Ruck drehte sich Tommy um und blickte in den Stall. Sein Herzschlag setzte für einen Moment aus, als er Phar Lap sah.

Das Pferd hatte den Kopf, so weit es ihm möglich war, von dem Zuckerstück weggedreht und machte einen regelrecht angewiderten Eindruck.

»Was ist los, alter Junge?« Besorgt sprang Tommy auf und stürzte barfuß in den Stall. Er war so außer sich, dass er nicht einmal vorher in seine Schuhe schlüpfte. Wenn Bobby seinen Zucker nicht nahm, dann musste es ihm verdammt schlecht gehen!

Aus den Augenwinkeln sah Tommy, dass Phar Lap auch sein Futter nicht angerührt hatte. Der junge Mann kniete sich neben das liegende Pferd und strich ihm prüfend über Stirn und Maul. Das Fell des Pferdes fühlte sich warm an. Etwas zu warm.

Erst jetzt blickte er sich zu dem Wachmann um, der in vertrauter Position, schlafend und schnarchend, auf seinem Platz war.

»Hey, John!«

Der Mann verschluckte sich fast an seiner eigenen Zunge, als er so plötzlich wach wurde, und griff automatisch nach seinem Revolver.

»Deine Waffe kannst du stecken lassen«, sagte Tommy. »Bobby ist krank. Bitte hol Dr. Nielsen. Er soll sofort kommen!«

»Was hat er denn?«, fragte John, während er sich von seinem Stuhl erhob. Seine Knochen knackten, als er aufstand.

Tommy zuckte mit den Schultern. »Er will nicht fressen. Vielleicht eine Kolik ... «

Während John den Tierarzt holte, kümmerte sich Tommy um sein Pferd. Phar Lap stöhnte leise und der junge Mann ging im Kopf alles durch, was Bobby in den letzten vierundzwanzig Stunden gefressen hatte. Aber ihm fiel nichts ein, was für eine Kolik verantwortlich sein konnte.

»Na endlich«, brummte er, als Dr. Nielsen neben ihm sein Arztköfferchen öffnete und sich verschlafen die Augen rieb. Tommy drehte den Kopf weg, denn der Tierarzt stank nach Alkohol und Zigarettenqualm.

Wortlos überprüfte Dr. Nielsen die Temperatur, tastete Phar Laps Organe ab und begutachtete die Schleimhäute der Augen und des Mauls. »Die Temperatur ist etwas erhöht«, sagte er schließlich. »Und der Bauch leicht aufgebläht.«

»Eine Kolik?«, fragte Tommy.

Der Tierarzt nickte. »Hat er etwas Außergewöhnliches gefressen?«

»Nein.« Tommy hätte keinen Grund dafür nennen können, aber irgendetwas ließ ihn an der Diagnose zweifeln.

»Ich gebe ihm etwas«, sagte Dr. Nielsen mit rauer Stimme, während er bereits ein Pulver in einem großen Glas Wasser auflöste und in seiner Tasche nach einem Trichter mit Schlauch suchte, um Phar Lap das Gebräu zu verabreichen. »Du solltest ihn in Bewegung halten, dann wirkt die Medizin schneller.«

Tommy tastete bereits nach seinen Anziehsachen und seinen Schuhen. Er hatte nichts gegen morgendliche Spaziergänge, weiß Gott, aber so hatte er sich das nicht vorgestellt.

Die Morgensonne tauchte die Landschaft bereits in ein friedvolles Licht, aber Tommy hatte keine Augen für die Schönheit der Natur.

Runde um Runde führte er Bobby am Zaun der Weide entlang und wartete darauf, dass die Medizin, die Dr. Nielsen dem Pferd verabreicht hatte, zu wirken begann.

Doch Phar Lap ging es zunehmend schlechter. Er stöhnte und Tommy musste ihn immer wieder antreiben, damit er überhaupt weiterging. »Komm schon, Bobby«, sagte er. »Du darfst nicht stehen bleiben.«

Phar Lap setzte sich schwerfällig in Bewegung, aber nur um bereits wenige Meter später erneut zu stoppen.

Tommy trat neben das Pferd und legte ihm die Hand auf Stirn und Nase. Erschrocken riss er die Augen auf. Die Temperatur war weiter gestiegen. Bobby glühte förmlich! »Verdammt«, zischte Tommy. »Warum wirkt die Medizin nicht? Hier stimmt doch was nicht!«

In diesem Moment spürte Tommy die Angst.

Dr. Nielsens Atem roch nach wie vor nach Alkohol und seine Augen waren noch geröteter als vor einer Stunde. Wieder überprüfte der Tierarzt die Temperatur und sein Gesichtsausdruck, als er das Ergebnis seiner Untersuchung sah, beunruhigte Tommy.

»Was ist?«, fragte er ungeduldig.

Der Tierarzt schüttelte den Kopf. »Die Temperatur ist drastisch gestiegen. Es geht ihm schlechter.«

»Dass es ihm schlechter geht, sehe ich selbst«, sagte Tommy. »Aber warum? Was hat er?«

»Ich weiß es nicht. Die Medizin hätte längst wirken müssen!«

»Es ist keine gewöhnliche Kolik, stimmt's?«

Der Tierarzt zuckte stumm mit den Schultern. »Hat er irgendetwas Außergewöhnliches gefressen?«, wiederholte er seine Frage vom Morgen.

»Nein, das habe ich doch schon gesagt!« Tommy war nervös und dass Bobby neben ihm vor Schmerzen stöhnte, machte ihn aggressiv. Er litt unter dem Gefühl der Ohnmacht. Bobby ging es schlecht und er konnte ihm nicht helfen! Dabei erwartete Bobby von ihm Hilfe! »Er hat sein normales Futter gekriegt und war für einige Zeit auf der Weide.«

»Auf der Weide?« Dr. Nielsen wurde hellhörig.

»Ja, auf der Weide.«

»Also hat er frisches Gras gefressen?«

»Natürlich hat er frisches Gras gefressen!« Tommy musste sich beherrschen, um nicht zu schreien. »So wie das andere Dutzend Pferde auf den Koppeln ringsum auch! Und von denen hat keins eine Kolik!«

Der Tierarzt seufzte. »Das hilft uns alles nicht weiter. Ich rufe Bert Wolfe in San Francisco an. Er soll kommen und uns helfen.«

»Aber er soll sich verdammt noch mal beeilen!«

Während Dr. Nielsen mit seinem Kollegen aus San Francisco telefonierte, setzte Tommy seine Runden mit Bobby fort.

Phar Lap setzte jetzt nur noch mühsam einen Lauf vor den anderen. Jeder Schritt kostete ihn Überwindung. Der Schmerz in seinem Bauch kam und ging in Wellen, die sich zunächst auftürmen und dann am Strand brechen, nur um anschließend zurückzufließen und das Spiel von vorne zu beginnen. Es fühlte sich an, als zerrisse ein Raubtier seine Gedärme.

Tommy wusste, dass sich das Pferd nur noch ihm zuliebe fortbewegte. Bobby hatte stets alles getan, was er von ihm verlangt hatte, und daran würde sich bis zum bitteren Ende nichts ändern. Er war ihm vom ersten Tag an vertrauensvoll gefolgt.

Tommy erinnerte sich an ihre erste Begegnung im Hafen von Sydney. Er hatte damals gerade die halbmondförmige Blesse des Tieres gemustert, als das Pferd die Augen aufschlug und ihn direkt anblickte. Der junge Mann hatte für einen Moment sogar vergessen zu atmen. Die braunen Augen, die seinen begegneten, waren so voller Gefühl gewesen, wie er es nie zuvor bei einem Pferd erlebt hatte. Sie zeigten deutlich die Pein, die die geschundene Kreatur empfand, und sie schienen ihn um Hilfe zu bitten. Und mit dem gleichen Blick betrachtete Bobby ihn auch jetzt.

»Hilf mir!«, schien dieser Blick zu sagen. »Bitte tu etwas!«

Damals hatte der junge Mann ein stilles Versprechen geleistet, dass er tun würde, was in seiner Macht stand, um dem Fuchs mit der außergewöhnlich geformten Blesse beizustehen, so gut er konnte. Und nun, wo er gefordert war, versagte er. Tommy hätte schreien mögen! Noch nie in seinem Leben hatte er sich so hilflos gefühlt! Bobby litt ungeheuerliche Schmerzen und er wusste nicht, was er tun sollte, um ihm zu helfen!

Wo blieb nur dieser verfluchte Tierarzt?

Tommy ging im Kopf alle Möglichkeiten durch: Wenn Bobby keine Kolik hatte, was war es dann?

Dr. Nielsen hatte ihm eine Medizin verabreicht, die nicht half. Vielleicht hatte der Tierarzt das falsche Medikament genommen? Immerhin war er übermüdet und hatte offensichtlich eine beachtliche Menge Alkohol konsumiert. War es möglich, dass sich der Arzt vertan hatte?

Und wenn Bobby vergiftet worden war? Dieser Gedanke erschreckte Tommy derart, dass er selbst einen Augenblick stehen blieb und erst, als Bobby hinter ihm erneut stöhnte, weiterging. Der Wachmann hatte geschlafen. War jemand unbemerkt in den Stall gekommen und hatte sich an Phar Laps Futter zu schaffen gemacht?

Im Geiste ging Tommy noch einmal die gestrige Besuchszeit durch. Aber er konnte sich beim besten Willen an nichts Auffälliges erinnern.

Plötzlich schrie Bobby hinter ihm vor Schmerzen auf. Der Schrei ging Tommy durch Mark und Bein. Die Vorderläufe des Pferdes knickten ein und bevor Tommy etwas daran ändern konnte, lag Bobby auf dem Boden. Sein Bauch hob und senkte sich ruckartig unter seinen Atemzügen und die Augen des Fuchses flackerten.

»Nein, Bobby, nein!«, rief Tommy und versuchte das Pferd aufzurichten. »Du darfst nicht liegen!« Tommy schob mit aller Kraft, doch gegen eine halbe Tonne konnte er nichts ausrichten. »Steh auf!«, befahl er.

Doch Bobby stöhnte lediglich, hob mühsam den Kopf und öffnete für einen Moment die Augen.

Tommy sah, dass das Pferd außer Stande war, ihm zu gehorchen. Er kniete sich neben Phar Laps Kopf und strich ihm über die Stirn. »Bobby, mein Junge«, sagte er mit zittriger Stimme. Er kämpfte gegen die Tränen an. »Bobby, du darfst nicht sterben. Bitte!« Aber er wusste bereits, dass alles Flehen vergeblich war.

Dieses Pferd, das vor Kurzem noch mit einem gespaltenen Huf ein Rennen gewonnen hatte, war am Ende. Es konnte nicht mehr.

»Wo bleibt nur dieser verdammte Tierarzt?«, fluchte Tommy, obwohl er ahnte, dass auch der Tierarzt seinem Freund nicht mehr helfen konnte.

Bobbys braune Augen ruhten jetzt auf Tommy und Tommy konnte sehen, wie der »Rote Blitz« ruhiger wurde. Es schien, als hätte das Tier seinen Kampfgeist verloren. Das Pferd gab sich geschlagen. Es hatte den letzten, den entscheidenden Kampf seines Lebens verloren.

Der letzte Atemzug entwich den Lungen des Fuchses und sein Blick wurde starr.

»Bobby!«, schrie Tommy. »Bobby!«

Dann brach er weinend über dem toten Pferdekörper zusammen.

EPILOG

»Als ich von seinem Tod las, fühlte ich mich, als hätte ich mein eigenes Kind verloren.«
FAN AUS NEUSEELAND

Nach Phar Laps Tod am 5. April 1932 blieb Tommy Woodcock noch für einige Zeit in Amerika. Mit seinen ungewöhnlichen Trainingsmethoden verhalf er dort zwei jungen Pferden zu Siegen, die von ihrem Besitzer bereits als untauglich ausgemustert worden waren.

Das eine, Sun Archer, galt als »verrückt«, seitdem es mit seinem Kopf so fest gegen die Wand seines Stalls geschlagen hatte, dass es Verletzungen davontrug. Unter Woodcock als Trainer begann es zu siegen. Sunmelus, das andere dieser beiden Pferde, hatte angeblich zu schwache Kniegelenke, die ihn – nachdem er von Woodcock trainiert worden war – aber nicht daran hinderten, in mehreren Rennen zu gewinnen. Zu diesem Zeitpunkt war Woodcock jedoch bereits nicht mehr in Amerika, denn er bekam dort keine Arbeitserlaubnis und musste nach Australien zurückkehren.

Am 27. April 1985 starb er knapp achtzigjährig nach einem langen und erfüllten Leben als Trainer in Yarrawonga.

Das Rätsel um Phar Laps Tod konnte bis heute nicht mit Gewissheit gelöst werden.

Wurde er vergiftet? Und wenn ja, war es Absicht oder womöglich ein Versehen?

Starb er an einer Kolik?

Verabreichte Dr. Nielsen, der Veterinär, die falsche Medizin?

Selbstverständlich wurde Phar Lap nach seinem Tod mehrfach untersucht. Dabei stellte man nicht nur fest, dass er mit 6,36 Kilo ein – selbst für ein Rennpferd – außergewöhnlich großes Herz besaß, sondern auch, dass einige seiner Organe geringe Mengen Arsen aufwiesen.

Dieses Arsen – so zumindest lautete die allgemeine Meinung der Mediziner – kann aber nicht die Ursache für seinen Tod gewesen sein. Das Gift stammte vermutlich aus einem Pflanzenschutzmittel, mit dem kurz vor Phar Laps Tod einige Bäume in der Umgebung der Ranch eingesprüht worden waren, auf der Phar Lap seine letzten Tage verbrachte. Doch nicht nur er hatte das mit Arsen belastete Gras der Weiden gefressen, sondern mit ihm dreizehn weitere Pferde, die keinerlei Vergiftungssymptome aufwiesen.

Tommy Woodcock sagte im Gespräch mit Jan Wositzky, der eine Biografie des Trainers schrieb: »Ich habe mich oft gewundert. Der Tierarzt war am Abend ausgegangen. Er war viel unterwegs zu der Zeit. Ich fragte mich, ob er vielleicht noch nicht ganz wach gewesen war oder so etwas. Immerhin war es sehr früh am Morgen. Vielleicht hatte er Phar Lap die falsche Medizin verabreicht? Um fünf Uhr früh war Phar Lap ein bisschen krank, er hatte leicht erhöhte Temperatur, aber es war nichts, was ich als ernst bezeichnet hätte. Und das Pferd sah auch nicht besonders krank aus. Aber nachdem es die Medizin eingenommen hatte, wurde es schlimmer und schlimmer.

Und fünf Stunden nachdem Nielsen ihm die Medizin gegeben hatte, war Phar Lap tot.«

Oder war es doch eine gewöhnliche Kolik gewesen, die einen außergewöhnlich schweren Verlauf nahm? Zu diesem Ergebnis zumindest kam Dr. Karl F. Meyer, der Direktor der Hooper Foundation for Medical Research an der University of California, nach seiner Obduktion am 9. April 1932: »Der Tod des Rennpferdes Phar Lap wurde durch eine Kolik hervorgerufen, die zu einer akuten Entzündung des Magen-Darm-Traktes führte.«

Erst achtundsechzig Jahre nach Phar Laps Tod lieferten die Autoren Geoff Armstrong und Peter Thompson in ihrer im Jahr 2000 erschienenen Biografie Phar Laps weitere Erkenntnisse, die vielleicht erklären können, was damals wirklich geschah. Sie ließen Dr. John van Veenendaal, einen Veterinärmediziner mit vierundzwanzigjähriger Berufserfahrung, der sich hauptsächlich mit Rennpferden befasst, zu Wort kommen: »Phar Lap starb an einer Vergiftung. Aber es war kein Gift, das ihm absichtlich oder versehentlich verabreicht wurde. Das Gift, das zu seinem Tod führte, war ein Enterotoxin, das eine Enteritis anterior oder medizinisch korrekt Duodenitis (Jejunitis proximalis) verursachte. Das Krankheitsbild, wie Tommy es mir beschrieb, und die Fakten, die Sie (gemeint sind die Autoren des Buches Geoff Armstrong und Peter Thompson, Anmerkung der Verfasserin) zu seinem Tod zusammengetragen haben, legen den Schluss nahe, dass dies die wahrscheinlichste Ursache für seinen Tod darstellt.«

Wurde Phar Lap also tatsächlich das Opfer eines »einfachen« Bakteriums, von dessen Existenz 1932 noch niemand wusste?

Laut van Veenendaal sterben siebzig Prozent aller Pferde, die von diesem Bakterium befallen sind. »Phar Lap«, so sagte er, »hatte keine Chance.«

Eine Verstrickung merkwürdiger Zufälle, die jedoch natürliche Ursachen hatten, könnte also eine simple Erklärung für den Tod des gerade fünf Jahre alten Pferdes liefern, das bereits zu Lebzeiten eine Legende war und als »Held einer Nation« ewig in den Köpfen aller Australier und Pferdeliebhaber auf der ganzen Welt weiterleben wird. Eine endgültige Klärung der Umstände, die zu Phar Laps mysteriösem Tod führten, wird es – über siebzig Jahre später – wohl nicht mehr geben. Doch sorgt das Museum Victoria in Melbourne bis zum heutigen Tage für ein ehrendes Andenken an dieses außergewöhnliche Pferd. Phar Laps sterbliche Hülle wurde konserviert und ist in dem Museum ebenso zu besichtigen wie etliche originale Unterlagen, zum Beispiel Zeitungsartikel aus seiner großen Zeit und ein Teil der über sechzig Briefe, die Harry Telford nach dem Tod des Pferdes von Anteil nehmenden Mitmenschen aus aller Welt zugesandt bekam.

LITERATUR UND QUELLEN

Geoff Armstrong/Peter Thompson, Phar Lap. How a horse became a hero of his time and an icon of a nation, Australien [2]2003

Jan Wositzky, Tommy Woodcock 1905–1985, Australien 1986

Phar Lap. Legende einer Nation. (VHS, Regie: Simon Wincer) Phar Lap Management 1984

Homepage des Victoria Museums, Melbourne, Australien:

www.mov.vic.gov.au

Astrid Frank

Das Pferd des Teufels

Thienemann

Dein hünd'scher Geist, der,
aufgehenkt für Mord,
die grimme Seele
weg vom Galgen riss (…)

Shakespeare: Kaufmann von Venedig

Sie ist lieblich wie eine Gazelle
und holdselig wie ein Reh.
Lass dich von ihrer Anmut allezeit sättigen
und ergötze dich allewege an ihrer Liebe.
Sprüche Salomos 5.19

Einen wunderschönen Morgen, verehrtes Fräulein Anna!« Der Mann mittleren Alters ließ die Glocke, die er bei sich trug, erklingen. »Den wünsche ich Euch und einen solchen habt Ihr mir soeben beschert. Dafür sei Euch mein Dank sicher.« Der etwas zu kurz geratene Mann deutete eine Verbeugung an und ordnete anschließend seinen Bettelsack neu, der ihm bei dieser Bewegung von der Schulter gerutscht war.

Anna lachte. »Wie das, Heinrich?« Sie lehnte sich sacht gegen das schwarze Pferd an ihrer Seite, damit es stehen blieb. »Auf welche Weise habe ich Euch einen schönen Morgen beschert?«

»Allein durch Euren Anblick«, antwortete der Schellenknecht* und läutete erneut seine Glocke.

Anna schüttelte stumm den Kopf und der Rappe an ihrer Seite schnaubte. »Ja, ja, Christopherus, wir gehen gleich weiter. Ihr seht ... « Sie wandte sich mit einer entschuldigenden Geste an den Mann.

Doch der zeigte sich unbeeindruckt: »Ach, was würde ich darum geben, mit Eurem Pferd zu tauschen und für Euch den Karren zu ziehen, nur damit ich immer bei Euch sein kann.«

»Ihr würdet diese Arbeit nicht einmal einen Tag durchhalten«, erwiderte Anna mit einem unterdrückten Lächeln. »Ihr müsstet ja nicht nur den vollen Karren ziehen, sondern vor allem den Pflug über die harte Erde ... nein, nein, Heinrich, geht Ihr Eurer Wege und sammelt Almosen für die armen Aussätzigen und Christopherus und ich, wir gehen unserer Wege.«

Als hätte der Hengst die Worte des Mädchens verstanden, setzte er sich nun mit einem Stöhnen wieder in Bewegung und brachte den noch leeren Karren mühsam ins Rollen.

»Ich hoffe, Ihr wollt nicht über den Markt!«, rief Heinrich Anna hinterher. »Dort gibt es irgendein Spektakel! Ihr werdet mit dem Karren kaum ein Durchkommen finden.«

Anna drehte sich noch einmal um, jedoch ohne Christopherus Einhalt zu gebieten. »Was denn für ein Spektakel?«

Heinrich zuckte mit den Schultern und wandte sich ab. Ob das bedeutete, dass er die Antwort nicht kannte, oder ob er die Frage gar nicht verstanden hatte, weil die hölzernen Räder des Karrens auf dem Pflaster lärmten – Anna wusste es nicht. Sie jedenfalls hörte Heinrichs Schellen, mit dem er nun erneut die Aufmerksamkeit der Leute auf sich lenkte, um von ihnen ein Almosen für die Leprakranken zu erbetteln. Aber vielleicht hatte sie auch einfach nur die besseren Ohren?

Dass Heinrich, der in der gleichen Gegend wohnte wie Anna, für die Aussätzigen bettelte, hatte nichts mit seiner Güte zu tun. Es war vielmehr sein Beruf. Er war Schellenknecht. Angestellt von den Bewohnern des Leprosenhauses *Melaten*, denen es strengstens untersagt war, die großzügigen Anlagen, in denen sie zwangsweise gemeinsam lebten, zu verlassen. Da sie jedoch den Gesunden aus dem Wind zu gehen hatten, und daher weder in der Öffentlichkeit betteln durften noch einer geregelten Arbeit nachgehen konnten, bezahlten sie einen gesunden Mann dafür, dass er für sie auf vorbestimmten Wegen um Geld und Lebensmittel bat und Almosen einsammelte.

Was musste das für ein Gefühl sein, von der Kirche für tot erklärt zu werden und Familie und Heim verlassen zu müssen, Kind und Mann – oder Mutter und Vater – zurückzulassen in dem Wissen, sie niemals wieder zu sehen, um fortan den Rest seines Lebens mit anderen Erkrankten zu teilen, die man bis dato nicht gekannt hatte?

Anna vermochte sich das kaum vorzustellen, obwohl ihr natürlich bewusst war, dass Krankheit und Tod jederzeit und ohne Vorankündigung auch bei ihr zuschlagen konnten. Oft genug war sie dem Sensenmann in ihren fünfzehn Lebensjahren bereits über den Weg gelaufen. Zuerst als er ihre Mutter holte, dann die Tante und schließlich den Vater. Nur sie und Großmutter hatte er bislang verschont.

Allmählich näherte sich Anna dem Marktplatz, den sie überqueren musste, um auf dem schnellsten Wege zu dem kleinen Stück Land zu gelangen, das vor den Stadtmauern lag und ihrer Familie gehörte. Das Einzige, was Vater nicht im Wirtshaus versoffen hatte, bevor er starb, und dessen Erzeugnisse sie und Großmutter notdürftig am Leben erhielten.

Die Häuser wurden allmählich höher und schmaler und sahen aus, als lehnten sie sich Halt suchend aneinander. Die unteren Etagen waren aus Stein gemauert, die Obergeschosse bestanden aus Fachwerk, manche mit Lehmbewurf, andere mit Steinen ausgefüllt.

Wie es wohl war, in solch einem Haus zu wohnen, in dem es mehr als eine Stube gab?

Anna war so in Gedanken versunken, dass sie den Mann mit dem dunklen Umhang, der ihr und Christopherus in der schmalen Gasse entgegenkam, erst bemerkte, als er direkt vor ihnen stand.

Der Mann streckte die Hand aus und schob den Rappen ein wenig zur Seite, um sich zwischen Karren und Hauswand vorbeizuquetschen, ohne von Pferd und Wagen erdrückt zu werden.

Als Christopherus den Druck der fremden Hand auf seiner Flanke spürte, wieherte er erschrocken auf, schlug mit dem Kopf und versuchte der Berührung zu entkommen, indem er zurückwich.

Anna runzelte die Stirn und wunderte sich. Seit wann war Christopherus so schreckhaft? Sie kannte ihr Pferd nur als überaus gutmütig und mit einem langen Atem versehen. Aber warum sollte nicht auch er einmal einen schlechten Tag haben? Der Mann jedenfalls beschwerte sich gottlob nicht, sondern beeilte sich, seinen Weg fortzusetzen.

Anna sah ihm nach. Warum hatte es der Fremde so eilig? Was trieb ihn in dieser Hast vom Marktplatz fort? Hing seine Eile mit dem Spektakel zusammen, das Heinrich erwähnt hatte?

Neugierig geworden, trieb Anna Christopherus weiter. Es waren nur noch wenige Meter, dann würde sich die schmale Gasse zum Marktplatz öffnen. Anna würde ihn überqueren, in der gegenüberliegenden Gasse verschwinden, die sich schließlich zu einer Straße verbreiterte und durch eins der zahlreichen Tore in der Stadtmauer aus der Stadt herausführte.

Doch dort, wo sich die Gasse zum Markt hin öffnen sollte, versperrten Dutzende Schaulustiger Anna den Weg. Schulter an Schulter und Brust an Rücken drängten sich die Menschen auf dem Platz aneinander.

Heinrich hat recht gehabt, dachte Anna, an ein Durchkommen ist so nicht zu denken. Sie versuchte soeben, sich einen Ausweg einfallen zu lassen, denn ein Wenden des Karrens war in der schmalen Gasse ebenfalls unmöglich, als ein markerschütterndes Geräusch ihr den Atem nahm. Auch Christopherus hatte das Geräusch vernommen. Er verdrehte die Ohren, riss die Augen auf und zerrte am Halfter.

Wieder ertönte das Geräusch und dieses Mal erkannte Anna, dass es sich um das Quieken eines Schweins handelte. Der Ruf des Tieres war so durchdringend und von Angst erfüllt, wie Anna es noch nie zuvor gehört zu haben glaubte. Die Sau schrie offenbar in Todesangst und Anna spürte, wie sich die feinen Härchen auf ihren Unterarmen aufrichteten. Auch Christopherus schien die Verzweiflung des anderen Tieres zu erfassen und Anna hatte alle Mühe, ihn daran zu hindern, dass er von Panik erfüllt mit dem Karren durchging.

Unmittelbar vor dem Mädchen stand eine alte Frau in einem unscheinbaren Kleid aus ungefärbtem Sackleinen – ähnlich dem, das Anna selbst trug. Ihr Rücken war bereits leicht gebeugt und sie trug ihr graues Haar zu einem Knoten gebunden.

»Verzeiht«, wandte sich Anna an die Fremde. »Könnt Ihr mir sagen, was hier eigentlich los ist?«

Die Alte wandte sich um und Anna erschrak. Die Frau

hatte etwas Unheimliches an sich: Ihre Augenbrauen waren in der Mitte zusammengewachsen und ihre Nase war auffallend lang und leicht gebogen. Der Blick aus ihren wasserblauen Augen war so durchdringend, dass Anna das Gefühl hatte, die Fremde sähe ihr geradewegs ins Herz. Sie schien alles mit einem einzigen Blick zu erfassen: Anna, verlassen von Mutter und Vater, für die Großmutter sorgend, und Christopherus, ihr Pferd, einziger Freund und Vertrauter, zu dem das Mädchen eine innige Beziehung hatte. Nichts schien man vor den aufmerksamen Augen und der Lebenserfahrung dieser Frau verbergen zu können.

Jetzt lächelte die Alte und entblößte dabei eine Reihe brauner Zähne. »Was hier los ist, wollt Ihr wissen?« Ihre Stimme klang krächzend, als wäre sie im Verlauf der zahllosen Lebensjahre zu häufig benutzt worden. »Vielleicht ist es den heiligen Herren langweilig geworden, auf jeden Fall hängen sie jetzt schon in Ermangelung von Hexen Säue an die Galgen.«

Anna konnte nicht anders. Sie riss vor Entsetzen Augen und Mund auf. Dabei hätte sie noch nicht einmal zu sagen vermocht, was sie mehr erschreckte: Die Tatsache, dass dort irgendwo, nur wenige Meter von ihr entfernt, eine Sau am Galgen baumelte oder das unverhohlen geäußerte Missfallen der Alten darüber.

»A… aber … «, stotterte Anna, »was wird der Sau denn zur Last gelegt?«

Die Alte lachte spöttisch und die ersten Köpfe der Umstehenden wandten sich missbilligend zu Anna und der Fremden um. Anna spürte, wie ihr das Blut die Wangen rötete, doch die Alte schien es völlig gleichgültig zu lassen, dass sie die Blicke der anderen auf sich zog.

»Sie soll sich an einem Kind vergriffen, es angefressen und dadurch so schwer verletzt haben, dass es starb«, antwortete die Frau, ohne die Stimme auch nur ein wenig zu senken. Noch lauter sagte sie: »Vermutlich hatte das arme Vieh Hunger! Schließlich haben wir alle Hunger, nicht wahr?«

Aufgeregtes Getuschel erhob sich links und rechts. Einige der Umstehenden schüttelten den Kopf, andere bekreuzigten sich oder rückten sogar ein wenig von der alten Frau ab.

»Zurzeit gibt es wohl keine Hexe, die man hängen oder verbrennen könnte«, fuhr die Alte ungerührt fort, »und die Vollstrecker dürfen nicht aus der Übung kommen.«

Annas Gefühle für ihre neue Bekannte schwankten zwischen Bewunderung und Ablehnung. Sie hätte es niemals gewagt, öffentlich an der Existenz von Hexen und der Berechtigung der Hexenkommissare zu zweifeln. Andererseits hatte sie selbst Bedenken, ob tatsächlich all die Frauen, die der Zauberei überführt und hingerichtet wurden, Hexen waren. Sie brauchte sich dabei nur an ihre eigene Tante zu erinnern.

Die Schwester ihres Vaters hatte man der Schadenszauberei überführt und auf den Scheiterhaufen gebracht, als Anna selbst erst sechs Jahre alt gewesen war. Immer noch schauderte es sie, wenn sie an diese Zeit vor nunmehr neun Jahren zurückdachte.

Damals hatte ihr Vater noch gelebt und das Verfahren gegen die Schwester hatte ihm nach dem Tod seiner Frau, die im Kindbett gestorben war, den Rest gegeben.

Alles hatte damit begonnen, dass eine der Frauen, die von der Tante als Hebamme betreut wurden, ein Kind tot zur Welt brachte und dafür die Geburtshelferin verantwortlich machte. Prompt meldeten sich auch andere, die im Lauf der Jahre die vielfältigen Dienste der weisen Frau in Anspruch genommen und aus den unterschiedlichsten Gründen etwas Verdächtiges zu berichten hatten: Sei es, dass das Kind nicht so geraten war, wie sie es erwartet hatten, oder die Geburt als außergewöhnlich schmerzhaft erlebt worden war. Für all dies glaubte man nun die Schuldige gefunden zu haben.

Schließlich wurde Tante Mechthild angeklagt und vernommen. Und obwohl mehrere Zeugen sie mit ihrer Aussage zu entlasten suchten, indem sie kundtaten, wie zufrieden sie mit der Arbeit der Hebamme waren, konnten sie die Turm- und Stimmmeister* nicht überzeugen. Tante Mechthild wurde verhaftet, vom Rat verhört und an das Hohe Weltliche Gericht überstellt.

Nie würde Anna vergessen, wie mitgenommen ihr Vater in dieser Zeit gewesen war. Erst viel später begriff sie, dass der Tod der Mutter nach ihrer eigenen Geburt maßgeblich dazu beigetragen hatte, dass die Tante für schuldig befunden wurde. Schließlich hatte sie ihre Schwägerin im Wochenbett gepflegt!

Im Haus wurde fortan nicht mehr gesprochen. Vater und Großmutter schwiegen von morgens bis abends, während die Tante im Grevenkeller* eingesperrt war und sich der peinlichen Befragung aussetzen musste. Dass dies nichts anderes als Folter bedeutete, wusste selbst die sechsjährige Anna.

Schließlich erfuhren sie, dass Tante Mechthild gestanden hatte und verurteilt worden war.

Am nächsten Tag wurde öffentlich der Stab über sie gebrochen und das Armensünderglöckchen geläutet.

»Ich stüssen dich an de bloe Stein, do küss ze lebdag no Vader en Moder nit mih heim!«

Niemals würde Anna diese Worte vergessen können, die gesprochen wurden, während man die Verurteilte drei Mal gegen den Blauen Stein* auf dem Domhof stieß, um sie aus der Welt zu verabschieden, bevor man sie zum Richtplatz außerhalb der Stadt brachte.

Ungeachtet der Tatsache, dass ihre Tante damals bereits über 40 Jahre alt war und ohnehin nicht mehr zu Vater und Mutter heimkehren konnte, weil diese längst tot waren, hatte sich der Vers wie ein Fanal in Annas Gedächtnis eingebrannt. Für die Sechsjährige übertraf die Vorstellung, nie wieder zu Vater und Mutter nach Hause gehen zu dürfen, bei Weitem alles Schlimme, das sie sich in ihrer Fantasie ausmalen konnte.

Nach dem Tag der Urteilsvollstreckung bis zu seinem Tod ein knappes Jahr später war der Vater nie wieder nüchtern gewesen. Und Anna wusste noch, wie sie mit ihren sieben Jahren gedacht hatte, dass der Vers, mit dem die Tante gegen den Blauen Stein gestoßen und aus der Welt verabschiedet worden war, genauso gut ihr gegolten hatte. Denn auch ihr wurde durch die Verurteilung das Zuhause genommen. Die Mutter, kurz nach ihrer Geburt gestorben, war ohnehin längst von ihr gegangen und der Vater, der zuvor wenigstens hin und wieder noch daheim und im Besitz seiner geistigen Kräfte gewesen war, verbrachte den kurzen Rest seines Lebens nach dem Tod der Schwester im Wirtshaus, bei den Huren oder bewusstlos in den Gassen der Stadt, wo er seinen Rausch ausschlief.

Es war fast schon eine Erleichterung, als eines Morgens in aller Früh ein Mönch an ihre Tür klopfte und ihnen mitteilte, man habe den Vater tot am Flussufer aufgefunden. Offensichtlich war er, nicht mehr Herr seiner Sinne, in den Rhein gestürzt und ertrunken. Endlich brauchte man sich nicht mehr um ihn zu sorgen und zu ängstigen. Nun wusste man, wie es mit ihm zu Ende gegangen war. Und niemand hatte daran gezweifelt, dass es so oder ähnlich zu Ende gehen würde.

»Nicht unweit von hier hat man erst kürzlich einen Hahn auf dem Scheiterhaufen verbrannt.«

»Was sagtet Ihr?« Anna war so in ihre Gedanken versunken gewesen, dass sie es zunächst gar nicht merkte, als die Alte sich erneut an sie wandte.

»Der Hahn«, fuhr die Frau fort, »hatte angeblich wider die Natur ein Ei gelegt und damit eindeutig bewiesen, dass er mit dem Teufel im Bunde stand.« Sie blickte mit ihren stechenden Augen auf Christopherus, der sich inzwischen in sein Schicksal ergeben zu haben schien, obwohl er immer noch unruhig mit dem Kopf ausschlug und mit den Hufen scharrte. Dann senkte sie zum ersten Mal ihre Stimme, beugte sich vertrauensvoll zu Anna hinüber, tippte mit ihrem von der Gicht gekrümmten Zeigefinger unter ihr rechtes Auge und zischte in Annas Ohr: »Und ein Reisender hat mir von einem Pferd berichtet, das zum Tode verurteilt wurde, weil es seinen Reiter abwarf, der an den Folgen dieses Sturzes starb! Es wurde lebendig begraben!«

Unwillkürlich umklammerte Anna Christopherus' Zügel fester, als könne sie ihn allein dadurch vor jedweder Anfeindung und Bedrohung schützen. Hatte die Alte etwa Christopherus' blaues Auge bemerkt?

Ein Raunen ging durch die Menge und offenbarte Anna, dass nun ganz offensichtlich weiter vorne endlich etwas geschah, das die Zuschauer in Spannung versetzte. Sehen konnte Anna von ihrer Position aus nichts und das war ihr auch ganz recht so. Mittlerweile war sie von allen Seiten umzingelt und es gab weder ein Vor noch ein Zurück. Das leise Murmeln der Zuschauerschar schwoll zunächst an und erstarb dann jäh. Umso deutlicher und unheimlicher war in diesem Augenblick das letzte entsetzte Quieken der strangulierten Sau zu hören. Anna schauderte. Für einen Augenblick war es trotz der vielen Menschen totenstill auf dem Platz. So still, dass Anna das Quietschen des Taus hören konnte, an dem die tote Sau langsam hin und her schwang.

Als einige der Zuschauer nun zu jubeln begannen, wandte sich Anna angewidert ab. Sie hatte genug von der Lüsternheit ihrer Mitmenschen, die sich am Blutrausch ergötzten. Und sei es auch nur das Leben eines Schweins, das vor ihren Augen ausgehaucht wurde. Genug hatte sie auch von den Geschichten der alten Frau. Obwohl sie sie im Stillen dafür bewunderte, dass sie es wagte, so öffentlich an der Existenz von Hexen zu zweifeln, war sie ihr dennoch nicht ganz geheuer.

Nun, da sich die Menge nach dem Spektakel allmählich zerstreute, konnte sich Anna am Rand des Platzes mit dem Wagen vorsichtig einen Weg durch die Menschen bahnen. Christopherus schien es nicht schnell genug zu gehen und beinahe stieß Anna mit einem jungen Mann zusammen, der nicht mehr rechtzeitig zur Seite springen konnte.

»Oh, verzeiht«, stammelte Anna, ohne ihr Gegenüber anzusehen.

»Ja, ja, unsere Anna, immer noch so ungestüm wie mit fünf Jahren ... Nur bedeutend hübscher!«

Anna stutzte und blickte auf. Ein Lächeln huschte über

ihr Gesicht, als sie den jungen Mann vor sich erkannte. »Daniel!« Während sie den Namen noch aussprach, spürte sie, wie ihre Wangen rot wurden, und verlegen senkte sie den Blick wieder.

»Wie geht es dir?« Daniel schien weniger schnell verlegen zu werden. »Lebt deine Großmutter noch? Wie kommt ihr zurecht? Ich habe so oft an dich gedacht!«

»Es geht uns gut, danke. Wir kommen zurecht.« Das entsprach sicherlich nicht ganz der Wahrheit, denn oft genug fand Anna trotz ihres anstrengenden Tagwerks keinen Schlaf, weil sie nicht wusste, wie es weitergehen sollte. Großmutter, die Mutter ihrer Mutter, wurde zusehends wunderlicher und schwieriger im Umgang. Zudem erfüllte sie kaum noch eine ihrer Pflichten, sodass alles auf Annas schmalen Schultern lastete, die damit hoffnungslos überfordert war. Sie stand morgens vor Sonnenaufgang auf und erledigte noch vor dem eigentlichen Frühstück einen großen Teil der Feldarbeit, säte, erntete und lud alles auf ihren Karren, veräußerte das, was sie und Großmutter nicht selbst zum Leben brauchten, auf dem Markt, um von dem Erlös die Dinge zu erwerben, die sie nicht eigenhändig herstellen konnten. Anschließend kümmerte sie sich um die Hausarbeit: Sie machte die Wäsche, kochte, lagerte Lebensmittel ein, versorgte die Hühner und das Pferd … und sank selbst im Sommer, wenn es spät dunkel wurde, erst nach Sonnenuntergang auf ihre Bettstatt.

Als sie kleiner gewesen war, hatte Großmutter die Feldarbeit und den Verkauf auf dem Markt übernommen. Damals noch mit einem Ochsen im Gespann. Und Anna hatte bereits als Siebenjährige gekocht, geputzt und bei der Wäsche geholfen. Später dann, als Anna älter und kräftiger geworden war, hatte sie ihre Großmutter bei der Feldarbeit unterstützt und sie schließlich abgelöst. In dem Maße, in dem Anna größer und stärker geworden war, war ihre Großmutter kleiner und schwächer geworden. Zunächst hatte sie sich noch um die Hütte, das Essen und die Tiere gekümmert, doch immer häufiger kam es mittlerweile vor, dass Anna nach Hause kam und ihre Großmutter schlafend oder auf dem Schemel sitzend vorfand, die Tiere unversorgt, der Ofen ohne Feuer …

Anna spürte Daniels prüfende Blicke auf sich und ihr wurde dabei unerklärlicherweise abwechselnd heiß und kalt. Wieso fühlte sie sich auf einmal in seiner Gegenwart so unsicher? Immerhin hatte sie einen großen Teil ihrer Kindheit mit ihm verbracht!

»Was ist los, fühlst du dich nicht wohl?« Daniel griff besorgt nach Annas Arm.

»Doch, doch, es ist alles in Ordnung«, erwiderte Anna und versuchte, dem Blick aus diesen sanften braunen Augen auszuweichen. »Ich muss jetzt aber weiter. Sonst macht sich Großmutter Sorgen.« Und mit einer dahingemurmelten Verabschiedung trieb sie Christopherus an und versuchte sich mit festen Schritten zu entfernen, ohne sich noch einmal umzusehen, obwohl sie das Gefühl hatte, ihre Beine würden ihr jeden Augenblick den Dienst versagen.

Wenn ein Ochse
einen Mann oder ein Weib stößt,
dass sie sterben,
so soll man den Ochsen steinigen.
Zweites Buch Moses 21.28

Natürlich machte sich Großmutter keine Sorgen. Vermutlich hatte sie noch nicht einmal bemerkt, dass Anna unterwegs war. Aber das war Anna gleichgültig. Sie hätte es keine Minute länger neben Daniel ausgehalten. Zu schmerzhaft war die Erinnerung an glücklichere Kindheitstage.

Sicher, auch damals war ihr Vater bereits oft schwermütig gewesen. Immer wieder hatte Großmutter ihn nach dem Tod der Mutter aufgefordert, sich endlich eine neue Frau zu suchen. Und jedes Mal hatte Vater sie angeschrien, wie sie es wagen könne, ihre eigene Tochter derart zu verraten, und war anschließend im Wirtshaus verschwunden, aus dem er erst Stunden später völlig betrunken heimkehrte.

Aber es hatte auch andere Tage gegeben. Tage, an denen sich die Familie des Vaters zu Festen traf und an denen die kleine Anna dem kleinen Daniel begegnete, weil Daniels Oheim, der Bruder seines Vaters, mit Annas Tante, der zweiten Schwester ihres Vaters, verheiratet gewesen war. Inzwischen waren beide, ohne selbst Kinder zu hinterlassen, am Schwarzen Tod gestorben. Überhaupt schien der Tod alles zu zerstören. Auch ihre unbedarfte kindliche Freundschaft mit Daniel. Aber sicher hätte diese Freundschaft ohnehin keinen Bestand gehabt, überlegte Anna weiter. Denn während es mit Daniels Familie stetig bergauf gegangen war, Daniels Vater als Kaufmann nicht nur ein Vermögen gemacht hatte, sondern sogar in den Rat der Stadt gewählt und damit ein einflussreicher Bürger geworden war, war es mit Annas Familie immer weiter bergab gegangen. Inzwischen hatten sie die Talsohle erreicht, dachte Anna bitter, und das wollte sie Daniel nicht unbedingt auf die Nase binden.

Wie zur Bestätigung tauchte jetzt das kleine, mit Stroh gedeckte Haus auf, in dem Anna mit ihrer Großmutter lebte. Wie anders diese einfache Behausung doch im Vergleich zu den hohen, fast schon eleganten Häusern in der Nähe des Marktes war, die nur noch von den hochherrschaftlichen Häusern am Flussufer übertroffen wurden, in denen die reichen Kaufleute lebten. Daniel zum Beispiel, dachte Anna ohne Häme. Was würde Daniel denken, wenn er ihre armselige Hütte sähe? Und sie versuchte das Haus mit Daniels Augen zu betrachten, während sie darauf zuging: Da war zunächst einmal die enge, verwinkelte Straße, die nicht nur dunkel und schmutzig wirkte, sondern es auch tatsächlich war. Das Haus war – ebenso wie die Häuser ihrer Nachbarn – klein und niedrig, das Dach mit leicht brennendem Stroh gedeckt. Und man sah schon von außen, dass es nicht mehr als eine Stube hatte.

Vor den Türen der Nachbarn lagen die Misthaufen auf der Straße und verbreiteten gemeinsam mit dem Unrat, der sich zum Teil meterhoch türmte, einen schier unerträglichen Gestank.

Anna und ihre Großmutter hatten unmittelbar hinter dem Haus einen Stall für Christopherus und ihr halbes Dutzend Hühner gebaut. Im Gegensatz zu den meisten ihrer Nachbarn hielten sie jedoch kein Schwein und Anna war darüber auch nicht unglücklich. Immer wieder gaben die Schweine Anlass zu Scherereien, weil sie auf der Suche nach Nahrung die Abfallrinnen durchwühlten oder kleine Kinder, die auf der Straße spielten, umrannten und verletzten. Nein, sie war ohnehin schon froh, wenn sie keinen Streit mit ihrer Nachbarin zur Linken hatte, die sie argwöhnisch beobachtete und offensichtlich fürchtete, Anna könne ihr den Mann ausspannen. Dabei gab es nichts, was Anna ferner lag. Selbst wenn sie sich für einen Mann interessiert hätte, so wäre es sicherlich nicht der ihrer Nachbarin gewesen.

An diesem Punkt fiel ihr wieder der Ausgang ihrer Überlegungen ein: Daniel. Und unwillkürlich schüttelte Anna den Kopf bei der Vorstellung, der alte Freund könnte eines Tages sehen, unter welchen Bedingungen sie hier lebten! Nein, das durfte niemals geschehen!

Anna spannte Christopherus aus und führte ihn in seinen Stall. Die Hühner umflatterten sie und gackerten aufgeregt, aber das Mädchen achtete nicht darauf. Sorgfältig mischte es das Futter für Christopherus an und vergaß auch nicht, etwas Bärlapp unterzurühren. Das Hexenmehl sollte vor Verzauberung schützen und obwohl Anna eigentlich nicht recht an Hexerei glaubte, so wollte sie doch kein unnötiges Wagnis eingehen. Schaden konnte die Pflanze sicherlich nicht.

Doch trotz der Sorgfalt, die Anna bei der Zubereitung des Futters walten ließ, schnupperte Christopherus nur lustlos an seiner Mahlzeit.

»Was ist?« Anna strich sanft über das schwarze Fell des Pferdes und tastete dabei den Wirbel an der Halsunterseite des Tieres ab, den man mit viel gutem Willen als sternförmig bezeichnen konnte. »Hast du keinen Appetit?«

Christopherus öffnete und schloss mehrmals hintereinander die Augen und stöhnte dabei sacht.

»Na ja«, sprach Anna weiter, als unterhielte sie sich mit einem Menschen, »du hast ja heute auch noch nicht richtig gearbeitet, nicht wahr? Vielleicht liegt es daran. Du bist ein gutes, braves Pferd.« Sie selbst verspürte auch nicht den gleichen Appetit wie sonst, wenn sie von der schweren Feldarbeit nach Hause kam, von der sie heute durch das Spektakel auf dem Marktplatz abgehalten worden war. Warum sollte es dem Rappen anders gehen als ihr?

Anna verscheuchte die Hühner, die im Gegensatz zu Christopherus ganz versessen auf Fressen zu sein schienen, und machte sich auf den Weg ins Haus. Hatte Großmutter etwa schon wieder vergessen, den Hühnern eine Handvoll Körner hinzustreuen?

Als Anna den Raum betrat, mussten sich ihre Augen erst an die Dunkelheit gewöhnen. Der Geruch von kaltem Rauch hing in der Luft. Also hatte Großmutter die Feuerstelle noch nicht entzündet. Anna unterdrückte ein Seufzen, während sie auf den Vorhang zuschritt, hinter dem der Strohsack der Großmutter auf dem Lehmboden lag. Jedes Mal fürchtete Anna, der Tod könnte von ihr unbemerkt wieder zugeschlagen haben und sie wäre nun wirklich ganz allein auf dieser Welt. Zwar hätte das einerseits die Last von ihr genommen, für die alte Frau zu sorgen, aber die Vorstellung, niemanden auf der Welt mehr zu haben, der zu ihrer Familie gehörte, entsetzte Anna zutiefst.

Anna lüpfte den Vorhang. Ihre Großmutter lag mit offenen Augen vor sich hin träumend auf ihrem Lager.

Als sie Anna bemerkte, schien es, als kehre sie aus weiter Ferne heim.

»Ich bin wieder zurück, Großmutter«, sagte Anna.

»Ach, warst du fort?«

Anna unterdrückte ein ungeduldiges Stöhnen und nickte stattdessen. Aus unerfindlichen Gründen hatte sie bis jetzt gehofft, die Großmutter habe doch bereits irgendetwas von ihren Tagesaufgaben erledigt – obwohl es offensichtlich war, dass diese fromme Hoffnung enttäuscht werden würde.

»Was hältst du davon«, fuhr die Großmutter fort und stützte sich dabei mühsam auf ihre Ellenbogen, »wenn wir uns heute ein schönes Stück Fleisch zum Essen braten?«

»Heute ist Freitag, Großmutter. Und außerdem haben wir kein Fleisch. Ich weiß auch nicht, wann wir wieder einmal Fleisch haben werden, denn ich konnte heute noch nicht einmal aufs Feld, um für den morgigen Markt zu ernten.«

»Du warst nicht auf dem Feld? Aber wo warst du dann?« Die Stimme der Großmutter klang vorwurfsvoll und Anna musste sich beherrschen. Was fiel der alten Frau ein, sie zur Rechenschaft zu ziehen, wenn sie selbst bis weit nach Sonnenaufgang im Bett lag? Trotzdem antwortete sie: »Auf dem Markt haben sie eine Sau gehängt. Ich kam mit dem Wagen nicht durch und musste umkehren.«

»Eine Sau gehängt?«

Anna nickte stumm.

Die Großmutter schüttelte den Kopf. »Als ich ein Kind war«, erzählte sie, »habe ich mal gesehen, wie man einen Hund gehängt hat. Das arme Tier gehörte einem einfachen Straßenräuber und war der Mittäterschaft beschuldigt worden.« Sie setzte sich auf. »Man hatte ihm sogar Menschenkleider angezogen, stell dir vor. Und es herrschte ein Heidenlärm. Überall kläfften Hunde, denn das Gericht hatte verfügt, dass alle Hunde der Umgebung bei der Hinrichtung anwesend sein sollten. Zur Abschreckung gewissermaßen.«

Anna wusste nicht, ob sie die Geschichte ihrer Ahnfrau glauben sollte. Ein Hund in Menschenkleidern? Das erschien ihr doch zu merkwürdig.

»Und ich habe Daniel getroffen«, erzählte Anna weiter, um ihre Großmutter abzulenken.

»Daniel?« Großmutters Augen bekamen auf einmal einen merkwürdigen Glanz. Und hatte die alte Frau bislang den Eindruck erweckt, nicht mehr voll zurechnungsfähig zu sein, so schien sie nun auf dem Höhepunkt ihrer geistigen Leistungsfähigkeit. »Ja, ja, ich erinnere mich an Daniel«, sagte sie. »War er nicht der Sohn von Johans Bruder?«

Anna nickte.

»Ein auffallend hübscher Junge«, sprach die alte Frau weiter. »Er hatte große glänzende Augen und kräftiges dunkles Haar.« Sie richtete ihren Blick auf Anna. »Ihr habt viel miteinander gespielt damals und ich weiß noch, dass ich dachte, ihr wäret ein hübsches Paar ... «

Anna spürte, dass sie rot wurde, und war froh über das Dämmerlicht und die schlechten Augen der Großmutter.

»Ist er immer noch so hübsch?«

Anna bemühte sich, ihre Stimme fest klingen zu lassen. »Ich habe nicht darauf geachtet«, antwortete sie und wich dem Blick ihrer Großmutter aus, die sie plötzlich aufmerksamer zu mustern schien. »Ich kümmere mich um die Hühner und das Frühstück«, setzte Anna hinterher und war mit einem Mal froh, den forschenden Augen ihrer Großmutter zu entkommen.

Wenn Anna nach einem anstrengenden Arbeitstag schon keinen Schlaf fand, so verwunderte es nicht, dass sie sich an diesem Abend noch lange auf ihrem Strohlager hin und her wälzte und gezwungenermaßen dem friedvollen Schnarchen ihrer Großmutter lauschte, während sie in Gedanken den Erlebnissen des Tages nachhing. Keine Haltung schien ihr die richtige. Die Füße kribbelten, der Rücken juckte, der Arm, auf den sie ihren Kopf gebettet hatte, wurde taub …

Endlich glitt sie in einen unruhigen Schlaf. Doch auch in dieser Traumwelt drehte sich alles um gehenkte Schweine, alte hässliche Hexen und hübsche junge Männer. Und so fühlte sich Anna am nächsten Morgen nicht gerade ausgeruht, als sie im flackernden Schein der Kerze gähnend das trockene Brot in ein wenig Wasser aufweichte und es sich lustlos in den Mund schob. Wenn sie wenigstens etwas Milch gehabt hätte! Um wie viel besser hätte das alte Brot geschmeckt! Aber sie musste erst etwas verkaufen, bevor sie von dem Erlös Milch erwerben konnte. Und an ein Stück Fleisch war im Augenblick gar nicht zu denken!

Im Geiste überschlug sie die Waren, die sie heute zum Markt mitnehmen wollte: 32 Eier, ein Korb voller Zwiebeln, Pastinaken, Äpfel sowie die ersten Bohnen, die dieses Jahr ein wenig auf sich warten ließen. Salat, der immer am meisten nachgefragt wurde, hatte sie ja gestern nicht ernten können und so musste sie heute wohl darauf verzichten.

Viel war das nicht und noch einmal ärgerte sich Anna darüber, dass ihr gestern der Weg zum Feld versperrt worden war.

Als sie das Haus verließ und zum Stall ging, um Christopherus zu versorgen und anzuschirren, war es noch dunkel. Selbst die Hühner schliefen noch und gackerten nur leise vor sich hin, als Anna die Stalltür öffnete.

»Christopherus«, flüsterte Anna dem pechschwarzen Hengst zärtlich zu, schlang ihre Arme um seinen Hals und verharrte so für einige Sekunden, während sie den beruhigenden warmen Duft des Tieres einatmete. Wie Anna schien auch Christopherus diese Liebkosung zu genießen und wieder einmal dachte Anna, was für ein Glück sie hatte, dieses Tier zu besitzen: Eigentlich viel zu wertvoll für die Feldarbeit, war das edle Tier ihr ein treuer Begleiter, der stets ohne zu murren den Karren zum Markt und den Pflug über die harte Erde auf dem Feld zog.

Bei diesem Gedanken erinnerte sich Anna an ihre gestrige Begegnung mit Heinrich, dem Schellenknecht, der ihr angeboten hatte, Christopherus' Platz einzunehmen, damit er immer bei ihr sein könne. Sie war an derartige Komplimente gewöhnt, obwohl sie sie immer wieder überraschten. Gerade im Augenblick fand sich Anna äußerst unattraktiv und sie hoffte, auf dem Markt heute einen erschwinglichen hübschen Stoff für ein neues Kleid zu finden, denn das alte war schon seit Langem völlig zerschlissen und immer wieder nur notdürftig geflickt worden. Sie brauchte dringend ein neues!

Während sie noch darüber nachdachte, in welchem Schnitt sie das neue Kleid nähen könnte, füllte sie Christopherus' Futtereimer – vergaß auch den Bärlapp nicht – und stellte ihn dem Hengst hin.

Christopherus schnupperte kurz an seiner Mahlzeit. Dann rümpfte er regelrecht die Nase und wandte sich angewidert ab.

»Was ist mit dir?«, wollte Anna wissen, als könnte sie auf ihre Frage eine Antwort erwarten. »Hast du schon wieder keinen Hunger?« Sie roch misstrauisch an dem Korn. War etwas damit nicht in Ordnung? War es vielleicht feucht geworden? Aber sie konnte nichts Ungewöhnliches entdecken.

Christopherus rieb seinen kräftigen Schädel entschuldigend an Annas Ärmel und schnaubte.

Anna zuckte mit den Schultern. Auch wenn ihr das Verhalten des Pferdes nicht gefiel, so konnte sie im Augenblick doch nichts daran ändern. Sie wandte dem Hengst den Rücken zu und griff nach dem Geschirr, das an einem Haken an der Wand hing. Heute hatte sie besonders viel zu tun. Nachdem ihr gestern der Weg zum Feld versperrt geblieben war, musste sie heute dort nach dem Rechten sehen und den Salat ernten, bevor er zu groß wurde und an Geschmack verlor.

Während sie Christopherus fertig machte, beklagte sie im Stillen, dass es keinen Weg gab, die Stadt vor Tagesanbruch zu verlassen. Sonst hätte sie auch die Mühe nicht gescheut, noch vor Marktbeginn Salat zu holen. Doch die Tore blieben von Sonnenuntergang bis zum nächsten Morgen geschlossen und wurden von Kaufleuten und Handwerkern gemäß der Vorschrift mit Harnisch und Waffen streng bewacht. Und nun war es zu spät, wenn sie einen guten Platz für ihren Wagen mit den Waren haben wollte.

Endlich hatte sie Christopherus angespannt und gab ihm den Befehl, den beladenen Wagen anzuziehen.

»Gott zum Gruß!«

»Gott zum Gruß«, erwiderte Anna und versuchte dem abfälligen Blick ihrer Nachbarin, die in diesem Augenblick aus dem Haus trat, mit erhobenem Kopf standzuhalten. Dabei spürte sie ein heißes Brennen auf jedem Zentimeter ihrer Haut, als die schmalen Augen der älteren Frau musternd über ihren Körper glitten. Anna meinte, die andere nähme jeden Fleck, jede geflickte Stelle an ihrem Kleid wahr und zum Schluss ruhte ihr Blick unangebracht lange auf Annas Brüsten.

Anna sog die Luft ein. Genauso musterte der Mann dieser Nachbarin das Mädchen stets, wenn er es traf. Aber Anna war bewusst, dass er ihr aus völlig anderen Gründen begierliche Blicke zuwarf und damit den Hass seiner Frau Maria auf Anna ins Unermessliche schürte.

»Ist heute Markt?« Maria riss ihre Augen nahezu gewaltsam von den Rundungen ihrer Kontrahentin los und verriet ihre Unsicherheit durch einen ordnenden Griff in ihr aufgestecktes schwarzes Haar.

»Ja«, antwortete Anna knapp.

»Dann möchte ich Euch nicht länger aufhalten.«

»Ich danke Euch.«

Anna schnalzte mit der Zunge und beeilte sich mit Christopherus fortzukommen, während sie den von Hass und Neid erfüllten Blick ihrer zu hager geratenen Nachbarin auf ihren Hüften und ihrem Gesäß spürte. Sie konnte der Versuchung nicht widerstehen und ließ die Hüften kreisen.

Aus irgendeinem Grund erwies sich Christopherus heute als unwillig. Nur mühsam setzte er einen Huf vor den anderen. Immer und immer wieder musste Anna ihn antreiben und ermahnen, während sie sich durch die noch stillen Gassen einen Weg zum Marktplatz bahnten.

Anna warf ihrem Rappen einen besorgten Blick zu. Irgendetwas stimmte nicht mit dem Tier. Sie wusste nur nicht was.

Je näher sie dem Marktplatz kamen, desto voller wurde es. Die Händler strömten aus allen Richtungen mit ihren Waren zum Platz, um sie rechtzeitig auszulegen und zu arrangieren, bevor die *Vier Glocken**, die Diener der Marktherren, die die Aufsicht über den Handel führten, den Markt einläuteten.

Anna konnte sie bereits sehen, wie sie mit ihren langen rot-weißen Stäben durch die Reihen der Ankömmlinge schritten und hier und da Waren prüften. Hatte jemand Asche unter den teuren Pfeffer gemischt? Oder lagen unter der obersten Schicht frischer Fische alte Heringe?

Anna blieb mit ihrem Wagen, auf dem sie ihre Waren feilbot, am Rande des Platzes stehen und begann damit, Christopherus auszuspannen, der dabei unwirsch von einem Lauf auf den anderen trat, als könne es ihm gar nicht schnell genug gehen.

»Sieh an, sieh an!« Der dickleibige Mann blieb so dicht hinter Anna stehen, dass sie seinen widerwärtigen Geruch wahrnehmen konnte. Schon allein an diesem Geruch konnte sie ihn erkennen. Er stank nach altem Schweiß, Zwiebeln, Kappes und nach Wein und Met, die er regelmäßig und in großen Mengen genoss. Der Marktmeister, Friederich von Rodenkirchen, hatte schon Annas Großmutter manches Mal das Leben zur Hölle gemacht. Und auch vor Anna machte er nicht halt. Jetzt streckte er seinen mächtigen Bauch noch weiter vor, sodass er Annas Rücken damit berührte, und zischte ihr ins Ohr: »Da weiß man nicht, wessen Hintern der prachtvollere ist, deiner oder der deines kostbaren Pferdes.«

Anna kämpfte gegen den Brechreiz an, der sich ihrer bemächtigte, während der Marktmeister schallend lachend weiter zog. Er blickte sich zu Anna um und blinzelte ihr mit einem Auge zu, während er mit der linken Hand weit ausholte, als er an Christopherus' Flanke vorbeiging.

Das würde ich mit dir auch gern einmal machen!

Die Stimme ertönte nur in Annas Kopf und doch war es so, als hätte der Marktmeister diesen Satz laut ausgesprochen, während er nun seine gewaltige Pranke auf Christopherus' Kruppe niederfahren ließ.

Anna meinte, das Weiße in den Augen ihres Hengstes bereits gesehen zu haben, bevor die Hand des Marktmeisters das Fell des Tieres überhaupt berührt hatte. Und obwohl sie in diesem Augenblick bereits wusste, was geschehen würde, starrte sie wie die anderen gebannt auf das Pferd, das plötzlich ohrenbetäubend laut wieherte, den Kopf nach hinten warf und mit steil aufgerichteten Ohren und weit aufgerissenen Augen auf die Hinterhand stieg. Der Rappe sah aus, als wäre er soeben dem Leibhaftigen persönlich begegnet und versuche, dem Fegefeuer, das bereits mit leckenden Zungen nach ihm griff, zu entkommen.

Friederich von Rodenkirchen riss ebenfalls Mund und Augen auf, als er den schweren Huf des mächtigen Pferdes, das weit über ihm bedrohlich wie ein schwarzer Schatten in den Morgenhimmel ragte, auf sich niederfahren sah. Er hielt die Arme in die Höhe, als flehe er Gott um Vergebung für seine Sünden an – und derer gab es reichlich –, doch es war bereits zu spät.

Anna konnte ebenso wie die übrigen Umstehenden das Knacken hören, als die Knochen des Marktherrn nachgaben. Es klang, als bräche jemand getrocknetes Holz entzwei. Und mit einem Mal knickte der Unterarm des Mannes, der zuvor in den Himmel geragt hatte, in der Mitte ab und wies anklagend auf seinen Träger, der nun in sich zusammensank, als ließe jemand Luft aus einem Blasebalg, und mit einem Geräusch wie ein randvoll gefüllter Mehlsack auf den Boden aufschlug.

Selbst geraume Zeit später wunderte sich Anna noch, mit welch beeindruckender Geschwindigkeit sich das dunkelrote Blut unter dem Schädel des Mannes ausgebreitet hatte, der mit verrenkten Gliedmaßen auf dem harten kalten Boden lag und sich nicht mehr rührte.

(…) dass du nicht geratest
auf den Weg der Bösen
noch unter Leute, die Falsches reden.

Sprüche Salomos 2.12

Mit einem Mal war es totenstill. Erst diese Stille machte Anna bewusst, wie laut es zuvor gewesen war, welchen Lärm die Händler beim Ausladen und Arrangieren ihrer Waren gemacht hatten. Anna wunderte sich über ihre eigene falsche Wahrnehmung. Hätte sich jemand vor diesem Ereignis bei ihr erkundigt, ob es morgens vor Marktbeginn laut oder leise auf dem Marktplatz zuging, so hätte sie zweifelsohne geantwortet, alles verlaufe sehr ruhig, gesittet und beschaulich. Erst jetzt wurde ihr bewusst, wie ihr Eindruck sie trog.

Anna hielt sich die Hände vor den Mund und konnte sich vor Schreck nicht rühren, während sich das Bild, das sich ihr bot, für immer unauslöschlich in ihr Gedächtnis einbrannte: Auf dem vom Frühtau glänzenden Pflaster lag der Marktmeister bewegungslos in einer Blutlache, die sich unablässig weiter unter ihm ausbreitete. Neben ihm ragte die majestätische Gestalt des schwarzen Pferdes auf, das zitternd und mit schweißnassen Flanken dastand und ins Leere starrte, während weiße Wolken aus seinen Nüstern stoben.

»Schaut mal, das Pferd«, hörte Anna ein Flüstern neben sich. Es war diese Stimme, die sie dazu veranlasste, ihren Blick von Christopherus und dem am Boden liegenden Mann abzuwenden und sich umzublicken. Erst jetzt bemerkte sie die vielen Schaulustigen, die sich um ihren Wagen, ihr Pferd und den Mann am Boden versammelt hatten. Wie bleiche Spukgestalten starrten sie auf die Szene, die sich ihren entsetzten Augen bot.

»Schaut mal, das Pferd«, flüsterte die Stimme, »sieht es nicht aus, als sei es vom Teufel besessen?«

»Ja, genau, ganz rote Augen hat es.«

Annas Blicke hetzten von links nach rechts. Was redeten die Leute da vom Teufel? Was hatte der Teufel mit alldem zu tun? Dennoch konnte sie nicht anders, als auf Christopherus zu blicken, um zu sehen, wovon die Leute sprachen. Und tatsächlich: Christopherus' Augen hatten einen merkwürdigen Glanz, und als er sie in diesem Moment mit blutunterlaufenem Blick ansah, spürte Anna eine leichte Gänsehaut auf ihrem Rücken.

»Es ist schwarz wie die Nacht.«

»Schwarz wie die Seele des Bösen.«

»Und glutrote Augen hat es!«

»Wie die Augen des Leibhaftigen ... «

»Jesus Christus, steh uns bei! Es *ist* das Pferd des Teufels!«

»Das Pferd des Teufels hat den Marktmeister getötet!«

»Der Marktmeister ist tot!«

Annas Blick huschte vom einen zum anderen. Die Stille, die bislang geherrscht hatte, machte nun aufgeregter Schwatzhaftigkeit Platz.

»Der Teufel hat den Marktmeister geholt!«

Die Menschen bekreuzigten sich. Manche fielen auf die Knie und erhoben ihre Hände in den Himmel, um zu beten.

Anna runzelte die Stirn. *Tot?* Sie betrachtete den dickleibigen Mann, der ihr so zuwider war. War er wirklich tot? Auf diesen Gedanken war sie noch gar nicht gekommen! Was würde mit ihr und Christopherus geschehen, wenn Friederich von Rodenkirchen tatsächlich tot war? Sie wäre nicht die Erste, die vom lynchwütigen Mob gemeuchelt wurde!

Anna spürte, wie ihr schwindelte. Sie taumelte bereits und verlor den Boden unter den Füßen, als sie von kraftvollen Händen aufgefangen wurde. Sie schaute über ihre Schulter zurück, um zu sehen, wer sie hielt. Als sie die sanften braunen Augen des jungen Mannes erkannte, der unmittelbar hinter ihr stand und sie stützte, verlor sie endgültig das Bewusstsein.

Christopherus zitterte. Er stand inmitten der Menschentraube, die ihn umringte, und zitterte. Er hatte nicht die geringste Möglichkeit, etwas dagegen zu tun. Immer noch spürte er die Stelle, an der die Hand des Mannes ihn berührt hatte. Aber mehr noch spürte er die schmerzhaften Vibrationen in seinem Körper, die der an und für sich harmlose Schlag ausgelöst hatte.

Christopherus hatte die Augen weit aufgerissen. Er sah die Feindseligkeit in den Gesichtern der Menschen ringsum und die Furcht, die sie ihm entgegenbrachten. Er konnte die Ablehnung, die ihm wie eine Welle entgegenschwappte, spüren. Er hörte die aufgeregten Stimmen, sah die gleichermaßen vor Wut und Angst verzerrten Mienen und suchte nach dem einen Antlitz, das ihm so vertraut war und ihm das Gefühl der Sicherheit geben konnte, das er in diesem Augenblick schmerzlich vermisste. Er stieß ein fragendes, suchendes Wiehern aus.

Doch die einzige Antwort, die er erhielt, war das Lauterwerden der Flüche und Gebete der Menschen, die ihn einkreisten und umschlossen. Dabei hatte er Anna doch eben noch gesehen! Wohin war sie nur verschwunden?

Die Vorwürfe des Pöbels wurden lauter und lauter. Nach und nach mehrten sich die fordernden Rufe, der vom Teufel gesandten Bestie den Garaus zu machen. Schon bückte sich der erste nach einem Stein und schleuderte ihn – zunächst noch zaghaft – nach Christopherus. Der Stein prallte dicht vor dem Rappen auf dem Boden auf und der Hengst wich erschrocken zurück. Nun wurde sein Wiehern lauter und ängstlicher. Er suchte nach Anna, nach ihrem vertrauten Gesicht und ihren Sicherheit und Trost spendenden Händen.

Anna erwachte in dem Moment aus ihrer Ohnmacht, als Daniel laut »Nein!« schrie und sie in der Obhut seines Vaters zurückließ, um auf Christopherus zuzulaufen und ihn vor der lynchwütigen Menge zu schützen. Ein Stein, der eigentlich dem schwarzen Pferd gegolten hatte, traf ihn hart an der Schulter, aber Daniel ließ sich davon nicht beirren. Entschlossen griff er nach Christopherus' Halfter und stellte sich den Angreifern entgegen.

»Haltet ein!«, rief er.

Doch nicht sein Rufen ließ die Menge in diesem Augenblick zurückweichen, sondern das Stöhnen des verletzten Marktmeisters, der nun ebenfalls wieder zu Bewusstsein kam und trotz der Schmerzen an Arm und Kopf aufzustehen versuchte, dabei jedoch das Gleichgewicht verlor und sofort zurück auf die Knie sank.

Es dauerte eine Weile, bis die Menge begriffen hatte und die Ersten, Mutigsten dem Mann zu Hilfe eilten und ihn stützten. Hätte Friederich von Rodenkirchen geahnt, dass er durch sein überraschendes Wiedererwachen das Leben des schwarzen Pferdes in letzter Sekunde rettete, bevor das mordlustige Gesindel eigenhändig über es richtete – er wäre sicherlich noch eine Weile liegen geblieben, um der Lynchjustiz zu ihrem Recht zu verhelfen. Aber er wusste es nicht und so war er selbst es, der Christopherus zumindest vorerst das Leben rettete.

»Bringt sie zum Stimmmeister!«

Anna sah sich suchend um. Jedoch konnte sie nicht erkennen, welcher der Umstehenden diese Forderung gestellt hatte.

»Ja, genau«, stimmte ein anderer zu, »lasst den Stimmmeister entscheiden.«

Anna sah flehend zu Daniel hinüber, als Dutzende Hände nach ihr griffen und an ihr zerrten. Und sie erkannte das Bedauern in seinem Blick, als er die Umklammerung seines Vaters am Arm spürte, der ihn festhielt, ihm irgendetwas ins Ohr zischte und ihn daran hinderte, auf Anna zuzulaufen und sie vor der aufgebrachten Meute zu schützen, die sie und Christopherus erbarmungslos mit sich fortschleppte.

Daniel wehrte sich gegen den festen Griff, mit dem sein Vater ihn am Arm hielt. Doch Konstantin Liskirchner zischte seinem Sohn ins Ohr: »Denk an unsere Zukunft!«, verstärkte den Druck und zog ihn erbarmungslos mit sich.

Erst als sie sich durch die Menschenmenge gekämpft und den Marktplatz hinter sich gelassen hatten, gelang es Daniel sich dem Zugriff seines Vaters zu entwinden.

»Was ist bloß in Euch gefahren, Vater!«, rief er aufgebracht und schüttelte sich, um seine Schaube* in Form zu bringen, die durch die harte Hand seines Vaters in Unordnung geraten war. »Ihr könnt Anna doch nicht dem Pöbel überlassen!«

»Halte dich von ihr fern«, entgegnete sein Vater streng. »Oder willst du uns in Verruf bringen? Du weißt genau, dass deine Ehe mit Helena beschlossene Sache und unserer Familie dienlich ist. Oder glaubst du, die Familie von Münzenberg wird erfreut reagieren, wenn sie erfährt, dass du dich mit einer einfachen Marktfrau abgibst?«

»Einfache Marktfrau?« Daniel glättete seinen mit Pelz besetzten Kragen. »Sie gehört zur Familie!«

Konstantin Liskirchner schnaubte wie ein wütender Stier. »So ein Blödsinn! Nur weil dieser Ochse Johan seine Säfte nicht in der Gewalt hatte und diese dumme Gans Adelheid ehelichen musste. Mein Bruder war immer eine Schande für die Familie. Und dann kommt das Balg auch noch zu früh zur Welt und stirbt! Nicht mal ein gesundes Kind zeugen konnten die zwei.«

»Zum Glück sind nun beide in die schwarze Erde gefahren, nicht wahr?« Daniel konnte sich diese boshafte Bemerkung nicht verkneifen und erntete sogleich einen zurechtweisenden Blick seines Vaters.

»Gott sei ihrer Seele gnädig«, sagte Konstantin Liskirchner scheinheilig. »Aber ich werde nicht zulassen, dass du den gleichen Fehler begehst wie dein Oheim und dir die falsche Frau aussuchst, mein Sohn!«

Daniel schwieg. Eigentlich hatte er gegen eine Ehe mit Helena bislang gar nichts einzuwenden gehabt. Sie war jung, freundlich und durchaus hübsch mit ihrem langen, glänzenden rötlichen Haar und den schimmernden grünen Augen. Auch wenn sie für seinen Geschmack ein bisschen zu mager war. Doch seit er am gestrigen Tage Anna wieder getroffen hatte, wusste er selbst nicht, was mit ihm los war: Stets musste er an sie denken. Nicht umsonst hatte er heute seinem Vater angeboten, ihn schon in aller Frühe zu seinen Geschäften zu begleiten und ihn dabei über den Marktplatz gelotst. Und sein Vater hatte offenbar augenblicklich gemerkt, wie es um ihn bestellt war.

»Wie Johan kommst du im Wesen nach Mutter«, jammerte Konstantin Liskirchner. »Bereits als Kind hast du mich immer an meinen Bruder erinnert. Ihr denkt nicht mit dem Kopf, wie es sich für einen rechten Mann ziemt, sondern mit dem Herzen wie ein Weib. Und jetzt komm, sonst verspäten wir uns noch.«

Daniel folgte seinem Vater, der sich bereits umgewandt hatte. Es hatte doch keinen Sinn mit ihm zu streiten. Aber in seinen Gedanken war er bei Anna und betete zu Gott, dass ihr nichts Schlimmes widerfahren möge. Man wusste schließlich nie, wozu der Mob fähig war.

Der Stimmmeister war nicht gerade erfreut, als er der tobenden Menge vor seinem Haus gewahr wurde. Der Ratsherr* war zu so früher Stunde nicht in der Gemütsverfassung, über Recht und Unrecht zu entscheiden. Aber es gehörte nun einmal zu seinen Pflichten. Und als er die vielen Gesichter genauer betrachtete, erkannte er, dass er eine Entscheidung treffen musste, die die aufgebrachten Gemüter besänftigen würde. Sonst wäre es um sein Seelenheil geschehen.

Unter den Männern erkannte er einen der Diener des Marktherren und augenblicklich spekulierte er, ob es tatsächlich ein Händler gewagt haben sollte, einen Kunden zu betrügen, und es darüber zum Streit gekommen sein könnte. Er hob in einer beschwichtigenden Geste die Hände über seinen Kopf, um der lärmenden Meute

Einhalt zu gebieten. Tatsächlich verstummte das aufgeregte Getuschel und der Stimmmeister konnte sprechen.

»Was ist geschehen, das euch zu so früher Stunde zu meinem Haus führt?«

Der Diener des Marktherrn trat vor und deutete eine Verbeugung an. »Hoher Herr«, begann er, »dieses Pferd ...«, er wandte sich um und deutete auf einen prachtvollen schwarzen Hengst, der nur mit Mühe von zwei weiteren Männern festgehalten werden konnte, »dieses Pferd hat den Marktmeister getötet.«

»Er hat ihn nicht getötet!«

Die helle, klare Stimme stammte eindeutig von einer Frau, doch der Stimmmeister konnte sie nirgends entdecken. Erst als er suchend um sich blickte, teilte sich die Menge und gab den Blick auf ein junges Mädchen in einem einfachen Gewand frei, das ebenfalls unsanft von einem der Männer festgehalten wurde, indem er ihr den Arm auf den Rücken drehte. Unwillkürlich zog der Stimmmeister bei ihrem Anblick die Augenbrauen hoch. Denn obwohl sie sichtlich nicht mehr als eine einfache Marktfrau war, so war ihm ihre Erscheinung doch überaus angenehm. Nicht nur ihre Jugend, das kräftige, glänzende Haar, die zarte, reine Haut, die ebenmäßigen, weißen Zähne und ihre pralle Gestalt, die noch voller Lebenssaft steckte, sondern ebenso der eigenwillige Ausdruck in ihren Augen und die Spannung in ihrem Körper gefielen dem Mann.

»Ist er nun tot oder nicht?«

»Er lebt, Herr!«

»Noch lebt er! Aber das vermutlich nicht mehr lange.«

Der Stimmmeister nickte stumm, während er versuchte, sich ein Bild von den Ereignissen zu machen.

»Der Teufel ist in das Pferd gefahren und hat Friederich von Rodenkirchen mit seinen Hufen erschlagen«, fuhr der Diener fort und bekreuzigte sich augenblicklich.

Wieder nickte der Stimmmeister. Diesmal verstehend. Er kannte Friederich von Rodenkirchen, den Halunken, und es hätte ihn nicht gewundert, wenn der Leibhaftige persönlich diesen Unhold und Trunkenbold zu sich geholt hätte.

»Er hat Christopherus auf die Kruppe geschlagen! Nur deshalb ist das Pferd gestiegen.«

Das war wieder die Stimme des Mädchens und der Stimmmeister unterdrückte ein Lächeln. Diese junge Frau schien tatsächlich einen starken Willen und einiges an Mut zu besitzen. Nicht viele hätten in ihrer Situation gewagt, ungefragt den Mund aufzumachen und zu widersprechen. Und sie erhielt den Lohn für ihre Widerspenstigkeit auf der Stelle, als der Mann, der sie festhielt, ihren Arm verdrehte, bis sie vor Schmerzen aufschrie und sich so weit vorbeugte, dass ein Amulett aus dem Ausschnitt ihres Kleides rutschte und wie ein Pendel langsam hin und her schwang.

»Du sprichst nur, wenn du gefragt wirst, verstanden!«

Dem Stimmmeister entging nicht, wie der Hengst die Ohren verdrehte und mit dem Kopf schlug, als er den angstvollen Schmerzenslaut der Frau vernahm. Unverkennbar gehörten diese zwei zusammen und bildeten eine Einheit. Jeder schien auf seine Weise bereit, für den anderen zu kämpfen. Und wenn es ihn das Leben kostete.

»Wenn es so ist«, sagte der Stimmmeister und wandte sich direkt an die junge Frau, »dann muss ich wohl fragen, ob du es für schicklich hältst, wenn ein Pferd einen

Menschen schwer verletzt, nur, weil es von ihm geschlagen wurde?«

»Nein, natürlich nicht«, antwortete Anna, die plötzlich große Angst hatte, etwas Falsches zu sagen. »Natürlich darf kein Tier einen Menschen verletzen, aber ... «

»Ist es denn schon einmal vorgekommen, dass du die Kontrolle über dein Pferd verloren hast und es jemanden verletzte?«, unterbrach sie der Stimmmeister.

Anna schüttelte den Kopf. »Nein«, sagte sie leise. Sie hatte das Gefühl, dass die Fürbitte für Christopherus soeben ihren Händen entglitt und ein falscher Atemzug von ihr reichte, um sich selbst eine Anklage einzuheimsen.

Der Stimmmeister trat einige Schritte auf sie zu und stellte sich dicht vor sie.

»Und was war dann dieses Mal anders?« Der Stimmmeister lächelte milde, aber Anna hatte nicht das Gefühl, dass er es gut mit ihr meinte.

»Ich weiß es nicht«, sagte sie leise. »Christopherus ist schon seit einigen Tagen sonderbar. Vielleicht geht es ihm nicht gut.«

»Er ist sonderbar?«, wiederholte der Stimmmeister. »Und du weißt nicht warum? Nun ... Wieso bist du dir dann so sicher, dass es nicht der Teufel ist, der von deinem Pferd Besitz ergriffen hat?«

»Christopherus ist ein braves Pferd«, versuchte Anna noch einmal, ihren Hengst zu verteidigen. »Er ist ein fleißiger Arbeiter und stets gutmütig.«

»Aber heute Morgen war er es nicht!« Der Stimmmeister hatte die Stimme erhoben. »Heute Morgen hat er den Marktmeister so schwer verwundet, dass er vielleicht an seinen Verletzungen sterben wird! Er hat also sein Wesen verändert!«

Anna senkte den Kopf. Sie wusste schon, dass sie verloren hatte, bevor der Stimmmeister fortfuhr: »Und wieso hat er sein Wesen verändert?« Er wandte sich an die Umstehenden. »Vielleicht, weil er gar nicht mehr er selbst ist? Vielleicht, weil in seiner Hülle der Leibhaftige steckt?«

Die Männer und Frauen bekreuzigten sich eilig und einige murmelten leise Gebete.

Der Stimmmeister atmete hörbar aus. »Ich werde die Angelegenheit vor den Rat bringen«, verkündete er seinen Entschluss. »Die Sexherren* werden entscheiden, wie sie in diesem Fall zu verfahren gedenken.« Er wandte sich an die Männer. »Bringt das Pferd in Gewahrsam.«

»Und was ist mit der Frau?«, wollte der Diener des Marktherrn wissen.

Der Stimmmeister strich sich über das Kinn, als müsse er über diese Frage nachdenken, während sein Blick auf Anna ruhte. Dabei hatte er seinen Entschluss längst gefasst: »Notiert ihre Personalien. Dann lasst sie gehen.«

»Ohne ihr Pferd …«, fuhr er nach einer Pause so leise fort, dass ihn niemand hören konnte, »wird dieses Mädchen nirgendwohin gehen.« Und damit bewies er seine Menschenkenntnis.

Das verzweifelte Wiehern des Pferdes brach Anna das Herz. Vier Männer waren nötig, um Christopherus von ihr wegzubringen. Der Rappe verdrehte die Augen und blickte zurück auf Anna. Schaum tropfte aus seinem Maul und er zitterte so stark, dass er kaum einen Lauf vor den anderen setzen konnte.

Anna rannen die Tränen über die Wangen, aber sie wischte sie nicht fort. Sollte dies etwa der letzte Anblick von Christopherus sein? Würde sie ihr Pferd jemals wiedersehen? Was sollte sie ohne ihn tun? Wie die Waren zum Markt bringen? Wie das Feld bestellen? Und was würde nun mit Christopherus geschehen? Zu den Ängsten um die eigene Existenz, die nur mit Christopherus gesichert war, kamen die Sorgen um ihn. Wo wurde er untergebracht? Und was würde man dort mit ihm machen?

Anna konnte kaum sehen, wohin sie trat. Dicht war der Tränenschleier vor ihren Augen. Sie fühlte sich verloren in Zeit und Raum und hätte nicht zu sagen vermocht, ob eine Stunde oder fünf vergangen waren, seit man sie und Christopherus gewaltsam vom Marktplatz fortgezerrt hatte.

Ihr Wagen stand noch verlassen dort, wo sie ihn abgestellt hatte. Sie taumelte darauf zu, als käme sie aus einem Wirtshaus. Rechts und links wichen die Menschen vor ihr zurück und starrten sie an wie eine Aussätzige. Jeder versuchte einen Blick auf Anna zu erhaschen, als wäre sie ein Wundergeschöpf vom Jahrmarkt, eine Abnormität aus der Menschenschau mit drei Armen – und gleichzeitig jeglichem Augenkontakt auszuweichen.

Beinahe wäre Anna in die Blutlache getreten, die sich immer noch auf dem Pflaster ausbreitete und die man nur notdürftig mit einigen Eimern Wasser zu entfernen versucht hatte. Der verletzte Marktmeister war verschwunden, doch erst wenige Käufer tummelten sich auf dem Platz. Also schien nicht allzu viel Zeit vergangen zu sein.

Allerdings genug Zeit, wie Anna kurz darauf feststellte, um sie ihrer letzten Besitztümer zu berauben: Der Wagen war leer. Nicht einen einzigen Apfel hatte das Diebesvolk zurückgelassen.

Anna schloss die Augen und lehnte sich gegen den Wagen. Sie schüttelte den Kopf, während sie zu begreifen versuchte, was geschehen war. Innerhalb weniger Sekunden war ihr Leben aus ihren Händen geglitten. Sie hatte nie mit ihrem Schicksal gehadert. Sich nie über den Tod von Mutter und Vater beschwert oder darüber gejammert, dass sie alleine für sich und die Großmutter sorgen musste und dass es oft genug nicht für mehr als eine dünne Wassersuppe reichte. Aber nun konnte sie nicht mehr. Ohne Christopherus hatte sie keine Aussicht, ihr Tagwerk zu verrichten und sich und ihre Großmutter am Leben zu erhalten. Ebenso gut konnte sie sich gleich das Leben nehmen und einen Augenblick lang dachte Anna über diese Möglichkeit nach. Doch dann verwarf sie sie wieder. Ihr Pflichtgefühl der Großmutter gegenüber hielt sie davon ebenso ab wie der Gedanke daran, dass sie Christopherus nicht alleinlassen konnte. Er zählte auf sie und obwohl sie nicht die geringste Idee hatte, wie sie ihm helfen konnte, so wusste sie doch, dass sie es versuchen musste. Sie durfte nicht aufgeben. Noch nicht.

Mit einer energischen Handbewegung rieb sich Anna die Augen und ignorierte die heimlichen Blicke der anderen. Dann ergriff sie die Achse ihres hölzernen Wagens und versuchte ihn anzuziehen. Sie zog so fest sie konnte, biss die Zähne aufeinander – doch der Wagen bewegte sich keinen Zentimeter. Anna merkte, wie die Tränen zurückkehren wollten, als eine wenig ältere Frau auf sie zutrat und ihr beschwichtigend die Hand auf die Schulter legte.

Anna sah die Marktfrau überrascht an und entdeckte Mitleid in den Augen der anderen, die ihren Wagen neben Annas stehen hatte. Anna wusste, dass die andere Katharina hieß. Sie hatten sich hin und wieder miteinander unterhalten. Jetzt streckte Katharina ihr die

Hände entgegen, in denen sie Annas Korb mit Äpfeln hielt. »Den konnte ich retten«, sagte sie, »für den Rest kam ich leider zu spät.«

Anna nickte dankbar und versuchte sich nicht anmerken zu lassen, dass sie auch ihren Korb mit Eiern bereits wiedererkannt hatte: Auf dem Wagen der anderen. Dabei verkaufte Katharina sonst nie Eier, weil sie keine Hühner hielt. Aber vielleicht hielt sie die Eier für ihre Bezahlung, weil sie die Äpfel gerettet hatte?

»Danke«, flüsterte Anna, nahm den Korb mit Äpfeln entgegen und stellte ihn zurück auf ihren Wagen.

»Peter kann dir helfen, den Wagen nach Hause zu ziehen«, sprach Katharina weiter und deutete mit einer Bewegung ihres Kopfes auf ihren elfjährigen Sohn, der hinter ihr stand und ein wenig dümmlich grinste.

Anna hätte das Angebot gerne abgelehnt. Sie sehnte sich danach allein zu sein. Doch sie wusste, dass sie den Wagen ohne Hilfe niemals nach Hause bekommen würde. Also sagte sie noch einmal: »Danke.«

Peter zögerte nicht lange, griff nach der Achse und zog kräftig an. Anna zog auf der anderen Seite und endlich setzten sich die zwei großen Räder in Bewegung. Anna staunte, wie vergleichsweise leicht sich der Wagen bewegen ließ, sobald er einmal in Fahrt gekommen war.

Schweigend gingen Anna und Peter nebeneinander her. Anna versuchte die Blicke des Jungen auf ihre Brüste zu ignorieren. Aber sie wurde das Gefühl nicht los, dass der Knabe nicht nur wegen der Anstrengung des Wagenziehens so keuchte.

Auf jeden Fall war sie froh, als sie zu Peter sagen konnte: »Hilf mir noch, den Wagen hinter das Haus zu schieben und dort zu drehen. Dann haben wir es geschafft.«

Der Halbwüchsige tat, worum Anna ihn gebeten hatte, ließ die Achse anschließend, so schnell er konnte, fallen und wischte sich den Schweiß von der Stirn. Obwohl es nicht besonders warm war, waren beide ins Schwitzen gekommen.

»Ich danke dir«, sagte Anna.

Peter murmelte irgendetwas Unverständliches und schaffte es auch jetzt nicht, den Blick von Annas Brüsten zu lösen und ihr in die Augen zu schauen.

Anna war froh, als sich der Jüngling endlich umdrehte. Er rannte davon, als wäre der Teufel hinter ihm her.

Und wenn ich die bösen Geister austreibe,
weil ich mit Beelzebub im Bund stehe,
wer gibt dann euren Leuten die Macht,
sie auszutreiben?
Eure eigenen Leute werden es sein,
die euch das Urteil sprechen!

Lukasevangelium 19.19

Das unwillkürliche Zucken seiner Muskeln hielt immer noch an. Hin und wieder fuhr ein Schauer über seinen Rücken und ließ sein Fell erzittern. Christopherus schnaubte und versuchte in der Dunkelheit seine Umgebung zu erkennen. Er konnte kaum etwas sehen, durch das kleine und im Augenblick mit Holzläden verschlossene Fenster drang nur sehr wenig Licht. Jedoch roch er die Feuchtigkeit in den Mauern, den Geruch von Moder. Christopherus versuchte den Kopf zu drehen, aber man hatte ihn mit einem Seil an einem Ring in der Mauer festgebunden. Dem Rappen blieb nichts anderes übrig, als regungslos stehen zu bleiben und in die Finsternis zu starren.

Er spürte immer noch diesen Schmerz, der ihn bereits seit einiger Zeit quälte. Aber er schien noch stärker geworden zu sein. Wie die Krallen oder die Zähne eines Raubtieres, die sich durch das empfindsame Fleisch bohren.

Christopherus kratzte mit den Hufen über den Boden. Es gab ein klackendes Geräusch auf dem steinernen Pflaster, das nicht einmal mit einer dünnen Schicht aus Stroh bedeckt war. Der Hengst hob den Kopf und spitzte die Ohren. Da war ein Geräusch dicht hinter ihm, ein ganz leises Rascheln, und plötzlich spürte er etwas an seinem Hinterlauf. Es war nur eine kurze Berührung, doch Christopherus hatte das Gefühl erkannt. Das Gefühl tastender Barthaare. Die Barthaare einer Ratte. Er schlug leicht mit dem Hinterlauf aus, um das Tier zu verjagen.

Und dann hörte er noch ein Geräusch: Schritte. Feste Schritte in klobigen Stiefeln auf der anderen Seite der kahlen steinernen Wände. Und er erkannte auch diese Schritte: Sie gehörten den Männern, die ihn hierher gebracht hatten und die jetzt zu ihm zurückkamen.

Die Scharniere quietschten, als die Tür geöffnet wurde. Auch ihnen setzte die Feuchtigkeit zu – wie allem anderen hier.

Christopherus schlug ein paarmal die Augen auf und zu, als mit den Männern plötzlich ein Lichtschein durch die geöffnete Türe fiel. Doch auch nachdem die Türe wieder geschlossen worden war, fiel helles Licht von brennenden Fackeln auf ihn. Ängstlich blickte er in die Gesichter der sechs Männer, die um ihn herum standen. Vier von ihnen kannte er bereits. Doch die beiden anderen hatte er noch nie gesehen. Einer von ihnen kam jetzt auf ihn zu, blieb dicht vor ihm stehen und betrachtete ihn prüfend.

Christopherus' Nüstern blähten sich und das Zittern seiner Muskeln wurde stärker. Er wusste nicht, was dieser Mann mit ihm vorhatte, aber er spürte, dass es nichts Gutes war. Der Rappe begann zu wiehern. Er rief nach Anna. Sein Hilferuf durchbrach die Stille, verklang unerwidert.

Anna lag auf ihrem Bett und schluchzte. Sie meinte, Christopherus' ängstliches Wiehern zu hören. Als würde der

Rappe nach ihr rufen. Doch das war schlicht unmöglich. Wo auch immer er sich gerade befand – er war auf jeden Fall so weit von ihr entfernt, dass sie ihn nicht hören konnte.

Annas Augen brannten wie Feuer und sie wunderte sich, woher die immer neuen Tränen kamen, während sie Gräuelbilder von Christopherus' Zustand entsann. Wieder und wieder wälzte sie die Ereignisse des frühen Morgens in ihrem Kopf hin und her. An welcher Stelle der Geschehnisse waren ihr die Zügel entglitten? Was hätte sie anders machen müssen, um der Entwicklung rechtzeitig Einhalt zu gebieten? Ihre Überlegungen drehten sich im Kreis und an irgendeinem Punkt war es jedes Mal erneut so weit, dass Anna lautlos zu weinen begann.

Zunächst überhörte sie das zaghafte Räuspern. Es drang zwar an ihre Ohren, aber nicht in ihr Bewusstsein. Erst beim wiederholten Male wurde Anna schlagartig klar, dass jemand neben ihrem Lager stand und sie beobachtete. Jemand, der nicht ihre Großmutter war!

Erschrocken richtete Anna sich auf und als sie den jungen Mann neben sich erkannte, der verlegen seine Kopfbedeckung in den Händen hielt und voller Mitgefühl auf sie hinuntersah, wünschte sie sich augenblicklich, der Erdboden möge sich unter ihr auftun und sie verschlingen – selbst wenn das bedeutete, dass sie auf direktem Wege zur Hölle fuhr!

»Deine Großmutter hat mich eingelassen«, sagte Daniel und versuchte ein zaghaftes Lächeln.

Anna setzte sich aufrecht hin und versuchte zugleich, ihre Haare zu sortieren und sich die Tränen aus den Augen und von den Wangen zu wischen.

»Ich habe dir etwas mitgebracht«, fuhr Daniel fort und reichte Anna eine kleine Tonfigur. »Entsinnst du dich?«

Anna drehte und wendete das Reiterfigürchen in ihren Händen und ein Lächeln huschte bei der Erinnerung an die Tage ihrer Kindheit über ihr Gesicht. »Ist es ... «, begann sie, doch Daniels Kopfschütteln unterbrach sie.

»Nein, es ist eine andere, aber sie ist deiner zum Verwechseln ähnlich, findest du nicht?«

Anna nickte, während sie daran zurückdachte, wie sie mit Daniel um eine solche Tonfigur gespielt hatte. Daniel hatte Rinderzehenknochen mitgebracht und Anna herausgefordert, gegen ihn zu spielen. Wer die meisten Zehenknochen, die hintereinander aufgestellt wurden, mit kleinen Tonkugeln umstoßen konnte, hatte gewonnen. Der Einsatz, um den gespielt wurde, war Annas Tonfigur, an der das damals fünfjährige Mädchen mit ganzem Herzen hing. Anna war zu dieser Zeit gar nicht aufgefallen, dass Daniel selbst keinen Einsatz geboten hatte, für den Fall, dass er verlöre. Erst viel später hatte sie einmal darüber nachgedacht. Aber da war es ohnehin zu spät gewesen, denn Daniel hatte Annas Figur bereits rechtmäßig gewonnen.

»Im Murmeln und Klickern konnte man gegen dich nicht siegen«, sagte Anna und betrachtete immer noch lächelnd das kleine Stück Ton.

»Dafür warst du mit dem Holzreifen unschlagbar«, antwortete Daniel lachend.

Anna erinnerte sich an den Holzreifen, den ihr Vater ihr eines Tages vom Fassbinder mitgebracht hatte. Er stammte von einem zerborstenen Holzfass, in dem Fische eingelegt worden waren, und stank grauenvoll. Aber der Geruch verflüchtigte sich mit der Zeit und Anna fand viel

Vergnügen daran, den Reifen mittels eines Stockes vor sich her zu treiben.

»Am liebsten aber war mir die Rassel«, fiel es Anna jetzt wieder ein. »Großmutter hat sie für mich aus einem Gänsehals gemacht. Der Hals wurde abgeschnitten, zu einem Ring geformt, getrocknet und anschließend mit kleinen Steinen gefüllt.« Sie sah zu Daniel auf und lächelte bei dieser Erinnerung, doch dann fiel ihr schlagartig wieder der Grund für das unerwartete Erscheinen des jungen Mannes ein und ihre Gesichtszüge versteinerten.

»Was ist mit deinem Hengst geschehen? Wo haben sie ihn hingebracht?« Daniel zögerte nicht und hockte sich neben Anna auf den langen, mit Stroh gefüllten Sack.

Die junge Frau empfand dabei zunächst nichts weiter als ein Gefühl der Vertrautheit. Wie oft hatten sie sich als Kinder berührt. Schulter an Schulter irgendwo gesessen, oder waren, sich an den Händen haltend, über die Straßen und Plätze gehüpft. Jetzt zuckte Anna mit den Schultern. »Ich weiß es nicht. Auf jeden Fall hat der Stimmmeister ihn irgendwo einsperren lassen. Er will seinen Fall dem Rat vorstellen.«

»Also glaubt er ebenfalls an Christopherus' Schuld?«

Anna sah Daniel schweigend an. Das Ganze kam ihr so absonderlich vor, dass sie nicht die passenden Worte fand. »Als wir uns neulich trafen«, begann sie, »auf dem Marktplatz, wo das Schwein gehängt wurde …« Sie sah Daniel fragend an und er nickte zum Zeichen, dass er sich erinnerte, »… da begegnete ich gleichfalls einer alten Frau«, fuhr Anna fort, »die mir von einem Pferd berichtete, das zum Tode verurteilt worden war, weil es seinen Reiter abgeworfen hatte, der an den Folgen dieses Sturzes starb.«

»›Wenn ein Ochse einen Mann oder ein Weib stößt, dass sie sterben, so soll man den Ochsen steinigen‹«, murmelte Daniel. »So steht es geschrieben.«

Anna sah Daniel stumm an, während eiskaltes Grauen nach ihr griff. Und schlagartig wurde ihr bewusst: Wenn der Marktmeister seinen Verletzungen erlag, dann gab es für sie und Christopherus kein Erbarmen.

Mit einem entsetzten Wiehern riss der Rappe den Kopf hoch und wich zurück, als plötzlich und völlig unerwartet der Mann ein glänzendes Kreuz vor seinen Augen schwenkte. Das flackernde Licht der Fackeln, die die Männer mitgebracht und in Halterungen an der Wand gesteckt hatten, spiegelte sich in dem polierten Metall wider und erschreckte Christopherus. Er wollte, einem uralten Instinkt gehorchend, der sich in ihm Bahn brach, fliehen. Fliehen vor dem Feuer, das tödliche Gefahr bedeutete.

»Vielleicht ist es ein Kelpie*?«

Der Mann, der das Kreuz schwenkte, hielt inne und sah den Jüngling in seiner Begleitung hämisch an. »Ein Kelpie?« Er schnaufte. »Wäre dies Pferd ein Kelpie, so würde es am Rande einer Straße darauf warten, dass sich ein Mensch auf seinen Rücken schwingt, um ihn ins tiefe Wasser zu führen und dort zu ertränken! Nein, das hier ist kein Kelpie, aber … « Wieder schwenkte er das Kreuz vor Christopherus' Augen und wieder schreckte Christopherus ängstlich zurück. »… aber augenscheinlich fürchtet es sich vor dem Symbol Gottes. Und das wiederum bedeutet … « Er sprach nicht weiter.

»Er ist ein Dämon?«, fragte der Jüngling, bemüht diesmal die richtige Antwort zu geben.

»Ein Dämon oder …«

Die Stimme des Spundes war nunmehr ein Krächzen: »… vom Teufel besessen.«

»Tretet ein, tretet ein.« Die alte Frau, die ohnehin gebückt ging, beugte sich unterwürfig noch tiefer, während sie vor der imposanten Erscheinung des Gerichtsboten zurückwich, der den Kopf einzog, um sich nicht am Türrahmen zu stoßen, und der Aufforderung Folge leistete.

Anna zuckte alarmiert zusammen, als sie die Stimme ihrer Großmutter hörte. Sie kannte jede Nuance in dieser Stimme und jene bedeutete Furcht.

Auch Daniel reagierte und sprang gerade noch rechtzeitig auf, bevor der Bote sich im Raum orientiert und ihn auf der Schlafstätte der jungen Frau in kompromittierender Vertrautheit entdeckt hätte.

»Anna Meutin?« Die Stimme des Mannes war mindestens ebenso beeindruckend wie seine Statur.

»Ja?«

»Ich habe eine Vorladung zu überbringen«, fuhr der Mann fort. »Anna Meutin hat am fünfzehnten Tage des Monats zur dritten Stunde zur Vernehmung im Frankenturm zu erscheinen, um den Fall ihres Pferdes …«, der Mann blickte auf das dicke gelbe Papier in seinen Händen, »… Christopherus gegen den Marktmeister Friederich von Rodenkirchen zu verhandeln.«

»Also hält der Rat Christopherus für schuldig?«

Der Gerichtsbote warf Anna einen Blick zu, der sie auf der Stelle verstummen ließ.

»Ferner hat Anna Meutin vierzehn Schilling für die Unterbringung und Versorgung ihres Pferdes zu entrichten.«

»Vierzehn Schilling? Aber …« Anna hielt sich erschrocken die Hand vor den Mund. »Ich habe keine vierzehn Schilling!«

Die Miene des Fremden zeigte keinerlei Gefühlsregung. Er hatte den Auftrag, das Geld einzutreiben. Woher die junge Frau es nahm, war ihm einerlei.

»Es … es tut mir leid«, stotterte Anna, den Tränen nahe, »ich … ich weiß nicht, woher ich so viel Geld nehmen soll.«

Daniel blickte vom Gerichtsboten zu Anna und wieder zurück, während er fieberhaft überlegte, wie er Anna aus ihrer Notlage befreien konnte. »Aber ich«, wandte er sich schließlich lächelnd an Anna. »Ich weiß, woher du die vierzehn Schilling nehmen kannst. Entsinnst du dich denn nicht, verehrte Cousine? Schließlich schulde ich dir noch weitaus mehr vom letzten Mal. Du hattest mir das Geld geliehen, hast du das etwa vergessen?«

Anna runzelte verwirrt die Stirn. Cousine? Geld geliehen? Wovon redete Daniel? Der Gesichtsausdruck des jungen Mannes hinderte sie jedoch daran, die familiäre Zugehörigkeit oder anderes in Abrede zu stellen.

Daniel tastete nach seinem Säckel*, den er am Gürtel trug, und fingerte ein paar Münzen heraus: »Wie viel war es doch gleich noch? 20, nein, warte, 30 Schilling, jetzt weiß ich es wieder, 30 Schilling hast du mir das letzte Mal geliehen.«

Anna öffnete den Mund nun doch zu einer Widerrede, aber Daniel drückte ihr die Münzen so fest in die Hand, dass sie nicht zu widersprechen wagte.

Die Miene des Boten zeigte deutlich, was er von dieser Schauspielerei hielt, doch auch er schwieg. Schließlich war es nicht seine Aufgabe, über Schicklichkeit und Anstand zu richten. Er sollte lediglich das Geld der Gerichtskasse eintreiben.

Da Anna keine Anstalten machte, das Geld an den Fremden weiterzureichen, sondern immer noch regungslos dastand und sich darum bemühte zu verstehen, was hier eigentlich geschah, ergriff Daniel nun die Initiative, zählte aus Annas geöffneter Hand wieder sieben Albus* ab und reichte sie wortlos dem Boten.

Der zählte nicht einmal nach, bevor er das Geld einsteckte. Stattdessen taxierte er Anna wie ein Stück Vieh mit lüsternem Blick. »Scheint ihr Geld wert zu sein«, murmelte er so leise, dass er kaum zu verstehen war, und bevor noch jemand darauf etwas erwidern konnte, wandte er sich um und trat mit eingezogenem Kopf aus der Hütte heraus, ohne sich zu verabschieden.

Anna starrte ihm mit offenem Mund hinterher, während Daniel versuchte, seine Wut im Zaum zu halten. Es hätte Anna nur noch mehr geschadet, wenn er den Mann für seine Unverschämtheit zur Rechenschaft zog.

Der Sonntag machte seinem Namen alle Ehre. Anna trug mit Stolz ihr gutes Überkleid und zeigte sogar ihre Kette, die sie sonst unter dem Kleid verborgen trug. Diese Kette war das Einzige, was sie von ihrer Mutter besaß, und deshalb liebte Anna das Schmuckstück. Es war aus Silber und in der Mitte des einfach geformten Kreises schimmerte in einer Vertiefung eine winzige Perle. Großmutter hatte ihr einmal erzählt, es sei das Werk eines Goldschmiedes aus einem fernen Land, in dem es eine berühmte Stadt gäbe, die statt Straßen, auf denen Pferdefuhrwerke fahren könnten, Flüsse besäße, auf denen Schiffe führen. Anna konnte sich das kaum vorstellen. Ebenso wenig konnte sie sich vorstellen, dass in dieser fremden Stadt etwa viermal so viele Menschen leben sollten wie in ihrer Heimatstadt, die als die größte ihres Landes galt.

Während sich Anna jetzt mit ihrer Großmutter auf den Weg zur Messe machte, bemühte sie sich jeglichen Gedanken an das bevorstehende Verhör aus ihrem Kopf zu verbannen. Sie freute sich auf die Pflicht des Kirchbesuches, der ihr oft genug missgönnt war, weil sie noch früher als andere aufstehen musste, um die nötige Feldarbeit zu verrichten. Viel lieber hätte sie der täglichen Pflicht entsprochen, doch sie wusste, dass nicht nur sie der Kirche an sechs Tagen der Woche fernblieb, obwohl der Heilige Vater eigentlich anderes verlangte und ihnen in der großen Stadt, die mehr Gotteshäuser hatte, als das Jahr Tage zählt, auch genügend Plätze zu Buße und Andacht darbot.

»Gott zum Gruße!«, rief sie ihrer Nachbarin Maria mit einem höflichen Lächeln entgegen. Das Lächeln auf ihren Lippen erstarb, als die Frau sich eilig abwandte und regelrecht vor ihr in die entgegengesetzte Richtung flüchtete.

Anna runzelte die Stirn. Zwar hatte sie keine überschwängliche Antwort erwartet, doch diese offen zur Schau getragene Feindseligkeit überraschte sie dennoch.

»Was ist denn mit der los?«, murmelte sie an niemand Besonderen gewandt vor sich hin.

»Vermutlich hat es sich bereits herumgesprochen, dass der Gerichtsbote bei uns war«, antwortete ihre Großmutter, den Blick durch ihre gekrümmte Haltung unverwandt auf den Boden gerichtet.

Anna runzelte bei diesen Worten die Stirn. Sie wunderte sich immer wieder über ihre Großmutter, die so oft geistig umnachtet wirkte und dann plötzlich messerscharf urteilte.

Und tatsächlich war ihre Nachbarin nicht die Einzige, die sich heute merkwürdig benahm. Während Anna ihre Großmutter stützte und sie zu ihren Plätzen in der vorletzten Reihe der kleinen Kathedrale führte, vorbei an der verrückten Elisabeth, die wie immer mit dem Kopf wackelte und unmenschliche Laute ausstieß, spürte sie die Blicke der anderen auf sich ruhen. Hier und da wurde leise getuschelt, während sie vorüberging. Doch außer ihrer Nachbarin brachte ihr niemand offene Feindseligkeit entgegen und sowohl Heinrich, der Schellenknecht, als auch einige der anderen Marktfrauen grüßten sie unverändert freundlich, sodass sich Anna schließlich stolz erhobenen Hauptes auf ihrem Platz niederließ. Sollte Maria, diese falsche Schlange, doch ruhig ihr Gift verspritzen. Ihr konnte das nichts anhaben.

Noch konnte Anna nicht ahnen, wie sehr sie sich in diesem Punkt irrte.

»Gott zum Gruße!«

»Gott zum Gruße!«

Daniel folgte seinen Eltern in gebührlichem Abstand und grüßte wie sie die Männer und Frauen zu seiner Rechten und zu seiner Linken, die der ehrenwerten Kaufmannsfamilie freundlich zunickten. Männer zogen ehrerbietig ihre Kopfbedeckungen, Frauen machten einen höflichen Knicks und einige junge Mädchen kicherten und verbargen ihre Münder hinter ihren behandschuhten zarten Händen, wenn Daniel zu ihnen herüberblickte.

Helena, seine zukünftige Ehefrau – wenn es nach dem Willen seiner Eltern ging –, deutete ebenfalls einen höflichen Knicks an, als Daniel an ihrem Platz auf der linken Seite des Mittelschiffs der Kirche St. Maria Lyskirchen vorüberkam, und er nickte ihr zu, bevor er sich auf seinen Platz in der zweiten Reihe auf der rechten Seite des Hauptschiffes niederließ, unmittelbar neben seinen Freund Thomas, dem einzigen Sohn der Familie Weinsburg, die den Liskirchners seit Jahren eng verbunden waren. Wie jeden Sonntag würde Daniel auch nach diesem Levitenamt* mit seinen Eltern eine Weile vor dem Gotteshaus verharren und Höflichkeiten mit den Familien Weinsburg und von Münzenberg austauschen. Doch wenn er sich bisher stets auf diese Treffen mit seiner Zukünftigen gefreut hatte, so sah er ihm diesmal mit schwerem Herzen entgegen. Würde er seine veränderten Gefühle vor Helena verbergen können? Schon jetzt hatte er den Eindruck, sie hätte unmerklich die Stirn gerunzelt, als er ihr zugenickt hatte. Vielleicht war sein Blick bereits ein anderer? Er jedenfalls fühlte sich verändert. Und als die Predigt in diesem Augenblick begann, fiel es ihm schwer, sich auf die Worte des Geistlichen zu konzentrieren.

Aus Christopherus' Maul troff Schaum. In regelmäßigen Abständen glitt ein Zittern über seine Flanken und er konnte nichts dagegen tun. Seine weit aufgerissenen Augen starrten in die Dunkelheit, ohne etwas zu sehen. Die Männer hatten die Fackeln mitgenommen, als sie gegangen waren. Und der Rappe war froh darüber. Froh, dass die Männer weg waren, froh, dass er nichts von seiner trostlosen Umgebung sehen musste. Er spürte die Kälte der steinernen Mauer, die in seine Glieder kroch und jede Bewegung schwer werden ließ, und er hörte von irgendwo das stete Tropfen von Wasser. Er verdrehte die Ohren und schlug unwillig mit dem Kopf aus – so weit ihn der kurze Strick, mit dem er festgebunden worden war, ließ. Der Schmerz in seinen Eingeweiden, der ihn seit Tagen zunehmend quälte, war mittlerweile beinahe unerträglich geworden. Und verglichen mit dieser Qual zählte das Brennen seiner Haut, wo der Mann ihm die glühenden Nadeln ins Fell gestoßen hatte, nicht.

Christopherus stieß ein fast menschliches Seufzen aus, bevor die Kraft aus seinen Beinen wich und er mit einem Stöhnen zunächst auf die Vorderläufe und schließlich auf den harten, kalten Steinboden fiel, wo er bewegungslos liegen blieb und sich nicht einmal mehr von der Ratte aufscheuchen ließ, die vorwitzig an seinem Schweif knabberte.

Tu deinen Mund auf und richte in Gerechtigkeit
und schaffe Recht dem Elenden und Armen.

Sprüche Salomos 31.9

Anna hatte die Nacht über kein Auge zugetan. Immer und immer wieder hatte sie sich in Gedanken die Antworten auf die zu erwartenden Fragen zurechtgelegt, obwohl sie kaum wissen konnte, was auf sie zukommen würde. Schließlich war dies ihre erste Vorladung vor den Rat der Stadt.

Sie stellte die zwei hölzernen Eimer, mit denen sie noch vor dem eigentlichen Tagesanbruch Wasser aus dem öffentlichen Brunnen geholt hatte, ab, bevor sie trotz des Werktages ihr gutes Kleid anzog und sorgfältig ihr Haar kämmte. Zum Glück war sie am Brunnenhäuschen nur dem Brunnenputzer begegnet, der dort zum Tagesanbruch nach dem Rechten sah. Oft standen die Frauen am Brunnen zusammen und erzählten einander den neuesten Tratsch. Doch gerade heute verspürte Anna wenig Lust dazu.

Schon wieder ein verlorener Tag für die Feldarbeit, dachte sie, während sie ihr braunes Überkleid anlegte, in ihre Schuhe schlüpfte und sorgfältig die Schnallen schloss. Sie spürte ihr Herz bis zum Hals schlagen und wusste auch den Grund dafür: Ihre Furcht vor dem Verhör und die Sorge um ihre Zukunft, die bereits jetzt durch die Ereignisse aufs Unangenehmste ins Wanken geraten war.

Ihre Füße stolperten mehrmals, während sie sich unsicheren Schrittes quer durch die Stadt ihren Weg bahnte. Es war ein strammer Marsch vom äußersten Rand der Stadt, wo sich die Häuser der Armen windschief gegen die alte Stadtmauer lehnten, bis zum Frankenturm am Ufer des Flusses, in dem das Verhör stattfinden sollte. Ein strammer Marsch für sie – für den Turmmeister, der das Verhör führen würde, vermutlich der kürzeste Weg von seinem Haus, weshalb man den zentralen Frankenturm als Vorladungsstätte gewählt hatte. Zumindest vermutete Anna dies.

Je mehr sich die junge Frau der Stadtmitte annäherte, desto beeindruckender wurden die Bauten. Fast schon an einen Palast erinnerte der Hackeney'sche Hof in der Nähe des Vieh- und Fleischmarktes. Anna schaute zu dem hohen, schlanken Turm hinauf, aus dessen oberstem Fenster zwei hölzerne Schimmelköpfe hervorblickten. Der Anblick der beiden Pferdeschädel ließ sie nicht nur an Christopherus denken, sondern rief ihr ebenfalls die Geschichte in Erinnerung, die ihre Großmutter ihr vor vielen, vielen Jahren einmal erzählt hatte, als sie selbst noch ein kleines Mädchen gewesen war. Wenn diese Geschichte stimmte, dann hatte hier in unmittelbarer Nachbarschaft das »Haus zum Papageien« gestanden, in dem einst das vornehme und reiche Ehepaar von Aducht lebte. Als wieder einmal die Pest in der Stadt wütete, erkrankte auch die schöne und junge Richmodis von Aducht* an der Seuche und verstarb bereits nach wenigen Tagen. Ihr Gemahl Mengis war am Boden zerstört, jedoch ließ man ihm nicht viel Zeit zum Abschiednehmen: Aus Angst vor

Ansteckung wurde der Leichnam der Verstorbenen unverzüglich beerdigt.

Einer der Totengräber aber hatte bemerkt, dass die reiche Tote noch ihren Ehering am Finger trug. Und er fragte sich wohl, was dieser ihr im Jenseits nütze, während er, der er kaum seine Familie von dem Hungerlohn am Leben erhalten konnte, den er verdiente, damit seine Kinder mindestens ein Jahr lang ernähren konnte. Er überredete seinen Kollegen, ihm zu helfen, es solle sein Schaden nicht sein, und noch in der gleichen Nacht kehrten die beiden Männer mit Hacke und Schaufel zu dem frischen Grab zurück und begannen zu buddeln. Schließlich öffneten sie den Sarg und versuchten, das wertvolle Schmuckstück von dem Finger der Toten zu entfernen. Doch der Ring saß fest und so zogen und zerrten sie daran, bis die Tote mit einem Mal die Augen aufschlug und sie unverwandt anblickte.

Mit einem lauten Schrei rannten die beiden Männer um ihr Leben, während sich hinter ihnen die Frau in dem weißen Totenhemd aus ihrem Grabe erhob, die stehen gelassene Laterne der zwei Grabräuber an sich nahm und sich schwankend auf den Heimweg machte.

Anna schmunzelte bei der Vorstellung, welcher Schreck dem Knecht in die Glieder gefahren sein musste, als er auf das heftige Läuten hin die Türe des herrschaftlichen Hauses weit nach Mitternacht öffnete und in das Antlitz seiner soeben verstorbenen Herrin im weißen Gewand blickte, die Einlass begehrte. Auf jeden Fall knallte er ihr die Tür vor der Nase zu und alarmierte seinen Herrn, dass ein Geist, zumindest jedoch eine Betrügerin, vor der Türe stünde, die sich für sein Weib ausgäbe und Einlass verlange.

Mengis von Aducht glaubte vielleicht an einen bösen Scherz, auf jeden Fall öffnete er eins der Fenster und blickte hinunter auf die Frau, die dort vor seinem Hause stand und ihn vor Erschöpfung und Kälte zitternd anflehte, ihr doch endlich zu öffnen.

»Schert euch zum Teufel, elende Lügnerin!«, schrie er auf die Straße hinunter. »Bevor Ihr Richmodis seid, schauen meine zwei Schimmel zum Dachfenster hinaus …«

Angeblich hatte er seinen Satz noch nicht ganz beendet, als ein kräftiges Poltern und Wiehern ertönte und die beiden Schimmel des Herrn die Treppe zum Turmzimmer hochstiegen und dort ihre Köpfe durch die Dachluke streckten.

Anna erinnerte sich an das angenehme Gruseln, das sie bei dieser Geschichte damals empfunden hatte, und daran, wie sie ihre Großmutter fragte, ob das alles denn wahr sei. Ihre Großmutter hatte gelächelt, mit den Schultern gezuckt und gesagt: »Vielleicht. Aber vielleicht glaubt da auch nur jemand daran, dass diese Neidstangen* böse Geister fernhalten.«

Anna spürte ein wenig Hoffnung in sich aufsteigen. Vielleicht musste sie einfach fest genug an ein Wunder glauben, dann würde auch ihre Geschichte so gut ausgehen wie die der jungen, reichen und schönen Richmodis von Aducht, deren Mann aus Dankbarkeit die Pferdeköpfe anfertigen ließ, damit sie auf alle Ewigkeit an die glückliche Fügung erinnerten.

Anna holte tief Luft, als sie nun vor dem Eingang zum Frankenturm angekommen war. Wenn es den Schimmeln gelungen war, ihre Herrin zu retten, vielleicht gelang es ihr, Anna, ihren Rappen vor einem bösen Ende zu bewahren? Und sie stieß die Tür auf.

Die Stille, die Anna in dem überraschend großen Raum des ersten Geschosses umfing, war erdrückend. Sie kämpfte gegen das Bedürfnis, den Kopf schamvoll zu senken, an. Denn sie hatte das Gefühl, es käme einem Schuldbekenntnis gleich, wenn sie den Blicken der Männer, die ihr gegenüber an Tischen saßen und sie unverhohlen betrachteten, während sie stehen bleiben musste, nicht standhalten konnte.

Fürchte Gott, tue Recht und scheue niemand, wiederholte Anna in Gedanken die Worte, die ihr Vater ihr in besseren Tagen stets eingebläut hatte. Tue Recht und scheue niemand: Wer nichts verbrochen hat, der braucht sich auch vor niemandem zu fürchten. Nicht einmal vor dem Erzbischof oder dem Rat der Stadt. Und sie hatte nichts verbrochen. Sie nicht und Christopherus ebenfalls nicht. Anna hob stolz den Kopf und streckte die Brust vor.

»Anna Meutin«, erklang die Stimme des Turmmeisters.

Anna versuchte zu antworten, doch kam nur ein Krächzen über ihre Lippen. Sie räusperte sich. »Ja«, antwortete sie schließlich leise.

Die Syndici* sahen die junge Frau unverhohlen an. In den Augen des einen sah Anna Missbilligung, doch einige der Ratsherren machten keinen Hehl daraus, dass der hübsche Anblick, der sich ihnen bot, durchaus ihren Gefallen fand.

»Ist sie sich des Anlasses dieses Verhörs bewusst?«

»Ja«, antwortete Anna und senkte nun doch den Blick.

»Ihr Pferd«, der Turmmeister stockte, beugte sich kurz zu dem neben ihm sitzenden Ratsmitglied hinüber und ließ sich von diesem den Namen des Tieres nennen, »ihrem Pferd Christopherus wird vorgeworfen, den Marktmeister ... « Er unterbrach sich erneut und ließ sich ebenfalls den Namen des Marktmeisters vorsagen, »... Friederich von Rodenkirchen schwer verletzt zu haben.«

Anna hob den Blick wieder und spürte eine Welle der Erleichterung. Also war von Rodenkirchen noch am Leben! Sie schöpfte Hoffnung, dass der Rat den Fall nicht an das Hohe Weltliche Gericht weiterleiten würde.

»Was hat sie dazu zu sagen?«, fuhr der Turmmeister fort.

»Es war ein Unfall, hoher Herr«, antwortete Anna.

»Ein Unfall?« Die Stimme des Mannes klang ungläubig. »Ich habe hier Zeugenberichte vorliegen, aus denen hervorgeht, dass es sich keinesfalls um einen Unfall gehandelt haben soll. Vielmehr soll der Leibhaftige selbst seine Finger im Spiel gehabt haben.«

Anna versuchte den Gesichtsausdruck des Ratsherrn zu deuten. Ohne Erfolg. Noch nie in ihrem Leben hatte sie sich so allein und verlassen gefühlt wie in diesem Augenblick. Es schien niemanden an ihrer Seite zu geben und der einzige Gefährte, auf dessen Treue und Wohlwollen sie sich stets hatte verlassen können, Christopherus, hatte sie erst in diese Situation gebracht. Sie seufzte und suchte noch nach einer Antwort, als der Mann, der ihr seinen Namen nicht genannt hatte, bereits weitersprach: »Angeblich ist das Pferd vom Teufel besessen, der versucht hat, sich der Seele des Marktmeisters zu bemächtigen.«

»Christopherus ist nicht vom Teufel besessen.« Annas Stimme war kaum mehr als ein Flüstern.

»So? Und woher nimmt sie diese Sicherheit? Steht sie selbst vielleicht mit dem Teufel im Bunde, dass sie das so genau weiß?«

Anna zuckte zusammen und spürte, wie ihr Herz für

einen Moment aufhörte zu schlagen. Jetzt durfte sie keine falsche Antwort geben, sonst stand sie plötzlich selbst unter dem Verdacht der Teufelsbuhlschaft. Wie schnell das gehen konnte, wusste sie nur zu gut!

»Ich … ich …«, Anna suchte nach den richtigen Worten, »Christopherus ist ein braves Pferd. Ich habe nie Schwierigkeiten mit ihm gehabt. Nur in den letzten Tagen war er etwas … etwas müde und überreizt.«

»Er hat also sein Wesen verändert?«

Anna hätte sich selbst ohrfeigen mögen. Nun hatte sie den gleichen Fehler ein zweites Mal gemacht! Wie schon vor dem Haus des Stimmmeisters ließ sie sich fremde Worte in den Mund legen. »Er fühlte sich nicht wohl«, versuchte sie den Fehler wieder gut zu machen. »Jedoch gebe ich ihm stets Bärlapp ins Futter, um ihn vor Verhexung zu schützen, und …«

Das haltlose Lachen zweier Ratsherren ließ Anna stocken. Lachten sie etwa über ihre Bemerkung? Während sich die beiden Männer bestens zu amüsieren schienen, hoben die anderen drei, darunter auch der Stimmmeister, vor dessen Haus Anna vom Pöbel gebracht worden war, skeptisch die Augenbrauen, als wäre es ein Beweis für ihre Schuld, dass die junge Frau sich mit der Wirkung von Kräutern auskannte – auch wenn es sich um ein Mittel handelte, das vor Hexerei schützen sollte.

»Soso, denkt sie also«, ergriff der Turmmeister schließlich wieder das Wort und lenkte die Aufmerksamkeit aller Anwesenden damit zurück auf den Fall. »Nun, um uns einen besseren Überblick über die Geschehnisse zu ermöglichen, bitte ich Friederich von Rodenkirchen um eine Darstellung der Ereignisse.« Der Turmmeister nickte einem der Gerichtsdiener zu und der geleitete von Rodenkirchen herein, der den gebrochenen Arm unbeholfen in einer Armschiene vor sich her trug. Er warf Anna einen bösen Blick zu und ließ sich ächzend auf den eigens für ihn herbeigeschafften Stuhl fallen, während Anna weiterhin als Einzige in dem Raum stehen bleiben musste. Sie ärgerte sich, in ihrer Verteidigung unterbrochen worden zu sein. Doch nun war es sicherlich wenig ratsam, ihrerseits die Herren zu stören.

»Herr von Rodenkirchen«, sprach der Turmmeister. »Bitte schildert uns doch einmal, wie es zu dem Zwischenfall am Markttag kam.«

Friederich von Rodenkirchen brauchte keine zweite Aufforderung. »Dieses Weib«, stieß er hervor und deutete mit dem Kopf auf Anna. »Dieses Weib und sein elender Gaul wollten mich umbringen!«

Anna riss vor Entsetzen den Mund auf. War Friederich von Rodenkirchen denn nicht bewusst, dass er im Begriff stand, sie mit dieser Anschuldigung dem Henker* zu überantworten?

»Das ist eine schwerwiegende Beschuldigung«, antwortete der Turmmeister prompt. »Könnt Ihr die Annahme, es handelte sich um einen Mordversuch, näher begründen?«

»Wie würdet Ihr es denn nennen, wenn eine Schindmähre wie aus dem Nichts aufsteigt und Euch unter ihren Hufen zermalmen will, nur, weil Ihr an dem Tier vorbeigeht?«

»Christopherus ist weder eine Schindmähre«, entfuhr es Anna, »noch wollte er Euch umbringen! Und das wisst Ihr ganz genau! Er ist nur gestiegen, weil Ihr ihn geschlagen habt!«

Friederich von Rodenkirchen machte ein unschuldiges

Gesicht. »*Ich* soll ihn geschlagen haben?«, wiederholte er und schüttelte den Kopf. »Aus welchem Grund sollte ich das tun?« Er wandte sich wieder an die Männer des Rates. »Ich bitte die hohen Herren um eine ehrliche Antwort«, er beugte sich vertraulich vor, »sehe ich etwa so aus, als würde ich ein unschuldiges Tier schlagen?«

Die Herren auf der anderen Seite des Tisches schwiegen.

»Nein«, beantwortete der Marktmeister seine Frage nach einer Weile selbst, als er eingesehen hatte, dass es kein anderer tun wollte. »Aber das Schlimmste war«, seine Stimme wurde weinerlich und seine Unterlippe zitterte, als hätte er den Schrecken bis jetzt nicht verwunden. »Das Schlimmste war, dass ich *ihn* gesehen habe, als ich die Arme in die Luft reckte und Gott um Hilfe anflehte.«

»›Ihn‹?« Der Turmmeister runzelte die Stirn.

Der dicke Mann auf dem Stuhl nickte. »Den Leibhaftigen persönlich«, fuhr er leise fort, als getraue er sich nicht lauter zu sprechen. »Ich sah in die Augen dieses Pferdes, das über mir aufragte wie eine schwarze Felswand, und da konnte ich ihn deutlich sehen: Es war Satan. Er grinste mir zu und zischte: ›Jetzt ist es um dich geschehen, Friederich, jetzt hole ich mir deine Seele.‹«

In dem Raum herrschte Totenstille. Anna blickte in die Gesichter der Ratsherren – dann sank sie ohnmächtig zu Boden.

Als Anna die Augen wieder aufschlug, wusste sie nicht, wie viel Zeit vergangen war. Man hatte sie auf eine Holzpritsche an der Wand gelegt und jemand tupfte ihre Stirn mit einem feuchten Lappen ab. Anna schrak zurück und richtete sich auf, als ihr bewusst wurde, wo sie sich befand und was geschehen war. Eilig zupfte sie ihr Kleid glatt, das nach oben verrutscht war und ihre Beine entblößte.

»Habt Dank«, murmelte sie, tastete nach ihrer Kette, die zum Glück noch an ihrem Platz war, und schob den Mann, der ihr unablässig das Gesicht kühlte, zur Seite. Es war deutlich zu sehen, dass der Fremde nichts dagegen gehabt hätte, mit seiner Tätigkeit fortzufahren, und nun fast schon ein wenig pikiert davonzog.

Friederich von Rodenkirchen war mittlerweile verabschiedet worden und die Ratsherren standen eng beieinander und berieten sich.

»Dann hören wir als Nächstes die Nachbarin.«

Anna überlegte, ob sie besser wieder ohnmächtig wurde, statt sich die Lügen und Häme ihrer Widersacherin anzuhören, und wunderte sich zugleich, wieso Maria Metz in dieser Angelegenheit vor den Rat gebeten worden war. Sollte ausgerechnet sie etwa Annas Umfeld beleuchten?

»Lasst uns doch zuerst den Burggreven* von der Untersuchung des Pferdes berichten«, schlug der Turmschreiber vor.

Anna verschob ihre Ohnmacht auf später.

Der Burggreve war sich seiner Wichtigkeit offensichtlich bewusst. Der Mann betrat energischen, stolzen Schrittes den Raum, bedachte die am Rande stehende Anna mit einem kurzen, abfälligen Blick und blieb unmittelbar vor dem Tisch der Ratsherren stehen.

Der Turmmeister warf wieder einen Blick auf das vor ihm liegende Papier. Als er den Namen gefunden hatte, las er: »Johann Rommerskirchen.«

Der Mann nickte zustimmend.

»Ihr seid Burggreve am Schafentor und habt die Untersuchung des vorsorglich in Verwahrsam genommenen Pferdes Christopherus geleitet, das den Marktmeister Friederich von Rodenkirchen angegriffen und schwer verletzt haben soll.«

Rommerskirchen nickte erneut.

»Dann erzählt uns bitte, was Ihr herausgefunden habt.«

»Hohe Herren des Rates, durch unsere Untersuchungen konnten wir eindeutig nachweisen, dass der Rappe, der uns vorgeführt wurde, vom Teufel besessen oder verhext worden ist.«

Ein Raunen ging durch die anwesenden Ratsherren. Anna dagegen schüttelte stumm und fassungslos den Kopf.

»Könnt Ihr uns schildern, wie Ihr zu dieser Erkenntnis gelangt seid?«, wollte der Turmmeister wissen.

»Das Tier reagiert abwehrend auf den Anblick des Symbols Gottes. Es scheut und gebärdet sich wie wild.«

Anna schlug die Hände vors Gesicht und kämpfte gegen die aufsteigenden Tränen an. Was hatte man mit Christopherus gemacht? Was hatte man ihm angetan?

»Außerdem ...« Der Burggreve räusperte sich. »Außerdem haben wir ein auffälliges Mal am Fell des Tieres gefunden.« Er senkte die Stimme und verlieh dem Gesagten damit noch mehr Bedeutung. »Den Kopf eines Ziegenbocks.«

Anna versuchte, sich über das aufgeregte Tuscheln der Ratsherren hinweg Gehör zu verschaffen, doch der gestrenge Blick des Turmmeisters ließ sie augenblicklich verstummen.

»Wir haben versucht, den Dämon zum Verlassen des

Körpers zu bewegen«, fuhr Rommerskirchen fort, »indem wir glühende Nadeln in das Fleisch des Tieres, dessen er sich bemächtigt hat, stießen.«

Anna schluchzte laut auf und biss sich fest auf die Fingerknöchel, bis sie Blut auf der Zunge schmeckte, um nicht laut zu schreien. Dennoch trafen sie die strafenden Blicke der Ratsherren.

»Geht Eurer Meinung nach von dem Tier eine Gefahr aus, die eine weitere Sicherheitsverwahrung rechtfertigt?«

Der Burggreve nickte mit gewichtiger Miene. »Unter allen Umständen«, sagte er. »Der Hengst ist unberechenbar.«

»Edle Herren!« Annas Stimme zitterte und dennoch versuchte sie, ruhig zu sprechen.

»Schweig, Weib! Dich hat hier niemand gefragt!«, herrschte der Gerichtsdiener sie an und machte einen drohenden Schritt auf sie zu, doch der Turmmeister bedeutete dem Mann mit einer Handbewegung, Anna sprechen zu lassen.

»Edle Herren«, wiederholte Anna, »das Mal im Fell, von dem der werte Herr Rommerskirchen spricht, ist nichts weiter als ein Wirbel in der Form eines fünfzackigen Sterns. Und dies ist doch vielmehr ein gutes Zeichen, es schützt vor bösen Geistern und …«

»Was sie meint, ist ein Pentagramm*«, unterbrach der Burggreve Annas Ausführungen. Zwar war er ebenfalls nicht von einem der Ratsherren gefragt worden, dennoch wurde er nicht von dem Büttel zurechtgewiesen, sondern fuhr ungehindert fort: »Ich spreche jedoch nicht von diesem heiligen Zeichen, sondern vielmehr von seinem Gegenstück, dem Drudenfuß*, bei dem zwei Zacken wie die Hörner eines Ziegenbocks nach oben weisen. Und dies ist, wie wir alle wissen, ein Zeichen des Bösen. Und das ist noch nicht alles! Das Pferd hat zwei verschiedenfarbige Augen, ein braunes und ein blaues!« Er bekreuzigte sich hastig.

Die Ratsherren tuschelten miteinander. Der Turmmeister sah, dass Anna einen Einwand machen wollte, und hob Einhalt gebietend die Hand. »Das reicht vorerst. Vielen Dank, Herr Rommerskirchen. Wir wollen nun den nächsten Zeugen, Maria Metz, zu der Angelegenheit hören.«

Während Johann Rommerskirchen den Raum verließ, horchte Anna in sich hinein, was für die Verwunderung verantwortlich war, die sie mit einem Mal empfand. Und als sie ihre Nachbarin Maria den Saal betreten und dem Turmmeister zulächeln sah, traf sie schlagartig die Erkenntnis: Während der Turmmeister sich jeden Namen sagen lassen musste, kam ihm der Name dieser für ihn völlig unbedeutenden Frau wie selbstverständlich von den Lippen. Und das konnte nur eins bedeuten: Aus irgendeinem Grund, den Anna nicht kannte, war Maria Metz für den Vorsitzenden keine völlig unbedeutende Frau!

Und Anna ahnte, dass das für sie nichts Gutes bedeutete.

Du sollst nicht falsch Zeugnis reden wider deinen Nächsten.

Zweites Buch Moses 20.16

Maria Metz. Sie wohnt in unmittelbarer Nachbarschaft zu Anna Meutin und kann uns gewiss Auskunft über das Pferd und seine Besitzerin geben. Kam es jemals zu Zwischenfällen, die durch besagtes Tier verursacht wurden oder auf andere Weise mit ihm oder seiner Besitzerin in Zusammenhang stehen?«

Nein, nein, nein!, erklang die Antwort in Annas Kopf. Es hatte niemals Zwischenfälle durch oder mit Christopherus gegeben. Vielmehr hatte Marias Schwein das eine oder andere Mal für Aufregung in der Straße gesorgt, wenn es wieder einmal ein Kind umgestoßen oder einen Müllhaufen in Unordnung gebracht hatte. Einmal war es sogar in eine fremde Stube eingedrungen und hatte dort ein wahres Durcheinander angerichtet. Ausgerechnet an dem Tag hatte es zudem in Strömen geregnet und die Straße war ein einziges Schlammloch gewesen. Anna konnte sich gut erinnern, wie es anschließend in Frau Friedas Haus ausgesehen hatte, das alle Nachbarinnen um des lieben Friedens willen gemeinsam putzten, während sie Maria inständig darum baten, das Schwein nicht länger unbeaufsichtigt herumlaufen zu lassen. Natürlich vergebens.

»Ja, hoher Herr«, antwortete Maria dienstbeflissen,

»ich kann mich an mindestens einen Zwischenfall aus dem vergangenen Winter erinnern.«

Anna starrte ihre Nachbarin sprachlos an. Was würde sich dieses gehässige Weib jetzt wieder ausdenken?

»Frau Anna bat meinen Mann um Hilfe, als sie ihr Pferd anschirren wollte. Sie müssen wissen, dass Anna keinen eigenen Mann hat ... « Bei diesen Worten warf sie ihrer Nachbarin, die unmittelbar neben ihr stand, einen missbilligenden Blick zu. »... ob ihr keiner gut genug ist oder ob sie keinem gefällt ... nun, wundern würd's mich nicht, so eigensinnig wie sie ist, und dann immer dieses merkwürdige Getue mit ihrem Pferd ... Das sieht sowieso so sonderbar aus mit seinem einen blauen Auge. Regelrecht zum Fürchten! Als stimme etwas mit ihm nicht. Vielleicht traut sich auch deshalb kein Mann an sie ran, weil immer der Gaul dabei ist ... «

»Ja, ja, schon gut«, unterbrach der Turmmeister den Redestrom ungeduldig, doch Anna entging nicht, wie die Männer sie musterten und sich augenscheinlich fragten, warum sie eigentlich keinen Ehemann vorzuweisen hatte und was für ein gottloses Leben sie sonst noch führen möge.

»Jedenfalls brauchte sie mal wieder meinen Mann, weil der Karren, mit dem sie immer zum Markt fährt, so tief im Schnee steckte, dass sie ihn alleine nicht bewegen konnte.«

Der Karren steckte so tief im Schnee, dachte Anna, *weil Ihr ihn Euch geborgt und an die falsche Stelle zurückgestellt hattet.* Aber sie hütete sich davor, Maria zurechtzuweisen und sich damit einen zweiten Rüffel einzuhandeln.

»Natürlich hat mein Mann ihr geholfen«, fuhr Maria fort, »und dabei ist ihm diese ungeschickte Mähre auf den Fuß getrampelt, dass der wochenlang dick und blau war, und dabei hat mein Mann noch Glück gehabt, dass Schnee lag und der Schnee unter dem Gewicht nachgegeben hat. Der Fuß sackte also in den Schnee ein und ...«

»Ja, war denn bei diesem Geschehen Absicht zu erkennen?«, unterbrach der Turmmeister den Redefluss der Frau erneut und versuchte ihn zurück in sinnvolle Bahnen zu lenken.

»Nun, jedenfalls hatte sie ...« Die Metz wies mit einer Kopfbewegung auf Anna, »... ihren Mund dicht an dem Ohr ihres Rappen und wer weiß, was sie dem Gaul dabei ins Ohr geflüstert hat. Schließlich war ja schon ihre Tante so eine.« Sie bekreuzigte sich.

»Was für eine war ihre Tante?«

»Na, eine Hexe!« Maria schien die Frage zu überraschen. »Sie ist doch auf den Scheiterhaufen gebracht worden! Vor ...«, sie überlegte kurz, »vor nunmehr neun Jahren.«

Anna schloss die Augen. Sie konnte die Blicke der Männer nicht mehr ertragen, musste Maria aber ein gewisses Maß an Ehrerbietung zollen: Sie hatte in der völlig falschen Schilderung einer harmlosen Begebenheit alles untergebracht, was Anna in ein schlechtes Licht setzte: ihre Ehelosigkeit und ihre der Hexerei für schuldig befundene Verwandtschaft. Damit war ihr und Christopherus' Schicksal wohl endgültig besiegelt.

»Die Beweislast scheint mir erdrückend«, stellte der Turmmeister auch tatsächlich fest und die anderen Ratsherren nickten zustimmend. »Also ist es beschlossen, wir übergeben die Angelegenheit dem Hohen Weltlichen Gericht ...«

Anna spürte eine neue Ohnmacht in sich aufsteigen.

Es war kein Geheimnis, dass ein Fall, der einmal vor dem erzbischöflichen Gericht gelandet war, nur äußerst selten mit einem Freispruch ausging.

Der Gerichtsdiener machte mit einem Räuspern auf sich aufmerksam und der Turmmeister wandte sich ihm zu.

»Hoher Herr, draußen wartet noch ein Zeuge darauf, vorgelassen zu werden.«

»Ach«, machte der Turmmeister und Anna konnte sehen, wie ungehalten ihn diese Nachricht stimmte, nachdem er sich seiner verdienten Mußezeit bereits nahe wähnte, während sie überlegte, wem ihrer Bekannten noch daran gelegen sein konnte, sie auf dem Scheiterhaufen brennen zu sehen. Umso überraschter war sie, als nun ein stattlicher junger Mann mit selbstsicheren Schritten und hoch erhobenem Haupt den Raum betrat und zielstrebig dem Tisch der Ratsherren entgegeneilte.

»Daniel Liskirchner, Sohn des Kaufmanns Konstantin Liskirchner. Ich bitte gehört zu werden.«

»Aber selbstverständlich, Herr Liskirchner.« Die Stimme des Turmmeisters klang mit einem Mal fast unterwürfig. »Ich wusste nichts von Ihrer Anwesenheit, sonst hätten wir Euch niemals warten lassen! Wie geht es Eurem werten Herrn Vater?«

»Es geht ihm gut, danke«, erwiderte Daniel höflich, aber unwirsch. »Doch hat es meine Familie mit Verwunderung aufgenommen zu erfahren, dass Anna Meutin hier heute vor den Rat zitiert wurde.«

»Wie das?«, fragte der Turmmeister und strich sich angesichts des einflussreichen Besuchers zum ersten Mal verunsichert über das Kinn.

»Nun, Frau Meutin, die Nichte meines Vaters ... « Nach

diesen Worten ließ Daniel ein wenig Zeit verstreichen und diese Pause verfehlte ihre Wirkung nicht. »… steht unter dem besonderen Schutz unserer Familie und …«

»Verzeiht, uns war nicht bekannt, dass Anna Meutin mit der Familie Liskirchner in Verbindung steht, sonst hätten wir selbstverständlich …«

»Davon gehe ich aus«, unterbrach Daniel den Ratsherren selbstbewusst.

Anna behielt ihre Verwunderung, dass sie die Nichte des einflussreichen Kaufmanns Konstantin Liskirchner sein sollte, für sich. Freilich war ihre Tante die Schwägerin des Ratsmitglieds Liskirchner gewesen, aber stand sie deshalb in einem verwandtschaftlichen Verhältnis zu ihm? Nun, jetzt war wohl nicht der geeignete Moment, um dies näher aufzuschlüsseln.

»Wessen wird meine Base beschuldigt?«

»Werter Herr Liskirchner, bedauerlicherweise sehen wir es als erwiesen an, dass Frau Meutins Pferd Christopherus den Marktmeister Friederich von Rodenkirchen schwer verletzt und dadurch beinahe zu Tode gebracht hat. Möglicherweise – und die Zeichen sprechen dafür – steht das Tier mit dem Teufel im Bunde.« Der Vorsitzende ignorierte das spöttische Schnauben des neuen Zeugen geflissentlich und fuhr fort: »Zeugenaussagen bestätigten den anfänglichen Verdacht und so sehen wir uns gezwungen, die Angelegenheit vor das Hohe Weltliche Gericht zu bringen.«

»Und soll Anna Meutin verhaftet werden?«

»Nun, das wollten wir soeben beraten, als Ihr unsere Vernehmung mit Eurem Erscheinen bereichert habt.« Der Turmmeister wandte sich an Anna: »Will sie …« Er räusperte sich und setzte neu an: »Wollt Ihr Euch von

Eurem Tier lossagen, so sehe ich im Augenblick keine Notwendigkeit zu einer Verhaftung.« Er nickte in Annas Richtung, als könne er sie dadurch dazu bewegen, seinem Vorschlag zuzustimmen.

»Lossagen?« Anna blickte zwischen Daniel und dem Turmmeister hin und her. »Ich soll mich von Christopherus lossagen? Aber warum denn?«

»So ist sie … So seid Ihr von seiner Unschuld überzeugt?«

»Aber ja!«, brauste Anna auf. »Christopherus ist ein braves Pferd! Ich weiß nicht, was an dem Tag in ihn gefahren ist … «

»Ich schon«, murmelte der Turmschreiber, ohne von seinem Papier aufzublicken.

Anna spürte ihre Wangen rot werden. »Ich … ich brauche Christopherus«, bat sie inständig. »Wie soll ich ohne ihn meine Arbeit verrichten? Ich würde verhungern und … « Anna kämpfte gegen die Tränen an. »… er ist bei mir, seit er ein magerer Jährling war … « Der Turmschreiber verzog das Gesicht zu einer Mitleid mimenden Grimasse, doch Anna bemerkte es nicht. »… er stammt aus edlem Geblüt, doch sein Besitzer wollte ihn nicht behalten. Er kam mit seinem jugendlichen Ungestüm nicht zurecht und sah … « Anna stockte, als ihr einfiel, dass diese Auskunft möglicherweise eher gegen Christopherus sprach. Doch es war bereits zu spät.

»Was sah er?«, wollte der Turmmeister nun wissen.

»Er sah in dem blauen Auge ein schlechtes Zeichen«, vollendete Anna mit gesenktem Blick. »Er sagte mir, der Blick des Pferdes würde ihn verunsichern. Er hätte das Gefühl, Christopherus blicke ihm damit bis auf den Grund seines Herzens und sähe dort all seine Gefühle.«

Nun rannen Tränen aus Annas Augen. »Deshalb wollte er ihn nicht behalten und gab ihn mir für den Preis, den man sonst für einen alten Ackergaul zahlt.« Anna legte sich die Hände über die Augen und verbarg ihre Tränen. Sie sagte nicht, dass auch sie stets das Gefühl hatte, Christopherus würde in sie hineinsehen können, wie man durch die glatte Wasseroberfläche eines ruhigen Sees bis auf dessen Grund blicken kann. Doch ihr vermittelte dies eher ein Gefühl der Vertrautheit. Welche Gefühle hatte der hohe Herr wohl vor Christopherus verbergen wollen, dass ihm dieser Blick unangenehm gewesen war?

»In meiner Obhut war Christopherus vom ersten Tag an ruhig und ausgeglichen«, fuhr Anna fort, nachdem sie sich wieder gefangen hatte und sprechen konnte. »Nein, ich kann mich nicht von ihm lossagen. Denn das hat er nicht verdient.«

Der Turmmeister schwieg nachdenklich. Offenbar befand er sich in einer Zwickmühle: Irgendjemand musste für die Verletzung des Marktmeisters büßen. Und wenn es nur das Pferd war. Auf der anderen Seite musste er unangenehme Folgen für sich selbst fürchten, wenn er sich auf einen Zwist mit der einflussreichen Kaufmannsfamilie Liskirchner einließ. Warum zum Teufel musste sich auch dieser junge Mann einmischen und warum in Gottes Namen konnte dieses einfältige Weib nicht einlenken und den Gaul aufs Schafott schicken? Es war doch nur ein dummes Tier! Nicht fähig zu denken und zu fühlen! Und wenn er dann noch an gewisse andere Zwänge dachte, unter denen er bedauerlicherweise stand … Dem Turmmeister lief es abwechselnd heiß und kalt über den Rücken.

Der Stimmmeister beugte sich zum Turmmeister hinüber und flüsterte ihm etwas ins Ohr. Der Turmmeister seufzte und wandte sich dann an Anna und Daniel, die mit züchtigem Abstand zueinander vor den Tischen der Ratsmitglieder standen und auf eine Entscheidung warteten. »Die Tante, die …«, er suchte sichtlich nach den richtigen Worten, »… die der Schadenszauberei überführt wurde …«

»… ist nicht mit der Familie Liskirchner verwandt, nein«, unterbrach Daniel den älteren Mann rasch und der Turmmeister nickte sichtlich erleichtert.

»So war sie …«, er sah Anna auffordernd an.

»Sie war die ältere Schwester meines Vaters«, erklärte Anna. »Mein Vater, Gott habe ihn selig, hatte zwei Schwestern, die beide bereits zu ihrem Schöpfer gerufen wurden. Tante Mechthild war Hebamme, bis … bis …«

»… sie der Hexerei überführt wurde?«

»… ja«, stieß Anna hervor. »Und seine jüngere Schwester Adelheid war mit Johan Liskirchner verheiratet.«

»Mein Oheim und seine Frau starben an der Beulenkrankheit«, ergänzte Daniel.

Der Turmmeister nickte zufrieden und betrachtete Anna schweigend, wobei er sich unwillkürlich die Lippen leckte. Dann atmete er einmal tief ein und stieß die Luft harsch wieder aus, bevor er verkündete: »Ich gewähre Anna Meutin Zeit bis zum Tag des heiligen Michael, um Beweise für die Unschuld ihres Pferdes Christopherus herbeizubringen. Gelingt ihr dies nicht, so werde ich eine Mitteilung an den Rat schicken, dass der Fall an das Hohe Weltliche Gericht zu überstellen ist.« Sobald er zu Ende gesprochen hatte, schien er unendlich erleichtert zu sein, dass er einen Weg gefunden hatte, die Entscheidung über Leben und Tod vorläufig aufzuschieben.

»Und was geschieht mit Christopherus?«, wagte Anna zu fragen.

»Das Pferd bleibt in Gewahrsam, bis eine endgültige Entscheidung gefallen ist.« Er beugte sich vertrauensselig vor. »Und wenn ich mir diesen Hinweis erlauben darf: Eine Entscheidung *gegen* das Pferd bedeutet ...« Er beendete seinen Satz nicht, sondern fuhr sich mit der Innenkante der rechten Hand einmal quer über den Hals.

Fürchte dich nicht vor plötzlichem Schrecken
noch vor dem Verderben der Gottlosen,
wenn es über sie kommt.

Sprüche Salomos 3.25

Verzweifelt versuchte Anna ihre Gedanken zu sortieren. Sie hatte zwei Wochen Aufschub. Doch wie sollte sie diese nutzen? Was konnte sie tun, um Christopherus zu retten? Wie seine Unschuld beweisen?

»Was gedenkst du zu tun?« Daniel blickte sie unverwandt an und sie konnte aufrichtige Anteilnahme und Besorgnis in seinen Augen erkennen.

»Ich weiß es nicht«, antwortete Anna wahrheitsgemäß.

»Sie brauchen einen Schuldigen«, fuhr Daniel fort. »Einen Sündenbock. Und du tust gut daran, nicht für irgendein Pferd deinen Kopf hinzuhalten.«

»Christopherus ist nicht irgendein Pferd«, entgegnete Anna und ihre Augen funkelten wütend. »Er ist mein Freund und er ist alles, was ich habe.« Ihre Stimme begann zu zittern. »Ohne ihn werden wir verhungern!«

Daniel schwieg betroffen.

Anna raffte mit einem Seufzer ihre Röcke und eilte, einer plötzlichen Eingebung folgend, zurück in den Turm, den sie erst kurz zuvor verlassen hatte.

Daniel blickte ihr ratlos hinterher.

»Herein!« Die Stimme, die auf Annas zaghaftes Klopfen hin antwortete, klang barsch.

Der Turmmeister saß gemeinsam mit dem Burggreven des Frankenturms an einem Tisch, jeder von ihnen mit einem Becher Wein in der Hand, und nahm seine Augengläser ab, als Anna den Raum betrat. Ein wenig atemlos vom Treppensteigen blieb sie unmittelbar hinter der Türe verschüchtert stehen. Nun war ihr klar, warum die Befragung im Frankenturm stattgefunden hatte: Der Burggreve des Turms war mit dem Turmmeister befreundet, hatte ihm vielleicht sogar seinen Posten zu verdanken, und saß nun mit dem alten Freund bei einem guten Schluck Wein in seinem Arbeitszimmer, das unmittelbar über dem Verhörraum lag.

»Was gibt es noch?«

Verlegen knetete Anna ihre Finger. Sie hatte einem plötzlichen Impuls folgend den Turmmeister noch einmal aufgesucht, doch nun wusste sie nicht so recht, was sie eigentlich von ihm wollte!

Der Patrizier* gab seinem Untergebenen mit einer Kopfbewegung zu verstehen, dass er verschwinden solle und der Burggreve zögerte nicht lange, der Aufforderung Folge zu leisten. Jetzt erst bemerkte Anna die zweite Türe in dem Raum, durch die der Mann nun verschwand. Der Turmmeister stellte seinen Krug ab, stand langsam auf, kam auf Anna zu und blieb dicht vor ihr stehen. Anna wäre gerne zurückgewichen, denn der Atem des Mannes roch bereits unangenehm nach dem genossenen Wein, doch hinter ihr war die Tür und so blieb sie stehen und ertrug die bedrückende körperliche Nähe des groß gewachsenen Turmmeisters. Allmählich wurde ihr warm. In dem offenen Kamin brannte ein herrliches Feuer und die Gläser in den Fenstern, die in diesem Raum zahlreicher waren als in dem darunter liegenden, der dem Verhör gedient hatte, sorgten dafür, dass die kostbare Wärme an diesem kühlen Tag nicht nach draußen entweichen konnte.

»Ihr ... Ihr sagtet«, begann Anna schließlich zögernd, »ich solle die Unschuld des Pferdes beweisen, aber ...« Sie blickte auf. »Wie kann ich das?«

Der Turmmeister betrachtete Anna noch eine Weile schweigend, dann wandte er sich ab, schritt auf eins der Fenster auf der Stadtseite zu und blickte scheinbar nachdenklich auf die Straße hinaus.

»Ich entsinne mich da an einen Fall mit einem Bären«, sagte er, ohne Anna anzublicken. »Der Bär hatte bereits mehrere Dörfer verwüstet, bis es einigen Männern endlich gelang, ihn zu fangen. Sein Verteidiger räumte bei der Verhandlung ein, dass es das Recht des Bären sei, von seinesgleichen abgeurteilt zu werden, also von einem Schöffengericht, das ebenfalls aus Bären bestehen sollte.«

»Und?«, fragte Anna. »Kam er damit durch?«

Der Turmmeister wandte sich zu ihr um. »Nein«, antwortete er knapp.

Anna, die einen kurzen Augenblick lang Hoffnung geschöpft hatte, ließ die Schultern wieder sinken.

»Dann ist mir noch ein Fall bekannt, in dem es ebenfalls um ein Pferd ging.« Der Turmmeister schlenderte einmal quer durch den Raum, blickte nun durch ein Fenster, das zum Fluss hinausführte, und ließ seinen Blick über die zahlreichen Handelsschiffe schweifen, die sich an den Ufern der bedeutenden Hansestadt drängten.

Anna wartete gespannt darauf, dass er weitersprach. Bekam sie jetzt endlich den richtigen Hinweis?

»Das Pferd wurde dafür verantwortlich gemacht, dass sein Kutscher bei einem Unfall, den das Tier verursacht hatte, starb.«

»Und wurde es verurteilt?«

Der Turmmeister nickte. »O ja! Es erhielt die Todesstrafe.«

Anna stöhnte auf.

Der bärtige Mann lächelte. »Die Eigentümerin des Pferdes fiel in Ohnmacht, als sie das Todesurteil vernahm. Offenbar hatte das Gericht daraufhin Mitleid mit der Frau, denn es begnadigte das Pferd unter der Bedingung, dass es fortan nur noch niedere Arbeiten verrichten und keine Kutsche mehr ziehen durfte.«

Anna blickte den Ratsherren, der mittlerweile seinen Platz am Fenster verlassen hatte und wieder dicht vor ihr stand, fragend an. Was wollte der Mann ihr damit sagen?

»Es gibt also Möglichkeiten«, fuhr der Turmmeister fort und berührte Anna dabei wie zufällig an der Schulter, »ein Pferd vor dem Strick zu retten.« Anna hielt die Luft an. »Man muss nur wissen, wie man sich das Gericht zum Freund macht.«

»Ich verstehe«, sagte Anna mit heiserer Stimme.

»Das ist gut.«

»Ich … ich werde darüber nachdenken«, versprach Anna, die nur noch den Wunsch verspürte, der künstlichen Hitze dieses Raumes so schnell wie möglich zu entkommen.

Der Ratsherr nickte, machte einen Schritt rückwärts und gab Anna damit die Möglichkeit, die Türe zu öffnen.

»Sie weiß ja, wo sie mich findet, wenn sie meinen Rat und meine Hilfe braucht«, sagte er.

Anna riss die Tür auf und stürmte ohne ein weiteres Wort hinaus.

Selbst als sie die Straße betrat, hatte sie noch so viel Schwung, dass sie den jungen Mann, der dort stand und auf sie wartete, beinahe umstieß.

»Heda«, lachte Daniel, »das hatten wir doch schon mal!«

Anna wusste, worauf Daniel anspielte: Auf ihre erste Begegnung nach zig Jahren auf dem Marktplatz, als die Sau gehängt wurde. Auch damals hatte sie Daniel beinahe umgerannt. Doch ihr war jetzt nicht nach Lachen zumute.

Daniel sah sofort, dass mit Anna etwas nicht stimmte. »Was ist geschehen?«, wollte er wissen und wurde augenblicklich ernst.

»Der Turmmeister hat mir zu verstehen gegeben, dass er bereit ist mir zu helfen, wenn ich mich ihm gegenüber ein wenig erkenntlich zeige«, schilderte Anna.

»Was meinst du damit?«, fragte Daniel, doch ein Blick in sein Gesicht genügte Anna, um festzustellen, dass er sie sehr wohl bereits verstanden hatte: Auf seinen Wangen zeigten sich rötliche Flecken des Zorns und seine Augen blickten starr, als er jetzt den Kopf hob und zu dem Fenster emporblickte, durch das der Turmmeister ihm vor Kurzem noch zugenickt hatte. »Dieser Bastard!«, fluchte Daniel, und jetzt musste Anna doch lächeln, als sie sah, welche Gefühlsregung ihr Bericht in dem jungen Mann auslöste. »Dieser Halunke!«, schimpfte Daniel weiter. »Er kann seine schmutzigen Finger von keinem Weiberrock lassen!« Er hielt Anna an den Oberarmen fest und schaute sie streng an. »Lass dich nicht auf ihn ein, hörst du?

Er ist ein altes Schlitzohr und als Weiberheld weit über die Stadtgrenzen hinaus bekannt. Auf sein Wort ist kein Verlass. Egal, was du für ihn tust!«

»Ich habe nicht die Absicht, ihm zu Gefallen zu sein«, antwortete Anna. »Was denkst du eigentlich von mir?«, setzte sie ein wenig pikiert hinterher.

Daniel ließ ihre Arme los, als würde er sich erst jetzt der Berührung bewusst. »Du hast recht«, sagte er. »Entschuldige bitte. Ich war nur so empört, dass dieser Dreckskerl nicht einmal davor zurückschreckt, deine Lage so auszunutzen. Und ich ... ich weiß, wie viel Christopherus dir bedeutet und ... und dass du alles für ihn tun würdest.«

Der letzte Satz klang wie eine Frage und Anna schwieg betroffen. Sie getraute sich nicht, Daniel in die Augen zu blicken.

»Ich werde dir helfen«, versprach Daniel. »Ich werde mich umhören und herausfinden, was wir tun können, um Christopherus aus dieser misslichen Lage zu befreien.« Er hatte bereits einen Einfall, an wen er sich in dieser Angelegenheit wenden konnte.

Anna glaubte nicht, dass Daniel ihr tatsächlich helfen konnte. Jedoch war sie ihm dankbar für seinen Zuspruch und sie musste zugeben, dass sie den Aufschub der Verhandlung ihm zu verdanken hatte. Ohne den guten Leumund des Kaufmannssohnes säße sie jetzt vielleicht schon im Frankenturm oder im Kunibertsturm.

»Komm«, sagte Daniel und streckte ihr seine Linke entgegen.

Anna lächelte und ergriff arglos die ihr dargebotene Hand. Einen Augenblick lang fühlte sie sich wieder wie das fünfjährige Mädchen, das mit seinem Freund um eine

Tonfigur spielt und ihre Sorgen verschwanden im Hintergrund. Weder sie noch Daniel, der in seinem Kopf bereits Pläne schmiedete, bemerkten den Mann, der ihnen aus dem Fenster des zweiten Geschosses hinterherschaute, als sie Hand in Hand die *dranck gaß* entlanggingen.

Das Pferd trat mit hängendem Kopf von einem Hinterlauf auf den anderen und schnaufte dabei laut. Die Augen hielt es geschlossen und hin und wieder entwich ihm ein Stöhnen.

Der Schmerz schwoll an und ebbte ab wie eine Welle, die sich auftürmt und schließlich am Strand bricht. Jemand hatte ihm in einem Holztrog etwas Wasser hingestellt, doch das Wasser roch faulig und Christopherus' Instinkt riet ihm, nichts davon zu trinken, obwohl er großen Durst verspürte. Auch ohne das verdorbene Wasser hatte er bereits furchtbares Bauchgrimmen und immer wieder entleerte sich sein Darm unkontrolliert. Mittlerweile stand er mit den Hinterhufen in seinem eigenen Mist und selbst das war ihm egal.

Seine Ohren, die er nach hinten gerichtet hatte, schnellten nach vorne, als er jetzt Schritte vernahm, die immer lauter wurden und ganz plötzlich abbrachen, als jemand vor seiner Türe stehen blieb. Jemand kam und Christopherus hatte bislang die Erfahrung gemacht, dass dies nichts Gutes für ihn bedeutete.

Der Besucher öffnete die Türe zu dem Raum, in dem das Pferd untergebracht war, und der plötzliche Lichtschein der Fackel ließ Christopherus, der die Helligkeit nicht mehr gewöhnt war, die Augen schließen.

Er erkannte seinen Besucher dennoch auf Anhieb an seinem Geruch und an den Geräuschen, die er machte, und das Zucken seiner Ohren verriet die Unsicherheit seiner Gefühle. Einerseits verband er mit der Anwesenheit des jungen Mannes unangenehme Erfahrungen: Das letzte Mal war dieser Mensch in Begleitung anderer Menschen gekommen, die ihm Angst gemacht und Schmerzen zugefügt hatten. Andererseits meinte er bei ihm etwas zu spüren, das ihm Trost und Zuversicht gab.

Die Hand des Jünglings glitt jetzt untersuchend über Christopherus' Fell und diese Berührung war ganz und gar nicht unangenehm. Vielmehr rief sie eine Erinnerung an eine andere tastende Hand in ihm wach, die er schmerzlich vermisste.

»Ganz heiß«, murmelte der junge Mann, ohne sich mit seinen Worten an jemanden zu wenden. Er schüttelte den Kopf. »Vom Teufel besessen«, zischte er ungehalten und schüttelte abermals den Kopf. »Hirnloses Geschwätz! Aber was ist es, das dich krank macht? Ach, warum kannst du es mir nicht einfach sagen?«

Christopherus blieb ihm die Antwort schuldig.

Der junge Mann seufzte und tat, weshalb er eigentlich gekommen war: Er erneuerte den Wassereimer und füllte etwas Hafer in einen Trog.

Christopherus schnupperte kurz an den frischen Körnern. Dann wandte er sich angewidert ab.

In der Stube war es warm und Großmutter rührte im Eisentopf, der über dem Feuer hing, als Anna erschöpft und niedergeschlagen die Türe zu ihrem kleinen Heim öffnete. Ein Lächeln huschte über das Gesicht des Mädchens, als es erkannte, was seine Großmutter zubereitete: Hollopotrida, *faule Suppe* hatte Anna es als kleines Mädchen genannt, ein Eintopf, in dem alle nicht mehr taufrischen Reste landeten. Zwar gab es bei Meutins kaum Reste – und erst recht kein Fleisch, das dem Ganzen eigentlich erst die rechte Würze verlieh –, doch das Knurren von Annas Magen erinnerte sie daran, dass sie seit dem Unglück kaum etwas Anständiges zu sich genommen hatte. Mit oder ohne Fleisch: Die heiße Brühe aus Pastinake, Kohl, Zwiebel, Steckrübe, Bohne und Apfel war genau das, wonach Anna jetzt der Sinn stand.

»Ich danke Euch, Großmutter«, sagte Anna, als die alte Frau ihr mit einer hölzernen Kelle Suppe in die irdene Schale füllte. Sie beteten kurz und aßen schweigend, bis der erste Teller leer war, dann lehnte sich die Alte zurück und sah ihre Enkeltochter erwartungsvoll an.

Anna tat einen Augenblick lang so, als würde sie den forschenden Blick nicht bemerken. Sie fürchtete sich davor, ihrer Großmutter von der Befragung zu berichten, denn schließlich hing ihrer beider Zukunft davon ab, dass sie Christopherus zurückbekamen. Wie sollten sie ohne ihn das Feld bestellen und den Karren zum Markt ziehen?

Es schien Anna, als wäre ihre Großmutter stets dann bei Sinnen, wenn es ihr, Anna, lieber gewesen wäre, sie sei es nicht. Und im Gegensatz dazu war Großmutter immer dann unzurechnungsfähig, wenn sie ihren Verstand gebraucht hätte.

Oder war es doch genau umgekehrt?

Anna seufzte schwer, dann lehnte sie sich ebenfalls zurück und blickte die Frau, die ihr gegenübersaß, geradeheraus an. »Es sieht schlecht aus, Großmutter«, begann sie. »Ich habe Zeit bis zum Tag des heiligen Michael, Beweise zu finden, dass Christopherus kein Pferd des Teufels ist.«

Die Großmutter schüttelte stumm den Kopf. »Ich habe dir schon immer gesagt, dieses Pferd wird uns eines Tages Schwierigkeiten machen, mit seinen verschiedenfarbigen Augen. Warum hast du bloß damals nicht auf mich gehört und den Kaltblüter genommen, den man dir angeboten hatte.«

»Der Kerkermeister fand vor allem den Wirbel an Christopherus' Brust sonderbar. Er erinnerte ihn an den Kopf eines Ziegenbocks.«

Die Großmutter zog überrascht die Augenbrauen so hoch, dass sich ihre Stirn in Falten legte, und Anna beinahe lachen musste, als sie den Gesichtsausdruck bemerkte. Doch dann stützte sie den Kopf schwer in beide Hände und rieb sich mit den Fingern über die schmerzende Stirn.

»Was sollen wir tun? Wie soll ich beweisen, dass Christopherus kein verhextes oder besessenes Geschöpf ist? Ach, Großmutter«, brach es plötzlich aus ihr hervor. »Wenn ich nur wüsste, wie es ihm geht! Und wo man ihn hingebracht hat! Er hat gewiss Schmerzen, stellt Euch vor, man hat ihn sogar gefoltert, um herauszufinden, ob er besessen ist!« Sie schüttelte ungläubig den Kopf. »Wenn ich ihm doch nur helfen könnte!«

»Vielleicht solltest du mal mit der alten Jenne sprechen.«

»Alte Jenne?«, wiederholte Anna. »Wer ist das?«

»Jenna Blankenheim, eine alte Freundin. Wir haben uns lange nicht mehr gesehen«, setzte Großmutter hinzu, als fiele ihr das erst jetzt auf. »Ja, ja«, sagte sie schließlich, »die Knochen sind alt und der Geist ist träge. Oder ist der Geist alt und die Knochen sind träge?«

Sie schwieg und Anna wartete eine Weile darauf, dass

ihre Großmutter weitersprach. Als jedoch nichts dergleichen geschah, fragte sie: »Warum sollte ich mit dieser Jenna sprechen, Großmutter?«

»Nun, sie ist vielleicht ein bisschen merkwürdig, jedenfalls sagen das die Leute, aber sie kennt sich mit vielen Dingen aus.«

»Mit was für Dingen kennt sie sich aus?«

»Mit Tieren und ... «

»Und?«

»Am besten besuchst du sie einfach gelegentlich.«

»Und wo wohnt sie?«

»Na ja, das ist einer der Gründe, warum die anderen sie für merkwürdig halten.«

»Wo wohnt sie, Großmutter?« Annas Stimme klang ein wenig gereizt. Sie glaubte kaum, dass eine Freundin ihrer Großmutter etwas für sie tun konnte. Andererseits hatte sie nicht viele Möglichkeiten und war bereit, jede Hilfe anzunehmen, die sich ihr bot.

»Außerhalb der Stadtmauern.«

»Sie wohnt außerhalb der Stadt? Dann muss sie wirklich merkwürdig sein«, sagte Anna, die sich kaum vorzustellen vermochte, wie eine alte Frau alleine außerhalb der Stadt überleben konnte.

»Du gehst durch die Porta Eigelis und folgst der Straße, die nach Xanten führt, bis zur ersten Kreuzung. Unmittelbar hinter der Kreuzung führt ein kleiner Fußweg ein Stück weit in den Wald hinein. An seinem Ende wohnt die alte Jenne.«

»Eine alte Frau alleine im Wald?«

»Ich sage ja, sie ist ein bisschen merkwürdig. Aber klug.«

Anna verzog das Gesicht. »Ich werde es mir überlegen, Großmutter«, sagte sie, obwohl sie nicht glaubte, dass sie diese Art von Hilfe in Anspruch nehmen wollte. Was sollte eine alte einsame Frau schon für Christopherus tun können?

Jesus streckte die Hand aus und berührte ihn.
»Ich will«, sagte er, »sei gesund!«
Lukasevangelium 5.13

Jedes Pferdefuhrwerk und jedes Wiehern ließ Annas Atem stocken. Und war es auch noch so weit entfernt. Der Anblick eines Pferdes zerriss ihr beinahe das Herz und je ähnlicher es Christopherus sah, desto größer war der Schmerz. In aller Herrgottsfrühe hatte Anna auf dem kleinen Stück Land außerhalb der Stadtmauern, das sie ihr Eigen nannte, nach dem Rechten gesehen. Doch ohne ihr Pferd konnte sie hier nicht allzu viel ausrichten. Es wäre an der Zeit gewesen, den brachliegenden Teil des Landes zu bestellen, aber dafür brauchte sie Christopherus mehr als für alles andere.

Die Glocke von St. Ursula läutete zur Sext*, als Anna die Stadt zum zweiten Mal an diesem Tage verließ. Das erste Mal war sie bereits so früh unterwegs gewesen, dass sie hatte warten müssen, bis das Tor für die Reisenden und die Bauern geöffnet wurde. Dieses Mal jedoch kehrte sie der Stadt durch ein anderes Tor als am Morgen den Rücken, und sie war froh, als sie es hinter sich lassen konnte, denn diese Gegend galt als gefährlich. Pack und Gesindel hauste hier am nördlichen Ende der Stadt.

Verwundert stellte sie fest, wie schnell das laute Treiben der riesigen Stadt mit ihren beinahe 40 000 Einwohnern hinter ihr leiser wurde, während sie zunächst noch einige Felder passierte und schließlich die ersten Schritte in den Wald hinein machte.

Zwar begegnete sie noch dem einen oder anderen Fuhrwerk und einer Handvoll Reisender, doch das war kein Vergleich zu den Menschenmassen auf der anderen Seite der Stadtmauer.

Hin und wieder schüttelte sie über ihre eigene Torheit den Kopf. Sie konnte doch nicht allen Ernstes glauben, hier Hilfe zu finden! Im Gegenteil! Eine Frau alleine außerhalb der Stadtmauern war jedem Gesindel schutzlos ausgeliefert! Aufmerksam sah Anna sich um und lauschte in die Stille hinein. Mittlerweile war sie schon seit einer halben Stunde keiner Menschenseele mehr begegnet. Und auch jetzt war außer dem Zwitschern der Vögel und dem leisen Rauschen der Blätter, die sich sacht im Wind bewegten, nichts zu hören. Trotzdem war sie froh, als sie die Kreuzung erreicht hatte und bald darauf den kleinen Fußweg sah, den die Großmutter ihr beschrieben hatte. Offensichtlich wurde der schmale Pfad selten benutzt, denn hier und da rankte bereits Gestrüpp über den Weg. Wer nicht wusste, dass hier ein Weg verborgen lag, würde ihn wohl auch nicht erkennen.

Anna wurde allmählich mulmig zumute. Was würde sie am Ende des Weges erwarten? Großmutter hatte selbst gesagt, dass sie die alte Freundin lange nicht mehr besucht hatte und nach dem Fußmarsch, den Anna nun hinter sich hatte, kannte sie auch den Grund. Doch was, wenn die Alte mittlerweile gestorben war? Vielleicht lag sie seit Wochen tot in ihrem Haus und niemand hatte es bemerkt? Anna konnte gut und gerne darauf verzichten, dass sie es war, die die Tote fand!

»Kann ich Euch helfen, junge Frau? Wollt Ihr vielleicht zu mir?«

Anna hatte sich bereits so in ihre Fantasie hineingesteigert, in der sie auf einen Leichnam stieß, dass sie beim Klang der krächzenden Stimme unwillkürlich aufschrie. Wie aus dem Nichts stand plötzlich neben ihr eine Frau und erst jetzt bemerkte sie die Hütte, die wenige Meter vor ihr auf die gleiche geisterhafte Weise aufgetaucht war wie ihre Besitzerin.

Nicht nur das Erscheinen der Frau war sonderbar, auch sie selbst hatte etwas Unheimliches an sich mit ihren in der Mitte zusammengewachsenen Augenbrauen, der leicht gebogenen Nase und dem durchdringenden Blick ihrer wasserblauen Augen, die Anna das Gefühl gaben, die Fremde sähe ihr damit geradewegs ins Herz. Gleichzeitig kam sie ihr merkwürdig vertraut vor.

Jetzt lächelte die Alte und entblößte dabei eine Reihe brauner Zähne. »Kenne ich Euch nicht?«, krächzte sie und augenblicklich fiel es Anna wieder ein: Es war die Alte vom Marktplatz, die nicht davor zurückgeschreckt hatte, in aller Öffentlichkeit an den Entscheidungen der Obrigkeit zu zweifeln und die Existenz von Hexen in Abrede zu stellen!

»Verzeiht«, sagte sie verwirrt, »ich suche Jenna Blankenheim. Könnt Ihr mir sagen …«

»Die alte Jenne!«, rief die Frau und öffnete die Arme. »Steht vor Euch«, fügte sie hinzu und lachte. »Wer schickt Euch zu mir?«

»*Ihr* seid die alte Jenne? Meine Großmutter nannte mir Euren Namen. Ich soll Euch schön grüßen von Trine Moisselhenne.«

»Ach, die gute Trine!«, rief Jenna erfreut aus. »Wie

geht es ihr? Ich habe lange nichts mehr von ihr gehört.« Sie kam auf Anna zu, fasste sie am Arm und zog sie sanft mit sich.

Anna passte sich dem langsamen, wiegenden Schritt der Alten an. »Meiner Großmutter geht es gut, danke. Manchmal ist sie ein wenig verträumt, aber das liegt wohl am Alter.« Sie hielt erschrocken die Luft an und beobachtete ihre Begleiterin. Hatte sie sie beleidigt? Schließlich war Jenna Blankenheim ganz offensichtlich nicht einen Tag jünger als ihre Freundin Trine Moisselhenne. Ob sie manchmal genauso zerstreut war, konnte Anna allerdings nicht beurteilen.

Aber die alte Jenna lachte und sagte: »Ja, ja, wir Alten können manchmal ein wenig verwirrt sein, nicht wahr? Aber vielleicht erscheint es euch jungen Menschen auch nur wie Verwirrung?« Sie blinzelte Anna zu, öffnete die Türe zu ihrer Holzhütte und geleitete Anna hinein.

Das Mädchen war überrascht, wie heimelig und ansprechend die Hütte trotz ihrer Schlichtheit war. Ein zarter Duft hing in der Luft und erst auf den zweiten Blick bemerkte Anna die vielen Kräuter, die von der Decke herabhingen und ihr Aroma auf die angenehmste Weise verbreiteten.

Eine gefleckte Katze sprang maunzend vom Tisch, als die Alte und Anna näher traten, und schmiegte sich mit einem betörenden Schnurren an die Beine ihrer Herrin. Annas Augen wurden immer größer. Kräuter, eine Katze, die seltsame Alte … Ging hier alles mit rechten Dingen zu? Erstaunt stellte sie fest, wie wenig sie über ihre Großmutter zu wissen schien, die ihr die sonderbarsten Bekannten vorenthielt.

»Nanana«, krächzte die Alte und schob die Katze sanft

zur Seite. »Was machst du denn schon wieder auf dem Tisch, Teufelchen?« Als sie merkte, wie Anna bei dem letzten Wort zusammenzuckte, wandte sie sich zu ihr um und erklärte: »So heißt die Katze. Teufelchen.«

Anna wurde immer unheimlicher zumute. Trotzdem ließ sie sich von der Alten einen Stuhl zurechtrücken und setzte sich gehorsam an den Tisch, der in der Nähe des Fensters stand, das wie in Annas Heim mit einem in Wachs getränkten Tuch zum Schutz vor Wind, Regen und der ärgsten Kälte abgedichtet war.

Schlurfenden Schrittes ging die Alte anschließend zur Feuerstätte, griff nach einer blechernen Kanne, die an einem Haken über dem Feuer hing, und kam mit der Kanne und zwei tönernen Schalen zurück an den Tisch. Sie stellte eine der Schalen vor Anna ab und goss einen heißen, wohlriechenden Kräutersud hinein, bevor sie ihre eigene Schale füllte, die Kanne auf dem Tisch abstellte, sich Anna gegenübersetzte und sie mit ihren alles durchdringenden Augen ansah.

»Wo ist Euer Pferd?«, fragte sie und blickte Anna unverwandt an, während sie ihr Getränk mit der linken Hand zum Mund führte und hineinblies, um es zu kühlen, bevor sie schlürfend einen Schluck trank.

Anna beobachtete ihr Gegenüber misstrauisch. Doch der Geruch des heißen Getränks war durchaus anheimelnd und so wagte sie ebenfalls einen Schluck. Der Kräutersud war überraschend wohlschmeckend und angenehm wärmend.

»Wegen meines Pferdes bin ich hier«, erklärte sie, während sie ihre Schale vorsichtig wieder abstellte und versuchte, sich ihre Besorgnis nicht anmerken zu lassen. Nicht nur, dass Jenna Blankenheim mit einer Katze unter einem Dach lebte, Kräuter sammelte und daraus Getränke zubereitete, die hoffentlich ohne jede Zauberkraft waren – nein, sie war offenkundig auch noch Linkshänderin, konnte eine glühend heiße Blechkanne mit bloßen Händen anfassen *und* sie konnte Gedanken lesen!

»Ihr denkt jetzt wohl, ich könnte Gedanken lesen«, sagte die Alte prompt und Anna bekam eine Gänsehaut. »Aber ich habe mich nur gefragt, warum Ihr den langen und beschwerlichen Weg zu mir hinaus zu Fuß gemacht habt, statt Euch Eures Pferdes zu bedienen.«

Anna entspannte sich wieder. Diese Überlegung war durchaus schlüssig und allmählich begann sie sich zu fragen, ob ihre Großmutter vielleicht recht daran getan hatte, sie zu der alten Jenne zu schicken. Die Frau schien tatsächlich ihren Verstand beieinander zu haben.

»Ach ... wie dumm von mir«, sagte Jenna Blankenheim in diesem Augenblick, schlug sich mit der flachen Hand vor die Stirn und stand schwerfällig auf, indem sie sich mit geballten Fäusten auf der Tischplatte abstützte und mühsam auf die Füße zog. »Entschuldigt mich, aber ich habe vergessen, die Gänse rauszulassen.« Damit verschwand sie aus der Türe und ließ Anna allein zurück.

Anna blickte sich um. In diesem Moment der Ruhe merkte sie erst, wie müde sie war. Sie riss den Mund auf, um zu gähnen, und hielt sich dabei vorsorglich die Hand davor, damit kein Dämon durch die Körperöffnung in sie eindringen konnte.

»Gänse sind besser als jeder Hund«, sagte Jenna Blankenheim in der Türe stehend, als wäre sie nie weg gewesen. »Sie machen ein Riesenspektakel, wenn jemand kommt, und glaubt mir«, sie grinste, »ihre Schnäbel sind ganz schön hart.« Sie setzte sich Anna wieder gegenüber und fuhr fort: »Aber Ihr wolltet mir erzählen, auf welche Weise Euer Pferd Euch zu mir geführt hat«, sie kicherte, »obwohl es gar nicht dabei ist.«

Anna sammelte sich und suchte nach dem richtigen Anfang der Geschichte. Schließlich begann sie ihre Schilderung mit dem Geschehen am Markttag.

Die alte Jenne schnaubte an den richtigen Stellen oder schüttelte den Kopf und lachte sogar einmal, als Anna ihr von der Aussage von Rodenkirchens berichtete, der behauptet hatte, er habe den Satan in den Augen des Tieres gesehen.

»Und ich habe noch nicht einmal herausfinden können, wo man Christopherus hingebracht hat«, endete Anna schließlich erschöpft und atemlos.

»Sagtet Ihr nicht, der Burggreve des Schafentors hätte den Ratsherren von der Untersuchung des Pferdes referiert?«

»Aber ja!«, rief Anna. »Ihr habt ja recht!« Jetzt schlug sie sich zum Zeichen ihrer Begriffsstutzigkeit an die Stirn. »Im Schafentor hat man ihn arretiert.« Sie nickte. »Natürlich! Da ist er ja gar nicht so weit weg«, setzte sie nachdenklich hinterher.

Jenna blickte Anna abwartend an. Als die junge Frau nicht weitersprach, fragte sie: »Und was kann ich Eurer Meinung nach tun, um Euch zu helfen?«

Anna zuckte die Schultern. »Ich weiß es nicht«, gestand sie. »Vermutlich nichts. Es war eine Idee meiner Großmutter, Euch aufzusuchen. Sie meinte, Ihr würdet Euch mit Tieren auskennen. Doch was das helfen soll … « Sie verstummte.

»Die gute Trine«, sagte Jenna noch einmal und lächelte. »Ja, ich kenne mich mit Tieren aus«, sagte sie, während sie die Becher ein zweites Mal füllte. Annas Blick ruhte dabei fasziniert auf den Händen der Alten, die von einem langen, arbeitsreichen Leben erzählten. Sie waren erstaunlich groß, wenn man bedachte, wie klein und zierlich die dazugehörende Frau war, voller Falten, Schwielen und Beulen. Als wären sie durch den ständigen Gebrauch gewachsen. Aber sie waren auch muskulös und strahlten eine ungeheure Kraft aus. »Ja, mit Tieren kenne ich mich aus«, murmelte Jenna noch einmal, »und mit Kräutern ... « Dabei sah sie Anna an. »Mit Krankheiten und ... «, sie wandte ihrem Besuch den Rücken zu, als sie die Kanne wieder übers Feuer hing, »... mit Hexen – oder was man dafür hält.«

Anna schluckte ob dieses Eingeständnisses. Was meinte die alte Frau damit, sie kenne sich mit Hexen aus?

»Ihr habt mir zwar erzählt, was mit Eurem Pferd passiert ist, aber Ihr habt mir nicht gesagt, was Ihr glaubt, was genau mit ihm geschehen ist.«

Anna runzelte die Stirn, während sie versuchte die Frage der alten Frau zu verstehen. Hatte sie ihr nicht soeben erzählt, was Christopherus widerfahren war?

»Was glaubt Ihr«, erklärte die Alte, als sie merkte, dass Anna sie nicht verstanden hatte, »warum sich Christopherus so verhalten hat. Ihr sagtet, er wäre gutmütig und geduldig. Wie konnte es dann dazu kommen, dass er den Marktmeister verletzte?« Sie setzte sich wieder an ihren Platz.

»Das verstehe ich selber nicht«, antwortete Anna und zuckte mit den Schultern. »Er war bereits seit einigen Tagen verändert.« Sie beobachtete abschätzend Jenna Blankenheims Reaktion. Würde auch sie jetzt sagen, dann sei wohl der Teufel in ihn gefahren? Aber die Alte sah sie weiterhin freundlich und aufmunternd an. In ihrem Gesicht lag keine Spur von Häme oder Misstrauen. »Ich erinnere mich noch an den Tag, an dem wir uns begegneten … « Sie blickte ihr Gegenüber an und Jenne nickte zum Zeichen, dass sie sich ebenfalls erinnerte. »… ein Mann kam uns entgegen. In der Korbmachergasse. Ich war wohl nicht aufmerksam genug und der Mann schob Christopherus zur Seite, um an uns vorbeizukommen. Ich weiß noch, wie ich mich verwundert fragte, warum Christopherus dabei so erschrak. Das war außergewöhnlich bei ihm … «

»Er war also schreckhafter als gewöhnlich.« Die Alte sprach den Satz vor sich her, als wäre er nicht für Anna bestimmt. Und Anna fuhr fort: »Ja, er war schreckhafter. Und er fraß nicht gut. Er hatte schon einige Tage nicht mehr den rechten Appetit.«

Jenna Blankenheim nickte stumm. Dann fragte sie: »Und wie stand es um seine Arbeitskraft? War er schneller erschöpft als sonst?«

Anna blickte erstaunt auf. »Ja, jetzt wo Ihr es sagt: Er war tatsächlich schneller müde!«

Die Alte nickte erneut. Dann schloss sie die Augen und Anna glaubte bereits, sie sei eingeschlafen, als sie die Augen wieder öffnete, ohne ein Wort aufstand und leise vor sich hin murmelnd, den Kopf zur Decke gewandt, ihre kleine Hütte abschritt.

»Wermut, Andorn, Benediktenkraut, Odermennig … Wo ist denn … ah, hier … Dost … und ein wenig Bilsenkraut* … «

Anna beobachtete die Alte, die hier und dort anhielt und sich ein wenig reckte, um von den getrockneten Kräutern, die an der Decke baumelten, etwas abzunehmen, daran schnupperte und schließlich mit einem recht ansehnlichen Bund, das einen intensiven Geruch verströmte, zum Tisch zurückkehrte. Dann verschwand sie in einer dunklen Ecke des Raumes, in der eine hölzerne Truhe stand. »Silber«, murmelte sie und öffnete den Deckel. »Wo ist es denn ... « Es schepperte, als die Alte in der Truhe herumsuchte. »... da, ich hab's.« Sie tauchte wieder auf und hielt ein schwarz angelaufenes silbernes Gefäß in den Händen wie einen kostbaren Schatz. Sie kehrte mit ihrem Fund zu Anna zurück und schob den silbernen Becher über die Tischplatte zu dem Mädchen hinüber. »Gebt gut darauf Acht«, bat sie und begann die zuvor gesammelten Kräuter in einer großen Schüssel in einem bestimmten Verhältnis miteinander zu vermengen und zu zerstoßen.

Anna drehte und wendete das Silbergefäß in ihren Händen und warf immer wieder einen verstohlenen Blick auf die Alte, doch die war so in ihre Tätigkeit vertieft, dass sie Annas Augenspiel nicht bemerkte. Erst als sie ihre Arbeit beendet hatte, schaute sie Anna wieder an.

»Von dieser Kräutermischung«, sagte sie und hielt Anna die Schüssel unter die Nase, »gebt Ihr Eurem Pferd jeden Tag zwei Handvoll, bis die Kräuter aufgebraucht sind ... « Jenna sah, dass Anna widersprechen wollte, wischte ihren Einwand jedoch mit einer Handbewegung zur Seite und fuhr fort: »Dazu gebt Ihr dem Tier Wasser zu trinken, das zuvor in diesem Gefäß«, sie tippte mit ihrem von der Gicht gekrümmten Zeigefinger auf den Silberbecher, »gelagert wurde.«

»Aber wie soll ich Christopherus die Kräuter verabreichen?«, widersprach Anna. »Und wozu sollen sie überhaupt gut sein?«

»Euer Pferd ist nicht vom Teufel besessen«, antwortete die alte Frau. »Vielmehr ist es krank. Es hat Schmerzen, die ihn ungebärdig werden lassen. Und diese Kräuter können ihm vielleicht helfen. Aber wie Ihr sie ihm gebt, das ist Eure Sache.«

Anna schossen die Tränen in die Augen. Für einen Augenblick hatte sie tatsächlich geglaubt, die Alte kenne die Lösung für ihr Problem. Doch nun merkte sie, dass dies ein Irrtum gewesen war. Es war alles umsonst. Der weite Weg hierher hatte sie nicht einen Schritt weitergebracht.

»Was ist denn, Kindchen?« Jenna streckte ihre Hand aus und legte sie begütigend auf Annas.

Anna schluchzte.

»Verstehst du denn nicht?«, fuhr die Alte fort. »Wenn dein Pferd durch die Behandlung gesundet, ist das der Beweis, dass es krank war und nicht vom Teufel besessen.«

Anna wischte sich die Tränen von den Wangen und atmete einmal tief ein und wieder aus, bevor sie antwortete: »Selbst wenn Ihr recht habt – wie soll ich Christopherus die Kräuter verabreichen? Man wird mich doch gar nicht zu ihm lassen!«

Die Alte lehnte sich lächelnd zurück und verschränkte die Arme vor ihrer mageren Brust. »Nanana«, machte sie. »Du hast es doch noch gar nicht versucht und schon gibst du auf?«

Annas Hände umschlossen mit festem Griff den Beutel mit den Kräutern und den Silbertopf, den die Alte ihr mit den Worten mitgegeben hatte, dies sei das Kostbarste, was sie besäße, und zwar nicht nur, weil das Gefäß aus reinem Silber sei, sondern weil es eine beinahe magische

Heilwirkung habe. Sie habe schon etliche Lebewesen damit gesund gemacht, behauptete sie.

Anna wollte ihr nur zu gerne glauben und überlegte, ob sie selbst vielleicht auch ein Schlückchen des Silberwassers gebrauchen könnte, wenn sie endlich zu Hause ankam. Sie spürte ihre Füße kaum noch, obwohl sie langes Gehen durchaus gewohnt war. Der heutige Fußmarsch hatte ihr jedoch einiges abverlangt. Allmählich rückte die Dombaustelle in Annas Blickfeld und sie konnte immer mal wieder den hohen Kran mitten auf dem Südturm aufragen sehen. Seit ihre Großmutter ein junges Mädchen gewesen war, stand der Kran dort oberhalb des zweiten Fenstergeschosses und wartete vergebens darauf, dass der Bau weiter gedieh.

Mit dem Teufel sollte man sich eben nicht anlegen, dachte Anna bitter, während sie das Domkloster mit dem Brunnenhäuschen passierte und die zwar unvollendete, aber dennoch beeindruckende Kirche hinter sich ließ. Das hatte Baumeister Gerhard* zu spüren bekommen, als er sich auf eine Wette mit dem Leibhaftigen einließ, und das bekam nun auch Anna zu spüren.

Jeder in der Stadt wusste, dass ein Fluch auf dem Gotteshaus lag, der dafür sorgte, dass es niemals fertig werden würde. Und schuld daran war Meister Gerhard, der erste Baumeister des Domes, der sich aus falschem Ehrgeiz und mit zu großem Selbstvertrauen auf den Teufel eingelassen hatte.

Eines Tages, vor etwa 350 Jahren, als der Baumeister seine Baustelle besichtigte, fiel ihm ein Fremder auf, der überall seine Nase hineinsteckte und dem nichts an dem Bau passend zu sein schien. Er spöttelte über das langsame Vorankommen und schlug Meister Gerhard, der die

Vorwürfe des fremden Baumeisters empört zurückwies, eine Wette vor: Er werde eine Wasserleitung bauen, die Wasser von der fernen Stadt Trier bis nach Köln führe, noch bevor Meister Gerhard seinen Dom vollendet habe. Meister Gerhard frohlockte und ging auf die Wette ein, glaubte er doch, dass es niemandem gelingen könne, eine Wasserleitung über eine so weite Strecke zu bauen.

Kurze Zeit später stand Meister Gerhard wieder einmal auf einem Gerüst am Domchor, als er unter sich Wasser rauschen hörte. Da wusste er, dass er die Wette verloren hatte.

»Wenn ich diesen Dom nicht vollenden kann, soll es auch niemand anderem gelingen!«, soll er gerufen haben, bevor er sich in die Tiefe stürzte.

Bis heute war es tatsächlich niemandem gelungen, das Bauwerk, das die Reliquien der Heiligen Drei Könige beherbergte, zu vollenden. Und seit einem halben Jahrhundert hatte es auch niemand mehr versucht.

Anna fand keinen Gefallen an der altertümlichen Bauweise, obwohl die Größe, die selbst der unvollendete Dom hatte, natürlich beeindruckend war, und die Kirche selbstverständlich auch genutzt wurde. Man hatte einfach die Chorkapelle überdacht und mit einer Mauer zur Baustelle hin abgeschlossen.

So ertönte nun auch das Geläut des Domes, die Pretiosa, die Speciosa und die Dreikönigenglocke, zur Abendmesse und verkündete Anna auf diese Weise, dass sie sich beeilen musste, um rechtzeitig nach Hause zu gelangen.

Wer ein mutiges Herz hat,
weiß sich auch im Leiden zu halten;
wenn aber der Mut daniederliegt,
wer kann's tragen?

Sprüche Salomos 18.14

Das Herz klopfte Anna bis zum Hals. Sie hatte die ganze Nacht kein Auge zugetan. Immer und immer wieder hatte sie sich in Gedanken die Worte zurechtgerückt, die sie dem Burggreven sagen wollte, damit er sie zu Christopherus vorließ. Und sie hatte sogar die Schillinge, die Daniel ihr dagelassen hatte, eingesteckt. Selbst dieses Mittel war ihr recht, solange man sie nur zu ihrem Pferd vorließ!

Die Nacht über hatte es immer wieder kräftig geregnet und Anna rutschte auf dem matschigen Boden mehrmals beinahe aus. Ihr Kleid war bereits bis zu den Oberschenkeln mit Schmutz besprenkelt. Die Sonne versuchte den Boden zu trocknen, doch noch hatte sie nicht genügend Kraft. Anna blickte zum Himmel empor, dessen zartes Blau einen strahlenden Tag versprach.

Das Lachen und gleichzeitige Schimpfen vor ihr ließ sie ihren Blick wieder nach vorne richten – gerade noch rechtzeitig, um der Menschentraube auszuweichen, die ihr entgegenkam. Eine Frau in einem Schandmantel*, der hölzernen Heucke*, wurde von einer Gruppe junger Burschen gejagt, die sie wüst beschimpften, bespuckten und mit Dreck bewarfen. Annas Blicke trafen sich mit denen der Frau, der die Tränen aus den Augen rannen, während sie versuchte den Männern zu entkommen, die ihren Spaß mit ihr trieben.

Wilche sich zu diesem herlich kleidt,
Mit ihrem lästerlich gemueth hat fleissig bereidt.

Die Gruppe war so schnell vorüber, dass Anna nur diese zwei Zeilen der Schrift auf der hölzernen Tonne entziffern konnte, welche die Frau zur Strafe für ein von ihr vergangenes Verbrechen wie einen Mantel tragen musste, aus dem nur der Kopf und die Beine herausragten. Doch diese zwei Zeilen reichten, um sich zusammenzureimen, dass es sich bei dem Vergehen der Fremden um Gotteslästerung gehandelt haben musste. Vielleicht hatte sie eine Kerze vom Kirchenaltar gestohlen, um ihr eigenes Heim damit zu erhellen? Anna und ihre Großmutter gingen stets sehr sparsam mit ihren Lichtquellen um. Wenn es dunkel war, war es eben Zeit, schlafen zu gehen. Im Winter früher als im Sommer, denn Kerzen waren ein teures Gut.

Anna freute sich, dass es ihr gelungen war, einige Worte zu entziffern, denn sie hatte keinerlei Übung in der Kunst des Lesens, die ihre Großmutter ihr in besseren Zeiten beigebracht hatte. Aber sie spürte auch Mitleid mit der Frau, deren Bestrafung erst richtig beginnen würde, sobald sie den Schandmantel wieder ausgezogen hatte: Niemand würde mehr in der Öffentlichkeit mit ihr sprechen, keiner Geschäfte mit ihr tätigen, sie würde fortan von allen geächtet sein. Eine grauenhafte Vorstellung, fand Anna.

Das Schreien und Lachen wurde hinter Anna leiser, während sich die Gruppe weiter entfernte.

Anna überprüfte schnell, ob das Silbergefäß, in dem sie nach der Anleitung der alten Jenne mit einem wunderlich geformten und ebenfalls silbernen Löffel Wasser gerührt hatte, noch an Ort und Stelle unter ihrem Mantel verborgen war, und stieß erleichtert die Luft aus, als sie es ertastete. Dann setzte sie ihren Weg entlang der Stadtmauer fort.

Es dauerte nicht mehr lange, bis das Schafentor in ihr Blickfeld geriet, und Anna hielt an, um sich zu sammeln. Sie betrachtete das Tor und die beiden aus Stein erbauten Nebengebäude links und rechts. In einem davon musste Christopherus sein. Neben dem rechten Anbau führte eine steile steinerne Treppe empor, die zur Türe des Turmes hinaufführte, hinter der Anna den Burggreven zu finden hoffte.

Wenn sie sich an den Mann erinnerte, schauderte ihr, und sie wäre am liebsten unverrichteter Dinge wieder umgekehrt. Wie sollte sie diesen Menschen bloß überzeugen, sie zu Christopherus zu lassen, damit sie ihm die Heilkräuter und das Silberwasser geben konnte? Vermutlich würde er sie augenblicklich beim Rat als Hexe denunzieren, nur weil sie Kräuter bei sich trug.

Anna stand immer noch auf der anderen Straßenseite, den Blick unverwandt auf das Tor gerichtet, mit klopfendem Herzen, als ein junger Spund mit einem Holzeimer in der Hand aus dem etwas entfernter liegenden linken Anbau trat und sorgfältig hinter sich die Türe verschloss. Er schaute sich um und sein Blick fiel auf Anna, die wie eine Statue im Schatten eines Hauses stand und seinen Blick ruhig erwiderte.

Irgendetwas an dieser Fremden fesselte den jungen Mann und er konnte den Blick nicht wieder abwenden.

Sie war hübsch, gewiss, aber nicht nur das. Sie strahlte auch eine ungeheure Stärke aus, die den Burschen in ihren Bann zog.

Das Schnauben und leise Wiehern hinter sich ließ den Pferdeknecht aufhorchen. Er hatte eben erst nach dem Pferd gesehen, das zusehends magerer und klappriger wurde. Lange würde es die harten Bedingungen, unter denen es hier gehalten wurde, nicht mehr aushalten. Die dicken steinernen Wände hielten jeden wärmenden Sonnenstrahl ab und die Feuchtigkeit sammelte sich im Boden und in den Wänden. Selbst einem gesunden Tier würde der Aufenthalt in diesem Loch zu schaffen machen. Aber der Rappe war alles andere als gesund. Noch konnte man sehen, dass der Hengst einst ein schönes Tier gewesen sein musste. Trotz des blauen Auges. Dem Burschen gefiel diese sonderbare Spielerei der Natur sogar. Aber er war schlau genug, niemandem zu sagen, was er von der Sache hielt. Erst recht nicht dem Burggreven, für den er arbeitete. Rommerskirchen war für seine Strenge bekannt und jeder hier wusste, dass der Mann sich vor Hexen und Dämonen fürchtete wie kein Zweiter und sie deshalb so energisch verfolgte.

Der Junge lauschte mit angestrengter Miene, als er jetzt das scharrende Geräusch der Hufe hörte. Warum nur war das Pferd plötzlich so unruhig?

»Ich seh' lieber noch mal nach«, nuschelte der Mann und öffnete die Türe wieder, die er gerade erst so sorgfältig verschlossen hatte.

Christopherus warf den Kopf in die Luft und wieherte aufgeregt. Wieder und wieder riss er mit der letzten ihm verbliebenen Kraft an dem Strick, mit dem er an einem eisernen Haken in der Mauer festgebunden war.

Er stemmte die Hufe in den Boden, doch die blank gewetzten Steine boten ihm keinerlei Halt.

»He, he!« Der Junge setzte den Eimer schnell ab, schloss die Türe hinter sich und strich begütigend über das Fell des Tieres. »Was ist denn los? Warum bist du so außer dir?« Er zuckte zusammen, als ihm auffiel, wie laut er gesprochen hatte. Wenn der Burggreve ihn hörte, wie er mit dem Pferd sprach, dann bekam er sicher Schelte. Leiser fuhr er fort, beruhigend auf Christopherus einzureden, der immer noch am ganzen Leib zitterte.

Anna fasste sich ein Herz und überquerte hinter einem Fuhrwerk die Straße. Als treibe Christopherus' Wiehern, das sie gedämpft zu vernehmen glaubte, die junge Frau an, erklomm sie mit klopfendem Herzen und gerafften Röcken die hohen, unebenen Stufen und ergriff mit einem tiefen Seufzer den eisernen Türklopfer. Jeden Gedanken ans mögliche Scheitern ihrer Aufgabe verbannend, ließ sie den metallenen Ring zweimal schwer gegen die Holztüre fallen und lauschte dem Geräusch nach, das im Inneren des Turmes verhallte.

Es dauerte nicht lange, bis die Türe geöffnet wurde und der Burggreve selbst Anna gegenüberstand. Als er sie erblickte, zog er missmutig die Augenbrauen zusammen.

»Was willst du hier?«, fuhr er sie harsch an.

Anna bemühte sich, dem strengen Blick standzuhalten. »Edler Herr«, sagte sie. »Ich bin Anna Meutin, die Besitzerin des Pferdes, das Ihr in Eurem Gewahrsam habt.«

»Ich weiß, wer du bist«, entgegnete der Burggreve. »Und ich will mit dir nichts zu schaffen haben.«

Bevor Anna noch ein Wort erwidern konnte, knallte Rommerskirchen ihr die Tür vor der Nase zu.

»Bitte!«, flehte Anna vor der verschlossenen Türe. »So hört mich doch wenigstens an!«

»Verschwinde, Weib!«, schallte es von innen und Anna hörte die sich entfernenden Schritte des Mannes leiser werden.

»Ich möchte doch nur zu meinem Pferd!«, rief sie dennoch, obwohl sie wusste, dass es zwecklos war.

Die Stufen der steilen Treppe verschwammen vor ihren tränengefüllten Augen und beinahe hätte Anna das Gleichgewicht verloren, als sie den sicheren Tritt auf die unterste Stufe verpasste.

Er hat mich noch nicht einmal angehört, dachte sie und spürte eine Mischung aus Wut und Verzweiflung, die sich ihrer bemächtigte.

Tränenblind eilte sie an dem Verschlag vorbei, in dem sie Christopherus wähnte. Der Gedanke, ihm so nah zu sein und ihn nicht zu sehen, nichts für ihn tun zu können, war ihr unerträglich. Da! War da nicht ein Geräusch? Sie wandte für einen Augenblick den Kopf zu dem kleinen Fenster, das mit dunklem Glas versehen war. Doch sie konnte dahinter nichts erkennen. Hastig eilte sie weiter. Fort, nur fort von hier!

Das Pferd gebärdete sich so wild, dass der junge Mann allmählich doch ins Grübeln kam, ob nicht der Teufel dafür verantwortlich zu machen war. Es schnaufte, stöhnte, warf den Kopf hin und her und versuchte mit Leibeskräften aus seinem Gefängnis zu entkommen. Der Bursche hielt den Hals des Tieres kräftig umschlungen, damit es sich nicht selbst verletzte. Aus dem Augenwinkel sah er das Mädchen, das soeben noch auf der anderen Straßenseite gestanden und hinübergeblickt hatte, am Fenster vorbeieilen. Nur für einen Wimpernschlag wandte sie das Gesicht zu dem kleinen Anbau hinüber und der Bursche erschrak bei dem Anblick. Obwohl das dicke Glas ihre Konturen entstellte, konnte er sehen, dass das hübsche Gesicht zu einer Grimasse des Leidens verzogen war.

Was war es, so fragte sich der Knecht, das diese beiden Kreaturen, das Pferd und das fremde Mädchen, so offensichtlich miteinander verband?

Als der Junge kam,
riss ihn der böse Geist zu Boden
und zerrte ihn hin und her.
Jesus sprach ein Machtwort
zu dem bösen Geist,
machte den Jungen gesund
und gab ihn seinem Vater zurück.
Lukasevangelium 9.42

Ihr müsst mir glauben.« Die Stimme des jungen Mannes klang eindringlich. »Ohne Eure Hilfe ist die Sache verloren! Ein Fürsprecher ist in dieser Angelegenheit dringend erforderlich.« Wie zur Bestätigung drang in diesem Moment das aufgeregte Wiehern eines Pferdes durch das geöffnete Fenster hinein.

Der ältere Mann im Lehnstuhl rieb sich nachdenklich den Bart.

»Bitte, Oheim«, fuhr Daniel fort. »Ich weiß nicht, an wen ich mich sonst wenden soll. Ihr kennt meinen Vater und außerdem …«

»Außerdem?«

»Euer Wort hat vor dem Rat Gewicht. Noch dazu, wenn es um Pferde geht!«

Der alte Mann seufzte. »Ich weiß nicht, in welche Angelegenheit du mich da hineinzuziehen gedenkst, Neffe«, sagte er schließlich. »Doch bin ich gerne bereit, dir zu helfen, solange es mich nicht in eine prekäre Situation bringt.« *Manus manum lavat,* dachte er, eine Hand wäscht die andere. Man konnte nie wissen, wann es günstig war, irgendwo einen Gefallen einfordern zu können. Außerdem war der Jungspund auch noch der Sohn seiner jüngeren Schwester, dem er kaum einen Wunsch abschlagen konnte. Jedoch galt es zunächst, die Sache eigenhändig zu überprüfen und ihre Gefährlichkeit einzuschätzen. Der alte Mann war weise genug, um zu wissen, wie schnell man in einen falschen Verdacht geraten konnte. Andererseits liebte er das Spiel und die Herausforderung, die das Dasein erst spannend werden ließen. Vor allem, wenn man so alt war wie er und nicht mehr viel vom Leben zu erwarten hatte.

»Ihr könnt mir vertrauen«, behauptete der junge Mann jetzt.

»Also gut«, seufzte der Mann, dessen schlohweißes Haar ihn noch älter wirken ließ, als er in Wahrheit war. »Aber wir spielen nach meinen Regeln«, bestimmte er und erhob sich aus seinem Sessel, um ein Holzscheit nachzulegen.

»Wie Ihr wünscht«, sagte Daniel erleichtert und beugte zum Zeichen, dass er sich den Anordnungen des Älteren zu fügen gedachte, den Kopf. Er war zu allem bereit, solange er dafür bekam, was er brauchte: Die Aussage eines angesehenen Bürgers dieser Stadt vor dem Rat. Eine Aussage zugunsten des Angeklagten natürlich. Und wer konnte für diese Aufgabe besser geeignet sein als sein Oheim, der ehemalige Ratsherr und berühmte Pferdezüchter Wilhelm von der Grün?

Obwohl sie mit nichts anderem gerechnet hatte, war Anna zutiefst verzweifelt. Der einzige Lichtblick, der sich ihr in dieser Situation jetzt noch bot, war ein zweiter Besuch bei Jenna Blankenheim. Vielleicht hatte die Alte einen weiteren Einfall?

Sie konnte den Sonnenaufgang kaum erwarten, der

ihr gestatten würde, ein weiteres Mal den beschwerlichen Fußweg auf sich zu nehmen. Schließlich konnte sie nicht die Gefahr eingehen, zu spät zurückzukehren und vor verschlossenen Toren zu stehen! Es schien unwahrscheinlich, dass eine junge Frau wie sie eine Nacht vor den Toren der Stadt ohne Schutz unbeschadet überstehen würde.

Diesmal genoss sie den weiten Weg zur alten Jenne, der ihr die Möglichkeit gab, in Ruhe über alles Geschehene nachzudenken. Gedankenverloren bemerkte sie nicht einmal ihre Nachbarin Maria, die ihr neugierig hinterherblickte, als sie mit dem Kräuterbündel unterm Arm und dem Silbertopf unter ihrem Kleid verborgen, an ihr vorüberging.

Anna hätte selbst nicht zu sagen vermocht, was sie von der Alten nun noch erwartete. Schließlich hatte die Freundin der Großmutter ihr deutlich zu verstehen gegeben, dass ihr Hilfsangebot mit der Gabe der Kräuter und des Gefäßes beendet war. Aber sie verspürte ein großes Verlangen, sich der Alten noch einmal anzuvertrauen und sie ein weiteres Mal um ihren Rat und Zuspruch zu bitten.

»Er hat Euch also nicht zu ihm gelassen.«

Mit diesen Worten begrüßte Jenna Blankenheim ihre Besucherin, nachdem sie wieder, wie beim ersten Mal, scheinbar aus dem Nichts auftauchte, kurz bevor Anna die kleine Hütte erreichte.

Stumm schüttelte Anna den Kopf und streckte der alten Frau den Beutel mit Kräutern und das Silbergefäß entgegen. »Hier habt Ihr Eure Sachen zurück«, sagte sie mit leiser Stimme. »Ich habe keine Verwendung mehr dafür.«

»Nanana«, sagte Jenna beschwichtigend, während sie

Anna am Arm zu ihrer kleinen Hütte führte. »Nun gebt doch nicht so schnell auf.«

Anna setzte sich unaufgefordert an den Tisch und empfand tiefe Dankbarkeit und Verbundenheit, als die Alte wieder zwei tönerne Schalen mit einem heißen Kräutersud füllte und eine davon vor Anna abstellte. Dieses Mal reagierte das Mädchen ohne Misstrauen, schnupperte an dem Getränk und genoss den ersten Schluck, der anders, aber nicht weniger wohlschmeckend mundete als bei ihrem letzten Besuch vor zwei Tagen. Auch die Katze, die maunzend und schnurrend um ihre Beine strich, erschien ihr wie eine lieb gewonnene Vertraute.

»Nun«, sagte die Alte und setzte sich Anna schwerfällig gegenüber. »Lasst uns mal überlegen, ob wir noch auf einem anderen Weg zu unserem Ziel kommen können.«

Gegen ihren Willen spürte Anna einen neuen Hoffnungsfunken in sich aufkeimen.

»Hm ...« Jenna Blankenheim schloss die Augen, während sie zu überlegen schien. »Ich erinnere mich im Augenblick nur an einen Fall, in dem Franziskanermönche Termiten verklagten, sie fräßen ihre Nahrungsmittel und nagten an ihren Möbeln. In der Verteidigungsrede hieß es, die Termiten seien schließlich die ursprünglichen Besitzer des Landes und könnten sich demzufolge an dem, was die Erde zum Leben hervorbrächte, gütlich tun. Außerdem ...«, fuhr die Alte fort, »... wäre ihr Fleiß beschämend für die Mönche.« Sie öffnete die Augen und blickte Anna unverwandt an. »Der Richter wies an, sein Urteil solle dem Termitenhügel vorgelesen werden. Es lautete: Beide Parteien sollten sich eines guten Benehmens befleißigen, die Termiten sollten die Mönche nicht mehr belästigen und die Mönche die Termiten nicht mehr stören.« Sie schüttelte den Kopf. »Aber das nützt uns nichts«, erkannte sie.

Doch Anna schöpfte Hoffnung. »Also gibt es tatsächlich Fälle, in denen zugunsten der Tiere entschieden wurde?« Sie dachte an ihr Gespräch mit dem Turmmeister zurück, der ihr ebenfalls von einigen Tierprozessen berichtet, aber ihr das Gefühl vermittelt hatte, jeglicher Versuch, auf rechtlichem Weg einen Freispruch für Christopherus zu bewirken, sei zum Scheitern verurteilt.

»Oh, gewiss gibt es die«, antwortete die alte Jenne. »Aber sie sind selten. Zumeist sind die Strafen für die sündigen Tiere zahlreicher: Sie werden gehängt, ertränkt, lebendig begraben, verbrannt, gesteinigt, enthauptet, gerädert, exkommuniziert ... Ich entsinne mich sogar an einen Fall, bei dem das Gericht die Weisung gab, ein ganzes Haus mitsamt den darin lebenden Haustieren zu verbrennen, nachdem die Hausfrau darin überfallen worden war. Das Gericht befand das Haus und die Katzen der Frau für schuldig, weil sie ihrer Herrin nicht zu Hilfe geeilt waren.« Unvermittelt verfiel die Alte in ein krächzendes Lachen, das Anna erneut daran denken ließ, dass sie ihre neue Bekannte zunächst für eine Hexe gehalten hatte. Sie beugte sich ein wenig zu Anna vor und erzählte in vertraulichem Ton: »Ein junger Herbergswirt, der mir persönlich bekannt ist, hatte häufig Besuch von einigen Geistlichen.« Sie sprach das letzte Wort aus, als handelte es sich um eine ansteckende Krankheit. »Die Mönche pflegten reichlich bei ihm zu speisen und zu trinken, ohne dafür zu zahlen. Sie hielten dies für ihr Recht und Ihr wisst, wie schwer es ist, sich mit den heiligen Herren öffentlich anzulegen.«

Anna nickte zustimmend.

»Doch der Wirt ärgerte sich zusehends über die Mönche und beschloss, ihnen das Wiederkommen zu verleiden. Als wieder einmal zwei von ihnen so viel gegessen und getrunken hatten, dass sie anschließend in der Herberge übernachten mussten, weil sie den Weg nach Hause nicht mehr fanden, wartete er, bis sie zu Bett gegangen waren und trug dann zur Mitternachtsstunde ein nur wenige Wochen altes Kalb aus seinem Stall die Stiege hoch und setzte es in der Kammer, in der die Mönche lagen, ab.

Das Kälbchen jammerte kläglich nach seiner Mutter und lief auf der Suche nach ihr durch das Gemach.

Voller Angstschweiß über die merkwürdigen Geräusche, deren Herkunft er sich nicht zu erklären vermochte, erwachte einer der Mönche. Als er dann auch noch die nasse weiche Zunge des Kalbs zu spüren bekam, das ihm über das Gesicht leckte, war es um seine Fassung geschehen: Er sprang aus dem Bett und rief Gott um Gnade an.

Der andere Mönch wurde von dem Geschrei seines Gefährten geweckt. Auch er entfloh dem Bett und versuchte, eine Kerze zu entzünden, um im Schein des Lichtes nach dem Rechten zu sehen. Er trug zum Schlafen nichts weiter als sein kurzes Hemd und als das Kälbchen auf der tastenden Suche nach der Trost spendenden Zitze seiner Mutter entdeckte, was da zwischen den Beinen des Mönches herabbaumelte, der sich mit zitternden Händen im Dunkeln über die Kerze beugte, um sie zu entzünden, da zögerte es nicht lange und zog heftig daran, um zu saugen.

Der Mönch schrie erbärmlich, ließ das Licht fallen und verbarg sich unter dem Bette, wo er bis zum Morgengrauen allerlei Bußpsalme und andere andächtige Gebete vor sich hin sprach. Das Kälblein jedoch, das dachte, die Mutter hätte es zurückgewiesen, stieß so herzzerreißende Klagelaute aus, wie Ihr es nicht für möglich halten würdet, und lief in der Kammer auf und ab, bis der Wirt es erlöste. Als die Mönche die Gaststätte am nächsten Morgen verließen, taten sie es für immer.«

Anna fiel in das Lachen der alten Frau ein. Es war befreiend, sich über die Leichtgläubigkeit und den Aberglauben der anderen lustig zu machen. Doch tief in ihrem Inneren wusste Anna, dass es so einfach nicht sein würde. Und als hätte Jenna die Zweifel der jungen Frau gespürt, wurde sie in diesem Augenblick wieder ernst.

»Aber auch das hilft uns nicht weiter«, sagte sie. »Die Ratsherren glauben, das Pferd sei vom Teufel besessen.« Sie sprach vor sich hin, so als würde sie sich nicht an Anna wenden, und das Mädchen saß schweigend und abwartend auf seinem Stuhl, die Augen unverwandt auf die alte Frau gerichtet. »Wenn wir nun nicht beweisen können, dass dies ein Irrtum ist, so können wir vielleicht dafür Sorge tragen, dass der vermeintliche Dämon das Pferd verlässt. Dann gäbe es ebenfalls keine Notwendigkeit mehr, das Tier zu töten oder auf andere Weise zu strafen. Ich erinnere mich an einen Priester, der mir von seinen Teufelsaustreibungen berichtete. Einmal wurde er zu einem Jungen gerufen, der stets an Kopfschmerzen litt. Der Priester war sich sicher, dass der Junge von Dämonen gequält wurde. Er versuchte, die Teufel durch Gebete zu vertreiben, aber das vergrößerte das Leid des Jungen nur noch: Seine Augen quollen hervor, die Zunge hing aus seinem Mund und er verdrehte den Kopf.«

Anna wurde bei dieser Schilderung unfreiwillig an die verrückte Elisabeth erinnert, der sie stets in der Kirche begegnete, und die ebenfalls häufig mit dem Kopf zuckte und unmenschliche Laute ausstieß. Ob auch sie von Dämonen gequält wurde?

»Erst nach unsagbaren Anstrengungen und der Hilfe weiterer Geistlicher aus der Umgebung gelang es, den Dämon zu überwinden.« Jetzt sah die alte Jenne Anna zum ersten Mal direkt an: »Wie mir der Priester versicherte, sah er mit seinen eigenen Augen, wie mehr als 800 tote und lebendige Fliegen aus den Augen, den Ohren und der Nase des Jungen drangen.«

Anna merkte, dass ihr bei dieser Schilderung der Mund offen stand, und klappte ihn rasch geräuschvoll zu.

»Das waren die Dämonen, die den Körper des Knaben verließen«, beendete die Alte ihren Bericht.

»Ihr meint ... «, begann Anna und Jenna nickte.

»Wenn wir es schafften, dass der Dämon in Form einer Fliege den Körper des Pferdes unter der Aufsicht der hohen Herren verlässt, dann würden sie es vielleicht freisprechen.«

Anna überlegte schweigend. Das könnte gelingen, dachte sie. Wenn sie sich traute, eine Fliege einzuschmuggeln und diese im rechten Augenblick unter den Augen der Ratsherren freizulassen, und wenn sie einen Geistlichen fand, der ihr bei diesem Schauspiel half ... Bei diesem Gedanken sank Annas Mut wieder. Wie sollte sie einen Priester finden, der ihr bei diesem unchristlichen Vorhaben behilflich war?

»Ihr solltet darüber nachdenken«, fuhr Jenna fort und erhob sich. »Und Ihr solltet die Kräuter und das Silbergefäß noch einmal mitnehmen. Vielleicht findet Ihr ja doch noch einen Weg zu Eurem Pferd.«

Anna stand ebenfalls auf. Ihr schwirrte der Kopf vom

vielen Nachdenken, als sei ein Schwarm Fliegen darin, der dort sein Unwesen treibe, aber sie spürte auch ein wenig Zuversicht, dass vielleicht noch nicht alles verloren war.

Vorsichtig blickte Anna nach links und nach rechts, bevor sie zwischen den Büschen hervortrat, die den kleinen Fußweg säumten. Sie glättete ihr Kleid und achtete darauf, ob sich irgendwo im Stoff eine Klette verfangen hatte. Aber sie sah nichts. Sie war kaum hundert Schritte weit gegangen, als ihr vor Schreck beinahe das Herz stehen blieb. Laut schwatzend und lachend kamen ihr drei Männer entgegen, die ebenfalls verstummten, als sie ihrer gewahr wurden.

Einander musternd gingen die vier Menschen aneinander vorbei: die drei Männer, die sich weiter von der Stadt entfernten, und die einsame junge Frau, die sich ihr näherte.

»Gott zum Gruße«, sagte der größte der Männer und lupfte kurz sein Barett*, während seine beiden Freunde das Mädchen nur abschätzend von oben bis unten musterten.

»Gott zum Gruße«, erwiderte Anna mit klopfendem Herzen. Die drei waren ihr trotz des guten Benehmens, um das sie sich bemühten, nicht geheuer und sie wich ihren Blicken aus.

Anna widerstand dem Drang, ihre Schritte zu beschleunigen. Es hätte sowieso keinen Zweck gehabt, davonzulaufen, falls die drei auf unehrliche Absichten verfielen. Doch nichts dergleichen geschah. Schließlich hielt Anna es nicht mehr aus. Sie war vielleicht fünfzig Schritt weit gekommen, als sie sich umwandte. Vor Überraschung fiel ihr die Kinnlade herunter: Die Männer waren spurlos verschwunden. Als hätte sich die Erde aufgetan und die drei verschluckt, lag die Straße still und leer da.

Anna war in Gedanken immer noch bei ihrer unheimlichen Begegnung mit den drei Fremden, als sie sich bereits der kleinen Straße näherte, in der sie wohnte. So oft sie die Tatsachen auch hin und her wendete, es blieb nur eine Möglichkeit übrig, wohin die Männer verschwunden sein konnten: Sie mussten den kleinen Fußweg beschritten haben, den Anna kurz zuvor verlassen hatte. Und dies wiederum bedeutete, dass sie auf Jenna Blankenheims Hütte stoßen würden. Ob dies tatsächlich ihre Absicht gewesen war? Doch was sollten sie von der alten Frau wollen? Ohne es sich näher erklären zu können, spürte Anna tiefes Unbehagen bei der Vorstellung, das Heim der alten Jenne, die sie als auffallend kluge und liebenswerte Frau schätzen gelernt hatte, könnte das Ziel der drei gewesen sein.

»Habt Acht, hübsche Jungfer!«

Anna, die gedankenverloren auf den Boden geschaut hatte, schreckte zurück und ließ dabei das Kräuterbündel fallen. Doch als sie aufblickte, erhellte sich ihr Gesicht. »Heda, edler Recke«, erwiderte sie und lachte schelmisch.

Daniel löste sich von der Mauer, gegen die er sich gelehnt hatte, während er auf Anna gewartet hatte, bückte sich, um das Bündel aufzuheben, das auf der Straße lag, und reichte es Anna mit einer galanten Verbeugung.

Anna nahm das Päckchen in Empfang und knickste höflich. Nur ihr Kichern verriet, dass die höfische Etikette nicht ganz ernst gemeint war. Schon als sie Kinder gewesen waren, war Burgfräulein und Ritter eins ihrer Lieblingsspiele gewesen.

Jetzt lachte auch Daniel und griff nach ihren Händen.

Anna stockte der Atem. Ab diesem Punkt war irgendetwas anders als in ihrer Erinnerung. Sicher hatte Daniel sie auch früher an den Händen gehalten, aber genauso sicher hatte sie das nicht in eine solche Verwirrung gestürzt.

Auch Daniels Gesichtsausdruck änderte sich plötzlich. Das Lachen verblasste und er blickte Anna aufmerksam und ernst ins Gesicht. Der Druck seiner Hände ließ nach und ihre Finger lösten sich langsam, zärtlich voneinander. So als wollten beide eigentlich nicht loslassen. Doch einander festzuhalten schien genauso unmöglich.

Ihre Blicke trennten sich ebenso zögerlich voneinander, wie es ihre Hände getan hatten, und beide schwiegen einen Moment, während sie um einen unverbindlichen Tonfall in ihrer Stimme rangen.

»Ihr seid …«

»Du bist …«

Beide hatten gleichzeitig zu sprechen begonnen und verstummten nun wieder, verlegen lächelnd.

»Ich habe jemanden aufgesucht, der uns vielleicht helfen kann«, startete Daniel einen zweiten Versuch, der diesmal gelang. »Allerdings möchte diese Person vorerst unerkannt bleiben.«

Anna hob die Augenbrauen, hin und her gerissen zwischen Hoffnung und Misstrauen. Was war das für eine Person, die Hilfe versprach, aber dies im Geheimen tun wollte?

Daniel schien Annas Skepsis zu erraten. »Ich weiß selbst nicht, ob mein Plan uns weiterhilft, aber haben wir eine andere Wahl, als es wenigstens zu versuchen?«

Anna überlegte. »Nein«, antwortete sie schließlich, »haben wir nicht.« Sie musste jede Hilfe annehmen, die sich ihr bot. Und wenn die Aussicht auf Erfolg auch noch so gering war.

»Die Person will sich mit uns in der Sternengasse treffen. In der Nacht von Freitag auf Samstag, und zwar um Mitternacht.«

Anna runzelte die Stirn. Dies alles kam ihr gar nicht geheuer vor. »Um Mitternacht in der Sternengasse?«, wiederholte sie. »Was ist das für eine Person, die sich mit uns auf einem Hexentanzplatz treffen möchte? Noch dazu um eine Zeit, zu der sich nur Gesindel und käufliche Frauen dort herumtreiben?«

»Ich denke«, antwortete Daniel vorsichtig, »genau das ist der Grund: So kann die Person sicher sein, dort von niemandem, der sie kennt, mit uns gesehen zu werden.« Und im Stillen fügte er hinzu: Außerdem hat der alte Wichtigtuer daran einfach seinen Spaß.

Anna dachte darüber nach. Sicher hatte Daniel seine Beziehungen spielen lassen und jemanden aus dem Rat gefunden, der ein gutes Wort für sie einlegen wollte. Vielleicht sogar seinen Vater, den einflussreichen Kaufmann Liskirchner. Und natürlich konnte es sich kein ehrenwertes Ratsmitglied leisten, mit einer wie ihr gesehen zu werden, geschweige denn, sich der Unredlichkeit verdächtig zu machen! Sie nickte.

»Also gut«, sagte sie bedächtig. »Ich danke dir«, fügte sie hinzu – schließlich riskierte Daniel ebenfalls seinen guten Leumund, indem er sich mit ihr sehen ließ –, und endlich traute sie sich von Neuem, ihren zurückgewonnenen Freund aus Kindertagen geradeheraus anzublicken. Doch sofort bereute sie ihre Entscheidung, denn da war es wieder, dieses Kribbeln und das Bedürfnis, Daniel zu berühren.

»Es gibt nichts, wofür du mir Dank schuldest«, erwiderte Daniel und Anna fand, dass seine Stimme sonderbar klang. Er schien unschlüssig, wie er sich von ihr verabschieden sollte. Schließlich hob er einfach kurz die Hand zum Gruß, wandte sich um und ging davon.

Anna blickte ihm hinterher und fragte sich, wieso sie sich dabei auf einmal so schwer fühlte. Erst als Daniel außer Sichtweite war, fiel ihr ein, dass sie nicht vereinbart hatten, wann und wo sie sich treffen wollten. Und dass sie ihm nichts von ihrer neuen Bekanntschaft mit Jenna Blankenheim erzählt hatte.

Na ja, dachte sie, dann muss das wohl bis zum nächsten Wiedersehen warten. Sie drehte sich um und ging die letzten paar Schritte auf ihr kleines Haus zu. Sie war bereits hinter der niedrigen Türe verschwunden, als die Holzläden am Nachbarhaus endlich geschlossen wurden. Und so konnte Anna den zufriedenen Gesichtsausdruck ihrer Nachbarin Maria nicht sehen.

Legst du dich, so wirst du dich nicht fürchten,
und liegst du, so wirst du süß schlafen.

Sprüche Salomos 3.24

Schlaflos wälzte sich Anna hin und her. Und so wie ihre Gedanken unstet hin und her hüpften, dachte auch sie einen Moment lang an die alte Jenne, die sie zuerst für eine Hexe gehalten und in der sie dann eine Verbündete gefunden hatte, im nächsten Moment an ihr treues Pferd Christopherus, das in diesem Augenblick irgendwo, weit von ihr entfernt, an einem unwirtlichen Ort stand, wo es Hunger und Schmerzen litt und sich vermutlich ebenso allein und verlassen fühlte wie sie selbst, und schließlich an Daniel, den sie so unverhofft wiedergefunden hatte, und der plötzlich so viel mehr zu sein schien als der Freund aus Kindertagen.

Mit einem Mal stand unerwartet ein anderes Bild vor ihrem inneren Auge: Sie selbst saß auf dem Kutschbock eines Fuhrwerks, das mit all ihrem Hab und Gut beladen war, Großmutter an ihrer Seite, und als sie sich umdrehte, während der Wagen anfuhr, erblickte sie Daniel, der auf Christopherus' Rücken saß und ihr wehmütig nachschaute. Verwirrt blickte sie wieder nach vorn: Wer zog den Wagen, wenn nicht Christopherus? Und sie starrte ungläubig auf die kräftigen Flanken eines Kaltbluts, das vor den Karren gespannt war.

Welch ein Hirngespinst!, dachte Anna. Als ob ich jemals alles hinter mir lassen würde, was mir das Liebste ist!

Sie überlegte noch, woher unvermittelt die lauten Geräusche kamen, als würde jemand kräftig mit einem Hammer auf eine Holzplanke schlagen, als sie die Augen öffnete und das Bild verschwand. Anna blickte an die kahle Decke ihres kleinen Hauses, die sie bereits im Dämmerlicht des anbrechenden Morgens erahnen konnte, und ihr wurde bewusst, dass sie irgendwie doch in den Schlaf gefunden haben musste. Nur das Geräusch hatte einen verborgenen Weg aus dem Traum in die Wirklichkeit entdeckt, denn irgendjemand hämmerte immer noch.

Mit einem Satz sprang Anna von ihrer Strohmatratze auf und schlang die Arme um ihren Oberkörper.

»Anna Meutin! Öffnet die Tür!« Die Stimme klang gebieterisch und schien keinen Aufschub zu dulden.

Anna wusste, dass es jetzt um sie geschehen war, noch bevor sie die Türe geöffnet und in das Antlitz des Gewaltrichters* geblickt hatte.

»Anna Meutin. Ihr steht im Verdacht, gemeinsame Sache mit der Hexe Jenna Blankenheim gemacht zu haben.«

Anna glaubte, ihr Herz bliebe stehen. Jenna sollte eine Hexe sein? Hieß das, sie war bereits verurteilt worden? Sie schlug die Hände vors Gesicht, als sie sich in diesem Moment an die drei Männer erinnerte, denen sie auf ihrem Rückweg in die Stadt begegnet war. Nun wusste sie, dass ihre Beklommenheit sie nicht getrogen hatte.

»Ich habe den Auftrag, Euch unverzüglich zum Frankenturm zu bringen, wo Eure Aussage gehört werden soll.«

»Aussage?« Anna stockte der Atem. Erwartete sie nun

die Folter? Ihr wurde schwarz vor Augen und lautlos sank sie in die Arme des Gewaltrichters.

Das schwarze Pferd atmete schwer. Bei jedem Atemzug hob und senkte sich sein Brustkorb wie der Blasebalg des Schmieds. Der junge Knecht strich dem Tier beruhigend über Kopf und Hals, doch mehr konnte er nicht für es tun. Er hatte sich sogar ein Herz gefasst und den Burggreven um Hilfe gebeten. Aber der Mann scheuchte ihn fort wie eine lästige Schmeißfliege. Johann Rommerskirchen war es völlig gleichgültig, ob das Pferd in seinem Turm lebte oder starb. Wenn es starb – umso besser. Dann hatte Gott entschieden und die gerechte Strafe vorweggenommen. Für ihn war Christopherus' Erkrankung nichts weiter als der Beweis für den Vorwurf, das Tier sei vom Teufel besessen. Denn was war Krankheit schließlich anderes als die Verwünschung oder Verhexung durch böse Dämonen?

Noch nie war ein Ross unter der Pflege des jungen Mannes gestorben. Dieses wird wohl das erste sein, dachte der Pferdeknecht voller Bitterkeit. Und dabei hatte er sich anfänglich gegen diese zusätzliche Aufgabe mit Händen und Füßen gewehrt! Doch der Stallmeister am Hof des adligen Herrn, für den Hermann, wie ihn seine Freunde nannten, arbeitete, hatte keinen Widerspruch geduldet. Wenn der Herr einen seiner Knechte schickte, dann hatte der Knecht zu tun, was man von ihm verlangte. So war das eben.

Doch bei diesem Gedanken kam Hermann eine Idee. Seine Hand verharrte auf dem Fell des Rappen. Dann hatte er seinen Entschluss gefasst.

»Ich komme bald wieder«, flüsterte er dem Hengst zu und schloss sorgfältig die Türe hinter sich.

»Was hat sie mit der Hexe zu schaffen gehabt?« Die Stimme des Turmmeisters war streng.

Annas Blick glitt unstet zwischen den Männern, die ihr gegenübersaßen, hin und her. Diesmal waren noch mehr Ratsherren anwesend als bei ihrer letzten Vorladung und allein diesen Umstand deutete sie als Zeichen, dass ihre Lage ernst war.

Sie erinnerte sich noch gut an Agnes, die einige Straßen weiter gewohnt hatte, als Anna ein Mädchen von neun oder zehn Jahren gewesen war, und die wegen eines dummen Scherzes, den sie sich mit dem Bäckergesellen Gerhard erlaubt hatte, der Hexerei bezichtigt worden war. Angeblich hatte Agnes, eine verheiratete und wohl angesehene Frau, den jungen Gerhard, der – lediglich mit einem Schurz bekleidet – aus der Backstube hinter den Verkaufstresen trat, unzüchtig berührt, woraufhin dieser kurze Zeit später über Schmerzen beim Wasserlassen klagte und behauptete, verhext worden zu sein. Bei ihrem nächsten Besuch in der Bäckerei sah sich Agnes den Schmähungen zahlreicher Menschen ausgesetzt, die sich dort versammelt hatten. Am lautesten brüllte die Tochter des Bäckermeisters, mit der jener Gerhard ein Verhältnis hatte, wie jeder wusste.

Dessen ungeachtet betrat Agnes, die sich keiner Schuld bewusst war, auch am folgenden Morgen die Backstube, wurde dabei aber von zwei Kerlen tätlich angegriffen, die sie anfuhr, sie sollten sich in drei Teufels Namen davonmachen. Als Gerhard dies hörte, stürzte sich der vermeintlich Kranke mit einer Holzlatte auf die arme Frau und drosch sie grün und blau.

Agnes ließ Gerhard vor den Rat zitieren. Nicht, wie Anna sich entsann, um selbst Gerechtigkeit zu erfahren, sondern um sich nicht dem Vorwurf eines Schuldeingeständnisses auszusetzen. Denn hätte sie Stillschweigen bewahrt, so hätten die Menschen behauptet, sie wäre sich ihrer Schuld bewusst und nähme die Abmahnung als Strafe an.

So aber entschied der Rat ebenfalls gegen sie und sperrte Agnes nach der Aussage des Bäckergesellen als Hexe in den Turm.

Daran erinnerte sich Anna in diesem Augenblick und mit klopfendem Herzen schickte sie ein Stoßgebet zu Gott, er möge sie um Himmels willen die richtigen Antworten finden lassen.

Der Stallmeister, den Hermann hatte kommen lassen, beugte sich über das Pferd, das, alle viere von sich gestreckt, auf dem harten Steinboden lag. Der Pferdeknecht hatte eine Schubkarre voll Binsen auf dem Boden verteilt, doch halfen die dünnen Hälmchen nicht gegen die Kälte, die erbarmungslos in die Knochen des Rappen drang und ihn zusätzlich schwächte.

»Wir können es mit einem Aderlass versuchen, der die Körpersäfte zurück ins Gleichgewicht bringt«, meinte der Stallmeister fachmännisch.

Hermann hielt die Luft an. »Glaubt ihr nicht, edler Herr«, formulierte er vorsichtig, »dass dies Pferd dafür zu geschwächt ist?«

Der Stallmeister sah seinen 16-jährigen Knecht, den er dem Freund und Ratskollegen seines Herrn Johann Rommerskirchen ausgeliehen hatte, strafend an. »Was erlaubst du dir?«, wies er ihn zurecht. »Hast du eine bessere Idee?«

Hermann senkte den Kopf. »Nein, mein Herr.«

»Vielleicht hast du trotzdem recht und wir versuchen es besser mit dem Setzen einer Fontanelle.«

Hermann glaubte auch nicht, dass diese Methode helfen würde, obwohl er es ebenfalls für möglich hielt, dass eine Entzündung im Körper des Hengstes für seine Schwäche verantwortlich war.

»Jordanus Ruffus schreibt in seinem Buch über die Stallmeisterei der Pferde, der Schmerz könne den Körpersäften manchmal den rechten Weg weisen«, der Stallmeister nutzte die Gelegenheit, den jungen Knecht zu belehren, »und der Eiter den Körper verlassen. Dazu schneiden wir hier«, er zog die Haut an Christopherus' Brust zu einer tiefen Falte, »ein und lösen die Haut von dem darunter liegenden Gewebe. Anschließend legen wir ein mit Kienöl getränktes Lederstück darunter. Spätestens nach einem Tag schwillt die Haut an und nach zwei bis drei weiteren Tagen fließt Eiter aus der Wunde, den du täglich mit warmem Wasser abwäschst. In zwei Wochen können wir die Fontanelle dann wieder entfernen.«

Falls er dann überhaupt noch lebt, dachte Hermann und bereute seinen Entschluss, den Stallmeister unterrichtet zu haben. Aber er hütete sich davor, das eine oder andere laut zu verkünden.

Anna sah sich um. Nichts hatte sich verändert, seit sie diesen Raum das letzte Mal gesehen hatte. Immer noch saßen die Ratsherren, die über ihr Schicksal zu entscheiden hatten, an Tischen und sie stand ihnen allein gegenüber. Doch hatte Anna bei ihrer ersten Vorladung noch das Gefühl gehabt, der eine oder andere unter den Ratsmitgliedern sei ihr wohlgesonnen, so war hiervon nun nicht mehr das Geringste zu spüren. Alle zehn Augenpaare musterten sie feindselig.

»Was hat sie mit der Hexe Jenna Blankenheim zu schaffen gehabt?«, wiederholte der Turmmeister seine Frage.

»Nichts«, erwiderte Anna.

»Sie ist mehrmals in der Nähe des Hauses der Hexe gesehen worden! Und da will sie nichts mit ihr zu schaffen gehabt haben?« Der Turmmeister schrie fast.

»Mehrmals?« Annas Stimme zitterte. Sie versuchte dem Blick des Mannes, der links neben dem Turmmeister saß und sie spöttisch grinsend musterte, standzuhalten. Als er ihr mit seinen zwei Kumpanen vor den Toren der Stadt begegnet war, war er deutlich höflicher gewesen. Anna erinnerte sich daran, wie er galant seine Kopfbedeckung vor ihr gezogen hatte. Aber schon da hatte sie gewusst, dass dieser Mann gefährlich war. Und jetzt hatte sie die Bestätigung dafür erhalten. »Ich habe Jenna Blankenheim um Rat bei einer Erkrankung gebeten«, antwortete Anna. »Sie war mir als Doktor'sche bekannt.«

»Soso, sie war ihr also bekannt.«

»Man hatte sie mir als Heilkundige empfohlen«, verbesserte sich Anna.

»Und sie hat sich nicht von ihr Kräuter geben lassen, um damit jemanden zu verhexen?«

Anna schüttelte den Kopf. »Nein. Die Kräuter sollte ich meinem Pf…« Sie stockte. Was würde geschehen, wenn sie zugab, dass die Kräuter für Christopherus bestimmt gewesen waren?

»Nun rede sie doch weiter!«

»Die Kräuter sollte ich meiner Großmutter bringen«, log Anna und hoffte, niemand würde ihre Ausflucht bemerken.

»War sie mit der Blankenheim nicht auch auf dem Hexentanz?« Der Stimmmeister beugte sich zu Anna vor.

»Gott behüte!«, stieß Anna hervor. »Ich kann gar nicht glauben, dass die alte Jenne eine Hexe gewesen sein soll … Ich meine …« Anna biss sich auf die Zunge.

»So glaubt sie also, dass den Personen, die des bösen Lasters der Zauberei halber hingerichtet werden, Unrecht widerfährt?«

Anna atmete tief ein, bevor sie ihre Antwort widerwillig zwischen den Lippen hervorpresste: »So sie ihre Taten bekannt haben, haben sie vor Gott unrecht getan.«

»Jenna Blankenheim hat sich zu ihren Taten bekannt«, erklärte der Turmmeister.

Anna schwieg.

»Sie hat zugegeben, dem acht Monate alten Kind der Kaufmannsfrau von Weidenbach eine Krankheit angehext zu haben, an der es verstarb.«

»Jesus, Maria und Josef!« Anna hielt sich die Hand vor den Mund.

»Und sie hat ausgesagt, mit dem Teufel gebuhlt und Schadenszauberei betrieben zu haben.«

Anna liefen die Tränen über die Wangen, ohne dass sie etwas dagegen tun konnte. Wenn Jenna Blankenheim dies alles gestanden hatte, dann nur unter der Folter. Was hatte die alte Frau aushalten müssen? Welche schreckliche Prozedur hatte sie durch ein falsches Geständnis beenden wollen?

Der Stallmeister ließ den Schnepper* zuschnappen. Blut floss aus Christopherus' Adern und der Hengst stöhnte. Ein Zucken durchfuhr seinen Körper.

»Nun sehen wir erst einmal, wie er auf den Aderlass

reagiert«, sagte der Stallmeister und stand auf. »Wenn das nichts hilft, dann versuchen wir es wie besprochen mit der Fontanelle.«

Hermann nickte eifrig. Hätte er doch bloß nicht den Stallmeister um Hilfe gebeten! Jetzt lag der Hengst schwer atmend da und wirkte noch schwächer.

»Gib ihm Weizenmehlsaft und reibe ihn mit Rosenöl ein. Anschließend gib ihm Brot und Wein.«

»Ja, Meister«, antwortete Hermann. Wenigstens das Rosenöl konnte vielleicht ein wenig helfen. Und er hatte nun endlich die Erlaubnis, dem Tier stärkendes Futter zu verabreichen. Also war es vielleicht doch die richtige Entscheidung gewesen, den Stallmeister zu rufen? Dem war es zumindest nicht gleichgültig, ob das Pferd am Leben blieb oder starb. Vermutlich sah er es als eine Frage der Ehre an, das Pferd bis zu seiner rechtmäßigen Verurteilung am Leben zu erhalten.

Der Stallmeister verließ das dunkle Kabuff ohne ein weiteres Wort. Hermann legte die wärmende Decke, die er ebenfalls vom Stallmeister zugesprochen bekommen hatte, über das Pferd und strich ihm fürsorglich über die Stirn.

Christopherus schloss die Augen

Verflucht wirst du sein in der Stadt,
verflucht wirst du sein auf dem Acker.
Fünftes Buch Moses 28.16

Anna rannte blind vor Trauer und Wut nach Hause. Einerseits war sie froh, dass man sie vorerst hatte gehen lassen, andererseits ergriff sie blankes Entsetzen über das Schicksal der alten Jenne. Sie sah weder nach links noch nach rechts, drängte sich an Menschen vorbei, die ihr kopfschüttelnd hinterherblickten, stieß gegen Häuserecken und stolperte, wo die Straße uneben war. Doch nichts konnte sie aufhalten. Das Hohe Weltliche Gericht, an das der Rat Jenna Blankenheim nach dem Verhör zur Verhängung einer Strafe überstellen musste, hatte nicht lange gezögert und die alte Frau zum Tode verurteilt: Bereits morgen, unmittelbar nach der vorgeschriebenen Ratifizierung, bei der die geständige Hexe noch einmal bestätigen musste, dass ihre Aussage der Wahrheit entsprach, sollte Jenna auf Melaten als Kindsmörderin und Hexe brennen. Tränen quollen aus Annas Augen, als sie auf diese Weise auch wieder an den unrühmlichen Tod ihrer Tante erinnert wurde. Wie ähnlich war doch das Schicksal dieser beiden Frauen: Hatten sie nichts weiter getan als zu helfen, so waren beide gerade deswegen zur Zielscheibe derjenigen geworden, denen sie ihre Hilfe angeboten hatten.

Nur einen Augenblick lang hatte Anna überlegt, wie es eigentlich möglich war, Jenna zu verurteilen, die außerhalb der Stadt wohnte. Waren der Rat und das Erzbischöfliche Gericht dann überhaupt zuständig? Aber Jenna hatte ihren angeblichen Schadenszauber ja innerhalb der Stadtmauern vollbracht. Also unterlag sie deswegen wohl dem Stadtrecht. Anna schüttelte den Kopf. Sicher war das Kind der Kaufmannsfrau krank gewesen und man hatte die weise Frau um Hilfe gebeten. Aber offenbar war es der alten Jenne nicht gelungen, den Säugling zu retten. Und es gehörte nicht viel dazu, sich zu überlegen, dass der Arzt und der Bader* an dieser Aufgabe gescheitert sein mussten, bevor man sich an sie gewendet hatte. Und da man nun irgendjemanden brauchte, dem man die Schuld geben konnte, um den Verlust erträglicher zu machen, klagte man einfach die alte Kräuterfrau an. Fast erinnerte Anna dieses Vorgehen an ihren eigenen Fall: Es musste sich nur jemand finden, der die Schuld auf sich nahm, um dem Geschädigten ein Gefühl der Genugtuung zu verschaffen.

Von Anna unbemerkt, näherte sich ihr eine Gruppe merkwürdig vermummter Gestalten, die mit Klappern in ihren Händen ein lautes Spektakel veranstalteten. Wer sie sah oder hörte, sprang mit einem entsetzten Aufschrei zur Seite, drückte sich ängstlich an Häuserwände, um so viel Abstand wie nur irgend möglich zwischen sich und die drei Vermummten zu bringen, und bekreuzigte sich eilig in der Hoffnung, der Strafe Gottes durch dieses Glaubensbekenntnis zu entkommen.

Nur Anna war so tief in ihren Gedanken versunken, dass sie nichts und niemanden bemerkte und beinahe gegen die erste der drei Gestalten lief.

»Gebt acht, junge Frau.«

Annas Blick, der immer noch auf den Boden gerichtet war, fiel auf einen langen hölzernen Stab, der ihr von einer behandschuhten Hand entgegengehalten wurde, um den Abstand zu wahren. Langsam hob sie den Blick – und konnte einen Laut des Entsetzens nicht zurückhalten. Sie schaute in ein von Beulen überwuchertes, völlig entstelltes Gesicht. Die Nase schien nichts weiter als eine weiche, klumpige Masse zu sein und die Augen ohne Wimpern und Augenbrauen blickten merkwürdig kalt.

Hinter der Frau, die Anna gegenüberstand, lugte ein hübsches Mädchen hervor, nicht einmal so alt wie Anna selbst, dessen Gesicht auf den ersten Blick völlig unversehrt zu sein schien. Erst als sie in diesem Augenblick den Kopf wendete, sah Anna mit weit aufgerissenen Augen die offene, blutige Stelle an der Wange. Der Dritte im Bunde war ein älterer Mann, dessen Gesicht ebenfalls voller Beulen war und der sich zudem auf zwei Krücken stützte, weil an seinem rechten Bein, dort, wo normalerweise der Fuß war, nur noch ein Stumpf hervorragte.

Anna wich zurück und drückte sich nun ebenfalls an eine Hauswand, um die Gruppe Aussätziger vorbeizulassen. Kaum waren sie vorüber, füllte sich die leer gefegte Straße binnen kürzester Zeit wieder mit Menschen, die ihren jeweiligen Geschäften nachgingen, während sich hinter ihrem Rücken die Massen teilten, um die kleine Gruppe vorbeizulassen.

Nur Anna lehnte immer noch an der Hauswand und zitterte vor Schreck am ganzen Körper. Das hatte ihr noch gefehlt, dass sie sich den Aussatz* holte!

Großmutter schlug die Hände über dem Kopf zusammen, als Anna die kleine Hütte, in der sie gemeinsam lebten, betrat.

Anna, die sich gerade wieder gefasst hatte, begann unverzüglich erneut zu weinen, als sie die Aufregung ihrer Ahnfrau sah. Bereitwillig ließ sie sich von der kleinen, vom Alter gebeugten Frau in die Arme schließen und genoss das Gefühl der Geborgenheit und des Vertrauens. Sie wusste schließlich nicht mehr, wie lange sie einander getröstet und liebkost hatten, als sie sich endlich voneinander lösten.

Anna berichtete ihrer Großmutter ausführlich von ihrer Vernehmung. Beinahe jeden Satz kommentierte die alte Frau mit »Um Gottes willen!«, bis Anna es nicht mehr aushielt und leise, aber bestimmt, zischte: »Ich glaube nicht, dass dies Gottes Wille ist, Großmutter.« Sie fuhr fort, dass sie sich zu weiteren Vernehmungen zur Verfügung zu halten habe und die Stadtgrenzen nicht überschreiten dürfe und dass der Turmmeister kein Hehl daraus gemacht hatte, dass lediglich ihre Verbindung zur Familie Liskirchner sie vor der Turmhaft bewahre. Dabei ignorierte sie die Ausrufe ihrer Ahnfrau, die sich nach der Zurechtweisung ihrer Enkelin auf ein regelmäßiges »Grundgütiger!« beschränkte. Erst als sie den Namen Liskirchner aussprach, fiel Anna die Verabredung mit Daniel wieder ein und sie stieß selbst ein inbrünstiges »O Gott« hervor.

»Ich muss Daniel warnen!«, sagte sie, während sie aufsprang und in der Stube auf und ab lief. »Aber wie kann ich ihn erreichen, ohne ihn in Gefahr zu bringen!« Sie blieb stehen und presste die Hände vor den Mund. Riss sie jetzt alle mit sich ins Unglück?

Daniel war nervös. Er zweifelte selbst daran, dass der Ort der Verabredung mit seinem Oheim gut gewählt war. Sicher, es war äußerst unwahrscheinlich, auf der als Hexentanzplatz verschrienen Gasse um Mitternacht auch nur von einer anständigen Menschenseele gesehen zu werden. Aber falls es passierte … Nun, das mochte sich der junge Mann gar nicht erst näher ausmalen.

Die Stimmung war ohnehin im Augenblick etwas angespannt, seit sein Vater nach Hause gekommen war und berichtet hatte, man habe eine alte Frau der Hexerei bezichtigt, nachdem ein von ihr behandeltes Kind eines Ratsmitglieds verstorben war. Unwillig hatte Vater gemurrt, der Rat habe nicht gezögert und den Fall unverzüglich an das Hohe Weltliche Gericht weitergeleitet. Und das, wusste Daniel, tat der Rat äußerst ungern. Wer ließ sich schon freiwillig die Zügel aus der Hand nehmen? Aber auf Kindstötung und Hexerei stand nun einmal der Feuertod. Und Todesurteile mussten vom Hohen Weltlichen Gericht verhängt werden. Dazu hatte der Rat keine Befugnis.

Daniel seufzte. Ach, könnte er doch schon jetzt zu Anna gehen, sie aufsuchen und mit ihr reden! Aber Vater hatte ihm verboten, sich am helllichten Tag mit ihr sehen zu lassen. Um die Wahrheit zu sagen, er hatte seinem Sohn den Umgang mit ihr verboten. Bei Nacht mindestens ebenso wie bei Tage. Aber er musste ja nicht alles wissen. Daniel warf einen Blick aus dem Fenster. Von hier oben konnte er sogar die Kirchturmspitze von St. Maria Lyskirchen sehen, der Kirche, die den Namen ihres Stifters Lisolvus trug, einem Vorfahr Daniels. Ach, wenn die Glocken doch endlich schlügen und ihm verkündeten, dass es Zeit war zu gehen!

Anna hielt es nicht länger aus. Nicht einmal Arbeit hatte sie, mit der sie sich ablenken konnte: Das Feld konnte sie ohne Christopherus nicht bestellen, das Haus glänzte bereits, die Tiere waren versorgt und Großmutter wieder eingeschlafen. Seufzend legte Anna die Nadel zur Seite, mit der sie soeben ihre Kleider ausgebessert hatte. Ihr Blick ruhte für einen Moment auf der bronzenen Nähnadel, einem Utensil aus besseren Zeiten. An manchen Dingen im Haus war zu sehen, dass es der Familie Meutin früher einmal besser gegangen war. Sorgfältig packte Anna die kostbare Nadel zurück in das lederne Futteral und erhob sich. Dabei fiel ihr Blick auf das Kräuterbündel und den Silberbecher der alten Jenne. Erschrocken hielt sie die Luft an, als ihr in diesem Augenblick bewusst wurde, dass es nun keine Möglichkeit mehr gab, der alten Frau ihr wertvolles Gefäß zurückzugeben! Und was würde geschehen, wenn man diese Gegenstände bei ihr im Haus fand? Annas Herz schlug mit einem Mal schneller. War es womöglich sinnvoller, sich der Dinge zu entledigen, bevor sie sie zusätzlich in Verdacht brachten?

Anna blickte zum Fenster. Draußen war es taghell. Noch würde es ein wenig dauern, bis die Dämmerung hereinbrach. Hastig warf sich Anna ihren Mantel über, ergriff das Bündel und den Becher, öffnete die Türe und spähte vorsichtig nach links und rechts. Sie wusste nicht warum, aber es war ihr lieber, von niemandem gesehen zu werden.

Die Straße war leer.

Anna zog die Türe hinter sich zu und wandte sich nach Norden.

Christopherus schlug die Augen auf. Seine Nüstern weiteten sich und er stieß laut die Luft aus. Seine Ohren zuckten unruhig hin und her und schließlich versuchte er sich zu erheben.

Hermann runzelte die Stirn. Was war denn nur plötzlich mit dem Pferd los? Bislang hatte es völlig erschöpft und schwer atmend auf dem Boden gelegen und nun versuchte es, auf alle viere zu kommen!

Stöhnend hob Christopherus den Kopf. Man konnte die Anstrengung sehen, die es ihm bereitete, sich auf die Vorderläufe zu erheben. Die Adern an seinem Hals schwollen an. Aber er gab nicht auf. Verzweifelt versuchte er sich mit den Hinterhufen abzustützen und machte dabei einen langen Hals.

Hermann betrachtete den Rappen kopfschüttelnd. Doch als er merkte, wie ernst es dem Pferd mit seinem Anliegen war, half er ihm, bevor sich das Tier bei seinem eifrigen Bemühen selbst verletzte.

Auf wackligen Beinen stand Christopherus schließlich da, schlug mit dem Kopf, riss Augen und Nüstern auf, wackelte mit den Ohren und stieß ein heiseres Wiehern aus, das dem Pferdeknecht eine Gänsehaut über den Rücken jagte.

Mit aller Kraft, die er zur Verfügung hatte, versuchte Christopherus sich zu befreien. Natürlich vergebens. Der Eisenring an der Wand und der Strick, mit dem er daran festgebunden war, zeigten sich seinem Ziehen und Drängen gegenüber unnachgiebig.

Hermann kratzte sich nachdenklich am Kinn. Einer inneren Eingebung folgend wandte er sich dem Fenster zu und versuchte zu erkennen, was auf der Straße vor sich ging. Doch das Fenster war zu klein und das Glas zu dunkel und zu dick. Alles, was er sah, waren Schemen. Es musste schon jemand genau vor dem Fenster stehen, damit man ihn aus dem dunklen Raum heraus erkennen konnte.

Vorsichtig öffnete er die Türe einen Spaltbreit und riss den Mund auf, als er die regungslos verharrende Person auf der anderen Straßenseite bemerkte, die mit starrem Blick zu ihm hinübersah, offenbar ohne ihn wahrzunehmen. Die junge Frau kam ihm merkwürdig vertraut vor. Das letzte Mal, als er sie hier gesehen hatte, hatte sich das Pferd in seiner Obhut ebenfalls so sonderbar aufgeführt. Hermann lehnte sich zurück und suchte Schutz im Schatten der dicken Mauer, während er nachdachte.

Anna starrte auf die dicke Mauer, als könne sie mit ihrem Blick ein Loch hineinbohren. Wenn sie doch nur wüsste, hinter welcher der zwei infrage kommenden Wände ihr Pferd stand! Links oder rechts. Sie meinte sogar Christopherus' Wiehern zu vernehmen, doch wahrscheinlich spielte Annas Gehirn ihr lediglich einen Streich, indem es ihr etwas vorgaukelte, wonach ihr Herz sich sehnte. Mit einer Hand tastete Anna nach dem Silberbecher und dem Kräuterbündel, die sie vor neugierigen Blicken unter ihrem Umhang versteckt hatte.

Sie schaute sich um, während sie die Straßenseite wechselte, um einen Blick durch das vergitterte Fenster zu ihrer Linken zu werfen, hinter dem sie ihr Pferd vermutete. Niemand sollte sie dabei sehen. Zum Glück war die Straße hier am Schafentor nicht so stark befahren wie an anderen Stellen der Stadt. Anna stellte sich auf die Zehenspitzen und reckte sich, um durch das Fenster zu schauen. Aber dahinter war alles dunkel. Sie konnte nichts erkennen, obwohl sie sogar die Hände über die Augen legte, um die Lichtverhältnisse zu verbessern, und ihre Nase gegen das Glas drückte, bis es von ihrem Atem beschlug.

Ein Laut des Erschreckens wich aus ihrem Mund, als sie sich plötzlich grob am Arm gepackt und in die Dunkelheit des Anbaus gezogen fühlte. Sie hatte keine Zeit zu begreifen, was mit ihr geschah, und hätte beinahe laut um Hilfe gerufen, als ihr Blick auf das schwarze Pferd fiel, das nur zwei Meter von ihr entfernt stand und sie mit seinen traurigen Augen anblickte.

Christopherus stieß ein Wiehern aus, wie Anna es noch nie zuvor von ihm gehört hatte, und reckte sich ihr sehnsüchtig entgegen, so weit er konnte.

»Gütiger Gott«, entfuhr es Anna. Ohne einen weiteren Gedanken an ihre Umgebung oder den Menschen, der sie so ruppig in den Anbau gezogen hatte, zu verschwenden, eilte sie auf ihr Pferd zu und schlang die Arme um seinen Hals. »Christopherus!« Es war mehr ein Stöhnen und wie zur Antwort stieß nun auch das Pferd einen Seufzer aus, der nicht nur Annas Herz anrührte.

Der junge Mann stand schweigend und mit verschränkten Armen ein wenig abseits und beobachtete die Wiedersehensfreude. Er war stolz auf sich, dass er die richtigen Schlüsse aus seinen Beobachtungen gezogen hatte: Diese junge Frau – fast war sie noch ein Mädchen – war die Besitzerin des Pferdes. Er hatte sie vorgestern schon einmal hier gesehen, als sie die Treppe zum Burggreven hinaufgestiegen war. Und er hatte sie schluchzend wieder herunterkommen hören, während das Pferd, das seiner Obhut anvertraut war, offenkundig jedes Mal die

Nähe seiner Herrin gespürt hatte und deswegen unruhig geworden war.

Jetzt drehte sich das Mädchen zu ihm um, ohne jedoch das Pferd dabei loszulassen. »Wer seid Ihr?«, wollte sie wissen.

Er senkte den Blick, als er ihr antwortete, denn die strahlend weißen Zähne, die vollen Lippen in dem ebenmäßigen Gesicht, das von dichtem, glänzendem und leicht gewelltem braunem Haar umrahmt wurde, und die großen katzengrünen Augen machten ihn nervös. »Ich heiße Hermann«, antwortete er leise. »Arbeite als Knecht drüben auf dem Hof.« Er machte eine Kopfbewegung zur anderen Straßenseite hinüber. »Der Burggreve hat mich ausgeliehen, damit ich mich um das Pferd kümmere. Er selbst hat ja keine Ahnung davon«, setzte er mit einem schiefen Grinsen hinterher. »Der kann nur menschliche Gefangene quälen.« Bei dem letzten Wort zuckte Anna zusammen, doch Hermann bemerkte es in dem Halbdunkel nicht.

»Er hat Euch gerochen«, fuhr Hermann fort, diesmal mit einer Kopfbewegung zu Christopherus. »Ist ganz unruhig geworden.«

Anna kämpfte gegen die Tränen an. Sie hielt ihre Hand unter Christopherus' Nüstern, der ihr mit geschlossenen Augen hingebungsvoll über die Handinnenfläche leckte.

»Und warum habt Ihr mich … « Anna suchte nach dem richtigen Wort. War es ein Überfall? Eine Gefangennahme? Was wollte der junge Mann von ihr?

Hermann schien Annas Gedanken zu erraten. »Ich weiß nicht, warum ich Euch hereingezogen habe«, sagte er leise. »Das Pferd schien es zu wollen.«

Anna lächelte und verbarg ihr Gesicht an Christopherus' Hals, als nun doch die Tränen kamen.

»Es geht ihm nicht gut«, fuhr Hermann fort. »Ich weiß nicht, was er hat. Er will nichts fressen und«, er stockte, »ich glaube nicht, dass er noch lange ... « Der junge Bursche blickte auf die bebenden Schultern des Mädchens und sprach nicht weiter.

Anna weinte und verbarg ihr Gesicht in Christopherus' warmem, weichen Fell. Ab und zu drang ein Schluchzen aus ihrer Kehle. Es war ihr unangenehm, dass sie vor dem fremden Mann die Kontrolle verlor, aber sie konnte die Tränen nicht zurückhalten.

Das Pferd stand jetzt wieder ganz still. Es hatte die Augen geschlossen und wirkte ganz ruhig. Als könne ihm nichts und niemand etwas anhaben, solange nur das Mädchen bei ihm war.

Schließlich schniefte Anna, wischte sich die Tränen an ihrem Ärmel ab und wandte sich zu Hermann um. Sie hatte beschlossen, alles zu wagen. Viel zu verlieren gab es für sie ohnehin nicht mehr. »Wollt Ihr mir helfen?«

Hermann runzelte argwöhnisch die Stirn.

»Ich habe das Gefühl«, fuhr Anna fort, »Ihr meint es gut mit Christopherus.«

Hermann sah immer noch misstrauisch aus und schwieg. Ja, er meinte es gut mit dem Pferd. Er mochte es. Eigentlich mochte er alle Pferde. Aber dieses hier tat ihm besonders leid. Und er konnte den Burggreven nicht ausstehen. Ihm hätte er gerne eins ausgewischt, indem er dafür sorgte, dass es dem Hengst gut ging. Aber was wollte die junge Frau von ihm? Hermann hatte genug Schlechtes im Leben erfahren, um Fremden gegenüber vorsichtig zu sein. Selbst wenn sie so hübsch waren wie diese.

Anna zog unter den strengen Blicken des Pferdeknechtes das Kräuterbündel und den Silberbecher unter ihrem Umhang hervor und streckte Hermann beides entgegen. Sie sah ihn mit flehenden Augen an. Jetzt kam es darauf an. Er hatte sie in der Hand. Wenn Hermann nun den Burggreven rief, dann war es um Annas Seelenheil geschehen. Dann würde man sie mit Jenna Blankenheim zusammen als Hexe auf dem Scheiterhaufen brennen lassen.

»Was ist das?« Hermann rührte sich nicht, deutete nur mit dem Kopf auf die Gegenstände in Annas Händen.

»Kräuter und Heilwasser«, antwortete Anna mit zitternder Stimme und sah den Knecht unverwandt an. »Vielleicht können sie Christopherus helfen.«

Hermann blickte von Anna zu dem Bündel, von dem Bündel zu dem Gefäß und wieder zurück zu Anna. »Woher habt Ihr die Sachen?«

Anna seufzte. »Von einer weisen Frau«, antwortete sie ausweichend.

Hermann rührte sich nicht, während er überlegte, was er tun sollte. Er begab sich in Gefahr, wenn er dem Pferd ohne Zustimmung des Burggreven oder des Stallmeisters Heilkräuter zweifelhafter Herkunft verabreichte. Andererseits würde der Rappe mit Gewissheit sterben, wenn er nicht bald irgendetwas unternahm. Und wer, wenn nicht dieses Mädchen, sollte wissen, was gut für den Hengst war? Hatte er als Pferdeknecht nicht sogar die Verpflichtung, alles zu tun, was gut für das Tier in seiner Obhut sein konnte?

Anna wurde zusehends nervöser, während sie auf eine Entscheidung Hermanns wartete. Warum sagte er nicht endlich etwas? War sie zu weit gegangen? »Ihr könnt das

Silbergefäß anschließend behalten«, bot sie ihm an und bat Jenna im Stillen um Verzeihung. Sie war sich sicher: Die Alte hätte ihr Handeln gutgeheißen.

Hermann hatte keine Zeit länger über dieses Angebot nachzudenken, als in diesem Augenblick Christopherus zu schnuppern begann und den Kopf wendete. Mit lang gestrecktem Hals beugte er sich über das verknotete Tuch, in dem Anna die Kräuter aufbewahrte, und stieß sein weiches Maul in das Bündel. Er schnaubte und versuchte mit den Lippen das Tuch zu fassen.

Anna und Hermann sahen einander mit weit aufgerissenen Augen an.

»Das gibt es doch gar nicht«, sagte Hermann, machte zwei Schritte auf Anna zu und entriss ihr das Tuch. »Er möchte etwas davon fressen!«, fuhr er fort, öffnete mit flinken Fingern den Knoten, entnahm eine Handvoll Kräuter und mischte sie eilig in einem hölzernen Eimer mit einer Handvoll Gerste. Dann hielt er Christopherus den Eimer unter die Nüstern.

Als wolle sich das Pferd bei Anna vergewissern, dass alles mit rechten Dingen zuging, schaute es das Mädchen an und als sie ihm zunickte, beugte es bedächtig den Kopf in den Eimer und zermalmte das Getreide mit langsamen Bewegungen seines Kiefers zwischen den Zähnen.

Annas Schritte waren beschwingt. Ihr Rock wippte fröhlich wie seine Trägerin hin und her, als sie kurze Zeit später nach Hause ging. Hermann hatte sich nach langem Zaudern einverstanden erklärt, Christopherus die Kräuter und das Silberwasser nach den Anweisungen der alten Jenne zu verabreichen, als Anna bereits überlegt hatte, ob sie ihm auch noch ihre Kette, das einzige

Erbstück ihrer Mutter, als Bezahlung anbieten sollte. »Zwar weiß ich nicht, ob es an Euch oder an den Kräutern liegt, dass er plötzlich fressen möchte, aber es ist mir auch egal, solange es ihm hilft«, hatte Hermann gesagt.

Anna war im Gegensatz zu Hermann davon überzeugt, dass der betörende Duft der Kräuter Christopherus zum Fressen angeregt hatte. Dennoch hatte sie Hermann zugestimmt, so bald wie möglich wieder nach Christopherus zu sehen – obwohl sie sich nicht ganz sicher war, ob Hermanns Anliegen tatsächlich so selbstlos war, wie er behauptet hatte. Ihr war nicht entgangen, mit welchen Blicken der junge Mann sie bedacht hatte. Aber auch das sollte ihr egal sein. Schließlich wäre es dumm von ihr gewesen, das Angebot, Christopherus zu besuchen, auszuschlagen!

Wenn sie auch nur geahnt hätte, dass es ihr bald nicht mehr möglich sein würde, ihr Pferd wiederzusehen – um wie viel weniger fröhlich hätte ihr Rock gewippt.

Die Zauberinnen sollst du nicht am Leben lassen.

Zweites Buch Moses 2.17

Das kratzende Geräusch ließ Anna aufhorchen. War das eine Ratte? Anna hasste es, wenn die Nager einen Weg ins Haus fanden. Leider kam das immer wieder vor. Sie fraßen die wenigen Vorräte und verbreiteten ihren Unrat. Doch das Kratzen kam nicht aus irgendeiner Ecke.

Nachdem Anna die Quelle des Geräusches erkannt hatte, schlug sie ihre Bettdecke zurück und erhob sich. Sie hatte darauf gewartet, geweckt zu werden, und trug noch ihr Tageskleid. Leise, um Großmutter nicht zu stören, schlich sie zur Türe, öffnete sie einen schmalen Spalt und schlüpfte hindurch.

Der Mond stand wie eine leuchtende Scheibe am Himmel und erhellte die Erde mit seinem kalten Licht. Man musste bereits sehr genau hinsehen, wenn man feststellen wollte, ob ihm noch ein Stückchen fehlte oder nicht. Bei seinem Anblick fiel Anna ein, dass in wenigen Tagen Vollmond sein würde.

Im Licht des Mondes sah der junge Mann, der immer noch vor dem Fenster stand und mit seinen Fingerkuppen gegen das gewachste Tuch klopfte, blass aus, fand Anna. Oder war er es tatsächlich?

Daniel zuckte zusammen, als Anna ihm die Hand auf

die Schulter legte, und sie konnte sich ein Lächeln nicht verkneifen.

»Da bist du ja«, sagte Daniel leise und wandte sich zu seiner Freundin um.

»Habe ich dich erschreckt?«, fragte Anna und empfand dabei eine Woge der Fürsorglichkeit für ihr Gegenüber. Nur allzu gern hätte sie seine Hand genommen oder sich an ihn geschmiegt. Aber das durfte sie nicht. Obwohl sie ahnte, dass er für sie ebenfalls mehr empfand als Freundschaft, wollte sie diese nicht auf die Probe stellen. Er war der einzige wahre Freund, den sie hatte. Er und Christopherus.

»Nein«, antwortete Daniel und tat das, wonach Anna sich gesehnt hatte: Er nahm ihre Hand und hielt sie fest. »Nein, du hast mich nicht erschreckt«, behauptete er. »Aber wir müssen uns beeilen, wenn wir rechtzeitig zu unserer Verabredung in der Sternengasse sein wollen.« Er wandte sich um und versuchte Anna mit sich zu ziehen, doch die junge Frau lehnte sich dagegen.

»Warte, Daniel«, sagte sie leise. »Ich muss dir etwas berichten.«

Abrupt blieb Daniel stehen. »Was denn?«

Anna seufzte. Sie rang um jedes Wort, während sie Daniel von ihrem Besuch bei Jenna Blankenheim, ihrer anschließenden Begegnung mit den drei unheimlichen Männern und schließlich ihrer Vernehmung erzählte, in der sie erfahren hatte, dass Jenna als Hexe verurteilt worden war und bereits in wenigen Stunden ihre Strafe entgegennehmen sollte. Sie sprach mit zittriger Stimme und ihr entging nicht, wie das Entsetzen in Daniels Augen größer und größer wurde.

»Ich fürchte, es ist um mich geschehen, wenn man

mich nun noch mit Euch gemeinsam auf dem Hexentanzplatz antrifft«, endete Anna. »Und um Euch ebenfalls«, fügte sie nach einer Pause hinzu.

Daniel blieb stumm. Was sollte er auch sagen? Er hatte bereits von der Hexe gewusst und auch er hatte sich nach den Worten seines Vaters Gedanken gemacht, ob sie ihr Vorhaben dennoch wagen konnten.

»Es sind die zwei neuen Ratsmitglieder, Blank und Schmor. Sie müssen den *Malleus Maleficarum** auswendig gelernt haben.« Es schien Daniel, als könne er die Stimme seines Vaters immer noch hören: »Dies wird nicht die letzte Hexe sein, die auf dem Scheiterhaufen brennt, solange diese beiden Männer im Rat der Stadt sitzen.« Der Vater hatte ihm mit dem Zeigefinger gedroht: »Du wirst noch an meine Worte denken, Junge!«

Und Daniel musste zugeben, dass sein Vater recht gehabt hatte. Es hatte nicht lange gedauert, bis er sich das erste Mal an seine Worte erinnerte.

Aber dass die verurteilte Hexe mit Anna in Verbindung stand und der Rat dies wusste – das beunruhigte den jungen Mann mehr, als er zugeben wollte, und es verlieh den Worten des Vaters noch mehr Gewicht. Plötzlich verspürte er ein unbändiges Bedürfnis, Anna in die Arme zu schließen. Er wollte sie beschützen, die Freundin aus Kindertagen und die junge Frau, die in diesem Augenblick vor ihm stand. Der bloße Gedanke, ihr könnte ein Leid widerfahren, raubte ihm den Atem.

Anna ließ sich bereitwillig gegen Daniels Schulter sinken, als der junge Mann sie an sich zog. Dicht umschlungen stand das junge Paar in der Dunkelheit. Beide genossen schweigend die körperliche Nähe des anderen, die auf so wundersame Weise beruhigend und aufwühlend zugleich war. Die Welt um sie herum versank und kein Geräusch drang in der Stille der Nacht an ihre Ohren. Sie hätten ewig so stehen mögen. Es gab kein Heute, kein Morgen, kein Gestern. Die Nacht war unendlich, der Tag so fern.

»Jesus, Maria und Josef!«

Die Stimme klang scharf und kam so plötzlich und unerwartet, dass Anna zusammenzuckte. Sie löste sich ruckartig aus Daniels Umarmung und noch bevor sie sich umwandte, wusste sie, wer vor ihr stand.

Maria Metz hatte die Arme in die Hüften gestemmt und grinste schadenfroh. »Das nenne ich ein vergnügliches Stelldichein«, höhnte Annas Nachbarin. »Und ich dachte schon, sie interessiert sich für gar keinen Mann. Nun, er muss offenbar nur fein genug sein, nicht wahr? Hast du ihn etwa verhext und er hält dich für eine edle Dame? Oder ist das Ganze mehr geschäftlicher Natur?«

Noch bevor Anna ihre Nachbarin zurechtweisen konnte, hatte Daniel sich vor ihr aufgebaut. Selbst in der Dunkelheit konnte Anna seine vor Wut geröteten Wangen sehen. »Vorsicht, boshaftes Weib«, zischte er, »sonst bist du diejenige, die verhext wird!«

Anna schauderte. Daniels Stimme klang so bedrohlich, dass selbst ihr angst und bang wurde.

Die hagere Frau riss angesichts dieser Warnung die Augen auf, was ihrer ohnehin unattraktiven Erscheinung nicht unbedingt förderlich war, bekreuzigte sich und stolperte hastig rückwärts. Bevor sie sich umwandte, spuckte sie zur Abwehr von Schadenszauber drei Mal vor Anna und Daniel auf den Boden, dann stürzte sie auf ihr Haus zu und verschwand eilig darin.

Anna schaute ihr stumm hinterher, bevor ihr Blick

Daniel suchte. In seinen Augen erkannte sie die gleiche Beunruhigung, die sie selbst empfand. Hoffentlich wirkte die Drohung und Maria Metz goss ihre Boshaftigkeit nicht weiter über ihre Häupter aus.

Die Nachricht, eine Hexe solle verbrannt werden, hatte sich wie ein Lauffeuer herumgesprochen. Seit den frühen Morgenstunden war der Weg vom Domhof bis zum Rabenstein am Hinrichtungsort Melaten von Schaulustigen gesäumt. Anna hatte sich von Daniel überzeugen lassen, dass es besser war, an der Hinrichtung teilzunehmen, wenn sie den Verdacht des Rates nicht weiter nähren wollte, und so wartete Anna inmitten einer Menschentraube auf den Karren, der die Verurteilte zum Richtplatz bringen sollte.

Die junge Frau zitterte am ganzen Körper. Ihr war übel und trotz der Kälte an diesem Morgen spürte sie den Schweiß ihren Rücken herunterrinnen. Was hätte sie darum gegeben, nicht hier sein zu müssen! Erinnerungen an die Hinrichtung ihrer Tante wurden in ihr wach und riefen die grausamen und längst verblassten Bilder hervor: Wie der Scharfrichter* ihre Tante gegen den Blauen Stein gestoßen und dazu die ritualisierten Worte »Ich stoße dich an den Blauen Stein, so kommst du zu Vater und Mutter nimmer heim!« gesprochen hatte. Selbst an den Wortlaut des Urteils konnte sie sich bruchstückhaft erinnern: »›… Jener weiß es, dem nichts unbekannt ist und der das Innerste aller erschaut. Und da wir von ganzem Herzen wünschen, dich zur Einheit der heiligen Kirche zurückzuführen und aus deinem Innersten die genannte ketzerische Verkehrtheit herauszubringen, damit du so deine Seele rettest und dem Höllentod von Körper und Seele entgehst, haben wir unser Wirken darauf gerichtet, dich durch verschiedene Mittel heilsam zur Umkehr zu bringen. Aber einer verworfenen Gesinnung preisgegeben und vom bösen Geist gleichermaßen geführt und verführt, hast du es vorgezogen, von so Grauenhaftem wie ewigen Qualen in der Hölle gefoltert und hier durch zeitliches Feuer körperlich verzehrt zu werden, als einem gesünderen Rat zu folgen und von den fluchwürdigen wie auch pestbringenden Irrtümern abzulassen und zum Schoß und zur Barmherzigkeit der heiligen Mutter Kirche herbeizueilen. Weil die Kirche Gottes nicht weiterweiß, was sie mit dir noch anfangen soll, da sie zu deiner Umkehr all ihre Kunst aufgewendet hat, verdammen wir …‹« Anna hatte die Augen geschlossen und schwankte vor und zurück, während sie sich die Urteilsverkündung ins Gedächtnis rief.

»Verdammt soll sie sein!«

»Lasst sie in der Hölle schmoren!«

»Rettet ihre Seele!«

Erst nach und nach drangen die Stimmen in Annas Bewusstsein. Sie schlug die Augen auf und ihr Blick fiel auf den Henkerswagen, der in diesem Augenblick an ihr vorbeirollte. Sie hätte schreien mögen, als sie Jenna erkannte, die in sich zusammengesunken in dem Käfig saß. Man hatte der alten Frau auf der Suche nach Hexenmalen den Kopf kahl rasiert und Anna bemerkte mit wachsendem Entsetzen die äußerlich sichtbaren Folgen der Folter am Körper der Alten. Das dünne Leinenhemd, das ihren alten nackten Körper bedeckte, war über und über mit getrocknetem Blut verschmiert. Vor allem am Rücken konnte man sehen, wo die Peitsche blutige Striemen hinterlassen hatte, und an den Armen waren Brandmale sichtbar. Ihr linkes Bein war dem Einsatz des spanischen Stiefels* offensichtlich nicht gewachsen gewesen: Die alten Knochen hatten nachgegeben und das Bein war sichtlich krumm.

Das Schlimmste aber war der leere Blick der alten Frau. Als wäre sie bereits auf dem Weg in eine andere Welt, starrte Jenna Blankenheim mit verdrehten Augen ins Nichts.

Anna fragte sich, wie Jenna kniend der Verlesung des Todesurteils hatte folgen können. Die Frau konnte sich nicht einmal mehr aufrecht halten, geschweige denn knien, während man den Stab über sie brach, wie es Brauch war.

Die Menschen links und rechts von Anna reckten ihre Hälse, begierig darauf, mehr von der vermeintlichen Hexe zu sehen. Nur Anna wich taumelnd zurück. Sie spürte den Drang, sich umzudrehen und davonzulaufen, stärker und stärker werden. Jede Faser ihres Körpers wehrte sich dagegen, diesem Spektakel zusehen zu müssen. Sie konnte und wollte die Bemerkungen der Menschen um sich herum nicht mehr hören. Die Welt um Anna begann sich zu drehen, schneller und schneller. Und Anna wehrte sich nicht dagegen.

»Anna!«

Es war kaum mehr als ein Flüstern. Jedoch so eindringlich, dass die Welt um Anna herum zum Stillstand kam. Die junge Frau wandte sich um, doch Daniels Vater zog seinen Sohn bereits weiter. Über die Köpfe der anderen hinweg nickte Daniel ihr zu. Dann war er verschwunden.

»Wenigstens scheint der Scharfrichter dieses Mal nicht betrunken zu sein.«

Anna blickte zur Seite und musterte die Frau neben sich, die sich mit einer Bekannten unterhielt.

»Bei der letzten Hinrichtung hatte Meister Hans* dem Met so gut zugesprochen, dass er den Hals des Bettlers, den er richten sollte, mehrmals verfehlte!«

Die Bekannte schüttelte den Kopf, um ihr Mitempfinden zu bekunden.

»Der arme Kerl war über und über mit Blut beschmiert. Das Schwert traf ihn an der Schulter, am Kopf, überall, nur nicht am Hals. Es war grauenvoll!«

»Das kann ich mir vorstellen«, sagte die Bekannte und verzog angewidert ihr Gesicht.

»Einige Männer beschimpften den Scharfrichter und beinahe wäre es zu einem Aufruhr gekommen, wenn nicht der letzte Hieb endlich gesessen hätte.« Jetzt bemerkte die Erzählende Annas ungläubige Blicke und wandte sich ihr zu. »Das ist die Wahrheit! Ihr könnt es mir glauben!« Dann drehte sie sich wieder zu ihrer Freundin um. »Nun, die Scheite wird er ja wohl in Brand setzen können.«

Die Bekannte nickte zustimmend.

»Meine Mutter erzählte mir von einer Hinrichtung, bei der sie zugegen gewesen war«, fuhr die Schwatzhafte fort. »Es sollte ein junger Bursche namens Tillmann gerichtet werden, der eine Predigt im Dom durch blutigen Streit und Zank gestört hatte. Der Junge muss recht hübsch gewesen sein, denn obwohl zum Tode verurteilt, freiten zwei Mädchen um ihn, um ihn vor dem Tode zu bewahren. Doch er wollte keine von beiden und beharrte sogar unter der peinlichen Befragung darauf, unschuldig zu sein. Ungeachtet seiner Beteuerungen verurteilte ihn das Hohe Weltliche Gericht zum Tode. Aber selbst der Scharfrichter schlug sich auf die Seite des Volkes – er fürchtete wohl gelyncht zu werden –, das den Greven* um Gnade für den Kerl anflehte, und weigerte sich, den Verurteilten auf das Schafott zu führen. Es flogen Steine und Erdklumpen und dieser Tillmann entkam mithilfe des Gesindels über das Feld nach Brauweiler.«

Anna konzentrierte sich auf die Worte ihrer Nachbarin und betete im Stillen darum, auch dieses Mal möge ein Aufruhr die Hinrichtung verhindern. Doch der gegenwärtige Meister Hans, wie der Scharfrichter, dessen Name niemand wissen durfte, auch genannt wurde, verstand sein Handwerk. Schon leckten die ersten Flammen zaghaft an dem Holz, das um den Pfahl herum, an den man die alte Jenne gebunden hatte, aufgestapelt war.

»Wenn sie nicht schreit, dann hatte Meister Hans vielleicht die Güte, sie vorab zu erdrosseln«, plauderte die Frau neben Anna weiterhin ihr Wissen aus. »Das tun sie manchmal, habe ich gehört.«

»Oder sie ist ohnmächtig«, fügte die Bekannte hinzu. »Ach, schade, dass man von hier aus nicht alles sieht!«

Anna schauderte.

Jetzt hatten die Flammen Stroh und Reisig bereits verzehrt und wurden unaufhaltsam fordernder. Als das brennende Holz zu knacken begann, hielt Anna es nicht länger aus. Sie wandte sich ruckartig ab und bahnte sich blind vor Entsetzen einen Weg durch die Menschenmassen.

Jenna Blankenheim schrie.

Du sollst nicht ehebrechen.

Zweites Buch Moses 20.14

Jenna Blankenheim schrie. Ihr Schreien verfolgte Anna und wurde selbst dann nicht leiser, als das Heim des Mädchens bereits in Sichtweite war. Was immer Anna auch tat – das Schreien hörte nicht auf. Niemals würde sie dieses Schreien vergessen können.

Anna stolperte über die hohe Schwelle des Hauses und wunderte sich, dass sie immer noch Tränen übrig hatte. Schluchzend warf sie sich auf ihre Bettstatt.

»Aber Kindchen, was ist denn geschehen?« Annas Großmutter stürzte aus dem hinteren Winkel der Stube herbei und ließ sich schwerfällig neben Anna auf der Bettstatt nieder.

Anna konnte ihr keine Antwort geben. Sie rang nach Luft, ihr Körper wurde vom Weinen geschüttelt. Endlich brachte sie ein paar Worte heraus: »Jenna … Jenna Blankenheim.«

»Was ist mit Jenna?«

Anna runzelte trotz ihres Kummers die Stirn und vor Überraschung versiegte allmählich der Strom der Tränen. »Aber das weißt du doch, Großmutter. Wir haben doch mehrmals darüber gesprochen!«

»Worüber haben wir gesprochen, Liebes?« Ihre Großmutter lächelte gütig und Anna überlegte, ob es vielleicht besser war, die alte Frau in der Welt, in der sie in diesem Augenblick lebte, zu lassen.

»Woher kennst du Jenna eigentlich?« Nun war es die Alte, deren Stirn sich in Falten legte. »Ich habe sie seit Jahren nicht mehr gesehen.«

Anna starrte ihre Ahnfrau mit großen Augen an. Ein wenig Neid mischte sich in ihren Blick. War es nicht hin und wieder ein Geschenk Gottes, wenn man in der Lage war, sich eine eigene Welt zu erschaffen und alles, was diese Welt zu zerstören vermochte, einfach mit Ignoranz zu strafen?

»Du hattest mich zu ihr geschickt, Großmutter, erinnerst du dich nicht?«

Die alte Frau schüttelte stumm den Kopf.

Anna atmete tief ein, umschloss die runzligen Hände ihrer Ahnfrau mit den ihren und sagte vorsichtig: »Jenna Blankenheim wurde heute früh als Hexe auf dem Scheiterhaufen verbrannt, Großmutter.« Wieder stiegen die Tränen in Anna auf, als sie nun das Unvorstellbare aussprach, dennoch fuhr sie fort: »Ich komme soeben von ihrer Hinrichtung. Deshalb weine ich. Jenna Blankenheim ist tot.« Das letzte Wort versank bereits wieder in einer Flut aus Tränen.

Überraschenderweise breitete sich ein tiefes Grinsen auf dem Gesicht der Alten aus und sie antwortete: »Aber mein Kind.« Sie strich Anna liebevoll eine Strähne aus der Stirn und trocknete ihre Tränen. »Wer hat dir denn diesen Unsinn erzählt? Es gibt doch gar keine Hexen, mein Liebes. Du brauchst dich nicht zu fürchten. Das ist doch alles nur dummes Geschwätz boshafter Menschen.«

Anna überlegte einen Augenblick. Dann sagte sie: »Ja, Großmutter, du hast wohl recht. Mach dir keine Sorgen um mich.«

»So ist es gut, mein Kind.« Die Alte beugte sich zu Anna und gab ihr einen Kuss auf die Stirn. Dann erhob sie sich mühevoll, indem sie zuerst auf die Knie ging und sich dann langsam aufrichtete, die Hände in den krummen Rücken gestützt. Anna blickte ihr hinterher, als sie wieder im hinteren Teil des Hauses in der Dunkelheit verschwand. Dorthin, wo auch ihr Geist zu sein schien.

Anna schreckte so hastig zurück, dass sie aus Versehen einer fremden jungen Frau auf die Füße trat. »Oh, verzeiht«, stammelte sie und beeilte sich, hinter der nächsten Ecke zu verschwinden, bevor der Burggreve, dieser abscheuliche Johann Rommerskirchen, sie entdeckte, als er soeben mit dem Pferdeknecht Hermann vor den Anbau trat, in dem Christopherus eingesperrt war.

Anna schlug das Herz bis zum Hals. Was hatte das zu bedeuten? Ging es ihrem Pferd wieder schlechter? War Christopherus gar gestorben? Sie hielt sich die Hand vor den Mund, um nicht am helllichten Tag und auf offener Straße laut aufzuschreien, und beugte sich vor. Vorsichtig lugte sie um die Häuserecke. Dann zog sie, so schnell sie konnte, den Kopf wieder zurück, raffte ihre Röcke und entfernte sich, ohne sich noch einmal umzuwenden, denn Johann Rommerskirchen hatte soeben die Straße überquert und kam unmittelbar auf sie zu.

Anna verschwand in einer dunklen Gasse und presste sich dort an die Mauer eines Hauses. Sie kämpfte gegen das Verlangen, die Augen zu schließen, an und wartete, bis die Gestalt des verhassten Burggreven mit wehendem Umhang an der Gasse vorbeigeeilt war. Erst dann atmete sie erleichtert aus. Er hatte sie nicht gesehen.

Anna vergewisserte sich, dass Rommerskirchen nicht zurückkam, und machte sich erneut auf den Weg zum Schafentor. Doch so lange sie dort auch leise gegen die schwere hölzerne Türe klopfte – weder wurde ihr geöffnet noch konnte sie auch nur das leiseste Geräusch im Inneren vernehmen. Den Tränen nahe gab Anna schließlich auf und entfernte sich in Richtung Osten. Sie wusste nicht, wohin es sie trieb. Sie wusste nur, dass sie jetzt noch nicht nach Hause zurückkehren konnte, wenn sie nicht in der Dunkelheit der Stube trübsinnig werden wollte. Die Sorge um Christopherus' Verbleib bohrte sich schmerzhaft in ihr Herz.

Ziellos irrte sie durch die Straßen und wurde dabei Zuschauerin eines absonderlichen Schauspiels: Etwa einhundert in schwarze Mäntel gekleidete Menschen bahnten sich schweigend einen Weg zu einem kleinen Friedhof, an dem Anna soeben vorbeigekommen war, und gaben einem Verstorbenen feierlich das letzte Geleit. Mit regungslosen Gesichtern folgten sie den Sargträgern. Offenbar handelte es sich bei dem Toten um einen wohlhabenden oder einflussreichen Bürger. Keiner sprach auch nur ein Wort. Es hätte eine beängstigende Stille geherrscht, wenn nicht ein Säugling auf den Armen seiner Mutter unablässig und in den hellsten Tönen sein Missfallen über die Lage, in der er sich befand, geäußert hätte, als müsse er allein die Verzweiflung und Trauer der Hinterbliebenen lauthals verkünden. Und Anna konnte sein Jammern durchaus verstehen. Es war ein bedrückendes, nahezu gespenstisches

Szenario, das durch jenes kindliche Klagen nur noch eindringlicher wurde.

Wurde sie Gevatter Tod denn heute gar nicht mehr los?

Daniel bemühte sich um Heiterkeit, die heute jedoch nicht so recht aufkommen wollte. Sein Freund Thomas zog ihn bereits auf und nannte ihn scherzhaft einen Pfefferlecker, während die beiden Gesellen wieder einmal durch die nächtlichen Straßen der Stadt zogen.

»Was ist mit dir, mein Freund? Warum machst du so einen betrübten Eindruck?«

Doch Daniel zog nur schweigend die Schultern hoch. Er war sich nicht schlüssig, ob es klug war, den Freund in die Geschichte um Anna einzuweihen. Zu viele wussten bereits von den Anschuldigungen gegen die junge Frau und nicht jeder erwies sich als Verbündeter.

Doch Thomas ließ sich von dem Schweigen seines Freundes nicht entmutigen. »Schau mal«, fuhr er fort, stieß Daniel den Ellenbogen in die Seite und zeigte auf zwei hübsche Jungfern, die offenkundig ebenso wie sie nach Unterhaltung suchten. Die Mädchen auf der anderen Seite der Straße steckten augenblicklich die Köpfe zusammen und kicherten.

»Ach, lass doch«, winkte Daniel ab. »Das sind doch nur Pfaffenhuren.«

»Wie kommst du darauf?«, entgegnete sein Freund. »Ich kann keinen roten Schleier sehen.«

»Nein, so meine ich das auch nicht«, entgegnete Daniel missmutig. »Vielleicht sind sie nicht käuflich, aber anständig sind sie auch nicht, sonst wären sie zu so später Stunde nicht hier.«

Thomas lachte. »Na, zum Glück sind sie nicht anständig! Sonst wäre es ja auch langweilig.«

Doch Daniel ging bereits weiter und würdigte die Mädchen keines Blickes.

»He!« Thomas beeilte sich, mit seinem Freund Schritt zu halten. »Was ist nur los mit dir? Du bist doch sonst nicht so ein Spitzhut! Du sollst sie schließlich nicht heiraten!«

»Ich habe heute einfach kein Vergnügen daran«, erwiderte Daniel unwirsch.

Thomas blieb stehen und schüttelte verständnislos den Kopf. »Hast du Zwist mit Helena? Ist es das?«

Jetzt verharrte auch Daniel. Er seufzte. »Lass uns einfach etwas trinken gehen, ja?«

Thomas blickte seinen Freund einen Augenblick lang schweigend an. Dann zuckte er mit den Achseln. »Na gut, wie du willst. Komm mit, ich kenne ein empfehlenswertes Etablissement in der Nähe.«

Daniel zog zweifelnd die Augenbrauen hoch, folgte seinem Freund aber schweigend.

Um diese Uhrzeit waren die Straßen gewöhnlich leer. Hier und da zogen kleine Gruppen junger Männer lachend und schwatzend durch die dunklen Gassen. Wer jedoch Wert auf Sicherheit und ein unbescholtenes Leben legte, der blieb zu Hause und machte es sich, wenn möglich, im Lichtschein einer Kerze oder eines Kaminfeuers gemütlich.

Nach elf Uhr hatten anständige Bürger auf den Straßen nichts mehr verloren. Doch nicht jeder hielt sich an diese verordnete Nachtruhe. Und solange man nicht vom Nachtwächter in einer der bei Nacht abgesperrten Straßen erwischt wurde, hatte man nicht viel zu fürchten.

Daniel und Thomas jedenfalls fürchteten weder Tod noch Teufel und wollten sich amüsieren. Zumindest Thomas wollte das. Daniel dagegen folgte seinem Freund argwöhnisch und missmutig. Wenn Thomas, der Weiberheld, von einem empfehlenswerten Etablissement sprach, dann ahnte er nichts Gutes. Und tatsächlich bog Thomas schließlich in eine Gasse ein, die noch dunkler und schmutziger zu sein schien als die anderen in diesem Teil der Stadt, und steuerte auf die Tür einer Winkelwirtschaft zu, aus der den beiden jungen Männern bereits hitzige Wortfetzen und der Dunst von Schweiß, Wein, Met, billigem Essen, Unrat und Erbrochenem entgegenströmte.

Daniel zauderte und Thomas verlor allmählich die Geduld mit seinem Freund. »Was ist nur mit dir«, schimpfte er. »Du benimmst dich heute wie ein altes Waschweib.«

In diesem Moment wurde die Türe von innen aufgestoßen und ein Betrunkener flog ihnen vor die Füße, rappelte sich mühsam auf und suchte unter den Flüchen des Wirtes schnell das Weite.

Daniel wollte soeben zu einer Erwiderung ansetzen, als er den Atem anhielt, den Freund am Hemdsärmel packte und zu sich heranzog, den Finger auf die Lippen gelegt, um ihn zum Schweigen zu bringen, und sich gemeinsam mit ihm in den Schatten der Hauswand zwängte.

Thomas zweifelte nun tatsächlich am Verstand seines Begleiters, doch hielt er aus Freundschaft den Mund und wartete ab, bis ein hochgewachsener Mann in einem Umhang aus feinem Tuch und einer tief ins Gesicht gezogenen Kopfbedeckung, der sich der Spelunke von der anderen Seite der Gasse aus genähert hatte, in dem Brauhaus verschwunden war.

»Hast du das gesehen?«, platzte Daniel mit unerwarteter Lebhaftigkeit hervor. »Das war doch Jakob von Langenberg, der Ratsherr!«

»Ich sah es nicht«, erwiderte Thomas ungerührt. »Jedoch, was kümmert's dich? Auch Ratsherren gehen gerne mal einen trinken.«

»Aber ... « Daniel stockte. »Er ist der *Turmmeister*!«

Thomas hob die Hände. »Haben Turmmeister keinen Durst auf Met oder Wein?«

»Doch, aber in so einer Destille?«

»Ich habe dir doch gesagt, es ist ein empfehlenswertes Etablissement.« Thomas grinste. »Offenbar ist es nicht nur mir als Ort der Freude und Erfüllung vielfältiger männlicher Bedürfnisse bekannt.«

Daniel musste widerwillig lachen. Doch nicht nur seine Laune besserte sich, auch seine Neugierde war nun geweckt: Was suchte ein Mitglied des inneren Rates in solch einem Brauhaus zweifelhaften Rufes? War er tatsächlich, wie Thomas behauptete, auf die Befriedigung seiner Triebe aus?

Immerhin erzählten böse Münder, das Haus *Sconevrowe* in der Schwalbengasse würde seinem Namen, *Schönfrau*, nicht gerecht. Und auch die Berlichshuren waren ja bekanntlich nicht gerade die reizvollsten. Überhaupt dachte der Rat immer wieder darüber nach, das offizielle Frauenhaus* zu schließen, da sich dort nur Gesindel und Abschaum herumtrieb und es immer wieder zu Scherereien kam. Kein Wunder, dass sich der Ratsherr dort nicht blicken lassen wollte. Zumal er, wie Daniel wusste, verheiratet war und Verheirateten der Besuch des Frauenhauses natürlich ohnehin nicht gestattet wurde. War das also der Grund, warum Jakob von Langenberg wie Thomas in dieser Winkelwirtschaft nach einer *sloephoern**, einer Schlupfhure, Ausschau hielt? Dachte er, hier würde er eher unerkannt bleiben? Nun, in diesem Fall hätte er die Rechnung ohne den Wirt gemacht. Beziehungsweise ohne Daniel.

»Kannst du nicht wenigstens drinnen weiter nachdenken?«, fragte Thomas. »Mir wird allmählich kalt.«

Daniel ließ sich nicht weiter bitten.

Ein Schwall heißer, stinkender Luft kam ihnen entgegen, als sie die Türe zum Schankraum öffneten. An den langen hölzernen Tischen saßen Dutzende rotgesichtiger, schwitzender, dickleibiger Männer, die aßen und tranken und sich unterhielten.

Thomas machte sich Daniel durch Gebärden verständlich, während sich die zwei jungen Männer einen Weg durch den Schankraum bahnten, um an dem letzten freien Tisch in einer der hinteren Ecken Platz zu nehmen. Denn in der Stube war es so laut, dass man unmittelbar nebeneinander sein musste, um sich unterhalten zu können.

Daniel verrenkte sich beinahe den Hals bei seiner Suche nach dem Turmmeister. Wo war er nur abgeblieben?

Thomas kannte seinen Freund gut genug, um ihn auch ohne Worte zu verstehen. Er stupste Daniel in die Seite und deutete mit einer Kopfbewegung auf einen Tisch in der Nähe der Türe. Tatsächlich. Dort hatte der Turmmeister einen freien Platz gefunden und auf seinem Schoß saß eine bildhübsche und sehr junge Frau, die ihre Arme um seinen Hals gelegt hatte und ihm schöne Augen machte.

Hoffentlich hat er sein Säckel gut festgemacht, dachte Daniel, denn er wusste, dass es den Huren erlaubt war, verheiratete Männer, die ihre Dienste in Anspruch nahmen, zu bestehlen, ohne dass sie dafür mit Strafen rechnen mussten.

Überhaupt fiel Daniel erst jetzt auf, dass der Ratsherr nicht der einzige Mann in weiblicher Gesellschaft war. An mehren Tischen ließen sich edle und weniger edle Herren von jungen Frauen mit weiblichen Reizen umgarnen. Und Daniel musste zugeben, dass er selten so viele hübsche Mädchen auf einmal gesehen hatte. Der Wirt schien größten Wert darauf zu legen, dass seine weiblichen »Gäste« einen attraktiven Anblick boten. Da musste er Thomas zustimmen. Keine von ihnen trug einen roten Schleier, der sie offiziell als Hure gekennzeichnet hätte, und doch bestand kein Zweifel, dass diese Mädchen nicht zu ihrem privaten Vergnügen mit den Männern flirteten.

Nicht einmal jeder dritte Mann in dieser Stadt war verheiratet. Also oblag es dem Rat, dafür zu sorgen, dass anständige Frauen von fremden Männern unbehelligt leben konnten. Prostitution gehörte demzufolge zum Alltag. Natürlich – und das war an diesem Ort mehr als offensichtlich – waren es bei Weitem nicht nur die unverheirateten jungen Männer, die sich hier zu amüsieren suchten. Im Gegenteil. Fast schien es Daniel, als wären Thomas und er die einzigen männlichen Gäste unter 25.

Aber wen kümmerte das? Den Wirt jedenfalls nicht, der aus vollen Krügen Met und Wein zu völlig überzogenen Preisen ausschenkte.

Daniel warf Thomas einen Blick zu, doch der unterhielt sich bereits mit einem jungen Mädchen, das ein tief ausgeschnittenes Kleid trug und mit ihren nackten Schultern hin und her wackelte.

Jetzt kam auch auf Daniel ein Mädchen zu, das ihn anlächelte und sich neben ihn setzte, obwohl dort nicht einmal mehr Platz für eine Maus gewesen wäre. Ohne Zögern legte sie ihm eine Hand aufs Knie.

Das Mädchen war zweifellos ausgesprochen hübsch, mit kräftigem, glänzendem Haar, heller Haut und grünen Augen, wie Daniel es mochte, dennoch schob er ihre Hand energisch von sich.

»Bring mir ein Glas Wein«, bat er, aber das Mädchen hob nur die Augenbrauen und sah ihn beleidigt an.

»Dafür ist die zuständig«, antwortete sie schließlich im Aufstehen und deutete mit der linken Hand auf eine ältere und auffallend hagere Frau, die sich soeben am Nachbartisch vorbeizwängte.

Nach einem Blick auf das dunkle, aufgesteckte Haar und die zu schmal geratenen Augen blieb Daniel vor Überraschung der Mund offen stehen. Diese Frau kannte er doch: Es war Annas boshafte Nachbarin Maria Metz!

Denn Weisheit wird in dein Herz eingehen,
und Erkenntnis wird deiner Seele lieblich sein.
Sprüche Salomos 2.10

Wo auch immer Anna an diesem Sonntagmorgen auftauchte, verstummte augenblicklich das Getuschel und jeder starrte sie an. Anna fühlte sich, als hätte sie den Aussatz. Schon der Hinweg zur Kirche hatte ihr gezeigt, dass etwas geschehen sein musste: Alte Bekannte wechselten die Straßenseite oder blickten eifrig in die entgegengesetzte Richtung, wenn sie ihrer gewahr wurden.

Jetzt stand sie vor der Kirche und wartete wie die anderen auf den Beginn des Gottesdienstes. Doch während sich rechts und links von Anna, vor ihr und hinter ihr kleine Grüppchen bildeten, die sich gegenseitig den neuesten Klatsch und Tratsch berichteten, stand die junge Frau mutterseelenallein dort. Niemand schien ein Wort mit ihr wechseln zu wollen. Niemand wollte auch nur mit ihr zusammen gesehen werden! Man redete nicht mit ihr, sondern über sie!

Anna spürte beim Schlucken einen dicken Kloß im Hals. War dies das Werk von Maria, ihrer Nachbarin? Sie musste zugeben, dass sie verblüfft war. Niemals hätte sie geglaubt, dass Maria Metz eine solche Macht besaß.

Als in diesem Augenblick ihr alter Verehrer Heinrich,

der Schellenknecht, den Kirchvorplatz betrat, huschte ein erleichtertes Lächeln über ihre Lippen.

»Heinrich!«, rief sie ihm freudig entgegen und eilte auf den Mann zu.

Es war ihr, als bohre jemand ein scharfes Messer in ihr Herz, als Heinrich ruckartig stehen blieb, sie entsetzt anblickte, sich hastig umwandte und wie vor einem wilden Tier fliehend zurückwich. Anna starrte ihm mit offenem Mund hinterher. »Heinrich«, brach es aus ihr hervor. »Selbst Ihr?« Ihre Stimme war nur ein Wispern und in ihren Augen sammelten sich Tränen.

Das Gerede verstummte und alle Augenpaare auf dem kleinen Platz blickten gleichzeitig zu Anna.

Anna fühlte ihre Knie schwach werden, als ihr bewusst wurde, dass knapp zwei Dutzend Augenpaare feindselig auf ihr ruhten. Einen Moment lang spürte sie den Impuls sich umzuwenden und davonzulaufen. Weg von diesen Menschen, deren Verachtung sie mit jeder Faser ihres Körpers fühlen konnte. Doch dann atmete sie tief ein, streckte sich und ging hoch erhobenen Hauptes auf das Kirchentor zu. Sie würde sich nicht unterkriegen lassen. Nicht von Maria Metz und nicht von diesen Menschen. Sie lehnte sich gegen die kalte Kirchmauer und ihr Blick glitt in die Ferne.

»Heute Nacht war er wieder da!« Die Stimme klang zittrig.

Anna drehte sich um und erkannte die verrückte Elisabeth, die vertrauensvoll nach ihrer Linken griff.

»Ich verstehe nicht«, antwortete sie und entzog der Verrückten ihre Hand.

»Er war da!«, wiederholte Elisabeth eindringlich und rückte noch näher.

Anna konnte den schlechten Atem der anderen riechen und wich zurück. Doch vergebens.

»Seht ihr?« Elisabeth schob den Ärmel ihres Gewandes hoch und hielt Anna ihren Unterarm unter die Nase, der an mehreren Stellen tiefe Schnittwunden aufwies. Manche schienen bereits alt und vernarbt zu sein, andere waren frisch und bluteten zum Teil noch.

Anna riss entsetzt die Augen auf.

»Das war *er*!« Elisabeth riss ebenfalls die Augen auf und entblößte eine Reihe schlechter, gelber Zähne. Das graue, lockige Haar der Verrückten mochte einst schön gewesen sein, denn es war kräftig. Jetzt jedoch sah es aus, als hätte ein Vogel sein Nest darin gebaut: struppig, verknotet und ohne jeden Glanz.

»Ich … ich weiß nicht, wovon Ihr sprecht.« Anna wurde immer unheimlicher zumute. War es jetzt schon so weit, dass die verrückte Elisabeth sie für eine Gleichgesinnte hielt?

Nun sah die ältere Frau Anna auch noch so an, als wäre sie diejenige, die sich sonderbar verhielt. »Ich spreche von *ihm*! Dem *Schnitzer*!«

»Welchem Schnitzer?«

»Pssst!« Die verrückte Elisabeth legte einen verschrumpelten, schmutzigen Zeigefinger auf ihre Lippen, um Anna zu bedeuten, dass sie leise sein sollte. Gleichzeitig wandte sie sich um, ob jemand lauschte.

Da braucht sie sich keine Sorgen zu machen, dachte Anna, die ebenfalls einen Blick in die Runde warf und feststellte, dass alle anderen sie mit ihrer neuen Freundin beobachteten, dabei aber auf einen möglichst großen räumlichen Abstand bedacht waren, als sei Wahnsinn ansteckend. Und vielleicht war er das ja auch?

»Er kommt immer wieder«, erzählte Elisabeth weiter, ohne dass Anna sie darum gebeten hatte. »Und vor ihm war diese leichte Person da.«

Anna schwieg. Vielleicht entfernte sich Elisabeth, wenn sie ihr nicht mehr antwortete?

Elisabeth lachte dreckig. »Dieses Frauenzimmer hat schon mehr Männer gehabt als das Jahr Tage zählt! Dabei ist sie gerade mal neunzehn!«

Anna spürte die Schamesröte in ihre Wangen schießen.

»Sie mag zwar liederlich sein, aber sie tut mir wenigstens nicht weh«, fuhr Elisabeth weinerlich fort, als spräche sie mit sich selbst. »Auch wenn ich ihren schmutzigen Schilderungen zuhören muss.« Sie schüttelte sich angewidert. »Aber dieser Schnitzer!« Jetzt sah sie Anna erneut an. »Zusammen kommen sie nie«, überlegte sie laut. »Obwohl sie einander zu kennen scheinen.«

Anna schaute fasziniert zu, wie Elisabeth plötzlich zu vibrieren schien. Ihr gesamter Körper wackelte, dann warf die Frau ruckartig ihren Kopf in den Nacken und stieß Laute aus, die Anna an das Höllenfeuer denken ließen. Erleichtert ließ sie die verrückte Elisabeth allein, als in diesem Moment die Kirchentüre von innen aufgeschlossen wurde und der Prediger seine Gemeinde willkommen hieß.

Daniel musterte den Rücken von Jakob von Langenberg und den Stiernacken seiner Frau, die vor ihm in der ersten Reihe der Kirche saßen. Ob Frau von Langenberg über das Treiben ihres Mannes Bescheid wusste? Nun, von ihm würde sie nichts darüber erfahren, und Daniel musste insgeheim zugeben, dass er, wenn er die Wahl gehabt hätte, sich auch für das Mädchen in der Wirtschaft entschieden hätte statt für die Frau des Turmmeisters, die in etwa so breit wie hoch war und ständig unangenehm die Nase hochzog.

Thomas, der links neben Daniel saß, schien die Gedanken seines Freundes zu erraten und blinzelte ihm verschwörerisch zu. Man erzählte sich in Ratsherrenkreisen, dass in der Familie von Langenberg die Hausfrau die Hosen trüge. Und obwohl dem Turmmeister von allen Respekt entgegengebracht wurde, so gab es unter den Männern auch solche, denen er leidtat oder die sich gar über ihn lustig machten.

Daniel spürte auch die Blicke Helenas in seinem Nacken. Und sein schlechtes Gewissen führte dazu, dass sich die Blicke brennend und vernichtend heiß anfühlten. Er hätte sich weniger Vorwürfe gemacht, wenn er am vergangenen Abend den Avancen des käuflichen Mädchens erlegen wäre. Doch seine Sehnsucht nach Anna, das spürte er, bedeutete mehr. Ein Vertrauensbruch, der nicht zu verzeihen war. Daniel atmete unwillkürlich so laut aus, dass sein Vater, der rechts von ihm saß, ihn missbilligend anblickte.

Daniel wendete den Blick ab. Er ertrug es nicht, seinen Vater zu enttäuschen, doch er spielte mit dem Gedanken, genau dies zu tun und ihm zu offenbaren, dass er sich gegen eine Ehe mit Helena entschieden hatte, dass er seinem Herz folgen wollte. Doch noch scheute er davor zurück. Hatte er sich wirklich alles reiflich überlegt?

Noch nie hatte Anna die Kirche nach einem Gottesdienst so schnell verlassen wie an diesem Sonntag. Sie floh. Sie floh vor der verrückten Elisabeth, um deren Kopf während der Messe, wie Anna mit Grauen bemerkte, eine Fliege kreiste; sie floh vor dem Prediger, vor Maria Metz, Heinrich und vor Gott. Mit all jenen wollte sie im Augenblick nichts mehr zu schaffen haben.

Bei diesem Gedanken erschrak sie. War es tatsächlich so weit, dass sie sich von Gott abwandte? Konnte man zum Ketzer werden, weil man zum Ketzer gemacht wurde?

Ihre Füße trugen sie wie von selbst zum Schafentor. Sie wollte nur eins: ihr Pferd sehen und wissen, dass es ihm gut ging. Seit dem vergangenen Nachmittag, als sie vergeblich zu Christopherus gegangen war, hatte sie sich jeglichen Gedanken an ihn untersagt, um nicht vor Sorge verrückt zu werden. Doch nun wollte sie Gewissheit. Und wenn sie ihren Hengst wiederum nicht antraf, dann würde sie all ihren Mut zusammennehmen und den Burggreven nach Christopherus' Verbleib befragen. Und sie würde nicht eher gehen, als bis er ihr geantwortet hatte!

Anna redete sich so in Rage, dass sie erst merkte, dass sie angekommen war, als sie bereits vor der Stadtmauer stand. Eine vierspännige Kutsche passierte soeben das Tor. Das Klappern der Pferdehufe und das Rollen der Räder hallten laut von den Steinmauern wider.

Anna wartete, bis das Fuhrwerk sich entfernt hatte, dann überquerte sie die Straße.

Sie hörte Christopherus' Schnauben bereits durch die geschlossene Tür und wollte soeben an das Holz klopfen, als sie eine Männerstimme vernahm. War das Hermann, der mit ihrem Pferd sprach? Sie hielt inne und lauschte. Jetzt hörte sie eine zweite Männerstimme antworten und erkannte den Pferdeknecht. Offenbar sprach

Hermann mit jemandem. Annas Mut sank wieder. Sie hatte sich so nach Christopherus gesehnt, nach dem Geruch seiner Haut, der Weichheit seiner Ohren … Doch nun würde sie wieder heimkehren müssen, ohne ihn gesehen und berührt zu haben. Wer auch immer bei Hermann war – er durfte sie nicht sehen. Unter keinen Umständen.

Mit schwerem Herzen wandte Anna sich ab und schlich davon. Wenigstens wusste sie jetzt, dass es Christopherus gut ging, dass er nicht gestorben war.

Noch nicht.

Beinahe hätte Daniel Anna übersehen, als sie mit gesenktem Kopf und eiligen Schritten auf ihn zukam, in Gedanken immer noch bei ihrem Pferd, das sie nicht hatte besuchen können.

»Anna!« Daniel, der bereits auf dem Rückweg war, nachdem er Anna nicht zu Hause angetroffen hatte, eilte auf sie zu und ergriff stürmisch ihre Hände. Er hatte schon befürchtet, den langen Weg an den Stadtrand vergebens gemacht zu haben. Es waren nicht etwa schmerzende Füße, die ihn verdrießlich stimmten, vielmehr musste er zugeben, dass der Schmutz, der Gestank in den Gassen und der Anblick der vielen armen Menschen, die ihrerseits ihn anstarrten wie ein Tier aus fernen Ländern, ihm zu schaffen machten. Er hasste es, sich gegen bettelnde Kinder und frei herumlaufende Schweine zur Wehr zu setzen, und tastete ständig nach seinem Säckel, ob es noch da oder bereits einem Säckelschneider* zum Opfer gefallen war.

Anna konnte ihre Freude über das Treffen mit Daniel nicht verbergen. Erst als ein fremder Herr sie missbilligend und kopfschüttelnd betrachtete, weil sie einander am helllichten Tage und auf offener Straße an den Händen hielten, rückten sie voneinander ab.

»Ich muss dich sprechen«, sagte Daniel eindringlich und zog Anna an den Rand der Straße, wo sie niemanden störten und ein wenig mehr Ruhe hatten. »Du wirst mir nicht glauben, wenn ich dir erzähle, wen ich gestern Abend in einer zwielichtigen Wirtschaft gesehen habe.«

Anna zog die Augenbrauen hoch, sagte jedoch nichts. Es stand ihr auch in keiner Weise zu, Daniel zu fragen, wie er selbst in eine zwielichtige Wirtschaft geraten war. Selbst wenn er mehr gewesen wäre als ein Freund aus Kindertagen, so hätte ein Weib wie sie doch kein Recht gehabt, ihn darüber zu befragen.

Dennoch schien Daniel sich durch ihren Gesichtsausdruck offenbar zu einer Erklärung genötigt: »Ich begleitete meinen alten Freund Thomas, einen Junggesellen, der sich gerne mal einen lustigen Abend macht. Er war es, der das Brauhaus für uns auswählte.«

Anna bemühte sich um ein freundliches Lächeln. Daniel sollte nicht denken, dass sie ihm irgendetwas übel nahm oder eine Rolle für sich beanspruchte, die ihr einfach nicht zustand. Auch wenn diese Erklärung nicht eben dazu taugte, ihre Eifersucht, die sie zweifelsohne empfand, zu zerstreuen.

»Zunächst wollte ich auch nicht«, beteuerte Daniel, »ich bat Thomas, uns in ein anderes Etablissement zu führen.« Das entsprach zwar nur ungefähr dem tatsächlichen Verlauf der Unterhaltung, aber Daniel erschien es ratsam, nicht zu sehr ins Detail zu gehen. »Doch dann sah ich den Turmmeister Jakob von Langenberg, der deinem Verhör vorsaß, die Winkelwirschaft betreten! Und er ist alles andere als ein Junggeselle!«

Anna hörte zum ersten Mal den Namen des Ratsherrn, dem sie hatte Rede und Antwort stehen müssen. Schließlich hatte sich ihr der hohe Herr nicht vorgestellt.

»Nun war meine Neugier geweckt«, fuhr Daniel fort. Er sah sich sorgfältig nach allen Seiten um, bevor er leiser hinzufügte: »Nachdem wir den Schankraum betreten hatten, suchte ich nach seinem Verbleib und entdeckte ihn …«, jetzt senkte er seine Stimme noch weiter, »… mit einem jungen Mädchen auf dem Schoß.«

Anna hörte Daniels Schilderungen regungslos zu. Einerseits war sie nicht verwundert zu erfahren, dass auch ein Ratsherr nicht ohne fleischliche Gelüste lebte. Dennoch horchte sie auf. Auf unbestimmte Weise erschien ihr diese Neuigkeit wichtig. Als hinge davon etwas für sie ab. Aber was?

»Doch das ist noch nicht alles.« Daniels Gesichtsausdruck verriet, dass er sich die größte Überraschung bis zum Schluss aufbewahrt hatte. »Du wirst kaum glauben, wen ich noch in dieser Wirtschaft gesehen habe.«

Anna hing an Daniels Lippen.

»Die Bedienung in dieser zwielichtigen Wirtschaft ist niemand anderes als deine Nachbarin … Wie heißt sie noch? Maria?«

»Maria?« Jetzt huschte ein Lächeln über Annas Gesicht. »Ach, nun weiß ich, von welcher Wirtschaft du sprichst.« Das Mädchen lachte leise.

»Was amüsiert dich daran so?« Daniel war ob Annas Reaktion ein wenig pikiert. Er hatte nicht erwartet, dass sie seinen Bericht vergnüglich finden würde.

»Es war nicht Maria, die du an diesem Ort der Kuppelei gesehen hast, sondern ihre Schwester Eva. Die beiden sehen einander zum Verwechseln ähnlich, und doch ist Maria zwei Jahre älter als ihre Schwester.«

Anna lachte immer noch. »Ich weiß, dass Eva dem Wirt der ›Glucke‹ hin und wieder zur Hand geht. Schließlich ist dort immer eine Menge los, seit das Frauenhaus auf dem Berlich in Verruf geraten ist und das Geschäft der Schlupfhuren so gut geht wie nie zuvor.«

Daniel blickte die junge Frau vor sich sprachlos an. Er hatte nicht erwartet, sie so gut unterrichtet zu sehen.

»Und doch ...« Plötzlich verschwand das zarte Lächeln aus Annas Gesicht. »Nun wird mir etwas klar«, fuhr sie fort und Daniel konnte sehen, wie ihre Wangen bei der Erkenntnis blass wurden. »Der Turmmeister und Eva ...« Ihr Blick glitt in die Ferne. »Jetzt verstehe ich!« Sie sah Daniel wieder an und die Farbe kehrte in ihr Gesicht zurück. »Während des Verhörs fiel mir etwas auf. Der Turmmeister musste sich jeden Namen vom Turmschreiber vorsagen lassen oder ihn von einem Blatt ablesen. Selbst der Burggreve des Schafentors war ihm nicht namentlich bekannt. Lediglich der Name einer einzigen Zeugin ging ihm wie von selbst über die Lippen: Maria Metz!«

»Du meinst ...« Daniel schaute zunächst verwirrt, dann klärte sich sein Blick. »Jesus, Maria und Josef«, stammelte er. »Wenn das wahr ist ... dann bedeutet das ...«

»Maria Metz hat den Turmmeister in der Hand. Sie weiß etwas über ihn, das zu seinem Schaden gereichte, wenn sie es nicht für sich behielte.« Anna spürte ihr Herz bis zum Halse schlagen, als ihr in diesem Augenblick die Zusammenhänge klar wurden.

Daniel sah seine Freundin mit einem bedauernden Blick an. Wenn das alles stimmte, dann gab es für Anna und ihr Pferd wenig Hoffnung.

Deshalb lasst auch ihr euch warnen:
Was ihr in der Dunkelheit gesagt habt,
werden alle am hellen Tag zu hören bekommen.
Was ihr jemand hinter verschlossener Tür
ins Ohr geflüstert habt,
wird laut in der Öffentlichkeit ausgerufen werden.
Lukasevangelium 12.3

Großmutter machte einen aufgewühlten Eindruck, als Anna endlich über die Schwelle des Hauses trat, und eilte ihrer Enkeltochter entgegen. »Gütiger Gott«, stieß sie hervor. »Dem Himmel sei Dank, dass du wieder da bist!«

»Was ist denn geschehen, Großmutter?« Anna legte ihren Mantel ab, während sie die alte Frau sorgenvoll musterte, die sich am Morgen zu schwach gefühlt hatte, um sie zur Kirche zu begleiten. »Wieso bist du so aufgebracht? Du wusstest doch, dass ich zum Gottesdienst gehe!«

»Ja, ja …« Trine Moisselhenne wedelte ungeduldig mit der Hand. »Darum geht es nicht.« Sie setzte sich schwerfällig auf den einen der zwei vorhandenen Stühle und bedeutete Anna, sie möge sich auf den anderen setzen. Anna tat, wie ihr geheißen. »Dein Verehrer war hier, der junge Daniel.«

Annas Wangen röteten sich. »Er ist nicht mein Verehrer, Großmutter, was redest du für wirres Zeug! Sein Vater ist Ratsmitglied und …«

»Pah!«, machte die Alte. »Die Liebe weiß nichts von derlei Dingen. Aber das ist es nicht.« Sie schüttelte den

Kopf. »Er brachte mir Neuigkeiten, die so schrecklich sind ... « Sie hielt sich die Hand vor den Mund, während sie um Fassung rang.

»Was ist denn bloß geschehen?« Anna beugte sich vor und ergriff voller Mitgefühl die Hände der alten Frau, die vor Aufregung zitterten.

»Er hat gesagt ... er erzählte ... meine alte Freundin ... Jenna ... die Herren hätten sie ... sie auf den Scheiterhaufen geschickt!« Ihre Stimme zitterte und verebbte schließlich.

Anna, die die Luft angehalten hatte, atmete aus. Es nutzte nichts, Großmutter darauf hinzuweisen, dass diese Neuigkeit nicht so neu war. Für Großmutter war sie es. Die alte Frau war, während Anna den Gottesdienst besucht hatte, von ihrer Reise ins Land des Vergessens zurückgekehrt.

»Das stimmt, Großmutter«, sagte Anna leise und schluckte schwer. »Jenna Blankenheim wurde als Hexe verbrannt.«

»Aber warum hast du mir nichts davon gesagt? Wolltest du mich schützen?« In den Augen der Alten schimmerten Tränen.

Anna seufzte. »Ich habe versucht, es dir zu sagen, aber ... «

»Aber?«

»Du wolltest nichts davon wissen.«

Großmutter nickte stumm und wieder einmal merkte Anna, dass ihre Ahnfrau durchaus wusste, wie es um ihren Geist bestellt war. Sie wusste, dass sie nicht mehr alles mitbekam, und das machte es manchmal umso schmerzhafter.

»So ist ihre Asche im Winde verweht«, schlussfolgerte Trine Moisselhenne, »und es gibt nicht einmal einen Ort, an dem ich Abschied nehmen kann.«

Anna blieb stumm. Ihr fielen keine Worte des Trostes ein. Jenna Blankenheims Asche war verstreut worden, denn nichts durfte von einer Hexe auf Erden zurückbleiben, nachdem die läuternde Kraft des Feuers gewirkt hatte.

An diesem Abend lag Anna lange mit offenen Augen auf ihrer Bettstatt und starrte in die Dunkelheit. Ihr Leben entglitt ihren Händen und sie konnte nichts dagegen tun. Seit mehr als einer Woche lag das Feld vor den Toren der Stadt nun brach. Ohne Christopherus konnte sie die nötigen Arbeiten nicht verrichten. Und sie wollte es auch nicht. Inzwischen hatte sie regelrecht Angst davor, auf dem kleinen Stück Land nach dem Rechten zu sehen. Trotzdem musste sie sich morgen in aller Frühe auf den Weg machen und schauen, was sie alleine auf den Markt bringen und verkaufen konnte, um das Nötigste wie Kerzen, Brot und ein wenig Feuerholz zu besorgen.

Noch waren die Nächte recht mild, bald jedoch würde der Winter mit seinen eiskalten Klauen nach ihnen greifen und vor allem bei Großmutter hatte er leichtes Spiel, wenn Anna bis dahin nicht für genügend Brennholz gesorgt hatte. Bei diesem Gedanken kam das Herz des Mädchens aus dem Takt. Wie sollte sie jemals ausreichend Holz herbeischaffen, wenn sie nicht einmal ein Pferd hatte, das den schweren Karren ziehen konnte? Sollte sie die Scheite einzeln tragen?

Das erste Klopfen hielt Anna noch für das Schlagen ihres Herzens. Doch dann wurde es mit einem Mal so laut, dass die Türe der vehementen Forderung nach Einlass nur mit Mühe standhielt. Mit einem Satz sprang Anna von ihrem Strohsack hoch. Gleichzeitig erschien das blasse Gesicht der Großmutter hinter dem dünnen Vorhang, der die Schlafstätten der beiden Frauen voneinander trennte.

»Aufmachen! Anna Meutin, öffne sie die Tür!«

Anna beeilte sich der Aufforderung nachzukommen, bevor alle Nachbarn aus ihren Betten gefallen waren.

Sie hatte die Türe noch nicht ganz entriegelt, als sie bereits mit so viel Schwung von außen aufgestoßen wurde, dass die Scharniere quietschten und die Türe gegen die dünne Holzwand knallte.

Der Gewaltrichter stürmte in den Raum und rannte beinahe gegen Anna, die schützend ihre Arme vor der Brust verschränkte.

»Anna Meutin. Ich habe die Aufgabe, Euch unverzüglich zum Frankenturm zu bringen.«

»Jetzt?« Anna wurde blass. »Hat das nicht bis morgen früh Zeit?

»Bitte zieht Euch etwas über«, forderte der Gewaltrichter sie auf, nutzte aber noch schnell die Gelegenheit, einige verstohlene Blicke auf Annas Körper zu werfen, der von dem dünnen Nachthemd nur wenig verdeckt wurde.

»Was hat das zu bedeuten?« Trine Moisselhenne trat erstaunlich energischen Schrittes vor, um ihre Enkeltochter zu beschützen. »Was wird meiner Enkelin vorgeworfen, dass Ihr sie wie einen Schelm oder einen Dieb bei Nacht aus unserem Hause holt, um sie zum Turm zu bringen?«

Angesichts der alten, zerbrechlich wirkenden Frau, die die Hände in die Hüften stemmte und sich mutig vor dem groß gewachsenen Gerichtsdiener aufbaute, den Kopf in den Nacken gelegt, um ihm in die Augen blicken zu können, fiel die Antwort des Hünen erstaunlich kleinlaut aus: »Anna Meutin wird der Hexerei und der Schadenszauberei bezichtigt und soll vor dem Rat zu diesen Vorwürfen Stellung beziehen.«

Die Großmutter taumelte zurück und hielt sich beide Hände vor das Gesicht. »Hexerei?«, nuschelte sie und Anna eilte herbei, um die alte Frau zu stützen, die angesichts dieser Antwort den festen Boden unter ihren Füßen zu verlieren drohte.

»Reg dich nicht auf, Großmutter«, beschwichtigte Anna sie, obwohl sie selbst um Gelassenheit ringen musste. »Es kann sich doch nur um einen Irrtum handeln. Du wirst sehen, schon vor dem Morgengrauen bin ich wieder zurück.«

Der Gewaltrichter zog zweifelnd die Augenbrauen hoch, doch das konnten Anna und ihre Großmutter in der Dunkelheit nicht sehen.

Unter den Augen des fremden Mannes musste Anna sich ihr Kleid und ihren Mantel überziehen und dies allein empfand das Mädchen bereits als Schmach. Schlimmer jedoch wurde es, als der Gewaltrichter sie schließlich am Arm aus dem Haus und an den Nachbarn vorbeiführte, die sich auf der Straße versammelt hatten und Spalier standen, während Anna wie eine Verbrecherin vor den Turmmeister gebracht wurde.

Der Gewaltrichter hielt ein kleines Öllämpchen hoch, das ihnen den Weg leuchtete. Und trotzdem stolperte Anna hinter dem Mann her. Sie wunderte sich, wie leer die Stadt um diese Zeit war. Straßen und Plätze, an denen tagsüber Trubel herrschte, lagen nun still und verlassen in der Dunkelheit vor ihr. Hier und da huschten finstere Gestalten in kleinen Gruppen an ihnen vorbei, manche warfen Anna neugierige Blicke zu, andere verschwanden beim Anblick des Gewaltrichters hastig in irgendwelchen Gassen und Winkeln. Der Heimlichkeitsfeger* reinigte eine verstopfte Abwasserrinne und Anna rümpfte bei dem aufsteigenden Geruch die Nase.

Als Frau hatte Anna noch nie die Gelegenheit gehabt zu so später Stunde unterwegs zu sein. Und trotz ihrer Angst, was mit ihr geschehen würde, fand sie es aufregend, einmal die nächtliche Stadt kennenzulernen.

»Wohin bringt Ihr mich?«, fragte sie den Gewaltrichter, »Ihr scheint mir weder die Weyerpforte noch das Schafentor, die beiden nächstgelegenen Türme, anzustreben?« Anna meinte ein Zucken des Mannes bei der Erwähnung des Schafentores bemerkt zu haben. Aber vielleicht bildete sie sich das auch nur ein.

Der Gewaltrichter brummte nicht einmal zur Antwort.

»Wer ist es denn, der mich der Hexerei bezichtigt?«, versuchte Anna es mit einer zweiten Frage. Sie war ein wenig atemlos. Es fiel ihr schwer, mit dem erheblich größeren Mann, der hurtig voranschritt, mitzuhalten. Zwischendurch musste sie immer wieder ein Stück rennen. Aber auch ihre zweite Frage gedachte der Hüne nicht zu beantworten und Anna fügte sich in ihr Schicksal.

An der nächsten Ecke stieß der Gewaltrichter beinahe gegen eine Gestalt, die eiligen Schrittes und mit einem tief ins Gesicht gezogenen Kapuzenmantel die Straße entlangeilte.

»Haltet ein!«, fuhr der Gewaltrichter die Person an. »Wer seid Ihr? Und was tut Ihr zu dieser späten Stunde hier?«

Die Person zog ihre Kapuze hinunter und nun konnte auch Anna sehen, dass es sich bei dem Fremden um ein Weib handelte.

»Man hat mich zu einer Frau gerufen, die in den Wehen liegt, hoher Herr«, antwortete die Fremde und deutete auf eine Tasche, die sie bei sich trug.

Der Gewaltrichter nickte verstehend. »Gut«, murmelte er und scheuchte die Hebamme mit einer Handbewegung weiter. Die weise Frau ließ sich nicht lange bitten, zog ihre Kapuze wieder über den Kopf und verschwand eilig in der Dunkelheit. Bereits nach wenigen Schritten hatte die Nacht sie verschluckt.

Von weiteren Zwischenfällen verschont, erreichten Anna und der Gewaltrichter kurze Zeit später die Trankgasse und liefen auf den Frankenturm zu. Und so beantwortete sich wenigstens eine von Annas Fragen von selbst.

Erst nachdem der Gewaltrichter den schweren metallenen Schlegel zum wiederholten Mal gegen das Holz der Türe knallen ließ, wurde ihnen von innen geöffnet. Der Gewaltrichter fluchte leise und schubste Anna über die Schwelle.

Hatte Anna in der kühlen Nachtluft bereits gefroren, so zitterte sie nun so, dass ihre Zähne aufeinanderschlugen.

Man befehligte sie eine steile Treppe hinauf, vorbei an dem Raum, in dem die Verhöre stattgefunden hatten; doch der Gewaltrichterdiener, dem sie übergeben worden war, führte sie weiter bis unter das Dach. Hier öffnete er eine Türe, die so niedrig war, dass selbst Anna den Kopf einziehen musste, um hindurchzupassen. Mit gesenktem Kopf, gleich einer Sünderin, betrat sie das dunkle Verlies.

Der Lichtschein der Öllampe in den Händen des Mannes, der sie bis hierhin geleitet hatte, erhellte für einen kurzen Moment die gemauerten fensterlosen Wände, von denen die Feuchtigkeit auf den steinernen Boden tropfte, dann fiel die Türe ins Schloss und Anna stand allein inmitten eines schwarzen Nichts.

Es dauerte eine Weile, bis sich Anna mit behutsamen kleinen Schritten und vor sich ausgestreckten Händen bis zu einer Wand vorangetastet hatte. Sie lehnte sich schaudernd mit dem Rücken dagegen und ließ sich daran entlang nach unten gleiten. Zitternd umschloss sie mit den Armen ihre Knie, die sie bis an die Brust herangezogen hatte, und lauschte dem regelmäßigen Laut der zu Boden fallenden Wassertropfen. Es war das einzige Geräusch, das Anna vernahm. Sie hörte nichts, sie sah nichts, nicht einmal ihre Hände vor Augen, und betete zu Gott, er möge sie an diesem finsteren Ort nicht vergessen. Er möge für sie und für Christopherus sorgen, sodass sie bald wieder zusammensein konnten. Sie wollte nichts weiter, als ihr altes, arbeitsames, anständiges Leben wieder aufzunehmen.

Bei dem Gedanken an Christopherus zog sich Annas Herz schmerzend zusammen. Wie mochte es ihrem Hengst wohl gehen, der bereits seit über einer Woche unter solchen Umständen gefangen gehalten wurde? Anna spürte, wie die Kälte, die Feuchtigkeit und die Einsamkeit schon jetzt an ihrer Gesundheit und an ihrem Lebenswillen zehrten.

Ob Christopherus ähnlich empfand?

Der schwarze Hengst schnaubte. Tatsächlich hatten die brennenden Schmerzen in seinen Gedärmen ein wenig nachgelassen, doch umso quälender erschien ihm nun die Einsamkeit. Er hatte kaum genug Kraft, um auf seinen Läufen zu stehen, doch der steinerne Boden war so kalt, dass er sich auch nicht hinlegen mochte.

Christopherus wieherte leise und lauschte auf eine Antwort. Doch da war nichts. Nicht einmal das Rascheln einer aufgescheuchten Ratte. Auch als er mit einem Huf über den Boden scharrte, rührte sich nichts.

Der Rappe dachte an das Mädchen, das früher für ihn gesorgt hatte. Er erinnerte sich gut und vermisste es. Er vermisste sein ganzes früheres Leben. Er vermisste es, den Pflug über die Erde oder den Karren durch die Straßen zu ziehen. Denn dann war er stets bei *ihr* gewesen. Er hatte ihre Liebe zu ihm und ihren Stolz gespürt. Und dies war sein Lebenselixier. Ohne das Mädchen konnte Christopherus seinem Leben nichts mehr abgewinnen.

Hin und wieder kam der junge Mann. Er gab ihm Futter, striegelte sein Fell oder rieb ihn mit irgendeiner Flüssigkeit ein. Einmal, als Christopherus sich ähnlich lebensmüde gefühlt hatte wie jetzt, hatte er ihn sogar ein wenig am Strick auf eine Wiese geführt und Christopherus hatte wieder Mut gefasst. Doch das schien schon eine Ewigkeit her zu sein. Endlos zog sich die Zeit in die Länge. Tagein, tagaus dieselbe Wand vor Augen. Christopherus hatte ein oder zwei Mal von dem Mädchen geträumt, dann hatte er ihren Geruch in den Nüstern gehabt und geglaubt, sie wäre in seiner Nähe. Doch niemals kam sie wirklich. Sie war ganz einfach verschwunden, hatte ihn alleingelassen.

Der Hengst schnaubte. Er ließ den Kopf hängen und schloss die Lider. Sein Herzschlag verlangsamte sich.

Anna schreckte auf, als sie ein Klappern an der Türe hörte. Sie blinzelte mit den Augen, als plötzlich ein Lichtschein die Dunkelheit durchbrach.

»Hier«, sagte eine Stimme. Doch Anna konnte gegen das Licht nichts sehen. Dann erkannte sie einen Kanten Brot und einen Becher mit faulig riechendem Wasser, der ihr von unbekannter Hand gereicht wurde.

»Iss«, fuhr die Stimme fort. »Bald kommen die Herren zum Verhör.«

Anna nahm Brot und Wasser entgegen, dann wurde die Türe wieder verschlossen und sie blieb erneut allein in der Dunkelheit zurück.

Es dauerte eine Weile, bis ihr alles wieder einfiel. Offenbar hatte sie sogar in ihrer misslichen Situation in den Schlaf gefunden. Schemenhaft huschten die letzten Traumbilder durch ihren Kopf, die irgendetwas mit Christopherus zu tun gehabt hatten.

Misstrauisch schnupperte Anna an dem Brot, das man ihr gebracht hatte. War es vielleicht wie das Wasser ebenfalls faulig? Doch sie konnte nichts Verdächtiges riechen und einer Sichtprobe vermochte sie es unter den gegebenen Umständen nicht zu unterziehen. Also biss sie vorsichtig hinein und stellte fest, dass es sogar noch recht frisch zu sein schien.

Was hatte die Stimme gesagt? Die hohen Herren kamen bald zum Verhör? Unwillkürlich strich sich Anna über ihr Gewand. Welchen Eindruck würde sie wohl in diesem Aufzug vor den Ratsherren machen? Sie trug noch ihr Nachthemd, darüber ihr Kleid und den Mantel, die langen Haare nur lose zu einem Zopf zusammengebunden.

Anna seufzte bei dem Gedanken daran, welches Schicksal ihr noch bevorstand.

»Wo und wie oft hat sie an Hexentänzen teilgenommen?« Der Turmmeister sah Anna nicht einmal an, während er ihr diese Frage stellte, sondern starrte unverwandt auf das Papier, das vor ihm auf dem Tisch lag.

Anna hatte die Finger ineinander verschränkt und den Blick auf den Boden gerichtet. Sie fühlte sich unwohl. Als stünde sie nackt vor den hohen Herren. Obwohl das natürlich nicht stimmte, sie trug ja ihr Kleid, doch darunter blitzte der Saum ihres Nachthemdes hervor, ihre Haare hingen wirr herab und sie hatte sich nicht einmal das Gesicht waschen können.

Unwirsch hatte der Gerichtsdiener sie aus ihrem Gefängnis die Treppe des Turmes hinunter in das Verhörzimmer geführt, ohne ein Wort mit ihr zu wechseln, sich nur mit Knurren und Kopfnicken verständlich gemacht. Als wäre jedes Wort zu viel für eine wie sie.

Als Anna immer noch nicht antwortete, blickte der Turmmeister endlich auf und sah das Mädchen, das vor seinem Tisch stand, an. »Nun?«

»Nie«, antwortete Anna. »Ich habe niemals an Hexentänzen teilgenommen. Und daher weiß ich auch nicht, wo welche stattfinden.«

Das war natürlich gelogen. Jeder wusste, dass der Neumarkt und die Sternengasse Hexentanzplätze waren. Zumindest dem Hörensagen zufolge. Manche hatte Anna auch schon vom Domhof munkeln hören, wobei sie sich nicht vorstellen konnte, wie die Hexen an einem so belebten Ort ihre Treffen abhalten sollten.

»Und wie ist das Essen dort gewesen?«

»Bitte?« Anna sah den Turmmeister verwundert an. Hatte er ihre Antwort nicht verstanden?

»Wie das Essen dort gewesen ist«, wiederholte er.

»Da ich niemals an einem Hexentanz teilgenommen habe«, antwortete Anna, um Ruhe bemüht, »kann ich Euch auch nicht berichten, wie das Essen dort gewesen sein mag, da ich nicht davon kostete.«

»Wie kam es, dass sie Gott abgeschworen und sich dem Teufel verschrieben hat?« Der Turmmeister schien die Fragen von dem Blatt auf seinem Tisch abzulesen, ohne auf Annas Antworten zu hören.

Anna seufzte. Dies trug ihr die mahnenden Blicke des Turmschreibers und des Burggreven ein, die links und rechts vom Turmmeister saßen.

»Nun?«, wiederholte der Turmmeister erneut.

»Weder ich noch mein Pferd«, Anna sah die hohen Herren unverwandt an, »haben uns dem Teufel verschrieben.« Sie sah die Ratsherren die Augenbrauen heben. Offenbar rechneten sie schon längst damit, dass Anna zusammenbrach, und wunderten sich über ihr anhaltendes Selbstbewusstsein.

»Und ich glaube an Gott, den Allmächtigen. ER weiß, dass ich unschuldig bin. Überhaupt verlange ich zu wissen, wer mich der Hexerei beschuldigt hat! Wo ist der Kläger?« Sie sah sich um, als würde sie jemanden suchen. »Ist es nicht mein Recht, das zu erfahren? Und wenn man mich entehrt und zum Turm bringt vor allen Leuten, dann erwarte ich, dass auch der Kläger zum Turm gebracht wird, wie es sich ziemt.« Anna hielt sich betont aufrecht und blickte die hohen Herren vor sich so geradeheraus an, wie es ihr in ihrem Aufzug möglich war.

»Ist sie im Besitze von Zaubermitteln?«

Anna sackte in sich zusammen und ließ die Schultern hängen. Mit einem Mal fühlte sie sich dem Zusammenbruch nahe. Sie schluckte, um die Tränen daran zu hindern, bis zu ihren Augenrändern hochzusteigen. Keinesfalls wollte sie den Männern vor sich die Genugtuung verschaffen, sie weinen zu sehen. Niemals!

»Etwa solcher, mit denen man jemandem Schaden zufügen könnte?«

Offensichtlich legte der Turmmeister Annas Schweigen als Zugeständnis aus. Auf jeden Fall spürte er, dass sie kurz davor war aufzugeben, und setzte unverzüglich nach wie ein Raubtier seiner Beute.

»Hat sie bereits einmal jemandem Schaden zugefügt?«

Anna dachte an das Silbergefäß und die Kräuter, die die alte Jenne ihr für Christopherus mitgegeben hatte. Sie war froh, beides nicht mehr bei sich zu haben, und hoffte, dass Hermann klug genug war, die Dinge versteckt aufzubewahren. Was würde geschehen, wenn er jemandem erzählte, von wem er sie hatte?

»Hat sie bereits einmal jemandem Schaden zugefügt?«

»Nein«, antwortete Anna leise.

»Ich kann sie nicht verstehen.«

»Nein!«, wiederholte Anna lauter. »Weder bin ich im Besitz von Zaubermitteln noch habe ich jemals jemandem einen Schaden zugefügt.«

»Sie hat also niemals jemandem einen Schaden zugefügt?«

»Nein«, wiederholte Anna und wunderte sich, wie oft sie diese Frage noch beantworten sollte.

»Dem Rat liegt die Aussage einer gewissen Maria Metz vor, derzufolge Anna Meutin ihr in der Nacht von Freitag auf Samstag das Gliederziehen angehext hat, als Frau Metz sie bei einem Stelldichein zur Hexenstunde überraschte. Und da behauptet sie …«, der Turmmeister beugte sich drohend zu Anna vor, » … sie habe niemals jemandem einen Schaden zugefügt?«

Annas Gesicht blieb regungslos. Es war schließlich keine Überraschung, dass ihre Nachbarin hinter der Anklage steckte.

»Woher weiß Maria, dass es Hexenstunde war?«, fragte Anna, die mit einem Mal wieder Mut und Kraft zum Kämpfen spürte. »Und wo war sie, dass sie mich gesehen hat?«

Doch der Turmmeister überhörte ihre Einwände geflissentlich. »Wer war der Mann? Will sie ihn nennen, so könnte das von Vorteil für sie sein.«

Anna stockte der Atem. Was sollte sie auf diese Frage antworten? Um nichts in der Welt durfte sie Daniel in diese Angelegenheit mit hineinziehen!

»Was ist nun?«, fuhr der Turmmeister fort. »Ist sie eine Hexe oder eine ehebrecher'sche Hure?«

Anna sah den Mann vor sich mit großen Augen an und konnte ein Zucken ihres Mundwinkels nicht verhindern. Wie konnte er nur so unverfroren sein und sie mit derlei Schimpfworten bedenken, während er selbst die Freizügigkeit der freien Töchter genoss? Aber Anna konnte sich die Antwort auf diese Frage selbst geben: Er war ein Mann, und ein mächtiger noch dazu, ein Ratsherr! Von den knapp 40 000 Einwohnern, die diese Stadt zählte, waren gerade 2000 ratsfähig! Schließlich musste man nicht nur männlichen Geschlechts und katholisch sein, nein, man musste auch seit mindestens zehn Jahren in der Stadt wohnen! Und vor allem natürlich den entsprechenden Einfluss haben.

Irgendetwas schien in Annas Blick zu liegen, das den Turmmeister für einen kurzen Moment verunsicherte.

Als sähe er in ihren Augen, dass sie etwas wusste, was sie nicht hätte wissen dürfen. Seine Wangen schimmerten einen Augenblick rötlich – dann hatte er sich wieder gefangen.

»Ich warte auf eine Antwort«, fuhr er fort, »mit wem hat sie sich zum Hexentanz verabredet?«

Anna schwieg.

»Also gut«, sagte der Turmmeister und nickte dem Gerichtsdiener zu. »Ist die Zeugin inzwischen eingetroffen?«

Der Gerichtsdiener nickte stumm.

»Dann führt sie hinein.«

Die Türe wurde geöffnet und herein kam selbstsicheren Schrittes Maria Metz, die Anna von oben bis unten musterte und sich bei ihrem Anblick bekreuzigte.

»Maria Metz«, wandte sich der Turmmeister an die Zeugin.

»Ja, hoher Herr«, antwortete Maria und lächelte den Ratsherren freundlich an.

»Nun erzählt den anwesenden Ratsherren in Euren eigenen Worten, was sich in der besagten Nacht zugetragen hat.«

»Ich hörte Stimmen vor meinem Haus«, begann Maria, »und wollte nach dem Rechten sehen, da erkannte ich die Hexe ...«, sie warf Anna einen bösen Blick zu, »... die sich mit einem jungen Mann vergnügte. Die beiden hielten einander bei der Hand und flüsterten sich schmutzige Dinge zu, die mir die Ohren heiß werden ließen.«

Anna schüttelte stumm den Kopf.

»Ich habe genau gehört«, behauptete Maria Metz, »wie sie den Mann überreden wollte, mit ihr zum Hexentanz zu gehen. Als die beiden mich sahen, schrie der Mann mich an, ich solle verschwinden ... vor meinem eigenen

Haus …«, sie kämpfte sichtlich mit Tränen der Empörung, »… wenn ich nicht augenblicklich verschwände, dann würde die Hexe einen Schadenszauber über mich sprechen. Ich habe noch schnell drei Mal vor ihr ausgespuckt, doch es war bereits zu spät. Sie hat irgendwelche Zaubersprüche gemurmelt und da war es auch schon geschehen.« Wie zur Bestätigung legte sich Maria die Hand auf den Rücken und hielt sich mit einem Mal krumm, als täte ihr das Kreuz weh.

»Und kann es nicht sein, dass es der Mann war, der sie zum Hexentanz führen wollte?«, fragte der Stimmmeister. »Wie sah er denn aus?«

Anna konnte sehen, wie es in Marias Kopf arbeitete.

»Ich kann mich nicht mehr genau erinnern«, antwortete sie schließlich.

»Hatte er irgendetwas Auffälliges an sich?«, beharrte der Stimmmeister.

Einen Pferdefuß oder Hörner?, erklang es in Annas Kopf.

Doch Maria Metz zuckte mit den Achseln.

Anna war sich sicher, dass ihre Nachbarin lediglich nicht verstand, was der Stimmmeister von ihr hören wollte. Sonst hätte sie diese Gelegenheit, Anna auf den Scheiterhaufen zu bringen, weil sie angeblich mit dem Teufel gebuhlt hatte, gewiss nicht ungenutzt verstreichen lassen.

Du sollst nicht stehlen.

Zweites Buch Moses 20.15

Trine Moisselhenne blieb nicht genügend Zeit zurückzuweichen und sich in Sicherheit zu bringen, als der Gewaltmeister* mit seinen Männern in ihr kleines Heim eindrang. Die Türe traf sie hart am Kopf, der Schmerz trieb ihr die Tränen in die Augen und augenblicklich entwuchs der Stirn der alten Frau eine hühnereigroße Beule.

»Geh zur Seite, Alte«, forderte der Gewaltrichterbote* Trine Moisselhenne auf. Zu spät.

Die drei Männer zögerten nicht.

Annas Großmutter lehnte mit dem Rücken an der Wand, die Hände vors Gesicht gepresst, und sah der Verwüstung ihres Heims ohnmächtig zu.

Die Büttel schlitzten die Strohsäcke auf und entleerten sie auf dem Boden aus festgetretener Erde. Sie räumten die Truhe leer und warfen alle Tücher und Gewänder, die sie darin fanden, achtlos durcheinander, sodass sie schmutzig wurden, und ein Kleid mit seinem Saum gar in die noch heiße Asche der Kochstelle geriet und Brandflecken bekam. Sie warfen den Schrank, in dem Anna und ihre Ahnfrau ihr gesamtes Hab und Gut verwahrten, um, sodass er scheppernd auf den Boden fiel. Die tönernen Schüsseln zerbarsten, das Futteral mit Annas bronzener Nähnadel rollte vor die Füße des Gewaltmeisters und blieb dort liegen. Der Mann bückte sich, hob das lederne Etui auf und begutachtete den Inhalt, bevor er es in seiner Gürteltasche verschwinden ließ.

Derweil schnupperten die Gewaltrichterboten an den wenigen Lebensmitteln, die Anna und ihre Großmutter besaßen, und ließen sie anschließend achtlos in den Schmutz fallen. Sie stießen den Stapel Holzscheite an der Wand neben der Kochstelle um und suchten darunter und dazwischen nach verdächtigem Gerät.

In einem letzten Akt der Zerstörung zerstach einer der Männer das in Wachs getränkte Tuch, das zum Schutz vor Kälte und Regen das Fenster verschloss, und schließlich befand sich in der Stube nichts mehr an seinem Platz.

»Und?«, erkundigte sich der Gewaltmeister gelangweilt bei seinen Männern.

»Nichts.«

»Nicht das Geringste.«

Der Gewaltmeister grunzte grimmig. »Gut«, sagte er dann. »Verschwinden wir.«

Ohne Trine Moisselhenne, die immer noch an der Wand hinter der Tür lehnte, eines Blickes zu würdigen, verließen die drei das verwüstete Haus und schlossen nicht einmal die Türe hinter sich. Hier gab es nichts, was sich zu holen gelohnt hätte. Dessen waren sie nun sicher.

»Will sie uns jetzt endlich sagen, wer der Mann war, mit dem sie sich traf?«

Anna hielt den Blick gesenkt und schwieg. Seit die Zeugin Maria Metz entlassen worden war, hatte Anna keinen Ton mehr von sich gegeben.

»Vielleicht bringt uns eine peinliche Befragung weiter?« Der Stimmmeister hatte sich mit seinem Vorschlag an den Turmmeister gewandt, dabei jedoch so laut gesprochen, dass Anna ihn gut verstehen konnte. Und das war sicher kein Versehen gewesen.

Anna stockte der Atem. Die peinliche Befragung bedeutete nichts anderes als Folter. Was würde man mit ihr machen? Sie hatte von den schlimmsten Dingen gehört: Menschen wurde ausgepeitscht, beim Pfahlhängen wurde der Delinquent an den zusammengebundenen Armen mittels einer Seilwinde in die Höhe gezogen. Oder würde man sie zu einem Hexenbad zwingen?

Auch der Stimmmeister dachte in diesem Augenblick über den möglichen Einsatz der Wasserprobe nach, bei der man der vermeintlichen Hexe Hände und Füße zusammenband und sie anschließend in den Fluss warf. Ging sie unter, so war sie unschuldig. Schwamm sie jedoch oben, so war sie schuldig, denn Hexen waren bekanntlich leichter als Wasser. Wollte man ganz sicher gehen, so konnte man das Wasser zuvor noch segnen, dann würde es das Teufelsweib erst recht wieder ausspucken.

Gerne hätte der Stimmmeister diese Probe an Anna durchgeführt. Bereits bei dem Gedanken daran verspürte er eine gewisse Erregung. Er hätte sich ohne Zögern bereit erklärt, die Hexe zu entkleiden und zu fesseln, erinnerte er sich doch noch zu gut an seine erste Begegnung mit ihr, als der Pöbel sie vor sein Haus geschleppt hatte. Auch damals hatte er ihren starken Willen bewundert und ein gewisses Begehren empfunden. Ja, es hätte ihm gefallen, den Willen dieser jungen Frau zu brechen.

Aber zum Bedauern des Mannes entschied der Turmmeister in diesem Augenblick anders: »Bringt sie zurück in den Turm, bis sie zur Vernunft kommt!«

Anna stieß erleichtert die Luft aus.

Jakob von Langenberg winkte einen der Gerichtsdiener zu sich heran und flüsterte ihm etwas ins Ohr. Der Mann nickte, kam auf Anna zu, ergriff sie am Arm und führte sie mit sich.

Anna wusste nicht, was jetzt mit ihr geschehen würde. Welche Anordnung hatte der Turmmeister dem Gerichtsdiener gegeben? Wurde sie nun doch gepeinigt?

»Um Gottes Willen, Neffe! Wo wolltest du mich da bloß hineinziehen! Das Verfahren gegen die Hexe und ihr Teufelspferd ist in aller Munde! Fast jeder in der Stadt spricht davon, dass eine Hexenplage ausgebrochen sei. Ich schlage jeden Tag drei Kreuze, dass unsere Verabredung in der Sternengasse nicht glückte. Wer weiß, was mit uns allen geschehen wäre.«

Daniel spürte sein Blut in Wallung geraten. Schließlich war nicht er es gewesen, der damals den Treffpunkt vorgeschlagen hatte, sondern sein Oheim, der einen Hang zu derlei Späßen hatte. »Ihr habt mir Eure Hilfe zugesagt«, erinnerte er den alten Mann mit dem auffallend weißen Haar jetzt. »Entsinnt Ihr Euch nicht mehr?«

Der Alte schüttelte den Kopf. »Das war, bevor dir die Geschichte aus den Händen glitt. Ich habe nicht so viel Macht, wie du vielleicht glaubst. Nicht mehr.«

Daniel schnaubte. Vielleicht hatte der alte Mann sogar recht. Schließlich war er nicht einmal mehr Mitglied des Rates. Aber wen, wenn nicht seinen Oheim, sollte er sonst um Hilfe bitten? Seinen Vater etwa? Er wusste, dass er sich diese Mühe sparen konnte.

»Halte dich von dem Mädchen fern, wenn dir dein Kopf lieb ist«, mahnte der Alte Daniel. »Wenn du mich fragst, so ist es ohnehin bereits verloren. Also verliere du nicht auch noch deinen Kopf.« Er zwinkerte Daniel zu, stolz auf sein Wortspiel.

Der Gerichtsdiener führte Anna die steile Treppe hinauf, blieb jedoch unerwartet in einem anderen Stockwerk des Turmes stehen und schloss mit einem großen Schlüssel die Türe zu einem Raum auf, den Anna noch nicht kannte. Sie sah sofort, dass dieser Raum größer war als ihr Kämmerchen unmittelbar unter dem Dach und sogar ein kleines Fenster zum Fluss hinaus hatte, durch das ein wenig Licht hineinfiel, das aber ebenso gut Regen und Wind ungehinderten Zugang bot. Ohne ein Wort schubste der Mann Anna in die Dunkelheit und knallte die Türe hinter ihr zu.

Regungslos blieb Anna in der Mitte des Raumes stehen und begann zu weinen. Ihr Herz fühlte sich an, als wollte es zerspringen, und wenn das Fenster groß genug gewesen wäre, um sie hindurchzulassen, so hätte Anna nicht länger gezögert und sich in die Tiefe gestürzt, um ihrem Elend ein Ende zu machen.

»Warum weint Ihr?« Die Stimme klang hell und unbedarft.

Anna fuhr zusammen und wandte sich um. Sie kniff die Augen zusammen, um in dem Dämmerlicht etwas zu sehen.

Auf dem Boden, direkt in dem schmalen Lichtschein, der durch das Fenster nach unten hereinfiel, saß ein kleines Mädchen, kaum älter als vielleicht neun oder zehn Jahre.

»Ich?« Anna schniefte, fuhr sich mit dem Handrücken über die Wangen, um die Tränen abzuwischen, und räusperte sich, in dem Bewusstsein, dass sich die Augen des Mädchens längst an die Dunkelheit gewöhnt hatten und sie in allen Einzelheiten wahrnehmen konnten, während sie selbst noch nahezu blind war. »Ich …« Sie zuckte mit den Schultern. Es war nicht so einfach einem fremden Mädchen zu erzählen, was sie zum Weinen brachte.

»Kommt«, sagte die Kleine zutraulich und rückte ein Stück zur Seite. »Setzt Euch zu mir, Ihr werdet kaum glauben, wie warm die Steine sind, die von der Sonne beschienen werden.«

Anna musste lächeln und ließ sich neben dem Mädchen auf den Boden nieder.

»Und?«

»O ja«, bestätigte Anna, obwohl sie den Steinboden und die dicken Wände immer noch kalt fand. Aber vielleicht nicht mehr ganz so kalt.

»Wer bist du?«, fragte Anna und sah das Geschöpf neben sich an. Nun war sie ihm so nah, dass sie ebenfalls alle Einzelheiten erkennen konnte. Trotz der Dunkelheit. Es hatte einst sicher einmal schönes blondes Haar gehabt, das jetzt jedoch so verdreckt und verknotet war, dass man die ursprüngliche Farbe nunmehr erraten musste. Gleiches galt für das zarte Gesicht mit den aufmerksamen blauen Augen und dem hübschen Näschen: Die Wangen waren derart schmutzig, dass sie alle Aufmerksamkeit des Betrachters auf sich zogen. Die Kleider des Kindes waren nicht minder unrein und obendrein zerrissen. Den schlimmsten Anblick jedoch boten die nackten Füße des Mädchens. Erst beim zweiten Hinsehen erkannte Anna, das sie nicht in dunklen Schuhen steckten, sondern so schwarz waren, als wäre das Kind damit durch Kohlen gelaufen.

»Die Leute nennen mich Lenchen«, antwortete das Geschöpf mit glockenklarer Stimme, die so gar nicht zu seiner restlichen Erscheinung passen wollte.

»Und wieso hat man dich in den Turm gesperrt, Lenchen?«

Lenchens Augen wurden noch runder und Anna konnte sich nicht vorstellen, dass sie irgendetwas getan haben mochte, das ihre Festnahme rechtfertigte.

»Ich habe den Opferstock in der Kirche St. Kunibert geplündert.«

»Oh«, entfuhr es Anna.

»Mit Fischgräten kann man die Münzen gut herausangeln, wisst Ihr.«

»Oh.«

»Und wieso seid Ihr hier?«

Anna überlegte, was sie antworten sollte. Nicht, dass sich das Kind vor ihr fürchtete, wenn sie ihm sagte, dass sie der Hexerei verdächtigt wurde! Doch so schnell fiel ihr nichts ein. Sie war das Schwindeln einfach nicht gewöhnt.

»Nun?«, fragte Lenchen bereits ungeduldig.

»Angefangen hat alles damit, dass man behauptete, mein Pferd sei vom Teufel besessen«, sagte Anna langsam.

»Und?«, wollte Lenchen wissen, »ist es das?«

»Nein!«, empörte sich Anna und warf dem Kind neben sich einen überraschten Blick zu. Mit welcher Selbstverständlichkeit das Mädchen eine Teufelsbesessenheit für möglich hielt, überraschte sie.

»Und warum seid *Ihr* dann hier?«

Anna seufzte. »Ich … ich … man glaubt, ich hätte einer

Frau das Gliederziehen angehext«, sagte Anna schließlich die Wahrheit und beobachtete Lenchen. Würde das Kind nun von ihr, der vermeintlichen Hexe, abrücken?

Doch Lenchen nickte lediglich verstehend. »Ja, ja«, sagte sie, wie Annas Großmutter es hin und wieder zu tun pflegte. »Nachdem man meine Mutter als Hexe verurteilt hatte, wollte man auch mich brennen sehen.«

»Man wollte dich brennen sehen?« Anna glaubte, sich verhört zu haben.

Doch Lenchen nickte. »Das war in meiner Heimatstadt Nürnberg.«

»Du kommst aus Nürnberg?«

Lenchen nickte wieder, blieb jedoch stumm.

»Das ist ein weiter Weg!«

»Das ist es wohl«, bestätigte Lenchen.

»Und wieso hat man dich freigelassen?«

»Hat man nicht«, antwortete Lenchen. »Aber ich konnte entkommen.«

Anna stand der Mund offen, mit welcher Selbstverständlichkeit Lenchen aus ihrem beklemmenden Leben berichtete.

»Ich kann Hasen zaubern«, behauptete Lenchen plötzlich mit einem gewissen Stolz in der Stimme.

»Hasen zaubern?«

»Ja, Hasen, *konein*. Dazu werfe ich ein Fell in die Luft und rufe: ›Nun laufe, in des Teufels Namen!‹ Und schon springt der Has' davon.«

Anna blickte ängstlich zur Tür, denn Lenchen hatte recht laut gesprochen.

»Ein, zwei Mal habe ich auch Wetter gemacht«, fuhr Lenchen fort, von ihrer Hexenkunst zu berichten, und allmählich brach bei Anna der Angstschweiß aus, während sie den Geschichten des Mädchens lauschte. War das kindliche Fantasie oder glaubte das Mädchen selbst, was es sagte? Sie konnte nur hoffen, dass Lenchen nicht jedem so bereitwillig von ihren Künsten erzählte, sonst wäre es bald um sie geschehen.

»Lenchen«, sagte Anna mitleidvoll, »bei wem wohnst du denn, wenn deine Mutter in Nürnberg starb?«

»Och, ich wohn' mal hier, mal da«, antwortete Lenchen und spielte dabei mit einer hübschen blauen Schleife mit goldfarbenem Rand, die es im Haar trug. Die Haarschleife war umso auffallender, als sie im Gegensatz zur restlichen Kleidung des Kindes keinerlei Verschmutzungen aufwies und fast wie neu wirkte. »Im Augenblick wohne ich hier.«

»Hier?«

»Ja, hier! Ich bin hier seit ...«, das Mädchen kratzte sich am Kopf, »... als man mich hierher brachte, lag Schnee, wie lange ist das her?« Sie sah Anna fragend an.

»Es lag Schnee?« Anna spürte wachsende Verzweiflung in sich aufsteigen. Viele Kinder wohnten auf der Straße und waren aufs Betteln oder Stehlen angewiesen. Das war gewiss nichts Besonderes. Auch in dem Viertel, in dem Anna wohnte, trieben sich Kinder bei Tag und bei Nacht herum und störten die Anwohner durch ihren Lärm. Dennoch ging Lenchens Geschichte der jungen Frau zu Herzen und sie vergaß fast zu antworten. »Der letzte Schnee«, sagte sie endlich, »das war im Februar, also vor mehr als sieben Monaten!«

»Seitdem wohne ich also hier«, sagte Lenchen unberührt. »Es ist gar nicht so schlecht hier«, fuhr sie fort, als sie Annas entsetztes Gesicht bemerkte. »Immerhin habe ich hier meine eigene Kemenate.« Sie strecke die Arme von sich, die Handflächen nach oben zeigend, als präsentiere sie Anna ihr vorzügliches Heim.

Anna lächelte.

»Im Winter davor sind mir zwei Zehen erfroren«, berichtete Lenchen munter weiter und wackelte mit ihrem linken Fuß, an dem zwei der Gliedmaßen fehlten. »Deshalb hoffe ich, man lässt mich diesen Winter noch hierbleiben und die Frau des Burggreven gibt mir wieder ein paar Decken, wenn es zu kalt wird.«

Anna wusste nicht, was sie sagen sollte.

»Manchmal holt mich die Frau des Burggreven zu sich in die Stube, wenn ihr Mann nicht da ist. Dann darf ich ihr ein wenig helfen und sie gibt mir etwas Warmes zu essen. Sie macht eine gar köstliche Hühnerpastete!« Das Mädchen rieb sich mit der Hand über seinen flachen Bauch.

Anna hatte gar nicht gewusst, dass der Greve des Frankenturms verheiratet war. »Und wie lange ist das her? Das mit deiner Mutter und dass du aus Nürnberg gekommen bist, meine ich.«

»Och«, machte Lenchen wieder. »Der letzte Winter war der erste, den ich in dieser Stadt verbrachte. Im Sommer davor bin ich mit einigen anderen zusammen hierher gekommen.«

»Wie alt bist du denn, Lenchen?«, wollte Anna jetzt wissen.

Zuerst zuckte Lenchen die Achseln. Doch dann fiel ihr die Antwort ein: »So neun. Als die Katze das Haus niederbrannte, war ich sieben. Ja, und das ist zwei Winter her.«

»Welche Katze?«

»Na, wegen der Katze hat man meine Mutter doch auf den Scheiterhaufen geschickt!«, sagte Lenchen, als müsse Anna das wissen. Das Mädchen seufzte über so viel Dummheit. Doch dann erbarmte sie sich. »Also, das war so: Die Katze hatte im Ofen gelegen, auf den letzten warmen Kohlen, und als ich die Stube betrat, erschrak sie und rannte davon, ins Haus nebenan. Offenbar hatte sie noch etwas Glut im Fell, auf jeden Fall entflammte dort das Stroh und die Leute sagten, meine Mutter hätte einen Feuerzauber gesprochen, weil sie doch mit unseren Nachbarn seit Jahr und Tag Streit gehabt hatte.«

»Warum hast du ihnen nicht gesagt, dass es die Katze war?«

»Hab ich doch!«, sagte Lenchen empört. »Aber man hat mir nicht geglaubt. Sie dachten, ich wolle meine Mutter schützen.«

Anna schüttelte den Kopf. Eine so schreckliche Geschichte hatte sie noch nie gehört.

»Zuerst haben sie mich aus dem Haus geworfen, weil die Nachbarn unser Haus haben sollten als Ersatz für ihr niedergebranntes«, erzählte Lene weiter. »Und dann haben sie mich lauter Sachen gefragt: Ob ich mit meiner Mutter auf dem Hexensabbat gewesen sei und ob sie mir das Hexen beigebracht habe …«

»Und?«, unterbrach Anna das Mädchen und ahnte bereits Böses. »Was hast du ihnen geantwortet?«

»Natürlich die Wahrheit«, behauptete Lenchen ernst, »dass mir meine Mutter alles beigebracht hat, was ich weiß, und dass sie mich überallhin mitgenommen hat, nachdem Vater in die schwarze Erde gefahren war.«

»Dein Vater ist ebenfalls tot?«, fragte Anna und schluckte. Viele Kinder wuchsen ohne Mutter oder Vater auf. Der Schwarze Tod schlug überall und ohne Vorwarnung immer wieder zu. Und selbst wenn man ihm widerstand, dann gab es anderes, was einen das Leben kosten konnte.

Das wusste Anna aus leidvoller eigener Erfahrung. Dennoch erschien ihr Lenchen besonders arg vom Schicksal gebeutelt.

Lenchen nickte und bestätigte Annas Verdacht: »Zuerst bekam er viele Beulen und schwarze Flecken und als er hustete, kam Blut. Es hat nicht lange gedauert.« Zum ersten Mal wirkte auch Lenchen betroffen. Sie schwieg einen Moment und ihr Blick glitt in eine nicht vorhandene Ferne.

Auch Anna schwieg und wartete, bis Lenchen von sich aus weitersprach.

»Dann wollten die hohen Herren noch wissen, ob ich beim Teufel geschlafen habe«, fuhr Lenchen auch tatsächlich nach einer Weile mit ihrem Bericht fort. »Das habe ich aber nicht. Daraufhin übergab man mich den Nonnen. Ich war noch gar nicht lange dort, als die Äbtissin mir ein geschnürtes Bündel überreichte und mich aufforderte, sofort zu gehen. Man hatte ihr zugetragen, dass man mich abholen und vor Gericht stellen wolle.« Zum ersten Mal schimmerten Tränen in Lenchens Augen. »Ich wollte nicht fort. Die Nonnen waren gut zu mir und mir mangelte es an nichts, ich bat unter Tränen darum bleiben zu dürfen, aber die Äbtissin meinte, wenn mir mein Leben lieb wäre, so müsse ich augenblicklich verschwinden.« Bei dieser Erinnerung konnte das Mädchen nicht weitersprechen. Alles hatte Lenchen ertragen: Den Tod des Vaters, den Tod der Mutter, den sie sich womöglich sogar selbst zuschrieb, überlegte Anna, denn ihretwegen hatte sich die Katze erschreckt und war geflohen, den Verlust des Heimes und die Befragung durch die hohen Herren. Aber als sie sich dann endlich an einem neuen Ort zu Hause und in Sicherheit wähnte, hatte man sie wiederum verfolgt und vertrieben.

»O, das ist aber schön!« Mit einem Mal schien Lenchen wie ausgewechselt. Ihre Augen strahlten, als wäre ihr in ihrem ganzen Leben nichts Böses widerfahren, und sie kniete sich vor Anna hin. »Darf ich das mal sehen?«

Anna musste einen Augenblick überlegen, was Lenchen meinte, dann erst bemerkte sie, dass sie in Gedanken mit ihrem Amulett gespielt hatte.

»Du meinst dies?«, fragte sie das Mädchen und hielt ihr das Amulett an der langen Kette entgegen.

Lenchen nickte eifrig.

Anna lächelte und zog sich die Kette über den Kopf. »Hier«, sagte sie, »aber du musst vorsichtig damit sein, es bedeutet mir sehr viel.«

»Das ist wunderschön«, sagte Lenchen verträumt und betrachtete ausgiebig den runden silbernen Anhänger mit der kleinen schimmernden Perle in der leicht erhobenen Mitte. »Ist es sehr wertvoll?«

Anna lachte. »Nun, für eine feine Dame vielleicht nicht, aber für mich schon«, antwortete sie. »Es ist das Werk eines Goldschmiedes aus einem fernen Land, in dem es eine Stadt gibt, die im Wasser gebaut wurde. Die Menschen in dieser Stadt fahren nicht mit Pferdefuhrwerken auf Straßen, sondern müssen mit Booten über Flüsse fahren!«

Lenchen sah sie mit offenem Mund und großen Augen ungläubig an und Anna lächelte. Ähnlich musste sie ihre Großmutter angesehen haben, als ihre Ahnfrau ihr die Geschichte der Kette zum ersten Mal erzählte. Damals war sie so alt gewesen wie Lene jetzt und sie hatte die

Kette in einer Schatulle gefunden. Seit diesem Tag hatte sie sie, außer um sich zu waschen, nie wieder abgelegt.

»Außerdem leben in dieser Stadt viermal so viele Menschen wie in unserer!«

Lenes Augen wurden noch größer. Bereits Coellen war ihr bei ihrer Ankunft unüberschaubar groß vorgekommen, obwohl sie selbst aus einer der größten Städte des Landes kam. Aber eine Stadt, die viermal so groß war wie diese und dazu noch im Wasser gebaut worden war? Wie sollte das gehen? Das war unvorstellbar!

Anna deutete auf den Anhänger in Lenes kleiner schmutziger Hand. »Sieh mal, das hier ist Silber und dies eine kleine Perle«, sie tippte mit dem Zeigefinger auf das Geschmeide. »Aber das Wertvollste daran ist für mich, dass diese Kette früher einmal meiner Mutter gehörte.«

»Früher?«, fragte Lenchen.

Anna nickte. »Ja«, antwortete sie mit trauriger Stimme. »Auch meine Mutter ist tot«, erzählte sie dem Kind. »Sie starb kurz nach meiner Geburt.«

»Dann habt Ihr sie nie kennengelernt?«

Anna schüttelte den Kopf. »Nein.«

»Und Euer Vater?«

Anna atmete tief ein, bevor sie antwortete. »Auch er ist tot«, antwortete sie tonlos.

Lenchen schwieg und lehnte sich wieder neben Anna an die Wand, nachdem sie ihr die Kette zurückgegeben hatte.

So saßen sie stumm nebeneinander und blickten sehnsuchtsvoll zurück in eine längst vergangene Zeit. Würde das, was vor ihnen lag, besser werden?

Es ist für einen Dieb nicht so schmachvoll, wenn er stiehlt, um seine Gier zu stillen, weil ihn hungert.

Sprüche Salomos 6.30

Ich flehe Euch an, Vater!« Daniel faltete die Hände vor seiner Brust und sprach eindringlich. »Ihr könnt sie doch nicht im Turm verrotten lassen!«

»Halte dich da raus, Junge«, entgegnete Konstantin Liskirchner. »Du hast uns schon genug Schwierigkeiten gemacht.« Er brauchte nur an sein letztes Gespräch mit von Münzenberg, Helenas Vater, zurückzudenken und schon hatte er Bauchgrimmen.

»Aber Anna ist unschuldig! Ihr habt selbst gesagt, es seien die beiden Neuen, Blank und Schmor, die zur Hexenjagd geblasen hätten.«

Liskirchner sprang alarmiert von seinem Sessel hoch. »Wirst du wohl still sein, Junge! Gib acht auf deine Zunge, du machst uns sonst alle noch einen Kopf kürzer mit deinem Gerede.«

»Wenn Ihr wollt, dass ich still bin, dann helft Anna«, fuhr Daniel fort und bemühte sich, dem Blick seines Vaters standzuhalten, der ihn ansah, als wolle er ihm einen Dolch mitten durchs Herz bohren.

Die Stimme des Kaufmannes war ohne jede erkennbare Gefühlsregung, als er antwortete: »Ich lasse mich nicht nötigen. Nicht von meinem eigenen Sohn und auch von sonst niemandem. Merke er sich das.« Damit wandte er sich von Daniel ab und blickte starr aus dem Fenster.

Daniel zauderte. »Es war nicht meine Absicht, Euch zu nötigen, Vater«, sagte er schließlich. »Ich verkünde Euch lediglich, was ich zu tun gedenke. Und ich werde nicht zusehen, wie man Anna verbrennt. Was auch immer Ihr dazu zu sagen habt.«

Der Vater hatte offenbar nichts dazu zu sagen. Er sah unverwandt dem Treiben auf der Straße vor seinem Haus zu.

Daniel seufzte. »Ich weiß, dass es Euch lieb wäre, man würde Anna auf den Scheiterhaufen schicken. Dann wäret Ihr sie los. Sie, die Euch Euren Sohn abtrünnig macht und ihn widerspenstig gegen Eure Pläne werden lässt.«

Der Rücken des Vaters zuckte.

»Doch ich habe meine Entscheidung bereits getroffen«, fuhr Daniel fort und sammelte seinen ganzen Mut zusammen. »Ich werde Helena von Münzenberg nicht ehelichen.«

»Ich glaube wirklich nicht, dass das nötig ist«, beteuerte Hermann. »Es geht ihm schon viel besser!«

»Das sehe ich«, antwortete der Stallmeister. »Und nachdem wir ihm die Fontanelle gesetzt haben, wird er schnell wieder vollständig gesunden.«

Hermann seufzte. Es wäre ihm lieber gewesen, der Stallmeister hätte der Genesung mehr Zeit eingeräumt. Jedoch konnte er dem älteren Mann nichts von den Kräutern und dem Heilwasser verraten, die er Christopherus täglich mit Erfolg verabreichte. Obwohl die junge Besitzerin Anna sich entgegen ihren Versprechungen nicht noch einmal hatte blicken lassen, was Hermann aus verschiedenen Gründen zutiefst bedauerte.

Der Stallmeister zog an der Haut an Christopherus' Brust und ritzte sie, ohne zu zögern, mit einem scharfen Messer ein.

Das Pferd schrie vor Schreck und Schmerz und versuchte aufzustehen. Doch Hermann war darauf vorbereitet und stützte sich mit seinem gesamten Gewicht auf Christopherus' Hals und Schulter. Zudem hatte man dem ohnehin geschwächten Hengst die Läufe zusammengebunden, sodass er sich kaum wehren konnte. Er lag schnaufend und zitternd auf dem kalten Boden. Schaum tropfte aus seinem Maul. Trotz des Bilsenkrauts, das man ihm verabreicht hatte, bereitete die Prozedur dem Tier sichtlich Schmerzen.

»So«, sagte der Stallmeister, nachdem er ein münzgroßes Stück in Öl getränktes Leder unter die Haut des Pferdes geschoben hatte.

Sie lösten die Seile von Christopherus' Fesseln und brachten sich durch ausreichenden Abstand in Sicherheit, als das Pferd aufsprang.

»Beobachte die Stelle«, riet der Stallmeister dem Knecht, »sobald sie eitert, rufst du mich und ich zeige dir, wie du sie mit warmem Wasser auswäschst.«

Hermann rieb sich den Schweiß von der Stirn. Er war ein kräftiger Bursche und Christopherus ein krankes und zudem recht zierliches Pferd. Dennoch hatte die körperliche Anstrengung ihn erschöpft. Er zitterte ebenso wie der Hengst und war froh, als der Stallmeister ging und ihn mit dem Pferd allein ließ.

Hermann hob die Hand und wollte Christopherus über

die Stirn streicheln, doch der Rappe wich ängstlich vor ihm zurück.

Der Pferdeknecht seufzte bedauernd.

»Anna Meutin!« Die Stimme drang aus weiter Ferne an Annas Ohr. Doch das Rütteln an ihrer Schulter war recht nah. Mühsam öffnete Anna die Augen und sofort spürte sie die eisige Kälte, die ihre Glieder lähmte.

»Los, steht auf«, raunte die Stimme der jungen Frau zu. Anna blickte hoch und erkannte das Gesicht eines jungen Mannes, der sich über sie beugte und gegen ihre Schulter stieß.

»Ihr seid frei, Ihr könnt gehen«, sagte der Knappe des Burggreven.

»Frei? Gehen?« Anna runzelte die Stirn.

»Es wurde ein Pfand für Euch hinterlegt«, erklärte der Bursche. »Ihr dürft vorerst den Turm verlassen, müsst Euch aber dem Rat zur Verfügung halten.«

Annas Geist arbeitete langsam. Vielleicht war auch ihm die Kälte nicht bekommen.

»Los jetzt«, drängelte der junge Mann und packte Anna am Arm, um ihr aufzuhelfen.

Anna erhob sich und schüttelte die zudringliche Hand des Mannes ab. »Wartet einen Augenblick«, verlangte Anna und beugte sich über das kleine Geschöpf, das zusammengekauert in einer Ecke des Raumes lag. Im Schlaf hatte Lenchen die Beine dicht an ihren Oberkörper gezogen, ihr Haar hing wirr in ihr Gesicht hinein.

»Lenchen«, flüsterte Anna. »Lenchen, wach auf, ich möchte dir Lebewohl sagen.«

Lenchen rührte sich nicht.

Zärtlich strich Anna dem Kind übers Haar und seufzte. Sie hatte das Mädchen in der kurzen Zeit in ihr Herz geschlossen. Sie waren einander so nah gekommen, hatten sich so viel erzählt, dass die junge Frau meinte, Lenchen schon lange zu kennen.

»Lebe wohl, Lenchen«, sagte Anna leise zu dem schlafenden Kind, denn das Mädchen schien schier unerweckbar. »Ich wünsche dir viel Glück.« Sie strich dem zarten Wesen ein letztes Mal übers Haar und folgte dem jungen Mann, der bereits ungeduldig mit dem großen Schlüssel klimperte.

Anna sah zu, wie der Gehilfe des Burggreven den Gefängnisraum wieder sorgfältig verschloss, nachdem sie ihn verlassen hatte.

Ach, wenn sie dem armen Kind hinter dieser verriegelten Türe doch nur irgendwie hätte helfen können!

»Folgt mir«, herrschte der Mann Anna an und stieg vor ihr die Treppe hinunter. Anna riss den Blick von der verschlossenen Türe los und tat, wie ihr geheißen.

Hinter der Türe schlug Lenchen die Augen auf und lauschte bewegungslos auf die sich entfernenden Schritte. Eine Träne rann aus ihrem Augenwinkel. Das Mädchen ließ es geschehen.

Nach einem Tag und einer Nacht im Turm erschien Anna alles um sie herum grell und laut. Und so wählte sie den etwas ruhigeren Weg am Flussufer. Dabei kam sie am Neugassentor entlang, über den Fischmarkt und an der großen Kirche St. Martin vorbei, deren Glocken soeben zur Terz* schlugen. Bei ihrem Anblick entsann sie sich ihres letzten Gesprächs mit Lene.

»Was gedenkt Ihr zu tun, um Euer Pferd zu retten?«, hatte Lenchen wissen wollen.

Anna zuckte mit den Schultern. »Wenn ich das nur wüsste. Mir rinnt die Zeit davon wie der Sand durch die Sanduhr, aber mir fällt nichts Gescheites ein.«

Lenchen kicherte unerwartet. »Eine der Nonnen, bei denen ich wohnte, hat mir einmal eine lustige Geschichte erzählt«, sagte sie. »Sie fällt mir beim Gedanken an Euer Pferd wieder ein. Soll ich sie Euch erzählen?« Lenchen wartete Annas Antwort nicht ab, sondern sprach direkt weiter: »Margarethe, so hieß die Nonne, ist nämlich einmal bis nach Frankreich gepilgert.« Lenchen sah Anna mit ihren großen Augen an. »Kennt Ihr Frankreich?«

Anna schüttelte den Kopf. »Nein«, antwortete sie. »Du bist mehr in der Welt herumgekommen als ich, wenn du den weiten Weg von Nürnberg hierher gemacht hast.«

»Wirklich?«, fragte Lenchen stolz und fuhr anschließend fort: »Nun, Margarethe jedenfalls war noch weiter gereist. Damals wollte sie zu irgendeiner Verwandten, genau weiß ich es nicht mehr, die in einem kleinen Dorf in Frankreich lebte. Und dort wurde sie Zeugin eines sehr merkwürdigen Prozesses, der das Gericht einige Zeit in Anspruch nahm.

Die Einwohner des Ortes ersuchten um ein Urteil in einer Missetat, bei der es um einen verbrecherischen Übergriff ging, der Schmach und Schande über den ganzen Ort gebracht hatte. Sie forderten, die Übeltäter schleunigst des Dorfes zu verweisen.«

»Was hatten die bösen Buben denn verbrochen?«, wollte Anna wissen.

Lenchen lachte wieder. »Geduld«, forderte sie, »ich erzähle es Euch ja. So, wie Margarethe es mir erzählte. Also.« Lenchen setzte sich aufrecht hin. »Es geschah am zweiundzwanzigsten Tage des Monats April im Jahre des

Herrn 1531.« Lenchen kratzte sich am Kopf. »Damals muss Schwester Margarethe aber wirklich sehr jung gewesen sein. Jetzt ist sie allerdings mindestens hundert.«

Anna zog zweifelnd die Augenbrauen hoch, verzichtete jedoch darauf, das Kind zu fragen, für wie alt es denn sie hielte. Vermutlich fiele die Antwort nicht eben nach ihrem Geschmack aus.

»Nun, an jenem Tage wurde der Bischof, wie in jedem Jahr einmal, in dem kleinen französischen Dorf als Gast erwartet. Zu diesem Anlass wurden der Ort und die Kirche aufs Feinste geschmückt. Eigens für den Bischof gab es einen Stuhl, der das gesamte Jahr über am Dachsparren der Kirche angebunden war, sodass er nicht durch ein Kind oder einen anderen Unwürdigen beschmutzt werden konnte. Dieser Stuhl wurde nun zu dem geschmückten Altar herabgelassen, damit der Bischof darauf vortrefflich Platz fände. Und so geschah es, dass der Bischof unter den Augen der Würdenträger des Ortes und unter den Augen von Margarethe, die Treppe zum Altar emporstieg, sich der Gemeinde zuwandte und sich auf seinem Throne niederließ.

Doch kaum hatte des Bischofs Hintern den eigens für ihn hergerichteten Holzstuhl berührt, so gab der unter seiner Last nach, zerbrach und der Bischof stürzte mit dem Haupt voran auf die Altarstufen.«

Anna bezweifelte zwar, dass die altehrwürdige Nonne aus Nürnberg vom Hintern des hohen Geistlichen gesprochen hatte, war aber ansonsten von Lenchens Geschichte sehr angetan und freute sich, als das Mädchen fortfuhr:

»Eine Untersuchung des Stuhles ergab, dass der schändliche Holzwurm sein teuflisches Werk verrichtet hatte, das den Bischof aus dem Himmel des Lichtes in die Finsternis der Blödigkeit stürzte, aus der er sich fortan nie mehr erheben sollte. Um nun dem Zorn Gottes zu entgehen, baten die Dorfbewohner das Gericht, die Tiere aufzufordern, ihre Wohnstatt zu verlassen und sich hinweg zu begeben aus dem Hause Gottes.«

Anna lachte. »Und kam das Gericht der Bitte nach, indem es die Holzwürmer verbannte?«

»Schwester Margarethe erzählte, zunächst sei es wochenlang hin und her gegangen. Der Verteidiger beanstandete die Vorladung, aus der nicht zweifelsfrei hervorgegangen sei, ob sie sich an einen einzelnen oder an eine Gruppe der Holzwürmer richtete, oder ob etwa die gesamte Gemeinschaft zum Verhör geladen werden sollte, bloß, weil eine niederträchtige Bande von ihnen ihr Unwesen treibe. Er entschuldigte das Nichterscheinen seiner Mündel damit, dass die Reise zu gefährlich für sie wäre. Schließlich würde man auch einer Ratte zugestehen, dass sie keine Wegstrecke passiere, die voller Katzen sei. Und er bezeichnete die Angeklagten als Geschöpfe Gottes, die nichts Böseres getan hätten, als das zu fressen, was Gott als Speise für sie vorgesehen habe. Dafür seien sie kaum zu verurteilen.«

Anna bewunderte Lenchens gauklerisches Geschick. Kaum hatte das Kind mit seiner Geschichte begonnen, schien aus ihm die alte weise Nonne zu sprechen, die ihm einst die Geschichte erzählt hatte. Anna konnte die gottesfürchtige Frau regelrecht vor sich sehen, denn Lenchen sprach nicht nur anders, sie zog sogar andere Grimassen und selbst die Gesten ihrer Hände, mit denen sie ihre Ausführungen hier und da untermalte, waren nicht die ihren.

»Der Ankläger wiederum hielt dagegen, der Herr habe Moses das Heilige Gesetz überreicht und in diesem stünde: ›Wenn ein Ochse einen Mann oder ein Weib stößt, sodass sie sterben, so solle man den Ochsen steinigen.‹«

Anna nickte bei diesen Worten. Auch Daniel hatte sie ihr gegenüber schon einmal zitiert.

»Habe also Gott damit nicht den Menschen das Recht zum Urteil über die Tiere gegeben?«, fuhr Lenchen fort. »Ferner, so erläuterte der Ankläger, wäre es ihm neu, dass Katzen Holzwürmer auf ihrem Wege zum Gericht fräßen, doch er ließe sich diesbezüglich gerne eines Besseren belehren.«

Anna wusste nicht, was sie von dieser Geschichte halten sollte. Sie bekam allmählich den Eindruck, nicht nur der Bischof sei bei dem Unglück in den Stand der Blödigkeit gestürzt.

»Er führte weiter aus«, berichtete Lenchen, »der Holzwurm fände keinerlei Erwähnung in der Heiligen Schrift und darüber hinaus sei nicht zu vermuten, dass er auf der Arche Noah Platz gefunden habe, die bekanntlich aus Holz gebaut gewesen wäre, und insofern sei bewiesen, dass dies schändliche Geschöpf seinen Leib dem Teufel vermacht habe.

Der Verteidiger wiederum konterte, indem er die Dorfbewohner der Gotteslästerung und des Frevels beschuldigte. Sie hätten sich gegen Gott versündigt, ihren Zehnten nicht gezahlt, wären ihren Pflichten nicht nachgekommen und derlei mehr, sodass Gott ihnen die Holzwurmplage als Mahnung geschickt habe.«

»Und wie ging die Sache schlussendlich aus?«, wollte Anna wissen.

»Das Gericht sprach sein Urteil und verbannte das abscheuliche Geschmeiß. Es befehligte, die Holzwürmer müssten innerhalb eines Zeitraumes von sieben Tagen Kirche und Ort verlassen.

Die Menschen jedoch wurden ermahnt, sich sorgsam der Pflicht der Wohltätigkeit zu erinnern, wie die heilige Kirche es gebiete, und ihren Zehnten pünktlich abzuliefern, und sich einmal im Jahr, am Jahrestag des Unfalls, als der Bischof wider die Altarstufen und damit in die Finsternis der Blödigkeit stürzte, in der Kirche zu versammeln und der Mahnung Gottes zu gedenken.«

Am Ende der Geschichte angelangt, hatten Lenchen und Anna friedvoll nebeneinandergesessen, jede in ihre eigenen Überlegungen versunken, inwieweit die Reden des französischen Verteidigers womöglich auch Christopherus vor dem Tode retten konnten, bis sie darüber eingeschlafen waren.

Am Hasengassentor angekommen, bog Anna nun nach rechts ab. Sie meinte zu taumeln, als sie den Weg über den Alten Markt anstrebte. Feixende Gesichter kamen ihr entgegen und Anna kniff die Augen zusammen. Sie fühlte sich benommen. Grölend stießen zwei junge Männer gegen sie und beinahe hätte Anna dabei das Gleichgewicht verloren und wäre gestürzt.

Je näher sie dem Mittelpunkt des Marktplatzes kam, desto ausgelassener wurde die Stimmung der Menschen um sie herum und schließlich sah auch Anna, was das Volk so erheiterte: Am Pranger* stand eine Frau, Anna schätzte sie auf höchstens zwanzig Jahre, und über ihrem Kopf hing ein Schild, auf dem stand:

Eß hait gegenwortig unzuchtig weib
diese straeff verdient an irem leib
Mit teuefelen, betriegen und schedtlicher thath,
darumb sei hie zum exempel stahet.

Um den Schandpfahl herum tanzten gleichermaßen Männer und Frauen und sangen Spottlieder auf die zur Schau gestellte Schuldige. Der Käfig, in dem die Verurteilte gefangen war, stand etwas erhöht auf einem Holzgestell und war somit weithin sichtbar. Die Menschen wurden durch den Anblick regelrecht angelockt und die Frau damit dem Spott der Menge preisgegeben.

Auch Anna blieb einen Moment stehen und betrachtete die Frau in dem Käfig, die nur wenig älter sein konnte als sie selbst. Was mochte sie angestellt haben? Hatte man sie wie Lenchen beim Stehlen erwischt? Würde man vielleicht auch Lenchen als Diebin an den Pranger stellen und sie dem Gespött des Volkes aussetzen?

Bei diesem entsetzlichen Gedanken schnürte Mitleid mit Lenchen Anna die Luft ab. Unwillkürlich fasste sie sich an den Hals – und schrie laut auf. Die Menschen links und rechts von ihr blickten sie erschrocken an. Ungläubig tastete Anna am Ausschnitt ihres Kleides herum. Doch da war nichts.

Nichts.

Man muss dem Bösen wehren mit harter Strafe und mit ernsten Schlägen, die man fühlt.

Sprüche Salomos 20.30

So schnell sie ihre Beine trugen, rannte Anna nach Hause und störte sich nicht an den verwunderten Blicken einiger Passanten. Sie sehnte sich nach der Sicherheit ihres Heims, und wenn es noch so klein und einfach war, nach den tröstenden, liebkosenden Armen ihrer Großmutter, nach Ruhe und Geborgenheit.

Nach dem ersten Gedanken, umzukehren und Lene zur Rede zu stellen, hatte sich Anna eines Besseren besonnen. Nicht nur, dass sie fürchtete, man könne es sich anders überlegt haben und sie kein zweites Mal gehen lassen, sie wollte auch trotz ihres Zorns auf das Kind nicht diejenige sein, die Lene endgültig aufs Schafott brachte. Ach, hätte sie dem Kind die Geschichte der Kette doch nur nicht so schillernd ausgeschmückt, vielleicht wäre Lenchen dann nicht dem Gedanken verfallen, die Kette besitzen zu wollen. Ein kleiner Teil in ihr musste sogar über Lenchens Geschick lächeln. Wie hatte das Mädchen es nur angestellt, ihr die Kette im Schlaf so achtsam zu lösen, dass sie nichts davon mitbekam?

Anna fluchte aus Wut auf sich selbst, während sie die Türe zu ihrem kleinen Häuschen aufstieß.

Ruckartig blieb sie auf der Schwelle stehen. Der Anblick, der sich ihr bot, war verheerend: Stühle und Tisch lagen umgekippt auf dem Boden, der Inhalt der Truhe darüber verstreut, die Schubladen und Türen des einzigen Schrankes standen offen und überall lag Stroh herum, das – wie Anna mit Entsetzen bemerkte – aus den Leinensäcken stammte, die Anna und ihre Ahnfrau zum Schlafen verwendeten. Die leeren Säcke lagen aufgeschlitzt in den Ecken.

Aufgeschlitzt war auch das Tuch vor dem Fenster. Es hing in Fetzen herunter.

»Gütiger Gott!«, stieß Anna hervor. Dann rief sie: »Großmutter!« Sie eilte ins Innere der Stube und sah sich in dem Dämmerlicht um. Der Vorhang, hinter dem Großmutter ihre Bettstatt verbarg, war heruntergerissen. Doch nirgends entdeckte Anna auch nur einen Zipfel ihres Kleides.

»Großmutter!«, rief sie erneut und spürte blanke Panik in sich aufsteigen. Was war in ihrer Abwesenheit geschehen? Was hatte man ihrer Ahnfrau angetan?

Obwohl Anna von der Mitte des Raumes aus eigentlich alles im Blick hatte, ging sie nun von Ecke zu Ecke, hob hier und dort etwas hoch und ließ es wieder fallen. Doch nirgends fand sich ein Hinweis auf den Verbleib ihrer einzigen lebenden Verwandten.

Oder lebte sie nicht mehr? Hatte man sie aufgeschlitzt wie die Strohsäcke und das Tuch vor dem Fenster?

Anna stolperte beinahe über die Scherben der zwei tönernen Schalen, die zerbrochen auf dem Fußboden lagen, als sie zurück zur Tür stürzte. Wenn Großmutter nicht im Haus war, dann gab es nur noch eine Möglichkeit, wo sie sie finden konnte – vorausgesetzt, ihr war nichts geschehen.

Die Hühner stoben in alle Himmelsrichtungen auseinander, als Anna hinter das Haus eilte. Sie achtete nicht auf das Federvieh, sondern riss die Tür zu Christopherus' Stall auf. Der Geruch nach Heu stieg ihr in die Nase.

»Großmutter, bist du hier?«

Sie erhielt keine Antwort.

Anna wollte die Türe soeben wieder zufallen lassen, als sich plötzlich an der hinteren Wand des einfachen Bretterverschlages etwas regte.

»Großmutter!«, stieß Anna erleichtert hervor und eilte auf die alte Frau zu, die ihr zitternd die Hände entgegenstreckte.

Die beiden Frauen fielen einander in die Arme und eine spendete der anderen Trost.

Es hatte einige Zeit in Anspruch genommen, bis sie sich gegenseitig von ihren Erlebnissen berichtet hatten, und endlich konnte Anna mit dem Aufräumen beginnen.

»Sorgt Euch nicht, Großmutter«, sagte sie, während sie die Tücher und Gewänder vom Boden aufhob und zusammenfaltete, um sie zurück in die Truhe zu legen. »Noch ist nicht alles verloren.« Anna wäre froh gewesen, wenn sie die Zuversicht, die sie ihrer Ahnfrau zu vermitteln suchte, selbst empfunden hätte. »Ich ziehe morgen in aller Frühe los und verkaufe unsere bronzene Nähnadel. Wir brauchen sie nicht dringend, aber wir werden genügend Geld für sie bekommen, um unseren Hausstand wieder in Ordnung zu bringen. Wir können auch mit einfachen Nadeln nähen.«

»Das werden wir auch müssen«, sagte die alte Frau, die auf dem mittlerweile wieder aufgerichteten Stuhl am

Tisch saß. »Denn mit unserer guten Nähnadel sticht nun die Frau des Gewaltmeisters Muster in ihre Kleider.«

»Wovon sprecht Ihr?« Anna verharrte mit dem vom Ruß der Kochstelle geschwärzten Kleid auf ihren Armen.

»Der Gewaltmeister hat die Nadel an sich genommen, während seine Männer unser Haus zerstörten.«

»Dieser gemeine Hundsfott!« Anna schossen vor Wut die Tränen in die Augen. Es war eine Sache, wenn ein armes Mädchen wie Lene der Versuchung nicht widerstehen konnte, und eine gänzlich andere, wenn ein Gewaltmeister seine Stellung missbrauchte und sich am Hab und Gut der Menschen vergriff, die täglich ums Überleben kämpften. Oder hatte sich der gute Mann gedacht, die zwei Frauen bräuchten fortan nichts mehr, da ihre Lenze gezählt seien? Die junge ihr Leben auf dem Richtplatz aushauchte und die alte anschließend vor Gram starb?

»Vielleicht müssen wir uns von deiner Kette trennen?«, schlug die Großmutter vorsichtig vor. »Sie würde uns auch einiges einbringen.«

Anna schluckte. Dies war der einzige Teil in ihrem Bericht, den sie bislang ausgespart hatte, da sie nicht wusste, wie Großmutter den Verlust verkraften würde. Sie wandte der alten Frau wortlos den Rücken zu und legte das Kleid zu den anderen. »Ich …«, begann sie.

»Ja?«

»Ich …«

»Ja?«

»Das Mädchen, von dem ich dir erzählte …«

»Ja?«

»Es hat mir die Kette entwendet, während ich schlief.« Anna drehte sich wieder zu ihrer Ahnfrau um und blickte sie mit traurigen Augen an.

Großmutter sagte nichts, sondern rieb sich mit ihren alten, von der jahrelangen Feldarbeit rauen Fingern die Stirn. »Dann haben wir fast nichts mehr«, sagte sie schließlich.

Anna runzelte die Stirn. »Wieso fast?«

Großmutter erhob sich schwerfällig und schlurfte in die Ecke des Raumes, in der sonst ihre Bettstatt stand. Sie wühlte in einem Ballen alten Stoffs, den Anna bei genauerem Hinsehen als den Mantel erkannte, den ihre Ahnfrau während der Wintermonate zu tragen pflegte, und holte schließlich etwas kleines Viereckiges hervor, das zusätzlich in ein schmutziges Tuch eingewickelt war.

»Das haben die Männer übersehen«, sagte die Alte nicht ohne Schadenfreude und schlug das schmutzige Tuch zurück. Zum Vorschein kam eine kleine Schatulle, deren Deckel mit feinstem Elfenbein belegt war.

»Die Schmuckschatulle!«, rief Anna und betrachtete das Kästchen, in dem sie vor vielen, vielen Jahren die Kette ihrer Mutter gefunden hatte. »Die hatte ich ganz vergessen!« Sachte strich sie über das weiße Gold*, mit dem der Deckel der Schatulle verziert war.

»Nimm sie«, sagte Großmutter und drückte Anna die Kiste in die Hand. »Und sieh zu, was du dafür bekommen kannst. Es ist das letzte Kostbare, was wir besitzen.«

Anna wog die acht Gulden in ihrer Hand, die ihr der Verkauf der Schmuckschatulle eingebracht hatte. Die Schatulle war gewiss das Doppelte wert, aber sie musste froh sein, so schnell einen Käufer gefunden zu haben, und die acht Gulden konnten Großmutter und sie einen Monat oder länger am Leben erhalten, wenn sie nur sparsam genug damit umgingen.

Die alte Frau hatte seit gestern nichts mehr gegessen, nachdem die Männer ihr Haus verwüstet und die letzten Lebensmittel in den Schmutz geworfen hatten, und auch Annas Magen forderte Beachtung. Und so beschloss Anna, auf dem Markt Getreide und Milch zu erwerben, bevor sie sich auf den Heimweg begab. Zusammen mit ihren Eiern und den letzten Äpfeln konnte sie daraus sicher etwas Schmackhaftes zubereiten.

Allmählich keimte wieder Hoffnung und Lebenswille in Anna auf. Sie nahm sich vor, noch heute auf dem Feld nach dem Rechten zu sehen und zu ernten, was zu ernten war. Die empfindsamen Saaten waren fraglos zerstört, doch einiges, etwa Äpfel und Pflaumen, war robust genug, um auch eine Zeit ohne Pflege zu überstehen.

Ach, wenn ihr doch nur etwas einfiele, um Christopherus von diesem unsinnigen Vorwurf zu befreien! In vier Tagen war der Tag des heiligen Michael. Bis dahin hatte der Rat ihr Zeit gewährt, um Beweise für Christopherus' Unschuld zu sammeln. Doch bisher war sie in dieser Angelegenheit noch nicht einen Schritt weitergekommen. Sie hatte ihr Pferd nicht einmal mehr besuchen können!

Inzwischen war Anna auf dem Alten Markt angekommen, den sie erst heute früh in wilder Hast verlassen hatte. Sie warf einen scheuen Blick zum Pranger hinüber und atmete erleichtert aus, als sie sah, dass der Kax* leer war.

Auf dem Alten Markt gab es täglich alles zu kaufen. Auch sie veräußerte hier oft ihre Erzeugnisse und kannte viele der Marktfrauen und ihre Produkte. So wusste sie etwa, dass ihr Geld beim hiesigen Fleischhändler nicht gut angelegt war, auch wenn es als besonders wohlfeil angepriesen wurde. Nicht von ungefähr trug sein Stand bei seinen Kunden den Spottnamen *Kotzbank*.

Jetzt blieb Anna an einem Stand stehen, an dem es Honig und Kerzen zu kaufen gab. Sie nahm eine mittelgroße Kerze in die Hand und betrachtete sie. Soeben wollte sie sich an die Marktfrau wenden, um nach dem Preis zu fragen, da fühlte sie die Kerze jäh aus ihrer Hand gerissen. Erschrocken blickte Anna auf und in das Gesicht der Verkäuferin, die sie zugleich bange und wütend anstarrte.

»Was ist mit Euch?«, fragte Anna besorgt. Sie drehte sich um. War etwas hinter ihr, das die Frau ängstigte? Anna kannte sie als gottesfürchtige Person, die stets freundlich grüßte, wenn sie bei Anna Eier oder Salat erwarb. Und sie erließ Anna hin und wieder einen Albus, wenn die ihr zwei Töpfe Honig statt einem abnahm.

»Verschwindet!«, schimpfte die Marktfrau jetzt und wedelte mit der Hand vor Annas Gesicht, als wolle sie eine lästige Fliege verscheuchen. »Mit Euch will ich nichts mehr zu schaffen haben!«

Noch einmal drehte Anna sich um und blickte hinter sich.

Doch da war niemand.

»Meint Ihr etwa mich?« Anna riss ungläubig die Augen auf und legte sich eine Hand auf die Brust.

»Wen denn sonst? Verschwindet, los, los! Von mir könnt Ihr nichts für Eure Hexerei kaufen und ich werde auch von Euch nichts mehr erwerben.« Sie schlug schnell ein Kreuz.

»Aber …« Anna rang um Worte.

Vergebens.

Endlich löste sich ihre Erstarrung und sie trat zurück.

In ihrem Kopf rauschte das Blut, während sie sich blind vor Wut und Verzweiflung einen Weg durch die schmalen Gänge des Marktes bahnte und gegen einen jungen Mann stieß, der sich soeben einen Sack mit einem Malter* Roggen auf die Schulter hieven wollte. »He, passt doch auf!«, schrie der Bursche ihr zornig hinterher, als der Sack seinen Händen entglitt und einiges von dem teuer erworbenen Getreide auf dem schmutzigen Boden landete. Doch Anna hörte ihn schon nicht mehr. Zum zweiten Mal an einem Tage flüchtete sie von diesem Ort nach Hause.

»Nun weine nicht mehr.« Großmutter tupfte Anna mit ihrem Ärmel die Wangen trocken. »Meine alten Knochen sind so müde, dass ich froh bin, wenn der Tag ein Ende hat. Ich brauche wahrlich kein Licht, um ihn noch zu verlängern.«

Anna lächelte unter Tränen, dankbar für den Zuspruch der alten Frau, die es wie schon so oft vortrefflich verstand, ihrer Enkelin Trost zu spenden.

Trine Moisselhenne holte den hölzernen Eimer, der neben der Kochstelle stand, und reichte ihn Anna. »Hier, Kindchen, lauf und hol uns frisches Wasser. Wir werden sehen, was wir uns aus dem, was wir haben, Köstliches zubereiten können.«

Wassersuppe, dachte Anna, aber sie nahm den Eimer bereitwillig entgegen und machte sich damit auf den Weg.

Anna schlenkerte den Eimer, wie sie es als Kind immer getan hatte, aber es bereitete ihr nicht die gleiche Freude.

Schon von Weitem bemerkte sie die kleine Gruppe Frauen, die neben dem mit Holz umkleideten Brunnen mit dem spitzen Dach dicht beieinander standen, die

Köpfe zusammengesteckt, und so in ihr Gespräch vertieft waren, dass sie Annas Näherkommen zunächst nicht bemerkten.

»Gott zum Gruße«, sagte Anna und nickte den drei Nachbarinnen, die sie vom Sehen kannte, freundlich zu, während sie an ihnen vorbei auf den Brunnen zuging.

Das so rege geführte Gespräch verstummte und drei Augenpaare folgten Anna.

Sie hatte die drei flachen Stufen, die zum Brunnen hinaufführten, noch nicht erklommen, als sie hinter sich ein Zischen vernahm. Anna kümmerte sich nicht darum und hängte ihren Eimer an den eisernen Haken über der Brunnenöffnung. Sie wollte soeben den Eimer mithilfe der Kurbel hinunterlassen, als das Zischen hinter ihr lauter wurde.

»Das ist doch die Hexe, oder?«

»Ich dachte, man hätte sie in den Turm gesperrt.«

»Ja, zu ihrem Teufelspferd. Wo sie hingehört.«

»So war es mir auch zu Ohren gekommen.«

»Und was macht sie dann hier?«

Stille.

»Womöglich will sie das Wasser vergiften?«

Anna hielt den Atem an.

»Ihr meint, sie könnte einen Schadenszauber sprechen?«

»Das können wir nicht zulassen!«

Das Seil, mit dem der Eimer in den Brunnen hinabgelassen wurde, quietschte, während es sich langsam abwickelte, und Annas Herz klopfte bis zum Hals. Sie wartete darauf, dass etwas geschah. Mit einem Mal fühlte sie sich am Rock gepackt und mit blanker Gewalt vom Brunnen weggezogen. Sie stolperte, verlor das Gleichgewicht, stürzte die drei Stufen hinab und schlug mit den Ellenbogen auf den harten Boden auf, als sie versuchte, den Sturz abzufangen. Der Schmerz trieb ihr die Tränen in die Augen.

»Hinfort mit Euch!« Das Gesicht der Frau, die sich über Anna beugte, war mit roten Flecken übersät.

Anna starrte sie entsetzt an.

»Verschwindet!«, rief nun die zweite und baute sich neben der ersten über Anna auf.

Mit einem Mal traf etwas Hartes Annas rechtes Ohr und für einen Augenblick wurde ihr schwarz vor Augen. Dann erkannte sie ihren Eimer, den die dritte vom Haken genommen und ihr gegen den Kopf geworfen hatte, und der jetzt vor ihr ausrollte.

»Los, nehmt Euren Eimer und verschwindet«, schimpfte nun auch die dritte Frau, die kaum älter war als Anna selbst. »Wir wollen Euch hier nicht.«

»Wir werden Euch keine Gelegenheit geben, unser Wasser zu vergiften!«, zeterte die erste und spuckte vor Anna aus.

Mit zitternden Knien versuchte Anna auf die Füße zu kommen, die Gesichter der keifenden Frauen über sich. Zu teuflischen Fratzen verzogen, schrien sie hinter Anna her, die sich taumelnd und stolpernd in Sicherheit brachte.

Durch das kleine Fenster mit seinen dicken Scheiben schien das kalte Licht des Mondes.

Christopherus trat von einem Huf auf den anderen und schlug zugleich mit dem Kopf. Bei jeder Bewegung schmerzte die offene Stelle an seiner Brust und doch konnte der Hengst nicht innehalten in seinem Versuch, sich auf jede nur erdenkliche Art und Weise Bewegung zu verschaffen. Solange er mit dem Kopf wackelte, war wenigstens irgendetwas in seiner Umgebung in Bewegung. Und wenn es nur das Auf und Ab der Mauersteine vor ihm war.

Christopherus schnaubte und spitzte die Ohren, während er dem eigenen Geräusch zuhörte. Ach, wie sehnte sich der Hengst nach Geräuschen von anderen, nach neuen Bildern, nach Bewegung! Er wieherte und horchte, ob von irgendwo eine Antwort kam.

Nichts.

Noch einmal wieherte Christopherus. Lauter diesmal.

Doch immer noch wurde sein Rufen nicht erhört.

Nun wieherte der Hengst und schlug zugleich mit dem linken Hinterhuf aus. Dabei traf er die hölzerne Türe und wurde endlich mit einem Geräusch belohnt, das nicht unmittelbar von ihm stammte. Nun gab es für den Rappen kein Halten mehr. Wieder und immer wieder ließ er den Huf gegen das Holz krachen und lauschte dem Klopfen und Hämmern.

»*He!*«

Der Ruf war so durchdringend, dass Christopherus die Ohren anlegte.

»Elende Mähre!« Der Burggreve war ungehalten, als er im Nachthemd in den Raum stürmte. Wenn das Vieh weiterhin so lärmte, würde sich bald jemand beschweren! Er griff nach der Rute, die an der Wand hing, und ließ sie zornentbrannt auf Christopherus' Kruppe niederfahren. In diesem Augenblick hatte er den Teufel in Christopherus, der ihn sonst so furchtsam werden ließ, dass er das Pferd lieber tot als lebendig sah, aus seinem Gedächtnis verdrängt.

Der Hengst wieherte schmerzvoll auf.

Erst als er seinen rechten Arm kaum noch heben konnte, hatte Johann Rommerskirchen genug. Und jegliche Geister eigenhändig vertrieben.

Christopherus gab schon lange keinen Laut mehr von sich.

Zur gleichen Zeit ein wenig weiter südlich beschien derselbe helle Mond ein Paar, das einander eng umschlungen hielt. Die junge Frau verbarg ihr Gesicht an der Schulter des Mannes. Hin und wieder wurde ihr Körper von einem Schütteln erfasst und ein tiefes Schluchzen entwich ihrer Kehle.

Der Mann strich über das haselnussbraune Haar und atmete den Duft der Frau ein.

»Ich wünschte«, sagte er leise, »wir könnten einfach von hier fortgehen und woanders gemeinsam von Neuem beginnen.«

Das Schluchzen an seiner Schulter wurde lauter. Anna wünschte sich selbst nichts sehnlicher, doch war ihr zugleich schmerzhaft bewusst, dass die Erfüllung dieses Wunsches unmöglich war. Nicht die Liebe bestimmte das Leben, sondern das Leben die Liebe. Niemals würde sie Daniel als Ehefrau zugehören können. Sie beide hatten keine gemeinsame Zukunft. Eine andere war für ihn bestimmt, würde an seiner Seite stehen, nicht sie, eine einfache Bäuerin mit schmutzigen und rauen Händen. Das wusste sie, obwohl Daniel nie mit ihr darüber gesprochen hatte. Sie schniefte und rückte ein Stück von Daniel ab. Sie durfte ihn nicht in Gefahr bringen, musste ihren Weg alleine gehen.

Ihren Weg als Hexe.

Anna blickte in Daniels Gesicht. Sie wollte ihm soeben sagen, dass er sein eigenes Leben führen müsse, ohne weiterhin an sie zu denken und sich ihretwegen in Gefahr zu begeben, doch seine Gebärde ließ sie plötzlich verstummen.

Der Gesichtsausdruck des jungen Mannes veränderte sich von Überraschung über Erkenntnis zu Entsetzen.

Anna wandte sich um.

Und auch in ihrem Gesicht spiegelten sich augenblicklich Angst und Verzweiflung wider.

Wer eine Grube macht,
der wird hineinfallen;
und wer einen Stein wälzt,
auf den wird er zurückkommen.
Sprüche Salomos 26.27

Die schweren Schritte hallten von den Wänden zurück. Konstantin Liskirchner schnaubte vor Wut. Sein Sohn wie ein gewöhnlicher Schuft in Turmhaft! Gemeinsam mit dieser losen Pritt* Anna Meutin! Was dachte sich der Gewaltrichter eigentlich? Der Kaufmann durchschritt die Eingangshalle des Rathauses und stieß die zweiflügelige Türe zum Saal mit Schwung auf. Die Ratsherren saßen bereits an ihren Tischen und blickten erschreckt hoch, als Liskirchner schnaufend wie ein wütender Stier den Raum betrat.

»Gott zum Gruße, werter Freund«, begrüßte der Turmmeister das Ratsmitglied auffallend freundlich. Er erhob sich gar, ging dem Patrizier mit ausgestreckten Armen entgegen und geleitete ihn höflich zu einem freien Platz am Tisch. »Hattet Ihr einen guten Morgen?«

Konstantin Liskirchner quollen fast die Augen aus ihren Höhlen. »Einen guten Morgen?«, schimpfte er. »Wie würdet Ihr Euren Morgen beschreiben, wenn man Euch als Erstes davon in Kenntnis setzte, dass man Euren einzigen Sohn, der sich nichts zuschulden hat kommen lassen, wie einen Verbrecher verhaftet und abgeführt habe?«

Der Turmmeister Jakob von Langenberg lachte verlegen. »Aber werter Freund«, wiegelte er ab, »das lässt sich doch unter uns Männern leicht regeln.« Er wandte Liskirchner den Rücken zu und kehrte zu seinem Platz zurück. »Ihr müsst jedoch zugeben, dass unser geschätzter Herr Eigelmann als Gewaltrichterbote nur seine Pflicht tut, wenn er verdächtige Personen erst einmal festsetzt, die sich in der Dunkelheit, und nachdem die Uhr elf geschlagen, in düsteren Gegenden auf den Straßen herumtreiben. Schließlich geht es dabei um unser aller Sicherheit.«

Liskirchner schnaubte wieder. »Und wieso ist er immer noch in Haft? Seine Identität wurde doch wohl mittlerweile geklärt.«

Von Langenberg lehnte sich in seinem Stuhl zurück und verschränkte die Arme vor der Brust. »Es ist mir ein wenig unangenehm, dass ich es bin, der Euch, meinem hochgeschätzten Freund, mit dieser Nachricht gegenübertreten muss, doch bleibt mir wohl keine andere Wahl: Euer Sohn Daniel wurde in Gesellschaft eines liederlichen Frauenzimmers angetroffen, das bereits wegen des Verdachts der Hexerei mehrfach vom Rat verhört wurde.«

Konstantin Liskirchners Wangen färbten sich zornesrot. »Anna Meutin …«, zischte er.

»Ihr gebt also zu, dass Ihr sie kennt?«

Der Kaufmann nickte. Es war ihm anzusehen, wie gerne er diese Tatsache geleugnet hätte.

»Nun … « Der Turmmeister kratzte sich am Bart. »Wir sind uns, bitte verzeiht, wenn ich das sage, nicht sicher, in welcher Verbindung Ihr Sohn zu dieser … dieser … verdächtigen Person steht.«

Mit einem Mal versteifte sich Konstantin Liskirchner, als spüre er brüchiges Eis unter seinen Füßen und wäre sich der Gefahr bewusst, die dieser Untergrund mit sich bringt: Ein falscher Schritt und man rutschte auf ihm aus oder ging sogar unter, wenn man nicht achtsam genug war.

Dieses Mal konnte Anna die Einsamkeit ihres Gefängnisses noch schlechter ertragen, da sie wusste, Daniel war irgendwo in ihrer Nähe ebenfalls eingesperrt. Sie lauschte in die Dunkelheit, ob sie ein Geräusch vernahm, doch überall war es nahezu gespenstisch still. Nicht einmal das Kratzen von Rattenpfoten war zu hören.

Anna dachte nicht nur an Daniel, den nun ihretwegen das gleiche Los wie sie ereilt hatte, sondern auch an Lenchen, das plötzlich – mit ihrer Kette – verschwunden war.

»Wo ist das Mädchen?«, hatte sie den Knappen gefragt, der sie erneut in die »Kemenate« gebracht hatte, den zur Flussseite gelegenen Raum, den sie zuletzt mit Lenchen geteilt hatte.

»Weg«, lautete die knappe Antwort des jungen Mannes und mit einem Blick auf Annas entsetztes Gesicht fügte er hinzu: »Der Stadt verwiesen.«

Anna wusste nicht, ob sie über diese Neuigkeit erleichtert, erbost oder besorgt sein sollte. Man hatte Lenchen freigelassen, das war die gute Nachricht. Ihre Kette würde nun mit einem kleinen Mädchen zusammen auf Reisen gehen und Anna hoffte inständig, dass sie ihr Glück brachte. Außerhalb der Stadtmauern regierte das Gesetz des Stärkeren und es waren schon Männer für weit weniger als eine Halskette ermordet worden.

Die wirklich schlechte Nachricht jedoch war, dass der

Winter vor den Toren der Stadt lauerte und nur darauf wartete, seinen kalten weißen Umhang über den Schultern des Kindes auszubreiten.

Konnte Lenchen das überleben?

Der Backenstreich ließ Daniels Kopf zur Seite schnellen. Beschämt senkte er den Blick und versuchte sich den Schmerz nicht anmerken zu lassen. Um nichts in der Welt gönnte er seinem Vater die Genugtuung, ihm seinen Dank dafür auszusprechen, dass er ihn nach Stunden aus diesem stinkenden Rattenloch befreit hatte.

»Mir dünkt, du hast deinen Verstand verloren«, zeterte der Kaufmann und stolzierte zwischen Kaminfeuer und Fenster seines Gemaches auf und ab. »Willst du uns alle mit ins Unglück reißen?«

»Ich bin mir keiner größeren Schuld bewusst, als des Nachts das Haus verlassen zu haben«, entgegnete Daniel. »Und bislang hattet Ihr damit keine Schwierigkeiten.«

Konstantin Liskirchner hielt inne. »Er ist sich keiner Schuld bewusst? Nun, die Herren des Rats sehen das anders. Die sehen einen jungen Faun, der sich mit einer Hexe eingelassen hat und womöglich selbst mit dem Teufel im Bunde steht!«

»Anna ist keine Hexe!«

Der Ältere wies mit ausgestrecktem Arm zur Tür: »Erzähl das dem Turmmeister, nicht mir!« Er schüttelte den Kopf. »Du weißt offenbar gar nicht, in welcher Not du steckst, Sohn.«

Daniel schwieg.

Liskirchner atmete laut ein und aus. »Ich habe einen Fürsprecher besorgt.«

»Einen Fürsprecher?«, fragte Daniel erschrocken. »Wofür brauche ich einen Fürsprecher?«

»Advokat von Erkelenz wird sich um die Verteidigung Annas kümmern.«

»Ihr habt Anna einen Verteidiger gedungen?« Daniel nahm diese Nachricht freudig entgegen, doch zweifelte er an der plötzlich entbrannten Nächstenliebe seines Vaters. Es musste damit etwas anderes auf sich haben als die späte Einsicht, das Mädchen nicht ohne Hilfe seinem Schicksal zu überlassen. Zumal er sich denken konnte, dass diese Hilfe den Kaufmann einiges kostete, denn wer verteidigte schon gerne eine Hexe und brachte sich damit selbst in Gefahr? Wie schnell konnte man sich dadurch selbst dem Vorwurf der Zauberei ausgesetzt sehen? Nur wenige wirklich herausragende Anwälte würden sich – wenn der Preis stimmte – auf ein derart gefährliches Unterfangen einlassen.

Der Kaufmann wandte sich ab, als wollte er seinem Sohn nicht länger in die Augen sehen, bevor er antwortete: »Wenn auch nur ein Staubkorn des Verdachts auf den Schultern des Mädchens zurückbleibt, so wird dies auch für dich schlimme Folgen haben«, sagte er, grimmig und besorgt zugleich.

»Aber … wieso?«

»Die Sexherren glauben, du hättest dich von deiner Hure zu einem Pakt mit dem Teufel überreden lassen, Sohn, hast du das immer noch nicht begriffen?«

Daniel starrte seinen Vater mit offenem Mund an. *Jetzt* hatte er begriffen: Wenn Christopherus verurteilt wurde, dann würde man auch Anna der Hexerei für schuldig befinden. Und das wiederum bedeutete auch für ihn ein Rendezvous mit dem Tod.

Anna hatte jegliches Gefühl für Zeit und Raum verloren. Sie hätte nicht zu sagen vermocht, wie viele Tage und Nächte sie in der Dunkelheit ihres Gefängnisses zugebracht hatte. Einen? Zwei? Einmal hatte sie geglaubt, die Glocken des Domes zu hören. Sie hatte sogar versucht, die Schläge zu zählen, um herauszufinden, die wievielte Stunde des Tages angebrochen war. Doch was nutzte das, wenn sie nicht einmal sagen konnte, ob es Tag oder Nacht war, nachdem man sie von dem größeren Raum in einen fensterlosen kleinen gebracht hatte?

Zunächst hatte Anna versucht Klarheit in ihre Gedanken zu bringen. Vielleicht gab man ihr die Möglichkeit, sich selbst zu verteidigen. Was wollte sie dann vorbringen? Sie versuchte sich Sätze zurechtzulegen. Doch je mehr Stunden verstrichen, die sie in der Dunkelheit und Abgeschiedenheit zubringen musste, desto schwärzer wurden auch Annas Gedanken. Sie drehten sich im Kreis, flogen flatterhaft zwischen Großmutter, Christopherus, Daniel, der alten Jenne, ihren verstorbenen Eltern, der als Hexe verbrannten Tante, dem kleinen Lenchen und ihr selbst hin und her.

Irgendwann war Anna so ermattet, dass ihr alles gleichgültig wurde. Was nutzte es, sich Gedanken zu machen, wenn doch niemand da war, dem sie sie mitteilen konnte?

Doch als der Knappe des Burggreven Anna schließlich aus ihrem Gefängnis befreite und dem Gerichtsdiener übergab, merkte sie sofort, dass irgendetwas anders war.

Anna blinzelte mit den Augen, die sich erst wieder an die Helligkeit gewöhnen mussten, und trotz ihres Zögerns schubste sie niemand voran. Als hätte der Mann Anweisung bekommen, sie höflicher zu behandeln. Der Gerichtsdiener führte sie umsichtig die Stufen hinunter in den Raum, den Anna bereits von ihren vorherigen Verhören kannte. Und dort saßen sie schon: der Turmmeister mit seinen Männern, dem Stimmmeister, dem Burggreven, dem Turmschreiber und etlichen Sekundanten, deren Aufgaben Anna nicht näher zu benennen wusste.

Alles war so, wie Anna es bereits gewohnt war, doch stand diesmal vor den Tischen der Ratsherren ein weiterer Tisch mit zwei Stühlen. Auf einem dieser Stühle saß ein groß gewachsener, elegant gekleideter Herr, der bei Annas Erscheinen aufstand und ihr wohlwollend entgegenblickte.

»Kommt, tretet näher«, forderte er Anna lächelnd auf und winkte sie zu sich heran, nachdem sie zögernd stehen geblieben war. »Setzt Euch.« Er wies auf den freien Stuhl neben sich.

Anna glaubte zu träumen. Ohne den Blick von der gewandten Erscheinung an ihrer Seite abzuwenden, nahm sie auf dem freien Stuhl Platz.

»Hohe Herren des Rates, wertes Frollein Meutin«, fuhr der Unbekannte gewandt fort, »ich bitte um Erlaubnis, die Ergebnisse der bisherigen Interrogatio* zusammenzufassen, wie sie mir zugetragen wurden.«

Der Turmmeister knurrte grimmig und nickte und Anna konnte sich des Eindrucks nicht verwehren, dass der Ratsherr über das Erscheinen des unbekannten Mannes nicht ganz so erfreut war wie sie selbst. Doch schien der Vorsitzende im Gegensatz zu ihr wenigstens zu wissen, mit wem er es zu tun hatte!

»Beschuldigt werden das Pferd Christopherus und seine Besitzerin Anna Meutin, sich mit dem Teufel eingelassen zu haben«, begann der Fremde. »Beiden jedoch wird aus völlig unterschiedlichen Gründen dieser Vorwurf gemacht.« Der Mann begann unter den Blicken der anwesenden Ratsherren auf und ab zu gehen. Auch Anna folgte jeder Bewegung des Unbekannten, wobei sie sich immer noch fragte, wer er wohl sei und was er hier tue.

»Der Hengst Christopherus hat den Marktmeister Friederich von Rodenkirchen verletzt. Dafür gibt es mehrere Augenzeugen. Anna Meutin«, bei der Nennung ihres Namens wandte sich der Redner zu Anna um, »wird von ihrer Nachbarin Maria Metz der Schadenszauberei beschuldigt. Für diesen Vorgang gibt es lediglich die Aussage der Klägerin.« Er hielt abrupt inne, stutzte und blickte sich suchend um. »Apropos«, sagte er, »wo befindet sich eigentlich die Klägerin? Ist es nicht Brauch, beide Parteien eines Konfliktes zum Turm zu bringen, bis die Frage der Schuld geklärt ist?«

»Der gute Leumund der Klägerin gestattete es, auf diese Prozedur zu verzichten«, nuschelte der Turmmeister zur Antwort.

»Soso«, entgegnete der Mann ohne Namen mit spöttischer Stimme, »gestattete der gute Leumund das. Nun … zunächst einmal sollten wir uns darauf einigen, was wir hier heute ermitteln wollen: die Besessenheit des Pferdes und seine Schuld an den Verletzungen des Marktmeisters? Oder die Rolle Anna Meutins bei den Beschwerden der gewissen Maria Metz, deren Leumund es ihr erlaubt, dieser Vernehmung fernzubleiben.«

»Maria Metz ist einbestellt und wird rechtzeitig zu ihrer Vernehmung erscheinen«, antwortete der Turmmeister mit kaum verhohlenem Groll.

»Aha!«, machte Annas Fürsprecher. »Dann darf ich aus der Einbestellung der Klägerin entnehmen, dass es bei der heutigen Interrogatio um Anna Meutin gehen wird?

Denn zu den Vorkommnissen mit dem Pferd kann Frau Metz uns nicht weiterhelfen, oder doch?«

»Der Rat hat diese zwei Fälle bislang nicht in der Form voneinander getrennt behandelt, wie der Herr Advokat dies offenbar zu tun beabsichtigt«, schnaubte der Turmmeister und Anna betrachtete den Fremdling mit neuen Augen: Ein Advokat zu ihrer Verteidigung? Das konnte sie nur der Familie Liskirchner zu verdanken haben. Und sie ahnte auch schon, wie es dazu gekommen war.

»Gut«, sagte der Rechtsanwalt mit einem herablassenden Lächeln. »Ich richte mich da ganz nach den Vorstellungen des Rates. Ich schlage vor, ich beginne mit meinen Überlegungen das Pferd betreffend, solange die Klägerin nicht anwesend ist?«

Der Turmmeister begnügte sich zur Antwort mit einem stummen Kopfnicken.

Der Advokat nahm seine Schritte wieder auf. »Ich erinnere mich an den von mir sehr geschätzten Bartholomäus Chassenée, der durch seine brillante Verteidigung einiger Ratten vor dem Kirchengericht Autun zu Weltruhm gelangte. Seither müssen Rechtsgelehrte vielerorts seine Argumentationen studieren, wollen sie den Beruf des Advokats ergreifen.

Chassenées Verteidigung der Ratten, die beschuldigt worden waren, große Teile der Getreideernte verspeist zu haben, gründete zunächst darauf, das Gericht darüber zu belehren, dass es die Ratten ordnungsgemäß vorzuladen habe. Chassenées Forderungen entsprechend ließ das Gericht die Ratten jeder Gemeinde einzeln einbestellen, doch blieb diese Vorladung erfolglos: Keine Ratte ließ sich vor Gericht blicken.

Der Anwalt argumentierte daraufhin, da alle Ratten ungeachtet ihres Alters und ihrer Gebrechen vorgeladen worden wären, müsste man ihnen mehr Zeit zugestehen, um entsprechende Reisevorkehrungen treffen zu können.

Das Gericht akzeptierte diese Erklärung und verschob den Verhandlungstermin. Doch wiederum geschah nichts. Keine Ratte erschien.

Kein Wunder, sagte Chassenée, sei doch die Rechtmäßigkeit der Vorladung nur dann gegeben, wenn das Gericht den Ratten sicheres Geleit gewährleisten könne. Anderenfalls wäre es das gute Recht der Ratten, sich der gerichtlichen Anordnung zu widersetzen.

Da nun aber die Katzen der Kläger auf dem Wege zum Gericht eine große Gefahr für seine Klienten darstellten, müsse das Gericht dafür Sorge tragen, dass ihnen kein Leid widerfahre, indem es zum Beispiel den Besitzern der Katzen unter Androhung hoher Geldstrafen eine Bürgschaft abverlange. Dann würden seine Klienten der Vorladung augenblicklich Folge leisten.

Die Besitzer der Katzen, die Kläger nämlich, wollten jedoch eine solche Bürgschaft nicht übernehmen und so wurde der Gerichtstermin auf unbestimmte Zeit verschoben.«

Anna entsann sich Lenchens Bericht über den Prozess gegen die Holzwürmer und nun verstand sie, dass auch in diesem Fall von der Verteidigungsstrategie dieses besagten Chassenées die Rede gewesen war. Aber wie wollte ihr Verteidiger diesen exemplarischen Streitfall für sich nutzen?

»Nun«, fuhr der Advokat fort und beantwortete damit Annas Frage, »nachdem wir soeben festgestellt haben, dass im Falle der beschuldigten Anna Meutin die Klägerin fehlt, müssen wir jetzt feststellen, im Falle des Pferdes keinen Beklagten vor uns zu haben!«

Der Turmmeister stöhnte ungehalten. Jetzt musste er auch noch diesen aufgeblasenen Verteidiger erdulden, weil dieser Popanz Daniel Liskirchner offenbar einen Narren an dem Mädchen gefressen hatte. Der Turmmeister ließ seinen Blick auf Anna ruhen und musste sich bei dem Anblick wieder einmal zugestehen, dass er die Gefühle des Kaufmannssöhnchens nachvollziehen konnte. Er hätte das Mädchen auch nicht abgewiesen. Und doch hatte er keine Wahl. Auch auf die Gefahr hin, die Familie Liskirchner zu brüskieren, die sogar so ungewöhnliche Wege ging und einen Fürsprecher dingte, musste er Anna Meutin dem erzbischöflichen Gericht ausliefern. Wenn er das nicht tat, hatte er Maria Metz am Hals, die ihm erheblichen Schaden zufügen konnte, wenn sie das, was sie über ihn wusste, ausplauderte. Und dass diese Frau dazu in der Lage war – daran zweifelte der Ratsherr nicht einen Glockenschlag lang. Dass auch Daniel Liskirchner unter Verdacht geraten konnte, wenn Anna Meutin während einer peinlichen Befragung beim Hohen Weltlichen Gericht seinen Namen nannte, war natürlich dumm. Aber der Turmmeister sah sich nicht in der Verantwortung.

Die Stimme des Verteidigers, die mit einem Mal lauter wurde, riss den Vorsitzenden aus seinen Gedanken.

»Wo ist das Pferd? Hat es keine Vorladung zu diesem Termin erhalten?« Der Advokat machte eine kleine kunstvolle Pause, als wartete er auf eine Antwort.

Die Ratsherren blickten einander derweil verwundert an, als zweifelten sie am Verstand des Mannes.

Dann fuhr Herr von Erkelenz fort: »Da es aber nicht im Interesse der Verteidigung liegt, die Verhandlung zu verzögern, da die vermeintlichen Übeltäter bereits festgesetzt wurden, will auch ich versuchen, ohne das Pferd zurechtzukommen, das uns doch vielleicht Rede und Antwort stehen könnte?« Der Anwalt blickte einen Moment lang schweigend in die Luft. »Ach nein«, sagte er dann, als sei es ihm soeben eingefallen. »Pferde sind ja des Sprechens nicht mächtig. Aber sind sie dann einer willentlichen Handlung fähig? Ist hinter der Verletzung des Marktmeisters ein verbrecherischer Wille erkennbar? Ich meine: nein!«

»Der werte Herr von Erkelenz scheint zu vergessen, dass das Pferd Christopherus während seiner abscheulichen und verurteilenswürdigen Handlung vom Teufel geführt wurde«, sagte der Stimmmeister in belehrendem Ton.

»Richtig, richtig«, gab der Verteidiger zu. »Dennoch erörtern wir hier die Tat und die mögliche Bestrafung des Pferdes und nicht die des Teufels. Oder wollten die hohen Herren den Leibhaftigen zur Strafe im Fegefeuer schmoren lassen?« Von Erkelenz lachte.

»Das Fehlen einer etwaigen moralischen Verantwortung enthebt die Kreatur nicht unbedingt auch von der rechtlichen Verantwortung, Herr Advokat«, schaltete sich der Turmmeister wieder ein, der jetzt endgültig genug von dem Geplänkel hatte, aber keine Möglichkeit sah, das Verfahren in seinem Interesse schnell mit einem entsprechenden Gutachten, einem Relatio*, zu beenden. »Auch wenn das Tier, wie Ihr meint, nicht willentlich handelte, so hat es dem Marktmeister dennoch einen erheblichen Schaden zugefügt. Und wie, wenn nicht durch eine Bestrafung des Tieres, soll dem Marktmeister Genugtuung widerfahren?«

Ohne Annas Verteidiger eine Gelegenheit zur Antwort zu geben, beugte sich der Turmmeister zum Stimmmeister hinüber und die beiden Männer tuschelten miteinander. Dann nickte der Turmmeister, rückte von seinem Nachbarn ab und verkündete: »Das Interrogatio wird morgen unter Anhörung von Zeugen fortgesetzt.«

Und bevor irgendjemand gegen diese Entscheidung einen Einwand erheben konnte, stand der Vorsitzende auf und verließ hastigen Schrittes den Raum, als könnte er nicht schnell genug davonkommen.

Als Anna nach einer weiteren schlaflosen Nacht in ihrem nasskalten Refugium am nächsten Morgen in den Raum geführt wurde, erwartete sie dort ein neues Szenario. Neben dem Advokat, Herrn von Erkelenz, waren heute ebenfalls Johann Rommerskirchen, der Burggreve des Schafentors, Maria Metz, Hermann, der Pferdeknecht, der Marktmeister Friederich von Rodenkirchen, dessen Arm immer noch mittels einer Schiene steif gehalten wurde, und Daniel anwesend. Offenbar war der Turmmeister willens, nichts unversucht zu lassen, um heute endlich einen Vorentscheid herbeizuführen und Annas Überstellung an das Blutgericht zu erwirken.

»Wie ich sehe«, bemerkte auch Annas Anwalt, nachdem Anna als Letzte auf ihrem Stuhl Platz genommen hatte, »werden wir heute die Ehre haben, einige Zeugenaussagen zu hören?«

»Da Ihr mit Eurem Erscheinen aus unserer harmlosen Vernehmung und Feststellung von Indizien bereits eine Gerichtsverhandlung gemacht habt, hielten wir dieses Vorgehen für ratsam«, bekannte der Turmmeister.

Die Mundwinkel des Verteidigers zuckten. »So darf ich dennoch beginnen?«

Der Turmmeister nickte und öffnete die Hände zur Decke hin.

Der Advokat erhob sich und schritt wie bereits am vorherigen Tage vor den Tischen der Ratsherren auf und ab, während er referierte: »Christopherus, so lautet der Name des Pferdes, das den werten Herrn von Rodenkirchen«, bei diesen Worten drehte er sich zum Marktmeister um und die beiden Männer nickten einander höflich zu, »verletzt haben soll.«

Der Marktmeister deutete auf seinen Arm.

»Christopherus also«, fuhr von Erkelenz fort und nahm seine Schritte wieder auf, »trägt den Namen des heiligen Christophorus, des Schutzpatrons der Reisenden und Pilger. Er ist der Träger unseres Herrn Jesus Christus! Er soll ein Hüne gewesen sein und so stark, dass er einfach jeden auf seinen Schultern tragen konnte. Und so übernahm er die Aufgabe, Menschen auf seinem Rücken über einen gefährlichen Fluss zu tragen. Unermüdlich trug er Menschen von der einen Seite des Flusses zur anderen.

Eines Nachts hörte er eine Kinderstimme nach ihm rufen und sah ein Kind, das seine Dienste in Anspruch nehmen wollte. Er nahm es auf die Schultern und stieg mit ihm ins Wasser. Doch die Last wurde immer schwerer, das Wasser schwoll an, er fürchtete schon zu ertrinken und meinte, die ganze Welt läge auf seinen Schultern.

›Mehr als die Welt hast du getragen‹, sagte das Kind zu ihm, als sie die andere Uferseite endlich erreicht hatten, ›der Herr, der die Welt erschaffen hat, war deine Bürde.‹« Der Advokat sah seine Zuhörer an. »Und dieser Christopherus, der – wie sein Namensgeber, der Jesus sicher über den tosenden Fluss brachte – Menschen auf seinen Rücken steigen lässt, um sie sicher von einem Ort zum anderen zu bringen, der soll vom Teufel besessen sein?«

Anna hatte die Geschichte beinahe zu Tränen gerührt. Voller Liebe dachte sie an ihr treues Pferd, das nun irgendwo allein und verlassen darauf wartete, dass sie es befreite. Und offensichtlich war nicht nur sie von den Worten des Verteidigers berührt worden.

»Selbst wenn wir annehmen«, fuhr der Advokat nun in seiner Verteidigungsrede fort, »dem geschädigten Marktmeister gebühre Genugtuung, so erinnere ich hier an einen Fall, der dem unseren insoweit ähnelt, als dass es ebenfalls um die Verletzung eines hoch angesehenen Bürgers durch ein Tier ging. Im genannten Fall wurde ein Ratsherr vom Hund eines Fassmachers in den rechten Fuß gebissen, der daraufhin den Fassmacher verklagte. Der jedoch verwies auf den Hund als Täter.

Entsprechend der Tat, bei der ein Körperteil des Klägers verletzt wurde, verurteilte das Gericht den Hund zu zwei Monaten Tollhaus, so lange nämlich, wie es brauchte, bis der Fuß des Ratsherren wieder genesen war.«

Anna hielt den Blick unverwandt auf den Turmmeister gerichtet. Dieser Mann würde darüber entscheiden, was mit Christopherus und ihr geschah. Doch war sein Gesichtsausdruck kaum dazu angetan, ihr Hoffnungen zu machen. Und auch der Verteidiger schien zu merken, dass er mit seinen Reden nicht weiterkam.

»Ist das alles, was Ihr hier vorzubringen gedenkt?«, ergriff der Turmmeister nun auch tatsächlich das Wort. »Dann lasst Euch sagen: Ihr vergeudet Eure und unsere Zeit. Eure Geschichten interessieren hier niemanden und sie sind kaum dazu angetan, die Unschuld des Pferdes oder des Mädchens zu beweisen …«

Anna wandte den Kopf, als Daniel sich in diesem Moment ruckartig von der Bank, die an der Wand des Raumes stand, erhob. Überrascht bemerkte sie die Zornesröte auf den Wangen ihres Freundes. Er schien sich mit äußerster Anstrengung zu beherrschen, als er den Turmmeister unverwandt anblickte und in ruhigem Ton sagte: »Kann ich Euch einen Moment sprechen? Unter vier Augen? Es ist von großer Wichtigkeit, was ich Euch mitzuteilen habe.«

»Mein junger Freund«, antwortete der Turmmeister überheblich. »Ich glaube kaum, dass dies der geeignete Augenblick für ein derartiges Gespräch ist. Wenn Ihr etwas vorzutragen gedenkt, das uns Einblicke in den zu erörternden Fall gibt, dann sprecht frei heraus. Anderenfalls möchte ich Euch bitten, Euch in Geduld zu üben und mir nach dieser Anhörung Eure Aufwartung zu machen.«

»Wie Ihr wünscht«, sagte Daniel und sein Tonfall ließ nicht nur Anna aufhorchen, während er sich ungebeten dem Tisch der Ratsherren näherte.

Anna erwartete bereits einen Rüffel, doch Daniel beugte sich ungehindert zum Turmmeister hinunter und sagte mit merkwürdig drohender Stimme: »In der Gaststätte *Zur Glucke*, erzählt man sich, gehe es hoch her.« Jakob von Langenberg zuckte sichtlich zusammen, als Daniel den Namen des Etablissements ungebührlich betonte. »Anständige Männer wie wir …«, Daniel stockte, »… haben damit natürlich nichts zu tun. Nicht wahr? Schließlich haben wir Weib und Würde, die es zu verlieren gilt!«

Der Turmmeister wurde aschfahl, erhob sich hastig und winkte Daniel, ihm zu folgen.

Die Zeit schien nicht verstreichen zu wollen, während die beiden Männer außerhalb des Raumes miteinander redeten. Hin und wieder drang die erregte Stimme des Turmmeisters durch die geschlossene schwere Holztüre, doch weder Anna noch ein anderer der Anwesenden konnten auch nur einen Wortfetzen von dem verstehen, was in dem Flur vor dem Zimmer gesprochen wurde. Endlich ging die Türe wieder auf. Jetzt war das Gesicht des Turmmeisters rot wie die untergehende Sonne über dem Duffesbach. Er rang nach Luft, während er seinen Platz wieder einnahm.

Verstohlen blickte Anna zu Daniel hinüber und bemerkte seinen zufriedenen Gesichtsausdruck. Was auch immer er mit dem Turmmeister außerhalb des Raumes besprochen hatte – das Gespräch war zu seinen Gunsten verlaufen.

»Bitte fahren Sie fort, Herr von Erkelenz«, bat der Turmmeister und wischte sich einige Schweißtropfen von der Stirn.

Der Advokat zog die Stirn in Falten. »Wie Ihr es wünscht«, sagte er schließlich. Er räusperte sich und nahm seine unermüdlichen Schritte wieder auf.

»›Leben um Leben, Auge um Auge, Zahn um Zahn, Hand um Hand, Fuß um Fuß‹ lehrt uns die Bibel. Dürfen wir uns anmaßen, Gottes Wort in Zweifel zu ziehen? Selbst wenn es darum geht, das Pferd Christopherus für das zu bestrafen, was es dem Marktmeister Friederich von Rodenkirchen an Schaden zugefügt hat, so meine ich, es hat Buße getan, indem es seit der Tat in Turmhaft einsitzt und ... «

Der Turmmeister unterbrach Annas Fürsprecher, indem er hustete. »Werter Herr von Erkelenz«, wandte er sich an den Verteidiger und erhob sich, »Ihr habt mich mit Euren Ausführungen restlos überzeugt. Das Pferd Christopherus ist augenblicklich freizulassen und mit ihm die Angeklagte Anna Meutin. Der Rat sieht ihre Unschuld als erwiesen an. Es handelt sich um ein bedauernswertes Missverständnis …«

Als Erstes sprang Maria Metz auf. »Aber hoher Herr!«, rief sie empört, doch der Turmmeister beachtete sie gar nicht.

Auch in den Reihen der Ratsherren entstand Unruhe. Der Stimmmeister zupfte unaufhaltsam am Gewand des Turmmeisters, der Burggreve des Frankenturms zischte seinem Sitznachbarn, dem Turmschreiber, aufgeregt ins Ohr, Anna selbst sah mit offenem Mund zwischen ihrem Verteidiger, der ebenso überrascht wirkte wie sie selbst, und Daniel hin und her. Letzterer saß mit zufriedenem, beinahe unbeteiligtem Gesichtsausdruck und verschränkten Armen zwischen der keifenden Maria Metz und einem vor Aufregung spuckenden Marktmeister.

»Ruhe!«, brüllte der Turmmeister und augenblicklich verstummte jede Stimme im Raum. Er atmete tief durch und fuhr fort: »Die Klägerin Maria Metz hat für ihre Behauptung, von ihrer Nachbarin Anna Meutin mit einem Maleficum belegt worden zu sein, zwei Zeugen guten Leumundes herbeizubringen. Erst wenn ihr das gelungen ist, wird sich der Rat erneut mit dem Vorwurf der Hexerei gegen Frollein Meutin befassen. Der Angeklagten Anna Meutin werden für ihre Unterbringung und Versorgung im Frankenturm sieben Schilling und für die ihres Pferdes noch einmal zwölf Schilling berechnet, die sie der Stadtkasse unverzüglich zuzukommen lassen hat. Im Relatio ist festzuhalten«, der Vorsitzende wandte sich zum Turmschreiber um, »dass die Angeklagte freigelassen wurde, da ihre Schuldlosigkeit im vorliegenden Fall erkennbar war. Die Vernehmung ist hiermit beendet.« Als hätte er soeben eine schwere körperliche Arbeit verrichtet, sank der Turmmeister auf seinen Stuhl zurück und wischte sich den Schweiß von der Stirn, während sich die anderen Ratsherren um ihn drängten und ihn mit Fragen bestürmten.

Anna sah sich um und wusste nicht recht, was sie tun sollte. Konnte sie nun einfach aufstehen und gehen? Nicht nur sie schien von dem plötzlichen und unerwarteten Geschehen verwirrt zu sein.

Maria Metz stürmte wie eine Verrückte auf den Turmmeister zu und Anna fürchtete schon, sie würde ihm an den Kragen springen, doch kurz vor dem Tisch des Ratsherren blieb sie stehen und starrte ihn wütend an. »Ihr habt wohl etwas vergessen«, säuselte sie mit drohender Stimme, die Anna einen kalten Schauer über den Rücken jagte.

Anna fürchtete schon, der Turmmeister könne seine Meinung angesichts dieser unverhohlenen Warnung erneut ändern, als Daniel sich erhob und mit siegessicheren Schritten nun ebenfalls vor den Tisch der Ratsherren trat, wo sich die Menschen mittlerweile tummelten wie auf einem Jahrmarkt.

»Wir haben eben im Plädoyer des Verteidigers einen Vers aus dem heiligen Buch gehört. Darf ich die anwesenden hohen Herren um die Erlaubnis bitten, den Vers in seiner Gänze vorzutragen?« Und ohne die erbetene Einwilligung abzuwarten, begann Daniel: »›Wenn ein frevelhafter Zeuge gegen jemand auftritt, um ihn einer Übertretung zu beschuldigen, so sollen die beiden Männer, die eine Sache miteinander haben, vor den HERRN treten, vor die Priester und Richter, die zu jener Zeit sein werden, und die Richter sollen gründlich nachforschen‹«, bei diesen Worten sah er dem Turmmeister streng ins Gesicht. »So heißt es im fünften Buch Moses«, fuhr er fort. »›Und wenn der falsche Zeuge ein falsches Zeugnis wider seinen Bruder gegeben hat, so sollt ihr mit ihm tun, wie er gedachte, seinem Bruder zu tun‹«, jetzt sah er Maria Metz an, »›damit du das Böse aus deiner Mitte wegtust, auf dass die anderen aufhorchen, sich fürchten und hinfort nicht mehr solche bösen Dinge tun in deiner Mitte. Dein Auge soll ihn nicht schonen: Leben um Leben, Auge um Auge, Zahn um Zahn, Hand um Hand, Fuß um Fuß.‹« Daniels Stimme war zum Ende hin immer lauter geworden.

Maria Metz sah den Jüngling mit offenem Mund an. Ihr ohnehin hageres Gesicht wirkte nun noch eingefallener. Anna konnte an der Bewegung ihres Adamsapfels sehen, wie schwer ihre Nachbarin schluckte. Es gab nicht den geringsten Zweifel, sie hatte die eindeutigen Worte des Kaufmannssohnes verstanden.

Besonnenheit wird dich bewahren
und Einsicht dich behüten.

Sprüche Salomos 2.11

Anna verbarg ihr Gesicht in Christopherus' Mähne. Ihr Körper vibrierte, während die Tränen über ihre Wangen rannen. Was hatte man ihrem Hengst nur angetan? Eiter lief an seiner Brust in einem starken Strom herab und Striemen getrockneten Blutes verunstalteten die Kruppe des Rappen.

Das Pferd stöhnte, obwohl es Annas Berührungen sichtlich genoss und sie zuvor mit einem warmen Grummeln freudig begrüßt hatte. Jetzt hielt es die Augen halb geschlossen, der Kopf hing entspannt und die Ohren zeigten ruhig nach vorn. Christopherus verließ sich sichtlich darauf, dass Anna jetzt, wo sie endlich bei ihm war, auf ihn achtgeben und ihn beschützen würde.

Hermann stand mit gesenktem Kopf in der Türe, als Anna ihr Pferd dicht an ihm vorbei ins Freie führte.

»Es tut mir leid«, flüsterte er. »Ich konnte es nicht verhindern.«

Anna sah sich nicht dazu in der Lage, ihm gut zuzusprechen. Sie wusste nicht, was mit Christopherus geschehen war, wer ihm Schmerzen zugefügt hatte und warum. Welche Rolle der Pferdeknecht dabei gespielt hatte? Woher sollte sie das wissen? Auch wenn sie ihm

Glauben schenkte, so war Anna dennoch zu erschrocken über den Zustand ihres Tieres, um Hermann durch tröstende Worte von seiner empfundenen Last zu befreien.

Christopherus strauchelte, als er versuchte, den hinteren Huf über die Türschwelle zu heben, und stieß hart mit der Schulter gegen die Mauer.

Hermann stützte ihn. »Soll ich Euch helfen, ihn nach Hause zu bringen?«

Anna überlegte. Sie fürchtete sich davor, den Weg alleine zu beschreiten. Christopherus war so geschwächt, dass er kaum einen Huf vor den anderen setzen konnte, ohne dabei zu taumeln. Die Hilfe des starken jungen Mannes, das musste sie unumwunden zugestehen, konnte sie gut gebrauchen. Stumm gab sie ihr Einverständnis.

Es sollte sich schon bald herausstellen, dass Anna eine weise Entscheidung getroffen hatte. Ohne Hermanns tatkräftige Hilfe hätte der Rappe den Weg zum heimischen Stall niemals bewältigt. Wieder und wieder stolperte das Tier, ging mehrfach beinahe in die Knie und musste von Anna auf der linken und Hermann auf seiner rechten Seite gestützt werden.

Die Menschen, die ihnen begegneten, schüttelten bei ihrem Anblick die Köpfe. Einige lachten und scherzten, ob das Pferd vielleicht zu viel vom guten Met getrunken habe, andere schauten besorgt, ob alles mit rechten Dingen zuginge.

Ausgerechnet heute musste es auch noch kräftig regnen und mit jedem Schritt versanken sie in tiefen Pfützen oder glitten im Schlamm der aufgeweichten Straßen beinahe aus.

Hermann hätte der jungen Frau gerne erklärt, wie es

zu den Verletzungen des Pferdes gekommen war und vor allem, dass er nichts damit zu tun hatte. Der Blick, den sie ihm zugeworfen hatte, als er ihr sein Bedauern über Christopherus' Verfassung kundtat, hatte ihn tief getroffen. Doch er war vollauf damit beschäftigt dafür zu sorgen, dass sich das Pferd nicht alle vier Läufe brach, und musste jegliche Unterhaltung auf später verschieben – wenn es denn ein Später gab.

Endlich erreichten sie den Bretterverschlag, in dem Christopherus zu Hause war, und Hermann musste lächeln, als er die Freude des Tieres bemerkte, wieder in seinem eigenen Stall zu sein. Und war er auch noch so schäbig. Trotz seiner grenzenlosen Erschöpfung wieherte Christopherus leise auf und ließ sich ermattet auf den Boden sinken, den Anna mit ein wenig mehr Stroh als üblich ausgepolstert hatte.

»Ich danke Euch«, sagte Anna und strich behutsam mit einem Tuch über Christopherus' feuchtes Fell, der so erschöpft war, dass er die Augen bereits geschlossen hatte und fest schlief. »Ohne Eure Hilfe hätte ich es nicht geschafft.«

»Ich ... «, Hermann knetete verlegen seine nasse Haube in den Fingern.

»Ich weiß«, kam Anna ihm zuvor. »Ihr habt Christopherus gewiss keinen Schaden zugefügt, dessen bin ich mir sicher.«

Hermann nickte und lächelte sichtlich erlöst von Annas Vertrauen, das sie ihm ausgesprochen hatte.

»Darf ich ... «, Hermann blickte Anna erwartungsvoll an, »kann ich Euch wiedersehen?«

Anna, die neben Christopherus auf dem Boden gekniet hatte, stand auf, hielt aber den Blick gesenkt. »Ich hoffe, ich habe Euch keinen Grund gegeben zu glauben, ich wäre auf der Suche nach einem Mann«, sagte sie.

»O nein«, beteuerte Hermann, »gewisslich nicht. Ihr habt Euch untadelig benommen.«

Anna lächelte erleichtert. »Dann seid Ihr mir auch nicht böse, wenn ich Euch sage, dass in meinem Herzen kein Platz frei ist, der zu besetzen wäre.«

Hermann nickte und schluckte.

»Ich danke Euch für das, was Ihr für Christopherus getan habt«, sagte Anna und streckte dem Pferdeknecht die Hand entgegen.

»Ach ja, hier«, entgegnete Hermann, griff in die ausgebeulte Tasche seines Wams und zog Jennas Silberbecher daraus hervor.

Anna schüttelte den Kopf. »Ich will ihn nicht«, sagte sie, »Ihr könnt ihn behalten.«

Hermann betrachtete den Becher eine Weile und steckte ihn anschließend zurück. »Habt dank«, sagte er.

Anna wartete, während der junge Mann seine Haube aufsetzte, zum Gruß noch einmal die Hand hob und mit einem leisen Seufzen die Tür des Stalls öffnete. Ohne sich noch einmal nach ihr umzudrehen, verschwand Hermann mit eingezogenem Kopf im prasselnden Regen.

Anna blickte ihm eine Weile hinterher, dann beugte sie sich über Christopherus, trocknete sein Fell und wunderte sich über seinen festen Schlaf.

Der Rappe schlief, als wäre es das erste Mal seit mehr als vierzehn Tagen. Und in gewisser Weise war es wohl auch so.

»Ich weiß nicht mehr, was ich tun soll. Und wenn mir nicht bald etwas einfällt, werden Großmutter und Christopherus sterben.« Während Anna sprach, ruhte ihr Blick auf ihrem Pferd. Wie glücklich hatte es sie gestimmt, den Hengst wieder bei sich zu wissen. Und wie kurz hatte dieses Glück gewährt. Jetzt fühlte sie sich so hilflos und verlassen wie niemals zuvor.

Daniel betrachtete seine Freundin schweigend. Es war nicht zu übersehen, dass Anna selbst am Ende ihrer Kräfte war und es um ihr Wohlergehen nicht besser stand als um das der alten Frau oder des Pferdes. Ihre Augen lagen in tiefen Höhlen, als hätte die junge Frau seit Wochen nicht mehr richtig geschlafen, ihr Haar, dessen Glanz und Pracht er sonst stets so bewundert hatte, war matt und strähnig. Ihr Kleid hing locker um die Taille und ihre Hüften und ihre Schulterknochen ragten spitz durch den dünnen, verblichenen Stoff. Sie wirkte zart und zerbrechlich wie ein junger Vogel, der aus dem Nest gefallen war, bevor er fliegen konnte, und der jetzt von Katzen gejagt und gequält wurde, bis kein Fünkchen Leben mehr in ihm steckte.

»Mir fehlen die Mittel, um Christopherus' Wunden zu versorgen. Ich habe nicht einmal genug, um ihm anständiges Futter zu besorgen, von dem er wieder zu Kräften kommen könnte. Und Großmutter? Sie braucht ja nicht mehr viel, aber die ständige Kälte und das wenige Feuerholz … Ich habe Reisig gesammelt, aber das bringt uns kaum über den Winter.« Sie schlang die Arme um ihren schmalen Oberkörper, als wäre ihr allein bei der Erwähnung dieser Jahreszeit schon kalt, obwohl heute, am Tage Brunos des Kartäusers, ein leichter Wind die Wolken noch einmal vertrieben und Platz für die wärmende Herbstsonne geschaffen hatte. »Sie ist immer seltener bei Verstand. Aber selbst wenn ich genug Gulden hätte, würde mir niemand etwas verkaufen.« Und bei diesem Gedanken fand doch noch eine Träne ihren Weg über Annas Wangen. »Auf welchem Markt ich es auch versuche«, Annas Stimme zitterte, »die Menschen meiden mich, wechseln die Straßenseite, wenn sie mir begegnen, jagen mich fort oder beschimpfen mich gar als Hexe.« Jetzt war es um Annas Selbstbeherrschung geschehen. Sie schluchzte und verbarg ihr Gesicht in den Händen, während Daniel unbeholfen versuchte, sie zu trösten und Christopherus sein großes schwarzes Maul an ihrem Ärmel rieb.

Einige Striemen an seiner Kruppe waren bereits verheilt. Und doch war der Eindruck, den der Rappe bot, nicht besser als der seiner Besitzerin. Auch sein Fell war struppig, wie Annas Haar, die Rippen standen hervor und die Kruppen waren so stark eingefallen, wie der junge Mann es bei keinem noch lebenden Pferd gesehen hatte. Und im Stall seines Oheims gab es wahrhaftig viele Tiere, edle Streitrösser und schnelle Rennpferde ebenso wie gewöhnliche Arbeitspferde.

Daniel zog Anna an sich und wartete, bis das Schluchzen nachließ. Er fürchtete sich davor, Anna das zu sagen, was er ihr sagen wollte. Sagen musste. Weswegen er eigens heute zu ihr gekommen war: Dass es das letzte Mal war, dass er sie besuchen würde.

»Du bist gekommen, um Lebewohl zu sagen«, sagte Anna unvermittelt und blickte mit verweinten Augen zu Daniel auf.

»Woher weißt du das?«, fragte Daniel sichtlich überrascht.

Anna lächelte. »Ich spüre es.«

Daniel seufzte.

»Für uns hätte es sowieso keine gemeinsame Zukunft gegeben«, sagte Anna und schniefte, »eine Bäuerin und ein Kaufmannssohn …« Sie fuhr sich mit dem Handrücken unter der Nase entlang.

Daniel strich Anna eine Haarsträhne aus dem Gesicht.

»Wie heißt sie?«, wollte Anna wissen.

Daniel zögerte einen Augenblick. Dann antwortete er: »Helena.«

»Ich hoffe, sie wird dir eine gute Hausfrau«, sagte Anna und spürte, dass sie es ernst meinte. Sie wollte Daniel glücklich wissen.

Daniels Herz wurde schwer. Er wusste nicht, was er sagen sollte. Die Wahrheit? Das konnte er nicht, wenn er nicht riskieren wollte, dass sein Plan schiefging. Dafür kannte er Anna zu gut. Also schwieg er und drückte sie weiter an sich.

Anna fand keine Position, in der sie länger als fünf Atemzüge lang liegen konnte. Ihr Strohsack war nur notdürftig geflickt und jetzt stachen überall die Halme hervor, piksten sie. Wie Daniel wohl ruhte? Wie sah sein Bett aus? Sein Bett, das er bald mit einer anderen Frau teilen würde. Gewiss war es weich und das *plumit** mit Daunen gefüllt.

Bei diesem Gedanken schnürte es Anna den Hals zu. Sie wollte sich nicht selbst quälen, doch immer und immer wieder kehrten die Gedanken an den Abschied zurück.

Das Klopfen war nur leise, sacht, und doch griff Anna unverzüglich zu ihrem Spieß, den sie mittlerweile stets neben ihrer Bettstatt liegen hatte, und lauschte.

Die jüngere Vergangenheit hatte sie gelehrt, wachsam zu sein. Und dass Maria Metz mit ihrem Vorhaben, Anna aus ihrem Umfeld zu entfernen, gescheitert und dafür selbst ins Blickfeld der Ratsherren gerückt war, hatte ihre Freundschaft nicht unbedingt gefördert. Wer konnte schon sagen, auf welchen Gedanken Maria als Nächstes kam? Dem Turmmeister konnte sie nichts mehr anhängen. Er würde nicht zögern, sie wegen Verleumdung anzuklagen. Und so dumm war selbst Maria Metz nicht, dass sie sich auf dieses Wagnis einließ.

Wieder ertönte das zarte Klopfen.

Anna umklammerte ihren Spieß fester.

Es war mitten in der Nacht! Wer suchte sie zu so später Stunde auf? Ging jetzt etwa alles von Neuem los? Aber der Gewaltrichter würde sicherlich nicht so zaghaft klopfen, versuchte Anna sich selbst Mut zuzusprechen.

»Wer da?«, rief sie mit ängstlicher Stimme und richtete ihre Waffe auf die Türe.

»Liskirchner«, zischte eine männliche Stimme. »Konstantin Liskirchner. Ich möchte zu Anna Meutin.«

Anna wurde zur Statue. Was wollte Daniels Vater von ihr? Daniel hatte ihr doch bereits Lebewohl gesagt. Sie stellte keine Gefahr mehr dar.

»Was wollt Ihr?«

Während des folgenden Schweigens meinte Anna den Kaufmann durch die geschlossene Türe vor sich zu sehen, wie er grantig vor der schmucklosen Hütte stand und sich selbst verfluchte, diese armselige und finstere Gegend aufgesucht zu haben.

»Bitte«, flehte die Stimme. »Öffnet die Tür, ich habe mit Euch zu reden.«

Anna stellte den Spieß ab, tastete nach ihrem Wolltuch, das sie sich um die Schultern legte, und schob den Riegel, der die Türe von innen verschloss, zur Seite.

Der Kaufmann musterte sie, während er eintrat, von oben bis unten und Anna zog unwillkürlich ihr Tuch vor der Brust zusammen, obwohl er in der Dunkelheit wohl kaum viel erkennen konnte.

»Bitte«, sagte sie und wies auf einen der zwei Stühle, die an dem einfachen Tisch in der Mitte der Stube standen.

Dann nahm sie den Kerzenstummel, der auf dem Tisch bereitstand, den letzten Rest, den sie und Großmutter noch besaßen, und entzündete ihn an der Glut in der Kochstelle, die zugleich den Raum erwärmte.

Liskirchner musterte den Stuhl, als traue er ihm nicht, nahm jedoch Platz und sah Anna geradeheraus an. Doch plötzlich runzelte er die Stirn und drehte den Kopf zu dem Vorhang hinter seinem Rücken um.

Anna lächelte. Auch sie hatte das leise Geräusch in diesem Augenblick vernommen. »Ihr braucht Euch nicht zu beunruhigen«, erklärte sie dem Besucher, »das ist Großmutter. Sie schläft.«

»Also gut«, sagte Daniels Vater und wandte sich wieder zu Anna um. »Dann schlage ich vor, ich komme ohne Umschweife auf den Grund meines Besuches zu sprechen.«

Anna nickte stumm.

»Ich möchte Euch ein Geschäft vorschlagen.«

Anna riss die Augen auf. Natürlich wusste sie, dass Konstantin Liskirchner Kaufmann war und täglich Geschäfte abwickelte, doch inwieweit konnte sie für ihn eine Handelspartnerin sein? Was hatte sie zu bieten, das für ihn von Interesse sein konnte?

Der nächtliche Besucher griff unter seinen schweren Mantel und zog einen ansehnlich großen Lederbeutel darunter hervor. Wortlos knallte er den Beutel auf die Mitte des Tisches.

Anna konnte die Münzen darin klimpern hören.

»Dies alles gehört dir, wenn du bereit bist, die Stadt zu verlassen und nicht mehr zurückzukehren.« Mit einem Mal war der Kaufmann von der höflichen Anrede ins vertrauliche Du gefallen. Ob er jedoch ihre Freundschaft damit unter Beweis stellen wollte, wagte Anna zu bezweifeln. Vermutlich ging es ihm vielmehr darum, ihr vor Augen zu führen, wie tief sie unter ihm stand. Dass er auch andere Möglichkeiten hatte, sie aus dem Wege zu schaffen, und dass es lediglich seine Güte war, ihr das Verlassen der Stadt etwas schmackhafter zu gestalten, daran bestand wohl kein Zweifel.

Anna starrte stumm auf den Lederbeutel.

»Sei nicht dumm«, drang Liskirchner in sie. »Hier bekommst du ohnehin kein Bein mehr auf die Erde. Niemand wird dir etwas abkaufen oder verkaufen. Der Hexereiverdacht bleibt, auch wenn du freigesprochen wurdest, an dir haften wie Pech.«

Anna wusste nur zu gut, dass der Kaufmann recht hatte. Und sie wusste auch von Frauen, die zunächst freigesprochen und nach Jahren der Verfemung doch dem Henker ausgeliefert worden waren.

»Warum tut Ihr das? Daniel hat mir bereits Lebewohl gesagt, Ihr müsst mich also nicht mehr aus dem Weg räumen, um ihn zurückzugewinnen.«

Der Kaufmann schwieg und zum ersten Mal wandte er den Blick ab und sah auf den Boden, als wollte er der Antwort ausweichen.

Anna erstarrte. »Ach, so ist das«, sagte sie, als sie in diesem Augenblick das wahre Geschäft und ihren eigentlichen Handelspartner erkannte: »Ihr sollt mir helfen und dafür ist Daniel bereit, sich mit der Frau zu vermählen, die Ihr für ihn ausgewählt habt.«

Der Kaufmann antwortete, indem er schwieg.

Anna spürte einen stechenden Schmerz in ihrer Brust. Sie hätte es besser verkraftet, wenn Daniel sich gegen sie entschieden hätte. Aber dass er ihre Liebe veräußerte wie ein Handelsgut, enttäuschte sie zutiefst.

Ihre Stimme klang kalt, als sie sagte: »Liebe kann man ebenso wenig kaufen wie verkaufen. Sie ist das Einzige, was sich nicht erzwingen lässt. Aber Ihr scheint das nicht zu wissen. Ihr meint, man könnte mit allem handeln. Doch selbst wenn ich wollte, ich wüsste ja nicht einmal wohin. Das Stück Land vor den Mauern der Stadt, das mein Vater mir hinterließ, ist das Einzige, was ich besitze und was mich am Leben erhält. Was soll ich tun, wenn ich woanders hingehe? Womit soll ich meinen und Großmutters Lebensunterhalt verdienen?«

Wortlos griff Daniels Vater erneut in seinen Mantel, holte ein zusammengerolltes dickes gelbes Papier hervor und legte es zu dem Münzbeutel auf den Tisch.

»Darin steht«, erklärte er in dem Glauben, Anna sei des Lesens nicht mächtig, »dass ich dein Land und diese Hütte hier erwerbe«, er deutete einmal mit dem ausgestreckten Arm um sich, »und dir dafür in dem Ort Brauweiler ein größeres Stück Land mit einem kleinen Haus darauf überlasse.«

Anna griff nach dem Papier, entrollte es und versuchte, mit zusammengekniffenen Augen im Schein der Kerze, die wild flackerte und kurz davor war zu erlöschen, das Geschriebene zu entziffern. Doch es war nicht nur das schlechte Licht, das sie ihr Vorhaben schließlich aufgeben ließ, sondern auch ihre mangelnden Kenntnisse des Lesens.

Sie warf das Papier zurück auf den Tisch und sagte: »Dies alles nützt mir nichts, denn ich könnte nicht einmal dorthin gelangen. Mein Pferd ist krank. Ich kann es nicht vor den Karren spannen. Es ist zu schwach, um sich selbst zu tragen, wie soll es dann meinen Hausrat ziehen? Und ohne Pferd kann ich auch kein Land bewirtschaften.«

Konstantin Liskirchner lächelte selbstgefällig. »Ohne Pferd kannst du auch hier dein Land nicht bewirtschaften«, sagte er und tippte mit seinem Zeigefinger auf die Urkunde. »Dort steht auch, dass ich dein Pferd gegen ein anderes, gesundes Pferd eintausche, das … «

»Niemals!«, rief Anna entrüstet. »Niemals gebe ich Christopherus her! Um keinen Preis!«

Der Kaufmann zuckte mit den Schultern. »Dann wird er sterben«, sagte er mit gleichgültiger Stimme. »Es liegt in deiner Macht ihm zu helfen, indem du ihn mir überlässt.«

Anna stieß harsch die Luft aus. »Wie sollte ihm das helfen?«

»Hat Daniel dir nie von seinem Oheim erzählt? Pferde sind seine Leidenschaft. Er hat Dutzende in seinen Ställen. Alles, was du dir vorstellen kannst: *dextrarii, cursorii, hercarii** … Er ist bereit, Christopherus gesund zu pflegen. Und er hat die Mittel dazu. Die besten Stallmeister des Landes arbeiten für ihn. Als Bezahlung bietet er dir ein kräftiges, gesundes Tier, das für die Feld- und Kutscharbeit besser geeignet ist als dein Rappe.«

Anna überlegte. Sie sollte sich von Christopherus trennen? Allein der Gedanke schnürte ihr die Luft ab. Andererseits stimmte es natürlich, was Liskirchner sagte: Sie hatte nicht die Mittel, um ihn gesund zu pflegen. Durfte sie so selbstsüchtig sein, wenn das Christopherus' sicheren Tod bedeutete?

»Daniel behauptet, dein Hengst sei eigentlich zu schade für die Plackerei auf dem Feld und als Reittier sicher gut zu gebrauchen.«

Anna dachte an ihr Pferd, wie es früher ausgesehen hatte: mit seidigem Fell, geschmeidigen Bewegungen und einem wachen, aufmerksamen Blick.

Schweigend sah sie zwischen ihrem Besucher, dem Lederbeutel und der Urkunde auf dem Tisch hin und her.

»Sei nicht dumm«, erklang plötzlich die heisere Stimme ihrer Großmutter hinter dem Vorhang. »Das ist für uns alle die einzige Möglichkeit am Leben zu bleiben. Für uns *alle*!«

Und in diesem Augenblick erlosch die Kerze.

Wer nach Gutem strebt,
trachtet nach Gottes Wohlgefallen;
wer aber das Böse sucht,
dem wird es begegnen.
Sprüche Salomos 11.27

Anna saß auf dem Kutschbock und hielt die Zügel locker in ihren Händen. Ihre Ahnfrau saß hinter ihrem Rücken inmitten all ihrer Habseligkeiten und murmelte unablässig vor sich hin.

Wenn sie gut durchkamen, überlegte Anna, dann würden sie ihr neues Heim spätestens bei Einbruch der Dämmerung erreichen. Mit acht Stunden Reisezeit jedoch mussten sie rechnen. Natürlich nur, wenn alles gut ging und nichts geschah, kein Achsbruch, keine Verletzung des Pferdes.

Sie betrachtete den kräftigen Hintern der falbfarbigen Stute, die gemächlich und ruhig den Wagen entlang des staubigen Weges zog, und dachte schweren Herzens an Christopherus. Nicht, dass sie die kleine kräftige Stute nicht mochte, sie war ein gutmütiges, aufgeschlossenes und arbeitsfreudiges Tier. Ein wenig schämte Anna sich, dass sie sie bislang nicht so in ihr Herz schließen konnte, wie sie es vielleicht verdient hatte, doch war der Platz noch besetzt von einem außergewöhnlichen Rappen mit einem blauen Auge, der nun mit vielen anderen Pferden zusammen in einem prächtigen Stall lebte, wo er das beste Futter und fachkundige Pflege erhielt. Nur die

Liebe, die Anna ihm entgegengebracht hatte, würde er dort sicherlich nicht finden.

In diesem Moment erinnerte sich Anna an einen Traum, den sie einmal gehabt hatte: In diesem Traum saß sie auf dem Kutschbock eines Fuhrwerks, das mit all ihrem Hab und Gut beladen war, Großmutter an ihrer Seite, und als sie sich umdrehte, während der Wagen anfuhr, erblickte sie Daniel, der auf Christopherus' Rücken saß und ihr wehmütig nachschaute. Verwirrt blickte sie wieder nach vorn. Wer, wenn nicht Christopherus, zog den Wagen? Und sie starrte ungläubig auf die kräftigen Flanken eines Kaltblüters, der vor den Karren gespannt war.

Sie erinnerte sich noch, wie sie diesen Traum als Hirngespinst abgetan hatte, weil sie sich nicht hatte vorstellen können, alles hinter sich zu lassen, was ihr etwas bedeutete. Und doch war es genauso gekommen. Als hätte sie es damals bereits geahnt.

Zum wiederholten Male tastete Anna nach dem schweren Lederbeutel, den sie unter ihrem Rock verborgen hatte. Es war ein beruhigendes Gefühl, ihn zu spüren. Ein wenig freute sich Anna sogar auf ihr neues Heim, das größer sein sollte als ihr altes, und hoffte auf eine mögliche Zukunft für sich und Großmutter, an die sie nicht immer in der letzten Zeit geglaubt hatte. Vielleicht gelang es ihr, ein neues Leben anzufangen und das alte zu vergessen.

Die Straße machte eine leichte Biegung und Anna hing ihren Gedanken nach, sodass sie beinahe vom Kutschbock gerutscht wäre, als die Stute abrupt stoppte und Großmutter gegen ihren Rücken stieß.

Unmittelbar vor ihr auf der Straße stand jemand, ein

Mann in einem dunklen Umhang, und versperrte ihnen den Weg.

Erschrocken tastete Anna nach ihrem neuen Dolch, der unmittelbar neben ihr griffbereit lag, doch ihre Bewegungen waren zu fahrig und der Dolch rutschte von der Bank und verschwand unerreichbar für Anna im Fußraum.

»Trottel«, schimpfte Anna leise mit sich selbst. Ihr Herz klopfte so stark, dass sie es in den Ohren spüren konnte. Ängstlich blickte sie zu dem Fremden hinüber.

War jetzt schon alles vorbei? Fand die Reise in eine bessere Zukunft bereits hier, kurz nachdem sie die Tore der Stadt hinter sich gelassen hatten, ein jähes Ende?

Der Mann hatte seinen Hut so tief ins Gesicht gezogen, dass Anna sein Gesicht kaum sehen konnte. Erst als er dicht vor ihr stand und den Kopf hob, um sie anzublicken, erkannte sie ihn.

Ohne Zögern ließ sie sich hinab in seine Arme gleiten.

Annas Großmutter wandte sich schwerfällig um. Als sie sah, was ihre Enkelin trieb, verdrehte sie die Augen zum Himmel und schickte ein Stoßgebet nach oben, der Herr möge ihnen gnädig sein und sie nicht für ihre Zügellosigkeit bestrafen.

»Ich musste dich noch einmal sehen«, sagte der Mann zwischen zwei Küssen und strich Anna zart über die Wangen. »Ich musste wissen, dass du mein Handeln verstehst.«

Anna rückte ein wenig von Daniel ab. »Zunächst habe ich dich verflucht«, gestand sie. »Doch dann habe ich es eingesehen.« Sie lächelte unter Tränen. »Schließlich habe ich auf die gleiche Weise Christopherus preisgegeben, nicht wahr?«

»*Preisgegeben* nennst du es?« Daniel war sichtlich erschrocken. »Aber … aber ….«

Anna küsste ihn rasch. »Ich weiß«, sagte sie leise, »du wolltest mich vor dem Tode bewahren, so wie ich Christopherus vor dem sicheren Tod bewahrt habe.« Sie blickte zu Boden. »Nur hättest du dich bei mir erkundigen können, ob ich ein Leben ohne dich überhaupt führen will. Ich dagegen kann mein Pferd dies nicht fragen.«

»Ich werde dich immer lieben«, gestand Daniel und zum ersten Mal sprach er aus, was er fühlte, seit er Anna auf dem Markt wieder begegnet war. »Wer weiß, was die Zukunft uns bringt«, fuhr er fort. »So hast du wenigstens eine.«

Anna nickte. Sie wusste, dass Daniel recht hatte.

»Hier«, fuhr Daniel fort und reichte Anna altes, schäbig aussehendes Zaumzeug, das er bislang unter seiner Schaube verborgen hatte. »Mein Oheim bat mich, dir dies zur Erinnerung zurückzugeben.«

Anna nahm den Strick entgegen und drückte ihn an sich. »Danke«, flüsterte sie und kämpfte gegen die Tränen.

»Ich soll dir von ihm ausrichten, Christopherus gehe es gut. Er ist auf dem Wege der Besserung und hat bereits mit einer Stute, seiner Stallnachbarin, Freundschaft geschlossen.«

Anna lächelte unter Tränen.

»Mein Oheim ist von dem Hengst sehr angetan«, fuhr Daniel fort. »Vielleicht wird er ihn sogar zum Decken einsetzen.«

Ein lautes Hüsteln ließ Daniel und Anna aufhorchen.

Großmutter beugte sich gefährlich weit aus dem Wagen und erhob mahnend ihren Zeigefinger. »Es wird spät«, sagte sie, »lass uns weiterfahren, Anna-Kind, bevor es dämmert.«

»Es hat gerade mal zur Terz geschlagen, Großmutter«, widersprach Anna entrüstet, doch die Alte hörte ihre Antwort gar nicht, sondern sah sich unablässig nach allen Seiten um, als fürchtete sie, jeden Augenblick von einer Horde Räuber überfallen zu werden.

»Es stimmt, was deine Großmutter sagt«, gab Daniel zu. »Der Weg ist weit und gefährlich. Gib auf dich acht.«

»Dann sagen wir nun also wirklich Lebewohl«, stellte Anna traurig fest.

»Nicht Lebewohl«, widersprach Daniel, während er ihr zurück auf den Kutschbock half, »sondern auf Wiedersehen! Eines fernen Tages komme ich dich besuchen und werde dir von Christopherus' Fohlen berichten.«

Anna hielt den Blick unverwandt auf Daniel gerichtet, während sie mit der Zunge schnalzte und die Zügel sacht auf die Kruppe der Stute fallen ließ. Holpernd setzte sich das voll beladene Gefährt in Bewegung. Eins der großen hölzernen Räder drückte eine tiefe Rille in den weichen Boden und rollte dabei achtlos und von Anna unbemerkt über eine blaue Haarschleife mit auffallendem goldfarbenem Rand hinweg, die ein kleines Mädchen an dieser Stelle verloren haben musste.

Nachwort

Diese Geschichte spielt zum Ende des Mittelalters in Köln. Einige historische Tatsachen haben Eingang in das Geschehen gefunden. Zum Beispiel das Haus für Leprakranke auf Melaten, die Verfolgung von Hebammen und anderen Frauen als Hexen, Art und Ausgang der Tierprozesse und vieles mehr.

Jedoch habe ich mich dabei frei aus dem Fundus der Geschichte und Geschichten bedient. So hat nicht alles, was erzählt wird, tatsächlich zur erwähnten Zeit und am erwähnten Ort stattgefunden. Manches geschah in Wahrheit in einer anderen europäischen Stadt beziehungsweise einige Jahrzehnte früher oder später.

Trotzdem zeichnet diese Geschichte ein Bild vom Leben vor etwa 400 Jahren, der Willkür des damaligen Rechtssystems und von den aus heutiger Sicht so unbegreiflich wirkenden Tierprozessen, die aber tatsächlich nicht nur in Deutschland stattgefunden haben.

Auch wenn man es kaum glauben mag: Selbst in der jüngeren Vergangenheit gibt es Beispiele für verurteilte Tiere[1] und abergläubische Rituale. Und in vielen ländlichen Gegenden hängen auch heute noch Hufeisen als Glücksbringer über den Türen.

Immer noch haben wir Menschen ein gespaltenes Verhältnis zu unseren Mitlebewesen und verlieren uns da, wo wir es nicht besser wissen, in Spekulationen über das tatsächliche Wesen der Tiere. Ob die Menschen in weiteren 400 Jahren deshalb den Kopf über uns schütteln werden? Ob man uns im Nachhinein für »Barbaren« halten wird, weil wir Tiere in Versuchen quälen, sie in winzigen Käfigen leben lassen und regelrecht krank mästen, um möglichst billiges Fleisch verzehren zu können?

Wer vor 600 Jahren behauptete, die Erde sei rund und bewege sich um die Sonne, wurde der Ketzerei beschuldigt. Daran sollten wir uns hin und wieder erinnern und uns häufiger darauf besinnen, was wir tatsächlich *wissen* – zum Beispiel über die Fähigkeiten und vermeintlichen Schwächen der Tiere – und was wir nur zu wissen *glauben*. Vielleicht würden wir dann den 2,5 Millionen Versuchstieren oder den 620 Millionen Schlachttieren jährlich etwas mehr Gerechtigkeit widerfahren lassen[2].

Ich danke Sarah Keppel von *spurenlese* für ihr historisches Wissen, das sie mir bereitwillig zur Verfügung gestellt hat, und Herrn Michael Fischer für seine kollegiale Hilfe bei der Beschaffung seines Werks *Tierstrafen und Tierprozesse* (siehe auch Literaturverzeichnis).

---

1 dpa-Meldung vom 3. März 1998: Nairobi. (dpa) Mit der Verurteilung eines Hundes zum Tod durch den Strang hat ein Gericht in Tansania Justizgeschichte geschrieben. Der Vierbeiner mit dem englischen Name »Immigration« (Einwanderung) soll nach dem Willen des Gerichts noch in dieser Woche hingerichtet werden. Wie die Zeitung »East African« am Montag berichtette, gab das Gericht in der Ortschaft Rukwa im Westen des ostafrikanischen Landes damit einer Klage der tansanischen Einwanderungsbehröde statt. »Immigration« sein »auzuhängen, bis der Tod eintritt«, weil sein Besitzer, der 25-jährige John Kachela, mit dieser Namensgebung eine »angesehene Behörde« (Department of Immigration) lächerlich gemacht habe. (Anmerkung der Autorin: Der Hund wurde schließlich von der Polizei erschossen.)

2 Zahlen von 2007

Glossar

Albus – eine Geldeinheit

Aussatz – Lepra. Wer an Lepra erkrankt war, wurde aus der Gesellschaft ausgeschlossen, ein »Aussätziger«.

Bader – arbeiteten in mittelalterlichen Badestuben. Sie waren für die Körperhygiene, aber auch für kleinere Operationen, z. B. das Ziehen eines Zahnes, zuständig.

Barett – eine Hutform

Baumeister Gerhard – war der erste Baumeister des Kölner Doms. Weil am Dom bis heute immer wieder gearbeitet wurde und wird, erfand man die Sage von der Wette mit dem Teufel.

Bilsenkraut – ruft starke Halluzinationen hervor und wurde im Mittelalter benutzt, um Schmerzen zu verringern. Sehr giftig!

Blauer Stein – Das Ritual, einen Verurteilten gegen diesen Stein zu stoßen, ihn also zu »bleuen«, gab es in vergleichbarer Form auch an anderen Orten.

Burggreve – wurde vom Rat für die Torburgen bestellt (manchmal auch Burggraf genannt). Diese Posten waren beliebt – man bekam eine Wohnung in der Torburg und erhielt ein festes Salär – und wurden schon damals »unter der Hand« vermittelt.

cursorii – Rennpferd

dextrarii – Streitross

Drudenfuß – s. Pentagramm

Frauenhaus – würde heute »Bordell« genannt. In Köln gab es ein öffentliches, also vom Rat geduldetes, bis zu seiner Schließung Ende des 16. Jahrhunderts.

Gewaltmeister – waren sozusagen die »mittelalterliche Polizei«.

Gewaltrichter – waren für Verhaftungen zuständig und durften eigenmächtig geringere Strafen verhängen.

Gewaltrichterbote – s. Gewaltmeister

Greve – Richter

Grevenkeller – der Keller des Richters in dessen Wohnhaus, in dem Strafgefangene inhaftiert werden konnten.

Heimlichkeitsfeger – Fäkalien flossen in offenen Bächen, den Abwasserrinnen, durch die Stadt. Sie sauber zu halten war Aufgabe der »Heimlichkeitsfeger«, die »heimlich« (also meist nachts) ihre Arbeit verrichteten.

Henker – s. Scharfrichter

hercarii – gewöhnliches Arbeitspferd

Heucke – s. Schandmantel

Interrogatio – Befragung, Verhör

Kax – s. Pranger

Kelpie – sind bösartige Gestaltwandler, die mal menschliche, mal pferdeähnliche Gestalt annehmen, und in der Nähe von Gewässern leben. In menschlicher Gestalt schwingen sie sich hinter einem Reiter auf das Pferd und versuchen ihn zu erdrücken; in der Gestalt eines Pferdes warten sie, bis sich jemand auf ihren Rücken setzt, und versuchen dann, ihn im tiefen Wasser zu ertränken.

Levitenamt – wird die feierliche Messe an Sonn- und Feiertagen genannt, die vormittags stattfindet.

Lose Pritt – Schimpfwort für Prostituierte

Malleus Maleficarum – hieß der erstmals 1487 erschienene »Hexenhammer« (s. auch Literaturverzeichnis), in dem ausführlich beschrieben wurde, woran man die vermeintlichen Hexen erkennen könne und wie man mit ihnen verfahren müsse. Dieses Buch wird für die starke Verfolgung von Frauen als Hexen mitverantwortlich gemacht.

Malter – eine alte Maßeinheit

Meister Hans – nannte man in Köln jeden Scharfrichter. Der richtige Name war geheim, damit dem Mann nicht nachgestellt werden konnte.

Neidstangen – sollten böse Geister fernhalten. Dazu wurden (früher echte) Pferdeköpfe auf Stangen gesteckt und am Dachfirst befestigt. Ein heidnischer Brauch.

Non – »zur neunten Stunde«, 15.00 Uhr

Patrizier – Angehöriger der Oberschicht im Mittelalter

Pentagramm – Fünfeck, sollte vor Übel bewahren.

plumit – Plumeau, Daunenbett

Pranger – dienten zur Bestrafung bei bestimmten Verbrechen wie z. B. Diebstahl. Der Schuldige wurde meist an Händen und am Hals festgebunden und der Öffentlichkeit zum Spott preisgegeben, »angeprangert«.

Prim – »zur ersten Stunde«, ca. 7.00 Uhr morgens.

Ratsherren – In Köln insgesamt 49 gewählte Männer, die über das Wohl der Stadt entschieden.

Relatio – juristische Gutachten, die im Auftrag des Rats von den Syndici verfasst wurden.

Richmodis von Aducht – lebte im 14. Jahrhundert in Köln.

Säckel – Geldbeutel

Säckelschneider – Taschendieb

Schandmantel – war eine hölzerne Tonne mit Aussparungen für Kopf, Arme und Beine, die Verurteilten übergezogen wurde, um die Öffentlichkeit auf ihr Vergehen aufmerksam zu machen, sie also »der Schande preiszugeben«. Diese Strafe wurde oft für Gotteslästerung verhängt.

Scharfrichter – Ein anderes Wort für Henker. Er richtete »scharf« – zum Beispiel mit dem Schwert.

Schaube – ein offener weiter Mantel

Schellenknecht – läutete mit Schellen, um Aufmerksamkeit zu erregen; bettelte im Namen der Aussätzigen, die ihn dafür mit einem Anteil der Almosen entlohnten.

Schlupfhure – s. sloephoern

Schnepper – Taschenmesser

Sexherren – Herren des Rates

Sext – »zur sechsten Stunde«, 12.00 Uhr

sloephoern (Schlupfhuren) – »heimliche Huren« – im Gegensatz zu den Prostituierten, die im öffentlichen Frauenhaus arbeiteten.

Spanischer Stiefel – Folterinstrument

Stimmmeister – Ratsherr, dem die Wahrung von Verfassungs- und Polizeiangelegenheiten oblag.

Syndici – waren für die Rechtsgeschäfte einer Stadt zuständig. Sie berieten den Rat in juristischen Dingen.

Terz – »zur dritten Stunde«, 9.00 Uhr

Turmmeister – Vorgesetzter der Burggreven, Ratsherr

Vesper – Abendgebet um 18.00 Uhr

Vier Glocken (Vier Klocken) – 4 Diener der insgesamt 2 Marktherren, die morgens den Markt einläuteten und deshalb »Vier Klocken« genannt wurden.

Weißes Gold – Weil Elfenbein im Mittelalter so kostbar war, wurde es auch »weißes Gold« genannt.

Literatur und Quellen

Barnes, Julian: Eine kurze Geschichte der Welt in 10 1/2 Kapiteln. Daraus: Die Religionskriege. Heyne, München 1996[5]

Berkenhoff, Hans Albert: Tierstrafe, Tierbannung und rechtsrituelle Tiertötung im Mittelalter. Heitz & Co, Leipzig – Straßburg – Zürich 1937

Borst, Otto: Alltagsleben im Mittelalter. insel, Frankfurt a. M. 1983

Dinzelbacher, Peter: Das fremde Mittelalter. Gottesurteil und Tierprozess. Magnus, Essen 2006

Fischer, Michael: Tierstrafen und Tierprozesse. Lit-Verlag, Münster 2005

Franken, Irene/Hoerner, Ina: Hexen. Verfolgung in Köln. Emons, Köln 2000

Häßlin, Johann Jakob (Hrsg.): Das Buch Weinsberg. Bachem, Köln 1990[4]

Kramer, Heinrich (Institoris): Der Hexenhammer. Malleus Maleficarum (erstmals erschienen 1486). Neuübersetzung von Wolfgang Behringer, Günter Jerouschek und Werner Tschacher. dtv, München 2006[5]

Mick, Elisabeth: Köln im Mittelalter. Greven Verlag, Köln 1990

Scheerhoff, Gerd: Köln im Kreuzverhör. Bouvier Verlag, Bonn – Berlin 1991

Shahar, Shulamith: Kindheit im Mittelalter. Patmos, Düsseldorf 2004[4]

www.life-is-more.at/life/onlinebibel

www.spurenlese.de

www.unmoralische.de

Frank, Astrid:
Schneller als der Wind – 2 Romane in einem Band
ISBN 978 3 522 20223 7

Einbandgestaltung: bürosüd° GmbH, München
Innentypografie: Kadja Gericke
Reproduktion: Medienfabrik GmbH, Stuttgart
Druck und Bindung: CPI Books GmbH, Leck

MIX
Papier aus verantwortungsvollen Quellen
FSC® C083411